FEDERICA DE CESCO

Wüstenmond

Roman

Marion von Schröder

Für Adem und Marianne Roth
und immer wieder für Kazuyuki

Wohin gehen wir denn? Immer nach Hause.
Novalis

Sie wollen uns gute Manieren lehren,
aber sie werden es nie fertigbringen,
denn wir sind Götter.
Giuseppe Tomaso di Lampedusa,
Der Leopard

Prolog

»Erzähl mir was, Elias«, sagte ich.

Der Mond war abnehmend und zeigte sich spät. Die ferne Ebene leuchtete weiß wie Salz, inselgleich hoben sich daraus Felsen, und der Ring der Berge hielt die Wüste in dunkler Umarmung. Die Steine waren noch warm, aber bald würde die Kälte aus den Tiefen der Erde dringen. In der Ferne atmete der Wind: ein auf- und abschwellendes Geräusch, wie das Rauschen unsichtbarer Meereswellen.

Und Elias erzählte:

»Im Adrar der Iforas lebte eine junge Frau. Sie war biegsam und schlank, einer Gazelle gleich. Ihre Brauen waren schwarz wie Rabenfedern, ihre Gewänder dufteten nach Rosenöl und Jasmin. Ihr Name war Tallit – die Mondsichel. Ihre Schönheit und Klugheit waren weit über die Berge des Adrars hinaus bekannt. Ihr Ruf lockte die jungen Männer von den Ebenen der Tassilis und den roten Festungen des Ahaggars herbei. Auf ihren Reitkamelen edelster Zucht nahmen sie lange, beschwerliche Reisen auf sich, trotzten den Sandstürmen und setzten ihr Leben aufs Spiel, um einen Blick aus Tallits schwarzen Augen zu erhaschen. Doch die launische junge Frau verschmähte alle Bewerber. Sie schenkte vielen Männern ihre Gunst, aber keiner vermochte ihre Liebe zu gewinnen.

Eines Nachts aber, als der Mond über die Dünen schwamm, verspürte Tallit großen Durst. Ihr Wasservorrat war erschöpft. Sie rief ihre alte Dienerin, doch diese lag in tiefem Schlaf. Tallit hatte ein gutes Herz und wollte die Alte nicht wecken. Ganz in der Nähe des Lagers gab es eine Quelle. Tallit nahm ihre *Guerba* und machte sich auf den Weg. Da sah sie am Fuß eines Steinhügels ein einsames Feuer brennen. Erstaunt ging Tallit auf das Feuer zu und erblickte einen blauverschleierten Mann, der die Flammen schürte. Seine Gestalt war vornehm, seine Kleider von kostbarem Stoff und erlesener Machart. Ein Schwert in einer purpurnen Lederscheide war um seine schlanken Lenden gegürtet. Er begrüßte Tallit mit großer Höflichkeit, doch ohne ein Wort zu sprechen, und bot ihr einen Platz an seinem Feuer an. Stumm bereitete er den Tee für sie, und jede seiner Bewegungen war von vollendeter Anmut. Tallit verspürte die größte Neugierde; viele Fragen brannten ihr auf den Lippen. Aber die Gesetze der Höflichkeit verlangten, einem Fremden gegenüber Zurückhaltung zu wahren. Und daher benahm sich Tallit, trotz ihrer Ungeduld, wie es sich gehörte. Ab und zu musterte sie heimlich ihren Gastgeber. Das einzige, was sie von ihm sehen konnte, waren seine schön geformten Hände und seine Augen, groß und ziemlich rund; tiefe Sanftheit lag in ihrem Blick, Sanftheit, und vielleicht auch Schmerz. Bald schäumte der Tee in kleinen Silberkelchen, das stärkste und süßeste Getränk, das Tallit bisher gekostet hatte. Sie schlürfte ihn mit Behagen und lobte ihren Gastgeber. Der Mann selbst lüftete beim Trinken seinen blaufunkelnden Schleier nur so viel wie gerade nötig. Endlich war der Höflichkeit Genüge getan; Tallit vermochte ihre Neugier nicht länger zu beherrschen.

»Wie heißt du?« fragte sie. »Wo bist du hergekommen? Warum wachst du alleine in der finsternen Nacht?«

Der Fremde blieb stumm; auf ihre wiederholten Fragen schüttelte er nur traurig den Kopf. Tallit ließ ihre schwarzen Augen blitzen. Sie gab sich schüchtern, dann verspielt; sie schmeichelte und drohte. Nichts half. Weder durch scheinbar naive noch durch wohlgezielte Fragen vermochte sie den Mann zum Reden zu bewegen. Sein hartnäckiges Schweigen entfachte ihre Leidenschaft.

»O Fremder!« sprach sie. »Nenne mir deinen Namen, und ich werde noch in dieser Nacht mein Lager mit dir teilen!«

Da erhob sich der Mann. Langsam, feierlich, schnallte er seinen silberbeschlagenen Gürtel auf und legte sein Schwert ab. Dann entfernte er seine Brustamulette, sowohl die ledernen als auch die aus schwerem, blinkendem Silber. Ein Messer war mit Lederschlingen um seinen nackten Oberarm befestigt. Der Mann nahm auch dieses ab. Dann warf er seinen stahlblauen Umhang in den Sand, zog die seidene *Gandura* über seine Schultern. Die Textur des Gewebes flammte auf, durchsichtig wie heller Rauch. Nun löste der Fremde ein geflochtenes Band, ließ mit einer Hüftbewegung seinen *Serouel* fallen, stieg aus dieser Hülle und trat sie mit Füßen. Nackt, in blaues Mondlicht getaucht, stand der Unbekannte nun vor Tallit. Der enträtselte Körper war schöner, als sie es je erträumen konnte. Heftiges Begehren erfaßte die junge Frau. Doch als sie beide Arme um ihn schlang, stieß der Fremde sie von sich, zerrte so heftig den Schleier von seinem Antlitz, daß der Stoff zerriß. Tallit sah, daß der Mann einen Eulenkopf hatte.«

»Was hat die Geschichte zu bedeuten?« fragte ich Elias. Er legte den Kopf an meine Schulter und sah zu mir empor. Seine Augen waren verträumt.

»Ich kann es nicht sagen. Ich habe sie gerade erfunden.«

»Bist du der Mann mit dem Eulenkopf?«

»Ich habe eine Vorliebe für solche Geschichten.«

»Das ist keine Antwort. Da ist ein tieferer Sinn dahinter.«

»Nein. Es ist einfach eine Geschichte.«

Ich legte beide Hände um seinen Hals, umfing seinen sanft geschwungenen Nacken. Wir hielten uns umschlungen, Stirn gegen Stirn. Ich sagte leise:

»Den Mann mit dem Eulenkopf, den liebe ich.«

1. Kapitel

Berufe, die mit dem Film zu tun haben, sind die besten der Welt. Es macht wirklich Freude; bloß arbeitete ich nicht gerne mit vielen Leuten zusammen. Ausstatter, Kostümbildner, Regieassistenten, Cutter, Kameraleute und Helfer haben ihre komplizierten, für meine Begriffe manchmal hysterischen Seelenzustände. Aus diesen und ähnlichen Gründen wandte ich mich beizeiten dem Dokumentarfilm zu. Da hatte ich die Sache besser im Griff. Mein ausgeprägtes Ego wurde beim Filmemachen verbissen. Es mißfiel mir, so zu sein, wie ich war, ein ungeselliger, autoritärer Mensch. Manchmal gelang es mir tagelang, Nachsicht zu üben. Bis mir dann alles zuviel wurde: Ich explodierte und jagte allen Leuten einen gehörigen Schrecken ein. Es gibt Sachen, die muß man einfach tun, und die Folgen in Kauf nehmen.

»Du machst es dir schwer«, sagte Olivia dazu.

»Es geht nicht anders. Niemand kann sich vorstellen, wie schwierig es ist, reale Dinge in Bild und Ton umzusetzen. Außerdem ist das Filmemachen ein hartes Geschäft.«

Selbständig oder in Zusammenarbeit mit der Regie legte ich das Thema fest, recherchierte in Archiven, in Bibliotheken. Dann verfaßte ich das Drehbuch, während ich gleichzeitig meine Vorstellung über Form und Gestaltung entwickelte. Manchmal waren fünf oder sechs Fassungen nötig, bis das Ergebnis stimmte. Danach begann die Jagd nach dem Geld.

»Hier und da habe ich Schiß«, sagte ich. »Daß ich die
Kohle nicht zusammenbringe. Und daß dann das Projekt tot ist, oder – noch schlimmer – daß es mir ein anderer klaut.«

»Schiß« und »Kohle« waren nicht unbedingt Worte,
die zu Olivias Wortschatz paßten. Sie reagierte sofort
als Lehrerin, auch wenn sie nun bereits in Rente war.

»Ich mag nicht, wenn du solche Ausdrücke brauchst.
Und außerdem machst du das alles ja schon lange
genug.«

»Seit zwölf Jahren.«

»Na bitte, eine Sache der Routine«, entgegnete sie
achselzuckend. Es kam mir seltsam vor, daß ich einmal
verheiratet gewesen war. Henri war Ingenieur bei der
Filiale der UIT (Union International der Telekommuni-
kation) in Genf. Wir hatten uns zehn Jahre zuvor in
Brüssel kennengelernt, wo er Physik studierte. Wir paßten nicht zueinander; aber Henris komplizierte Art zu
denken hatte mich durchaus geprägt. Nach drei Jahren
hatten wir uns getrennt. Wer mich im leichten Plauderton darüber reden hörte, mochte glauben, daß ich es auf
die leichte Schulter nahm. Das stimmte nicht; Henri und
ich hatten beide damals sehr gelitten. Aber auf meine
Art versuchte ich mich von der Geschichte zu distanzieren. Selbstmitleid lag mir nicht. Von Zeit zu Zeit
nahm ich mir einen Liebhaber; aber grundsätzlich ging
es besser ohne. Ich vermutete, daß kein vernünftiger
Mann es auf die Dauer mit mir aushielt.

»Du kommst und gehst, wie es dir gefällt«, hatte Henri mal gesagt, »du bist ein Mensch ohne Wurzeln.«

Das war gewesen, kurz bevor wir uns trennten. Später
habe ich oft über die Bemerkung nachgedacht. Kein
Zweifel, sie traf zu. Mitunter machte es mir das Herz
schwer, daß ich Henri verlassen hatte. Aber ich hatte nur

zerstört, was zerstörbar gewesen war. Sonst hätte ich ohne Zweifel versucht, unsere Beziehung zu bewahren. Vor einiger Zeit hatte ich eine Reportage aus einer Zeitschrift ausgeschnitten und aufgehoben. Italienische Archäologen hatten in der Sahara bisher unbekannte Ruinen und Felszeichnungen entdeckt. Ich hatte Fantine davon erzählt. Fantine Nathan war Filmproduzentin, und ich kam gut mit ihr aus.

»Ein Gelände, das dreißig Kilometer lang ist, und an manchen Stellen dreihundert Meter breit. Eine ganze Ruinenstadt hat man dort gefunden. Und jede Menge Gravuren. Stell dir das mal vor, Fantine! Sie zeigen Tiere, die es seit vielen hundert Jahren in der Wüste nicht mehr gibt: Elefanten, Rhinozerosse, Löwen. Und Menschen auch.«

Ich hatte die Abbildungen in einem Reisemagazin gesehen. Da war etwas Seltsames an ihnen, was ich Fantine zu erklären versuchte. Eine unerhörte, expressive Kraft ging von ihnen aus, eine Kraft, wie außerhalb von Zeit und Raum.

»Und gleichzeitig«, sagte ich, »kommen sie mir vertraut vor.«

»Weil dein Vater aus der Wüste kam?«

»Ich glaube schon.«

Unsere Gefühle werden von allen möglichen Ideenverbindungen gelenkt. Farben und Formen und Strukturen einer weit zurückliegenden Zeit hatten sich in meiner Erinnerung eingeprägt.

»Und du willst einen Film darüber machen.«

Es war eine Feststellung, keine Frage. Ich lächelte Fantine an.

»Vielleicht. Ich denke nach.«

Ich konnte ein Problem Stunden, Tage und sogar Wochen in meinen Gedanken bewegen, bis ich es ganz durchschaut hatte. Oft bewirkte diese Versunkenheit, daß man mich für naiv hielt. Aber ich machte Filme. Das bedeutete, die Welt so zu sehen und sich vorzustellen, daß andere sie auch so sehen konnten. Und das verlangte – außer einer technischen Begabung – mitunter viel Intuition.

2. Kapitel

Ich lief im Regen nach Hause, kam verschwitzt an. Paris kann im Herbst sehr warm sein, der Regen war kühl und wohltuend. Ich wohnte in einem Haus aus der Belle Epoque, erheblich vernachlässigt, aber immer noch imposant und verschnörkelt. Ich ging durch die Halle mit dem abgetretenen Marmorfußboden, ein knirschender Aufzug brachte mich mühsam in die sechste Etage. Hinter dem Scherengitter glitten die Stockwerke vorbei. Es gab Erker und hohe Fenster mit bunten Bleiglasscheiben. Die Korridore waren durch abgeschabte Teppiche, Holzdielen und Treppchen miteinander verbunden. Meine Wohnung am Flurende bestand eigentlich nur aus einem einzigen Raum, der von mittlerer Größe, aber schön in seinen Proportionen war. Die Kochnische stammte aus den siebziger Jahren, das Badezimmer war eine ehemalige Dienstbotenkammer. Ich mochte meine Wohnung sehr; sie machte mich ruhig und zufrieden. Die Wände waren frisch geweißt, die Fenster hoch, und der gut erhaltene Parkettfußboden glänzte wie Bernstein. Es roch nach abgestandener Luft. Ich öffnete beide Fenster, ließ den Geruch des Regens herein; unten brauste und dröhnte der Verkehr. Ich zog meine nassen Sachen aus, wechselte T-Shirt und Hose. Am Eingang hing ein alter, vergoldeter Spiegel vom Flohmarkt. Ich blieb kurz vor ihm stehen, strich die feuchten Haarsträhnen aus der Stirn. Mein Gesicht war feingeschnitten, oval, das Profil merkwürdig stumpfnasig.

Du hast das Gesicht deines Vaters, sagte Olivia immer, dieselbe hohe Stirn, dasselbe schmale Kinn, ein Merkmal der Familie.

Der Mund war weich und voll. Mein Gesicht hatte ich niemals als besonders attraktiv empfunden, auch später nicht, als es hieß, daß mein Lächeln ganz reizend sei. Die Farbe meiner Augen wechselte von Braun zu Gold. Die Brauen waren schräggestellt, die eine war leicht hochgezogen, was meinem Gesicht einen Ausdruck von Zweifel, Zurückhaltung und zugleich Scharfsinn verlieh. Als Kind hatte ich ziemlich stark geschielt und eine Brille tragen müssen, bis sich der Defekt allmählich zurückbildete. Heute ist er ganz verschwunden.

Ich ging an dem Spiegel vorbei, setzte mich an meinen Schreibtisch und schaltete den Computer an. Eine Weile saß ich in Gedanken versunken, legte die Hände in den Schoß und roch den Duft meiner feuchten Haut.

Henri. Ich hatte ihn seit Jahren nicht mehr gesehen. Ich war neunzehn Jahre alt gewesen, als wir uns kennenlernten, er zweiundzwanzig. Viel zu jung, meinten die Schwiegereltern, womit sie zweifellos recht hatten. Darüber hinaus war ich ihnen nicht gut genug. Henris Vater war einer der bekanntesten Anwälte Brüssels. Er war konservativ, aber nicht unbeweglich, und besaß eine ruhige Gelassenheit. Die Mutter kam aus schwerreichem Haus. Ihre Intelligenz war wenig ausgebildet; man tat jedoch gut daran, sie nicht bloßzustellen.

Ich war zur Hälfte Algerierin, daher nicht wirklich vorzeigbar. Meine Mutter war Lehrerin, der exotische Vater lebte nicht mehr. Statt eines Vermögens hatten wir Schulden. Derartige Lebensumstände riefen in Henris Kreisen ein Naserümpfen hervor. Wie auch immer, die Hochzeit fand statt. Henris Eltern machten gute Miene zum bösen Spiel, und auch meine Mutter kam.

Es folgten ein paar Jahre, in denen nichts geschah, außer daß Henri sein Gehalt verbesserte und wir in eine größere Wohnung zogen. Ich beendete mein Studium, entdeckte mein Interesse für das Filmen. Henri war beschäftigt; er fand gut, was ich machte. Kinder hatten wir keine; wir wollten noch warten, obwohl die Schwiegermutter mit Nachdruck betonte, wir sollten doch endlich eine »richtige Familie« werden. Mit Henris Karriere ging es steil aufwärts, und damit begann die Zeit der Entfremdung. Die Rolle, die ich an seiner Seite spielen sollte, entsprach mir nicht. Ich war eine Frau, deren Leben im Zeichen der Suche nach einem Ziel stand; alles Mögliche konnte dieses Ziel sein, jedoch keine schale Ehe, keine Anpassung. Ich mußte mich Herausforderungen stellen, mich in Prüfungen bewähren. Es gereichte Henri zur Ehre, daß er mich verstand. Er war ein guter Kenner meiner Tiefen, aber gleichzeitig war er – und wußte es – auf übertriebene Art ehrgeizig. Er arbeitete mit Zahlentabellen und Satellitendiensten, seine Zeit wurde knapper, sein Gehalt größer. Er arbeitete jeden Tag länger und saß auch am Wochenende vor dem Computer. Ich besuchte eine Filmschule, machte ein Volontariat beim Brüsseler Fernsehen. Dabei kam ich mit vielen verschiedenen Menschen zusammen. Zu einem Einordnen in die Gesellschaft brachte ich keine Bereitschaft mehr auf. Den Schwiegereltern paßte das nicht, sie hofften auf das Enkelkind. Ich drehte meinen ersten Werbefilm, gewann eine Auszeichnung und hatte eine kurze Affäre mit einem Schauspieler. Hinter Henri schauten die Frauen her, wenn er mit seinem ironischen Lächeln auf den Lippen von einer Besprechung in die andere ging. Er spürte, daß er eine intensivere Art zu leben suchte. Die Frauen spielten mit. Henri und ich sprachen offen über alles. Es war für uns beide eine emotionale Erfahrung, nach deren Bewältigung wir jedoch nicht noch einmal von vorn anfangen konnten. Henris Eltern schlugen einen merkwürdig rachsüchtigen Ton an. War es nicht so, daß ich kein Kind gewollt hatte? Ach, sie hatten immer gesagt, daß ich für ihren Sohn nicht die Richtige war. Ich fühlte mich verstoßen, unwürdig, unerwünscht. Olivia reagierte wie immer gelassen und mischte sich nicht ein. Ich sagte zu ihr:

»Es ist so niederschmetternd. Ich fühle mich, als ob ich mit dem Kopf gegen die Wand renne.«

»Du hast mein ganzes Mitgefühl. Und wie geht es Henri?«

»Er ist viel unterwegs. Wo und mit wem, ist mir egal.«

»Du bist nicht aufrichtig.«

»Es tut mir leid. Ich weiß, daß ich mich idiotisch benehme.«

»Das will ich schwer hoffen.«

»Ich kann es nicht mehr aushalten, Olivia. Ich muß weg, verstehst du? Es reißt mich weg, es treibt mich. Aber ich komme und komme nicht weiter.«

»Fürs erste gehst du von ihm weg«, sagte Olivia. »Schade, ihr wart ein so schönes Paar. Was Henri falsch gemacht hat, weiß er inzwischen. Jetzt mußt du nachdenken und überlegen, worin deine Fehler bestanden. Und sitz gerade, auch wenn du heulst. Ich mag keine krummen Rücken.«

Unterhaltsansprüche stellte ich keine. Henri hatte gute Beziehungen zum Richter, und die Scheidung wurde in weniger als zehn Minuten ausgesprochen. Danach kam die Traurigkeit wieder. Aber man kann mit der Einsamkeit leben und bekommt allmählich, von einem Abend zum anderen, Übung darin.

Nach dem Regen war es plötzlich kühl geworden. Ich

stand auf, schloß die Fenster und zog meine Unterlagen aus dem Ordner. Bevor das Projekt bewilligt wurde, mußte ich ein Exposé verfassen; es stellte die Grundlage dar, auf der sich andere näher mit dem Stoff befassen konnten. In der kommenden Woche würde ich Fantine treffen, die für schlampige Arbeit nichts übrig hatte. Als Co-Produzentin war ich bereit, Geld in die Sache zu stecken – jedoch nur unter der Bedingung, daß das Fernsehen mitmachte. Das »unabhängige Filmschaffen« war eine brotlose Kunst, aber drehte ich zwei oder drei Werbefilme, kam Geld auf mein Konto. Auch mit Werbefilmen kann man experimentieren; ich war in dieser Beziehung nicht stur. Und aus der Geschichte mit den Felsbildern ließ sich etwas machen.

Der Anfang fand immer an meinem Schreibtisch statt, besser gesagt, in meinem Kopf. Wenn ich einmal begonnen hatte, konnte ich unmöglich wieder aufhören. Es kam mir dann vor, als sei ich in einem fließenden Übergang in eine andere Welt begriffen, als trennte ich mich allmählich von den anderen Menschen. Ich war stets bestrebt gewesen, in meinen Filmen den Autorenstandpunkt, das persönliche Anliegen erkennen zu lassen. Ich hatte lernen müssen, für die Auswertung meiner Filme selbst zu sorgen. Zum Glück hatte ich meine Kontakte schon geknüpft; zu einigen Filmverleihern hatte ich eine gute Beziehung und wußte inzwischen, wie man einen Film verkauft. Das alles war Routine.

Doch es kam vor, daß mich ein Schauder packte. Irgendwo tief in meinem Bewußtsein häuften sich Sedimente von Erinnerungen. Sie hatten etwas mit Afrika zu tun, mit diesem lang vergangenen Teil meines Seins. Ich spürte es mit jeder Faser meines Körpers, obwohl ich an manchen Tagen meinte, mir etwas einzubilden. Dennoch, in mir regte sich etwas. Ein beunruhigendes

Gefühl. Manchmal sah ich mich selbst, wie mit den Augen einer anderen, und kam mir fremd vor.

Ich hatte Herodots »Historien« in einem Antiquariat aufgestöbert. Das Buch lag neben meinem Computer. Ich schlug es auf, schaute hinein und las. Einige Seiten hatte ich mit handschriftlichen Notizen versehen – es war meine Angewohnheit, in Bücher zu kritzeln. Manche Satzteile waren unterstrichen. Worte drücken Empfindungen aus, verhelfen zum klareren Denken, sie sind immer in Bewegung. Und Worte, die viele Menschenalter überdauert haben, bleiben lebendig – so lebendig, daß sie niemals sterben können.

»In diesem Wüstenstreifen liegen Salzstücke in großen Klumpen auf den Hügeln. Dort leben auch Menschen, zunächst die Ammoniter, die den Widder anbeten und um eine Quelle herum angesiedelt sind, die »Quelle der Sonne« genannt wird. Zehn Tagesreisen weiter befinden sich ein anderer Salzhügel und eine andere Quelle, um die herum Menschen wohnen. Diese Gegend heißt Aguila. Dort ziehen die Nasamonen zur Dattelernte. Hinter Aguila, wieder zehn Tagesreisen weiter, kommt man in ein fruchtbares Land mit vielen Dattelpalmen. Da wohnen Menschen, die Garamenten heißen, ein gewaltiges Volk. Sie bedecken das Salz mit Erde, dann säen sie Korn. Die Garamanten machen mit ihren von vier Pferden gezogenen Wagen Jagd auf die Äthiopier, die in Höhlen wohnen. Und zehn Tagesreisen weiter, stößt man erneut auf einen Salzhügel und eine Quelle; dort wohnen Menschen, die Ataranten heißen. Und schließlich, abermals zehn Tagesreisen weiter, befinden sich wieder ein Salzhügel und eine Quelle. Dort wohnen die Atlanten, die ihren Namen von dem Berg bekommen haben, den sie bewohnen, und der Atlas heißt. Der ist schmal und an allen Seiten abgerundet, und so hoch, daß man seinen Gipfel nicht sehen kann, denn er ist stets von Wolken verhangen, im Sommer wie im Winter. Und die Bewohner des Landes dort sagen, dies sei die Säule des Himmels. Man sagt, dieses Volk habe keine Träume ...«

Ein Frösteln überlief mich. Dieser Satz war der geheimnisvollste von allen. Das muß etwas zu bedeuten haben, dachte ich. Träume sind innere Ablagerungen gesammelter Erfahrungen, Spiele des menschlichen Geistes. Was war los mit den Atlanten? Herodot mochte andeuten, daß etwas mit ihnen nicht stimmte. Verbot ihnen etwas in ihrem Gehirn die Erinnerung? Was hatten sie oder ihre Vorfahren erlebt? Welches Verhängnis? Welche Katastrophe? Menschen, die ihrer Welt entrissen werden, verschließen ihr Unterbewußtsein. Und wie kam Herodot dazu, um diese Dinge zu wissen? Ich mochte Rätsel; ich war gerne neugierig. Ich neigte zur Zerstreutheit; eine Schwäche, mit der ich mich nicht abfinden wollte. Die Neugierde disziplinierte mich, fesselte mich an den Punkt, an dem ich zu arbeiten hatte.

3. Kapitel

Am Mittwoch fand das Treffen mit Fantine statt. Sie wohnte Rue St. Martin, nur ein paar Schritte vom Centre Pompidou entfernt, hoch oben im Gebäude der Ircam, dem Forschungszentrum für Musikproduktion. Ihre kleine Wohnung diente ihr gleichzeitig als Büro. Alles war kombiniert mit kühler Eleganz. Firlefanz lag ihr nicht. Nur wenige Farben – Beige, Weiß, Hellgrau. Und dazwischen Fantine, ganz in Schwarz, mit rotem Haar. Sie trug kirschfarbenen Lippenstift, hatte eine Haut wie Sahne. Sie war siebenundvierzig und ging niemals in die Sonne. Ihr Gesicht, zu knochig, um wirklich schön zu sein, war zu perfekt zurechtgemacht, um nicht aufzufallen. Wir tranken Kaffee, und Fantine prüfte mein Exposé, angemessen kritisch, ihren kleinen Zigarillo in der Hand, ihre Designer-Brille auf der schmalen Nase.

»Was meinst du?« fragte ich.

»Es gefällt dir«, erwiderte sie.

»Mir?«

»Du weißt genau, was ich meine.«

Fantine blickte mich amüsiert an. Ihr Lippenstift glänzte in der Morgensonne. »Wenn dir eine Sache gefällt, wird es ein guter Streifen.«

Ich spürte ein leichtes Flattern in der Brust.

»Das läuft von ganz allein«, sagte ich.

»Wundert dich das?«

Fantines Kaffee war gut. Ich nahm einen großen Schluck.

»Eigentlich kaum. Ich brauche nur anzufangen, mich damit zu befassen.«

Fantine sprach mit leiser Stimme. Den Film konnte sie bei *Arte* unterbringen. Ohne weiteres. Kein Problem.

»Die Wüste kommt nie aus der Mode. Aber es macht einen großen Unterschied, wenn ausgerechnet du dich mit dem Thema befaßt.«

»Weil mein Vater Algerier war?«

Sie schüttelte den Kopf.

»Weil du eine Frau bist. Frauen drehen andere Filme als Männer.«

»Stimmt. Warum tun sie das, deiner Meinung nach?«

Sie runzelte die Stirn.

»Ich habe da so meine eigenen Gedanken. Wenn das Publikum nicht weiß, ob der Streifen von einem Mann oder einer Frau gemacht wurde, reagiert es heftiger bei dem Film einer Frau. Immer. Jedesmal. Er berührt sie tiefer. Ist dir das nie aufgefallen?«

»Im Grunde ja.«

»Siehst du? Filme von Frauen gehen unter die Haut, weil sie ihr eigenes Leben anders und intensiver leben. Und sie sind im Begriff, eine neue Filmsprache zu erfinden. Aber Großproduktionen werden nach wie vor von Männern gedreht. Sensation und Action, du weißt schon, und die Stars ziehen ihr Höschen aus. Na schön. Pubertierende freuen sich darüber, aber das Publikum hat die Nase voll.«

Ich kannte Fantine seit fünf Jahren und verließ mich stets auf ihr Urteil. Fantine hatte ihre eigene Firma, mit drei Angestellten für den Verwaltungsbereich. Wenn sie ein Projekt anging, stellte sie innerhalb weniger Tage das entsprechende Team zusammen. Und sie kannte eine Menge Leute, die wichtig waren.

»Die Sahara …« Fantine dachte laut, wobei sie mit

ihrem schwarzbeschuhten Fuß wippte. »Jeder glaubt, daß sie bis zum letzten Quadratzentimeter erforscht wurde. Warum wurde das Gelände jetzt erst neu entdeckt?«

Die Antwort konnte ich ihr geben.

»Die Dünen bewegen sich mit dem Wind, die Wüste verändert ständig ihr Gesicht. Du kannst monatelang die gleiche Strecke fahren und glauben, daß sie dir vertraut ist. Und dann kommt ein Sandsturm, und du weißt nicht mehr, wo du bist. Stell dir eine Landschaft vor, die am Morgen da war, und am nächsten Tag ist sie weg.«

»Klingt unheimlich, würde ich sagen.«

»Findest du?«

»Wann warst du das letzte Mal in Algerien?«

»Vor vierundzwanzig Jahren.«

»Da warst du ja noch ein Kind.«

»Meine Mutter hat mich in der Wüste zur Welt gebracht.«

»So? Interessant! Wem siehst du eigentlich ähnlich?«

»Meinem Vater, glaube ich.«

»Du bist blond...«

»Kein bißchen nachgeholfen, siehst du?«

Ich neigte den Kopf, zog die Strähnen auseinander. Wir lachten beide.

»Tuareg sind anders«, sagte ich.

»Inwiefern sind sie anders?«

»Anders«, sagte ich noch einmal und überlegte, wie ich es ausdrücken sollte.

»Sie sind sehr überheblich. Ich glaube, sie mögen einfach nicht Algerier oder sonst etwas sein. Sie bekennen sich zum Islam, aber am Ende sind sie doch sehr eigenwillig dabei.«

»Hast du noch Kontakt zu deiner Familie?«

»Schon lange nicht mehr.«

»Und wie ist deine Mutter in die Sahara gekommen?«

»Das ist eine romantische Geschichte.«

»Heutzutage liegen die wieder im Trend.«

Fantine wollte, daß ich erzählte. Ich dachte an mein Filmprojekt und tat ihr den Gefallen.

In Olivias Blumenkind-Jugend war Marbella längst nicht mehr ein erstrebenswertes Ziel; man reiste nach Goa, Afghanistan oder Katmandu. Die südliche Hemisphäre war der mystische Garten Eden. Man drehte dem Wohlstand genüßlich den Rücken, rauchte LSD, weissagte den Untergang des Abendlandes und predigte makrobiotische Eßkultur. Olivia spielte ihre Woodstock-Kassette, bis sie ausgefranst war, und reiste in die Sahara. »Ich war gegen alles, was zum Atmen nicht nötig war und den Körper einengte. Meine Seele sollte fliegen wie ein Schmetterling.« Olivia wuchsen keine Flügel, aber sie verliebte sich Knall auf Fall. Das Ergebnis war – in gewissem Sinne – grandios.

Mein Vater, Chenani ag Amaya, gehörte der herrschenden Konföderation der Kel Rela an, dem mächtigsten Adelsstamm unter den *Ihaggaren*-Tuareg. Seine Mutter Zara war die jüngste Schwester des letzten »Amenokals« Sidi Bey ag Akhamuk. Im Volksmund wurde der Herrscher der Tuareg als »König« bezeichnet, und in gewisser Weise mochte das stimmen. Olivia sagte, wenn sie Sidi Bey anblickte, hatte sie den Eindruck, eine Statue vor sich zu sehen. Seine ebenmäßig braunen Hände und Füße waren wie aus Stein gemeißelt. »Er schaute auf mich herab«, hatte Olivia einmal gesagt, »er kam mir wie ein Mann von vielfacher Lebensgröße vor.«

Fantines rote Lippen kräuselten sich.

»Da übertreibt sie ganz schön.«

»Sie war ungeheuer beeindruckt.«

Der Titel des Amenokals bedeutet »Herr des Erdbodens«. Das Privileg des Herrschers wurde auf komplizierte Art weitergegeben, nicht vom Vater auf den Sohn, sondern über die Frauen. Offenbar hatte sich das Patriarchat bei den Tuareg nicht durchgesetzt, ganz gleich, welche Eigenarten sie sonst haben mochten. Olivia empfand Genugtuung. Und zudem waren diese so karg lebenden Menschen von einer Gelassenheit, die an Stoizismus grenzte und Olivia im täglichen Umgang mit ihnen ein Gefühl der Freiheit gab. Während Chenani als schlecht bezahlter Radiotechniker arbeitete, übernahm sie eine Schulklasse in Tam. Die meisten Kinder waren Araber, viele mit afrikanischem Blut, einige Tuaregkinder waren auch dabei. Trotz mancher Schwierigkeiten fühlte Olivia sich selten entmutigt. Wie jeder Mensch hatte auch sie die Heimat ihrer Seele gesucht, und die Sahara war für sie jenes gelobte Land, das ihres Einsatzes, ihrer Träume würdig war. Sie war sorglos, wie man es nur mit zwanzig ist. Sie erfreute sich der besten Gesundheit, war begeisterungsfähig und voller Energie. Sie hielt sich gern unter Menschen auf, hatte eine besondere Begabung, auf die Leute einzugehen, so daß jeder sie mochte. Ihre Liebe zu Chenani, den sie zärtlich *Gamin* – Junge – nannte, entsprang einem tiefen, sehr natürlichen Gefühl. Hiram ag Amaya, Chenanis Vater, war *Amrar* – Anführer der Adelsstämme – und der zweitmächtigste Mann im Hoggar. Die Schwiegereltern nahmen die Fremde wohlwollend auf. Zu Liebschaften, Eheschließungen und Scheidungen haben die Nomaden ein bemerkenswert entspanntes Verhältnis. Die Ahnenreihe der einzelnen Familien stellte daher weniger einen Stammbaum als vielmehr ein Gestrüpp dar. Die *Ihaggaren* – die Hoggar-Tuareg – waren hochmütig, eigenwillig und dominierend. Ihre soziale Ordnung entsprach noch bis vor kurzem Europas mittelalterlichen Hierarchien. Für die einen galten sie als Verkörperung des Edelmutes, für die anderen als Ausbeuter der übelsten Sorte. Wie dem auch sei, Algerien wurde unabhängig, und nach Sidi Beys Tod zerbröckelte das System. Natürlich nicht von heute auf morgen. Der Niedergang erfolgte heimtückisch und schleichend. Es war eine langsame Erosion, die das Volk seiner Lebenskräfte beraubte, unausweichlich in die Hoffnungslosigkeit trieb – und von dort in den Tod und ins Nichts. Das war zumindest Olivias Meinung. Sie quälte sich mit dem Gedanken, daß ich nie die Welt kennen würde, die sie gekannt hatte. Olivia behielt ihre Klasse knapp ein Jahr, dann kündigte man ihr die Stelle. In algerischen Volksschulen sollte die Unterrichtssprache in Zukunft Arabisch sein, was Olivia als eine logische Entwicklung ansah, die Tuaregkinder jedoch in Schwierigkeiten stürzte. Die wenigsten von ihnen konnten Arabisch, während Französisch ihnen zumindest vertraut war. Über hundert Jahre Kolonialzeit hinterlassen im Sprachgebrauch Spuren.

»Und wie alt warst du, als dein Vater starb?«

»Ungefähr vier. Ich weiß kaum noch, wie er aussah.«

»Und deine Mutter?«

»Sie wurde im Frühjahr pensioniert. Jetzt gibt sie Geigenstunden.«

Ich wuchs heran, die Erinnerungen verblaßten. Mit Henri hatte ich kaum darüber sprechen können. Er hörte zerstreut zu, zeigte nachsichtiges Interesse. »Es tut mir leid für die Tuareg«, sagte er, und das war's schon. Und ich? Es lag nicht in meiner Natur, mich zu fragen, wer ich war. Noch hatte die Vergangenheit für mich keine tiefere Bedeutung. Vielleicht war es für Olivia anders, und ich hatte nur das Geheimnis nicht begriffen. Vielleicht sollte ich sie beneiden.

»Liebesgeschichten sind Opium für die Frauen…«, Fantine blickte verstohlen auf die Uhr. »Und danach?« »Ach, ich weiß nicht mehr. Es war alles ziemlich konfus.«

Nach ihrer Heirat galt Olivia als Algerierin, obwohl sie vorsichtshalber ihre belgische Staatsangehörigkeit behalten hatte. Auch nach dem Tod meines Vaters fuhr sie mehrmals mit mir zu den Großeltern. Sie wollte, daß diese ihr Enkelkind sahen. Später wurden die Besuche seltener. Den afrikanischen Staaten – Algerien, Niger, Mali – waren die Nomaden schon lange ein Dorn im Auge. Maßnahmen wurden ergriffen, um die Tuareg seßhaft zu machen. Dies lief ihrer Natur völlig zuwider; die Nomaden konnten zwar in Städten *wohnen,* aber nicht dort *leben.* Es kam zu Aufständen. Die Tuareg waren nie sanfte Schäfer gewesen, sondern – wenn es darauf ankam – phantastische Kämpfer, aber Hunger und Leid hatten sie geschwächt. Die Schwarzen setzten das Gemetzel der Weißen fort, sie hatten ihre Lektion gut gelernt und zogen mit Panzern und Maschinengewehren in die Schlacht. Die Überlebenden deportierte man in Müllcontainer. Meine Mutter wollte kein Risiko eingehen. Sie blieb Algerien fern.

»Kannst du dich noch entsinnen, wie es war?«

Fantine zeigte jetzt echte Teilnahme, und ich fragte mich, warum ich dabei Traurigkeit empfand.

»Nein. Meine Erinnerungen verschwimmen zu sehr. Olivia sprach gelegentlich davon. Vieles war für mich ganz unverständlich.«

»Du hättest ja fragen können.«

»Die Stämme wurden vertrieben oder in Lager gesteckt, ganze Familien ausgerottet. Das ging mir unter die Haut, verstehst du? Ich wollte mich von alldem distanzieren. Ich bat Olivia, mich nicht zu beteiligen.«

»Ja«, sagte Fantine, »das kann man machen, als Trick.«

Kinder sehen die Welt ohne Staunen. Ich wunderte mich damals nicht, daß meine Großeltern in einer Welt lebten, die so ganz anders war als meine Welt. Mir kam nichts außergewöhnlich vor: weder die Dünenkämme, noch die Berge, noch die Farbe der Häuser, nichts. Erst später, in meiner Erinnerung, wurde mir die Einsamkeit der Landschaft bewußt. Alles stand merkwürdig isoliert: hier ein Bergkegel, dort ein Tal. Der Sand unter den Füßen schien von seidenweicher, lebendiger Bewegung. Wer auf die Wüste blickt, wenn die Sonne hoch steht, verliert jedes Gefühl für Proportionen; ein Stein sieht wie ein Berg aus, ein Berg wie ein Stein. Die Menschen, die mir begegneten, erinnerten mich – ein wenig willkürlich – an gewisse Märchen- oder Filmgestalten, gute oder böse, je nachdem. Sie schienen fremd und frei erfunden zu sein. Wesen eines anderen Sterns.

Landschaften erwecken im Herzen der Menschen Ehrfurcht, Angst oder Mut. In der Wüste gibt es eine völlige Freiheit. Die Landschaft entfaltet sich endlos, die Grenzen weichen immer weiter zurück. Die Tuareg maßen ihre eigene Größe an der Entfernung, die sie überblicken konnten. Sie gehörten stets der Ferne an, sie war ihr Bereich, selbst wenn in der Hitze Trugbilder glitzerten. Vielleicht entstand daraus die Illusion, für sie seien Begrenzungen nicht gemacht. Und in diesem Punkt wurden sie selbstherrlich. Sie merkten erst allmählich, mit Schrecken und größtem Widerwillen, daß sie ihr Leben ändern mußten.

»Ob es dir paßt oder nicht, das alles steckt noch in dir«, sagte Fantine.

Ich konnte es nicht leugnen. Fantine rauchte versonnen. Ich mochte den Duft ihrer Zigarillos.

»Deine Mutter muß eine ungewöhnliche Frau sein.«

»Das ist sie. Und zudem ist sie halsstarrig. Es paßt zu ihr, ich kenne sie nicht anders. Und sie ist eine Künstlerin, sie ist launisch. Man legt sich besser nicht mit ihr an.«

»Und dein Vater?«

Meine Kehle fühlte sich plötzlich trocken an. Ich schluckte und sagte:

»Unter uns, Fantine, ich weiß wirklich nicht, was er für sie bedeutete. Sie sprach nicht von ihm. Sogar ich selber habe aufgehört, nach ihm zu fragen. Weil sie nie etwas sagte ... Manchmal glaube ich, daß sie ihn vergessen hat.«

»Hatte sie etwas gegen ihn?«

Ihre Frage verwirrte mich. Ich spürte, wie ich leicht errötete. »Ich weiß es nicht. Ich habe ihn ja kaum gekannt. Und ich habe mir vieles eingeredet. Aber ich glaube, er war anders, als man sich das vorstellt.«

»Nun«, meinte Fantine, »Mischehen bergen immer ein Risiko.«

Ich lächelte flüchtig.

»Jede Ehe, Fantine.«

»Hast ja recht.«

Sie legte den Zigarillo auf den Rand des Aschenbechers und blätterte in den Unterlagen, ohne aufzusehen. Auch Fantine war verheiratet gewesen. Sie hatte einen dreizehnjährigen Sohn, Arthur, der ihr die Scheidung übelnahm.

»Angenommen«, sagte sie, »wir machen den Film ...«

Wir stellten mein Team zusammen. Das Budget sollte nicht überlastet werden. Außerdem wollte ich – wie stets – nur wenig Leute dabei haben. Wenn unterschiedliche Menschen versuchen, ihre Fähigkeiten miteinander zu verbinden, kann etwas Großartiges entstehen, aber es kann auch in einem Chaos enden. Ich konnte mit einem zerstrittenen Team nicht arbeiten. Ich mußte die Kontrolle über den kreativen Prozeß haben, was bedeutete, daß ich auch die Gemeinschaft kontrollieren mußte. Und gleichzeitig mußte ich meinem Team vertrauen.

Ich hatte Fantine gesagt, daß ich gerne mit Enrique als Kameramann arbeitete, und sie ließ nachfragen, ob er frei war. Enrique arbeitete bei privaten Videoproduktionsfirmen und beim Fernsehen, war aber freiberuflich, was ihn flexibel machte. Dazu kam, daß Enrique Afrika kannte und wußte, welche technische Ausrüstung wir benötigten. In der Wüste herrschten ganz spezielle Bedingungen, was Belichtung, Farben und Kontraste anging. Enrique wollte mit seiner Assistentin Thuy reisen, einer Vietnamesin. Thuy sei als Fahrerin ganz hervorragend, betonte Enrique, der heftig in sie verliebt war. Fantine und ich hatten nichts dagegen.

»Wenn sie gut ist …«

»Kein Zweifel, sie ist gut.«

Serge, mein Assistent, stammte aus Avignon. Er hatte diverse, sehr verschiedenartige Berufe ausgeübt und war erst spät zum Film gekommen. Wenn es an irgend etwas fehlte, Serge wußte Rat. Er sprach mit sanfter, dunkler Stimme; seine Gemütsruhe war selten zu erschüttern. Rocco, der Beleuchter, taugte auch als Mechaniker. Ich mochte ihn eigentlich, aber bei all seiner vergnügten Herzlichkeit war er doch im Grunde ein Hitzkopf.

Alle hatten eine Kopie des Drehplans erhalten und Zeit gehabt, sich mit dem Thema zu befassen. Ein paar Tage später trafen wir uns in einem Bistro in der Rue de la Roquette. Wir aßen Jakobsmuscheln in Weißwein und Salat mit gegrilltem Ziegenkäse, besprachen Realisationsform und Gestaltung, Material und Budget. Wir gebrauchten vertraute Worte, unsere Gedanken liefen mühelos in die gleiche Richtung. Seit unserer letzten gemeinsamen Arbeit waren Monate vergangen; nach dem Essen bestellten wir einen Calvados und erzählten von uns. Während wir sprachen, wuchs unsere Gemeinschaft wieder zusammen – obwohl wir alle extreme Individualisten waren. Was uns verband, war die gemeinsame Arbeit. Unsere Zukunft war der nächste Film. Weiter dachten wir nicht. Mit gewissen Neigungen gingen wir vorsichtig um, und für eine Weile fiel es keinem von uns schwer, in einer Gruppe zu leben.

Wir hatten von Algerien die Erlaubnis erhalten, die Felsbilder zu filmen, waren allerdings darauf hingewiesen worden, daß wir strikt auf die lokalen Ordnungshüter zu hören und uns an ihre Weisungen zu halten hatten. Daß sie hinter jedem offiziellen Ausweis falsche Papiere vermuteten, lag auf der Hand. Wir bewahrten Zuversicht.

»Archäologische Funde sind einfach das Beste, was man filmen kann«, meinte Rocco mit schiefem Lächeln. »Da beleidigt man keinen Gott, hat wenig Kontakt zu den Einheimischen und pirscht sich nicht zu nahe an militärisches Gebiet heran.«

»Falls sie nicht nebenan ihre Raketen testen.«

Enrique saß dicht neben Thuy, suchte ständig ihre Nähe. Er hatte ein feingeschnittenes, braunes Gesicht; seine Kleider trug er jahrelang, sie waren altmodisch und zerknittert, nichts paßte zusammen. Dem lag pure Eitelkeit zugrunde, eine kultivierte jedoch. Sie entstammte der Tiefe einer durchaus wahrhaften und idealistischen Seele. Enrique kam aus Madrid und war ein echtes Kind der *Movida*; häufig lebte er in äußerst gefühlvollen Gedanken. Wir sprachen über die Schwierigkeiten, die uns in Algerien erwarten mochten; wir sprachen über den Sinn und Unsinn des Militärs, und Enrique, dessen Eltern gegen Franco waren, verfiel in Schwermut.

»Wir müssen unsere Mitmenschen ansehen, sie aus größtmöglicher Nähe wahrnehmen. Menschen, die sich bekämpfen, schauen sich nicht an. Wenn wir das nicht fertigbringen, wird die Tür zur Gewalt aufgestoßen. Aber wir können ihr beikommen.«

»Womit?« fragte ich milde.

»Mit Brüderlichkeit.«

»Ahnungslos wie ein Baby würde er sein Todesurteil unterschreiben«, seufzte liebevoll Thuy.

»Brüderlichkeit?« Serge schüttelte den Kopf. »Damit kann dir alles mögliche Unangenehme zustoßen. Wenn sich Dorftrottel Gewehre umhängen, besteht die Gefahr, daß sie sich ihrer bedienen.«

»Ich glaube nicht, daß es zu diesem Äußersten kommen wird«, sagte ich. »Rocco wird sich für uns einsetzen, und er kann sehr überzeugend sein.«

Rocco versprach uns zu retten, bevor man uns das Gehirn aus dem Kopf schoß. Eine gute Portion Streß und Nervenkitzel, meinte er, konnte dem Film nicht schaden.

Roccos Ruckzuckmethoden kamen oft gut an, aber manchmal ging er zu weit, und ich mußte ihn bremsen. Wir kamen auf das Thema Angst zu sprechen. Thuy erzählte von ihrer Kindheit. Sie war in Saigon geboren, hatte den Krieg miterlebt.

»Ich war die jüngste von drei Geschwistern. Damals verstanden wir Kinder nichts von dem, was um uns herum geschah. Als die Kommunisten kamen, zahlten meine Eltern Schmiergeld, damit wir Saigon verlassen konnten. Wir waren schon auf hoher See, als ein Flugzeug das Schiff mit Napalmbomben angriff. Viele Menschen wurden verletzt oder getötet. Ich sah, wie ihre Kleider verglühten, wie ihre Haut zu Fetzen schmolz. Es war ein Wunder, daß wir am Leben blieben. Seitdem habe ich überhaupt keine Angst mehr.«

Ich verstand, was sie meinte.

»Ängste sind oft nur Wahnvorstellungen; sie machen uns weinerlich und hysterisch. Die richtigen, die wahren Ängste machen uns stark.«

Thuy war schmal von Gestalt, mit einem etwas zu großen Kopf; auch ihre Hände und Füße waren klein. Sie sprach leise, mit eindringlicher Stimme. Ihre gelenkigen Knabenhände gingen entspannt mit den Gegenständen um, und alles, was sie anrührte, wurde mit stillem Leben erfüllt.

Wir waren etwas beschwipst. Jeder hatte viel zu erzählen. Erst nach und nach fiel mir auf, daß ich zunehmend schweigsamer wurde, und es lag nicht nur am Wein. Etwas hatte begonnen, was nicht mehr aufzuhalten sein würde. Was ist es? fragte ich mich immer wieder und fand keine Antwort. Eine Weile noch hörte ich die anderen reden, roch Tabakqualm und fühlte eine leichte Übelkeit. Bald hörte ich nur noch Worte, die aus meinem Inneren kamen, Worte, die lange verschüttet gewesen waren; als sei etwas in mein Bewußtsein getreten, das tief in mir vergraben gewesen war. Und ich begann vor Sehnsucht und Zärtlichkeit zu zittern. Denn kaum jemals hatte ich mich an jene ersten Jahre meines Lebens erinnern können, in denen kleine Kinder beginnen, in den Farben, Lauten, Berührungen und Geräuschen um sich herum die Welt zu entdecken. Der Geruch von verbrennendem Holz, das Rascheln und Knistern von Zweigen, das Flackern einer Petroleumlampe, die Wärme einer Umarmung und eine sanfte, leicht kehlige Stimme, die leise Worte summte, immer wieder.

Worte in einer Sprache, die mir unbekannt war, Worte, deren Sinn ich nicht verstand. Ich flüsterte sie vor mich hin:

»Imochar ma ierha
Amis beidjedjen
Tarik tihagarret
Takuba nit
Ed esahar n ahal …«

Dann Stille. In meinen Ohren war ein seltsames Summen. Plötzlich fühlte ich in meinem Trommelfell einen Knacks, das Summen platzte wie eine Luftblase. Geräusche und Stimmen kehrten zurück. Alle starrten mich an, und Enrique fragte besorgt:

»Was hast du gesagt?«

Ich kam wieder zu mir und lächelte ihn an.

»Nichts. Ich habe an früher gedacht.«

Ich wischte mit dem Handrücken über die feuchte Stirn. Auch mein T-Shirt klebte an der Haut.

»Wir trinken noch etwas«, sagte Serge.

Der Kellner brachte den Wein. Serge hielt sein Glas gegen das Licht.

»Der Wein ist gut, sogar die Farbe ist schön, dieses tiefe Violett.«

Ich trank den Wein schnell. Erst jetzt wurde ich ruhig, erst jetzt verblaßten die Bilder. Der Wein war stark; auch das Wasser, zwischendurch getrunken, milderte seine Wirkung nicht. Ich hatte auf einmal Kopfschmerzen, war müde und wünschte mir, allein zu sein. Oft werden unsere Entscheidungen von ganz merkwürdigen Ideenverbindungen beeinflußt, die langes Nachdenken überflüssig machen. Ich kramte in meiner Handtasche, schlug mein Notizbuch auf und kritzelte eine Telefonnummer hinein. Als wieder eine Pause im Gespräch eintrat, riß ich die Seite heraus und reichte sie Enrique mit den Worten: »Ich fahre am Wochenende nach Brüssel, zu meiner Mutter. Das ist ihre Telefonnummer, falls noch irgendwelche Fragen auftauchen.«

»Seit wann hast du sie nicht gesehen?« fragte Enrique.

»Ich weiß es nicht mehr. Seit zwei Jahren oder so.«

»Dann wird es allmählich Zeit, daß du sie besuchst.«

Ich nickte.

»Das denke ich auch. Und vielleicht kann sie mir mehr über die Felszeichnungen sagen. Sie hat ja lange genug in Algerien gelebt.«

4. Kapitel

Wann kommst du?« fragte Olivia, als sie den Hörer abnahm und meine Stimme hörte.

Ich empfand nur geringe Verwirrung. Olivia blieb in vielerlei Hinsicht für mich ein Rätsel. Ich hatte mich längst damit abgefunden. Dinge im voraus zu ahnen war ein Teil ihrer Fähigkeiten. Es war durchaus denkbar, daß der Schlüssel zu ihrer hohen Intuition in ihrer Einbildungskraft lag. Ihre Vermutungen erwiesen sich meist als richtig, so daß sie stets mehr zu wissen schien als andere – eine Tatsache, die ich früher als selbstverständlich hingenommen hatte. Das Staunen darüber kam erst später, als ich gelernt hatte, sachlich und vernünftig zu denken.

»Ich wollte eigentlich morgen kommen. Es sei denn, du hast etwas anderes vor.«

»Ich habe selten etwas vor.« Olivias Stimme klang heiter. »Wie fährst du? Mit dem Zug?«

»Ich komme um siebzehn Uhr zwölf an.«

»Ich kann dich nicht abholen, da habe ich einen Schüler.«

»Das macht nichts, ich nehme ein Taxi.«

»Hast du Gepäck?«

»Nur eine Tasche.«

»Dann fahr mit der U-Bahn. Taxis sind teuer. Und es ist Stoßverkehr.«

»Gut.«

Olivia war eine ausgezeichnete Lehrerin gewesen,

und ich hatte immer gedacht, daß das Unterrichten ihr fehlen würde. Aber bei meiner Mutter wußte man solche Dinge nie genau. Als Kind war sie hochbegabt gewesen und hatte die Musikhochschule besuchen wollen. In der Familie der Großeltern wurde viel musiziert. Beide hatten ihr Vermögen im Krieg verloren und trauerten besseren Zeiten hinterher; der Vater starb zuerst, hinterließ Schulden und eine geringe Lebensversicherung. Für die Musikhochschule war kein Geld da. Olivia strebte einen soliden Beruf an, besuchte eine Höhere Schule, machte ein gutes Examen. Es waren finanziell harte Jahre, aber Olivia wäre nie auf den Gedanken gekommen, ihre Violine, eine Guadagnini, zu verkaufen. Sie unterrichtete Französisch und Musik in einer Mädchenschule, die einen guten Ruf hatte. Dann starb auch die Mutter. Olivias Gehalt war gering, aber sie konnte davon leben. Sie spielte Geige in einem Kammerorchester, trat bei Schulaufführungen oder Wohltätigkeitsveranstaltungen als Solistin auf. Nichts Großartiges, aber Olivia hatte sich damit abgefunden. Ihre leicht gereizte Stimme klang mir noch lange in den Ohren.

»Hör auf zu fragen, warum ich nicht berühmt geworden bin! Ich habe entscheidende Jahre verloren. Die Musik verlangt Treue, und Mittelmäßigkeit liegt mir nicht. Ich will meine Seele nicht ruinieren und eine Show abziehen. Die Geige fühlt, wenn man sie lächerlich macht, und rächt sich früher oder später.«

Ihre Erklärungen sagten mir damals wenig; allenfalls fand ich sie absurd. Einmal gestand sie mir: »Es tut mir leid, Tamara, ich habe versagt.« Das war schon klarer. Was in ihr wirklich vorging, konnte ich nicht sagen. Sie war auf eine geradezu irritierende Weise verschlossen.

Ich hatte ein paar Unterlagen mitgenommen und wollte mir auf der Fahrt nach Brüssel Notizen machen. Daraus wurde nichts. Der Aufruhr in meinem Kopf machte mich unfähig dazu. Etwas erwartete mich, etwas, das mich liebte und nach mir verlangte. Seit langem ... seit jeher. Es war, als suchte ich mich selbst. In mir regte sich die Gewißheit: Du stehst deiner nicht gelebten Vergangenheit gegenüber, du hast Erfahrungen zu machen. Die Welt wird sich verändern für dich. Oder bist du es, die sich verändern wird? Vielleicht konnte ich mit Olivia darüber sprechen.

Brüssel, Gare du Midi; die langen Straßen, die Unterführungen. Ich schulterte meine Tasche, stieg in die U-Bahn. Nach zehn Minuten hatte ich das Stadtzentrum verlassen, erreichte die Chaussée de Ninove. Das Haus, in dem meine Mutter drei Zimmer bewohnte, lag in einer Querstraße. Das zweistöckige Reihenhaus stammte aus den fünfziger Jahren und sah wie alle anderen aus: dunkle Backsteine, dunkle Ziegel. Die Fenster waren klein und weiß eingefaßt. Jedes Haus verfügte über einen ummauerten Hinterhof mit einem Stück Rasen, ein paar Blumentöpfen und einer Teppichstange, an der ich als Kind zu turnen pflegte. Es war durchaus kein schlechtes Viertel, aber ein enges; alles schien begrenzt. Ich fragte mich, wie es mein Vater empfunden hatte, hier zu wohnen, er, der soviel Licht und Weite gewohnt war.

Ich drückte auf den Klingelknopf, löste ein fernes, schepperndes Geräusch aus. Eine Weile war es still, dann sprang die Tür auf. Ich ging die enge Treppe bis zum ersten Stock hinauf. Die Treppe war gebohnert; ein abgeschabter Läufer bedeckte die Stufen. Oben war die Tür angelehnt; Geigenmusik drang nach draußen. Ich zog meine Stiefel aus, stellte sie drinnen im Flur ab, bevor ich die Tür schloß. Auch hier roch es nach Bohnerwachs. Durch die offene Tür sah ich einen kleinen Jungen vor einem Notenpult stehen. Olivia saß in einem Korbstuhl und hörte ihm zu. Der Junge wandte mir ein erhitztes Gesicht zu, deutete etwas verwirrt einen Gruß an. Ich lächelte.

»Laß dich von mir nicht stören.«

»Wir sind gleich fertig«, sagte Olivia. »In der Küche steht Kuchen. Und ich habe Kaffee aufgesetzt.«

Ich ließ meine Tasche von der Schulter gleiten und ging in die Küche, wo es nach Kaffee duftete. Ich wusch mir die Hände über dem Spülbecken, füllte eine Tasse und holte Milch aus dem kleinen Kühlschrank. Auf dem Tisch standen Apfeltaschen mit Zimt. Olivia hatte nicht vergessen, daß ich dieses Gebäck mochte. Der kleine Schüler übte Brahms, die vierte Violinsonate, er spielte volltönend und selbstsicher. Nicht schlecht für einen Jungen seines Alters. Ich saß auf einem Küchenstuhl, aß mit klebrigen Fingern eine Apfeltasche. Die Oktobersonne hatte noch Kraft. Ich sah den Schatten des Jungen, der sich auf dem hellen Vorhang am Fenster abzeichnete. In der kleinen Küche gab es einen altmodischen Schrank, einen alten Gasherd, keine Spülmaschine. Die Fliesen über dem Waschbecken waren zersprungen, der Wasserhahn tropfte, und auf dem Tisch lag ein Wachstuch. Alles war pingelig sauber und aufgeräumt. Bei Olivia hieß es: Jede Sache an ihrem Platz, und keinen Zentimeter daneben. War sie früher auch so gewesen? Ich wußte es nicht mehr.

Die Musik brach ab. Ich hörte Olivia eine Zeitlang leise mit dem Jungen sprechen. An seinem Schatten sah ich, wie er die Geige sorgfältig in den Kasten legte, den Deckel schloß. Ich vernahm das feine Schnappen des Metallschlosses. Dann trat Olivia, gefolgt von dem Jungen, aus dem Zimmer.

»Möchtest du eine Apfeltasche?« fragte sie ihn freundlich. Der Junge verneinte; seine Mutter würde jede Minute mit dem Wagen kommen; er sollte an der Kreuzung auf sie warten. Er verabschiedete sich und ging; seine Manieren waren höflich und selbstbewußt.

»Er ist gut«, sagte ich.

Sie nickte.

»Er heißt Simon. Ich unterrichte ihn nur noch bis zum Jahresende.«

Ich wischte mir die Krümel aus dem Mundwinkel.

»Warum?«

»In zwei Jahren kommt er auf die Musikhochschule. Und bis dahin braucht er bessere Lehrer.«

Sie goß sich Kaffee ein, setzte sich mir gegenüber. Meine Mutter war kleiner als ich, zart, schmal, knabenhaft. Ihr aschblondes Haar durchzogen graue Strähnen. Ihre großen Augen hatten die Farbe eines seltenen, dunklen Topas. Sie waren von einem schönen Glanz, und ich erkannte plötzlich, wie sehr dagegen ihr Gesicht gealtert war. Falten durchzogen die Wangen, verloren sich in den Mundwinkeln. Es schien, als ob ich zwei verschiedene Frauen betrachtete. Die eine hatte junge Augen, die andere ein altes Gesicht.

Olivia trug eine blaue Hemdbluse, eine Hose aus Cordsamt. Sie sah nicht ungepflegt aus; es war nur, als ob ihre eigene Erscheinung sie gleichgültig ließ.

»Du siehst müde aus, Tammy.«

Sie redete mich mit dem Kosenamen aus meiner Kindheit an. Meine Mutter war die einzige, die mich so nannte. Ich lachte ein wenig.

»Ich fühle mich alles andere als entspannt. Filmemachen ist anstrengend.«

Sie rührte Zucker in ihren Kaffee.

»Und jetzt gehst du also nach Algerien.«

»Ich hätte schon früher gehen sollen.«

Sie schaute mir in die Augen.

»Früher wäre zu früh gewesen.«

Ich seufzte irritiert.

»Was willst du damit sagen?«

»Du hattest anderes im Kopf. Da, nimm noch Kuchen.«

Ich nahm eine zweite Apfeltasche, biß gedankenlos hinein.

»Und jetzt glaubst du, daß es an der Zeit ist, meine Großmutter zu besuchen? Wenn sie noch lebt ...«

»Zara? Ich weiß nichts davon, daß sie gestorben ist.«

Ich starrte sie an.

»Stehst du noch mit ihr in Verbindung?«

»Mit ihr persönlich nicht. Französisch spricht sie gut, aber sie kann es nicht schreiben. Die Briefe sind von einem Enkelsohn.«

»Kann ich sie mal sehen?«

Ihr Ausdruck blieb unbewegt.

»Da steht nichts Besonderes. Daß es ihr gut geht, weiter nichts. Die Briefe sind irgendwo. Ich müßte sie suchen.«

Ich glaubte ihr nicht. Ihr Ordnungssinn war übertrieben, fast krankhaft. Und häufig log sie, wenn jemand an ihr Innerstes zu rühren versuchte. Woran lag das? An ihrem Schmerz, dachte ich. An der Angst, daß sie ihren Schmerz nicht würde kontrollieren können, vielleicht nur daran. Doch diesmal mußte ich ihr Schweigen brechen.

»Du hast mir zu wenig erzählt«, sagte ich. »Meine Vorstellung von Afrika ist ziemlich kläglich.«

Sie nickte.

»Du hattest andere Interessen. Und als du Henri geheiratet hast, wurde die Sache nicht besser.«

42

Ich gab mich geschlagen. Sie kannte mich zu gut. Mit Henri hatte ich kaum über meine Herkunft gesprochen; in seinen Kreisen wäre es für mich nicht nützlich oder sogar schädlich gewesen. Die Schwiegereltern wollten so wenig wie möglich davon wissen. Noch heute glaubte ich, aus meinem Innern die Stimme der Schwiegermutter zu hören: »Ich habe nie Araber gekannt, die nicht irgendwie krumme Sachen gemacht hätten. Sie wenden ihre Tricks an, das liegt ihnen einfach im Blut.« Zu sagen, daß die Tuareg keine Araber waren, hatte ich kaum in Betracht gezogen. Wen interessierte das schon?

»Also gut. Sagen wir mal, ich wollte mich nicht belasten.«

»Diese Einstellung hat dich nicht unbedingt weitergebracht.«

»Sicher nicht. Es tut mir leid.«

Das Zugeständnis gefiel ihr. Sie deutete ein Lächeln an.

»Ich nehme an, du hast dich ein wenig gelangweilt.«

»Das kam noch hinzu«, sagte ich.

Sie stand auf und holte sich frischen Kaffee.

»Nun?« fragte sie und setzte sich wieder.

Ich holte tief Luft.

»Mein Vater, was war er eigentlich für ein Mensch?«

Ein Zucken ging über ihr Gesicht. Ihre Stimme, auf einmal ohne Schwingung, ohne Resonanz, glich eher einem müden Flüstern.

»Du kannst nicht wissen, wie zärtlich er war. Und jetzt ist er tot. Schon dreißig Jahre lang. Die Erde dreht sich weiter, alles ist wie immer, als hätte er nie gelebt. Das ist seltsam, findest du nicht auch, Tammy? Ein Mensch wird geboren, wächst heran, er wird zu dem, was er ist. Und wenn er gestorben ist, ändert sich nichts.

43

Das Leben geht weiter, von Jahreszeit zu Jahreszeit. Ich habe Chenani geliebt, ich hatte das Privileg, eine kurze Strecke meines Weges mit ihm gemeinsam zu gehen. Manchmal denke ich, vielleicht wäre es besser gewesen, wenn ich ihn nie getroffen hätte. Vielleicht wäre er dann noch am Leben? Er starb und hinterließ keine Spur, nur ein paar Steine ...«

Ihre trockenen Lippen zitterten. Sie preßte die Hände fest zusammen. Ich schluckte und sagte:

»Du kannst nichts dafür, Olivia. Er war krank ...«

Sie schüttelte den Kopf. Sie sprach angestrengter, langsam und fast mühevoll.

»Wäre er in Algerien geblieben, hätte er länger leben können. Sein Vater Hiram hatte auch Asthma, das lag in der Familie. Und Hiram wurde fast neunzig. Aber Chenani ging mit mir nach Brüssel. Das feuchte Klima verschlimmerte seinen Zustand. Und als er anfing, mit Jean Chevallier zu reisen, unterschrieb er sein Todesurteil.«

Ich nippte stumm an meinem Kaffee. Was sie sagte, entsprach den Tatsachen. Seit seiner Kindheit hatte mein Vater an Asthma gelitten. Die trockene Saharaluft ließ ihn die Krankheit kaum spüren. Seine Beschwerden waren so gering, daß niemand sie beachtete, am wenigsten er selbst. Als meine Eltern die Sahara verlassen mußten, war es klar, daß sie nach Belgien ziehen würden. Olivia fand ziemlich schnell eine Arbeit, während Chenani einen technischen Fortbildungskurs besuchte und dann einen schlecht bezahlten Job in einem Fotolabor annahm. Daß die chemischen Dämpfe Gift für seine Lungen waren, ahnte keiner. Durch Zufall begegnete er Professor Chevallier vom Völkerkundemuseum in Brüssel, einem Spezialisten für das Kunsthandwerk in der südlichen Sahara. Er hatte

Aufnahmen aus der Wüste in das Labor gebracht. Chenani entwickelte die Fotos; als der Professor sie abholte, erläuterte er ihm jedes Bild auf seine ungemein fesselnde Art.

»Vergiß nicht«, sagte Olivia, »daß Chenani damals knapp über zwanzig war. Ich war elf Jahre älter als er. Chenani hatte die Nomadenschule besucht, konnte lesen und schreiben und wußte, wer die Beatles waren. Darüber hinaus war ihm nichts wirklich fremd, er fand sich überall zurecht, und kaum etwas setzte ihn in Erstaunen. Auch Mechanik und Technik waren ihm vertraut. Kein Wunder: Früher oder später lernt jeder Targui, wie ein Motor funktioniert. Die Fähigkeit, ein kaputtes Auto reparieren zu können, entscheidet unter Umständen darüber, ob man am Leben bleibt oder nicht.«

»Machte dir der Altersunterschied nichts aus?«

»Nicht im geringsten. Chenani besaß einen klaren, hellen Verstand. Er war sehr empfindsam, rasch im Handeln, aber nie unüberlegt. Seine Selbständigkeit hatte sich früh gefestigt. Durch mich – und später auch durch Chevallier – lernte er eine neue Welt und ihre Lebensweise kennen.«

»War das nicht schwierig für ihn?«

»Nein. Er wurde nie in zwei Teile gerissen, dazu war er viel zu ausgeglichen und unabhängig.«

Olivia begriff erst später, daß Chenani seine Klugheit und Gelassenheit der Wüste verdankte. Denn das Leben der Nomaden, in unserer Vorstellung frei von Fesseln, besteht in Wirklichkeit aus einer Unzahl winziger, genau zu betrachtender Einzelheiten. Und weil Chenanis Dasein von Anbeginn an entbehrungsreich war, konnte er sanft und heiter sein, frei von Komplexen, Verwirrungen oder innerem Zwiespalt.

Der Name Jean Chevallier war mir bekannt. Ich erinnerte mich verschwommen an ihn. Olivia erzählte mir, daß er kürzlich gestorben sei.

»Die Arbeit im Museum war sein ganzes Leben; bald nach der Pensionierung ging es mit seiner Gesundheit bergab. In seinen guten Stunden rief er mich manchmal an. Er sprach von Chenani, als ob er noch lebte. Anfangs fand ich das sonderbar.«

»Was hat du ihm gesagt?«

»Nichts. Ich ließ es dabei bewenden. Ich wußte ja, daß er verwirrt war. Um die Wahrheit zu sagen, ich denke, er hatte Gewissensbisse. Dabei hatte er es mit Chenani ja gut gemeint. Letzten Februar kam die Todesanzeige. Beerdigungen kann ich nicht ausstehen. Ich schickte eine Spende. Das war's dann.«

Sicher hat er es gut gemeint, dachte ich. Aber er hatte auch von Chenani profitiert. Ich sagte:

»Er mochte Chenani vielleicht nur, weil er ein Targui war, er dachte daran, daß er von ihm viel lernen konnte; ein Forscher kann diesen Aspekt vielleicht nie ganz vergessen.«

Sie nickte.

»Gewiß war seine Sympathie gegenüber Chenani nicht uneigennützig. Chenani sprach nicht *über* die Tuareg; er sprach *als* Tuareg. Man konnte ihm uneingeschränkt Glauben schenken, wenn er sich über die Menschen der Wüste und ihre Geschichte äußerte. Weißt du, in gewissem Sinne mißfiel mir das nicht. Chenani war glücklich dabei. Ist es nicht wunderbar, Anerkennung zu finden?« Olivia lächelte. »Chenani war in einer *Seriba* – einer Schilfhütte – aufgewachsen. Aber ein Empfang unter Kronleuchtern brachte ihn nicht im geringsten in Verlegenheit. In ihm war Adel, und man sah es ihm an. Er hätte nie Klempner werden können, wenn du verstehst, was ich meine.«

»Stimmt es, daß er mich zur Welt gebracht hat? In einem Zelt?«

»Ja. Ich war im neunten Monat schwanger und hatte mich kein einziges Mal untersuchen lassen. Meine Gedankenlosigkeit grenzte an Leichtsinn, aber ich fühlte mich so leicht, so unbeschwert, daß mir der Gedanke, es könnte etwas schiefgehen, gar nicht in den Sinn kam. Ich hatte auch kaum zugenommen. Wenn ich einen *Seruel*, die ortsübliche Pluderhose, und darüber eine *Gandura* trug, merkte kaum jemand, daß ich schwanger war. Nur die Frauen sahen es natürlich und lachten. Sie betasteten meinen Bauch mit wissenden Händen und mahnten mich zur Vorsicht. Mir machte es nichts aus, mit Chenani stundenlang durch die Wüste zu fahren. Er wählte gerade, ebene Sandpisten, und seine behutsame Art zu fahren hielt jedes Angstgefühl von mir fern. Wir waren auf dem Weg zum Lager der Schwiegereltern, als ich die ersten Wehen verspürte. Ich fiel aus allen Wolken. Offenbar hatte ich mich verrechnet, denn ich erwartete die Niederkunft zwei oder drei Wochen später. Zum erstenmal erschrak ich, denn an eine Rückfahrt nach Tam war in meinem Zustand nicht mehr zu denken. Doch Chenani beruhigte mich: Ich sollte keine Angst haben, er würde mir beistehen. Es war schon dunkel, und nach einer Weile sah ich unweit der Piste ein Feuer glühen. Chenani hielt den Landrover vor einem Zelt, das sich als rotschwarzer Fleck vom Nachthimmel abhob. Einige Hirten lagerten dort. Ihre Gestalten waren wie Schattenrisse vor dem Hintergrund der Flammen. Chenani sprach mit ihnen, half mir aus dem Wagen und machte sich sofort an die Arbeit. Du wurdest in einer warmen, sauberen Sandmulde geboren. Chenani schnitt die Nabelschur durch, badete dich in abgekochtem Wasser und wusch meinen Körper ab. Er sagte mit dem ihm eigenen Humor: ›Ich habe schon einige Kamelfüllen zur Welt gebracht, du siehst, ich habe Erfahrung.‹ Ich lachte wie eine Verrückte, obwohl mir die Tränen dabei über die Wangen liefen. Heute weiß ich, daß wir beide entsetzlich leichtsinnig waren, daß ich dein Leben – von meinem eigenen ganz zu schweigen – aufs Spiel gesetzt hatte. Doch wir hatten mehr Glück als Verstand. Ich war jung und kräftig, und Komplikationen traten nicht ein. Du warst ein entzückendes Baby, weder groß noch klein, weder runzlig noch rot, sondern golden wie ein Pfirsich, mit einem schön geformten Köpfchen. Chenani war ganz vernarrt in dich. Ich glaube, er hatte mehr Sinn für kleine Kinder als ich. In den folgenden Tagen bekam ich ununterbrochen Besuch. Sämtliche Familienmitglieder, nahe und ferne Verwandte, oft sogar Leute, die ich noch nie gesehen hatte, versammelten sich um mein Lager, brachten Geschenke und beglückwünschten mich. Ob du es glaubst oder nicht, es wurde die schönste Zeit meines Lebens.«

Wir lachten ein wenig. Von allem Anfang an hatten sich die Tuareg stets nur ihren eigenen Gesetzen unterworfen. Sie waren Teil der Wüste, verschmolzen mit dem Wind; ihr Leben war hart wie Stahl, grausam wie die Dürre, sanft wie eine Wasserhaut. Ihre Freiheit war unbegrenzt wie der Himmel. Sie waren jahrhundertelang unbesiegbar gewesen. Sie konnten nicht glauben, daß der Wind ihr Todeslied sang. Ihr Ruhm erlosch; es begann eine Zeit des Verlustes, der Armut, der Trauer. Aber ihr Stolz überlebte, und die Legende blieb bestehen.

Chevalliers Gönnerschaft bewirkte, daß Chenani im Museum eine Anstellung als Mitarbeiter bekam. Sein

Gehalt war gering, aber die Arbeit machte ihm Freude. Als ich vier Jahre alt war, sollte mein Vater Jean Chevallier und einige Praktikanten als Führer und Dolmetscher in die Zentralsahara begleiten. Die Gruppe reiste in zwei Geländewagen; es war üblich, mittels Autofähren an die afrikanische Küste zu gelangen. Chevallier und seine Begleiter durchquerten Frankreich, schifften sich in Marseille ein. Von Algier aus ging es auf dem Landweg weiter. Die Strecke war damals ungefährlich. Es war kurz vor den Osterferien, Olivia mußte noch unterrichten. Sie hatte vor, mit mir zusammen im Flugzeug nachzukommen und sich mit Chenani in Tam zu treffen. Ich sollte dann bei den Großeltern im Lager bleiben, während Olivia mit der Gruppe südwärts fahren würde. Doch der plötzliche Klimawechsel erwies sich als verhängnisvoll für Chenani. In Aoulef – etwa achthundert Kilometer nördlich von Tam – erlitt er einen schrecklichen Asthmaanfall. Und es gab weit und breit keinen Arzt.

»Als ich mit dir in Tam eintraf«, erzählte Olivia, »erwartete uns Aflane am Flughafen. Erinnerst du dich?«

Ich nickte; Aflane war Vaters älterer Bruder und hatte uns, als ich ein Kind war, ein paarmal in Brüssel besucht.

»Was hat er dir gesagt?«

Olivias Stimme klang dumpf.

»Er sagte, daß Chenani in Aoulef gestorben sei. Und daß man ihn auf dem dortigen Friedhof begraben hatte.«

Ich schluckte.

»Daran entsinne ich mich nicht mehr.«

Olivia wandte den Blick von mir ab.

»Aflane wollte nicht, daß du es hörst.«

Ich schwieg, und sie sprach weiter.

»Zunächst war es unfaßbar. Chenani war einfach weg. Als ob es ihn nie gegeben hätte. Das war das Schlimmste, verstehst du? Bei den Tuareg spricht man ungern von den Toten. Ihre Namen zu nennen wäre respektlos. Der Name, den der Marabut dem Kind bei der Geburt gibt, ist ohne Bedeutung. In der Welt der Nomaden ist der Name eines Menschen sein Eigentum; er kann ihn nach Belieben tragen, aufgeben oder einen neuen wählen. Der Name ist der Mittelpunkt des Menschen, der eigentliche Kern. Die Toten nehmen ihren Namen mit sich aus der Welt, hast du das gewußt?«

Ich schüttelte den Kopf. Olivia fuhr fort:

»Aflane hatte für mich ein Hotelzimmer reserviert. Das war ein Fehler von ihm, aber in seiner Fürsorglichkeit wollte er, daß ich es bequem hatte. Ich hatte ganz ruhig mit ihm gesprochen; er muß es als Selbstbeherrschung aufgefaßt haben. Daß ich einfach wie betäubt war, kam ihm nicht in den Sinn. Ich bat ihn, meine Kleine zu der Schwiegermutter zu bringen. Auch das fand er normal.«

Sie machte wieder eine Pause. Ich wartete.

»Es geschah dann sehr schnell«, sagte Olivia. »Ich verlor den Verstand. Man kann wahnsinnig werden, weil man es will. Und ich wollte es. Ich schrie nach Chenani, schrie immer nur seinen Namen. Ich beschuldigte ihn, mich verlassen zu haben. Wir hatten ein Treffen vereinbart, und er war nicht erschienen! Am Ende wußte ich nicht mehr, wer ich war und wo ich war. Ich war auch nicht mehr sicher, ob ich es war, die schrie. Ich wollte zu ihm, zu Chenani, und schaffte es nicht, mein Körper wollte nicht, wollte es einfach nicht. Das Zimmer war dunkel, ich konnte nichts sehen. Stromausfall.

Ich mußte es anders versuchen. Irgendwann fand ich die Lösung. Der Mond funkelte wie ein Katzenauge, das ganze Zimmer war grün. Auf dem Waschbecken stand ein Zahnputzglas. Ich schlug es gegen den Rand und machte mich an die Arbeit ... Gut so ... besser! Siehst du, Chenani, wie ich blute? Ich wußte, er würde kommen, als ich die Wärme fühlte und die Kälte aus meinem Körper gezogen wurde.«

Ich starrte sie an. Es ging mir durch und durch.

Sie schlug gelassen ihren Ärmel hoch. Die Narben waren noch sichtbar.

»Ich schnitt kleine Hautstückchen aus meinen Armen. Ich tat es konzentriert und entschlossen.«

Als Kind hatte ich wissen wollen, woher die Narben stammten. Von Glasscherben, hatte sie gesagt.

»Was hast du geglaubt, Tammy?«

Ein Grauen überkam mich. Ich schüttelte wortlos den Kopf.

»Es entsprach doch der Wahrheit, oder?«

Ich bewegte mühsam die Lippen.

»Schon gut, Olivia. Ich verstehe dich.«

»Ich hatte das Recht, mit mir selbst zu tun, was ich wollte.«

Ihr Gesicht war unbeweglich. Ich atmete gepreßt.

»Wo steht das geschrieben?«

»Das steht nirgendwo geschrieben.«

»Ich habe doch gesagt, ich verstehe dich.«

»Ich legte jedes Stückchen Haut in ein Taschentuch; ganz sorgfältig, in eine Reihe. Und dann in eine zweite. Ich blutete von den Schultern bis zu den Ellbogen. Ich war vollkommen ruhig dabei ...«

Sie schwieg. Ich flüsterte:

»Weiter ...«

»Im Hotel war man auf mich aufmerksam geworden.

Die Schreie, der ganze Lärm... Ein Arzt wurde geholt. Ich hatte mich eingeschlossen. Angestellte brachen die Tür auf. Ich war wütend, ich wollte nicht gestört werden. Ich fiel sie an wie ein wildes Tier. Sie überwältigten mich, der Arzt gab mir eine Spritze. Die Nadel brach in meinem Schenkel ab, so erstarrt waren alle Muskeln. Der Arzt versuchte es ein zweites, dann ein drittes Mal. Endlich gelang es ihm. Ich erwachte zwei Tage später im Krankenhaus. Rebellisch wehrte ich mich gegen das Licht, bis ich schließlich die Augen öffnete. Mein Körper nahm widerwillig seine Funktionen wieder auf. Unklar hatte ich das Gefühl, mich falsch verhalten zu haben. Nach einem Moment der Verwirrung wußte ich, warum. Chenani war tot; ich mußte weiterleben und für dich sorgen. Das mußte ich um jeden Preis. Du warst Chenanis Tochter; er hatte dich mir anvertraut. Er würde es nicht verstehen, Tuareg sind nüchterne Realisten. Ich durfte ihn nicht enttäuschen.«

Ich biß mir auf die Lippen.

»Du hattest mir nie etwas davon gesagt. Und ich... ich erinnere mich kaum an diese Zeit. Im Lager, bei Zara, hatte ich es schön. Jeder spielte mit mir und verwöhnte mich. Zara hatte mir einen kleinen Hund geschenkt. Als du endlich kamst und sagtest, daß wir nach Belgien zurückfahren würden, da wollte ich Chittou mitnehmen. Chittou, so hieß er doch, oder? Du hast es mir ausgeredet.«

»Ja. Man hätte dir nicht erlaubt, das Tier mit ins Flugzeug zu nehmen.«

»Ich sagte, dann gebe ich Chittou meinem Vater. Er fährt mit dem Wagen und wird ihn mitbringen. Weißt du noch, was du darauf geantwortet hast?«

Olivias Kiefermuskeln verkrampften sich.

»Daß dein Vater auf Reisen gegangen sei. Und daß

es besser wäre, wenn der kleine Hund bei Zara bliebe.«

»Ich hatte wissen wollen: Kommt mein Vater bald wieder?«

»Und ich habe gesagt: Noch nicht, Tammy, noch nicht, aber er wird kommen. Das hat er mir ganz fest versprochen.«

Ich sah ihr in die Augen.

»Hatte er das?«

Sie schaute auf ihre Hände hinunter.

»Damals noch nicht.«

Ich betrachtete ihr schmales, gutgeschnittenes Gesicht. Sie ist in ihrem Wesen widersprüchlich, dachte ich, in ihrem ganzen Wesen undefinierbar.

»Was willst du damit sagen, Olivia?«

Sie runzelte die Stirn.

»Ich weiß nicht, ob du es verstehen wirst ...«

»Ich bin kein Kind mehr.«

»Später sprach er zu mir.«

Ich schwieg, bewahrte meine Geduld. Sie legte ihre Finger an ihre Wangen.

»Als es mir besser ging, wollte ich Chenanis Grab sehen. Aflane davon zu überzeugen war einfacher, als ich es mir vorgestellt hatte. Sein Einfühlungsvermögen war ganz erstaunlich. Er stellte keine Fragen. Er sagte lediglich: Ich hole den Wagen, wir fahren, wann du willst.«

Sie schien zu überlegen. Ich wartete.

»Die Reise. Ja, an die Reise erinnere ich mich gut. Achthundert Kilometer in Aflanes Landrover. Der alte Klapperkasten ratterte, als bräche er in der nächsten Sekunde auseinander. Die Bewohner der Sahara denken anders als wir. Der Wagen war fahrtüchtig, und Entfernungen spielen keine Rolle. Aflane fuhr mit heruntergekurbeltem Fenster. Der Fahrtwind wehte mir ins Gesicht. Ich redete nicht, auch nicht von Chenani. Aflane sprach nicht mit mir, wenn ich nicht wollte. Manchmal fuhr er stundenlang, ohne ein Wort zu sagen. Verstohlen beobachtete ich sein Profil, seine Hände auf dem Lenkrad. Die Hände glichen denen Chenanis, die gleiche Form, die gleiche Kraft, nur die Hautfarbe war dunkler. Ich wollte weinen, aber es gelang nicht. Wir brauchten vier Tage für die Reise. Es gab keine Unterkunft, und es war eiskalt. Wir übernachteten im Freien. Aflane entfachte ein Feuer, machte Tee. In der Dunkelheit glomm seine Zigarette rötlich. Ich hatte Husten, Fieber und entsetzlichen Durst. Ich konnte kaum Nahrung bei mir behalten. Aflane schälte Orangen, schob mir die Scheiben einzeln in den Mund. Meine Verletzungen entzündeten sich; jeden Abend mußte ich die Verbände erneuern. Aflane half mir dabei. Kam Sand in die Wunden, brannte es höllisch. Aflane hüllte mich in Decken und nahm mich in die Arme. Ich legte den Kopf an seine Schulter, ich spürte und roch seinen Geruch nach Sand und Leder, hörte seine Atemzüge. In seiner Obhut konnte ich schlafen. Zumindest glaube ich, daß ich geschlafen habe. Ich schrie nicht mehr, oder nur noch selten. Ich wußte, ich war auf dem Weg zu ihm, zu Chenani. Dieses Wissen gab mir Kraft.«

Olivia machte eine Pause; im Licht der sinkenden Sonne waren ihre Augen durchsichtig wie Glas.

»Damals war Aoulef ein trostloses Nest mit flachen Lehmbauten, einem kleinen Palmenhain. Einige ehemalige Gebäude der französischen Fremdenlegion waren zu Steinruinen geworden. Seit vielen Jahren wohnte niemand mehr dort. Die Oasenbewohner benutzten sie als Toiletten. Ich fragte Aflane nach dem Friedhof. Er sagte: ›Bald wird es dunkel, warte lieber bis morgen. Es könnte gefährlich sein.‹ Ich sah ihn an. Was mochte hier schon gefährlich für mich sein?

›Streunende Hunde‹, sagte er.

Ich erwiderte: ›Ich habe keine Angst.‹

Der Friedhof lag auf einer Anhöhe. Er war umgeben von einer niedrigen, mit Kalk geweißten Mauer. Die Gräber wurden durch Steine gekennzeichnet. Alle Verstorbenen wurden mit dem Kopf nach Osten, in die Richtung nach Mekka, bestattet. Aflane zeigte mir Chenanis Grab. Man sah, daß es noch frisch war. Ein *Marabut* hatte Chenani gewaschen, ihm – wie es der Brauch vorschreibt – die Daumen zusammengebunden, und ihn dann in ein weißes Laken gewickelt. Sie hatten hier das Grab für ihn ausgehoben, hatten es mit Sand zugeschaufelt und darüber Steine und Äste gelegt. Die Äste waren dornig, zum Schutz vor wilden Tieren. Ein paar zerbrochene Tonscherben lagen noch herum. Die Scherben versinnbildlichen den Körper, der als Gefäß des Lebens diente und fortan nutzlos geworden ist. Voller Grauen schlug ich beide Hände vor den Mund. Aflane sah, daß ich einer Ohnmacht nahe war, und wollte mir beistehen. Doch ich sagte:

›Geh und laß mich allein.‹

Er zögerte; dann tat er, was ich wünschte. Doch er ging nicht weit, hinter der Mauer blieb er stehen und wartete. Bald konnte ich ihn in der Dunkelheit nicht mehr sehen. Vereinzelte Sterne glitzerten am Himmel, während hinter den Bergkuppen ein purpurner Streifen verblaßte. Ein leichter Wind kam auf und ließ mich frösteln.

Aber neben der Kälte war es eine seltsame, nie gekannte Erregung, die mich erschauern ließ. Wie aus weiter Ferne hörte ich Hunde bellen. Doch sie kamen nicht näher, sondern blieben zurück, ihr Bellen wurde schwächer und verstummte schließlich ganz. Ruhig stand ich da, hob den Kopf zum Himmel, wo ein Stern nach dem anderen jetzt sein Licht entfachte. Es war ein unentwegtes Flimmern, als ob jeder Stern den nächsten anzündete. Hoch über der Erde wehten Sandschleier; daher waren die Sterne nicht weiß, sondern bernsteingelb. Wie Flammen flackerten ihre Umrisse. Ich begann plötzlich zu zittern, meine Knie wurden weich. Ich hörte mein Herz schlagen. Nach einer Weile stellte ich ohne große Verwunderung fest, daß ich auf Chenanis Grab lag. Zwischen ihm und mir war nichts, nur ein paar Steine, eine dünne Schicht kalter Erde, die nach Verwesung roch. Ich krallte beide Hände in diese Erde, als klammerte ich mich an eine steile Felswand, und der bittere Staubgeschmack drang mir in Mund und Nase. Jedes schmerzhafte Ein- und Ausatmen verstärkte die Erkenntnis, daß Chenani und ich zusammengehörten, daß nichts und niemand uns trennen konnte. Sag, Chenani, was bedeutet es, tot zu sein? Wanderst du durch Schatten, wanderst du durch Sonnenlicht? Schläfst du? Träumst du? Hast du dich verirrt? Bist du frei? Was quält dich? So sprach ich zu ihm. Und auf einmal … ich weiß es ganz genau – da wehte etwas von unten herauf, aus der Erde, langsam, langsam wie ein Gesang, der sich formt. Es mochte kein menschlicher Atem sein, der diesen Ton so halten konnte. Es begann, hielt an, verstummte. Ich flüsterte Chenanis Namen, und da hörte ich es besser. Ich hörte es ganz deutlich …«

Unvermittelt brach sie ab. Ich starrte sie an. Gänsehaut überlief mich.

»Wen hörtest du, Olivia?«

Ihre Hand fuhr an die Schläfe. Sie schloß die Augen, seufzte tief.

»Das ist nun lange her ...«

»Olivia!«

Sie hob den Zeigefinger, wie um etwas klarzustellen. Es war eine sehr merkwürdige Geste.

»Denkbar ist, daß sich in dieser Nacht etwas ereignet hat.«

5. Kapitel

In Olivias Wohnung gab es kaum etwas, das an die Wüste erinnerte, außer vielleicht eine Kargheit in der Einrichtung. Früher war mir das nie aufgefallen, ich bemerkte es erst nach meiner Ehe mit Henri. Vor den Fenstern hingen helle Vorhänge aus Baumwolle. Die Wände waren mit Kalk geweißt, für Tapeten hatte Olivia nichts übrig. Es gab zwei Korbstühle und eine Regalwand voller Bücher. Die Stehlampe und der Klapptisch, der als Arbeits- und Eßtisch zugleich diente, waren neu, während das alte Notenpult noch von den Großeltern stammte. Auf dem zerkratzten Parkettboden lagen zwei zerschlissene Teppiche aus dem M'zab. Kein Bild schmückte die Wände, nur ein billiger Kalender hing dort, sowie eine gewaltige, schlauchartige Tasche aus senfgelb, purpurn und türkis gefärbtem Leder. Sie war mit langen Fransen verziert und mit einem eigenartig gearbeiteten kupfernen Schloß versehen. Ich wußte, daß die Frauen der Tuareg in solchen Taschen ihre persönliche Habe, Kleider und Schmuck verwahrten. Sie dienten den Nomaden als Schrank, denn richtige Schränke gab es in der holzarmen Zone nicht. So lange ich denken konnte, war diese Tasche bei uns gewesen. Nach so vielen Jahren war das Leder an einigen Stellen aufgeplatzt, aber die Farben hatten nichts von ihrer Leuchtkraft verloren.

»Du kannst sie später haben«, sagte Olivia. »Solche Satteltaschen sind heute kaum noch zu finden. Zara hat sie für mich angefertigt.«

Die Frauen der Tuareg hatten viel Muße und waren in solchen Arbeiten sehr geschickt. Das frische Leder wurde gegerbt und gewalkt, bis es weich und biegsam wurde wie Samt. Früher wurden alle Farben aus Pflanzen oder Mineralien hergestellt und waren sehr haltbar. Die heute verwendeten Anilinfarben waren längst nicht mehr so lichtecht. Die Frauen arbeiteten mit einfachen Mitteln: einem kleinen Messer, Pfriem und Polierholz. Linienornamente entstanden durch Ablösen der Oberhaut und wurden mit Seidengarn bestickt. Lange, schwere Fransen gaben jedem dieser Kunstwerke ein prachtvolles Aussehen.

»Erzähl mir von Zara«, bat ich. »Du hast gesagt, du hast Briefe ...«

Sie nickte.

»Aus den Augen, aus dem Sinn, das gibt es für die Tuareg nicht. Zara und ich blieben immer in Verbindung. Aflane schrieb die Briefe für sie. Daß sie Schweres durchgemacht hat, erwähnte er nur beiläufig. Er mußte vorsichtig sein. Und später, als er mich besuchte, hatte er diesen verdammten Schnüffler bei sich ...«

»Welchen Schnüffler?«

Aflane war *Député*, Abgeordneter im algerischen Parlament, das weißt du doch. Ein exponierter Posten. Aflane kam mit einem geschniegelten Kerlchen nach Brüssel, angeblich sein Sekretär, der ihn keine Sekunde aus den Augen ließ. Ich wollte, daß Aflane bei mir übernachtete, wie es sich gehört, aber der kleine Lackaffe sagte nein, *Monsieur le Député* würde im Hilton logieren. Am liebsten hätte ich ihm einen Tritt in den Hintern verpaßt. Daß Politiker Schmarotzer sind, brauche ich dir nicht zu sagen. Aber, wie ich Aflane kenne, hatte er die Laufbahn nicht bloß aus Eigennutz eingeschlagen. Es sieht schlimm aus für die Tuareg. Vielleicht dachte Aflane, daß er etwas bewirken konnte. Zumindest nehme ich es an.«

»Hast du mit ihm sprechen können?«

»Nichts Persönliches, nein. Der Spitzel klebte ja an ihm wie eine Klette. Stand sogar vor der Toilette Wache. Und als Aflane festgenommen wurde, da habe ich sofort gedacht, jetzt ist ihm ein Fehler unterlaufen.«

»Olivia, ich verstehe in keiner Weise ...«

»Nein, natürlich nicht. Du hast ja keine Ahnung von alldem. Na gut, Aflane kam ins Gefängnis. Die Geschichte liegt bald zwei Jahre zurück. Und seitdem schreibt Elias die Briefe für Zara. Ich frage jedesmal, ob sie Aflane freigelassen haben. Elias antwortet stets ausweichend. Sein Vater sei noch in Haft, die Untersuchungen wären noch nicht abgeschlossen, und man dürfe ihn nicht besuchen. Ich weiß nicht, ob ich Elias glauben soll oder nicht. Jetzt bin ich schon ein halbes Jahr ohne Nachricht von ihm. Etwas stimmt nicht.«

»Elias?« murmelte ich.

Sie warf mir einen mißbilligenden Blick zu.

»Tu nicht so einfältig. Aflanes Sohn, selbstverständlich. Du hast ihn doch im Lager gekannt.«

Mir fielen ein paar Kinder ein, kleinere und größere, mit denen ich auf Dünenkämme geklettert war. Wir sprangen, überschlugen uns und rollten die steilen Flanken hinab. Das machte uns großen Spaß. Aber es war kein Gesicht darunter, an das ich mich hätte erinnern können.

Olivia zuckte mit den Schultern und fuhr fort:

»Seine Mutter Amenena war die schönste Frau, die ich je gesehen habe. Eine Bilderbuch-Targuia. Neben ihr kam ich mir wie ein Pudding vor, und manchmal fragte ich mich, was Chenani eigentlich an mir fand. Elias ging später nach Amerika«, setzte sie hinzu, als ob dergleichen selbstverständlich wäre.

»Davon hast du mir nichts gesagt.«

»Doch. Aber du hattest andere Dinge im Kopf.«

Wie merkwürdig, dachte ich, daß es in meiner Familie Menschen gab, von denen ich kaum eine Vorstellung hatte. Es stimmte schon, daß ich mich von alldem entfernt hatte.

Olivia fuhr fort:

»Elias blieb über ein Jahr in den Staaten. Was er da eigentlich gemacht hat, weiß ich nicht. So ziemlich alles, kann ich mir vorstellen. Bei seiner Rückehr nach Tam besorgte ihm sein Vater einen Job bei der Präfektur.«

»Ist er noch dort?«

»Schätze, ja.«

»Soll ich Zara schreiben, daß ich komme?«

Sie nickte.

»Ja, das wäre gut. Elias wird ihr den Brief übersetzen. Und vielleicht kannst du etwas über Aflane in Erfahrung bringen. Die Sache liegt mir auf der Seele.«

Während wir sprachen, sah ich, wie die Ledertasche leicht hin und her zuckte. Ein paar Fransen hoben sich; ein winziger dunkler Kopf lugte hervor, und eine Maus kroch den bestickten Rand entlang. Olivia lachte leise.

»Das ist Tintin. Sie wohnt in der Tasche. Meistens kommt sie nachts hervor. Ich lasse ihr immer etwas Eßbares in der Küche liegen. Für gewöhnlich zeigt sie sich nicht, wenn Besuch da ist. Sie spürt offenbar, daß du zur Familie gehörst.«

Ich ging in mein Zimmer, zog meine Jacke aus und warf sie über einen Drahtbügel. Mein Zimmer? dachte ich. Früher vielleicht. Jetzt schon lange nicht mehr. Ich schaute mich um. Ein billiger Schrank, ein Schreibtisch, ein Bett, dessen Sprungfedern sich gesenkt hatten. An der Wand verblichene Poster – warum hatte Olivia sie nicht entfernt? Die Orte der Kindheit sollte man aus der Erinnerung streichen. Ich werde nicht hierbleiben, ich werde von hier weggehen, hatte ich damals gedacht. Es war mir gelungen. Jetzt sah ich die Dinge nicht mehr, wie ich sie früher gesehen hatte, jetzt empfand ich ein Unbehagen.

Olivia hantierte in der Küche; sie wollte mir etwas zu essen machen. Mit anderen Worten: Sie würde eine Fertigmahlzeit in den Ofen schieben. Bei Olivia herrschte eine irritierende Atmosphäre, so als sei sie nur eine Durchreisende; eine Nomadin. Ob es anders gewesen war, als mein Vater noch lebte? Ich wollte ihr diese Frage nicht stellen.

Das Badezimmer hatte kein Fenster. Eine kleine Neonröhre über dem Waschbecken gab düsteres Licht. Der Spiegel war trüb, das Handtuch fadenscheinig. Meine Mutter benutzte eine billige Gesichtscreme aus dem Kaufhaus, ein billiges Shampoo, einen Kamm, eine Zahnbürste – fertig. Ich machte mich frisch, wusch mir die Hände und schüttelte sie trocken. Dann stand ich draußen vor Olivias Schlafzimmer. Die Tür war nur angelehnt. Ich zögerte kurz, stieß sie behutsam auf. Schon wieder diese Neugierde, die mich zu weit trieb. Ich stand auf der Schwelle, ohne das Zimmer zu betreten. Mein Herz klopfte. Es war, als besichtige ich unerlaubt eine irgendwie bekannte, aber dennoch fremde Welt. Sonnig war dieses Zimmer nie gewesen, nicht einmal in der warmen Jahreszeit; Olivia blickte auf den Hinterhof. Das Bett war gemacht, der braun und beige gestreifte Überwurf sorgfältig glattgezogen. Auf einem Stuhl lag ein verwaschener Morgenrock. Die goldgelbe Farbe der ausgetretenen algerischen Lederpantoffel auf dem abgenutzten Läufer war längst verblaßt. Ein Zimmer vermag das Wesen seines Besitzers zu enthüllen, ebenso wie die Inszenierung eines Films die Gedanken, das Weltbild der Hauptpersonen zum Ausdruck bringen kann. Doch dieses Zimmer verriet nichts davon, wie Olivia ihr Leben sah, nichts von ihren Zweifeln, ihrer Kritik, ihren Träumen. Eine geisterhafte Leere lag über dem Raum, eine Einsamkeit, die mir ans Herz rührte. Das einzige Auffallende war eine Art Bündel, das über dem Bett an einem Haken hing. Der Gegenstand – ein Musikinstrument der Tuareg – war mir vertraut; ich hatte jedoch den Namen vergessen. Das zerschlissene indigoblaue Tuch fiel beinahe in Fetzen. Es war an beiden Enden verknotet und bildete dazwischen ein Loch, aus dem der Hals des Instruments – eine Art kleiner Stock – ragte.

Ich schloß leise die Tür und ging in die Küche, wo es nach Essen roch. Immerhin hatte sich Olivia die Mühe gemacht, Salat zu waschen. Sie stellte zwei Teller auf den Tisch, legte eine Tube Mayonnaise daneben.

»Setz dich.«

Die Fertigmahlzeit bestand aus Lammfleisch mit Tomaten, Kartoffeln und Zwiebeln, die ich nicht mochte. Ich sagte beiläufig:

»Da hängt noch das alte Instrument über deinem Bett ... ich sah es im Vorbeigehen. Wie heißt es doch gleich?«

»Der *Imzad.*«

»Ach ja, die Nomadengeige. Woraus ist sie gemacht?«

Während sie sprach, füllte Olivia die Teller.

»Aus einem ausgehöhlten Kürbis. Darüber wird eine Ziegenhaut gespannt und an zwei Stellen mit Schalllöchern versehen.«

»Und die Saiten?«

»Es gibt nur eine, aus geflochtenen Pferde- oder Esels-
haaren. Der Bogen ist klein und handlich und hat die
Form eines Halbmondes. Man nimmt dafür Orleander-
holz, das sehr biegsam ist.«

»Ziemlich primitiv, findest du nicht auch?«

Sie erwiderte kühl meinen Blick.

»Das kommt auf den Standpunkt an. In Europa haben
wir Ebenholz, um Geigen zu bauen. In der Wüste ist
Holz da, um Feuer zu machen. Der *Imzad* war mal ein
Kürbis, na und? Es ist immer dasselbe, die Musik zieht
durch den Menschen hindurch in das Instrument ein.
Eine Guadagnini oder ein *Imzad*, ich sehe da keinen
Unterschied.«

Ich nickte, wußte aber nichts zu antworten. Ihr Ton
war ziemlich schroff gewesen. Ich fühlte mich unsicher
und aufdringlich. Schließlich fragte ich:

»Hast du mal auf dem *Imzad* gespielt?«

Sie stand auf und holte eine Flasche Wein – keine
besondere Sorte und schon angebrochen. Sie blieb neben
dem Tisch an meiner Seite stehen, starrte die Gläser an,
ohne sie zu füllen.

»Zu Anfang hätte ich es nicht gewagt. Aber Zara hatte von Chenani erfahren, daß ich musizierte. Eines
Abends reichte sie mir ihren *Imzad*. Spiel! Ich schaute
sie zögernd an. Sie lächelte mir zu und nickte. Ich nahm
allen Mut zusammen und legte den *Imzad* in den angewinkelten Arm. Zara brachte mir mit ein paar Griffen
bei, wie man den Bogen führt. Ich weiß noch, wie seltsam es mir vorkam. Man brachte keine Noten zustan-
de, der Fingersatz stimmte nicht, und auf dem *Imzad*
ließ sich weder das Konzert Es-Dur von Mozart noch
ein Capriccio von Paganini spielen ...«

Ein kleines Lächeln glitt über ihre Lippen.

»Da improvisierte ich also.«

Sie füllte die Gläser, setzte sich wieder, ließ sich Zeit.

»Und?« fragte ich.

Sie zuckte ein wenig zusammen.

»Nichts. Ich spielte. Es war keine Frage der Technik. Musik ist keine Materie, merk dir das. Musik ist … etwas anderes. Und später gingen Chenani und ich …«

Sie stockte abermals. Ein flüchtiger Ausdruck von Schmerz glitt über ihr Gesicht. Sie legte ihre Gabel mit leisem Klirren auf den Tisch.

»Es tut mir leid …«, sagte ich gepreßt.

»Nein.«

Sie erwachte aus ihrer Erinnerung, schüttelte den Kopf.

»Das sind Dinge, die nur für mich eine Bedeutung haben. Und ich bin alt, und es ist schon lange vorbei.«

Der Wein war nicht gut, aber dieses eine Mal konnte ich ihn trinken. »Und dein *Imzad*?« fragte ich. »Hast du ihn auf dem Markt gekauft?«

Sie warf mir einen merkwürdigen Blick zu, nachsichtig und spöttisch zugleich.

»Auf dem Markt findest du keinen *Imzad*, das ist so sicher, wie ich hier sitze. Kein Targuia gibt ihn aus der Hand.«

»Willst du damit sagen, daß du den *Imzad* selbst gebaut hast?«

Ihre Lider zuckten.

»Nein. Zara gab ihn mir, als ich Algerien verließ.«

Ich war nicht ganz sicher, ob ich sie richtig verstanden hatte. »Aber du hast mir doch gerade erklärt …«

Sie legte beide Hände auf den Tisch. Ich sah, daß diese Hände leicht zitterten.

»Das war, als ich von Aoulef zurückkam.«

Sie gab freiwillig nichts preis, man mußte ihr jedes Wort entlocken.

»Olivia, ich kann dir nicht folgen…«

»Das war Zaras Art, mir zu helfen, verstehst du das nicht? Sie schenkte mir ihre Lebenskraft. Ich war geschwächt. Sie fürchtete, daß ich es nicht schaffen würde.« Ich schluckte.

»Was hattest du denn?«

»Eine ganze Menge Krankheiten. Vor allem eine Lungenentzündung.«

»Ich weiß noch, du hattest einen schrecklichen Husten. Er wurde und wurde nicht besser.«

»Es dauerte fast ein Jahr, bis ich ihn loswurde. Ich lebte in ständiger Angst, daß ich deswegen meine Stelle verlieren würde. Was wäre dann aus uns geworden?«

Ihre Züge wurden starr. Sie sah mich geistesabwesend an.

»Ach, diese Einsamkeit! Wenn du wüßtest… Ich konnte sie nicht ertragen. Chenani hatte versprochen, mich nicht zu verlassen… und doch hatte er es getan. Ich wartete auf ihn. Ich irrte durch alle Träume, ich suchte ihn. Mir war kalt, ich war allein, die Nächte nahmen kein Ende. Ich schlief tagsüber, das war ganz und gar nicht gut. Wann habe ich Zaras Geige zu mir genommen? Ich weiß es nicht mehr recht. Aber da hat er allmählich aufgehört.«

Ich sah sie fragend an. Sie nickte mir zu.

»Der Husten, meine ich. Ich entsinne mich, als ich hier zum erstenmal das Bündel aufschnürte. Der Stoff war mit Indigo gefärbt; damals war er noch ganz neu und hinterließ blaue Spuren auf meinen Handflächen. Die Tuareg finden das schön. Zara hatte die Geige gebaut, als sie dreizehn wurde. Die Verzierungen waren schon verblichen. Tastend wie eine Blinde rieb ich die

Saite mit Harz ein, befestigte das Plektron. Ich konnte nicht sofort richtig mit ihm umgehen. Der Bogen kam mir steif vor. Selbst nach Jahren schien er noch Zaras Druck in sich zu haben. Jetzt hat er ihre Hand vergessen und kennt nur noch meine.«

Ich sagte:

»Ich habe dich nie spielen gehört.«

Sie sah mich an und schien mich dabei doch nicht wirklich wahrzunehmen.

»Ich wartete, bis du eingeschlafen warst. Die Tuareg sagen, eine Frau kann mit dem *Imzad*-Spiel alles zum Ausdruck bringen: Schmerz, Freude, Sehnsucht, Hoffnung. Alles, was sie nicht auszusprechen wagt, vertraut sie dem *Imzad* an, und das Instrument sagt es für sie. Ich hatte so viele Gefühle gleichzeitig. Wenn der Mensch sein innerstes Wesen durch Musik ausdrückt, entsteht eine mächtige Kraft. Bald spielte ich ganz leicht und ohne Anstrengung. Ich glaube, das war die Zeit, in der ich die Verzweiflung überwand. Es ist nicht wichtig, ob man mit Worten zu den Toten spricht oder durch Musik. Seitdem ist Chenani bei mir. Ich habe den Weg zu ihm gefunden. Ich werde hier nirgends einen Platz haben, immer dort bei ihm sein. Diese Gewißheit verscheucht jeden Schatten, jeden Schmerz.«

Sie lehnte sich zurück und blickte mich an. Selbstbewußt und etwas gönnerhaft.

»Ich kann auch lautlos spielen, nur im Kopf. Wirklich«, setzte sie hinzu.

Wie mochte sie früher gewesen sein? dachte ich. Auch so weltfremd? Ich hatte sie eigentlich recht ausgeglichen in Erinnerung. Aber Halbwüchsige bekommen oft nur mit, was sie mitbekommen wollen. Halbwüchsige reden mit der Freundin, nicht mit der Mutter. Und hätte sie mir überhaupt zugehört?

Was meinen Vater betraf, so lag die Erinnerung an ihn hinter Nebeln, seit ich denken konnte, jahrein und jahraus. Meine Mutter hatte selten Fotos gemacht; die wenigen Aufnahmen, die es von Vater gab, waren von Freunden geknipst worden. Ich hatte sie gesehen, als ich klein war, und später, als die Kluft größer wurde, nie mehr betrachtet.

»Hast du noch Aufnahmen von ihm, Olivia?«

Sie schüttelte den Kopf.

»Ich weiß nicht, wo sie sind.«

Du lügst, Olivia, dachte ich. Warum lügst du mich an?

Der Wein schmeckte nach Kork, aber er baute Hemmungen ab. Ich wandte mich den naheliegenden Dingen zu. Ob sie jemals Liebhaber gehabt hätte, wollte ich wissen. Zu meinem Erstaunen nahm sie mir die Frage nicht übel.

»Es kam vor. Aber jetzt nicht mehr. Der Körper beansprucht sein Recht, solange er jung ist. Ich habe nicht wie eine Nonne gelebt, wenn es das ist, was du wissen willst.«

In diesen Dingen war sie also ganz normal. Zum Glück, würde ich sagen. Doch sie sprach weiter.

»Jetzt bleiben mir noch zehn Jahre. Ungefähr. Und die gehen schnell vorbei.«

Ich starrte sie an. Sie hielt ihr Gesicht ein wenig von mir abgewandt, und ich fühlte mich verunsichert.

»Wie meinst du das?«

»Es ist bald soweit«, sagte sie leichthin. »Ich sehe ihn wieder. Meine Mutter ist auch mit siebzig gestorben.«

Ich spürte am ganzen Körper eine Gänsehaut.

»So darfst du nicht reden, Olivia!«

Sie bedachte mich mit einem langen, kühlen Blick.

»Nein?«

Sonderbar, ich kam nicht an sie heran. Immer war es, als beobachtete sie mich aus einer Entfernung, wie aus einem fremden Land. Selbst wenn ich sie dazu brachte, etwas von ihren Gedanken preiszugeben, blieb sie mir fern. Sie lebte in einer anderen Welt.

»Ich möchte wirklich gerne wissen, warum du solche Dinge sagst!«

Vielleicht war es eine schlechte Angewohnheit von mir, daß ich sie immer wieder mit Fragen bestürmte. Aber ich haßte es, etwas nicht zu begreifen. Taktlos und schwierig war ich schon als Kind gewesen; mein Beruf hatte die Sache nicht besser gemacht.

Doch sie erwiderte ganz ruhig:

»Die Tuareg nennen die Toten ›jene, die nie mehr zurückkommen‹. Wir sind es also, die zu ihnen gehen müssen.«

Sprüche, Olivia! Worte! Vielleicht erwachte sie eines Tages, kam zu sich, konfrontierte sich mit ihrem Trauma, dem sie jahrzehntelang erlegen war.

»Ich meine, du hast noch viel Zeit vor dir. Und außerdem«, ich stand ziemlich ungehalten auf und holte eine Flasche Mineralwasser, »das Gerede kannst du dir sparen. Klar kommen die Toten nicht zurück, es sei denn, aus Hollywoods Horrorkiste.«

»Warum fragst du mich denn?«

»Weil ich mehr über die Tuareg wissen möchte.«

Ihre Miene entspannte sich. Sie warf mir einen amüsierten Blick zu, wahrscheinlich wegen meines Tonfalls.

»Sie sind gewissermaßen lebende Fossilien. Auch wenn ihre Sprache und manche ihrer Bräuche auf eine Verwandtschaft mit der Kultur der Berber hindeuten. Diese Einflüsse wurden erst viel später wirksam.«

»Was sind denn die Tuareg?«

»Sie sind ein Symbol des Ungreifbaren, der Vieldeutigkeit der Geschichte selbst.«

»Das sagt mir nicht viel, Olivia.«

Sie schüttelte den Kopf.

»Es ist wirklich schwierig, weißt du. Nichts wurde überliefert, außer Mythen und Legenden, die phantastische Vermutungen geradezu herausfordern. Sagen entstehen nicht einfach spontan. Sie sind ein Mittel der Verständigung zwischen Generationen. Inzwischen ist die Wissenschaft so weit, daß sie sich nicht mehr scheut, den Kern der Mythen als Ausdruck einer objektiven Realität anzusehen. Es wurde auch langsam Zeit.«

Erst jetzt wurde mir die besondere Art bewußt, in der sich Olivia ausdrückte. Gedanken und Gefühle hielt sie durchaus im Gleichgewicht; und doch vermochte ich in ihren Schilderungen keine Methode, keine Ordnung zu entdecken.

»Chenani wollte ein Buch darüber schreiben«, fuhr sie fort. »Er trug den Gedanken mit sich herum, jahrelang. Es faszinierte ihn. Die Tuareg, verstehst du, sind Nachkommen von Menschen, von denen man nichts kennt außer ihren Inschriften, die heute noch kaum einer lesen kann, und ihren Felszeichnungen, welche noch größere Rätsel aufgeben. Chenani sagte, wir sind das älteste Volk der Erde. Er war ein Mensch, der verstehen wollte. Die *Queste*, du weißt schon, die Suche nach einem Ziel. Chenani war sehr beharrlich, das brachte ihn weiter als andere. Und dabei ließ ihn das Schicksal nur einen Augenblick lang leben. Chenani sah die Dinge nicht mit den Augen der abendländischen Romantik, oder die Überheblichkeit der ehemaligen Kolonialherren. Er ließ sich auch nicht von Religionen blenden. Darüber hinaus schmerzte es ihn, daß die Tuareg in Abhängigkeit von anderen Völkern, von Arabern, Franzosen und heute von Schwarzafrikanern leben mußten und müssen. Es verletzte seinen Stolz, er fühlte sich von seinen Wurzeln abgeschnitten. Es mag sein, daß die Tuareg eines Tages mit einem Schlag vom Erdboden verschwinden, ohne daß wir ahnen, wie und warum. Oder vielleicht werden sie neue, unbekannte Kräfte entfalten, und eine alte Kultur wird neu erwachen.« Lächelnd setzte Olivia hinzu: »Das kann manchmal vorkommen.«

Ich war sehr erregt.

»Ich sagte dir ja, ich will Felsbilder filmen. Das Gelände ist noch unerforscht.«

Sie hob spöttisch die Brauen.

»Unerforscht? Wer sagt das? Deine Medienleute? Die Schlucht liegt im Tefedest, etwa zweihundert Kilometer nordöstlich von Tamanrasset. Vom Udan aus sieht man die Stelle. Das Spaltengewirr ist gefährlich. Der wehende Sand kann innerhalb weniger Minuten jede Orientierung zerstören. Kannst ebensogut beginnen, im Kreis herumzulaufen.«

Olivia wurde lebhaft, erhob sich, setzte Teewasser auf.

Ich dachte, sie wird mich immer in Erstaunen bringen.

»Woher weißt du das?«

Sie lächelte geringschätzig über ihre Schulter hinweg.

»Wir Menschen bewohnen nur ein Fünftel der Erdoberfläche und bilden uns ein, alles zu kennen. Das ganze Hoggar-Gebirge ist von Schluchten durchzogen. Sie sind einer starken Erosion ausgesetzt. Es kommt oft vor, daß sie versanden und für Jahrzehnte, Jahrhunderte verborgen bleiben, bis der Wind sie wieder freilegt. Erscheinen und Verschwinden gehören zur Sahara wie Tag und

Nacht. Allerdings hat der Udan für die Tuareg eine besondere Bedeutung.«

Das Wasser kochte. Ich ging zum Herd.

»Sprich, während ich Tee mache.«

Sie nickte.

»Die Dose ist oben im Schrank.«

Ich streute eine Mischung von Teeblättern in zwei Tassen, brühte den Tee auf.

»In arabischer Sprache«, sagte Olivia, »trägt der Berg den Namen *Garet El Djenun* – Geisterberg. Es ist eine merkwürdige Gegend, mußt du wissen. Millionen Tonnen von Staub sind immer in der Luft. Es sieht aus, als wäre der Udan hinter Wolken verborgen.«

Ein leichter Schauer überlief mich.

»Ich habe die Beschreibung bei Herodot nachgelesen.«

Sie schmunzelte.

»Seit wann interessiert dich der alte Herodot? Er bereiste ganz Afrika, als Grieche bereitete ihm die Welt kein Kopfzerbrechen. Du fragst dich vielleicht, wie authentisch seine ›Historien‹ hinsichtlich Geschichte und Geographie sind. Wenn er etwas aufschrieb, hatte er selten eine eigene Meinung dazu. Es war ihm nicht wichtig zu urteilen, sondern zu beschreiben. Das macht ihn glaubwürdig. Spätere Chronisten unterdrückten im Zweifelsfall alles, für das sie keine Erklärung fanden.«

»Und die Felsgravuren?« fragte ich.

Olivia trank schlürfend ihren Tee.

»Vom Udan aus bis zu der Schlucht, die ich meine, sind es keine zwanzig Kilometer. Das Problem sind die Sandstürme. Der Udan ist gefährlich, laß es dir gesagt sein. Manchmal verschwinden Leute in diesem Gebiet. Die Tuareg sagen, auf dem Gipfel wohnen Zauberinnen, überirdisch schön, die sie als Gefangene halten. Wer gezwungen wird, im Schutz der Felswände sein Lager aufzuschlagen, hört nachts Schreie und Waffengeklirr. Kleine Lichtblitze dringen aus der Finsternis, Phantome schleichen am Fuß der Felsen entlang, flattern, keuchen, pfeifen und schnattern. Der Spuk verstummt bei Tagesanbruch, aber sobald die Sonne aufgeht, sieht man merkwürdige Spuren im Sand. Das jedenfalls sagen die Tuareg. Sie kleiden ihre Erzählungen in wunderschöne Worte.«

»Sie haben viel Phantasie, denke ich.«

Olivia erwiderte meinen Blick über den Rand der Tasse, nickte und trank einen Schluck Tee.

»Sie sind keine aufgeklärten, sondern schöpferische Geister.«

Der schöne, echte Klang in ihrer Stimme machte es mir schwer, meine eigenen Gedanken in Worte zu fassen.

»Vielleicht ist es der Wind«, murmelte ich, »nur der Wind …«

Ihre Augen schienen ins Leere zu blicken.

»Der Wind? Ja, das mag sein. Er ist ein bißchen unheimlich, finde ich. Er ist angefüllt mit Träumen, darin liegt sein Geheimnis. Und in der Wüste verwandelt er die Felsen in Sand.«

Ich holte tief Luft.

»Warum gehst du nicht wieder zurück?«

Sie zuckte zusammen, als wache sie plötzlich auf.

»Wohin, nach Algerien?«

»Du bist noch gut in Form. Du könntest etwas unternehmen. Du sprichst *Tamahaq*, du kennst so viele Leute. Und die Wüste, die liebtest du doch …«

Sie schüttelte den Kopf so heftig, daß ein Haar auf das Wachstuch fiel.

»Nein, das ist vorbei.«

»Du könntest mal darüber nachdenken.«

»Hör auf, es hat keinen Sinn.«

Ihre Stimme wurde zunehmend erregter. Ich zuckte die Achseln.

»Statt hier deine Zeit zu vertrödeln…«

Ihre kleinen Hände zitterten. Sie gab ihrer Tasse einen Schubs, daß sie über den Tisch rutschte.

»Halt die Klappe, Tamara! Wir reden nicht mehr davon.«

Ich gab es auf.

»Ich kann nichts für dich tun, Olivia.«

»Warum solltest du?« erwiderte sie kalt.

Ich haßte dieses Unbestimmte, Nichtgesagte, das irgendwie in der Luft hängen blieb. Aber Olivia hatte, wie immer, das letzte Wort.

In dieser Nacht lag ich lange wach. Was mußte mein Vater für ein Mann gewesen sein, daß ihm Olivia noch dreißig Jahre nach seinem Tod auf eine wirre, eigentümliche Art die Treue hielt? Mit Mühe erinnerte ich mich daran, daß sie gelegentliche Männerbekanntschaften hatte. Und gleichzeitig blieb sie völlig in ihrer eigenen Welt. Es war eine gewaltige Leidenschaft, ein phantastisches Luftschloß, was sie mit der Vergangenheit verband. Und trotzdem – oder gerade deswegen – wirkte ihr Wesen beständig. Die Jahrzehnte hatten ihre Kraft nur gestärkt, sie unerschütterlich gemacht. Und während ich so dachte, wurde mir bewußt, daß ich mir nichts sehnlicher wünschte, als in einen unendlich tiefen Schlaf zu fallen, ganz in die Dunkelheit der Saharanacht einzutauchen, in ein Land der Träume, das in meiner Vorstellung grenzenlos war.

Ich schlief ein; die Stunden vergingen, und ich träumte von der Wüste. Das war seit Jahren nicht mehr vorgekommen. In meinem Traum waren die Dünen glasklar, mit einem blaumetallenen Glanz. In der Ferne stand unbeweglich eine schwarze Säule. Ich wanderte auf die Säule zu, hielt meine Augen unverwandt auf sie gerichtet. Ich wußte, daß ich sie um jeden Preis erreichen mußte. Mit einem Mal sah ich, daß es gar keine Säule war, sondern eine menschliche Gestalt, eine Frau.

Sie war von Kopf bis Fuß in den *Tesernest*, den indigoblauen Schleier der Tuaregfrauen gehüllt. Nur ihr Gesicht war frei geblieben. Dieses Gesicht war oval, klar und einfach in seinen Umrissen. Die Brauen waren tiefschwarz und bis zur Nasenwurzel nachgezogen, wie es dem Schönheitsideal der Tuareg entsprach. Auf den Wangen, unterhalb der Augen, leuchteten kleine gelbe Tupfer. Ihre Lippen strahlen in Indigoblau; die außergewöhnliche Farbe, durch die das natürliche Rot des Mundes schimmerte, verlieh ihnen die Leuchtkraft einer purpurnen Nelke. Nie hatte ich eine schöner geschminkte Frau gesehen. Ich kannte sie, ohne zu wissen, wie sie hieß. Ihre Augen blickten mich unverwandt an, sandten mir aus ihrer Tiefe eine Botschaft, die ich nicht verstand. Und dann bewegte sich die Frau, winkte mir zu. Im Traum hörte ich mich sprechen. Ich fragte: »Wer bist du?« – und wachte auf.

Mein Herz hämmerte, und ich hatte schrecklichen Durst. Tastend stand ich im Dunkeln auf, suchte den Weg zum Badezimmer, trank Wasser aus dem Zahnputzglas. Ich zog die Toilettenspülung, legte mich wieder ins Bett. Ich hatte ziemlich viel Lärm gemacht; ob Olivia wach geworden war, konnte ich nicht sagen. Immer noch verspürte ich dieses seltsame, schwebende Gefühl. Was konnte dieser Traum bedeuten, wenn nicht das Aufleuchten der Erinnerung an ein früheres Leben, die in meinem Unterbewußtsein haftete? So seltsam dieser Gedanke auch sein mochte, ich hielt ihn nicht für unmöglich, sondern für wahrscheinlich.

6. Kapitel

Wir bestiegen die Maschine der Air Algerie mit etwas gezwungener Fröhlichkeit. Algerien war kein Land, in das man unbeschwert reisen konnte. Noch vor einem Vierteljahrhundert war man gefahrlos mit dem Wagen von Algier nach Tam gefahren. Heute konnte jede Straßensperre den Tod bedeuten. Jeden Tag, jede Nacht kam es zu Entführungen, Morden, Grausamkeiten. Aufgestachelte Fanatiker, mit Drogen vollgepumpt, verbreiteten Terror; keiner wußte, woher sie ihre Waffen hatten. Bomben explodierten an Bushaltestellen, auf Marktplätzen und Friedhöfen, in einer endlosen Spirale des Schreckens. Der Reiseverkehr lag brach, die Ferienorte verkamen. Die algerischen Diplomaten in Paris spielten die Gefahr herunter. Sie beherrschten die Kunst der Leutseligkeit, hatten ein Lächeln, warmherzig und voller Entgegenkommen, das keine Pose war. Nun ja, es gab tatsächlich Gebiete, die man lieber meiden sollte. Aber nach den Wahlen würde sich die Lage beruhigen, und im Süden sei sowieso alles ruhig. Im Süden würden wir keinen Terroristen begegnen. Ob man uns an Ort und Stelle unterstützen würde? Aber sicher, aber selbstverständlich! Man würde ein Fax an *Willaya* – die Regionalverwaltung – von Tamanrasset schicken, und ihr unsere Ankunft mitteilen. Ein Geländefahrzeug mieten? Auch kein Problem. Ja, gewiß, die Wagen waren in gutem Zustand. Benzin war teuer, aber in jeder Oase zu haben. Die Botschaft stellte uns Empfehlungsschreiben aus, mit Dutzenden von Unterschriften und Stempeln versehen. Für die Einfuhr der Filmausrüstung wurde eine Liste angefertigt, zollamtlich genehmigt. Routine. Dafür war Enrique zuständig. Schließlich wurde es November, bis wir starten konnten. November, der Monat der Sandstürme. Aber wir hatten keine Wahl. Den Brief an Zara hatte ich nicht vergessen. Ob Aflane wohl noch in Haft war? Ich dachte oft an ihn, sah ihn jetzt deutlicher in meiner Erinnerung: ein hochgewachsener Mann, der mit unnachahmlicher Eleganz die Kleidung der Tuareg zu tragen verstand. Selbst bei uns zu Hause hatte ich ihn nie anders gesehen als in der *Gandura*, einer Art langes Übergewand, an beiden Seiten bis zu den Hüften geschlitzt. Aflane trug sie über einem langärmeligen europäischen Hemd. Dazu kam der *Seruel*, eine Pluderhose, die in weichen Falten über die Fußknöchel fiel. Die seitlichen Nähte waren mit einer kordelartigen Zierstickerei versehen. Und schließlich der *Schesch*, ein leichtes, etwa sechs Meter langes Baumwolltuch. Aflanes gelenkige Finger banden und knüpften den Stoff, formten Falte um Falte zu einer wunderschön gerollten Krone. Das Ende des *Scheschs* bildete den Schleier, den die Tuareg *Tagelmust* nennen und mit dem die Männer ihr Gesicht verhüllen. Ich hatte Aflane nie anders gekleidet gesehen. Er wollte zeigen, daß er ein Targui war, sich als solcher fühlte und benahm. Aflane gefiel es, wenn die Leute ihn anstarrten. Und wenn wir mit ihm irgendein Restaurant aufsuchten, verstummten schlagartig alle Gespräche. Es war nicht nur Neugierde, es war mehr: eine Art Ehrfurcht. Ich bildete mir damals ein, daß es nur das Gewand war, welches das bewirkte. Heute, wo sich viele ähnlich gekleidete Afrikaner in Europa aufhalten, bin ich mir dessen nicht mehr sicher. Es war da noch etwas anderes gewesen, etwas, das sich kaum beschreiben ließ: Als ob Aflane eine besondere Aura umgab, die jeder fühlen konnte.

Ich hatte daran denken müssen, als Olivia die Geschenke für Zara vor mir ausbreitete: zwei Schals aus transparentem Musselin, nachtblau und violett, beide mit Pailletten bestickt. Ein Parfüm auch, das nach Pfirsich duftete. Nicht irgendein Parfüm, nein, sondern eine erlesene Marke. Die Tuareg wissen, was Qualität ist, für billigen Ramsch haben sie nichts übrig. Dazu zwei Gläser Pulverkaffee und Aspirin, beides eine Mangelware in der Sahara.

Angeschnallt warteten wir im Flugzeug auf den Start. Den Fensterplatz hatte ich Serge überlassen. Natürlich saßen Thuy und Enrique zusammen; Rocco, der einzige von uns, der rauchte, saß ein paar Reihen weiter hinten. Unsere Geduld wurde lange auf die Probe gestellt. Das Warten brachte uns ins Schwitzen. Feuchte Hände, Pulsbeschleunigung, auch das gehörte dazu.

»Denke nicht, daß ich schlafe«, Serge lächelte mich verkrampft an. »Im Flugzeug werde ich nervös. Platzangst. Da bin ich lieber still. Was meinst du, was los ist?«

»Schwer zu sagen. Nichts Ernstes, hoffe ich.«

»Das will ich hoffen. Luftpiraten, die gibt es nur in anderen Flugzeugen«, murmelte Serge, bevor er wieder die Augen schloß.

Hin und wieder bewegte sich ein Steward durch den Gang, zählte die Passagiere und verschwand im Cockpit. Es war drückend heiß. Ein Kleinkind schrie aus Leibeskräften. Einige Gesichter waren hinter Zeitungen verborgen; das Rascheln des Papiers reizte unsere Nerven. Das Gespenst von Terroristen, Sprengladungen, verdächtigen Koffern schwebte in der Kabine. Endlich ertönte die Stimme des Piloten durch den Lautsprecher, wir hatten Starterlaubnis. Die Maschine rollte vibrierend über die Bahn, wendete schwerfällig und wartete. Dann kam das Startsignal. Die altmodische DC 9 setzte sich in Bewegung. Das Brummen der Düsentriebwerke ging in ein schrilles Pfeifen über. Ein gewaltiger Ruck, das Flugzeug hob ab. Meine Ohren waren wie mit Watte gefüllt, es rauschte und knackte in meinem Trommelfell. Ich schluckte mehrmals, damit der Druck nachließ. Die Maschine stieg durch eine graue Wolkendecke, bis sie die Nebelfelder hinter sich ließ und die Sonne uns ins Gesicht schien. Die Leuchtschrift *No Smoking* erlosch. Die DC 9 tauchte aus den Nebelfeldern, zog in den strahlenden, türkisblauen Himmel.

Der Flug nach Algier sollte nahezu zwei Stunden dauern. Plötzlich herrschte wieder gute Stimmung. Stewardessen in blauer Uniform hantierten ohne Eile hinter dem Vorhang. Als wir die Pyrenäen überflogen, trugen sie Tabletts mit einem Imbiß herein: Kartoffelsalat, ein halbes Brathuhn, ein Stück klebriger Aprikosenkuchen. Kein Alkohol. Der Lärm der Triebwerke versetzte uns in einen Zustand schläfriger Apathie, der nur durch die Gongsignale von den Ansagen unterbrochen wurde. Thuy lehnte entspannt den Kopf an Enriques Schulter. Der Sitz neben Rocco war frei; ich setzte mich zu ihm. Das Flugzeug flog nicht sehr hoch, bald wurde die Küste sichtbar; silbrig glitzernd breitete sich das Meer aus, darüber strahlte das Blau des Himmels. Rocco erzählte von seiner Reise nach Nepal.

»Da saßen wir in einer dieser klapprigen Maschinen zwischen Pokhara und Katmandu. Der Pilot flog auf Sicht. Mit einem Mal schossen Wolken auf das Flugzeug zu. Der Nebel war überall, unten und oben, rechts und links. Die Maschine taumelte von einem Luftloch zum nächsten. Neben mir saß ein Sportjournalist aus Kansas City, stockbesoffen und grün wie Schnittlauch. Als die Motoren plötzlich aussetzten, schnallte der Bursche seinen Gurt auf, wankte zum Cockpit und schrie: ›Werde dem *fucking* Bastard mal zeigen, wie er die *fucking* Blechkiste zu fliegen hat!‹«

Ich lachte. Rocco bot mir eine Zigarette an. Ich rauchte und sah aus dem Fenster. Das Meer wogte gleichmäßig. Algerien, dachte ich, ich sehe dich gern wieder. Mir lag viel daran; ich merkte es an meinem Herzklopfen. Es war kindisch, jetzt aufgeregt zu sein, nach fünfundzwanzig Jahren Abwesenheit. Zurückkommen war nicht das richtige Wort. Ich folgte einer Anziehungskraft.

Zwischenlandung in Algier. Die Sonne brannte heiß und stechend. Die grünweiße algerische Fahne flatterte über dem Flughafengelände. Die Halle für die Transitpassagiere war überfüllt. Es roch nach kalter Asche, Hammelfett und Knoblauch, den vertrauten Gerüchen des Südens. Familien mit verschnürten Koffern und Bündeln hatten sich auf den Bänken niedergelassen. Dunkelblau gekleidete Beamte verteilten Formulare, die ausgefüllt und gestempelt wurden. Ihre finsteren, mißtrauischen Gesichter vermittelten ein Gefühl des Unbehagens, der lauernden Gefahr. Wieder endlose Wartezeit. Bevor der Flug weiterging, wurde das Gepäck ausgeladen. Jeder Fluggast mußte sein Gepäckstück identifizieren. Die Koffer wurden kontrolliert, neu verladen. Überall Polizei, in Uniform und Zivilkleidung. Und doch, bräche hier das Chaos los, man wäre ihm nicht gewachsen. Diese offenkundige Wachsamkeit war nur Schein. Das Herz zog sich mir zusammen angesichts dieser Alarmbereitschaft und zugleich Unfähigkeit. Nichts als Argwohn überall. War es früher auch so gewesen? Ich ging der Frage aus dem Weg. Ob es mir gefiel oder nicht – dies war die Gegenwart, das Jetzt. Wir sollten die Orte der Kindheit im Herzen bewahren, wie ein fernes Märchenland. Sie nicht wiedersehen wollen, oder die Veränderungen akzeptieren. Ich wußte, daß meine Sehnsüchte sich nicht erfüllen würden.

Wir flogen. Im Flugzeug streikte die Klimaanlage, die Nachmittagssonne schien prall durch die Scheiben, die Hitze war unerträglich. Die Felswände der Küste leuchteten orangerot; hinter schräg aufgerichteten Kränen, Schornsteinen und Backsteinhäusern lagen Schiffe wie lange, schmale Bleistifte in den Becken. An den Hügeln klebten neue Wohnblöcke, einförmige Keksdosen, unschön und bereits verkommen. Algiers Straßen, Treppen und Gassengewirr erstickten im Netz wuchernder Elendsviertel. Viele zehntausend Menschen hausten dort in Hütten aus Wellblech, Brettern und Teerpappe; es gab keine Kanalisation, kein Wasser, keine sanitären Einrichtungen.

»Die Unabhängigkeit, die Revolution, das ganze Drum und Dran, was hat das schon gebracht, außer nobel klingenden Worten?« Thuy saß jetzt neben mir und sinnierte laut vor sich hin. »Junge Staaten machen es nicht besser als alte Kolonialmächte, sind ebenso scheinheilig, profitgierig und korrupt. Der nächste Aufstand wird ein Aufstand der Armen sein, gegen Wissenschaft, Technik und Reichtum.«

Thuys Mandelaugen blickten düster in eine Zukunft, die sie mißbilligte. Sie war in Saigon im *Couvent des Oiseaux* erzogen worden, einem vornehmen katholischem Mädcheninternat. Außer einigen Begriffen, die so überholt waren wie Strapse, hatten ihr die Nonnen ein ausgeprägtes soziales Gewissen eingepaukt. Thuy kombinierte Christus mit den Problemen der Obdachlosen, der Betreuung Strafentlassener und der Streikbewegung der Krankenschwestern.

»Dann wird wohl das eintreffen«, entgegnete ich, »was deine Nonnen damals als Jüngstes Gericht bezeichneten.«

»Mich würde es freuen«, sagte Thuy.

In großer Entfernung glitt die Welt unter uns dahin. Zuerst orangefarbene Berge, mit dunkelgrünen Wäldern gesprenkelt, dann eine steinige Hochebene, von ausgetrockneten Flußarmen durchzogen. Die Algerier nannten die Gegend *Chebka*, das Netz.

»Sieht aus wie eine Röntgenaufnahme des Blutkreislaufs«, meinte Serge, der neben uns im Gang stand. Wir hatten einen Direktflug gebucht und flogen über Ghardaia, ohne zu landen. Ghardaia gehörte zum M'zab, einer Ansammlung von fünf Oasenstädten. Die Pentapolis wurde vor tausend Jahren von islamischen Flüchtlingen der Sekte der Ibadhiten in einem Zeitraum von fünfzig Jahren erbaut. Der Schwarm weißgekalkter Häuser folgte genau den Windungen des Hochtals. Wie schlanke, himmelwärts gerichtete Finger beherrschten hellrote Minarette jede Stadt. Bedeutende Architekten hatten die Bauweise gerühmt und sich von ihr beeinflussen lassen; aber der moderne Anklang war sozusagen unfreiwillig. Das Leben der Bevölkerung spielte sich hinter Mauern ab; Tag für Tag, seit vielen Jahrhunderten. Vielleicht glaubten die Mozabiten, ihre Seele auf diese Weise zu schützen. Eine solche Ansicht barg nichts als Schrecken für mich. Hohe Mauern, verschlossene Fensterläden? Kein Aufbruch zu fernen Horizonten? Wie sollte der Mensch den Anblick der Sterne in sich aufnehmen? Oh, das erzwungene Schweigen so vieler namenloser Gefangener! Der bloße Gedanke daran lähmte mich. Meine Kehle wurde trocken. Ich sagte zu Thuy: »Ich würde hier den Verstand verlieren.«

Die Maschine flog weiter. Das weiße Gefängnis mit

seiner Last der Jahrhunderte verschwand in einer Boden-senkung. Die Gereiztheit wich; ich fühlte mich von dem Alptraum befreit.

Vom Flugzeug aus gesehen bildete die Begrenzung der Bergkuppen nie eine Barriere. Dahinter war eine Weite, die sich in rosafarbenem Sonnendunst verlor. Die Wüste schien ihren Kreis nach allen Richtungen zu ziehen. Farblos, fast substanzlos flimmerte der Horizont. Mir gefiel diese Kargheit. Keine Grenzen, keine Mauern, und mir war, als öffneten sich für mich unsichtbare Tore.

Enrique tippte mir auf die Schulter.

»Da unten, Hassi Messaoud! Siehst du die Bohrtürme?«

Ich neigte mich zum Fenster hin. Früher brannten, über eine Entfernung von gut hundert Kilometern hin sichtbar, riesige Flammen über schwarzen Rauchsäulen. Heute führten Pipelines das Erdgas nordwärts zur Küste. Die alten Bohrtürme reckten ihre Gerippe gespenstisch in den Himmel. Enrique erzählte in seiner singenden Sprechweise:

»Vor einigen Jahren sollte ich die Bohranlagen filmen, das Fernsehen plante eine Sendung darüber. Fremden war der Zutritt verboten. Aber ihr kennt das ja, Beste-chung bewegt die schwerste Gesetzeslast. Kurzum, die *Sonatrac* – die staatliche algerische Erdölgesellschaft – kooperierte. Wir durften auf die Bohrstelle 52, auf der Plattform wurde noch gearbeitet. Nirgends in Algerien ist der Verdienst so gut wie draußen im Bled auf den Bohrstellen. Aber sie stellen nur Unverheiratete an. Die *Pétroliers* leben in der Hölle, die sie nur mit Hilfe von Porno-Videos ertragen. Wir kamen zu viert. Keine Frau, die Kerle wären verrückt geworden. Das nächste Bor-dell war sechshundert Kilometer weit entfernt. Immerhin bereiteten sie uns einen grandiosen Empfang. Am letzten Tag schleppten sie uns in die Küchenbaracke, rissen alle Kühlschranktüren auf. Da lagerten reihenweise Brathühner, mehrere Viertel von Kälbern, Unmengen von Thunfisch, Dosenfleisch, dazu Bier, Wein, Sekt und Kaviar auf Eis. ›Meine Herren, bedienen Sie sich!‹« Enrique machte eine Pause. Er hatte sehr schöne, lustige Augen.

»Und?« fragte ich. »Hat der Kaviar geschmeckt?«

»Wie im Grand-Hotel.« Enrique seufzte. »Die Rückfahrt war unvergeßlich. Alle zehn Minuten eine Vollbremsung. Und dann zwei Sprünge an den Rand der Piste, mit einer Rolle Klopapier unter dem Arm.«

Unser Gelächter schallte durch die Maschine; einige Passagiere sahen auf und lächelten. Ja, ich mochte meine Leute, Enrique, Thuy, Serge und auch Rocco. Die Anekdoten waren meistens dieselben, aber auch das gehörte dazu. Wortkarg waren wir nur bei der Arbeit.

Inzwischen glitten Sandsteinberge unterhalb des Flugzeuges vorbei. Eine Straße durchschnitt wie ein weißer Faden die Ebene, verlor sich im fernen Dunst. Es war ein Land voller Licht und Wind, das Reich der Fata Morgana. Mir kam der Name in den Sinn: *Tassili n'Ajer*. Der Name bedeutet »Ebene der Flüsse«. Aber seit Jahrhunderten waren die Flüsse versiegt. Das Felsgestein barg Muschelabdrücke, der Sand versteinerte Baumstrünke, glasiert wie Achat. In Urzeiten hatten Wälder und Sümpfe das Gebiet bedeckt, doch das Vordringen der Wüste war unabwendbar. Jahr für Jahr gewann die Sahara mehr Raum. Woher kam diese sonderbare gefährliche Entwicklung? Der Mensch war nie der Meister seiner Umwelt, er beherrschte die Welt nie ganz, seine Ernährung war nie völlig gesichert. Daß er überleben wird, dachte ich, ist durch nichts bewiesen.

Vom Flugzeug aus ging der Blick über Wegstunden, Tagesreisen. Bald wurden die Dünen zu schmalen Linien; eine schwarze Fläche überzog den Horizont, das *Tademait* rollte sich auf wie ein glitzernder Teppich. Eine Steinwüste, hitzedurchglüht und mörderisch; jeder Kiesel, von der Sonne auf der Lichtseite schwarz gebrannt, funkelte wie Pechkohle. Man hatte versucht, dem *Tademait* den Schrecken zu nehmen, indem man eine Asphaltstraße baute. Aber der Teer verflüssigte sich, die Straßendecke wurde ausgewalzt wie ein Kuchenteig, und die Fahrer erlebten, wie ihre Reifen in Fetzen flogen. Für viele war die Strecke das Ende der Welt oder zumindest das Ende der Fahrt. Ich vermeinte, Olivias amüsierte Stimme zu hören:

»Am Südhang saust die Straße wie ein fliegendes Lasso talabwärts, zweihundert Meter in die Tiefe. Unten findest du den größten Autofriedhof der Sahara. Dort liegen Dutzende von abgestürzten Wagen, Motorrädern und Lkws. Und vermutlich auch einige menschliche Gebeine.«

In großer Höhe zog das Flugzeug ungehindert seine Bahn, die Motoren brummten gleichmäßig. Licht funkelte auf den Flanken der Mouydir-Berge. Die Felswände der Arak-Schlucht glänzten wie schwarze Spiegel. Die Straße wand sich durch den Einschnitt. Hier war alles gewaltig, überdimensional, für Kleinigkeiten hatte die Natur nichts übrig. Ich sah auf die Uhr. Noch eine halbe Flugstunde, und wir würden das Hoggar-Gebirge sehen. Ich lehnte mich zurück, schloß die Augen. Durch meine Erinnerung zuckte ein Name: *Ahaggar n'Atakor* nannten die Ihaggaren ihr Heimatgebiet. *Ahaggar n'Atakor*, aus dem Meer geboren, dem Sande vermählt. Eine Insel im Herzen der Sahara. Vaters Heimat. Auch meine Heimat? Ein Neubeginn? Wie kam ich dazu, so etwas zu denken? Ich war müde, ich hatte Kopfschmerzen. Zu wenig Bewegung, die künstliche Luft, der Geruch nach Treibstoff. Wer war ich, und was tat ich im Grunde? War das Filmemachen wirklich meine Aufgabe?

Ein Gongsignal ertönte. Die Schrift über der Cockpittür leuchtete auf. Wir schnallten uns an. Die Maschine senkte ihre Nase, verlor allmählich an Höhe. Der Rumpf erzitterte unter den regelmäßigen Stößen. Langsam und bleischwer überkam mich ein Gefühl der Unwirklichkeit. Wir schwebten über Türme, Zacken und Grate, über Spalten und Firne. Die Abhänge fielen und stiegen zu Bergketten hinauf; jeder Felsblock, jeder Buckel war vom Wind der Jahrtausende blankgefegt worden. Schwindelerregende Basaltpfeiler, Überreste längst erloschener Vulkane ragten wie Säulen zum Himmel empor. Das waren Riesen, an denen jede Zeitrechnung zunichte machten, und ich war darauf nicht vorbereitet, der Anblick traf mich wie ein Schock. Durch dünne Luftschichten prallte die Sonne gegen die Gipfel, schuf Trugbilder, färbte jeden Berg anders: purpurfarben den einen, goldgelb, metallblau, blutrot die anderen. Ein einzelner Fels leuchtete rosa, während sich das Gebirge gegenüber in tiefem Schwarz verlor. Der gewaltige Himmelsraum dahinter war von wolkenlosem Blau.

Hier bin ich geboren, dachte ich. Hier haben meine Vorfahren gelebt, und irgendwo in dieser Landschaft war mein Vater begraben.

Und dann beschrieb das Flugzeug eine scharfe Kurve. Eine breit verstreute Ansammlung weißer und rötlicher Flachbauten kam in Sicht, und dazwischen die dunkelgrünen Flecken kleiner Gärten. Die Maschine senkte sich ruckartig, ich verlor die Stadt aus den Augen. Die Landepiste kam näher, die Triebwerke heulten auf. Ein heftiger Stoß, ein Rumpeln, die Räder berührten die Landepiste. Die DC 9 rollte eine Weile über den Sand und stand endlich still. Ich warf einen Blick nach draußen und sah nichts. Dunkelrote Staubwolken verhüllten die Sonne. Die Welt nahm die Farbe glühender Asche an.

7. *Kapitel*

Ich bin da. Die Worte kamen mir sinnlos vor. Wir waren fünf Menschen, durch Verträge gebunden. Es galt, einen Film zu drehen. Wir hatten dafür zu sorgen, daß alles reibungslos lief. Zwei Wochen waren uns gestattet worden, die Spesen mußten reichen. Für seelische Komplikationen blieb keine Zeit.

Wir verließen das Flugzeug. Ein heftiger Wind wehte. Wir kniffen die Augen zu, Sandkörnchen trafen schmerzhaft unsere Haut. Wir folgten den anderen Fluggästen, die auf ein weißgetünchtes, von einer Kuppel gekröntes Gebäude zusteuerten. Auch hier wieder die finsteren Beamten, die alle Passagiere mit Argusaugen musterten. Jeder Paß wurde mit feuchten Fingern durchgeblättert, jedes Foto mit seinem Eigentümer verglichen. Wir mußten das Material vorzeigen, Taschen und Metallkoffer wurden eingehend untersucht. Die Einfuhr von Filmmaterial war scharfen Kontrollen unterworfen; aber wir waren geduldig. Geduld bringt mehr als Schimpfen und Toben; außerdem waren wir müde, das machte uns gelassen.

Vor dem Flughafengelände wartete ein Mini-Bus, auf dem in arabischer und – Allah sei gedankt – auch französischer Sprache *Hôtel Tahat* zu lesen war. Das Reisebüro hatte für uns dort die Zimmer reserviert. Der Fahrer, ein freundlicher Schwarzer, half uns, das Gepäck im Kofferraum zu verstauen. Als wir losfuhren, war es bereits stockdunkel. In Minutenschnelle hatte die afrikanische Nacht von der Landschaft Besitz ergriffen. Nur das Licht vereinzelter Scheinwerfer huschte über Felsblöcke und sandiges Geröll. Auch in der Ortschaft selbst schien die Beleuchtung vorwiegend aus dem grellen Blitzen der Scheinwerfer zu bestehen; auf dem Boulevard Emir Abdelkader – die Hauptstraße von Tam – kamen wir nur langsam vorwärts, eingekeilt in eine langsame Prozession von Verkehrsmitteln, Landrovern und Lastwagen, die mit der hierorts üblichen Nonchalance ohne Warnung nach rechts oder links ausscherten. Hier war ich schon, dachte ich – und erkannte nichts wieder. Vor meinen müden Augen entstanden Eindrücke wie in Zeitlupe: Ich entsann mich ruhiger Abende, verlassener Straßen. In meiner Erinnerung war die Luft kristallklar, der rosafarbene Sand verschluckte das Geräusch der Schritte. Weißgekleidete Menschen standen im Freien, genossen die Abendkühle und unterhielten sich. Vor meinen inneren Augen zog eine Vision vorbei: ein Mehari, weiß wie Milch, trat aus der Dämmerung, kam langsam schaukelnd näher. Es trug einen Sattel aus scharlachrotem Leder mit einem kreuzförmigen Handgriff. Ein Targui führte es. Das ledergeflochtene Leitseil, das durch die Nüstern des Tieres gezogen war, war um seinen Arm geschlungen. Seine blauvioletten Gewänder funkelten wie Erz. Hatte ich das Bild einst gesehen oder nur erträumt? Ja, die Zeiten hatten sich geändert. Jetzt verlief die große transsaharische Verkehrsader unweit der Stadt. Wagen aus allen afrikanischen Ländern machten in Tam Station, ehe sie mit fauchenden Motoren aufbrachen in den Tschad, nach Kamerun und dann quer durch Afrika, zwölftausend Kilometer weiter, bis zum Kap. Die Tamarisken mit ihren starken, weißgefleckten Stämmen entlang der Straßen waren längst gefällt worden: Der Verkehr brauchte Platz. Die alten Krämerbuden waren noch da; hauptsächlich für Touristen, nahm ich an. Auf ein gewisses Lokalkolorit wollte man nicht verzichten. Hier und da hoben sich von den hellen Rechtecken offener Türen blau und weiß gekleidete Gestalten ab. Durch die Öffnungen sah man aufgestapelte Kisten und Kästen, dahinter grüngestrichene Wände. Kleider, Unterwäsche, Pantoffeln, Haushaltsgeräte hingen an einer Schnur über der Tür. Das alles wirkte wie eine Inszenierung, unecht und überholt. Als Filmemacherin sah ich keinen Nutzen in derartigen Bildern.

Endlich bremste der Mini-Bus, wir fuhren durch ein offenes Tor in einen großen, mit Kies bedeckten Innenhof. Das *Hôtel Tahat* war im *style saharien* erbaut, als ein massiver Lehmklotz also, mit zinnenbewehrten Mauern. Roter Orleander und Asphodelussträucher blühten, gut gepflegte Zitrus- und Orangenbäumchen wuchsen in Töpfen. Na schön. Die Empfangshalle war mit Marmorfliesen ausgelegt, eine schwere lederne Polstergruppe gab dem Raum eine etwas langweilige Würde. Überdimensionale Kupferteller, alte Flinten, eine *Takuba* – das Langschwert der Tuareg –, zwei überkreuzte Speere und ein Leopardenfell, Brutstätte für Spinnen und Motten, schmückten die grüngetünchten Wände. Das Ganze sollte einen aufwendigen Eindruck machen, auf dem Tisch aber sah ich schmutzige Kaffeetassen, und in den kupfernen Spucknäpfen häuften sich Zigarettenkippen. Über der Rezeption hingen stark vergrößerte, fliegenverdreckte Aufnahmen berühmter Hotelgäste. Die Paris-Dakar-Rallye stand hier offenbar hoch im Kurs. Der ganze Rallye-Troß posierte in Designer-Klamotten, Pilotenbrille und Tropenhelm inbegriffen, vor der flaggengeschmückten Hotelfront.

Mein Zimmer im Erdgeschoß war groß, mit Kalk geweißt und ungeheizt, obwohl die Nächte eiskalt waren. Der Verputz bröckelte an vielen Stellen ab. Auf dem Bett lag eine dünne, braunweiß gestreifte Decke, und auf dem Boden ein Ziegenfell. Der kleine Tisch war mit Einlagen aus Perlmutt versehen, verblichene Farbfotos an der Wand zeigten eine Oase und eine Karawane. Das Fenster war zum Schutz gegen Insekten mit einem feinen Drahtnetz bespannt.

Ich zog die staubigen Vorhänge zu. Vor langer Zeit hatte Olivia und ich in einem kleinen, ziemlich verkommenen Hotel gewohnt; das Hotel gab es längst nicht mehr, aber der Geruch war mir noch gegenwärtig. Ich fand ihn sofort wieder, diesen Geruch nach Chlor, der in jedem Reinigungsmittel vorkam. Im Badezimmer tropfte der Wasserhahn; alle Rohre rumpelten und gurgelten, die gleiche Geräuschkulisse schallte aus sämtlichen Nebenzimmern. Ein Haar des vorherigen Hotelgastes klebte im Zahnputzglas, ein gebrauchtes Stück Seife trocknete vor sich hin. Ich packte meine Sachen aus; das Hotel hatten wir für die Dauer unseres Aufenthaltes gebucht, obwohl wir die Nächte zumeist in der Wüste verbringen würden.

Wir waren die einzigen Gäste im Restaurant. Ein Ventilator hing wie ein verstaubtes Rieseninsekt an der Decke. Kupferlampen mit bunten Glasfacetten verbreiteten schummriges Licht. An den Wänden die üblichen Kupferplatten und Zierwaffen. Aus der Bar nebenan drang gedämpfte Musik. Es roch nach kalter Asche. Ein paar Männer, dem Aussehen nach Geschäftsleute, schlürften undefinierbare Getränke, unterhielten sich sotto voce und warfen uns verstohlene Blicke zu. Einer hatte einen Burnus an und wirkte auf seinem Barhocker seltsam fehl am Platz. Die sparsame Beleuchtung, die Vernachlässigung, die untätig herumstehenden Kellner verbreiteten eine merkwürdige, beklemmende Stimmung. »Nachsaison«, faßte es Thuy zusammen. Ihre Eltern führten ein gutgehendes Restaurant in Annecy. Ich nickte.

»Die Islamisten machen mit ihren Messern zuviel Hokuspokus. Die Touristen bleiben aus.«

Der Kellner schlenderte herbei, stellte einen Korb mit Fladenbrot und eine Flasche sogenanntes Mineralwasser auf den Tisch. Wir bestellten eine stark gewürzte Chorba-Suppe, danach Lammkoteletts mit Pommes frites und Gemüse. Wir warteten auf das Essen, schauten uns das Kartenmaterial an, besprachen den morgigen Tag. Das Essen kam und kam nicht, der Koch mußte das Lamm vermutlich erst schlachten. Endlich stand die Suppe auf dem Tisch; sie war gut, und wir ließen es uns schmecken. Inzwischen war auch das Fleisch gebraten. Es war gar und mit einer Menge Knoblauch gewürzt. Auch beim Essen beredeten wir die tausend Dinge, an die wir denken mußten.

Nach dem Essen, als ich wieder im Zimmer war, dachte ich über meine Situation nach: Ich kannte weder die Stadt noch einen Menschen hier. Ich wußte nicht einmal, wo meine Großmutter wohnte. Zara ult Akhamuk, Tamanrasset, lautete der Absender, der auf ihren Briefen stand. Tam hatte über dreißigtausend Einwohner; die Briefe kamen immer an. »Kannst du mir nicht ihre genaue Adresse angeben?« hatte ich Olivia etwas verdutzt gefragt. Sie hatte den Kopf geschüttelt. »Ich kann dir nicht sagen, wo sie wohnt.« Eine kurze Weile war ich sprachlos gewesen, doch Olivia hatte dieses helle Funkeln in den Augen gehabt. »Da brauchst du nur zu fragen, das weiß jedes Kind.«

Im Badezimmer drehte ich den Wasserhahn auf. In sämtlichen Rohren krachte und schepperte es, ein dünnes, rötliches Rinnsal floß in die Badewanne. Ich dusch-

93

te, so gut es ging, und legte mich auf das Bett. In der Nacht weckte mich die Kälte. Ich stand auf, zog meinen Pullover über den Pyjama, breitete das Ziegenfell, das nach Sand roch, auf der Bettdecke aus. Endlich schlief ich ein, doch ich hatte die ganze Zeit über kalte Füße. Irgendwann, es mußte bei Tagesanbruch sein, riß mich ein langgezogener, durch Lautsprecher verstärkter Singsang aus dem Schlaf. Der Muezzin rief zum Gebet. Eine Stunde später knatterten dicht vor meinem Fenster Lastwagen vorbei, Hähne krähten, und die Sonne funkelte rötlich hinter den Vorhängen. Ich warf die Decke zurück und stand auf. Schlotternd trat ich ans Fenster, zog die Vorhänge zur Seite und blinzelte in einen Wüstenmorgen von schmerzhaft strahlender Helle.

Die Saharabewohner sind Frühaufsteher; sie stehen mit der Sonne auf und nutzen die kühlen Morgenstunden, um die wichtigen Dinge des Tages zu erledigen. Gleich nach dem Frühstück machten wir uns auf den Weg zur Präfektur. Wir stellten fest, daß sich gleich neben dem Hotel ein Campingplatz befand, der von staubigen, knisternden Schilfwänden umgeben war; ein paar ausländische Wagen parkten dort, Wäsche trocknete auf einer Leine, ein Lastwagenmotor brummte. Bei Tageslicht kam uns Tam wie eine einzige Baustelle vor; an jeder Straßenecke ratterten Bagger, während Arbeiter, einen schmutzigen *Schesch* um den Kopf gewickelt, Steine klopften. Der billige Diesel schnürte die Luft zum Atem ab, griff die Lungen an, biß sich in den Augen fest. Wir versuchten die Fliegen zu verscheuchen, die hartnäckig um unsere Köpfe schwirrten. Auf dem Boulevard Emir Abdelkader herrschte das größte Verkehrschaos. Hupen und Motorradlärm erfüllten die Luft, so daß man sein eigenes Wort nicht verstand. Auch hier, im tiefen Süden, beherrschten Soldaten und Polizisten das

Straßenbild. Man spürte eine Spannung, eine Furcht, das Warten auf eine unbekannte Gewalt. Die Angst war überall, man konnte sie kaum ignorieren. Eine Bombe mochte jederzeit losgehen. Wir kamen an dem Marktplatz vorbei, der von einem überdachten Säulengang umgeben war. Uns bot sich ein Bild, das die Reiseprospekte gern als »lebendiges Mittelalter« priesen. Die Händler kauerten im Sand, sie hatten ihre Ware vor sich auf Tüchern ausgebreitet oder lagerten sie in Körben. Obst und Gemüse war kaum zu sehen, dafür jede Menge dicker, dunkler Datteln, glänzend vor Zucker, oder auch solche, die klein und vertrocknet aussahen. Vor dem Kornhändler häuften sich Berge von Weizen und Hafer. Die Käufer – Männer zumeist – griffen hinein, befühlten, beschnupperten, kauten, während die Händler gelassen neben ihren Waagen hockten. Wir betrachteten amüsiert die Mittelchen eines Apothekers: Hustenpastillen, Kräutermixturen, getrocknete Eidechsen, Schädel und Knochen aller möglicher Kleintiere. Sinnigerweise befand sich der Stand des Metzgers gleich daneben. Kuhhälften, in Sackleinen eingenäht, baumelten, den Brummfliegen ausgeliefert, in der prallen Sonne. Ein junger Mann zerlegte eine Ziege, die an einem Haken hing, schnitt Leber, Magen, Herz heraus und legte sie in einen Kessel. Rund um ihn war der Sand schwarz von Blut. Wir machten einen Bogen, warfen lieber einen Blick auf die Lippenstifte, Pinzetten und Parfüms, die eine schwarz vermummte Frau verkaufte. Sie streckte einen überraschend hellhäutigen Arm unter ihrem Schleier hervor, zeigte uns gelbe Plastikkugeln, die wie Bernstein aussahen, Armbänder aus Zink und eine Anzahl an einer Schnur aufgereihte Silberringe, die leise klingelten.

Ein enges Gewölbe führte in eine staubige Asphaltstraße. Vor einem größeren Gebäude wehte die algerische Flagge. Eine Menschentraube wartete im Schatten der Mauer. Die Frauen waren in hell- oder dunkelblaue Schleier gewickelt, einige Männer trugen *Schesch* und *Gandura*. Die meisten jungen Leute hatten europäische Kleider an, abgetragene Sachen, die über vielerlei Umwege nach Afrika gelangt waren. Wir gingen an ihnen vorbei, ein paar Stufen hinauf, um uns bei der Verwaltung anzumelden. Wir machten uns auf eine lange Wartezeit gefaßt. In Entwicklungsländern ist Eile ein Fremdwort. Doch die Beamten zeigten sich erstaunlich entgegenkommend. Im heutigen Algerien werden Ausländer nicht mehr barsch herumkommandiert wie früher, sondern wie rohe Eier behandelt. *Monsieur le Député* – der Regionalabgeordnete – ließ es sich nicht nehmen, uns persönlich zu begrüßen. In dieser düsteren Zeit waren Medienleute für ihn ein Geschenk des Himmels. Wir sollten Algerien von der besten Seite erleben, schöne Bilder im Fernsehen zeigen und devisenbringende Touristen ins Land locken. Die *Frérots* (die »kleinen Brüder«, Islamisten also) trieben nur im Norden ihr Unwesen. In letzter Zeit verkrochen sie sich »irgendwo draußen in den Bergen«. *Monsieur le Député* zeigte lächelnd seine tadellosen Zähne. In Tam sei alles ruhig, dafür verbürge er sich. Der hochgewachsene Mann mit dem maßgeschneiderten Anzug, den spiegelblanken Schuhen und dem schönen Piratengesicht drückte es poetisch aus:

»Hier können Sie schlafen wie ein Baby im Leib seiner Mutter.«

»Ausgeschlossen – bei dem Verkehr!« brummte Enrique, als wir die Präfektur verließen. *Monsieur le Député* hatte uns ein wenig angeflunkert. Tam war nicht so still und gleichmütig, wie er es uns glauben machen wollte.

Das Gespenst der Folterungen, der Entführungen, des Todes ging umher, die *Frérots* konnten überall sein. Auf politischer Ebene war nichts geschehen, was die Menschen von ihrem Alptraum hätte erlösen können. Ironischerweise verdankten wir es dieser Angst, daß wir sämtliche Genehmigungen ganz ohne Schmiergelder und ohne großen Zeitverlust in den Händen hielten. Algerien lebte in Furcht vor einem Bürgerkrieg; im Papierkrieg zumindest herrschte Waffenstillstand.

Unser nächster Weg führte zur Agence Altour, wo wir Fahrzeuge bestellt hatten. Beide Landrover waren etwas klapprig, aber durchaus »wüstentüchtig«, wie Rocco befriedigt feststellte. Die Reifen hatten das erforderliche Sandprofil, ziemlich abgefahren zwar, aber brauchbar. Für jeden Wagen gab es zwei Ersatzreifen und einen zusätzlichen Stoßdämpfer. Rocco war durchaus in der Lage, sie einzubauen. Sandbrett und Sandschaufeln waren vorhanden, ebenfalls eine Ersatzbatterie und vier Benzinkanister zu je zwanzig Liter; sie waren auf dem Dachträger untergebracht. Rocco stellte fest, daß einer von ihnen schlecht befestigt war. Er vergewisserte sich auch, daß alle Kanister absolut dicht schlossen. Seine Sachkenntnis wirkte beruhigend. Als Fahrer hatte man uns einen zuverlässigen Mann versprochen, der das Gelände gut kannte; er würde am Tag der Abfahrt *à la bonne heure* – frühmorgens also – zur Stelle sein. Algerien erkennt europäische Versicherungen nicht an, wir mußten eine neue Haftpflicht abschließen: für uns selbst, für die Fahrzeuge, für das Filmmaterial. Wir wurden aufgefordert, uns strikt an die vorgegebene Route zu halten. Im Falle eines Unfalls suchte die Hilfskolonne nur innerhalb des abgegrenzten Gebietes. Der Verleiher empfahl uns, zur Sicherheit noch ein Set Rauchpatronen, die einen orangefarbenen Rauch entwickelten, zu erstehen. Wir hatten unsere eigenen Schlafsäcke dabei, gute, aus Daunen; eine Plastikpumpe zum Umtanken und ein Abschleppseil waren vorhanden. Am Nachmittag kauften wir Kochgeschirr, Wasser und Lebensmittel: Nudeln, Salz, Dosenfleisch, Pulverkaffee, Tee und Stockzucker, Ölsardinen, Käse. Und jede Menge Bouillonwürfel. Rocco betrachtete sie mit zweifelnder Miene.

»Was sollen wir damit?«

Serge sah auf.

»Suppe kochen. Die versorgt uns mit Mineralstoffen, Salz und der nötigen Flüssigkeit.«

»Na also, dann ...«, brummte Rocco.

Etwas gereizt ging ich die Liste durch. Wir schleppten zuviel Zeug mit, Dinge, von denen wir dachten, daß wir sie benötigen. Und Dinge, von denen wir im voraus wußten, daß wir sie nie benötigen würden. Für alle Fälle? Ich ließ es gelten. Wie reisten denn die Tuareg? Sie kamen doch auch zum Ziel, irgendwie und irgendwann.

Die Sonne sank, aber noch war es hell. Ich sagte meinen Leuten, daß ich zu meiner Großmutter ging. Wenn ich nicht rechtzeitig zum Essen zurück sei, habe sie mich eben mit Beschlag belegt. Meine schnoddrige Redeweise verursachte mir ein schlechtes Gewissen. Aber konnte man von einer Verwandten, die man kaum kannte, anders als in mitleidig-ironischem Ton sprechen?

In den kleinen Straßen rund um das Hotel gab es keinen Verkehr; der Wind flüsterte in den Tamarisken, und über den Sand bewegten sich wundervolle blaue Schatten. Weit hinter den Lehmbauten erhob sich eine eigentümlich abgeflachte, halbmondförmig gespaltene Felswand aus der Ebene. Der Hadrian-Berg, dachte ich, das Wahrzeichen von Tam. Eigentlich gab es viele solcher Tafelberge in der Wüste, aber selten so große wie

dieser. Mir kam eine Legende in den Sinn: Der Riese
Amamellan hatte den Berg einst mit einem Säbelhieb
gespalten, damit die Ziegenherde einer schönen Hirtin
bessere Weideplätze fand. Woher kannte ich die Sage?
Ich wußte es nicht. Wie merkwürdig, daß ich mich jetzt
daran erinnerte!

Einige kleine Jungen spielten mit einer verrosteten
Konservendose Fußball. Magere Hunde schlichen an
den Wänden entlang. Eine dunkelhäutige Frau, mit
Kopftuch und Einkaufstasche, zog zwei unterernährte
Kinder hinter sich her. Der Junge hatte eine Rotznase,
das Mädchen trug Pyjamahosen und darüber einen langen geflickten Rock und einen zerschlissenen Pullover.

Ich ging aufs Geratewohl, die Tasche mit den
Geschenken über der Schulter. Die Lehmmauern leuchteten orangerot, in den unsichtbaren Gärten zwitscherten Vögel. Die Seilrolle eines Ziehbrunnes
quietschte. Vielleicht war dieser Ort doch real, vielleicht waren diese Häuser mit ihrem verborgenen
Leben doch wirkliche Häuser und keine Filmkulisse.
Vor mir trat ein alter Mann aus einer Tür. Er trug eine
Gaschabia, einen Umhang aus brauner Wolle, in schönen Falten um seine Schultern gelegt. Der sorgsam
geschlungene *Schesch* aus hellem Musselin umrahmte
seine glatte Stirn, die gebogene Nase und dunkelbrau-
ne, freundliche Augen. Ich wünschte einen guten
Abend, nannte den Namen meiner Großmutter. Ob er
wüßte, wo ich sie finden konnte? Wie die meisten Algerier der älteren Generation sprach der Mann ein tadel-
loses Französisch. Ja, selbstverständlich kannte er Zara
ult Akhamuk. Er wandte den Kopf und rief eines der
spielenden Kinder. Der Mann hatte kaum seine Stimme erhoben, aber der gerufene Junge kam sofort gelaufen. Er trug einen durchlöcherten roten Pulli und

Hosen, deren Reißverschluß halb offen stand. Der alte Mann sagte einige Worte, und der Kleine nickte beflissen, die kugelrunden Augen auf mich gerichtet. Er hatte ein aufgewecktes braunes Gesicht und staubverkrustete Ellbogen.

»Du mitkommen«, sagte er zu mir.

Ich dankte dem Mann, der die feingliedrige Hand zuerst an seine Stirn, dann auf sein Herz legte.

»Madame«, erwiderte er in seinem höflichen Saharafranzösisch, »es war mir ein Vergnügen.«

Wir machten uns auf den Weg. Der Junge trabte auf langen, dünnen Beinen. Ich hatte Mühe, seinen Schritten zu folgen.

»Wie heißt du?« fragte ich ihn.

»Ich, Said!« Er deutete mit seinen schmutzigen Fingern auf seine Brust, bog zielsicher um ein paar Ecken. Ich fragte weiter:

»Kennst du Zara ult Akhamuk?«

»O ja, Madame! Schwester vom König wohnt nicht weit von hier, beim Kamelmarkt.«

Ein leichter Schauer überlief mich. Die Schwester des Königs hatte das Kind Zara genannt.

»Du von Frankreich kommen?« setzte er hinzu.

Ich nickte. Ohne sein Tempo zu verlangsamen, sah er neugierig und ernst zu mir empor.

»Zara ult Akhamuk sehr arm jetzt.«

Ich sagte nichts. Meine Herkunft, meine Kindheit streckten tastend die Hände nach mir aus. Sie von mir abzuschütteln kam nicht in Betracht.

Inzwischen stellte ich fest, daß wir uns am Stadtrand befanden. Vor uns lag ein versandeter Platz. Hier gab es viel Gelb, viel Licht, die Berge waren nicht verschleiert vom Dunst, sondern blau und klar sichtbar. Ein Geier mit weißem Gefieder kreiste am Himmel.

»Hier, Madame, Kamelmarkt!« rief Said.

Eigentlich sind es ja Dromedare, dachte ich. Die Tuareg nannten sie *Mehara*. Ich hatte sie mir groß und prächtig vorgestellt. Diese Tiere jedoch waren gefesselt, kauerten im Sand und sahen abgemagert und krank aus. Nomaden in zerschlissenen Gewändern drängten sich um einen Haufen Stoffballen, staubige Decken und abgenutzte Ledersättel. Plötzlich schrie ein *Mehari* laut, hob sich mit einem Ruck auf die Knie. Speichel tropfte aus dem rosafarbenen Maul, der reptilienartige Hals wiegte sich hin und her. Schon war ein Mann aufgesprungen, zog mit kleinen Zischlauten das Tier an der Leine. Das Kamel ließ sich schwerfällig wieder auf die Knie nieder, wobei mir sein beißender Geruch in die Nase stieg. Ich bemerkte, daß es an der Brust ein eiterndes Geschwür hatte. Ich verscheuchte die Fliegen, die wild um mein Gesicht kreisten. Ein räudiger Hund schleifte einen schwärzlichen Gegenstand mit sich, der sich bei näherem Hinsehen als ein abgerissenes Ziegenbein entpuppte. Entzückend! Wir stapften durch den Sand, vorbei an zerbrochenen Strohmatten und Zelten aus dreckigen Tuchfetzen. Said deutete auf einen hohen Betonkasten, der einer Anzahl Wohnhäuser, unverputzt und dachlos, die Luft nahm.

»Das neuer Supermarkt!« verkündete er stolz.

Wir gingen über den Platz, zu einer Reihe verkommener Lehmbauten. Said führte mich zu einer morschen, blaugestrichenen Holztür, auf die mit Kreide einige arabische Buchstaben gekritzelt waren.

»Hier Haus von Zara ult Akhamuk.«

»Danke«, sagte ich geistesabwesend.

Said rührte sich nicht vom Fleck, sah mich erwartungsvoll an. Ich kam wieder zur Besinnung, klaubte eine Münze aus der Tasche. Said grapschte gierig danach. Er biß auf die Münze, grinste zufrieden und rannte davon, wobei er zum Abschied winkte.

Inzwischen stand ich vor der Tür, von einer unerklärlichen Scheu erfaßt. Ich kam mir vor, als spielte ich die falsche Rolle in einem falschen Film. Aber wir alle leben in unseren eigenen Bildern und sind verstört, wenn wir mit der Wirklichkeit konfrontiert werden. In meiner Erinnerung hatte Zara nie in einem Haus gewohnt. Ich hob die Hand und klopfte. Es rührte sich nichts. Ich klopfte noch einmal, lauter; ich merkte, daß ich innerlich zitterte. Es dauerte eine Weile, bis hinter der Tür Schritte hörbar wurden. Der Riegel knirschte, die Tür sprang auf. Ich blinzelte verwirrt. Vor mir stand ein dunkelhäutiger, schwarzverschleierter Riese. Ein rotes Lederetui, das – wie ich wußte – irgendein Amulett enthielt, baumelte um seinen Hals. Der Mann mußte sehr alt sein. Zwischen den Falten seines *Scheschs* war nur ein Schlitz frei, hinter dem ich gelbliche Augen sehen konnte. Ein Schauder durchlief mich. Die Zeit wirbelte zurück, und ich wußte seinen Namen.

»Matali?« flüsterte ich.

8. Kapitel

Der Mann neigte den Kopf, blickte auf mich herunter. Die Haut um seine Augen glich der Rinde eines toten Baumes. Die Pupillen hatten den verschwommenen Blick alter Menschen, die schlecht schlafen. Ein seltsames Gefühl der Unwirklichkeit befiel mich. Über eine Zeitspanne von fast dreißig Jahren stiegen die Erinnerungen in mir auf, umkreisten mich, nahmen mich gefangen.

... Das Lager erreichen, unter dem blauen Frieden der Sterne. Es ist kalt, ein trockener Wind weht über die weite Fläche. Überall Stille, die Menschen schlafen in ihren Seribas. Der Sand ist von einem unwirklich fahlen Weiß, der Himmel durchsichtig klar. Das Motorengeräusch weckt als erstes die Hunde. Sie kommen von allen Seiten aus dem Dunkel gesprungen, umringen knurrend den Wagen. Vater stellt den Motor ab, Mutter hält mich in den Armen. Ich habe geschlafen. Wie alt mag ich sein? Drei Jahre, vier? Jetzt werde ich wach, die Hunde machen mir angst. Doch Vater lacht nur, steigt aus, spricht ein paar Worte zu den Tieren und streichelt sie. Sie beschnuppern ihn und winseln, ziehen sich dann beruhigt zurück. Ein hochgewachsener Schatten taucht zwischen den Schilfhütten auf. Matali, der schwarze Diener, mit seinen überlangen Armen, seinen großen Händen, die so sanft ein Kind wiegen oder ein krankes Tier pflegen können. Er heißt uns willkommen, nimmt uns das Gepäck ab. Dann geht er mit einer Taschenlampe

voraus, führt uns zu einer Seriba *am Rande des Wadis. Sie steht für uns bereit; man wußte, daß wir kommen würden. Matali kauert nieder, zieht einen großen Schlüssel hervor, öffnet das kupferne Schloß an der Kette vor der Tür. Überall im Lager blinken jetzt Taschenlampen. Fatuma, Matalis Frau, bringt Holz und ein glutgefülltes Kohlenbecken. Fröhlich lachend kauert sie sich nieder, schichtet das Holz auf und bläst in die Glut, um die Flammen anzufachen. Unterdessen hat Matali die Teppiche entrollt, die Kissen aufgestapelt. Im Königslager gibt es noch Betten mit einem Schilfrost. Matali breitet sorgsam Decken darüber, legt ein weiches, schön besticktes Lederkissen auf. Bald flackert das Feuer; über die Wände der Seriba huschen lange Schatten. Schon ist es behaglich warm. Wenn sich in den Zwischenräumen der Strohwände der Wind verfängt, entsteht ein Geräusch wie das Schwirren von Insektenflügeln. Ich höre Olivias Stimme, in der immer ein Lachen mitschwingt. »Die Kleine ist todmüde.« Matali streckt die Hände aus. Ich gleite aus Olivias Armen in die seinen. Er trägt mich vorsichtig an sich gedrückt, legt mich aufs Bett. Im Halbschlaf spüre ich seine Hände, die behutsam meinen Nacken heben, das Kissen unter meinen Kopf schieben, die Decken über mich breiten. Die Decken kratzen ein wenig und riechen nach Sand. Ich spüre ihr Gewicht und die Wärme, die sie geben. Die Flammen knistern, es duftet nach Holzkohle. Ich schlafe ein …*

Jetzt stand er vor mir, Matali, wie ein Bild von früher, betrachtete mich aus entzündeten Augen. Sein Geist suchte seinen Weg im dunklen Land der Erinnerung, bis er in dieser Fremden das Kind von früher entdeckte. Da belebte sich sein trüber Blick, zeigte Freude, Schmerz und Erschütterung. Sein Atem ging rasselnd. Er hob eine unförmige, fast auberginefarbene Hand, hielt sie mir heftig zitternd entgegen. »Du, Tamara?« fragte er mit rauher Stimme. Sie klang wie das Rascheln des Windes im Röhricht.

Ich lächelte ihn an. Mein Herz klopfte stürmisch, ich brachte keinen Ton über die Lippen. Und da ich wußte, daß die Tuareg eine Hand weder ergreifen noch drücken, begnügte ich mich, die dargebotene Handfläche zu berühren. Sie fühlte sich hart und schwielig an. Die gelb verfärbten Nägel waren wulstig wie Hornhaut. Matali war ein *Akli*, ein Leibeigener, fast zwei Meter groß, Abkömmling jener im Sudan erbeuteten Sklaven, die seit mehreren Generationen im Dienst derselben Familie standen. Die algerische Regierung hatte die Leibeigenen befreit, aber viele fühlten sich ihrer Familie zugehörig, als seien sie in demselben Klan geboren. Ich entsann mich, daß Olivia gesagt hatte: »Matali ist ein alter Starrkopf und wickelt uns alle um den kleinen Finger. Er hat Aflane und Chenani zur Welt kommen sehen und sogar dir die Windeln gewechselt, also bilde dir ja nichts ein!«

Ich lächelte ihn an. Er neigte den gewaltigen Kopf.

»Ich dich gekannt als Baby. Du immer brav gewesen. Nie schreien.« Er sprach jedes Wort mit größter Anstrengung. »Du jetzt kommen von Belgien?«

Ich holte tief Luft, fand mühsam meine Sprache wieder.

»Nein, von Frankreich. Ich ... ich wohne in Paris. Ich habe Großmutter geschrieben, daß ich kommen würde. Hat sie den Brief nicht erhalten?«

»Brief angekommen. Aber Elias nicht da«, sagte Matali.

Ich nickte verstehend. Fremden wollte sie den Brief nicht zeigen; sie wartete lieber Elias' Rückkehr ab. Also war sie von meinem Kommen nicht unterrichtet.

»Es tut mir leid, daß ich unangemeldet komme«, sagte ich. »Ab morgen bin ich für ein paar Tage nicht da. Aber ich kann Zara bei meiner Rückehr besuchen, wenn ihr das besser paßt.«

Matali legte seine unförmige Hand an die Brust.

»Hier dein Haus«, sagte er.

Ich trat hinter Matali in einen kleinen, sandigen Hof. Das Haus hatte ein Flachdach und offenbar keine Fenster. Der Türrahmen war blaugestrichen. Im Sand standen einige ausgetretene Sandalen. Matali gab mir ein Zeichen zu warten. Er schlüpfte aus seinen Sandalen, kratzte leise an die angelehnte Tür und verschwand in der dunklen Öffnung. Ich sah mich um. Im Hof spendete ein verkrüppelter Feigenbaum spärlichen Schatten. An der Wand lehnten ein kleiner Mühlstein und zwei staubige Autoreifen. Zerschlissene Tücher, sorgfältig geflickt und ausgebessert, baumelten an einer Leine. Unter einem Vordach aus Zweigen zeigte ein Aschehaufen, daß hier gekocht wurde. Ich sah einige Töpfe und Schüsseln aus Plastik, eine Anzahl verbogene Blechlöffel, ein großes Sieb, eine kupferne Teekanne, ferner einen Holzmörser mit Stößel, um Hirse, Datteln und Fleisch zu zerstampfen. Ich wußte, daß man solche Holzmörser heute nur noch in Museen sieht. Aber wie armselig das alles wirkte, wie verkommen! Ich atmete schnell, fühlte meinen Herzschlag. Rückkehr – welch ein dummes Wort! Hier war nichts, was mich mit früher verband. Es war falsch, sich nach verlorenen Dingen zu sehnen. Ich war erfahren genug, um zu begreifen, daß Erinnerungen auf dem Grunde der Seele immer eine Ablagerung von Trauer hinterlassen. Nie würde ich den Zauber von einst, die verlorenen Bilder wiederfinden. Es würde und konnte nie wieder sein wie früher. An die Zukunft zu denken, war entschieden gesünder.

Ich hörte ein Winseln und wandte mich um. Ein staubiger kleiner Hund kam schweifwedelnd aus dem Schatten. Er war sehr zutraulich, hatte den staksigen Schlendergang der Welpen. Mir kam Chittou in Erinnerung. Ich bückte mich und kraulte ihn hinter den Ohren, fest überzeugt, daß er Flöhe hatte. Da trat Matali wieder aus der Tür.

»Du kommen.«

Ich stieg aus meinen Turnschuhen und betrat in Socken einen düsteren Raum, in dem es nach Gips roch. An der Decke hing eine Glühbirne an einem Draht. Die Sonne sank; ein roter Lichtschein fiel schräg durch die Tür an die gegenüberliegende Wand, an der eine lederne Tasche hing, senfgelb, purpur und türkisfarben, mit Fransen verziert und mit einem kupfernen Schloß versehen. Mein Atem stockte. Sie war das identische Gegenstück zu der Tasche, die bei uns in Brüssel hing. Als sich meine Augen an das Halbdunkel gewöhnt hatten, erblickte ich zwei Gestalten, die auf Kissen am Boden unterhalb der Tasche saßen. Beide waren von Kopf bis Fuß in schwarze Schleier gehüllt. Verlegen stand ich da, grüßte sozusagen ins Leere. Welche der beiden Frauen war Zara? Keine regte sich. Nur ihre schweren, röchelnden Atemzüge waren in der Stille zu hören. Olivia hatte gesagt, daß Zara Französisch sprach. Aber das war vor langer Zeit gewesen; schon möglich, dachte ich, daß sie jetzt völlig verkalkt ist. Sie mußte mindestens achtzig Jahre alt sein.

Endlich bewegte sich eine der Gestalten. Eine Hand kam zwischen den Schleiern zum Vorschein, unglaublich zart und schmal, von knotigen Adern durchzogen. Die Fingernägel waren bis zum Nagelmond mit Henna rot gefärbt, und um das zierliche Handgelenk lag ein Armband aus schwarzem Horn.

»Komm zu mir …«, flüsterte Zara.

Ich kniete vor ihr auf dem Teppich nieder, ergriff ihre Hand. Zaras Haut fühlte sich heiß und trocken an, und ich sah, daß das mädchenhafte Gelenk verkrümmt war. Die dünnen, zitternden Finger streichelten zärtlich meine Handfläche.

»Tamara …«

Ihre Stimme war heiser und sanft, ihr Tonfall singend. Unter den Schleiern, die so verwaschen waren, daß sie fast grau schimmerten, hob und senkte sich ihre Brust. Ich versuchte ein Lächeln. Ich kam mir vor wie das kleine Kind, das ich in ihren Augen vielleicht noch war.

»*Matulid* – wie geht es dir?« murmelte ich.

Sie richtete sich unbeholfen auf. Der Schleier glitt zurück. Ich erblickte das Antlitz einer Frau, die einst sehr schön gewesen sein mußte. Der Knochenbau war ebenmäßig, die Nase klein und edel geformt. Ihre Brauen waren schwarz und liefen in Spitzen aus. Aber Kummer und Alter hatten ihre Haut verfärbt, das Kinn erschlaffen lassen. Die Augen waren matt, lagen in Höhlen. Ich bemerkte das Pulsieren an ihrem Hals. Der Körper war auf merkwürdige Weise zusammengesunken, die Knie angewinkelt und steif. In ihren dunklen Tüchern glich sie einer Schwalbe, die sich auf ihrer Reise nach Süden beide Flügel gebrochen hat. Sie roch nach Alter, Staub und abgetragenen Kleidern. Als ich die vorgeschriebenen Begrüßungsworte sprach, kniff sie die Augen zusammen; ihr Mund formte ein Lächeln, zitternd, am Rand der Tränen.

»*Elrer ras* – immer nur gut«, kam die flüsternde Antwort.

Das Lächeln ergriff ihre Augen, die plötzlich warm und lebendig aufleuchteten. Ich bemerkte die goldenen Funken, die in ihrer Tiefe spielten.

»*Ma d'ulan eddunet ennem?* – Wie geht es den Deinen?« fragte ich. Die Worte kamen wieder; sie waren tief verschüttet gewesen in mir, aber vergessen habe ich sie nicht.

Zara wurde von einer Unruhe erfaßt und beugte sich zu mir vor. Fast schien es, daß meine Stimme eine Zauberkraft besaß, die sie aufrichtete.

»*Elrer ras. Matulit d' asekel?* – Wie war die Reise?«

»*Elrer ras.*«

»*Matulit d'udu?* – Bist du müde?«

»*Elrer ras, tanemered* – Es geht gut, danke.«

Ich begrüßte auch die andere Frau, lang und ausführlich, wie es sich gehörte. Die alten Rituale hatten einen tieferen Sinn: Sie gaben den Menschen Zeit, einander einzuschätzen. Doch Zaras neuerwachte Kräfte schienen bereits verbraucht. Schlaff wie eine Stoffpuppe sank sie mit dem Rücken an die Wand zurück.

»Und Olivia? *Matulid?*« fragte sie, schwer atmend.

»O ja, Olivia geht es gut. Sie schickt dir Grüße.«

Zaras Gefährtin sagte ihrerseits ein paar Worte. Ihr Haar war unordentlich unter dem Schleier, ihr Gesicht so runzelig wie eine Walnuß. Sie hatte einen unförmigen Körper; ihre knorrigen Füße waren auf merkwürdige Art verbogen. Der Stock, der ihr beim Gehen half, lag in Reichweite. Immerhin sprach sie in lebhaftem Ton, und sie hatte ein kleines Blinzeln in den Augen, das mir gefiel. Zaras Lippen zitterten, doch sie übersetzte mit wacher, nun wieder festerer Stimme.

»Deine Tante Lia sagt, man sieht, daß du zur Familie gehörst. Und *Tamahaq* sprichst du so gut wie früher. Das freut uns, Tamara. Das freut uns sehr.«

Ich erwiderte etwas verlegen:

»Ich habe fast alles vergessen. Eingerostet.«

Sie streichelt meine Hand.

»Nein. Du wirst es bald wieder können.«
Ich wollte ihr keinen Kummer bereiten.
»Ich denke schon.«
Sie nickte und starrte mich an. Sie hatte ihre Augen
mit Khol geschminkt, die Farbe war ein wenig ver-
schmiert, und die Schatten darunter sahen aus wie zer-
drückte blaue Trauben.
»Ich habe oft an dich gedacht, Kind. Ich wollte dich
wiedersehen, bevor ich sterbe.«
Ich bemühte mich um einen heiteren Ton.
»Na also ... da bin ich!«
Die rauhen Lippen deuteten ein Lächeln an. Zara hat-
te kaum noch Zähne, ihre Lippen zogen sich nach innen.
»Ich habe weiße Haare, siehst du?«
»Ich auch«, versetzte ich. »Ein paar, an den Schläfen.«
Sie lächelte und seufzte gleichzeitig.
»Du bist nett! Aber du verstehst mich nicht. Ich entsinne mich gut an Dinge von früher. Aber was heute
morgen war, vergesse ich. Das kommt, weil ich sehr alt
bin, nur deswegen. Stört dich das?«
»Nein, überhaupt nicht.«
»Es wäre doch praktischer, wenn man alles im Kopf
hätte.«
»Es gibt Dinge, die man getrost vergessen kann.«
»Glaubst du?« fragte sie müde. Ich schämte mich ein
wenig und fühlte mich zugleich erleichtert. Es war mir
gelungen, mich mit einer gewissen Großartigkeit in Szene zu setzen. Das muß man dir lassen, du Feigling, dachte ich, du machst deine Sache nicht schlecht. Rasch
wechselte ich das Thema.
»Olivia hat mir Geschenke mitgegeben.«
Ich packte meine Tasche aus. Der blaue Schal war
für Zara, der violette für Lia. Beide Frauen legten vol-

ler Entzücken die glitzernden Tücher um ihre Schultern. Auf einmal waren sie völlig verändert, ihre Gesten wurden leicht, voller Grazie. Ich gab Großmutter das Parfüm; als ihre Finger ungeschickt den Stöpsel betasteten, öffnete ich ihn für sie. Zara hielt das Fläschchen an ihre Nase, atmete tief und glücklich den Pfirsichduft ein. Sie gab das Fläschchen Lia, die sogleich Hals und Schläfen betupfte. Beide sahen sich an und lachten. Ihr Anblick erfüllte mich mit Bewunderung und Zärtlichkeit. Ja, diese alten Frauen waren große Damen, ihre Bewegungen, ihr Mienenspiel hatten die angeborene Eleganz bewahrt. Aus ihren Gesichtern strahlte das Lächeln ihrer Jugend. Und doch wurde es dunkel in mir bei diesem Lächeln. Was sahen sie Tag für Tag? Hohe Mauern, einen dürren Feigenbaum; nur ein Stück Himmel zeigte sich dort, wo ihr Leben versickerte. Das war nicht immer so gewesen. Sie waren Töchter der Wüste, ihre Heimat war die endlose Weite. Sie kannten das Glühen der Sonne, die eisigen Nächte, das Leuchten der Milchstraße und den Schatten des Mondes. Sie hatten die Karawanen gesehen, die langsam durch die Sandmeere zogen. Die Männer, die sie anführten, waren schön in ihren blauen Gewändern, gingen lautlos und langsam durch den Sand; sank die Sonne, wanderten riesige Schatten wie Flügel mit ihnen. Diese Menschen hatten den Hunger gekannt, den Durst, der die Lippen ausdörrt, aber ihre Herzen waren voller Poesie, und die Weite des Himmels leuchtete in ihren Augen. Es gab manchmal Dürrezeiten und andere Katastrophen, auch Plünderzüge und Kriege, das gehörte dazu. Sie waren *Imochar* – die Freien; sie waren Krieger und Dichter. Sie zogen Nutzen aus jeder sich bietenden Gelegenheit, daher überlebten sie. »Die Hälfte für uns beide, den Rest für mich«, sagte eines ihrer Sprichwörter. Die beiden alten Frauen hatten das noch erlebt, das Magische und das Reale; noch leuchtete die Weite des Himmels in ihren Augen, während sie in ihrer Behausung zu ersticken drohten.

Olivia hat genau gewußt, dachte ich, welche Geschenke richtig sind. Die Frauen ließen sich Zeit, lachten wie junge Mädchen, ordneten jeden Faltenwurf. Ihr Antlitz mochte grau und zerfurcht sein, aber sie hatten noch immer das gewisse Funkeln in den Augen. Das erlosch nie.

Den Pulverkaffee gab ich Matali. Er zeigte sich hocherfreut: Pulverkaffee war hierzulande ein Luxus. Aber auch die Aspirintabletten kamen gut an. Wüstenbewohner sind die größten Pillenschlucker und haben eine Vorliebe für Injektionen. Nützt es nichts, kann es auch nichts schaden, lautet ihr Credo.

Inzwischen trug Matali ein mit glühenden Kohlen gefülltes Becken heran, dann eine Dose Tee, den Wasserkessel, zwei kleine Blechkannen und ein großes ziseliertes Kupfertablett, auf dem vier mit einem Handtuch bedeckte Gläser standen. Schwerfällig und zufrieden kauerte er sich nieder, mischte den Tee und schlug den Stockzucker mit einem Kupferhämmerchen in kleine Stücke. Bald kochte das Wasser. Matali fügte dem Teepulver eine Handvoll frischer Minzblätter hinzu, bevor er alles mit siedendem Wasser übergoß. Dann schwenkte er die Kanne in vorsichtigen Bewegungen. Er hatte genau im Gefühl, wie lange der Inhalt ziehen mußte. Er gab ein fast faustgroßes Stück Zucker hinein, ließ die Kanne noch einmal rotieren. Dann goß er etwas Tee in sein eigenes Glas, nippte daran; der Tee schien kräftig genug, aber es fehlte noch Zucker. Wieder wurde ein Stück abgeschlagen und die Kanne geschwenkt. Endlich war Matali zufrieden. Er ließ den goldgrünen Tee in die

Gläser sprudeln. Dann hielt er Zara das Tablett hin; ihre knochigen Finger mit den vom Henna geröteten Kuppen reichten mir das erste Glas. Die Zubereitung des Tees hatte sie Matali überlassen, aber die anmutige Geste gehörte zu ihren Pflichten als Gastgeberin. Ich führte das Glas vorsichtig an die Lippen. Wir tranken den Tee, der schaumig und wunderbar süß war, wobei Matali seinen Schleier nach alter Sitte mit zwei Fingern lüftete. Auch bei dem alten Mann war es eine Geste von erstaunlicher Eleganz. Inzwischen fragte Zara nach Olivia.

»Wie geht es ihr? Ich habe viele Male an sie gedacht. Ist sie … wieder glücklich geworden?«

Sie ließ mich nicht aus den Augen. Ich hielt ihrem Blick stand.

»Manchmal, dann und wann. Wie es kommt …«

Sie spielte zerstreut mit ihrem Schal.

»Ja, wie es kommt. Ich bin froh für Olivia. Sie war damals sehr krank. Hat sie mit dir darüber geredet?«

»Ein wenig, ja.«

Sie lehnte sich an die Wand zurück.

»Sie lag in der *Seriba* und erkannte mich nicht. Vielleicht versuchte sie sich zu erinnern, wer sie war und was sie hier machte. Seit Tagen hatte sie keinen Bissen zu sich genommen. Sie hustete im Schlaf, war nur noch Haut und Knochen. Da holte ich meinen *Imzad* und spielte für sie. Im Lager wurde getuschelt. Viele verstanden das nicht. Mein Sohn war gerade tot, und ich machte Musik! Aber Olivia war in Gefahr. Ich wußte, daß sich Chenani nach ihr sehnte, daß er sie zu sich ins Grab zu ziehen versuchte. Tote können so etwas tun, und wer weiterleben will, muß sie wegschicken. Olivia war nicht imstande dazu. Aber sie hatte ein Kind und durfte nicht sterben. Und so spielte ich für sie, mit blutendem Herzen. Da geschah ein Wunder: Sie öffnete die Augen und erkannte mich. Wußtest du, Tamara, daß Musik heilen kann? O ja, vergiß das nie! Der *Imzad* hat Mächte in sich, weil jedes Mädchen ihn anfertigt, wenn es zur Frau wird. Der *Imzad* wird ein Teil von ihr, ein Teil ihrer Kraft. Sie fühlt den Moment, wenn der *Imzad* erwacht. Der richtige Moment, um mit ihm zu sprechen. Sie sagt: ›Du bist mein Freund, du wirst wissen, wen ich liebe, wer mir weh tut, warum ich glücklich bin, warum ich weine ...‹ ›Spiel!‹ sagte ich zu Olivia.

Ich half ihr, sich aufzurichten. Sie war so schwach, daß ich sie stützen mußte. Ich legte das Instrument auf ihre Knie. Sie streichelte verträumt die Saite. ›Spiel!‹ wiederholte ich.

Sie nahm den *Imzad* in den angewinkelten Unterarm. Sie wußte, wie sie ihn zu halten hatte. Ich führte zuerst ihre Hand, weil ihre Finger so zitterten. Der erste Ton, der aufstieg, schien aus einer anderen Welt zu kommen, aus der Welt der Schatten. Aber er brachte Hoffnung, brachte Leben. Allmählich wurde der Strich so klar, so durchsichtig, daß mir vor Erregung und Schmerz die Tränen kamen. Später ließ ich ihr eine Schale Milch bringen. Olivia trank die Milch; sie war ganz frisch, von einer jungen Kamelstute, die gerade ein Fohlen geboren hatte. Und so kam sie wieder zu Kräften. Und noch später, als Olivia abreiste, tat ich wieder etwas, was sonst keine Frau getan hätte: Ich schenkte ihr mein Instrument. Ich kann nicht einmal jetzt sagen, ob es aus dem Wunsch heraus geschah, ihr zu helfen, oder aus Trauer, weil ich meinen jüngsten Sohn verloren hatte und nie mehr spielen wollte ...«

Zaras Stimme brach. Ihr Kopf sank auf die Brust. Es schien, als sei sie plötzlich eingeschlummert. Ich sagte ziemlich laut, um sie zu wecken:

»Olivia hat den *Imzad* noch heute. Aber ich weiß nicht, ob sie gut oder schlecht spielt.«

Zara schrak auf, hob den Kopf.

»Ob gut oder schlecht, das hat nichts zu bedeuten. Es ist die Seele, die lauscht. Man sagt, daß eine Targuia, die sich von ihrem *Imzad* trennt, zehn Jahre von ihrem Lebensfaden abschneidet. Aber das stimmt nicht. Meine Kinder sind gegangen, und ich bin noch da. Ich bin alt geworden, so alt. Wer weiß, wozu das gut ist? Es ist so eine Last.«

Auf einmal fühlte ich mich unbehaglich. Ich hatte ein Warnzeichen empfangen. Irgend etwas Störendes schwebte zwischen uns in der Luft. Zara hatte etwas gesagt, dem ich keine Beachtung geschenkt hatte, und mir fiel im Augenblick nicht ein, was es gewesen war.

»Du bist müde«, sagte ich. »Das ist ganz normal.«

Sie strich ihren Schal glatt, lächelte mit ihrem zahnlosen Mund.

»Müde, nein. Ich schließe nur die Augen. Nachts schlafe ich schlecht und wache morgens zu früh auf. Warum kann ich nicht schlafen? Was hat das alles noch für einen Sinn? Ich denke oft, es ist vorbei. Und dann wieder denke ich, es geht weiter, oder vielmehr: Es kommt zurück.«

9. *Kapitel*

Mein Unbehagen wuchs. Zara hatte etwas gesagt, das ich vergessen hatte. Mir fiel der Zusammenhang nicht ein. Warum hatte ich nur nicht besser zugehört?

Zaras Augen blickten wieder wach. Sie wollte, daß ich von mir erzählte, fragte nach meinen Plänen. Ich erzählte vom Filmen; alle hörten erwartungsvoll zu, weil mein Besuch ein Ereignis in ihrem gleichförmigen Leben war. Aber ihre Fragen klangen hilflos, es war nicht ihre Welt, wahrhaftig nicht. Es gab andere Dinge, über die ich besser mit ihnen sprechen konnte.

»Ich bin geschieden.«

»Ach!«

Beide Frauen wurden sofort lebhaft. Das interessierte sie mächtig. Lia gab ein schnalzendes Kichern von sich. Matali lehnte sich zurück, die Hände um die klobigen Knie geschlungen, beide Füße fest auf den Teppich gepreßt. Eine Haltung, die, wie ich später erfahren sollte, bei den Tuareg große Gespanntheit ausdrückte. Zara nickte mir bedeutungsvoll zu.

»Bist du mit deinem Mann nicht gut ausgekommen?«

»Wir verstanden uns nicht«, sagte ich.

Sie blinzelte mir zu.

»Als Siebzehnjährige verliebte ich mich in Bekri. Ein hübscher Kerl, o ja! Aber ein Taugenichts. Bevor Aflane auf die Welt kam, da hatte ich ihn schon vor das Zelt gesetzt.«

»Wie soll ich das verstehen?«

116

Zaras Reaktion überraschte mich. Sie schnippte mit den Fingern und erzeugte ein Geräusch ähnlich dem eines Peitschenknalls.

»Die Algerier haben zwei Gesetze: eines für Männer und eines für Frauen. Das für Frauen ist nicht gut. Eine geschiedene Frau muß ihr Haus verlassen, die Kinder gehören dem Vater. Ich weiß nicht, was sich die Algerier dabei denken. Hat der Mann Brüste, daß er die Kinder ernähren kann? Bei uns war das Zelt Eigentum der Frau. Wollte sie ihren Mann loswerden, stellte sie einfach seine Habe nach draußen. Der Mann wußte, was das hieß: Verschwinde und komm bloß nicht wieder! Die Frau behielt die Kinder, wie es sich gehört.«

Ich überlegte.

»Dann warst du also zweimal verheiratet, Großmutter?«

Ihre Lippen zuckten.

»O ja. Leute wie Chenanis Vater findest du selten. Hiram war kein schöner Mann, aber ein guter.«

Lia brach in Lachen aus. Matali gluckste vergnügt, wippte leicht auf den Fersen auf und nieder. Daß Chenani und Aflane Halbbrüder waren, hatte mir bisher keiner gesagt, auch Olivia nicht. Ob sie die Geschichte wohl kannte? Ja, wahrscheinlich schon, dachte ich. Inzwischen beugte sich Zara vor, legte die Hand auf mein Bein.

»Eine geschiedene Frau soll sich mit schönen Männern vergnügen. Und erst dann wieder heiraten, wenn sie einen Guten findet.«

Ich schüttelte belustigt den Kopf.

»Mir ist noch keiner über den Weg gelaufen.«

»Warte ab. Du bist jung. Aber gut muß er sein, das sage ich dir im Ernst. Sonst lohnt sich die Sache nicht.«

Matali ließ frisches Wasser auf der Glut heiß werden, und füllte die Kanne wieder auf. Dann ließ er den Tee in die kleinen Gläser laufen. Inzwischen kam mein Kreislauf ganz schön in Fahrt. Ich sagte zu Zara:

»Olivia bereitet manchmal Minztee zu. Aber er schmeckt nicht so gut wie dieser.«

Zara sah zu Boden. Ihr Lächeln verzerrte sich.

»Die Briefe für Olivia … wenn du wüßtest, welches Kopfzerbrechen sie mir bereiten.«

»Tatsächlich?«

Sie hielt ihren Kopf zur Seite geneigt und rieb ihre Schulterblätter an der Wand. Sie mußte immer an der gleichen Stelle sitzen, denn der Gips hinter ihr hatte bereits eine dunkle Färbung angenommen.

»Du kannst es nicht ahnen! Als Aflane noch lebte, hatte er viel Geduld mit mir. Ich ließ ihn von vorn anfangen, immer und immer wieder. Es war einfach nie so, wie ich es gerne gehabt hätte …«

Sie hielt plötzlich inne. Ich beugte mich vor.

»Großmutter, ich habe dich nicht verstanden. Was hast du eben gesagt?«

Sie zog die Brauen zusammen, legte die Finger auf die geschlossenen Augen. Ihr ausdrucksvolles Gesicht erstarrte wie zu Stein.

»Aflane ist tot«, sagte sie dumpf.

Mein Gaumen wurde trocken. Ich flüsterte:

»Es tut mir leid … das habe ich nicht gewußt.«

Sie bewegte den Kopf, als wäre sein Gewicht zu schwer zu tragen, und zog den Schleier tief in die Stirn.

»Er starb im Gefängnis. Herzversagen. Elias hat es mir gesagt.«

Sie sprach leise und gefaßt; und doch hatte ihre Ruhe etwas Erschreckendes, etwas Furchtbares. Sie vermittelte den Eindruck, als sei Aflane schon seit langem gestorben. Herzversagen? Das konnte nicht sein. »Wann, Zara?«

Ihre eingesunkenen Lippen bewegten sich. Ihre Stimme war ruhig, zu ruhig.

»Vor zwei Monaten. Elias kam aus Algier zurück und sagte zu mir: ›Großmutter, ich muß dir etwas sagen, was ich dir lieber verheimlichen würde.‹ Ich sagte zu ihm: ›Ich weiß. Aflane ist tot.‹ Elias sah mich an, als suche er Hilfe, nickte dann stumm. ›Wie ist er gestorben?‹ wollte ich wissen. Wieder Schweigen. Und nach einer Weile: ›Sein Herz hat versagt.‹ Ich habe gesagt: ›Mein Sohn hatte ein starkes Herz. Zweifellos ist etwas dazugekommen, von dem ich nichts weiß.‹ ›Ja, so wird es wohl gewesen sein‹, hat Elias gesagt. Und dann ist er aus dem Zimmer gegangen. Ich habe gehört, wie er sich draußen erbrach. Elias, mußt du wissen, ist immer aufrichtig. Diesmal gab es Dinge, die er mir nicht sagen konnte. Ich aber hatte begriffen. Meine Tränen bewahrte ich auf. Sie waren wie Wasser in einer tiefen Grube gefangen.«

Ihre Augen waren nun beinahe schwarz. Meine Haut spannte sich; ich fühlte, wie meine Nackenhaare sich sträubten, und verschränkte fröstelnd die Arme.

»Du frierst«, brach Zara die Stille. »Warum frierst du?«

»Es ist kalt«, sagte ich.

Sie seufzte.

»Immer um diese Jahreszeit.«

Sie gab Matali ein Zeichen. Wortlos nahm er die Gläser, spülte sie aus und goß zum dritten Mal ein. Stille beherrschte den Raum für längere Zeit. Ich würgte ein paar Schlucke herunter. Das dritte Glas war süßer als die beiden ersten. Die Wärme drang mir bis ins Mark. Ich rückte näher an Zara heran, legte meine Hand über ihre dünnen Finger.

»Und wo ist Elias jetzt?«

»Bei seiner Mutter. Sie ist eine Kel Ifora, erinnerst du dich?«

Ich überlegte. Olivia hatte mir vor langer Zeit einiges über Aflane erzählt. Aflane hätte nach dem Tod des letzten Amenokals dessen Nachfolger werden sollen. Bei den Tuareg herrscht das Mutterrecht, demzufolge ist der natürliche Beschützer des Kindes nicht der Vater, sondern der älteste Bruder der Mutter, also der Onkel mütterlicherseits. Noch immer hatte der Glaube Gültigkeit, daß einzig die Mutter die Abstammung sicherte. Bei Sidi Beys Tod war Aflane knapp zwanzig, aber seine Mutter als die einzige Schwester des Königs garantierte ihm die Nachfolge. Der damalige algerische Regierungschef Hoari Boumedienne hatte seine Ernennung verhindert. Der Sozialismus galt als Leitlinie der algerischen Politik. Man wollte dem Staat im Staate ein Ende machen. Aflane wurde, gewissermaßen als Ersatz, ein Regierungsposten angeboten. Für eine Indoktrinierung hatte er genau das richtige Alter. Wider Erwarten bewies Aflane Gewandtheit und Scharfsinn. Er verhandelte höflich und geschickt und zeigte Kompromißbereitschaft. Er war zuerst Gemeinderat in Tam, dann Parlamentsmitglied in Algier. Ausdauer hatte er schon immer gehabt. Er vertrat ein Volk, das auf einem Gebiet von sechshunderttausend Quadratkilometern lebte. Der Friede in diesem Riesengebiet war den Algeriern wichtig, denn man hatte inzwischen darin Uran, Mangan, Magnesium und Gold gefunden. Grenzlinien wurden wie das Allerheiligste bewacht. Für die Nomaden bedeutete es das Ende ihrer jahrtausendealten Wanderung. Bislang hatten sie um ihr Prestige gekämpft und um die Nahrung des Tages; jetzt kämpften sie, um nicht seßhaft zu werden.

Aflane ging sehr behutsam vor – immerhin wollte er die Regierung nicht aus den Angeln heben –, aber er verlangte Einsehen. »Der Hemmschuh ist seine Frau«, hatte mir Olivia damals erklärt. »Amenena stammt aus dem Adrar-Bergland und ist vom adligen Stammesverband der Kel Effele. Ihre Familie nannte noch vor zehn Jahren zweitausend Kamele ihr Eigentum und war auch politisch sehr einflußreich. Jetzt sind diese Leute bettelarm.«

Tatsächlich waren die Iforas-Tuareg mit der Unabhängigkeitserklärung Malis 1966 unter die Herrschaft ihrer ehemaligen Leibeigenen, den dunkelhäutigen Bambara geraten. Die Zusammenstöße häuften sich. In den folgenden Jahren dehnte sich der Konflikt auch auf den Nachbarstaat Niger aus. Die Scharmützel zwischen Militär und Tuareggruppen, die ihre Waffen aus Libyen bezogen, führten allmählich zu einem regelrechten Vernichtungsfeldzug gegen die Nomaden. Als dazu noch die Regenfälle ausblieben und die Dürre auf den Norden übergriff, flohen die Tuareg zu Tausenden über die algerische Grenze. Die Frauen verkauften ihren letzten Schmuck, die Männer hofften, in Tam Arbeit zu finden. Für die algerische Regierung wurde der Druck zu stark. Man pferchte die Flüchtlinge in Lastwagen, vorzugsweise nachts, um kein Aufsehen zu erregen, und internierte sie in Lagern. Aflane erhob im Parlament Protest, erreichte jedoch nichts. Irgendwann entstand das Gerücht, er mache gemeinsame Sache mit den Rebellen. Sein Sohn Elias war eingezogen worden und hatte beim Militär nur wenige Freunde gefunden. Die Ehre seines Vaters war auch seine Ehre; folglich verbrachte er mehr Zeit im Gefängnis als auf dem Exerzierfeld. Nach achtzehn Monaten Kaserne schickte ihn Aflane in die Vereinigten Staaten. Er hielt es für sicherer. »Ich glaube, es kostete Aflane einige Mühe, Elias zu bändigen«, hatte Olivia damals gesagt. »Der Junge war schon immer eigensinnig. Aber das sind sie alle in der Familie. Aflane war in den siebziger Jahren der perfekte Hippie, mit Stirnband und taillenlangem Haar. Heute trägt er nur noch Stammestracht und sitzt in der Nationalversammlung.«

Und jetzt war Aflane tot! Herzversagen? dachte ich wütend. Das glaubt doch kein Mensch! In unserer Familie gibt es Asthmatiker, keine Herzkranken.

»Warum lebt seine Frau nicht hier?« fragte ich Zara.

Sie sah mich traurig an.

»Sie hat sich von Aflane getrennt.«

Wieder eine Scheidungsgeschichte, meinte ich, doch Zara schüttelte den Kopf.

»Amenena wußte, daß Aflane Nadelstiche im Dunkeln trafen, von Leuten, die eine offene Feindschaft nicht wagten. Sie ertrug das alles nicht mehr. Mali und Algerien waren zwei Mühlsteine, und unser Volk das Korn zwischen ihnen. Amenena dachte, wie eine Frau aus Großem Zelt eben denkt. Sie besprach es mit Aflane in aller Ruhe: ›Meine Liebe ist ein Hindernis auf deinem Weg. Ich muß dich verlassen und ich werde es tun. Du bist frei. Nimm eine Algerierin zur Frau. Ich kehre zu meinen Eltern zurück.‹«

Zara machte eine Pause. Ich fragte:

»Und Aflane?«

»Er liebte sie und wollte sie nicht ziehen lassen. Er hatte große Angst um sie. In der Wüste lauerten Gefahren. Die schwarzen Soldaten waren überall, ja, und schlimmer als Tiere ...«

Zaras Gesicht verriet tiefen Haß. Und ich erinnerte mich: Noch vor nicht allzu langer Zeit, während der

Beutezüge und Kriege, wurde keiner Frau etwas zuleide getan – niemals. Ich glaubte nicht, daß es auf der ganzen Erde ein anderes Volk mit diesem Grundsatz gab. Wurde ein Lager angegriffen, nahmen die Männer den Kampf auf, während die Frauen sich in die Zelte zurückzogen. Niemand hätte gewagt, sie dort zu belästigen. Es galt als ehrlos, eine Frau anzugreifen oder sie zu berauben. Eine Vergewaltigung? Undenkbar! Den Täter traf ein Fluch. Das waren sehr alte Gesetze, und jeder richtete sich danach. »Stell dir vor, wie es war, als die Franzosen die Sahara eroberten«, hatte mir Olivia erzählt. »Algerien war seit 1830 französische Kolonie, nur die Tuareg hatten sich niemals ergeben. Es gelang den Franzosen, Stamm für Stamm zu unterwerfen. Und jedesmal war es das gleiche Bild: Wurde der Feind gemeldet, räumten alle Krieger die Zelte, ließen Frauen und Kinder schutzlos zurück! Die Franzosen verstanden das nicht. Sie waren verblüfft. Es sah aus, als ergriffen die Männer die Flucht. In Wirklichkeit lockten sie ihre Feinde vom Lager weg, damit die Frauen verschont blieben. Und weißt du was, Tammy? Weil die Franzosen die Frauen mit Rücksicht behandelten, gewannen sie die Achtung der Tuareg. Aus Todfeinden wurden Freunde, weil die Franzosen sich galant zu den Frauen zeigten! Bemerkenswert, nicht wahr?«

Zutiefst zivilisiert jedenfalls, dachte ich. Und vielleicht einzigartig in der Weltgeschichte.

»... keine Ehre!« zischte Zara. »Amenena unterschätzte keineswegs die Gefahr, denke das ja nicht. Doch es war ihr Entschluß. Und wer kann eine Frau daran hindern, das zu tun, was sie will, hm? Sie hatte zu der Schlange gesprochen, und die Schlange hatte ihre Zustimmung gegeben.«

Ich sah ihr ins Gesicht; ich fand etwas darin, das ich

nicht verstehen konnte. Mich erfaßte ein merkwürdiges Gefühl, eine ganz besondere Unruhe. »Wie meinst du das, Großmutter?«

Zara richtete ihre dunklen Augen auf mich; ihr Blick war geheimnisvoll, düster. Es war, als ob sie sich über mich klarwerden, mich sozusagen einschätzen wollte. Sekundenlang fühlte ich, wie sie durch mich hindurchblickte, als sei ich aus Glas. Auf einmal bewegte sich Lia, murmelte ein paar Worte. Ich sah sie neugierig an.

»Ja, was ist mit der Schlange?«

Doch Lia preßte die Lippen zusammen. Zara glättete ihren Schleier. Das sei ein Brauch von früher, meinte sie. Von nichts anderem sei hier die Rede. Mir war klar, daß sie darüber nicht sprechen wollte. Ich war etwas beleidigt, ließ es mir aber nicht anmerken.

»Und dann?«

Sie zuckte die Achseln.

»Aflane fügte sich. Er beauftragte Elias, Amenena in das Lager ihrer Eltern zu begleiten.«

Die Piste, die zum Lager führte, war unbefahrbar. Elias holte zwei *Mehara* von der Weide. Mutter und Sohn ritten von einer Wasserstelle zur anderen und erreichten endlich ihr Ziel. Doch im Bergland hatte der Krieg seinen Tribut aus Blut und Tränen gefordert. Die Mehrheit der jungen Leute hatte sich den Rebellen angeschlossen. Im Lager lebten nur noch wenige Menschen, krank, verkrüppelt und abgemagert bis auf die Knochen. Amenenas Mutter hatte die Blattern gehabt. Zwischen der Schicht von Schorf und Eiter sahen ihre Pupillen wie zwei weiße Steine aus. Der Vater hustete und spuckte Blut. Amenena weinte vor Entsetzen. Sie kannte alle möglichen Kräuter, Pflanzen, Blätter, Wurzeln und Körner, aus denen sie Medizin herstellte. Sie war sehr gut darin. Sie versuchte, die Schmerzen ihrer Eltern zu lindern. Doch es dauerte nicht lange, da brach im Lager ein Fieber aus. Das Quellwasser schmeckte schal und glänzte wie Öl. Die Menschen hatten schreckliche Schmerzen und mußten sich ständig übergeben. Amenenas Eltern konnten der Krankheit keinen Widerstand leisten. Binnen kurzem starben beide. Elias sagte zu seiner Mutter: »Hier kannst du nicht bleiben. Komm, reite mit mir zurück!« Doch Amenena wollte alleine sein; sie sehnte sich nach Ruhe, wollte sich gegen einen Baum oder einen Felsen lehnen, um die Schwingungen der Erde zu spüren. Sie wollte in die Vergangenheit reisen und wach sein, wenn andere Menschen schliefen. Sie wollte im Dunkeln sehen und Träume erleben. Sie schickte Elias fort. »Geh! Ich habe hier alles, was ich brauche.«

Elias plagte sich mit der Sorge, daß seine Mutter in Gefahr war und daß sein Vater ihm Vorwürfe machen würde. Doch Amenena drängte ihn, das Lager zu verlassen, und gegen ihren Willen kam er nicht an. Die Seuche hatte Wasser und Erde vergiftet. Der Tod lauerte zwischen den Mattenzelten. Amenena sprach zu den Alten, erbat ihren Segen und erklärte ihnen, es sei unerläßlich, die Zelte und alle Gegenstände, die mit den Kranken in Berührung gekommen waren, zu vernichten. Danach wäre es gut, den Lagerplatz zu wechseln. Sie selbst würde in die Richtung ziehen, die die Sterne ihr angezeigt hatten. Die Alten beachteten ihren Rat, und Amenena tat, was sie beschlossen hatte.

So ließen sie die Feuer auflodern. Als der Wind die Asche verstreut hatte, bestieg Amenena ihre Kamelstute. Sie verließ die rauchenden Trümmer in Begleitung von Kenza, einem Hirtenmädchen, das sie vom Fieber geheilt hatte. Kenza führte einen Esel, der ihre bescheidene Habe trug, und trieb einige schwarzbraune Ziegen vor sich her. Sie wanderten über hohe Dünen, überquerten ausgetrocknete Flüsse, kletterten Steinhänge empor. Es war, als folgten sie unsichtbaren Spuren, die sie ans andere Ende der Welt führten, dem Morgen entgegen. Als sie tief in die Berge vorgedrungen waren, fand Amenena ein verborgenes Tal. Es gab dort eine Sickerquelle, Buschgras und einige Krüppelbäume. Der Platz schien ihr sicher. Amenena und Kenza knüpften ein neues Mattenzelt und schlugen es im Windschatten einer Felswand auf. Seitdem lebten beide Frauen allein. Kenza versorgte die Tiere, erledigte die täglichen Aufgaben. Sie war erfinderisch und arbeitsam. Amenena indessen sammelte Kräuter und Rinden, grub Wurzeln aus, die sie in der Sonne trocknete und mit Mörsern zu Pulver zerrieb. Sie benutzte auch die Kraft von rohem Leder und Steinen, um Krankheiten zu heilen. Sie lauschte den Stimmen der *Kel es Suf* – den Stimmen all derer, die sich in der Wüste bewegten, den Tieren. Sie gab ihnen Antwort, sie fühlte sich eins mit ihnen.

Jahre verstrichen; allmählich erlangte sie einen neuen Bewußtseinstand, ein besonderes Verständnis für die Erde und ihre Bewohner. Und es kam die Zeit, da wurde sie als »Sehende Frau« weithin bekannt. Kranke suchten sie auf, um von ihr geheilt zu werden. Auch solche, die in Not waren, fanden bei ihr Aufnahme und Rat. Sie half Frauen bei den Geburtswehen, und alle brachten schöne, gesunde Babys zur Welt.

Während Zara sprach, hatte ich das seltsame Gefühl, daß ich mit ihr im Kreis ihrer Gedanken trieb. Wie sie das machte, war mir ein Rätsel. Ich nahm einfach an, daß sie gut erzählen konnte und daß ich als Filmemacherin geschult war, die Bilder zuerst in meinem Kopf zu formen, ehe ich sie optisch und akustisch umsetzte. Ich verlor mich in einer Art Tagtraum, bis Zara mit einem Seufzer den Fluß ihrer Erzählung unterbrach.

»Ich bin Aflanes Mutter«, fuhr sie dann fort, »und als Mutter hat man nicht immer einen klaren Kopf. Aber ich litt mit ihm; ich wußte, daß die Liebe zu Amenena sein Herz nach wie vor gefangenhielt. Jeder Tag ohne sie war für ihn ein verlorener Tag. In den letzten Jahren besuchte er sie öfter. Mit ihr zu reden klärte seinen Geist. Er verbrachte viele Stunden mit ihr und befolgte stets ihre Ratschläge, bis auf einen: Nie zog eine zweite Frau in sein Haus. Doch es kam, wie es kommen mußte: Seine wiederholten Reisen fielen auf. Die Leute fingen an, darüber zu reden. Es berührte Aflane nicht, noch dämpfte es sein Verlangen, bei Amenena zu sein. Immer häufiger verbrachte er Tage, ja sogar Wochen bei ihr. Ich sah die Zeit kommen, da er sich mehr in ihrem Zelt als bei sich daheim in Tam oder Algier aufhalten würde. Aber das Schicksal ließ es nicht zu.«

Zaras Gesicht war verzerrt von Schmerz. Sie sah hohlwangig und blaß aus. Ich fragte zögernd:

»Weiß Amenena von Aflanes Tod?«

Sie rieb sich die Stirn. Im Licht des Kohlenbeckens glänzten Tränen in ihren Augen.

»Es kam immer häufiger vor, daß sie ihn warnte: ›Sei doppelt vorsichtig! Halte beide Schalen im Gleichgewicht. Gib deinen Gegnern keine Gelegenheit, etwas gegen dich zu unternehmen!‹«

»Was wollte sie damit sagen?«

Abermals ließ sie ihr Zungenschnalzen hören.

»Ich neige nicht dazu, alles als Omen zu betrachten. Vielmehr glaube ich, daß man Spione hinter ihm hergeschickt hat. Man hätte gerne festgestellt, daß er Schwarzhandel mit den Rebellen trieb. Amenena empfing nicht selten Leute in ihrem Zelt, die der malischen Regierung ein Dorn im Auge waren.«

Während sie sprach, kam der junge Hund tolpatschig durch die Tür, legte sich dicht neben Zara auf den Teppich. Ihr düsterer Ausdruck verschwand. Sie lächelte, kraulte den Hund hinter den Ohren.

»Sein Name ist Driss. Elias hat ihn mir geschenkt.«

»Er ist nett«, sagte ich. »Und was macht Elias jetzt?«

Sie sah mir voll ins Gesicht.

»Er spielt seine Rolle schlecht. Er weiß nicht den Schein zu wahren wie Aflane. Mich quält das sehr. Ich sagte zu ihm: ›Sie stellen Fallen. Du bist ein Kel Rela, und ein Enkel des Amenokals. Deine Mutter ist eine Frau, deren Wort etwas gilt. Du wirst dir Feinde machen!‹ Doch er nimmt sich diese Warnungen nicht zu Herzen. Er lebt immer noch in dem Glauben, daß Ehre Ehre erzeugt. Er sagte zu mir: ›Großmutter, sie haben meinen Vater umgebracht. Ich will wissen, warum.‹ Ich antwortete: ›Jeder kennt die Wahrheit, aber du willst sie trotzdem unbedingt beweisen. Wo ist deine Vernunft geblieben? Reite zu deiner Mutter und tröste sie!‹ Er widersprach. ›Ich habe ihr nichts zu sagen. Sie weiß alles besser als ich.‹ Er war widerspenstig und zornig, und ich fand es am besten, daß er von Tam fortgehen sollte. Und so sagte ich zu ihm, nicht ohne Schärfe: ›Sei still und achte auf das, was ich dir zu sagen habe. Du bist ihr einziger Sohn, und sie ist in Trauer. Hast du kein Herz? Und was ist mit deinem Pflichtgefühl?‹ Da entschuldigte er sich und holte sein *Mehari* von der Weide.«

Zaras Gesicht zeigte plötzlich ein Lächeln.

»Auf seine Mutter wird Elias hören, so wie sein Vater es getan hat. Elias gilt als Aflanes Nachfolger, mußt du wissen, auch wenn das noch keiner deutlich ausgesprochen hat. Aber heutzutage ist ein Mann, der sich der Wahrheit verschrieben hat, ein gefährdeter Mann. Noch wenige Jahre, und sie werden ihn – auf welche Weise auch immer – aus dem Weg räumen wollen. So denken manche, und es ist ein tausendfacher Jammer, daß ich das noch erleben muß. Aber Geduld bringt einen besseren Tag. Und inzwischen erscheint es mir sinnvoll, daß Elias sich ruhig verhält.«

Sie lehnte sich erschöpft zurück und trank ihren Tee, wobei sie leise schmatzte. Ich starrte sie an. Das war also meine Großmutter, von der ich gedacht hatte, daß sie alt und weltfremd sei. Jetzt entdeckte ich, daß in dem zerbrechlichen Körper ein wacher, kämpferischer Geist lebte. Ihr Bericht widerlegte das Gefühl, das ich in meinem Herzen trug: Daß die Tuareg am Ende ihres Weges waren, daß sie keine Zukunft mehr hatten. Nein, sie waren kein Volk, das Jahrtausende überlebt hatte, um nun auf immer zu verschwinden!

Während ich mit zunehmender Erregung meine Gedanken verfolgte, wandte sich Lia, die bisher wenig gesprochen hatte, an Zara. Dabei betrachtete sie mich, den Kopf zur Seite geneigt, wie ein neugieriger Vogel. Ich merkte, daß ihre Worte an mich gerichtet waren. Ihre Stimme war unschön und krächzend, aber von einer merkwürdigen Kraft. Zara übersetzte.

»Deine Tante Lia sagt, daß uns eine wichtige und schwierige Arbeit bevorsteht. Wir sind hungrig und krank. Ein Gleichgewicht wurde zerstört, aber noch ist nicht alles verloren.«

»Ach, glaubt sie das wirklich?« erwiderte ich lebhaft.

»Sie sagt, einst lebten wir im Osten und Westen, bis die Erde aufbrach und unsere Heimat im Meer ertrank. Unser Volk bewahrte weder Häuser noch Statuen – wir brauchten keine Erinnerungen. Wir sahen die Sterne und wußten, wer wir waren. Wir tragen ein besonderes Erbe in uns, obwohl große Veränderungen vor sich gehen. Die Zeiten sind hart, aber wir werden unsere Kräfte erhalten. Und ferner glaubt Lia, daß du in der Lage bist, uns zu helfen. Du weißt noch nicht wie, aber du wirst es lernen. Du hast Zeit. Bald siehst du es.«

Lia nickte mir energisch zu. Ihr Ausdruck sagte deutlich: So, jetzt habe ich gesagt, was ich zu sagen hatte. War sie schon ein bißchen schrullig? Ich sah in ihre Augen und bemerkte darin nicht das geringste Anzeichen von Verkalkung. Da war etwas anderes, was ich sah, aber nicht verstand. Was wußten diese alten Frauen? Sie schauten mich an, als hätte ich die Macht, sie zu trösten oder zu retten. Ich streichelte Zaras Hand und hatte plötzlich ein schlechtes Gewissen. Um ein Haar hätte ich jetzt geheult.

»Ich drehe hier nur einen Film«, sagte ich, »und dann reise ich ab. Ich möchte euch wirklich gerne helfen. Vielleicht kann ich euch ...«

Ich wollte sagen: etwas Geld schicken, aber biß mir noch rechtzeitig auf die Lippen. Nein, Geld war es sicher nicht, was sie von mir erwarteten. Aber was sonst? Zaras Gesicht nahm plötzlich einen verschmitzten Ausdruck an. Es war, als ob sie in meinen Gedanken las.

»Mach dir keine Sorgen. Elias arbeitete bei der Präfektur. Nach der Sache mit Aflane verlor er die Stelle. Jetzt sagt er, es mache ihm auch nichts aus, Straßenarbeiter zu werden.«

»Sagt er das wirklich?«

Sie schüttelte den Kopf, halb traurig, halb spöttisch.

»Er sagt es. Aber nach zwei Stunden würde er davonlaufen. Zum Glück hat ihm Aflane etwas Geld hinterlassen. Elias hat ein lockeres Mundwerk, aber er sorgt gut für uns. Wir sind alt und tragen alte Kleider. Unsere Knochen schmerzen, und wir sehen schlecht. Irgendwann geht es uns allen so, hm?«

»Es muß nicht sein«, brummte ich und dachte, wie leicht man in Europa ihre Beschwerden lindern könnte.

Sie blickte mich an, ein feines Lächeln auf den ausgetrockneten Lippen. Es war bestürzend, die Leichtigkeit und das Frohlocken in ihrem Lächeln zu sehen.

»Wir haben genug zu essen. Wir können es darauf ankommen lassen. Das alles hier … ist nichts!«

Sie hob ihre feingliedrige Hand, und es war, als ob sie mit einer einzigen Bewegung das Haus mit seinen blinden Mauern, seiner Armut, seinem Staub in sich zusammenfallen lassen wollte. Und einen Atemzug lang schien es, als öffneten sich die Mauern, als drehte sich der Nachthimmel über unseren Köpfen und als flute das Licht der pulsierenden Sterne in die Finsternis.

10. *Kapitel*

Zara wollte, daß ich zum Essen bliebe, aber ich hielt es für besser zu gehen. Der Besuch hatte die alten Damen sichtlich erschöpft. Ich verabschiedete mich mit dem Versprechen, vor meiner Abreise wiederzukommen. Matali bestand darauf, mich zum Hotel zu begleiten. Ich widersprach nicht, es hätte nichts genützt, außerdem mochte er gute Gründe dafür haben. Es war dunkel draußen, die Straßen waren bevölkert von Soldaten in khakifarbenen Uniformen, aufgebläht von dem Gefühl ihrer eigenen Wichtigkeit, herausfordernd, gelangweilt und zu Streit aufgelegt. Afrikanische Kleinhändler boten ein buntes Durcheinander von Kuriositäten an. Ich empfand sie mehr, als daß ich sie sah. Durch seine bloße Anwesenheit hielt Matali sie fern. Ein Löwe, dachte ich, der ein Rudel winselnder Schakale verscheucht. Gestalten von üblem Aussehen bewegten sich wie Schatten, lungerten in Gruppen herum. »Hier ist jede Menge Rauschgift zu haben«, hatte mir Enrique beim Frühstück erzählt. »Der Stoff stammt aus Nigeria und aus Kamerun. Man zahlt mit Dollar. Auch der Waffenschmuggel blüht, und der Frauenhandel, habe ich mir sagen lassen. Die Polizei stellt sich blind und profitiert vom Geschäft.«

Inzwischen gab mir Matali betuliche Ratschläge wie eine Kinderfrau: Ich sollte warme Sachen mitnehmen, nur abgekochtes Wasser trinken, jeden Morgen die Schuhe gut ausschütteln: Skorpione konnten in der

Nacht hineinkriechen, auf der Suche nach Wärme. Seine kehlige Stimme verflocht sich mit dem Murmeln und Füßescharren, das bleierne Gewicht der Langeweile legte sich über mich. Ich erstickte ein Gähnen.

»Viele Menschen heute schlecht sein«, hörte ich Matali sagen. »Gewehre haben. Du nicht immer alles glauben. Gut aufpassen.«

Olivias Zeit gab es nicht mehr, sie kam nie wieder. Elend, Angst und Gewalt waren allgegenwärtig. Gewiß war die Wüste kein sicherer Ort, Paris aber auch nicht. Die Sache ist die, Olivia, daß wir nicht die gleiche Sahara erleben.

»Tu ich, bestimmt«, versicherte ich Matali.

Vor dem Hotel, angestrahlt von den Scheinwerfern, sagte er plötzlich noch etwas:

»Wenn du morgen reisen, du bestimmt Elias begegnen.«

Elias? Der trieb sich in einem Umkreis von tausend Kilometern um Tam herum. Meine Aussicht, ihn zu treffen, war praktisch gleich null. Eigentlich schade, dachte ich, den mit seinem Querkopf hätte ich gerne kennengelernt.

»Wie kommst du darauf?« fragte ich Matali.

Sein langer Schatten warf einen Streifen in den Sand. Von seinem Gesicht sah ich nur die blinzelnden Augen.

»Morgen ist Donnerstag. Glückstag! Alles gut für dich.«

Ich streifte seine Hand zum Abschied, sah lächelnd zu ihm empor.

»*Tanemered* – Danke! Ich werde daran denken.«

Meine Leute waren schon beim Essen. Sie hatten am Nachmittag einen Rundgang durch Tam gemacht, nichts Besonderes gesehen. Ich fragte sie, wie es gewesen war.

Sie zuckten mit den Schultern, abgebrüht, reisegewohnt. Und ich? Ob ich meine Großmutter getroffen hatte? Ich erzählte nur das Nötigste.

»Sie ist alt und nicht bei guter Gesundheit. Rheuma, soweit ich das beurteilen kann. Wir haben von meiner Mutter gesprochen. Mich kennt sie ja kaum.«

Nach dem Essen setzten wir uns in die Bar. Das Nachtleben in Tam war öde, Alkohol amtlich verboten. Aber in den Hotels ging man mit den Vorschriften locker um. Rocco steckte dem Barkeeper etwas zu, und wir bekamen einen Whisky. Wir besprachen noch einmal den Drehplan, erörterten die in Frage kommenden Pannen. Dann ging jeder in sein Zimmer. Ich brauchte lange, bis ich endlich schlief. Meine Gefühle kamen mir vor wie Wolken, die heftige Winde hin und her schoben. Nichts fügte sich, nichts paßte zusammen. Völker und Länder gingen unter, das war schon immer so gewesen. Vielleicht steckte ein tieferer Sinn dahinter. Oder auch nicht? Darüber nachzugrübeln war sinnlos.

Ich hatte Kopfschmerzen und nahm ein leichtes Schlafmittel. Auf dem nahen Campingplatz war keine Ruhe, jemand hatte Musik in voller Lautstärke aufgedreht. Endlich schlief ich ein, doch nicht für lange: Um vier rief der Muezzin mit schnarrenden Kehllauten durch die Dämmerung; mit ihm erklang das erste, noch unsichere Zwitschern der Vögel. Irgendwo in der Nähe röhrte und ächzte ein scheinbar brünstiger Esel wie eine rostige Türangel. Der Tag brach an, der Bäcker war auch schon wach, es roch nach frischem Brot. An Schlaf war nicht mehr zu denken. Ich stand müde auf und stellte mich unter die Dusche.

Adil Ben Yussef, der Fahrer, der uns die *Agence Altour* vermittelt hatte, war jung, hochgewachsen und mager.

Er hatte eine schöne, hohe Stirn, breite Wangenknochen und einen vollen Mund. Er sagte, er sei ein Kel Dinnik, ein Targui aus der Gegend von Djanet. Seine Hautfarbe verriet allerdings jede Menge schwarzer Vorfahren. Er erzählte uns, daß er früher Lastwagen von der algerischen Küste bis zum Senegal gefahren habe, daß es die Folgen eines Unfalls nun aber unmöglich für ihn machten, weiterhin größere Strecken zu fahren. Er schob seinen *Schesch* zurück, entblößte eine lange weiße Narbe auf dem kahlrasierten Kopf. Der Lastwagen, den er fuhr, hatte sich überschlagen. Ein Stück Metall hatte sich in seine Schädeldecke gebohrt.

»Ich glaubte, ich sei tot«, sagte Adil. »Aber Allah hielt seine schützende Hand über mich. Ein *Tubib* – ein Arzt – zog den Splitter heraus.«

Wir vereinbarten, uns am Steuer abzuwechseln. Serge und ich saßen neben Adil; Enrique, Thuy und Rocco folgten im zweiten Wagen. Trotz der frühen Stunde waren die Fernfahrer bereits unterwegs; die aufgehende Sonne blinkte auf den Windschutzscheiben der Lastwagen, die mit halsbrecherischer Geschwindigkeit über die Teerstraße donnerten. Wir fuhren eine Kette von Telegraphenstangen entlang, ließen die letzten Lehmbauten hinter uns, fuhren westwärts, in Richtung Ideles, an buckeligen Steinhügeln und dürrem Dünengras vorbei. Tamanrasset mit seinem Wasserturm verschwand hinter den Hügeln. An einigen Stellen war die Straße mit Steinen frisch aufgeschüttet worden. Wir hielten Abstand, damit die Staubfahne, die der erste Wagen aufwirbelte, die Sicht des folgenden Fahrers nicht behinderte. Wenn die Straße stieg, konnte unser Blick ungehindert über den grenzenlosen Raum gleiten; hell zogen sich die Adern ausgetrockneter Wadis – Wasserläufe – wie Handlinien dahin. Die Berge, lila und korallenrot in der Morgensonne, umfaßten die Ebene und wurden dann in der Ferne zu dünnen Linien, die das Auge kaum noch erkannte. Nach ungefähr einer Stunde verließ Adil die Straße in südlicher Richtung. Hier begann die »Wellblechpiste«, eine nicht asphaltierte Strecke, nur durch Markierungen gekennzeichnet. Wind und Temperaturschwankungen hatten den Sand steinhart gepreßt. Die wellenförmigen Rippen verliehen der Piste die Struktur eines Waschbretts oder eines quer gegen die Fahrtrichtung gepflügten Ackers. Befahren ließ sich das Gelände nur im Schrittempo oder – um die Stöße abzufangen – mit höchster Geschwindigkeit. Die hiesigen Fahrer hielten sich an die zweite Möglichkeit. Adil machte keine Ausnahme und gab Vollgas. Beide Wagen sprangen auf den hartgebackenen Rillen, wie Korken auf Wellen hüpfen. Dazu kamen die vielen Schlaglöcher, die unvermutet auftauchten. Die Wagen flogen darüber hinweg. Zum Glück waren die Reifen voll aufgepumpt, Stoßdämpfer zum Wechseln hatten wir auch dabei. Die Sonne blendete, die schlagenden Räder trommelten auf die Sandrippen, beide Wagen ratterten und dröhnten, als wollten sie in Stücke brechen. Der Himmel war perlgrau, das Gebirge farblos, die Erde ohne Schatten. Auf einmal streckte Adil die Hand aus.

»Lager von Nomaden!«

In einer flachen Mulde drängten sich einige Schilfhütten um ein Wasserloch. Ein paar Ziegen grasten, ein gefesseltes *Mehari* kniete im Sand, und ein verschleierter Mann grüßte mit verhaltener Geste.

Die Sonne stieg, die glühende Steinwüste zitterte in der heißen Luft. Einige Male glaubte ich, in der Ferne die Umrisse einer Menschengestalt zu sehen, die aber beim Näherkommen immer kleiner wurde und sich schließlich als vereinzelter Stein auf der Piste entpuppte. Die Weite der Wüste, die grausame Helligkeit hoben den Sinn für Entfernungen gänzlich auf. Jegliche Vergleichsmöglichkeit fehlte, das Auge fand nichts, woran es sich halten konnte. Auch am Horizont vollzog sich Seltsames: Die glitzernde Fläche stieg auf, verschmolz mit dem Himmel. Felsen und Büsche schwammen im Dunst. Manchmal entstand ein See, wo kein See war, und zerplatzte vor unseren Augen wie eine Luftblase.

»*Fata morgana*!« rief Adil fröhlich.

Allmählich veränderte sich die Landschaft; wir fuhren über eine Hochebene, die mal grau, mal gelb in der Hitze flimmerte. Das Blech des Wagens glühte. Nirgends ein Strauch oder ein Grashalm, überall nur nackter, verbrannter Boden. Ein totes Land, ohne eine Spur von Leben. Wir fuhren annähernd drei Stunden lang, bis die Hochebene an den Ausläufern der Höhenzüge endete. Es wurde Zeit, daß wir rasteten. An einer schattigen Stelle breiteten wir eine Decke aus, aßen Brot, Ölsardinen und wunderbar schmackhafte Datteln, die Thuy am gestrigen Tag auf dem Markt entdeckt hatte. Dazu tranken wir große Mengen des Wassers, das wir in einer Aluminiumkanne mitführten. In der Stille klangen unsere Stimmen merkwürdig hohl. Aus den heißen Motoren stieg manchmal ein Zischen, sonst war alles ruhig. Kein Laut war zu hören. Nichts regte sich in der ungeheuren Weite, die im Licht zu zittern schien. Von Honoré de Balzac stammt der Spruch: »Die Wüste ist Gott ohne die Menschen.« Zum erstenmal hinterließen die Worte einen Widerhall in meinem Herzen.

Wir studierten die Karte; wir hatten beinahe zweihundert Kilometer hinter uns. Nicht übel, meinten wir, aber für Adil war das nichts Besonderes. Er schlug eine Abkürzung vor, um ein schlechtes Stück der Wellblechpiste zu meiden. Keiner hatte etwas dagegen, also fuhren wir los. Adil verließ die Piste, folgte den Windungen eines trockenen Wasserlaufs, erklomm im Zickzack einen sandigen Hang. Die Wagen rumpelten und schaukelten, die Räder rutschten, aber der Boden wurde zusehends glatter; bald rollten die Wagen mühelos über freies Gelände. Adil fuhr schnell und vorsichtig, wie zielsicher er das tat, zeigte sich, als dann und wann an windgeschützten Stellen plötzlich schwache Radspuren sichtbar wurden: Sie bezeugten, daß die Strecke kundigen Fahrern vertraut war. Wir fuhren annähernd drei Stunden lang, während sich das Gesicht der Landschaft veränderte. Gestrandeten Schiffen gleich tauchten einsame Klippen zwischen hellen Sandbänken auf. In ihrer Vereinzelung nahmen diese Spuren vorgeschichtlicher Berge – Zeugenberge genannt – die merkwürdigsten Formen an: Steingewächse, Riesenpilze, Fabeltiere. Eine Vielfalt chaotischer, unwirklicher Bildwerke, uralt und dennoch nie vollendet, dahindämmernd am Rande der Zeiten. Später, als die Schatten länger wurden, zerflossen alle Spiegelungen. Der Himmel leuchtete blau, sowie die Sonne sank. Auch der Sand färbte sich blau, die Sonne glich einem brennenden Busch. Dann zog sie sich zu einer klaren, purpurnen Kugel zusammen und tauchte hinter die Berge wie in den tiefen Schacht eines Brunnens. Unmittelbar danach brach die Nacht herein. Adil fuhr nun langsam und vorsichtig. Die Scheinwerfer beleuchteten Sträucher und Geröll.

»Wo führt er uns eigentlich hin?« fragte Enrique etwas nervös.

»Warte ab«, sagte ich zu ihm auf englisch, »er scheint zu wissen, was er tut.« Adil zwinkerte mir beruhigend zu, als hätte er die Worte verstanden.

»Da vorne ist eine *Guelta* – eine Quelle –, da finden wir alles, was wir brauchen.«

Es dauerte nicht mehr lange, und wir sahen Sträucher im Licht der Scheinwerfer. Mit einem schleifenden Geräusch streiften Zweige die Wagenfenster. Dann stieg der Boden leicht zu einer Felswand hin an, die sich pechschwarz vom Nachthimmel abhob. Adils Zähne blitzten in der Dunkelheit.

»Wir sind da.«

Wir stiegen aus und erklommen einen Hang, auf dem sich eine Art Mulde befand. Im Licht der Taschenlampen glänzte ein dünnes Rinnsal zwischen den Steinen. Die kleine Quelle, von gelbem Schilfrohr umwachsen, blubberte kaum hörbar, wie ein leise atmendes Lebewesen.

»Das Wasser ist gut«, sagte Adil. »Aber du mußt es abkochen, Madame. Sonst wird der Bauch kalt.«

»Er will sagen, man kriegt Durchfall«, meinte Serge heiter.

Rocco zündete sich eine Zigarette an, mit der Bemerkung: »Ein kalter Bauch ist nicht zum Lachen.«

Adil erwies sich nicht nur als guter Wüstenkenner, sondern auch als überaus praktischer Mensch; fünf Minuten später hatte er Wurzelholz gesammelt, drei Steine in der richtigen Größe gefunden. Er legte die Steine so, daß sie ein Dreieck bildeten, häufte das Holz dazwischen und legte eine Handvoll dürres Gras darüber. Mit einem Streichholz entzündete er das Gras, legte etwas Astwerk nach, und nach kurzer Zeit schlugen kleine Flammen empor. Es war plötzlich sehr kalt geworden. Wir spürten die Kälte auf unseren Gesichtern und merkten, daß wir müde waren. Wir saßen dicht beisammen, im Kreis um die Glut, und kochten Suppe mit Reis. Der Topf hing an einem kleinen eisernen Dreibein über der Feuerstelle.

Trotz der Dunkelheit war der Sand von einem stillen

Leuchten erfüllt, er stach in goldgelbem Farbton von der Schwärze der Nacht ab.

»Findet ihr das nicht erstaunlich schön hier?« fragte Enrique begeistert. »Die Wüste ist doch prachtvoll. Habt ihr bemerkt, wie sich die Farben verändern? Wunderbar!«

»Ich glaube, du findest die falschen Dinge schön«, antwortete Serge gedehnt. »Es gefällt dir jetzt, aber wir werden schon längst vorher wieder abreisen.«

»Vor was?« fragte Enrique.

»Bevor du die Schnauze voll hast«, sagte Serge.

Wir lachten, und Rocco meinte:

»Mir ist es eigentlich egal, wo ich bin. Mein Interesse kommt nach und nach, oder auch überhaupt nicht.«

»Ich bin enttäuscht von dir«, seufzte ich. »Aus dir wird doch nie etwas werden.«

Danach sprachen wir über den Drang, der Touristen in Scharen in die Wüste trieb, und Thuy hielt eine Moralpredigt:

»In Vietnam ist alles anders, aber jetzt bin ich Französin und habe den Preis dafür bezahlt. Europa hat zuviel Geld, zuviel Freizeit. Wir sind vollgestopft mit Vitaminen und Hormonen, und allmählich sinkt unser Selbstwert. Deswegen reisen wir in Krisengebiete, essen uns mit Anstand durch exotische Gerichte, sehnen uns nach Nervenkitzel – aber alles schön im Rahmen natürlich. Wir wollen weder entführt noch zusammengeschossen werden. In der Wüste fühlen wir uns zumeist recht kümmerlich. Vielleicht es es das, was wir brauchen.«

Später lag ich in meinem Schlafsack, blickte in den Himmel mit seinen unzähligen funkelnden Sternen. Es war mir zumute, als fiele ich in die Sternennacht wie ein Meteor in den Weltraum, von einer Welt in die andere.

Der Sand unter meinem Körper bildete eine weiche,
bequeme Mulde. Ich lag ganz still, mein Herz schlug
langsam und schwer. Der Wind, der über mein Gesicht
strich, war eiskalt. Eine dumme Redensart fiel mir ein:
»Die Wüste ist ein heißes Land, in dem es sehr kalt ist.«
Ich lachte still vor mich hin, und dann ganz plötzlich
schlief ich ein.

11. Kapitel

Als ich erwachte, war mein Gesicht feucht vor Kälte. Sträucher hoben sich wie Scherenschnitte vor dem durchscheinenden Himmel ab; Vögel sangen im Schilf. Am Horizont schwamm die Sonne, einer silberschimmernden Perle gleich. Adil hatte seine Decken schon zusammengerollt. Er kauerte vor dem Feuer, legte Astwerk nach, um die Glut neu zu entfachen. Der rote Schein des Feuers leuchtete in der Dämmerung. Wir standen mühsam auf, machten einige Bewegungen, um die erstarrten Muskeln zu lockern, bevor wir die Schlafsäcke einrollten und festschnürten. Ich schüttelte beide Schuhe pflichtbewußt aus, fand keinen Skorpion und setzte mich mit dem Waschbeutel etwas abseits. Ich reinigte mein Gesicht vom Sandstaub, putzte mir die Zähne. Thuy kauerte neben mir im Sand und bemühte sich, ihr dichtes Haar mit dem Kamm zu entwirren. Sie trug eine Pyjamahose und trotz der Kälte nur ein ärmelloses T-Shirt. Als wir zurück zum Feuer gingen, machte Enrique ein sorgenvolles Gesicht.

»Adil sagt, das Wetter ändert sich.«

Adil bestätigte es mit einem Kopfnicken.

»Oui, Madame. Ein Sandsturm zieht auf.«

Keiner war so leichtfertig, seine Worte zu bezweifeln; wir wußten aus früheren Erfahrungen, daß man Einheimischen vertrauen soll, wenn es darum geht, eine Situation zu beurteilen.

»Was hältst du davon?« fragte Enrique.

Adil dachte nach, während er Brot in Scheiben schnitt. Wir sahen ihm ungeduldig zu. Als er fertig war, sagte er:

»Vielleicht sollten wir lieber hier warten, Monsieur.«

»Zeitverlust!« brummte Rocco.

»Ich weiß nicht recht«, sagte ich.

Adil sah mich an und nickte mehrmals, als wolle er mit jeder Bewegung seines Kopfes bekräftigen, was er gesagt hatte. Die Felsen ringsum, meinte er, böten ausreichend Schutz. Wir schlürften mißmutig den heißen Kaffee aus der Thermosflasche und besprachen die Angelegenheit. Bis zum Udan würden wir noch etwa eine halbe Tagesreise brauchen. Wie lange konnte ein Sandsturm dauern? Adil gab ausführlich Auskunft: Manche Sandstürme ließen innerhalb weniger Stunden nach; wehten die Passat-Winde, konnten zwei, drei, ja sogar fünf Tage vergehen.

»Wenn die Chance eins zu fünf steht...«, sagte Enrique.

Es gefiel keinem von uns, auf halbem Weg festzusitzen. Trotzdem durften wir die Warnung nicht ignorieren. Der Sandsturm, glaubte Adil, würde sich erst am späten Vormittag richtig erheben.

»Zu warten bringt uns auch nicht weiter«, sagte Rocco. Wir tauschten Blicke. »Was meinst du?« fragte ich Adil und scheuchte einige hartnäckige Fliegen weg.

»Das mußt du wissen, Madame.« Adil zeigte sich nicht gerade begeistert, hatte jedoch ein kleines Lächeln um die Lippen. »Inch'Allah!« setzte er hinzu. »Wir besitzen nichts als unsere Haut.«

Enrique schüttete den letzten Tropfen Kaffee in hohem Bogen weg und klopfte sich den Sand von seiner schwarzen Leinenjacke.

»Na, dann aber los!«

Wir brachen das Lager ab und ließen die Motoren an. Thuy fuhr den zweiten Wagen. Sie fuhr gut, wendig und geschickt. Die Sonne ging auf, aber der Himmel schimmerte matt, einsame Wolken trieben wie Baumwollflocken am Himmel dahin. Die fahle Sonne schoß unsichtbare Pfeile herab, und die Temperatur im Wagen stieg. Alle Farben waren ausgelöscht, die Wüste bestand aus sich endlos weit erstreckenden Schichten blassen Gesteins. Die graugelbe Fläche vermittelte ein Gefühl der Betäubung. Noch vier Stunden, meinte Rocco, der Adil am Steuer abgelöst hatte: »Eigentlich sollten wir den Sandsturm schon haben, aber so sicher scheint es damit doch nicht zu sein.«

Adil warf ihm einen beinahe ärgerlichen Blick zu.

»Der Sandsturm kommt bestimmt, Monsieur.«

Ich sagte zu Rocco: »Darauf kannst du Gift nehmen«, und tauschte einen Blick mit Adil. Wir waren beide unruhig und gespannt.

»Nun, wir werden sehen«, meinte Rocco. »Auf jeden Fall sind wir gut vorwärts gekommen.«

Er fuhr schnell; Adil, neben ihm, behielt aufmerksam den Boden im Auge. Es ging auf und ab, die Piste schlängelte sich zwischen den Steinen entlang. Manchmal verschwand sie vollständig, aber Adil fand die Markierungen stets wieder. Plötzlich wies Adil mit dem Finger hinaus.

»Là-bas, Madame, der Sandsturm!«

Man sah ihn genau kommen. Ganz plötzlich verfärbte sich der Himmel, die Kugel der Sonne tauchte in den Dunst. Schon fegten die ersten Sandwolken in Schwaden heran, glitten über den Boden, wie Rauch. An beiden Seiten der Piste flatterten die Sträucher wie verrückt; abgerissene Zweige kamen, wie von Händen geworfen, in ganzen Büscheln geflogen. Bald übertönte tiefes, anhaltendes Röhren alle anderen Geräusche. Die flimmernde Luft begann zu knistern, zu vibrieren. Der Motor kochte. Ich berührte versehentlich die metallene Rückenlehne des Landrovers und holte mir beinahe einen Schlag. Adil war es offensichtlich nicht wohl bei der Sache.

»Halten Sie lieber an, Monsieur. Jetzt wird es gefährlich.«

»Das bißchen Wind!« sagte Rocco.

»Sei nicht leichtsinnig!« warnte ich ihn.

Rocco fuhr mit unverminderter Geschwindigkeit weiter. Ich biß die Zähne zusammen.

»Ich hätte ein besseres Gefühl, wenn du anhalten würdest.«

Rocco blieb stur. Ein paar Kilometer, meinte er, konnten wir wohl noch fahren.

»Aber warum so schnell? Verflucht noch mal, das ist doch purer Blödsinn!«

Rocco hatte seinen eigenen Kopf. Seine Fahrweise war ausgesprochen riskant. Adil sagte nichts mehr dazu, aber man sah ihm an, daß er sich nur schwer zurückhielt. Ich wurde allmählich ungehalten. Aufhören sollte er, und zwar sofort! Wir riskieren gar nichts, er sei schon vorsichtig, beruhigte mich Rocco und raste, weil Thuy, die in einigem Abstand folgte, genau so fuhr. Und Thuy raste im Glauben, daß aus irgendeinem Grund gerast werden mußte. Die Wagen brausten über die sandgepeitschte Ebene. Es kam, wie es kommen mußte: Plötzlich lag dicht vor uns eine hellweiße Sanddüne, aus der Schwaden sich wie Dampf erhoben. Zum Bremsen war es zu spät. Was nutzte es, daß Rocco in letzter Sekunde den Fuß vom Gas nahm und das Steuer herumriß? Der Landrover schoß in die Sandverwehung, schwankte mit knirschenden Reifen hin und her. Rocco, Adil und ich wurden gegen die Windschutzscheibe geschleudert. Es gab ein Krachen, Rumpeln und Poltern, ein neuer Schlag, und dann noch einmal ein Krachen. Wir saßen fest. Ich richtete mich auf und rieb mir wütend die schmerzende Schulter.

»Idiot!« schrie ich Rocco an.

»Schon gut!« keuchte er. »Nichts passiert?«

Adil saß zusammengesunken, stöhnte und hielt sich den Kopf.

Ich richtete ihn behutsam auf.

»Adil ... hast du Schmerzen?«

Er gab keine Antwort, wiegte sich hin und her und wimmerte nur. Inzwischen hatte der zweite Wagen dicht hinter uns gehalten. Enrique und Serge stolperten durch den Sand auf uns zu.

»Alles in Ordnung?«

»Keiner verletzt?«

Meine Schulter tat verdammt weh, aber zum Glück schien nichts gebrochen. Ich rang mühsam nach Luft.

»Ich glaube, Adil hat was abgekriegt.«

»Und sonst?«

»Festgefahren! Das ist eine Wanderdüne. Wir müssen da raus!«

Wanderdünen bilden sich im Sandsturm innerhalb weniger Minuten. Wir zogen Adil behutsam aus dem Wagen, halfen ihm, sich abseits auf den Boden zu setzen. Er zitterte heftig. Sein Gesicht war schmerzverzerrt, und er stöhnte immer wieder: »Mein Kopf, mein Kopf!« Doch es war kein Tropfen Blut zu sehen. Thuy kam mit fliegenden Haaren angerannt und riß die Tür auf.

»Rückwärts fahren, verdammt! Hau ab, Rocco, laß mich das machen!«

Er überließ ihr kleinlaut das Steuer. Thuy legte den Rückwärtsgang ein. Der Motor heulte auf, die Reifen

146

drehten im Leeren. Sie steckten schon bis zur Hälfte im Sand. Thuy fluchte, versuchte es wieder und wieder. Da das Wagengewicht hauptsächlich auf der Hinterachse lag, wäre ein Durchkommen mit der Vorderachse durchaus möglich gewesen, aber die Heckräder schafften es nicht mehr. Die Reifen gruben sich immer tiefer in den Sand ein. Schließlich stellte Thuy mit einer hilflosen Geste den Motor ab.

»Noch einmal! Gib Vollgas!« befahl ihr Rocco, der ganz genau wußte, daß Gasgeben jetzt das Verkehrteste war. Thuy wirbelte herum wie eine Katze und schrie ihn an. Es kam selten vor, daß sie die Stimme erhob. Ob er nicht alle beisammen hatte? Die Reifen, verdammt noch mal, sollten sie denn durch Überhitzung platzen? Und nachdem er uns hier festgesetzt habe, solle Rocco, der Gescheiteste, dieser Esel, sich gefälligst auf die Socken machen und den Abschleppdienst holen. Rocco stand schuldbewußt und beleidigt da, ließ die Arme hängen und sagte keinen Ton. Es gab nichts zu sagen.

Inzwischen lag Adil zusammengekrümmt auf der Seite, stieß unartikulierte Laute aus, und seine Augäpfel bewegten sich unter den geschlossenen Lidern. Serge kniete hustend neben ihm. Im Laufe seines abwechslungsreichen Lebens hatte er eine Zeitlang als Krankenpfleger gearbeitet. Er untersuchte Adil mit geübten Griffen, tastete nach seinem Puls. Adil atmete flach, seine Haut fühlte sich kalt und feucht an.

»Nun?« fragte ich.

»Eine Gehirnerschütterung«, sagte Serge. »Das haut jeden um. Und nach dem Unfall, den er hatte …«

Ich hielt mir wütend den schmerzenden Arm.

»Kannst du dich um ihn kümmern?«

Er nickte.

»Aber sicher, mach dir keine Sorgen.«

Und jetzt, was nun? Uns blieb nichts anderes übrig, als zur Schaufel zu greifen, sonst würde der Sand in kurzer Zeit zu meterhohen Kegeln anwachsen. Wir machten uns an die Arbeit; bald wußten wir nicht mehr, wohin mit dem vielen Sand, und der Wind blies immer wieder neuen heran. Nach einer halben Stunde setzte sich Thuy ans Steuer und drehte den Zündschlüssel, während wir uns mit vereinten Kräften gegen die Motorhaube stemmten. Der Motor heulte auf, die Reifen quietschten. Stöße warfen den Wagen vorwärts, dann rückwärts, doch vergeblich. Der Landrover rührte sich nicht von der Stelle. Thuy bangte um die Kupplung und stellte ihre Versuche ein.

»Hoffnungslos!«

Wir keuchten und hielten uns mit schmerzverzerrten Gesichtern die Seiten. Zwischen unseren Zähnen knirschten Sandkörner; in den Hautfalten der Fingergelenke stachen scharfkantige Sandteilchen wie mit tausend Nadeln, Haare und Augenbrauen waren weiß überpudert. Durch die Turnschuhe spürten wie die Hitze des Bodens. Und wir konnten nichts machen.

Inzwischen gab uns Serge durch Zeichen zu verstehen, daß wir Adil in den Wagen legen sollten. Rocco und Enrique hoben den Verletzten hoch, schleppten ihn in den Landrover und legten ihn auf den Hintersitz. Weil Adil schwach und mit sichtlicher Anstrengung atmete, sorgte Serge dafür, daß sein Oberkörper höher lag, indem er ein paar Kleider unter seinen Kopf schob. Serge breitete eine Decke über ihn, ließ sich den Erste-Hilfe-Kasten geben. Er verabreichte Adil ein Schmerzmittel in Tropfenform, sagte ihm, daß er die Tropfen möglichst lange im Mund behalten sollte. Adil verschluckte sich, hustete. Immerhin schienen die Tropfen zu wirken, denn er entspannte sich; nur ein leises Ächzen kam noch aus seinem Mund.

Während Serge bei dem Verletzten blieb, suchten wir im zweiten Wagen Schutz. Wir pferchten uns hinein, schlugen die Türen zu. Im Wagen herrschte Gluthitze, der Sand drang durch alle Ritzen. Rocco hielt die Klappe; er hatte keinen Grund, mit sich zufrieden zu sein, und Feingefühl hatte er nie besessen. Draußen tobte der Sturm, orgelte und fauchte. Es war, als schlüge ein gewaltiger Hammer auf das Autodach. Wir sahen schrecklich aus, hatten aufgesprungene Lippen, entzündete Augen, und konnten uns nur schreiend verständigen.

»Was machen wir ohne Adil?« schrie Enrique.

»Fahren können wir selbst«, schrie ich zurück. »Er muß uns nur den Weg zeigen.«

Enrique schüttelte den Kopf.

»Das wird verdammt ungemütlich.«

»Immer mit der Ruhe. Arbeiten werden wir jedenfalls.«

»Das hier kann zwei oder drei Tage dauern«, sagte Enrique.

»Oder fünf«, sagte ich.

Stunden verstrichen. Es wurde Abend. Der Wind brauste und heulte, die Dämmerung war tiefrot und düster. Unsere Welt schrumpfte auf die Größe unseres Fahrzeuges ein: Alles, was sich im Wagen befand, ließ sich fühlen oder ertasten; draußen aber war nichts, nur feinkörnige, rote, tosende Undurchdringlichkeit.

Dann wurde es Nacht. Die Welt verschwand und kam nur noch durch Geräusche zu uns. Wir starrten blind in die Finsternis, unsere Kehlen waren trocken, unser Denken war erlahmt, und jeder Muskel schmerzte. Wir aßen Brot und Weichkäse; wir tranken nicht dazu – wir soffen! Wir waren eingeschlossen in der Dunkelheit, im Heulen und Toben, und hatten Angst. Wir mußten um jeden Preis vermeiden, daß sich der Sand auf der Leeseite anhäufte, die Wagentüren endgültig blockierte und die Fahrzeuge selbst zum Kern einer Düne wurden. Was tun? Erschöpfung, Finsternis und Lärm wirkten lähmend. Trotzdem faßten wir einen Entschluß: Wir würden im halbstündlichen Turnus arbeiten, die einen würden schaufeln, die anderen schlafen.

Im Laufe der Nacht wurde unsere Arbeit immer mechanischer, wir schaufelten im Halbschlaf, von Ohrensausen und Kopfschmerzen gepeinigt. Mein Oberarm war inzwischen schwarz geworden und tat höllisch weh. Der Sand kam Welle auf Welle, zermürbte uns alle. Wir verausgabten uns völlig, bestanden schließlich nur noch aus steifen Rücken, zitternden Beinen, bleischweren Armen. Irgendwann fiel uns auf, daß die schrecklichen Windstöße an Gewalt verloren. Mit dem Verblassen der Sterne wurde der Wind beständiger, bevor er allmählich nachließ. Es wurde Tag, und die Welt kehrte zurück, rostrot und durchzogen von schillernden Lichtstreifen. Weit im Osten schwebte die Sonne hinter wehenden Sandschleiern als purpurne Scheibe empor. Die Wagen standen bis zu den Stoßdämpfern in Sandmassen. Und hoch über unseren Köpfen wölbte sich eine Düne auf der Piste, ragte weich gerundet empor wie eine glühende Riesenwoge im Morgenlicht. Der Kamm zerfiel und schien bereit, bei der geringsten Erschütterung auf uns herabzustürzen.

12. *Kapitel*

Adil ging es nicht gut. Serge, der bei ihm die Nacht verbracht hatte, gab ihm, sobald er wieder bei Bewußtsein war, soviel zu trinken, wie er wollte. Doch beide saßen fest; bevor sie aus dem Wagen herauskonnten, mußten wir die Tür freischaufeln. Es dauerte eine ganze Weile, bis Adil, von Serge gestützt, schwerfällig aus dem Wagen stieg. Er hielt sich den Kopf, redete irr und matt in *Tamashek*, der Sprache der Tuareg aus dem Süden.

»Ein paar Tage Ruhe«, sagte Serge, »und er ist wieder auf dem Damm.«

Ich fluchte still in mich hinein, fluchte wegen Rocco, wegen des Wetters, wegen der immer noch versandeten Wagen. Wir führten Adil in den Schatten, halfen ihm, sich hinzulegen. Rocco mischte sich nicht ein, hantierte beflissen mit dem Gaskocher. Bald dampfte eine Bouillonsuppe; danach gab es starken Kaffee mit Kondensmilch aus der Tube. Das Frühstück war den Umständen entsprechend vorzüglich, und Rocco leistete den heiligen Schwur, nie mehr schneller als siebzig zu fahren. Wir nahmen es skeptisch zur Kenntnis. Adil trank etwas Suppe, wies aber den Kaffee zurück. Serge flößte ihm wieder Tropfen ein, deckte ihn gut zu und ließ ihn schlafen.

Inzwischen untersuchten Enrique und ich die Gegend im Umkreis der Wagen. Der Sand war zu meterhohen Kegeln angewachsen, die Piste verschwunden, das

Gebirge hinter Schleiern verschwunden. Wir fanden nicht den geringsten Anhaltspunkt, der uns einen Hinweis hätte geben können, wo wir uns befanden. Der Sandsturm hatte die Magnetnadel unseres Kompasses verwirrt, so daß sie sich wie rasend nun in alle Richtungen drehte.

»Scheiße!« murmelte Enrique. »So geht es nicht!«

»Moment mal!«

Serge holte die Landkarte aus dem Wagen und berechnete eine gedachte Linie, die genau nach Süden wies und die er mit einem Bleistift in die Karte eintrug.

»Wir sind ungefähr hier.«

»Toll!« sagte ich matt. Es mochte ja stimmen.

»Ich war bei der Marine«, sagte Serge.

»Als Matrose?«

»Nein, als Koch!«

Er tippte mit dem Bleistift auf die Karte.

»Das ist die Fahrtrichtung.«

»Wir kommen nicht hin«, sagte Thuy. »Wenn die Piste überall so versandet ist ...«

»Schätze, daß noch Markierungen da sind. Wir fahren einfach neben der Piste. Und fragen Adil, wenn wir nicht weiterwissen.«

»Was ist mit den Batterien?« wollte Thuy wissen.

»Sie gehen, aber ziemlich schwach«, antwortete Rocco, »ewig wollen wir hier ja nicht kleben.«

»Na, dann tu mal was«, sagte ich und warf ihm die Schaufel zu. Noch einmal von vorne. Ächzend stießen wir die Schaufeln in den Sand. Wir hatten Blasen an den Händen und Krämpfe in den Armen. Die Sonne stieg, die Hitze nahm zu. Der Himmel hatte eine gelbliche Tönung, und die Sonne starrte wie ein zorniges Auge herab. Wir gönnten uns eine Pause, ließen Wasser aus der Aluminiumkanne in die Becher laufen. Zwischen unseren Zähnen knirschten Sandkörner. Ich wischte mit den nassen Handrücken über mein Gesicht, kühlte die heißen Wangen. Die in der Luft schwebenden Staubteilchen filterten das Licht, es schien, als hinge Nebel über der Ebene.

Plötzlich hatte ich den Eindruck, als zeichne sich weit hinten am Horizont ein Gegenstand ab, der zuvor nicht da gewesen war. Der dunkle Punkt konnte alles Mögliche sein, ein Strauch etwa oder ein Stein. Ich kniff die Augen zusammen und bemerkte, daß der Punkt größer wurde.

»Was ist das?«

Sie sahen in die Richtung, die ich ihnen wies. Eine Gestalt löste sich aus dem Flimmern, sie schien auf dem Wasser der Spiegelungen zu schweben.

Enriques Augen waren besser als meine.

»Das ist ein Kamelreiter!« rief er.

Es war ein Targui auf einem weißen *Mehari*. Er näherte sich schaukelnd im Trab seines Reittieres, in königlicher Haltung, geschmeidig und graziös. Bald hörten wir das leise Schnaufen des *Meharis*, seine Sohlen im pulvrigen Sand, das leise Klingen von Glöckchen, die an seinem Zaumzeug befestigt waren. Das Kamel – ein riesiger Falbe – trug einen Sattel aus hellem Holz, mit hoher Rückenstütze und kreuzförmigem Handgriff. An diesem Sattel hing eine sehr große Tasche mit purpurfarbenen wehenden Fransen. Am Sattel des *Meharis* hing die *Tamenast*, eine kleine Schüssel aus Messing, ohne die kein Reiter auf Reisen gehen würde.

Der Targui lenkte das Tier mit einem Zügel, der an einem Nasenring befestigt war. Neben dem Halsriemen, der seinem nackten Fuß als Stütze diente, hingen verschiedene Amulette aus Leder. Der Reiter trug zwei *Gandura*s übereinander, eine weiße und eine dunkelblaue. Der leichte Stoff flatterte um seine Schultern. Der *Schesch* aus weißem Baumwollmusselin, Helm und Krone zugleich, war in kunstvollen Falten verschlungen. Kurz vor den Wagen verlangsamte das *Mehari* seinen Schritt; der Reiter ließ das Tier einen Halbkreis drehen und brachte es dicht vor uns zum Halt.

»Bonjour!« rief er. »Irgendwelche Probleme?«

Die Frage kam sanft und sarkastisch in perfektem Französisch. Es war ein ungeschriebenes Gesetz, bei stehenden Fahrzeugen nachzufragen, ob Hilfe gewünscht war. Wir erwiderten seinen Gruß, blinzelten im grellen Licht zu ihm empor. Die verschleierte Gestalt schien wie in den Himmel gemalt.

»Wie Sie sehen«, sagte ich, »haben wir tatsächlich Probleme.«

Er nickte.

»Ja, allerdings.«

Er stieß ein paar unverständliche Laute aus. Der Falbe grunzte, ließ die pelzigen Ohren spielen, bevor er sich schnaufend auf die Knie niederließ. Der Reiter glitt mit einer weichen Bewegung aus dem Sattel und schlüpfte in Sandalen, die er an der Satteltasche mitgeführt hatte. Kamele werden nur barfuß geritten, damit man sie durch Fersen- oder Zehendruck lenken kann. Der Reiter befestigte den Zügel am Sattelknauf und streckte uns die Hand entgegen. Die Hand war sehnig, kräftig und gleichzeitig fast mädchenhaft schmal. Mein Blick glitt über sein verschleiertes Gesicht, die glatte, hohe Stirn, die schmalen Augen.

»Mein Name ist Elias ag Amaya«, stellte er sich vor. Ich zuckte zusammen.

»Ach! Ich glaube, daß wir uns von früher kennen ...«

Er musterte mich genauer.

»Sind Sie vielleicht ...«

»Ja, ich bin Chenanis Tochter.«

Er sah mir offen ins Gesicht. Sein Blick war neugierig und erfreut.

»Tamara«, sagte er.

Ich starrte ihn an.

»Wie kommt es, daß Sie meinen Namen wissen?«

Er lächelte.

»Wie sollte ich nicht? Allem Anschein nach sind wir verwandt. Auf eine ziemlich komplizierte Art allerdings. Mein Vater war Chenanis Halbbruder.«

Ich erinnerte mich an Zaras ersten Mann, den »Taugenichts«, und nickte.

»Ja, ich weiß.«

Wir tauschten einen langen Blick, bevor er sich den anderen zuwandte, die sich ebenfalls vorstellten.

»Was ist geschehen?«

Elias sah von einem zum anderen. Rocco hatte ein schlechtes Gewissen. Er runzelte die Stirn, und seine kleinen Augen blickten verschlagen.

»Da war eine Düne, wo sie nicht sein sollte. Wir haben einen Verletzten.«

»Schlimm?«

Seine Antwort erhielt er von Serge.

»Ein paar Prellungen. Und eine Gehirnerschütterung.«

Elias ging zu Adil, der ihn verstört ansah und sich mühsam aufrichtete. Elias reichte ihm die Hand; mir fiel auf, daß Adil diese Hand kurz an seine verschleierten Lippen führte. Dann ließ er sich müde zurückfallen, berührte seinen Kopf und stammelte ein paar Sätze; seine Stimme klang erschöpft und tonlos. Elias hörte zu, wobei er – in der typischen Art der Nomaden – mit den Händen auf dem Rücken die Falten der *Gandura* zusammenhielt. Dann wandte er sich an uns.

155

»Er sagt, er fühlt sich nicht wohl als Gepäckstück. Er tut alles, um wieder auf die Beine zu kommen.«

»Er soll sich nicht aufregen«, sagte ich. »Er soll liegenbleiben.«

Man sah Rocco an, daß ihm hundeelend zumute war. »Das verdammte Durcheinander ist meine Schuld«, gab er unbehaglich zu. Elias zuckte kurz mit den Schultern. »In der Wüste macht man nur einmal einen Fehler.«

Rocco starrte ihn argwöhnisch an.

»Warum keinen zweiten?«

»Weil man nicht mehr dazu kommt«, erwiderte Elias.

Er hatte leichthin gesprochen, aber ich verstand den Ernst in seinen Worten. Es gab in der Sahara keinen Kompromiß, er gab nur Gelingen oder Untergehen. Der Tod stand immer bereit und wartete darauf, daß man einen Fehler machte. Er wartete vor allem auf jene, die Tollkühnheit beweisen mußten und sich für unschlagbar hielten. Rocco hatte seine Lektion gelernt.

Inzwischen trat Elias näher an die Wagen heran, prüfte aufmerksam die Reifen.

»Sie haben den Sand gut abgetragen. Jetzt müssen wir sie rückwärts auf die richtige Spur bringen.«

Er wies auf eine Stelle, an der die dunkle Oberfläche der Piste in ein helles Gelb überging.

»Das ist *Fech-Fech*, Pulversand, und sehr gefährlich. Die Stelle muß umfahren werden. Versuchen wir es einmal!«

Er stieg in den hinteren Wagen, setzte sich ans Steuer und ließ den Motor an. Interessiert beobachteten wir, wie Elias den Wagen durch Wechseln des Vor- und Rückwärtsganges ein paarmal hin und her, dann zwei oder drei Meter rückwärts und fast ebensoviel vorwärts bewegte. Nach fünf solchen Manövern fuhr er bis knapp an die Stelle, an der wir eingesackt waren, schlug die

Vorderräder etwa fünfzehn Grad ein und gab kräftig Gas. Die starke Steuerdrehung bewirkte eine Schrägstellung der Räder, so daß der Wagen aus dem Sandloch sprang und wieder auf festem Grund stand. Wir jubelten. Elias stieg aus und lachte hell und kindlich, wie ein Junge, dem soeben ein guter Streich gelungen ist.

»Den nächsten«, sagte er, »schleppen wir am besten aus der Düne.«

Wir hatten ein gutes Abschleppseil aus Nylon, mit dem wir beide Autos verknoteten. Thuy übernahm das Steuer des bereits freigefahrenen Wagens, während Elias den eingesandeten Landrover untersuchte und feststellte, daß der Anlasser rechts unten am Motorblock vom Sand befreit war. Er nickte zufrieden, setzte sich in den Wagen, gab Gas und manövrierte den Wagen aus dem weichen Sand heraus. Thuy fuhr inzwischen rückwärts. Es dauerte keine fünf Minuten, und wir hatten den Wagen befreit. Die Freude war groß, wir spendeten kräftig Beifall. Inzwischen hatte Rocco den Gaskocher angezündet und Wasser heiß gemacht.

»Kaffee?« fragte ich Elias. »Wie willst du ihn haben? Mit Milch und Zucker?«

»Gerne.«

Wir setzten uns in den Schatten. Ich rührte Pulverkaffee in das heiße Wasser, fügte Kondensmilch und Würfelzucker hinzu.

»Ich habe Zara gesehen. Wir haben von dir gesprochen.«

Ohne mir dessen bewußt zu werden, duzte ich ihn. Elias nickte.

»Sie wird dir gesagt haben, daß ich im Adrar war.«

»Das ist ziemlich weit weg. Achthundert Kilometer, oder so?«

Er blinzelte verschmitzt.

157

»Ich würde sagen, gleich nebenan…«

»Dein Sinn für Entfernungen ist bizarr.«

»Tuareg sind bizarr, das solltest du wissen.«

Er sprach scherzhaft. Ich fragte:

»Und wie kommst du in diese Gegend?«

»Ich habe auf dem Rückweg ein paar Zelte besucht.«

»Ein paar Zelte?«

»Ja. Man verbringt viel Zeit in jedem Zelt.«

Alle lachten. Elias lachte auch. Ich reichte ihm den Plastikbecher; er nahm ihn mit beiden Händen, wie es die Höflichkeit erforderte. Bei den Tuareg legt man Wert auf schöne, förmliche Gesten. Kultur bis in die Fingerspitzen. Unsere Hände streiften einander, und ich spürte ein leises Flattern in der Magengegend. Zum Trinken zog Elias den Schleier fort und zum erstenmal sah ich sein Gesicht. Die Ähnlichkeit mit Zara war unverkennbar, obwohl seine Züge kantiger waren. Er hatte dieselbe hohe Stirn, die schmalen Schläfen, das etwas stumpfe Profil. Seine Augen waren von einem vergoldeten Grau, hatten auffallend große Pupillen. Falkenaugen, die ohne zu blinzeln in die Helligkeit schauten und merkwürdig eindringlich blickten. Elias war bartlos, wie viele Tuareg es sind, trug jedoch einen leichten Flaum auf den Wangen. Über dem sanften Gesicht mit den hohen Backenknochen lag ein eigensinniger, verwegener Ausdruck. Die vollen Lippen, das etwas eckige Kinn, die ganze Erscheinung hatte etwas erregend Lebendiges an sich. Er kostete den Kaffee und lächelte mich an. Ich lächelte trotzig zurück.

»Trink deinen Kaffee, Elias. Auch wenn er dir nicht schmeckt. Ich mache schlechten Kaffee…«

Er brach in schallendes Gelächter aus; er lachte, daß er sich fast verschluckte. Er hatte die weißesten Zähne, die ich je gesehen hatte.

»Er ist gut«, sagte er und nahm einen zweiten Schluck.

»Wir wissen alle, daß Tamaras Kaffee nichts taugt«, sagte Thuy vorwurfsvoll.

»Es ist wahr«, pflichtete ich ihr schuldbewußt bei.

Meine Leute ließen uns allein, machten sich am Wagen zu schaffen und sahen nach, ob das fachgerecht eingepackte Filmmaterial keinen Schaden genommen hatte. Elias trank seinen Kaffee ohne Hast. Er hatte das gleiche Lächeln wie Zara. Fast war es, als schimmerte ihr Antlitz in seinem Gesicht. Wie alt mochte er sein? Ein paar Jahre älter als ich, nahm ich an. In den Augenwinkeln lagen kleine Falten, und die Adern auf seinem schmalen Handrücken zeichneten sich deutlich ab. Jetzt wandte er sich mir zu.

»Ich war damals fünf oder sechs, aber ich erinnere mich gut an Olivia. Wie geht es ihr jetzt?«

Ich seufzte.

»Wenn man von Olivia spricht, muß man sich Zeit nehmen.«

»Du meinst, daß sie unglücklich ist?«

»Ich werde aus ihr nicht klug. Sie ist bockig, mußt du wissen.«

»Warum ist sie nie wieder nach Algerien gekommen?«

»Ich kann es nicht sagen. Ich glaube, sie hat Angst, den Dingen ins Gesicht zu sehen.«

Er nickte versonnen, trank einen Schluck.

»Sie nahm sich viel Zeit für uns Kinder, sang uns Lieder vor, brachte uns Spiele bei.«

»Sie war Lehrerin. Sie konnte gut mit Kindern umgehen.«

Elias betrachtete mich über den Rand seines Bechers.

»Weißt du«, sagte er langsam, »dich habe ich auch nie vergessen. Du warst blond, viel heller als jetzt. Ich dachte an die Erzählungen meiner Mutter und war faszierniert.«

Ich sah ihn fragend an, und er fuhr fort:

»Amenena kannte viele Fabeln und Legenden; solche, die ihre eigene Mutter erzählte, die sie vom Hörensagen kannte, solche, die sie erfand. Sie hatte, so kam es mir vor, alle Märchen der Sahara im Kopf.«

»Und was hatten die mit mir zu tun?«

»In vielen Geschichten verwandelten sich alte Hirtenfrauen in wunderschöne Feen, die verirrte Karawanentreiber retteten. Oft waren diese Feen blond wie Sand in der Morgensonne, sagte Amenena. Sie hatte zwar nie von blonden Feenkindern erzählt, aber ich lief trotzdem hinter dir her und grapschte nach deinem Haar. Das hat dir nicht gefallen.«

»Ach nein?«

»Nein. Du hast dich gewehrt. Mit Tritten gegen das Schienbein.«

»Nicht gerade freundlich von einem Feenkind!«

Wir lachten beide. Dann wurde sein Gesicht wieder ernst.

»Später, du weißt ja, da wurde alles anders. Olivia kehrte nach Belgien zurück. Sie tauschte Briefe mit Zara, aber sie kam nur noch selten, und dann überhaupt nicht mehr. Mein Vater besuchte sie ab und zu. Vor ein paar Jahren erzählte er mir, daß du verheiratet seist.«

»Man hat so eine Phase«, erwiderte ich trocken.

Seine Augen lächelten spöttisch und trotzdem warm und herzlich.

»Es ist ja möglich, daß du eines Tages dafür dankbar bist, wider deinen Willen gerettet worden zu sein.«

Ich verzog das Gesicht.

»So kann man sagen.«

»Ich hätte das vielleicht nicht sagen sollen«, setzte er etwas schuldbewußt hinzu.

»Du kannst sagen, was du denkst, Elias.«

Seine Augen musterten mich unentwegt.

»Ein Glück für mich, daß ich dich hier getroffen habe!«

Ich antwortete sehr herzlich:

»Ein Glück auch für mich.«

Die Stille verwandelte sich plötzlich in ein Schweigen, das voller Einverständnis war. Der Mensch, mit dem ich sprach, nahm meine ganze Aufmerksamkeit in Anspruch. Ich sah in sein Gesicht, in seine Augen und es war mir, als kehrte ich, die Umherirrende, zu den Quellen zurück, zu dem Lebenskreis meiner Kindheit. Während Elias mir gelassen gegenübersaß, fühlte ich den Funkenstrom, der zwischen uns hin- und herging. Sein Blick ließ mich die Welt der Gedanken vergessen; die Welt der Träume regte sich warm und lebendig in mir. Mein Leben war in Unordnung geraten, daran ließ sich nichts mehr ändern. Ich spürte ein Hochgefühl in mir, ohne daß ich eine Erklärung dafür fand.

Inzwischen kamen die anderen einer nach dem anderen und setzten sich zu uns. Soweit er das beurteilen könne, sagte Enrique, habe das Material keinen Schaden genommen. Rocco hatte die Luftfilter vom Sand gereinigt und Benzin aus dem Reservekanister nachgefüllt. Ich wandte mich an Elias.

»Wir drehen einen Film«, sagte ich, betont unpersönlich. »Einen Dokumentarfilm über die Felsbilder am Udan.«

»Soviel uns bekannt ist«, sagte Enrique, »wurden sie erst kürzlich entdeckt.«

Elias saß unbeweglich im Schneidersitz da; die offenen Handflächen ruhten locker auf den Knien, so daß

161

sich eine gebogene Linie von der Armbeuge bis zu den Fingerspitzen bildete.

»Wir nennen solche Ruinen *Debni*«, erklärte er. »Diese befinden sich abseits der üblichen Touristenrouten. Eine Zeitlang interessierte sich die Regierung für den Ort, suchte nach Öl und anderen Bodenschätzen. Fotos wurden von Satelliten aufgenommen. Man zeichnete eine Karte; sie stimmte nur in den Grundzügen. Um es kurz zu machen: Es gab weder Öl noch Uran noch sonst etwas. Das Interesse der Regierung schwand.«

Wir hörten aufmerksam zu. Rocco suchte nach Zigaretten, bot Elias eine an und gab ihm Feuer. Elias beugte sich vor, umschloß das Feuerzeug mit den Händen, um die kleine Flamme zu schützen.

»Ist das Gelände gefährlich?« fragte Serge. Elias hob den Kopf.

»Gefährlich? Ja und nein. Die Schlucht ist eine Art Irrgarten, wie die ganze Sahara es ja ist.«

Elias rauchte nach Art der Nomaden, wobei er die Zigarette nicht in den Mund steckte, sondern sie zwischen Handfläche und kleinem Finger hielt, während die übrigen Finger eine Röhre bildeten, durch die er den Rauch einsog.

»Das Tal war vulkanischen Ursprungs und sehr fruchtbar. Sie müssen es sich wie einen Kessel vorstellen, von senkrechten Wänden umschlossen. Vor einigen tausend Jahren ergoß sich ein Fluß als Wasserfall in das Tal und verließ es im Süden durch eine Öffnung in der Basaltwand. Unsere Vorfahren siedelten sich am Wasserfall an. Sie bauten dort eine richtige Stadt. Später veränderte sich das Klima. Das Tiefenwasser versiegte, der Fluß trocknete aus, die Erde verdorrte. Menschen und Tiere begaben sich auf die Wanderschaft. Heute ist aus den Ruinen Geröll geworden. Die Regierung will den

Ort touristisch erschließen; vielleicht wird es dazu noch kommen. Aber die Schlucht ist schwer zu erreichen. Man muß eine Strecke zu Fuß gehen, und die Abbruchkanten sind steil. Außerdem haben wir hier sehr viel mehr Sandstürme als anderswo.«

»Warum?« fragte Rocco.

»Der Berge wegen. Der Udan und seine Ausläufer bilden eine Art Trichter. Die Passat-Winde fegen hindurch, in fürchterlichen Stößen. Was Sie gestern erlebt haben, war eine freundliche Brise. Die Touristen hören den Warnungen nur mit halbem Ohr zu. Es gab einige schlimme Unfälle. Das ist keine gute Presse für Algerien: im Norden die Halsabschneider, im Süden die Sandstürme. Und jenseits der Grenze gibt es andere Probleme, die man Ihnen natürlich verschwiegen hat.«

Wir warteten, daß er weitersprach, doch er verstreute die Asche seiner Zigarette im Sand.

»Wir sollten aufbrechen, bevor die Hitze zunimmt.«

»Können Sie uns den Weg beschreiben?« fragte Enrique.

»Ich führe Sie hin«, sagte Elias. »Sie werden einen Schutzgeist brauchen.«

Ein leiser Schauer lief mir über den Rücken. Elias sah mir unverwandt ins Gesicht. Tiefe, ruhige, ein wenig traurige Augen hatte er. Ich betrachtete ihn mit Verwunderung; von seinem Anblick, das wußte ich, würde ich nie wieder loskommen. Meine Leute indessen bedankten sich erfreut; ihre Erleichterung war spürbar. Sie gingen zu den Wagen, um ihre Sachen zusammenzupacken. Elias und ich blieben alleine zurück. Meine Erregung beruhigte sich. Ich atmete tief.

»Verlierst du nicht zuviel Zeit, Elias?«

»Ich glaube nicht«, erwiderte er langsam, »daß ich irgend etwas zu verlieren hätte.«

Seine Augen ruhten unverwandt auf mir. Ich erwiderte selbstvergessen seinen Blick.

»Eigentlich wollte ich nie mehr zurückkommen. Ich dachte, was habe ich hier zu suchen? Und in letzter Zeit, siehst du, da war es merkwürdig, welche Lust ich hatte, das alles wiederzusehen ...«

Ein kleines Lächeln spielte um seine Mundwinkel.

»Da sind wir am gleichen Punkt, du und ich. Wir haben die Wahl; entweder bleiben wir, wo wir sind, oder wir kommen zurück. Wenn wir zurückkommen, bestimmt dieses Land unsere Stimmungslage. Und das mag manchmal sehr schwierig sein.«

»Am Ende ist es nicht der Mühe wert?«

Er sah mich aufmerksam an.

»Ich weiß es nicht. Es ist sehr wichtig, daß man die Realität sieht. Aber an manchen Tagen muß man sich in Träume retten.«

Offenbar wußte er sich, wenn nötig, Illusionen zu verschaffen. »Man betrügt sich selbst, um bei Verstand zu bleiben«, setzte er hinzu.

»Ich kann mir das vorstellen«, erwiderte ich.

Das war alles. Wir schwiegen lange, den Blick aufeinander gerichtet, erhoben uns fast im gleichen Atemzug. Elias zog mit einer geschickten Bewegung den Schleier bis unter die Augen. Mit federnden, leichten Schritten ging er zu seinem *Mehari*. Er trug Sandalen aus türkisfarbenem Leder, die durch eine Schlaufe am großen Zeh festgehalten wurden und die durch ihre flache Form ein bequemes Gehen im Sand ermöglichten. An den schlanken, braunen Fesseln haftete der ewige Staub der Wüste, es schien, als seien sie mit Zimt überpudert. Elias wies auf den Falben, der uns böse anstarrte und ein unsympathisches Knurren hören ließ.

164

»Sein Name ist *Atlar* – der Helle. Er ist ein eigenwilliger Bursche, aber ich werde schon mit ihm fertig.«

Er ließ seine Sandalen von den Füßen gleiten, befestigte sie am Sattelknauf. Dann band er sich den grüngeflochtenen Zügel um das Handgelenk und schwang sich geschmeidig in den Sattel. Atlar warf fauchend seinen Kopf nach hinten, dann den beweglichen Hals nach vorn, und schon stand er auf den Beinen. Elias nickte uns zu.

»Ich reite voraus.«

Er schnalzte mit der Zunge, setzte durch Fersendruck sein Tier in Bewegung. Schon hatte der Falbe eine Volte gedreht, entfernte sich unter sanftem Geklingel der Kupferschellen. Erst jetzt merkte ich, daß Thuy mit unserer kleinen Video-Kamera gefilmt hatte. Sie wandte sich mir zu. Unsere Blicke trafen sich. Sie seufzte mit bitter herabgezogenen Mundwinkeln.

»Gibt es irgend etwas, das wir tun können, um solche Bilder auf dieser Erde zu bewahren?«

Ich schüttelte langsam den Kopf.

»Nein, es gibt nichts.«

»Das ist es, was mir angst macht«, sagte Thuy.

13. Kapitel

Die Sonne stieg; Hitzedunst lag über der Erde, der Himmel war fahl, die Schatten waren kurz. Mit kraftvoll dröhnenden Motoren holperten die Landrover über die versandete Piste. Ich fuhr den ersten Wagen, Rocco den zweiten. Enrique saß neben mir, und Adil lag, so gut es ging, auf Decken gestützt, hinten im Wagen. Über Schlackenfeldern und weißen Sandmulden glitzerte die Luft wie eine phantastische Lagune, ein kristallklarer See. Es war kein gutes Gelände für Fahrzeuge. Im Sand schaukelten die Wagen heftig, wir kamen nur langsam voran. Elias hatte bereits einen erheblichen Vorsprung gewonnen. In der Weite der Luftspiegelung glich der Reiter, der gleichmäßig vor uns her trabte, fast ohne Schwere, ohne Substanz, einer märchenhaften Vogelgestalt. Der Wind blies, die Ebene bestand nur aus wogendem, trockenem Dunst. Die Wüste, gold und schwefelfarben, erstrahlte im Licht; die riesige Fläche sah aus wie ein Strand. Von Süden her schaute ein hoher, merkwürdig geformter Kegel über den Horizont. Langsam trat er aus dem Hitzedunst hervor. Die Zeit verging; die Berge kamen näher. Das *Mehari* trabte unermüdlich, wie vom Wind getragen. Die kraftvollen Beine bewegten sich in einem schaukelnden Rhythmus. Das Gewand des Reiters leuchtete geisterhaft weiß, wie Salz in der Sonne. Enrique sah gedankenvoll auf die Uhr.

»Bald zwei Stunden, in dieser Gluthitze! Jedes Pferd hätte sich längst die Lungen aus dem Leib gerannt.«

»Pferde sind für die Wüste untauglich.«

»Gibt es hier keine?«

Ich schüttelte den Kopf.

»Kaum noch. Das Land ist zu trocken geworden. Manche Tuareg halten sich Pferde als Paradetiere, weil man auf ihnen eine gute Figur macht. Tuareg sind eitel, das hast du doch sicher bemerkt?«

»Ja«, sagte er lachend, »eindeutig!«

»Ich bin auch eitel, und wie! Wie könnte ich nicht eitel sein mit meinen Erbanlagen?«

Er lachte noch mehr.

»Du solltest dir ein Pferd anschaffen.«

»Ehrlich gesagt, lieber ein Rennkamel. Hast du dir Atlar genau angesehen? Der schafft täglich bis zu hundertfünfzig Kilometer. Das Tempo hält er drei Tage durch. Dann benötigt er zehn Tage Ruhe und gutes Futter, damit er sich von der Strapaze erholt. Zur Tränke muß er nur alle paar Wochen. Daneben haßt er seinen Reiter und läuft weg, wenn er kann.«

»*Madre de Dios*!« murmelte Enrique.

Allmählich schlug Elias eine andere Richtung ein; er verließ die Piste, ritt in weitem Bogen der Bergkette entgegen. Wir fuhren jetzt leicht bergauf über eine steinige Hochebene, die im gleißenden Licht wie Silex glitzerte. Die Berge kamen näher, versperrten die Sicht auf den Himmel. Im Laufe der Jahrtausende hatten Naturgewalten Felsen losgerissen und übereinandergeworfen. Die abgeschliffenen Steine waren vom Wind poliert und hatten die Farbe von gebranntem Ton. Meist lag auf einer Klippe ein schräger Gesteinsblock und darauf noch einer und noch einer, so daß sie eine Art Treppe bildeten. An den Felsbrocken klebten große Dünenkämme; die gewaltigen Sandmassen glichen Wellen, Phantome eines versunkenen Meeres. Ja, die Wüste sprach ihre eigene Sprache. Die Menschen, die hier geboren wurden, lebten kaum noch in irdischen Räumen und Dimensionen, sondern am Saum der Unendlichkeit. Kein Wunder, daß sie eitel waren! Es wäre wahrhaftig schlimm, wenn sie es nicht gewesen wären. Und unpraktisch obendrein.

Plötzlich sahen wir, daß Elias sein *Mehari* angehalten hatte und auf uns wartete. Ich gab Rocco Blickzeichen und zog die Handbremse an. Beide Wagen fuhren langsamer, hielten schließlich. Ich kurbelte die Scheibe herunter und sah zu Elias empor. Der Motor zischte ein paarmal und wurde still. Elias' Stimme vermischte sich mit dem Rauschen des Windes.

»Wir sind da!«

Ich rief aus dem Fenster:

»Wo ist der Udan?«

Er streckte den Arm aus.

»Gleich hinter dir!«

Wir wandten den Kopf. Das also war der »Geisterberg«. Eigentlich hatte ich ihn mir anders vorgestellt: steiler, gewaltiger, hochmütiger. Die kegelartige Form mit der scharf hervortretenden Rillenstruktur war eindeutig vulkanischen Ursprungs. Ein sich sanft aufschwingender Gipfel, majestätisch und harmonisch. An ihm war nichts Furchterregendes, aber ich verstand nichts von Bergen und konnte mich täuschen. Das einzig Merkwürdige mochte seine Farbe sein: ein fast schwärzlicher Bronzeton, der an manchen Stellen in Rostrot überging und sich von der zumeist graugetönten Gebirgskette abhob. Elias nickte mir zu.

»Der Wind hat die Sandnebel aufgelöst. Der Gipfel ist selten so gut sichtbar.«

Ich spürte einen Kloß in der Kehle.

»Was nun?«

»Von hier aus geht es zu Fuß weiter.«

»Wie lange?«

»Eine Stunde oder so.«

Wir stiegen aus, taumelten in der Gluthitze, stapften mit steifen Beinen durch die Kiesel. Wir schüttelten den Staub aus den Decken und breiteten sie unter einem Felsen aus. Rocco zündete den Gaskocher an. Inzwischen nahm Elias dem Falben den Sattel ab und stellte ihn auf den Boden. Ich trat näher, um ihn zu betrachten. Der Sattel war aufwendig und prachtvoll gearbeitet. Die Außenseite des Handgriffs und die mit scharlachrotem Leder überzogene Rückenstütze waren mit Kupferbeschlägen und bunten Stickereien verziert. Ich strich mit der Hand darüber.

»Wunderschöne Arbeit!«

»Es gibt mehrere Arten von Sätteln«, sagte Elias. »Diesen hier nennt man *Tamsak*. Ich habe ihn bei einem Schmied in Agadez machen lassen.« Er grinste mich an. »Danach war ich ein paar Monate pleite.«

»Das kann ich mir vorstellen.«

Für einen besonders kostbaren Sattel sind Tuareg ebenso bereit, ein Vermögen zu zahlen, wie für ein gutes Reitkamel. Prahlerei? Ja sicher, aber da war mehr: eine Art uralter Instinkt, der sie antrieb, so daß sie gar nicht anders handeln konnten. Eine gewisse Vollendung mußte sein. *Noblesse oblige.*

Die Sonne brannte unbarmherzig herab. Mir stieg der beißende Geruch in die Nase, der dem Urin verschwitzter Kamele entströmt. Inzwischen löste Elias die Reisetasche, deren kupfernes Schloß in der Sonne blinkte, vom Sattel; ferner einen *Guerba* – Wasserschlauch – und die Schüssel aus Messing. Schließlich band Elias dem *Mehari* die *Tiffart*, die Fußfesseln, locker um die Vorderfüße, so daß es sich, leicht hüpfend, im weiteren

Umkreis auf Futtersuche begeben konnte. Schon bald senkte Atlar den Kopf nach den Pflanzen, die vereinzelt auf dem versandeten Boden wuchsen. Ihr Gelbgrün hob sich von der kargen Umgebung ab; ich bemerkte, wie sich die dünnen Blätter senkrecht zur Sonne aufrichteten, um der Hitze keine Angriffsflächen zu bieten. Elias warf mir einen lachenden Blick zu.

»Kamele sind wählerisch. Atlar mag diese Pflanzen nicht. Aber er weiß genau, daß er hier nichts Besseres findet.«

Die Hitze im Hochtal war höllisch, die Felswand strahlte zusätzlich Wärme ab. Wir holten den Proviant hervor. Elias hatte alles für die Zubereitung des Tees dabei. Die Sonne hatte den höchsten Punkt überschritten, und der starke Minztee brachte uns wieder zu Kräften. Wir beschlossen, mit zwei leichten Kameras und einem Minimum an Beleuchtungsinstrumenten das Gelände zu erkunden. Adil würde inzwischen im Lager bleiben. Seine langsame Atmung, der ebenfalls langsame Puls zeigten, daß die Gehirnerschütterung wahrscheinlich keine Folgen haben würde. Seine Sprache war wieder klar; er sagte, daß es ihm besser ginge und er mitkommen wollte. Aber Serge, der nicht zum Leichtsinn neigte, verpaßte ihm ohne Umschweife ein Beruhigungsmittel.

»Der soll bloß nicht meinen, daß er wie ein Ziegenbock springen kann!«

Elias hatte sich den Wasserschlauch über die Schulter gehängt. Er mußte ziemlich schwer sein, doch das schien ihm nichts auszumachen. Meinen fragenden Blick beantwortete er mit den Worten:

»Wir werden bald Durst haben.«

Er wechselte ein paar Sätze mit Adil und ging voraus, dem Berg entgegen. Das Beschwerliche war nicht der ziemlich steile Anstieg, sondern der Sand, der sich an manchen Stellen meterhoch türmte. Elias wählte den Weg durch das Geröll, der ihm offenbar sicherer schien. Die Felsen flimmerten in der Hitze, lilablaue Schatten zeichneten sich messerscharf vom gelbroten Boden ab. Wir waren es gewohnt, unsere Ausrüstung zu schleppen, aber hier war es derart heiß, daß alle – außer Elias – oft stehenblieben, um mit vorgeneigtem Oberkörper nach Atem zu ringen. Wir brauchten unsere ganzen Kräfte. Elias blieb jedesmal stehen, wartete geduldig, ging dann mit federnden, leichten Schritten weiter. So stiegen wir hoch und immer noch höher, und der Udan warf seinen gewaltigen Schatten über den Hang. Ich blickte hinüber zu dem Berg, der mich mehr und mehr in seinen Bann zog. Die Wüste vermittelte mir einen merkwürdigen Eindruck von Vollkommenheit. Vielleicht war ich dabei, mich neu zu erschaffen, vielleicht schon seit meiner Trennung von Henri. Immer wieder hatte sich etwas in mir geregt: etwas Vertrautes, das mich auf alte Fährten zurückführte. Mir kam die Frau aus meinem Traum in den Sinn, und auf einmal hatte ich den Eindruck, daß ich sie sah, als einen Umriß nur, leicht und flüchtig. Sie schwebte auf mich zu, verharrte und bewegte sich dann in einigem Abstand vor mir, als ob sie mir den Weg weisen wollte. Ich blinzelte verwirrt, und schon war sie verschwunden. Ich schalt mich selbst: Achte lieber auf deine Füße, du Närrin! Hier ist nicht der Ort, über Träume nachzudenken.

Wir kletterten ohne Pause. Elias war als erster oben; ich kam als zweite, trat keuchend neben ihn. Er hob warnend die Hand. Ich beugte mich vorsichtig vor, mir stockte der Atem. Dicht vor unseren Füßen tauchte, wie der Einschnitt eines gigantischen Säbelhiebes, eine hun-

171

dert Meter tiefe Schlucht auf. Hier mußte vor Jahrmillionen, bei einer Zuckung der Erdkruste, ein Teil der Hochebene abgebrochen und eingestürzt sein.

Meine Leute waren jetzt auch da. Thuy stieg behende über die Steine. Die drei Männer, mit Instrumenten beladen, kamen als letzte. Sprachlos starrten wir in den von gelben Sandzungen bedeckten Talgrund. Unglaublich, dachte ich staunend, unglaublich, diese ausgleichende Harmonie des Sandes und der Felsen, die den Boden durchschneiden wie Sägezähne und Sensen und rote Blitze!

Wo einst ein Wasserfall geschäumt und gefunkelt hatte, erstreckte sich ein Land der Sandflüsse und Sandseen, ein totes Land, das gleichwohl von Leben vibrierte.

»Was?« hörte ich Enrique überrascht rufen. »Da wächst ja Grün!«

»Es gibt noch Grundwasser«, sagte Elias. »In den Höhlen findet man lehmige Schichten mit Versteinerungen von Fischen und Muscheln.«

Der Abstieg schien halsbrecherisch. Rocco prüfte vorsichtig mit dem Fuß die Geröllkante.

»Mach keinen Unsinn«, sagte ich.

Rocco trat zurück und sah Elias an.

»Schwierig?«

Elias schüttelte den Kopf.

»Nicht, wenn du die richtigen Stellen kennst.«

»Warte, Rocco«, sagte ich.

Ich wollte das Gelände zuerst filmen. Das Licht war ausgezeichnet. Die Sonne stand schräg, der Sand leuchtete in fotogenem Gold. Während wir unser Material bereit machten, lehnte Elias schweigend an einem Felsen. Der warme Wind bewegte die Falten seiner *Gandura*; ich hörte den Stoff leise flattern. Es war merkwürdig, wie stark ich ihn spürte, auch wenn ich ihn nicht ansah. Zwischen uns herrschte ein stimmiges, intensives Einvernehmen.

Wir filmten eine Zeitlang, räumten dann die Geräte sofort wieder ein, wohl wissend, daß der Sandstaub sie extrem schädigen konnte. Wir tranken Wasser aus der *Guerba*, die Elias bei sich hatte; er teilte mit uns ein paar Datteln, wir gaben ihm Schokolade, die ziemlich aufgeweicht war. Dann begannen wir den Abstieg.

»Ich gehe zuerst«, sagte Elias. »Bleibt immer hinter mir!«

Er zog seine Sandalen aus und band sie sich um den Hals. Dann kauerte er sich nieder, schob die Beine über die Felskante. Er kletterte mit lautlosen, flinken, geschickten Handgriffen. Offenbar war ihm der Hang vertraut. Ich fragte mich, wie oft er wohl schon hier gewesen war.

Die Übung war ziemlich halsbrecherisch, wir tasteten uns mit Händen und Füßen hinab, prägten uns die Stellen ein, an denen Elias sich festgehalten oder abgestützt hatte. Manchmal hielten wir an, um zu filmen. Wir arbeiteten mit größter Vorsicht, dennoch prasselten oft Steine über uns hinweg, vor denen wir die Kameras fürsorglicher schützten als unsere Schädel. Mit bebenden Lungen erreichten wir endlich den Talgrund. Es war eine Erleichterung, die schweren Gepäckstücke ablegen zu können. Elias ließ die *Guerba* kreisen; wir tranken, kamen wieder zu Atem.

»Wir sind gleich da«, sagte Elias.

Wir zogen hinter ihm her durch den frischen Sand. Der Boden darunter bestand aus einem Gemisch aus grobkörnigem Schuttmaterial, das der Wind herangetragen hatte. Mein Gesicht brannte, und ich spürte, wie meine Knie zitterten. Eine bronzebraune Felsrippe lag

173

quer vor einer Felswand. Elias schwang sich hinauf, traumwandlerisch sicher in jeder Bewegung. Ich sah seine Hand direkt über mir und ergriff sie ohne zu zögern. Die schmalen, kräftigen Finger umschlossen fest die meinen. Ich fühlte mich aus der Tiefe hochgezogen, faßte schwankend Fuß neben ihm auf dem Gestein. Mein Herz klopfte stark, und das lag nicht nur an der Anstrengung.

Inzwischen halfen sich die anderen gegenseitig hinauf. Elias war bis zur Felswand weitergegangen. Er zeigte nach oben; wir folgten seinem Finger und staunten. Hoch über unseren Köpfen zogen Tiergravuren, in den Basalt geschlagen, einen langen, mächtigen Kreis. Büffel mit geschwungenen Hörnern, Antilopen, Löwen, Giraffen, springende Pferde. Die Tiere waren fast in Lebensgröße dargestellt. Dazu hatten die Bildhauer die Sonneneinstrahlung berücksichtigt. Es war, als ob das Fortschreiten des Lichtes die Figuren belebte: Sie schienen mit der Sonne zu wandern.

»Phänomenal!« murmelte Enrique atemlos.

»Es gibt noch andere, ältere«, sagte Elias.

»Auch Malereien?« fragte ich.

»Nicht hier. In den Grotten.«

»Kannst du uns hinführen?«

»Zu den meisten, ja.«

Aus seinen Worten war eine gewisse Zurückhaltung zu spüren. Ein dunkler Schimmer lag in seinen Augen. Ich sah ihn scharf an.

»Stört es dich, wenn wir filmen?«

Er zögerte, aber nur kurz. Dann trat er nahe an die Wand heran und legte seine Hand auf das warme Gestein.

»Die meisten Felsen sind Augen der Erde und mit den Sternen verwandt; sie sind noch wild und ungezähmt.

Aber einige tragen die Spuren von Menschen. Solche Felsen sind wehrlos; wo Menschen waren, kommen Menschen wieder. Du kannst filmen, soviel du willst. Das ändert gar nichts.«

Seine Stimme klang gedämpft. Es schien, als habe er ein Stück seiner Seele preisgegeben. Hätte ich eine Ahnung gehabt, was er meinte, dann wäre ich nicht so beunruhigt gewesen. Doch schon stellte Enrique eine weitere Frage:

»Wie alt mögen die Figuren sein?«

Elias wandte ihm sein verschleiertes Gesicht zu.

»Über siebentausend Jahre. Die Zeit steht für sie still. Aber unsere Vorfahren lebten schon hier, bevor die Ägypter ihre Pyramiden bauten.«

»Und woher kamen sie?«

Elias schüttelte leicht den Kopf.

»Wir wissen es nicht.«

»Das kannst du doch nicht ohne weiteres sagen! Sie kamen doch nicht aus dem Nichts!« entgegnete Thuy nüchtern. Elias lächelte mit den Augen.

»Nun, sagen wir mal, wir sind häufig Opfer vorgefaßter Ideen und Interpretationen.«

Thuy sah ihn neugierig an.

»Könnt ihr damit leben?«

»Das ist eben unsere Art. Wir selbst nennen uns die ›Kinder der Echse‹. Es heißt, daß die Echse zwischen den Göttern und Menschen vermittelte und das Feuer auf die Erde brachte. Im Alten Testament steht geschrieben: ›Die Echse fängst du mit der Hand, aber sie wohnt in den Palästen der Könige.‹«

Thuys Augen flogen neugierig über Elias' verschleiertes Gesicht.

»Bist du ein Christ?« fragte sie interessiert.

»Nein, das bin ich nicht.« Elias blinzelte amüsiert.

»Die Franzosen haben sich bei dem Versuch, uns zu bekehren, die Zähne ausgebissen.«

»Und der Islam?«

Er zuckte mit den Schultern, lächelte.

»Der Monotheismus macht uns keinen Spaß.«

»Es klingt recht anmaßend, was du da sagst.« Thuy ärgerte sich und antwortete mit dem sanften Tadel einer Nonne.

»Das ist es auch.« Elias' Stimme klang belustigt. »Wir sind das älteste Volk der Erde. Es kommt immer darauf an, für welche Hoffnung wir veranlagt sind.«

»Ach!« Thuy zeigte ihr sprödes Lächeln. »Ich könnte ohne den Glauben nicht leben.«

»Der Glaube gehört zu den Dingen, die uns am wenigsten Sorgen bereiten.«

Thuy blickte ihn an, als könnte er etwas sagen oder tun, wofür er nicht verantwortlich zu machen wäre.

»Am Ende wirst du behaupten, du kämest von einem anderen Stern.«

»Nur im intimen Freundeskreis«, sagte Elias. »Und erst nach dem dritten Whisky.«

Thuy brach in Lachen aus. Sie hatte ihren Ärger vergessen. Wir lachten alle. Elias gab uns ein Zeichen.

»Hier entlang!«

Wir folgten ihm um den Felsvorsprung herum. Auf der anderen Seite der Basaltwand befanden sich andere, erstaunliche Schnitzereien. Künstler hatten die dunkle Oberfläche weggeritzt, um aus dem helleren Gestein menschliche Gestalten zu schlagen. Ihre Gesichter waren verhüllt; sie trugen eigenartige hohe Kopfbedeckungen, die an eine Mitra denken ließen.

»Noch vor nicht allzu langer Zeit«, sagte Elias, »trugen Männer bei Festlichkeiten solche Kopfbedeckungen. Mein Großvater besaß noch eine. Sie war aus rotem

176

Stoff gearbeitet, mit Baumwollquasten und Silberamuletten geschmückt.«

»Was hat er damit gemacht?« fragte ich.

»Sie verkauft, soviel ich weiß.«

»Und wo ist sie jetzt?«

Er zog die Schultern hoch. Die Geste hatte etwas Müdes an sich.

»In irgendeinem Museum, nehme ich an.«

Ursprünglich, meinte Serge, hätten die Figuren wohl eine magische Bedeutung gehabt.

»Da hat sich nichts geändert«, sagte Elias.

Serge war überrascht.

»Inwiefern?«

»Unser Leben spielt sich in einer tiefen Beständigkeit ab. Wer sich der Gefahr stellt, braucht Riten. Heute nennen wir es Autosuggestion. Es kommt auf dasselbe heraus.«

Rocco wischte sich mit dem Ärmel über die Nase.

»Wer glaubt hier schon an Geister? Du etwa?« fragte er Elias.

»Die Welt ohne Geister ist langweilig«, sagte Elias.

Es gab keinen Hitzedunst mehr. Der Himmel war orangerot, die Dünen färbten sich kupfern. Licht und Schatten hatten ihre bewegten Spiele an der Oberfläche des Erdbodens und an den Felswänden aufgenommen. Wir machten einige Aufnahmen, aber es wurde spät, und Elias drängte zur Heimkehr ins Lager: Die Dunkelheit komme schnell; der Aufstieg bei Nacht sei gefährlich. Wir versorgten die Kameras und begannen zu klettern. Die Sonne glich einem brennenden Busch, dessen Flammen hinter den Bergen loderten. Wir kamen nur langsam voran, bewegten uns aber mit großer Anstrengung. Das letzte Wegstück durch das Geröll war einfach. Wie recht Elias hatte, merkten wir, als die Fin-

177

sternis von Augenblick zu Augenblick wuchs und sich verdichtete, als der Abendwind aufkam und es schlagartig eiskalt wurde. Doch Adil hatte Holz gesammelt und ein Feuer angezündet; es glühte in der Ferne, wie ein roter Funken in der Nacht, und wies uns den Weg.

14. Kapitel

Später, als wir am Feuer saßen, empfanden wir mehr
Müdigkeit als Hunger. Die Flammen prasselten hell und
warm. Unsere Gestalten hoben sich wie Scherenschnitte von dem roten Hintergrund des Feuers ab. Adil, der
sich nützlich machen wollte, hatte Suppe und Teigwa-
ren gekocht, die in einer scharfen roten Sauce schwammen. Danach machte er Tee, und wir besprachen den
morgigen Tag. Wir kamen zu dem Schluß, daß wir wohl
einige Tage in der Schlucht verbringen mußten. Am
besten erschien es uns, an Ort und Stelle zu kampieren;
es galt, die guten Lichtverhältnisse frühmorgens und am
Nachmittag zu nutzen. Inzwischen sollte Adil die Wagen
bewachen und dafür sorgen, daß das *Mehari* Futter
fand. Mit der Weisung allerdings, körperliche Anstrengung zu vermeiden. Wir würden ihm Rauchpatronen für
ein Notsignal dalassen. Rocco zeigte ihm, wie sie funk-
tionierten. Ich hatte Adil den vollen Lohn zugesichert,
und dazu eine Entschädigung, und er war zumindest
beruhigt.

Später verließen Elias und ich die Feuerstelle, gingen
in die Nacht hinaus. Schweigend wanderten wir Seite an
Seite. Ich nahm den leichten Geruch nach Sand, Minze
und Leder wahr, der von ihm ausging. Zwischen uns
war eine leise Befangenheit aufgekommen. Nach einer
Weile brach ich das Schweigen.

»Wirst du nicht in Tam erwartet?«

»Was macht das schon?« erwiderte er.

Ich schaute ihn an.

»Matali hatte mir vorausgesagt, daß wir uns begegnen würden. Ich habe ihm nicht geglaubt.«

Er kicherte hinter seinem Schleier.

»Matali ist fast hundert Jahre alt. Da wird man entweder senil oder sehr weise.«

»Senil«, sagte ich, »kann es nicht sein.«

»Nein.«

Der Himmel war pechschwarz. Überall, wohin ich auch schaute, waren Sterne; fast schien es, als berühre ein Stern den anderen. Ich sagte leise:

»Wie schön der Himmel ist.«

»Der Himmel ist unser frühester Zeitmesser«, sagte Elias. »Wenn du lange genau hinschaust, siehst du die Drehung der Sternenbilder.«

»Ich kann's nicht«, erwiderte ich kopfschüttelnd, »ich habe keine Geduld.«

»Du wirst es schon noch lernen.«

Es war eiskalt. Ich wickelte mich enger in meine Daunenjacke.

»Bevor ich nach Algerien fuhr, war ich bei Olivia. Sie sagte, daß du für Zara die Briefe schreibst. Wo hast du so gut Französisch gelernt?«

»Ich war zuerst auf der Grundschule in Tam. Da war die Unterrichtssprache Arabisch. Dann kam ich in ein Internat, nach Algier. Dort war Französisch Wahlfach. Das Internat nahm nur die Kinder der besseren Schichten auf, deren Vater Beamte oder Offiziere waren. Mein Vater war Parlamentsmitglied, also paßte ich in den Rahmen. Er ließ sich meine Ausbildung etwas kosten. Somit wurde ich, wie man hier sagt, *à l'européenne* erzogen, was bedeutete, daß man alle möglichen Kulturen auf gut Glück vermischte. Immerhin gelang es mir, mich an den Gebrauch einer Gabel zu gewöhnen.«

Ich brach in Lachen aus. Die Tuareg sind die einzigen afrikanischen Nomaden, die die Speisen mit einem Eßlöffel und nicht mit den Fingern in den Mund führen.

»Das ist wahrhaftig bemerkenswert! Und dann?«

»Dann mußte ich zum Militärdienst.«

Elias machte eine Pause und sprach dann langsamer; es war, als sträube er sich gegen das, was er sagte.

»Ich bekam eine Uniform, einen Helm und ein Gewehr. Es wurde eine schwere Zeit. Nicht nur für mich, für die Ausbilder auch. Ich tat ihnen nicht den Gefallen, mich in einen Algerier verwandeln zu lassen. Von ihrem Standpunkt aus war ich der totale Anarchist. Daß ich von der Religion nichts wissen wollte, erhitzte obendrein die Gemüter. Folglich beschuldigte man mich des *Kufr*, der Weigerung, Allahs Worte zu hören, was ja im Grunde nicht falsch war. Wir Ihaggaren haben einen angeborenen Hang zur Rebellion. Sind die Weichen einmal in diese Richtung gestellt, macht uns der Drill kein bißchen weise. Ich konnte mich nicht anpassen. Mir war die Dienerhaltung der auf dem Rücken gekreuzten Hände zuwider, und ich haßte es, mich in Richtung Mekka niederzuwerfen, wenn die richtige Zeit dafür war. Kurzum, ich bekam die Strafen für ungefähr alles, was in der Kaserne passierte. Achtzig Prozent der Zeit, die ich beim Militär verbrachte, bestanden daraus, im Knast herumzuhocken. Eingesperrt zu sein ist besonders unangenehm, wenn man in der Sahara aufgewachsen ist. Und ungesund noch dazu. Man sollte nicht glauben, daß Menschen so methodisch grausam sein können. Ich meine, sie hätten schneller einsehen müssen, wie sinnlos das war und was für eine Zeitverschwendung, da sie doch auf dem Exerzierfeld genug zu tun hatten. Mein Vater bekam Angst, setzte alle Hebel in Bewegung, bis endlich der Militärarzt nach mir schaute. Der Befund war nicht erbaulich: Knochenbrüche, Tuberkulose und einiges mehr. Mein Vater zahlte Schmiergelder; ein Anwalt übernahm die Angelegenheit. Ich wurde als militäruntauglich entlassen.«

Elias sah mich beim Sprechen nicht an, sondern starrte blicklos in die Nacht. Ich stand stocksteif neben ihm. Das Blut floß mir kalt durch die Adern. Ich fühlte einen Luftstrom, eisig wie die Hölle.

»Weiter«, flüsterte ich rauh.

»Mein Vater hatte nicht erlebt, was ich erlebt hatte. Ich war hundert Jahre alt und ein Wrack, er war knapp achtundvierzig, gut genährt und geschniegelt. Er trug Manschettenknöpfe aus Topas, *made in Thailand*, versüßte sich die bittere Notwendigkeit der Katzbuckelei und gab sich Mühe, die Dinge konventionell zu betrachten. Er handelte immer nur unter einem gewissen Druck. Aalglatt war der Ausdruck, der zu ihm paßte. In meiner Lage hatte ich ihm wenig zu sagen, und eine Zeitlang wußten wir nicht, wie wir miteinander umgehen sollten. Ich spuckte Blut, schlich wie eine lahme Krähe herum. Mein Körper war schwer, aber nicht so schwer wie die Dinge in meinem Kopf. Es kam vor, daß ich überhaupt nicht schlief, und am nächsten Tag ging es mir dann noch schlechter. Dann kam meine Mutter und brachte mich wieder auf die Beine. Als ich mich besser fühlte, wollte ich nach Amerika. Mein Vater meinte, das könne mir nicht schaden. So wie die Dinge für mich aussahen, war er froh, daß ich ging.«

»Warum nach Amerika, Elias?«

Er schnalzte mit der Zunge.

»Tja, warum? Sagen wir mal, es entsprach einem inneren Drang. Ich trug eine gewaltige Unruhe in mir und das Bedürfnis, weiterzuziehen an einen Ort, an dem sich alles klären würde. Und schließlich gehört es zu unserer sonderbaren Art, daß wir, einmal zum Aufbruch entschlossen, so weit wie überhaupt möglich reisen.«

»Und wie war Amerika für dich?«

»Amerika sprang mir ins Gesicht wie eine Krake, besser gesagt, wie der *Alien* im gleichnamigen Film. Ich landete in New York, wo sich meine Verwirrung zur Betroffenheit steigerte. Ein verrücktes Karussell drehte sich in meinem Kopf. Die Sirenen der Polizeiwagen, das Kreischen der Bremsen, die Menschen aller Hautfarben, die Obdachlosen und die Reichen, die Dealer und die Prostituierten, die verstopften Gänge der U-Bahn, der Gestank aus den Lüftungsgittern, die Wolkenkratzer. Ich hatte das Gefühl der Nomaden im Herzen, und schwindelfrei war ich auch. Ich dachte die ganze Zeit, ob es nicht besser wäre, mich in einen Vogel zu verwandeln. Die Menschen hetzten an mir vorbei. Sie hatten nie Zeit, konnten nicht zuhören. Dabei wirkten sie ungeheuer freundlich und vital. Aber ihre Selbstsicherheit war gespenstisch, weil nichts dahinter war. Keinerlei tiefes Bewußtsein. Es waren Menschen, die nie ihren Geist zur Ruhe erzogen, die niemals richtig nachgedacht hatten. Ich stolperte über Lügen, über Gleichgültigkeit und Dummheit. Freundschaft hatte dort nicht mehr Gewicht als eine Briefmarke, auch wenn sie zunächst recht fest zu kleben schien. Von jeglicher Gewalt hielt ich mich fern, denn die hatte ich bereits zur Genüge ausprobiert. Hin und wieder, wenn es sich ergab, blickte ich in einen Spiegel, um mich beim Anblick meines Gesichtes zu erinnern, wer ich war. Ich mietete einen Wagen und hielt mich an die Geschwindigkeitsbegrenzungen; ich war nicht hier, um wieder zu sitzen. Ich fuhr den Highway entlang, hielt den Kopf aus dem Fenster wie ein neugieriger Hund. Ich war noch nicht gesund, hatte immer noch leichtes Fieber. In den Motels schaltete ich von einem Sender zum anderen, sah mir CNN an und Gameshows und Seifenopern. Ich streifte umher, trank, schluckte und rauchte alles mögliche – und mein Geld war schnell weg. Arbeiten konnte ich nicht, es sei denn, schwarz. So kam es, daß ich gute fünf Monate lang Schafe hütete. Eine Beschäftigung, die mir vertraut war. Meine Mutter hatte mich im Alter von neun Jahren zu den Schafen geschickt. Unsere Schafe waren dumm, aber diese amerikanischen Vierbeiner waren so blöde, daß sie manchmal ihre eigenen Lämmer nicht erkannten. Zum Glück hatte ich Hunde, großartige Tiere, die mir die Arbeit abnahmen. Ich war froh, allein zu sein, dachte nach und hörte in der Ferne die Stimmen der Geister. Ihr Zorn ließ mich erschaudern. Jede Landschaftsform besitzt ihre eigene Stimmung, sie ist Ausdruck der Seele einer Landschaft. Dieses wundervolle Land war krank. Der Himmel, die Gewässer, die Berge waren krank. Ich hörte die Steine weinen und sah sie im Traum bluten. Der Zorn, der hier lag, war wie das Feuer in einem brennenden Berg. Ich fragte mich, wie es wohl dazu gekommen war. Ich suchte nach einer Antwort und fand sie. Das Wort ›Reservat‹ war für mich ein unbekannter Begriff gewesen, bis ich herausfand, daß man solche Orte für Menschen meiner Art geschaffen hatte. Gefängnisse ohne Mauern sozusagen. In den Reservaten war ich kein Fremdling. Und nach allem, was ich hörte und sah, glich die Tragödie der amerikanischen Ureinwohner der unsrigen. Auch sie waren Krieger gewesen, geachtet wegen ihrer Tapferkeit. Sie hatten geglaubt, mit einem ehrenhaften Gegner zu verhandeln und hatten sich in die Irre führen lassen. Ihre Weisheit und Würde wurde mit Füßen getreten. In ihren Augen stand eine Geschichte geschrieben, die ich verstand. Auch uns hatte man hinter Stacheldrähte gepfercht, in

Massengräbern verscharrt, unsere Heimat zum Versuchsgelände für Bomben gemacht. Auch wir bekamen zu hören, welch dumme, eingebildete Taugenichtse wir doch seien. Man verachtete uns wegen der Leidenschaft, mit der wir uns dem sturen Ordnungssinn wiedersetzten. Wir hatten noch keine Reservate – es mochte eine Frage der Zeit sein, bis irgendein kluger Kopf sich auf diese Lösung besann. Die Indianer waren bereits weiter als wir. Sie sagten, der Boden, auf dem sie standen, sei geheiligter Boden. Er bestehe aus dem Staub und dem Blut ihrer Ahnen. Sie trugen ihren Kopf hoch; sie hatten so viel gelitten, daß sie über sich selbst und über alles lachen konnten. Es wurde höchste Zeit, sie waren am Aussterben. Jetzt waren sie wieder bereit, den Bogen gegen ihre Feinde zu spannen. Sie sagten zu mir: ›Es kann keinen bewaffneten Krieg mehr geben, sondern einen inhaltlichen, einen ideologischen. Es ist nicht mehr wichtig, daß es nur noch so wenige von uns gibt. Wichtig ist, daß wir eine überlegene Lebensweise haben. Wir eignen uns die Werkzeuge unserer Gegner an, ihre Schulbildung, ihre Technologie; mit diesen Werkzeugen werden wir ihr Wertesystem in Fetzen reißen!‹ Sie sagten es voller Stolz und trugen unter ihrem Federschmuck den Glauben an die mitstreitende Macht der Geister. Da verschwand der Abstand zwischen einem Land und dem anderen, und beide Kontinente verbanden sich zu einem. In Gedanken sah ich meine Mutter, die den Wind und die Tiere sprechen hörte und die Geister herbeirief. Geschöpfe wie sie sind, glaube ich, überhaupt keine menschlichen Wesen. Sie zeigen sich nur in menschlicher Gestalt. Auch mich hatte etwas von Amenenas Atem gestreift: Auch für mich waren die Geister greifbar. Ich konnte sie zurückholen; sie standen mir zu. Ich brauchte es nur zu wollen. Diese Einsicht stand jetzt als treibende Kraft hinter mir. Eine lange, innere Arbeit war zu Ende gegangen. Die schreckliche, verzehrende Rastlosigkeit in mir schwand dahin. Ich merkte, wie ich mich veränderte. Meine Lungen heilten, die Muskeln dehnten und streckten sich. Meine Schritte wurden länger, regelmäßiger und ausdauernder. Mein Blick wurde scharf wie früher – der Blick der Jäger, der Fallensteller, der Meharisten. Es kam mir vor, als sehe ich von Tag zu Tag weiter in die Ferne. Es war eine lange Reise gewesen, aber am Ende wußte ich, warum ich nach Amerika gekommen war.«

Elias' Stimme verstummte so plötzlich, daß ich fast zusammenzuckte: Er sprach ruhig und gleichmäßig, und gerade deswegen erschien mir seine Stimme wie ein natürliches Echo der Wüste. Sein Blick war im Dunkeln auf mich gerichtet; es war, als hörte ich seine Gedanken. Ich sagte leise: »Erzähl weiter!«

»Ich ging nach Algerien zurück und begann mich für Politik zu interessieren. Aflane sagte: ›Deiner Mutter wird es nicht gefallen.‹ Ich sagte: ›Meine Mutter glaubt immer noch, wir seien das auserwählte Volk. Aber wir sind nicht auserwählt, sondern zur Ausrottung verurteilt.‹ Ich erzählte von den Reservaten; er hatte nie davon gehört und es gab ihm zu denken. Doch er war der Meinung, ich würde einen schlechten Politiker abgeben. Immerhin beschaffte er mir eine Stelle bei der Präfektur in Tam. Da saß ich nun, in Anzug und Krawatte, und die Nomaden kamen zu mir mit den Problemen ihrer Autos. Für sie waren ein defekter Regler, ein verbranntes Stromkabel und ein kaputter Anlasser lebenswichtige Fragen, obwohl sie ebensogut wie ich wußten, daß es weit und breit keinen Ersatzregler, keinen Zwölf-Volt-Anlasser und kein neues Kabelstück gab. Aber ich kannte sämtliche Werkstättenbesitzer in Tam, und unter Tuaregs hilft man sich aus. Wie langweilig das Ganze war, kannst du dir vorstellen. Die Langeweile brachte mich fast zur Verzweiflung. Ich erklärte meinem Vater, daß ich meine Zeit vertrödelte. Er war verärgert. ›Du vertrödelst keine Zeit. Du bist da, wo du hingehörst. Ein verrückter Vielredner wie du hat in der Politik nichts zu suchen.‹ Ich fragte ihn, welche andere Wahl ich hatte: den Mund zu halten könnte man ja lernen. Aflane bestärkte mich in der Überzeugung, daß Politiker Wesen von besonderer Machart sind, von der tückischen Machart. Mein Vater bot mir so etwas wie ein Training im Selbstbetrug an, das mir dazu verhelfen sollte, der Welt eine auf Hochglanz polierte Oberfläche zu zeigen. In der Politik gibt es wie überall eine richtige und eine falsche Art der Kompromisse. Aflane erklärte mir die Verhaltensformeln, die den Weg zur Beförderung pflasterten. Bestechungsgelder gehörten dazu, die nahm man sich von den Wählern. Profitgierig und widerwärtig. Aflane fand oft Gelegenheit, zynisch zu sein. Daneben sagte er auch andere Dinge. Daß die Presse verdorben sei, ganz zu schweigen von der Armee, daß Algerien sich in einem Zustand der Lethargie befände. Ein postkoloniales Trauma, so nannte Aflane es. Er verbarg seine Gefühle, und so gewann ich selten ein klares Bild. Im Grunde sah er es nicht ungern, wenn ich in seine Fußstapfen trat. ›Warte ab, vielleicht kann ich die Weichen für dich stellen. Aber das geht nicht von heute auf morgen. Lerne Geduld! Und laß dir die Zöpfe abschneiden. So kannst du nicht in der *Willaya* arbeiten, es sieht einfach albern aus!‹

Wenn er bei der Nationalversammlung in *Schesch* und *Gandura* erschien, war das etwas anderes. Seine Markenzeichen, sozusagen. Er war der einzige Targui auf dieser Welt. Er wollte nicht, daß sein Sohn ihm Konkurrenz machte.

In Algier mochten manche meinen Vater gut leiden, aber er hatte sich auch Gegner geschaffen. Und als er verhaftet wurde, da hatte er plötzlich keinen einzigen Freund mehr. Nur noch frohlockende Feinde, oder solche, die mit gespielter Erschütterung Betroffenheit heuchelten.«

Elias stockte; in seinen Augen glänzten helle Lichter, er schien völlig versunken. Ich sagte halblaut:

»Zara hat mir die Geschichte erzählt. Hat er wirklich die Rebellen in Mali unterstützt?«

Elias antwortete nicht gleich; er starrte in die Ferne. Ich sah das Sternenlicht auf seiner *Gandura* schimmern. Als er sprach, klang seine weiche Stimme fast tonlos, wie bei jemandem, der in tiefem Vertrauen spricht.

»Unsere Realität ist eine andere als die Realität der Algerier. Die glauben, daß jeder Stamm eine eigene kleine Familie ist. Aber unser ganzes verdammtes Volk ist eine einzige große Familie, auch wenn wir uns früher die Köpfe einschlugen. Ein Sprichwort sagt: ›Wir gehören zusammen wie Stoffstreifen, die zu einem Mantel zusammengenäht sind. Du kannst den Faden aus Ziegenhaar nicht von dem Faden aus Kamelhaar unterscheiden.‹ Aflane fühlte sich verantwortlich. In Mali kam es immer wieder zu Scharmützeln zwischen Tuareggruppen und Militär. Mein Vater hatte Kontakte zu Libyen geknüpft. Es konnte ihm nicht unbekannt sein, daß er beobachtet wurde.«

»Und er nahm trotzdem das Risiko auf sich?«

»Aflane hatte sich stets hinter seiner Kompromißbereitschaft versteckt und dabei betont, er wisse, was erforderlich sei. Aber wenn ein Mann von einer Sache überzeugt ist, verfällt er bisweilen in Selbsttäuschung. In gewisser Weise schien er sich an die Gefahr gewöhnt zu haben. Vielleicht war es auch die Antwort auf einen

Zustand, den er viele Jahre hindurch für unerträglich gehalten hatte. Mit mir hat er nie darüber gesprochen, kein einziges Mal. Ich dachte, daß ich nie imstande sein würde, ihn wirklich zu verstehen.«

»Hat er sich gescheut zu reden?«

»Er wollte mich da nicht hineinziehen, glaube ich. Für ihn war ich irgendwo noch immer ein bißchen wie ein Kind.«

Er sah mich an. Er war groß, aber nicht viel größer als ich. Unsere Gesichter befanden sich fast auf gleicher Höhe.

»Du bist müde«, sagte er zärtlich.

Ich strich mit der Hand über meine Wangen und spürte, daß sich die Haut spannte. Ich hatte Angst vor einem Sonnenbrand.

»Ja, sehr. Es tut mir leid. Wir haben die ganze Nacht Sand geschaufelt. Am Ende fing mir die Sache an Spaß zu machen.«

Ich sprach freundlich und leichthin. Leichtigkeit war die Eigenschaft, die ich gerne zur Schau trug, wenn mir etwas zu nahe ging.

Er legte mir die Hand auf die Schulter.

»Geh schlafen. Wir reden morgen, wenn du Zeit hast. Es ist eine lange Geschichte.«

Über uns leuchteten die Sterne in beinahe fremdem Glanz. Elias' helle Gestalt hob sich von der Dunkelheit ab. Etwas in seiner Haltung, in der Art, wie er atmete, strömte tiefen, umfassenden Schmerz aus. Ich zögerte, weil ich ihm einen Mühlstein von scheußlichen Erinnerungen um den Hals legte. Wollte er überhaupt ein solches Gespräch? Ich befeuchtete meine salzigen Lippen, spürte unter meiner Zunge die rissige Haut.

»Wenn es dir unangenehm ist, darüber zu sprechen ...«

Er blieb lange still. Seine Hand lag auf meiner Schulter. Dann fiel sie locker herab. Geistesabwesend antwortete er:

»Nein, mach dir keine Gedanken um mich. Es ist notwendig, daß du alles weißt.«

15. Kapitel

Die Müdigkeit lastete schwer auf mir, verursachte mir Schmerzen im Kreuz. Gleichwohl fand ich lange Zeit keinen Schlaf. Die Entspannung, die mein Körper endlich gefunden hatte, die wohltuende Wärme der Daunen halfen nicht, meinen Geist zu beruhigen. Meine Gedanken sprangen unruhig hin und her. Die Begegnung mit Elias beschäftigte mich mehr, als ich es für möglich gehalten hätte. Er bannte mich im wahrsten Sinne des Wortes. Wie eine reine, ungetrübte Kindheitserinnerung war er zu mir gekommen. Ich empfand ein merkwürdiges Verständnis für ihn. Auf besondere Weise fühlte ich meine Seele mit der seinen verbunden. Dieses Band war durch ein blitzartiges Wiederkennen fest geknüpft; es schien mir unmöglich, daß der eine etwas empfand, ohne daß der andere davon erschüttert wurde.

Es hatte einige Zeit gedauert, bis im Lager die letzten zu reden aufgehört hatten. Jetzt schliefen alle. Elias war irgendwo in der Dunkelheit verschwunden. Und doch wußte ich, daß er da war und an mich dachte, so wie ich an ihn dachte. Wo war ich? Dies schien keine wirkliche Welt zu sein, sondern die Traumwelt der Kinderzeit – eine einzige große Erinnerung. Auf dem dunklen Bildschirm des Himmels glühten die Konstellationen. Eine schlanke Mondsichel wanderte durch die Sternenschleier. Ich meinte zu spüren, wie sich die Erde bewegte – nicht nur als Vorstellung im Kopf, denn ein angenehmes Gefühl des Schwindels überkam mich. Ich hörte und roch den Wind, groß und durchsichtig, der über Berge und Dünen hinwegzog, von einem Horizont zum anderen raste. Sein Rauschen erfüllte die Räume wie mit Orgelbrausen. Dieser ungewöhnliche Klang wiegte mich in den Schlaf; und mit dem Traum kam die Frau. Diesmal saß sie regungslos wie ein Stein. Sie hielt den Oberkörper sehr gerade, den Kopf hoch. Ihre Hände lagen ruhig in ihrem Schoß gefaltet. Diesmal lag ein karminroter Fellumhang auf ihren Schultern, ähnlich wie die Mäntel, die einst Könige und Königinnen trugen. Ihr geflochtenes Haar war aufgesteckt, mit silbernen Amuletten geschmückt. Ihre Haut schimmerte wie Sand; die Augen mit der übergroßen Pupille waren auf mich gerichtet, und ihre Lippen zuckten, als wollte sie etwas sagen. Ich fühlte den Druck ihres Blickes und wußte, daß es einer war, den ich kannte und nur zwischendurch vergessen hatte. Ich kannte auch ihren Namen und flüsterte ihn in die dunkle Luft hinein. Sie nickte und lächelte. Mein Herz begann mir bis zum Hals zu klopfen. Mehr als ein bloßer Traum war es ein körperliches Gefühl unfaßbarer Erinnerung, wie das Eintauchen in ein früheres Leben. Ich mußte diese Erinnerung irgendwo aufgenommen haben und in mir tragen. Vielleicht wußte Elias, wer diese Frau war. Ja, dachte ich, Elias weiß solche Dinge. Ich wollte gerne ihren Namen wiederholen, um ganz sicher zu sein, daß ich ihn gut behalten hatte, doch er fiel mir nicht mehr ein. Aus unerklärlichem Grund empfand ich deswegen das Bedürfnis zu weinen. Ich weinte nie; höchstens einmal aus Ärger oder wenn ich meinen Kopf durchsetzen wollte. Aber jetzt war es, als ob das geheimnisvolle Feuer in den Augen dieser Frau einen Stein in meiner Brust gesprengt hätte. Ich wälzte mich im Schlafsack hin und her, erwachte und spürte tatsächlich, daß Tränen meine

Augen verklebten. Die Kälte brannte auf meinen Wangen. Verstört suchte ich ein Taschentuch, putzte mir die Nase. Mir war entsetzlich kalt. Ich breitete alle meine Kleidungsstücke über den Schlafsack. Zuletzt erinnerte ich mich an das Paar wollene Socken in meiner Tasche und streifte es über meine eisigen Füße. Es dauerte lange, bis mir etwas wärmer wurde. Der Wind wehte über mich hinweg, Woge um Woge, und ich hörte mich sagen:

»Sie ist nur selten zu sehen...«

Und dann schlief ich ein.

Bevor der Morgen kam, wurde die Luft noch schärfer. Ich erwachte mit eiskaltem Gesicht. Der Himmel war matt wie zugefrorenes Wasser, in dem einige blasse Sterne eingeschlossen waren. Zähneklappernd wickelte ich mich aus dem Schlafsack, machte einige Dehnbewegungen. Adil war schon wach und schürte das Feuer. Unter der Asche war noch Glut, die das dürre Gras, das Adil darauf legte, rasch entflammte. Ich goß etwas Wasser aus dem Kanister in eine Plastikschüssel, wusch mir Gesicht und Hände, rieb meine fröstelnde Haut mit einem kleinen Handtuch trocken. Mein Gesicht war rot, und das Abtrocknen ließ mich das Brennen noch stärker spüren. Also doch ein Sonnenbrand! Es war ein wenig so, als hätte ich die Haut voller Kratzwunden. Ich verteilte Niveacreme auf mein Gesicht. Mein Haar war steif vor Sand, und als ich es bürstete, wurde die Bürste braun. Das gebrauchte Wasser goß ich in den Sand. Meine Hände waren so kalt, daß ich die Knochen unter dem Fleisch spürte; ich sehnte mich nach der Wärme des flackernden Feuers. Auch die anderen regten sich jetzt, krochen aus ihren Schlafsäcken. Wir setzten uns dicht an das Feuer, wünschten uns schlotternd guten Morgen, und Rocco rauchte seine erste Zigarette.

»Du hast dir einen ordentlichen Sonnenbrand geholt«, stelle Thuy fest. »Du solltest dich eincremen.«

»Habe ich schon.«

An der Schwelle des neuen Tages fühlte ich, wie meine Haut prickelte, wie das Blut schneller in meinen Adern kreiste. Elias war nicht da; er mußte sich irgendwo in der Nähe seines *Meharis* zur Ruhe gelegt haben. Adil backte Brot; wir sahen zu, belustigt und interessiert. Er hatte Wasser geschöpft, in das er etwas Weizengries gab, und eine Prise Salz dazu. Dann wurde der Teig kräftig geknetet und geformt. Als er einen runden Fladen gebildet hatte, stieß Adil die drei Feuersteine weg, schob mit einem Aststück die Asche zur Seite und klatschte den Fladen auf die zischenden glühenden Holzreste. Mit dem sauber geschälten Ast schob er den von Feuer erhitzten Sand über den Teig.

»Bemerkenswert erfinderisch«, murmelte Serge. Adil, der eine besondere Zuneigung zu ihm gefaßt hatte, lächelte erfreut.

»Du kannst die *Tagella* jeden Morgen backen. Es geht ganz leicht. Wenn du willst, bringe ich es dir bei ...«

Nach einer Weile grub er den Fladen aus der Asche, hielt uns stolz das frischgebackene Brot entgegen.

»Und der Sand?« fragte Rocco. »Wird der auch mitgegessen?« Adil schüttelte lachend den Kopf.

»Warte, Monsieur!«

Er goß Wasser über den Fladen; die im Teig eingebackenen Glutstücke zischten. Adil entfernte sie geschickt mit den Fingern, bevor er das Brot in mehrere Stücke brach. Thuy kostete argwöhnisch. Was das Essen betraf, war sie wählerisch.

»Schmeckt gut!« rief sie überrascht. Tatsächlich schmeckte das warme Brot vorzüglich; dann und wann knirschten Sandkörner unter den Zähnen, aber das war gesund. Adils Augen sprangen erwartungsvoll von einem zum anderen. Wir sparten nicht mit Komplimenten, und er war glücklich.

»Da ist dein Cousin«, sagte plötzlich Enrique zu mir. Ich folgte Enriques Blick und sah Elias langsam näher kommen. Das Licht war jetzt heller; sein *Mehari* stand wie eine große helle Gestalt in den Dünen. Mir war zumute, als ob ich schliefe, so gelöst und voller Glück. Elias trug seine große Satteltasche, die er nun auf den Boden gleiten ließ. Die Begrüßung war herzlich; Elias setzte sich neben mich; er hatte den Schleier unter sein Kinn gezogen. Ich sah ihn an, mein Herz schlug schneller. Seine Haut war straff und glatt. Sonne, Müdigkeit und Alter hatten es noch nicht gezeichnet, und die Dämmerung verlieh seiner Haut einen jugendlichen goldenen Schimmer. Er blickte mir ebenfalls ins Gesicht; seine Augen weiteten sich ein wenig, und er rief überrascht:

»Aber du hast ja einen Sonnenbrand!«

Ich lachte.

»Einen ordentlichen, ja, ich weiß.«

»Du solltest deinen Nacken bedecken. In einigen Stunden wird die Sonne glühen.«

»Ich werde mir eine Mütze aufsetzen«, sagte ich. »Gestern habe ich nicht daran gedacht.«

Er betrachtete mich mit einem unergründlichen Lächeln auf den Lippen. Er zwinkerte spöttisch mit den Augen.

»Gestern war ein besonderer Tag.«

»Das ist wohl ganz sicher«, erwiderte ich.

Ich spürte die Blicke der anderen. Nicht als ob sie begriffen hatten, was wir meinten, aber sie waren mir lästig. Ich tat so, als bemerkte ich sie nicht. Ich hörte kaum, was sie sprachen. Was in meinen Augen zu lesen stand, sah nur Elias.

»Es ist besser, wir brechen früh auf«, sagte er. »Heute wird es heiß.«

»Heiß?« Serge rieb sich aufgeräumt die Hände. »Eine herrliche Kälte ist das hier! Ohne jede Feuchtigkeit, klar und rein. Gut für die Lunge.«

Elias nickte.

»Vor Sonnenaufgang ist es am kältesten. Aber dann steigt die Temperatur.«

Der Tee war inzwischen »richtig«, wie Adil verkündete. Wir tranken ihn langsam und vorsichtig, weil er noch sehr heiß war und uns so am besten schmeckte. Unsere Müdigkeit verflog. Bald strömte das Blut wieder warm durch unsere Adern. Das Tageslicht nahm zu. Der frische, kühle Sand, die Felsen, die ganze Natur schien zu atmen wie ein lebender Körper. Nach dem Frühstück machten wir unsere Sachen bereit. Elias füllte seine *Guerba* mit frischem Wasser aus dem Kanister. Er hatte auch seine Satteltasche dabei. Ich trat zu ihm und er lächelte mich an.

»Du hast deine Mütze aufgesetzt.«

»Ich werde sie nicht mehr abnehmen«, sagte ich. »Ich werde sogar mit ihr schlafen.«

»Das macht nichts«, sagte er. »Sie steht dir gut.«

Wir sahen einander an, empfanden die gleiche Befangenheit; ich bemerkte es an seinem Blick.

»Gestern, da war ich etwas verwirrt«, sagte ich.

»Ich war wahnsinnig verwirrt«, sagte er.

»Aber du hast keinen Sonnenbrand.«

Er warf den Kopf zurück und lachte, wobei er den Musselinschleier mit zwei Fingern über die schlanke Nase zog. Ich wandte mich ab. Ich fühlte mich unendlich glücklich.

Wir verabschiedeten uns von Adil und machten uns auf den Weg. Jeder trug Proviant, Schlafsack und das

Filmmaterial. Rocco hatte einen tragbaren Generator dabei; die Lichtgestaltung mochte verlangen, daß wir ein oder zwei Scheinwerfer zu montieren hatten. So stapften wir durch den leuchtenden Morgen; bald begann der Anstieg um die Felsen herum. Ein kleiner schwarzweißer Vogel, den die Wüstenbewohner *Moula-Moula* nennen, schoß über die Dünen. Auf der Hochebene kam der Morgen fast sprunghaft. Wir stellten uns auf eine Anhöhe, um den Sonnenaufgang zu filmen, drehten mit Weitwinkelobjektiven. Wir verwendeten Ilford-Material, um die Kontraste hervorzuheben. Als es losging, waren wir bereit: Bald färbte sich ein Fels orange, ein anderer korallenrot, während das Gebirge gegenüber noch immer dunkel und von Schatten verhüllt blieb. Auf einmal flutete eine Lichtwelle über die Wüste, daß ich geblendet zu Boden sah. Im selben Augenblick berührte ein warmer Hauch mein Gesicht. Und als ich die Augen hob, glitt der Sonnenball wie eine riesige Feuerkugel hinter dem Udan hervor. Mit einem Schlag entsprang aus dem Schatten das klare, starke Licht. Alles um uns herum glänzte, funkelte, strahlte. Glühende Pfeile schossen über die Wüste hinweg, und Enrique machte triumphierend das V-Zeichen.

»Gut für mich!«

»Das wird nach etwas aussehen!« rief ich ihm zu.

Der Abstieg in die Schlucht war uns diesmal vertraut. Wir filmten fast alles im Gegenlicht. Enrique und Thuy trugen die Kameras, ich stellte mein Tonband ein und sprach den Kommentar dazu, der meiner Stimmung in diesem Augenblick entsprach. Mir war es immer wichtig gewesen, daß in den Filmen meine Gefühle zum Ausdruck kamen.

Als wir den Talgrund erreichten, erfaßte die noch milde Sonne die Sandfelder schräg von der Seite. Wir stapften auf die Felswand zu. Enrique ging voran und filmte; er hatte sich am Tag zuvor die Strecke gut eingeprägt. Das Morgenlicht war magisch; durch den Sonnenschein erschienen die Halbreliefs wie lebendig. Die Gravuren zeigten einen Sinn für Stil und Proportionen, der den unsrigen absolut ebenbürtig war. Wir filmten auch die maskierten Gestalten auf der anderen Seite. Die scharfen Gegensätze von Licht und Schatten hoben die Petroglyphen noch deutlicher hervor: Sie waren mit Faustkeil und Steinmeißel in die Felsplatte geschlagen; die Arbeit mußte langwierig und mühsam gewesen sein, denn das Felsgestein im Ahaggar ist hart. Nein, die damaligen Menschen waren keine primitiven Jäger, wie es in unseren Schulbüchern steht. Sie waren Wesen voll geheimem Wissen und unvorstellbarer Kraft, die mit dem unendlichen Raum eins sein wollten.

Neben den Halbreliefs waren geometrische Zeichen, Punkte, Striche und Kreise eingeritzt. Diese Schrift, das *Tifinagh,* wird noch heute von den Tuareg verwendet. Ich wandte mich an Elias.

»Kannst du die Schriftzeichen lesen?«

Er schüttelte den Kopf.

»Sie wurden später hinzugefügt.«

»Später?«

»Vor tausend Jahren, schätze ich.«

»Und du kannst sie nicht lesen?«

»Doch, aber ich verstehe nicht den Sinn. Unsere Sprache hat sich – wie alle Sprachen – im Laufe der Zeit verändert.«

Rocco kratzte sich am Kopf.

»Ach, hör mal, was ist denn der Unterschied ...«

»Das *Tifinagh* ist rein phonetisch, eine Lautschrift also.«

Elias wies beim Sprechen auf eine bestimmte Stelle. »Ein Strich und drei Punkte, zum Beispiel wie hier, bedeuten *nek* oder *uanek,* was unserem ›Ich‹ entspricht. Mehr weiß ich auch nicht.«

»Kennst du jemanden, der sie lesen könnte?« fragte ich.

»Meine Mutter, vielleicht; sie würde jeden Satz nach Gefühl ergänzen. Hier will man natürlich, daß alle Tuareg in ein oder zwei Generationen nur noch arabisch schreiben. Aber wir sind in manchen Dingen stur.«

Rocco musterte ihn von der Seite. Er hatte in Tam mit ein paar Leuten gesprochen und sich Informationen geholt.

»Ihr macht ganz schön Scheiß, habe ich mir sagen lassen.«

»Darauf kannst du wetten«, sagte Elias.

Wir merkten kaum, wie die Zeit verging. Die Sonne stieg, nach einigen Stunden wurde die Hitze höllisch, die Felswände strahlten zusätzliche Wärme aus. Farbloses Licht löschte die Schattenkontraste. Die Hitze drang unter die Haut, stach wie mit Dornen. Elias suchte Wurzelholz, entfachte ein Feuer an einer schattigen Stelle. Bald dampfte der Teekessel, dumpfe Stille brütete über dem Tal. Wir packten unser Material ein, um es vor dem Sand zu schützen, breiteten eine Decke auf dem Boden aus und ließen uns darauf nieder. Ich nahm die Mütze ab, schüttelte mein sandiges Haar. Elias lächelte mit den Augen.

»Müde?« fragte er sanft. Ich verzog das Gesicht.

»Nicht die Spur. Wir machen Ferien.«

Meine Fußsehnen taten weh, weil ich seit fünf Stunden auf den Beinen war. Ich streckte mich aus, um Elias' Schatten auf dem Gesicht zu haben. Er merkte es, denn er blieb still sitzen. Er blinzelte kaum in der Helligkeit.

Das Weiß seiner Augen schimmerte bläulich, die goldbraune Iris war wie Samt. Wir aßen die Reste von Adils Brot, dazu Käse und Datteln. Wir sprachen wenig; die Hitze machte uns schläfrig. Mein Hals wurde steif, nach wenigen Minuten schlief ich ein, bis Enriques Stimme mich weckte.

»Wo steckt bloß Elias?«

Ich blinzelte schlaftrunken.

»Ich dachte, er sei hier.«

»Er ist ganz plötzlich verschwunden«, sagte Thuy.

»Seit wann ist er fort?«

»Seit einer Stunde, vielleicht noch länger.«

Eine vage Unruhe überfiel mich. Doch ich sagte betont beiläufig: »Er wird schon wieder auftauchen.«

Wieder verging Zeit. Roccos Zigarettenqualm wehte zu mir herüber. Ich wurde allmählich nervös. Plötzlich sagte Serge: »Da ist er!«

Erleichtert sah ich, wie er in der Ferne durch die Schlucht auf uns zukam. Sein weißes Gewand, das ihn bis zu den Fersen verhüllte, und das schwarze Baumwolltuch auf seinen Schultern hoben sich eindrucksvoll vor dem goldenen Sand ab.

Sonnenflecken tanzten vor meinen Augen; ich mußte schlucken und wurde schwach in den Knien. Es erregt mich physisch, wenn ich etwas Schönes sehe. Nichts ärgerte mich mehr als der Zustand erregter Sentimentalität, in dem mich der Anblick eines Mannes versetzen konnte. Ich wandte mich brüsk ab, betrachtete die Schlucht, den heißen, undeutlichen Zusammenklang von Sand und Felsen. Zum Glück war für Enrique eine gute Sequenz das Selbstverständlichste der Welt. Ich brauchte ihm nicht einmal ein Zeichen zu geben: Er stellte seine Kamera ein und filmte, bis Elias dicht vor uns stand. Worauf Enrique die Augen vom Sucher löste und ein süßes Lächeln zeigte. Er hatte mir wirklich einen Gefallen getan.

»Schon gut, Tamara, ich mache das nur so zum Spaß.«

»Kriege ich einen Oskar dafür?« witzelte Elias.

Sie lachten. Ich setzte meine Mütze auf.

»Keiner wird glauben, daß wir das improvisiert haben.«

Endlich konnte ich Elias ansehen. Ich fragte: »Wo warst du so lange?«

Er nahm einen Schluck Wasser aus der *Guerba* und wischte sich mit dem Handrücken über den Mund. Ein Blick seiner leuchtenden Augen traf mich.

»Komm, wir gehen«, sagte er.

»Was denn, eine Audienz beim Papst?« brummte Rocco und sah aus, als hätte er in eine Zitrone gebissen. Wir rappelten uns träge auf, machten das Material bereit und folgten ihm. Ein stiller Wind strich über den Sand und verwischte sofort unsere Spuren.

»Ich war schon lange nicht mehr hier«, erklärte Elias. »Ich mußte die Stelle erst suchen.«

Der Weg war gewunden, eine Folge scheinbarer Sackgassen. Abwechselnd gingen wir durch Schatten und sengende Hitze. Auf beiden Seiten der Schlucht schimmerten rosarote Sandsteinwände; Sonnenlicht hing daran wie Staub. In größerer Höhe sahen wir andere Felszeichnungen; sie waren für die Kamera nicht leicht zu erfassen. Elias ging zielsicher durch ein Labyrinth von Formen, die der Flugsand aus den Steinen geschnitten hatte, bis sich vor uns ein etwa hundert Meter breites Talbecken öffnete. Es hatte in etwa die Form eines Amphitheaters. Merkwürdige Umrisse zeichneten sich unter dem Sand ab: ein ganz regelmäßiges Quadrat, dann wieder eins. Weitere Quadrate erschienen um die ersten herum und reichten bis zu halber Höhe hinauf.

201

Langsam wanderten wir weiter, bis wir das Gelände überblicken konnten. Das absolut geometrische Ruinenfeld schien einfach dahingeschmolzen, in den Boden versunken. Sand lag über allem wie ein Leichentuch.

Elias streckte die Hand aus.

»Hier entlang floß der Strom. Man sieht die Spuren.«

Bis auf eine Höhe von drei oder vier Metern war der Felsen nahezu ausgehöhlt; der Fluß, der einst durch das Tal brauste, mußte gewaltig gewesen sein. Thuy hob etwas auf, das auf den ersten Blick wie ein merkwürdig geformter Stein aussah. Neugierig drehte sie es hin und her; die Bruchstellen schimmerten wie glasiert, das honigfarbene Muster einer Rinde war deutlich zu erkennen. Thuy sah Elias fragend an.

»Holz?«

Er nickte.

»Hier wuchsen Riesenbäume. Die Stämme liegen unter dem Sand. Versteinert.«

Wir filmten eine Zeitlang, obwohl die Sicht zu kontrastreich war. Es war einfach unglaublich, wie viele Details allein schon beim Ausleuchten zu beachten waren. In diesen Dingen war Rocco einfach unersetzlich. Er war nie imstande, einem offen in die Augen zu blicken, aber er gehörte zu denen, die Einfälle hatten.

Endlich machten wir uns wieder auf den Weg, mit der Kamera in Bereitschaft. Unsere Füße sanken bis über die Gelenke in den lockeren Sand. Wir verließen den Talgrund und kletterten über Felsbrocken. Die Schlucht hatte sich nicht nach dem üblichen Zyklus der Erosion gebildet. Steinformationen aus verschiedenen Zeitepochen bildeten ein überdimensionales, ja kitschiges Chaos, für eine Space-Oper das ideale Set. Das vulkanische Urgestein, von Sedimenten bedeckt, war in Fetzen gerissen. Neben klaffenden Löchern aus Sandstein standen

Lavaschlote; sie ließen mit ihren Falten an Zahnpasta denken, das unter Druck aus der Tube quillt. Granite, die härter als Sandstein sind, waren poliert wie moderne Skulpturen und schillerten in allen Regenbogenfarben. Manche glichen menschlichen Gestalten: Hoch aufgerichtet schienen sie auf die Eindringlinge herabzublicken, die unter ihrem steinernen Antlitz vorbeigingen.

Enrique schwenkte die Kamera hoch. Er fand immer wieder neue Einstellungen und hielt uns alle in Schwung. Gelegentlich wurde ein Rascheln hörbar. Winzige Schatten huschten über die Felsen; es waren Eidechsen, die aufgeschreckt in Spalten flüchteten. Irgendwo mußte es Wasser geben. Eine unterirdische Quelle, vermutete ich. Elias ging voraus und zeigte uns den Weg. Vorsichtig überquerten wir eine natürliche Brücke aus erodiertem Sandstein; Elias half uns über einige heikle Stellen hinweg. Auf der anderen Seite waren die Steine durchweg vulkanischen Ursprungs. Elias ging auf eine bronzefarbene Wand zu und zeigte auf eine Öffnung.

»Hier!« sagte er.

Am Gestein klebten Flechten, rötlich-gelb, mit Sand überpudert. Ich sah Elias fragend an.

»Wasser?«

»Unten«, sagte er.

Er packte meine Hand mit warmem, festem Griff. Die Handfläche war völlig trocken; in der Wüste verdunstet der Schweiß sofort. Wir zwängten uns durch die Öffnung, die größer war, als sie aussah. An ihrer schmalsten Stelle war über zwei Steine ein Strick gespannt, in einem seltsamen Knoten geknüpft. Elias zog daran, und der Knoten löste sich. Das Schweigen hier war tief; wir hörten unsere Atemzüge; selbst das dumpfe Geräusch unserer Schritte war störend. Mit

203

einem Mal erweiterte sich der Stollen und mündete in eine Höhle. Sie war nicht stockfinster, sondern von Dämmerlicht erfüllt, das durch Löcher in der Felswand drang. Die Lichtstrahlen hingen im Helldunkel wie feiner Nebel. Elias gab uns ein Zeichen zu warten. Auf dem Boden lag Wurzelholz, das er vermutlich schon vorher herbeigeschafft hatte. Er entnahm seiner Brusttasche ein Feuerzeug, zündete das Holz an. Der Rauch stieg empor und strebte auf jede Öffnung zu, machte aber gleich wieder kehrt, als werde er durch die Luft von draußen zurückgetrieben, so daß wir husten mußten. Elias ergriff einen längeren Stock, hielt ihn wie eine Fackel über seinen Kopf. Das Feuer erleuchtete die Grotte mit einem Schlag von unten. Wir erstarrten, blickten in den Raum voller tanzender Schatten. Die Wände waren mit Bildern bedeckt, das Flackern war überall, immer neue kamen zum Vorschein. Wir hatten wenig übrig für hinreißende Phantasien, aber das hatten wir nicht erwartet. Der Anblick machte uns sprachlos. Die vor Wind und Licht geschützten Farben hatten ihre volle Leuchtkraft bewahrt. Die ganze Höhle war ein überdimensionales Bilderbuch. Männer mit Bogen und Speer kreisten ein verwundetes Nashorn ein, dem das Blut aus beiden Nasenlöchern floß. Ein Rudel Gazellen floh, ein Leopard lauerte auf einem Baum. Jäger zogen Löwenmähnen auf die Spitze ihrer Lanzen. Anmutig schritt eine Frau mit geschultertem Köcher durch das Gras. Sie trug einen Lendenschurz, mit vielen Muscheln verziert, und hohe weiße Gamaschen. Ihr Haar war im Nacken zu einem achtförmigen Knoten gebunden. Das Flackerlicht schlug höher, noch andere Bilder wurden sichtbar: tanzende Frauen, Haar und Kleider und Schmuck schwingend; ihre Brüste waren nackt, um ihre ausgestreckten Hände ringelten sich Schlangen. Männer, geschmeidig wie Athleten, kamen vom Fischfang heim. Galeeren mit dunkelblauen Segeln glitten zwischen aufragenden Klippen, und dahinter standen Bauten wie Türme, vier oder fünf Stockwerke hoch. Die größte Figur nahm fast ein Viertel der Felswand ein. Sie zeigen einen Widder, der über seinen Hörnern den Sonnenspiegel trug. Die Malerei war äußerst genau, nahezu akademisch ausgeführt, und wie von blassem Gold überströmt. Als das Licht sie traf, schien der Spiegel zu glühen. Alle Bilder waren schnörkellos und archaisch, nach unseren Begriffen sogar modern. Ich war ganz kühl, und doch nahm ich eine unfaßbare, bewegungslose Stille wahr. Jeglicher Zynismus versagte: Dies hier war etwas absolut Neues. Jeder von uns spürte das.

»Kannst du uns sagen, Elias, wie alt die Bilder sind?« brach Enrique endlich das Schweigen, und seine Worte hallten. Elias Antwort kam ruhig und sicher.

»Ungefähr dreißigtausend Jahre.«

Enrique pfiff durch die Zähne.

»Das sind Ölfarben! Und sie zeigen nicht einmal Sprünge.«

Rocco furchte die Stirn.

»Ja, was ist daran so besonders?«

Enrique hatte viel Geduld mit Rocco.

»Stell dir vor; Leonardo da Vincis Abendmahl war nach fünfhundert Jahren schon fast völlig zerstört. Man hat es restauriert. Findest du das Ergebnis überwältigend?«

Erneut standen wir schweigend da, bis Serge sagte:

»Möchte mal wissen, womit sie die Höhle beleuchtet haben.«

»Mit Fackeln?« fragte Thuy.

»Kaum möglich«, erwiderte Serge. »Da müßte Ruß

in dicken Schichten an den Wänden kleben. Und hier ist kein Ruß. Was meinst du, Elias?«

Elias antwortete, als ob ihn die Frage wenig berührte.

»Wir wissen es nicht. Es ist auch wohl gar nicht mehr so wichtig, denke ich.«

Ich hielt das unruhig flackernde Licht über den Kopf; sein Blick war merkwürdig scharf und doch so, als sähe er Serge gar nicht, als wäre dieser nur ein Punkt im Raum. Enrique fuhr fort, die Bilder ganz genau zu betrachten, und trat plötzlich einen Schritt zurück.

»Es ist eigenartig«, stellte er fest, »jede Sequenz hat ihren eigenen Stil. Als ob man sie in verschiedenen Zeitepochen gemalt hätte.«

Ich dachte im stillen: Was ist das, Kunst? Eine besondere Art von Intelligenz? Oder Visionen, die lebendig wurden?

»Rein theoretisch ist das nicht unmöglich«, sagte ich.

Enrique lachte leise.

»Wissenschaftler würden deswegen Dispute austragen. Ich kenne das. Mein Bruder gehört zu der Sorte.«

»Was soll eigentlich der Strick?« fragte Rocco. »Und was sind das für Leute, die hierherkommen?«

»Einige von uns«, sagte Enrique.

»Keine Touristen?«

Elias antwortete nicht sofort; hier in dieser Grotte kam er mir verwandelt vor. Sein Wesen war verschwiegen, unaufspürbar. Es überkam mich eine merkwürdige Zärtlichkeit; er war so vollkommen und so frei in einer Welt, die uns fremd war.

»Bisher noch nicht«, sagte er.

»In Frankreich mußte die Höhle von Lascaux für Touristen gesperrt werden«, sagte Enrique. »Sie haben einiges beschädigt. Sie taten es vielleicht nicht in böser

Absicht, aber für die Malereien war sogar ihr Atem Gift.«

Serge zog ein Gesicht, als gälte es, eine Katastrophe zu verhindern, und sah mich kopfschüttelnd an.

»Es ist wirklich so, wie Enrique sagt. Sobald unser Film im Fernsehen kommt, werden die Massen herbeiströmen. Die Leute wollen solche Dinge mit eigenen Augen sehen, die Reisebüros werden Rundreisen verkaufen. So läuft die Geschichte immer ab.«

Hör schon auf, dachte ich, du bist nicht aufrichtig. Heuchelei lag mir nicht, wir verdienten schließlich unser Brot damit. Ich antwortete kühl:

»Die Medien sind längst aktiv geworden. Wir sind ja auch nicht zufällig hier. Warum hätten die Italiener die Entdeckung für sich behalten sollen?«

»Sie waren aber nicht in dieser Grotte«, meinte Serge.

»Mit Sicherheit nicht. Sonst wäre davon die Rede gewesen. Falls wir Konkurrenten haben, stehen unsere Chancen besser.«

»Mach, was du willst, du wirst ja sehen, was daraus wird.« Serge sah bekümmert aus. »Und hinterher tut es dir leid.«

Elias senkte die Fackel; schlagartig stürzten alle Schatten zu Boden. Die Bilder zogen sich in das Dunkel zurück. Er hatte bislang wenig gesprochen, bloß Fragen beantwortet. Er hatte uns reden lassen, uns unentwegt geprüft, beobachtet. Mit seinen Augen hatte er uns längst erkannt.

»Es ist vielleicht nicht die beste Lösung«, sagte er. »Aber mir fällt keine andere ein. Und es wird höchste Zeit.«

Serge starrte ihn an und hob dann die Schultern.

»Gut, wenn du so denkst. Ein Stück alter Kultur für

die Massen, die sich langweilen. Und Entwicklungshilfe zum Tausch. Felsmalereien verkaufen sich gut, weil jeder sich fragt, ob sie nicht von Besuchern aus dem All stammen.«

Elias antwortete mit einer Art vertrauter Ironie.

»Exklusivität sollte, wenn möglich, authentisch sein. Aber wenn ich den Laden verkaufe – das Haus behalte ich.«

Ich hörte zu und versuchte hinter den Sinn seiner Worte zu kommen. Ich sah ihn im Helldunkel stehen, sah das bläuliche Weiß seiner Augen; er war so schön in seiner inneren Ruhe, und von hinten kam der zarte Farbenschimmer der Malereien. Der Anblick ging mir durchs Herz, und gleichzeitig fühlte ich mich benommen. Dieser Ort war gefährlich. Ich hätte nicht sagen können, warum. Es lastete stark auf mir.

»Höhlenbilder müssen schon sensationell sein, um Aufsehen zu erregen«, sagte Serge. »In letzter Zeit sind solche Entdeckungen wie diese rar geworden, verdammt rar.«

»Hier gibt es noch andere Höhlen«, sagte Elias.

»Mit Bildern?«

»Möglicherweise schon.«

»Ich sagte es ja, in ein paar Jahren steht hier ein Motel«, seufzte Serge. »Traurig. Es macht mich traurig«, setzte er düster hinzu.

»Es braucht dich nicht traurig zu machen«, sagte Elias. »Hör zu. Die ersten Felsbilder wurden in den sechziger Jahren entdeckt. Im Tassili n'Ajer, in der Nähe von Djanet. Du hast sicher davon gehört. Und es dauerte nicht lange, da kamen die Touristen.«

Er hielt inne, und in der Stille wurde es mir wieder kalt. Dazu hatte ich Kopfschmerzen. Jetzt weg von hier, war mein einziger Wunsch.

»Wir haben keine allzu sympathische Vorstellung von
Touristen«, fuhr Elias fort. »Auch in Djanet machten sie
absonderliche Dinge. Zum Beispiel, Stücke aus der Felswand zu brechen, zur Erinnerung oder um sie zu verkaufen. Namen und Datum einritzen, schmierige
Sprüche daneben. Die Bilder mit Wasser oder Spucke
naß machen, damit die Farben auf dem Film besser zum
Vorschein kommen. Die Verwaltung in Djanet sah zu
und unternahm nichts. Die Touristen machten das
Gelände zur Müllhalde, ließen ihren Abfall liegen; die
Tuareg protestierten bei der Verwaltung. Dort wurden
sie herumgeschubst, von einem Büro zum anderen. Für
den Islam ist jede bildliche Darstellung des Menschen
eine Gotteslästerung. Folglich war es den Herren egal.«
   »Ich kann dir nicht folgen«, unterbrach ihn die
schweigsame Thuy. »Du ärgerst dich über Vandalen und
willst, daß wir hier filmen? Oder etwa nicht?« fragte
sie, die Augen streng, als ob sie ihre ganze Vernunft
dagegensetzte.
   Elias hob seine schmalgliedrige Hand.
   »Der Vandalismus in Djanet hörte auf, als die Medi-
en sich empörten und die Bilder unter den Schutz der
UNESCO gestellt wurden. Internationale Geldmittel setzen die trägsten Behörden in Trab, machen die Reichen
noch reicher und die Armen noch ärmer. Mir soll das
egal sein. Aber vor den Bildern stehen jetzt Wachposten.
Die Touristen haben sich, bitte schön, korrekt zu benehmen. Die Malereien sind gerettet, die Regierung kauft
Waffen, und alle sind zufrieden.«
   Ich mußte einräumen, daß ich selber nicht darauf
gekommen wäre. Elias war kein Träumer, sondern ein
nüchterner Realist, der die Bedrohung, die von seinen
Zeitgenossen ausging, nicht unterschätzte. Die Menschen bestaunen gerührt Kunstwerke, deren Erhaltung

Millionen kostet. Sind sie gratis zu sehen, erklärt man ihnen den Krieg und beschmiert sie wie jede Bahnhofsunterführung. So wird die Vergangenheit zur Kapitalanlage, von der jedes Entwicklungsland zehrt. Man muß nur schön kräftig die Werbetrommel rühren.

Ich sagte, obwohl es mit meinem Kopf nicht besser wurde:

»Behalte dein Haus, Elias. Ich mache den Film und helfe dir, den Laden zu verkaufen.«

Rocco sah mich ungeduldig an.

»Ich verstehe kein Wort.«

»Hörst du überhaupt zu?« fragte ich.

»Mit beiden Ohren. Aber wenn ich euch störe, brauchst du es bloß zu sagen«, sagte Rocco eingeschnappt.

»Es ist ein sehr alter Laden, weißt du«, sagte Elias nachsichtig. »Er stammt aus der Eiszeit. Vor vierzigtausend Jahren drangen Gletscher bis nach Mitteleuropa. Jedes Schulkind lernt, daß die Eiszeit den Menschen zum Verhängnis wurde. Nicht hier. Nicht im Ahaggar. Hier konnte man Inseln überschauen, und darüber hinaus große Seen. Hier baute man Städte, die jetzt nur noch Legende sind.«

»Aber Schliemann entdeckte Troja«, ergänzte Enrique. »Und inzwischen wissen auch die Schulkinder, daß alte Sagen nicht nur Märchen erzählen.«

Elias lächelte gleichfalls.

»Die Bibel berichtet vom Garten Eden, die Griechen vom goldenen Zeitalter. Wir Tuareg sprechen von der ›Zeit der Warane‹.«

»Hört sich toll an«, sagte Enrique.

In Elias' Welt, dachte ich, gab es keine Schubladen. Für ihn führte eine direkte Linie zurück in seinen Vorfahren; die Vorfahren waren hier, aber sie verbargen ihr

Geheimnis, wie Götter sich in alten Tempeln hinter Wandschirmen verbergen. Meine Kopfhaut kribbelte. Draußen sank die Sonne, es wurde dunkel in der Höhle.

»Was ist das?« fragte ich und merkte im selben Atemzug, wie das Kribbeln stärker wurde. Ja, es kam von dort.

Elias sah in die Richtung, die ich ihm zeigte. Er ging ein paar Schritte weiter, hob warnend die Hand. Vorsichtig traten wir näher und erblickten ein Loch mit einem Durchmesser von etwa einem Meter. Der Schlot schien waagerecht in die Tiefe zu gehen. Elias blieb unmittelbar davor stehen. Mir jedoch war es, als ob ich wie ein Hund den Geruch der Gefahr witterte und davor zurückschreckte.

»Ist da noch eine Höhle?« fragte Enrique.

»Ja«, sagte Elias. »Geh nicht zu nahe heran.«

»Kennst du sie?«

Elias' Blick zeigte Zurückhaltung. Doch er sagte:

»Ich war zwölf, als ich mit den Kamelen meines Onkels auf die Weide zog. Bei uns macht jeder Junge diese Lehrzeit durch. Meinem Freund Tejoub gefiel das ebensowenig wie mir. Im Tefedest hatte es geregnet; wo Regen fällt, wird der Boden schnell grün. Nun gibt es nichts Langweiligeres als weidende Kamele, und mein Onkel war kein redseliger Mensch. Tejoub und ich hatten es bald satt und streiften durch die Gegend. So kam es, daß wir die Grotte entdeckten und auch das Loch fanden. Jungen haben keinen Sinn für Gefahr. Die Kletterei sah einfach aus. Wir turnten hinab und hatten Glück, daß wir mit dem Leben davonkamen.«

Er hob einen Stein auf und warf ihn in den Spalt. Ich zählte gut zwei Sekunden, bevor ich weit entfernt ein leichtes Geräusch vernahm.

»Zwanzig Meter!« murmelte ich. »Ungefähr.«

»Unten ist der Boden porös«, sagte Elias. »Das Grundwasser sickert an die Oberfläche. In der Höhle leben Molche, die nie das Tageslicht gesehen haben. Sie sehen wie Gespenster aus, weiß und blind ...«

Bei seinen Worten zog mir Gänsehaut über Hals und Arme. Es wurde kälter in der Höhle, oder bildete ich mir das nur ein? Ich fühlte mich schläfrig, die Gedanken zersplitterten wie Regentropfen. Mein Kopf war so leer, als wollte er wegschwimmen. Eine Freundin hatte mir mal gesagt, so sei es, bevor man ohnmächtig wird. Mein Gesicht fühlte sich klamm an. Der Magen hob sich mir. Ich glaubte, ich müsse mich erbrechen, und schluckte würgend.

»Genug für heute!« sagte ich. »Gehen wir.«

Niemand widersprach; wir waren alle müde. Elias führte uns hinaus, erläuterte dies und jenes, war aber nur halb bei der Sache. Mein plötzlicher Stimmungswechsel mochte ihm nicht entgangen sein. Vielleicht spürte auch er die Warnung im Blut. Was mag er wissen? dachte ich. Die Molche, dachte ich apathisch. Ja, die Molche waren es, die mich störten. Was war bloß mit ihnen? Erst als ich mich mit tastenden Schritten von dem Loch entfernte, löste sich der Druck. Es geschah innerhalb von Sekunden. Kein Kopfweh mehr, mein Herz schlug gleichmäßig. Lastende Ruhe erfüllte mich. So fühlt man sich nach einem Fiebertraum. Ja, es war wirklich vorbei. Sinnestäuschung, Müdigkeit? Offenbar hatte ich mir zuviel zugemutet. Vielleicht bekam mir auch der Zucker im Tee nicht. Es konnte sogar meine Periode sein, die auf Reisen manchmal verrückt spielte. Ich spürte nichts als ein starkes Bedürfnis nach Schlaf. Doch als wir aus der Höhle traten, fühlte ich mich gleich besser. Der Himmel war rot; in der Schlucht lagerte schon die Dämmerung. Ich atmete tief die kühle Luft ein. Sie duftete wie eine Frucht. Es machte mir zu schaffen, daß Elias mich vielleicht nicht verstehen würde. Und dieser Gedanke brachte mich vollständig wieder zur Besinnung.

16. Kapitel

Die sinkende Sonne loderte wie ein Flammenbusch – wild, grell, rot. Seltsame Schatten spielten in der Schlucht. Ein purpurnes Aufleuchten zog ein kurzes Violett nach sich, dann sank die Dunkelheit hinab. Wir saßen, in Daunenjacken eingemummt, um das Lagerfeuer; wir stopften uns Dörrfrüchte in den Mund, kochten Spaghetti und öffneten mehrere Büchsen Thunfisch mit Tomatensauce. Wir aßen gierig und tranken dazu. Müde waren wir schon genug, die Arbeit mit der Kamera war hart, es gab Stunden, die dreifach zählten. Morgen würde es im gleichen Stil weitergehen, vielleicht auch noch übermorgen. Ich hoffte, daß im Film keine Kratzer waren. Immer noch, auch wenn es mein Beruf war, Bilder herzustellen, erschreckte mich die Tatsache jedesmal aufs neue, daß ein kleines, unsichtbares Stäubchen, ein winziges, im Laufgang der Kamera übersehenes Sandkorn imstande war, die ganze Arbeit unbrauchbar zu machen.

Nach dem Essen tranken wir Whisky, wir brauchten das jetzt. Serge reiste nie ohne seinen Notvorrat, auch nicht in die Sahara. Mit Wasser wurde gespart, also tranken wir den Whisky pur; die Wirkung blieb nicht aus. Jeder hatte seinen Vorrat an Lügengeschichten, die man sich erzählt, um die Abendstunden auszufüllen. Geschichten von sexspleenigen Legionären, von behämmerten Entwicklungshelfern und von Touristen, die bei fünfzig Grad Hitze ein Sonnenbad nahmen. Die meisten waren nicht stubenrein, einige wirklich komisch, so daß wir Tränen lachten. Enrique sagte:

»Kennt ihr die Geschichte von dem, der Gott in der Sahara suchte? Er schüttete seine Reservekanister über die Reifen aus und setzte seinen Wagen in Brand. Dann riß er sich sämtliche Kleider vom Leib und rannte in die Wüste hinaus, laut nach Gott schreiend.«

»Und«, fragte ich, »hat er ihn gefunden?«

»Man weiß es nicht. Der Gottsucher, ja, der wurde gefunden. Splitternackt und halb tot. Er landete in der Krankenstation.« Schallendes Gelächter. Sogar Thuy lachte hellauf. Enrique reichte Elias die Flasche.

»Du bist dran!«

Elias grinste ihn durch die Dunkelheit an.

»Ich weiß keine komischen Geschichten.«

»Los!« sagte ich. »Einmal war da ein Targui, der ...«

»Einmal war da ein Targui, der seinen Gegner mit einem Schwerthieb in zwei Stücke teilte. Der Mann blieb aufrecht stehen und höhnte: ›Feigling! Zeig mir, wie du die Waffe führst.‹ – ›Komm her!‹ rief der andere und rührte sich nicht vom Fleck. Der Gegner machte einen Schritt nach vorn: Sein Körper fiel in zwei Hälften auseinander zu Boden.«

Wir lachten. Enrique wischte sich die Tränen aus den Augen. »Ihr Tuareg kommt mir schon sonderbar vor.«

Elias nahm einen Schluck.

»Wir sind vielleicht ein wenig aufbrausend.«

So ging es hin und her. Bald war Enrique ziemlich betrunken und Serge sehr. Thuy verkroch sich in ihrem Schlafsack wie ein müdes Kind. Rocco vertrug keinen Whisky und hatte einen verlorenen Blick. Die Wüste sei schon eine verfluchte Sache, meinte er. Ein großer Friedhof, mit Felsen als Grabsteine. Irgendwie trifft das zu, dachte ich, und fühlte mich auf einmal müde. Das Feuer brannte ab; goldene Funken flogen auf, und dünne blaue Flammen. Ich sagte zu Elias:

»Vielleicht könnten wir einen anderen Platz suchen?«

Er warf seine Ledertasche über die Schulter, und ich nahm meinen Schlafsack. Die Mondsichel stand schräg neben dem Udan, sandte nur einen schwachen Schimmer aus. Ich war nachtblind und ließ mich von Elias führen.

»Es tut mir leid«, sagte ich, »ich glaube, ich bin ein bißchen betrunken.«

Er lachte leise.

»Das macht nichts, glaube ich.«

Olivia hatte mal gesagt: »In der Sahara kann man vor sich selbst nicht davonlaufen.« Die Wüste wirkte wie ein Katalysator. Sie kehrt das Innere nach außen, zerstört alle Gewohnheiten und Konventionen. Es gab keine Gesetzmäßigkeit mehr, man fiel aus der Hülle des täglichen Lebens, tief ins Unbekannte.

Den Tuareg konnte das nicht geschehen. Jeder überlebte nur dank seiner Widerstandskraft. Tuareg, dachte ich, sind stabile Wesen. Ein merkwürdiges Gefühl der Unwirklichkeit erfüllte mich; es war wie ein Traum, und trotzdem war mir alles klar und bewußt. Nichts regte sich in der Schlucht; es schien mir, als wären Elias und ich die einzigen menschlichen Geschöpfe auf der Welt Dann kam ein leiser Wind auf; ich fühlte, wie sich meine Haut zusammenzog.

»Frierst du?« fragte Elias.

Ich drückte leicht seine Hand.

»Nein, eigentlich nicht. Der Whisky hält mich warm.«

Wir hatten uns vom Lager entfernt; die anderen verstanden das gut. Nach der Arbeit fand man immer etwas, womit man sich beschäftigen konnte. Ganz zu Anfang hatte ich eine Zeitlang mit Enrique zusammengelebt. Dann war Thuy aufgetaucht, und Enrique hatte seine Sachen gepackt. Wir waren nicht böse miteinander. Serge stand mehr auf Kerle, und Rocco hatte seit Jahren eine feste Freundin, die in einem Elektronikladen in Belleville Computer verkaufte.

Und jetzt also Elias; es schien mir, daß es sich lohnen könnte. »Vorsicht!« sagte er und kletterte über ein paar Steinbrocken. Als er mir die Hand reichte, sah ich seine Zähne aufblitzen. Seine ruhigen Bewegungen standen in merkwürdigem Gegensatz zu seinen weitausgreifenden Schritten. In einiger Entfernung hoben sich die Felsen schwarz vom Nachthimmel ab. Besorgt half er mir über die Steine bis zu einem Felsvorsprung, der eine Art Höhle bildete. Hier staute sich die Tageshitze; ich war überrascht, wie warm es war. Der Mond schwebte höher; die Sichel war größer als gestern, mit einer kupfernen Aura.

»Die Felsen saugen die Hitze auf«, sagte Elias. »Später wird es kalt, aber du hast ja den Schlafsack. Paß auf Skorpione auf!«

Mit der Reitgerte, die er stets bei sich am Gürtel trug, fegte er über den Sand, bevor er eine Decke aus der Tasche zog und ausbreitete. Ich zog meine Turnschuhe aus und setzte mich.

»In Europa ist der Mond viel kleiner«, sagte ich. »In der Sahara ist er am größten.«

Er streckte sich neben mir aus, auf den Ellbogen gestützt, und legte den Kopf an meine Schulter. Eine kleine Weile blieben wir still sitzen. Schließlich brach ich das Schweigen.

»Elias, was war mit deinem Vater? Ich wüßte gern ein wenig mehr.«

Ein Seufzer hob seine Brust.

»Die Wahrheit ist, daß wir zutiefst beleidigt sind.

Wir wollten nicht einsehen, daß es mit uns so weit gekommen war. Es ist sehr schwierig, Unfreiheit zu ertragen, man muß es gewohnt sein, wie man es gewohnt ist zu leben. Wir haben viele tausend Jahre Freiheit in den Knochen und große Mißachtung unserer Armut gegenüber. Wir verhungern mit Hochmut, tragen unsere Lumpen wie Königsmäntel. Wir waren Karawanenplünderer und Sklavenhändler, jahrhundertelang unbesiegbar, das hat uns selbstherrlich gemacht. Auch ich bin selbstherrlich, ist dir das nicht aufgefallen?«

»Ein wenig schon.«

»Ich kann nichts dafür, ich bin so geboren worden, auch wenn ich keinen Anspruch auf den doppelten *Tobol* habe.«

»Was ist das?«

»Der *Tobol* ist eine Trommel, das Herrscherzeichen des Amenokals. Den doppelten *Tobol* zu haben, bedeutet, daß beide Eltern adlig sind. Durch meinen Vater bin ich ein Kel Rela. Schön. Aber der Vater zählt bei uns nicht. Es ist die Mutter, die den Fortbestand der Linie sichert. Amenena gehört nicht zu den drei Adelsstämmen, sondern zum Vasallenstamm der Iforas. Früher hätte man von Aflane verlangt, daß er das Königslager verläßt und bei seiner Frau im Adrar lebt.«

»Hätte er *Amenokal* werden können?«

»Nur durch außergewöhnliche Leistungen. Der Titel ist nicht erblich. Na gut, das ist vorbei.«

»Und du hast den *Tobol* nur zur Hälfte?«

»Man findet sich damit ab«, sagte Elias. »Es ist nicht allzu belastend.«

»Erzähl weiter!«

»Wir sind nicht leicht zu verstehen, glaube ich. Wir lebten in einer besonderen Welt, die nicht geradezu von

Allah geschaffen wurde, wohl aber von uns selbst. Solange unsere Schwerter die besten Afrikas waren, ging alles gut. Eine Zeitlang gestatteten wir uns sogar den Luxus, Feuerwaffen zu verachten. Gewehre galten als Waffen für Feiglinge, weil man damit – wie wir sagten – ›hinter den Büschen hervorschießt‹. Feuerwaffen waren schäbig und heimtückisch und eines Krieges unwürdig. Verrückt, was?«

»Und irgendwie großartig.«

»Irgendwie großartig, ja. Leider hatten die Franzosen, die damals unsere Gebiete bedrohten, vor hehrem Rittertum wenig Hochachtung. Wir mußten schleunigst umdenken. Aber noch lebten wir in der Überzeugung, daß man das Schwert nur mit Ebenbürtigen kreuzt. Wer in den Staub kniete und als Zeichen der Unterwerfung unsere Füße küßte, den verschonten wir; schickten ihn Hirse sammeln. Wir taten es nicht aus Furcht vor dem Himmel, sondern aus Eigenliebe: Bittsteller zu töten gereichte uns nicht zur Ehre. Für die seßhaften Afrikaner waren wir die Strafe Gottes. Die Furcht saß ihnen im Blut. Sie entstammt jenen Zeiten, da unsere Krieger bis zu den Mondbergen im Osten und bis zum Atlantik im Westen vordrangen. Damals zitterten sie vor uns, heute sind sie an der Macht. Sie rächen sich, indem sie uns belügen, betrügen und bestehlen. Sie wollen uns vernichten. Und entwickeln hierbei eine beträchtliche Geschicklichkeit.«

Ich spürte einen Stich in der Herzgegend, eine Art schlechtes Gewissen.

»Ich weiß nur wenig davon.«

Er schüttelte den Kopf.

»Das macht nichts. Im Grunde ist es eine einfache Geschichte. In der Zeit des Algerienkrieges bangten die Franzosen um den Verlust ihrer profitbringenden Ölfelder. Sie boten uns an, unter französischer ›Schirmherrschaft‹ die OCRS (*Organisation Commune des Régions Sahariennes*) zu gründen. Diese Konföderation wäre unser erster Nationalstaat geworden, und schwerreich noch dazu. Daß die ›Grande Nation‹ in der Gegend von In-Eker, ungefähr sechshundert Kilometer nördlich von Tam, klammheimlich Atombomben testete, vergaßen wir großzügig.«

»Atombomben?« murmelte ich geistesabwesend.

»Ja. Die ganze Gegend war Sperrzone. Die Explosionen erfolgten unterirdisch.«

Es kam mir in den Sinn, daß ich mir über eine unbekannte Frage den Kopf zerbrach. Das Dumme war nur, daß ich mich nicht auf sie besinnen konnte. Ich stand wie unter einem Zwang; die Antwort war mir entsetzlich wichtig. Und doch konnte ich, weil sich eine Tür in meinem Hirn schloß, weder Frage noch Antwort finden. Das Gefühl war ausgesprochen ärgerlich.

»Weiter, Elias!«

»Wir haben ein Sprichwort: ›Die Hand, die du nicht abhacken kannst, sollst du küssen.‹ Also küßten wir den Franzosen beflissen die Hand und schärften jedem ein, die Sache vorläufig für sich zu behalten. Doch in letzter Minute ging alles schief. Das französische Militär warf als Ehrensalve noch ein paar Napalmbomben auf die *Fellaghas*, dann setzten feierliche Reden dem Massaker ein Ende. General de Gaulle verkündete die Waffenruhe, und Algerien wurde als islamisch-sozialistischer Einparteienstaat unabhängig. Statt im Geld saßen wir plötzlich im Dreck und galten obendrein als Verräter. Die Folgen waren fatal. Langsam aber sicher zog Algerien den Schraubstock an. Anfangs, das muß ich zugeben, wurde Nachsicht geübt. Man schaffte einige Querköpfe aus dem Weg, ließ die Alten in ihrer *Seriba* hocken und hoffte, daß sie bald starben; gleichzeitig umwarb man die Jugend. Doch bei uns ging die Rechnung nicht auf. Allah und Marx – die Mischung bekam uns nicht. Unsere Frauen hielten die Kinder von der Schule fern. Wir verweigerten den Militärdienst; wer seinen Dienstbefehl bekam, verschwand und ward nicht mehr gesehen, bis man ihn durch Zufall fand und mit Handschellen in die Kaserne schleppte. Und überall waren nur die ›Typen aus dem Norden‹ – Araber, die uns sagten, was wir tun sollten und wie wir es tun sollten. Es war einfach zuviel.«

»Ich glaube, das könnte ich auch schwer ertragen«, sagte ich. »Besonders, weil ich eine Frau bin.«

Elias nickte.

»Ja. Das alles schuf böses Blut. Und inzwischen ging es den Tuareg der Sahelzone noch dreckiger als uns. Die Republiken Mali und Niger waren ungefähr zum gleichen Zeitpunkt unabhängig geworden. In den siebziger Jahren brach unter den Adrar-Iforas eine Revolte aus. Die totgeborene OCRS spukte noch in den Köpfen herum. Die malische Regierung konnte eine Gefährdung ihres jungen Staates nicht zulassen und schlug mit unerbittlicher Härte zurück. Die Soldaten hatten Panzer und Kanonen und gute Gewehre und zogen mit einem tausend Jahre alten Groll in den Kampf. Mit dem Segen der Republik erteilten sie uns die Quittung. Sie verbrannten unsere Lager, verboten den Karawanenhandel, vergifteten die Brunnen. Sie entführten und vergewaltigten unsere Frauen, sie machten uns zu Bettlern, zu Krüppeln.«

Ich schluckte schwer.

»Woher hatten sie das Geld?«

»Mobito Keita, der damalige Präsident, hatte bei der Aussöhnung zwischen Algerien und Marokko vermit-

221

telt; beide Staaten zeigten sich erkenntlich. Die Tuareg mochte keiner, weil sie Weiße sind. In Kidal, dem Zentrum der Iforas-Tuareg im Adrar wurde ein Gefängnis und ein Deportationslager errichtet, die gesamte Gegend rund um Kidal anschließend zum Sperrgebiet erklärt. Die Tuareg wehrten sich. Noch heute kommt es immer wieder vor, daß man verkohlte Leichen und ausgebrannte Armeefahrzeuge auf den Pisten findet. Vereinzelte Terroristen, sagt die Regierung. Freiheitskämpfer sind überall Terroristen, bevor sie an die Macht kommen und auf dem roten Teppich empfangen werden. Na schön. Ich rede zuviel.«

»Und im Niger?«

»Da ging es erst später los. Zuerst brachte der Uranabbau Wohlstand. Dann trat die erste große Dürre ein. Die Brunnen vertrockneten, das Vieh verhungerte; viele Tuareg sahen sich gezwungen, seßhaft zu werden. Anfang der achtziger Jahre brachen die Weltmarktpreise für Uran zusammen. Gleichzeitig setzte eine neue, noch schlimmere Trockenzeit ein. Es ist hart für die Nomaden, wenn Jahre ohne Regen aufeinanderfolgen; es war immer hart gewesen; es gab keine Milch und kein Gras. Sie hatten Hunger, aber dennoch versuchten sie, das Beste daraus zu machen. Aber diesmal war nichts wie früher; sie waren zum erstenmal in ihrer Geschichte auf fremde Hilfe angewiesen. Bald merkten sie, wie die Sache lief: Die für sie bestimmten Entwicklungsgelder landeten in den Taschen korrupter Beamter. Auf den Märkten von Agadez und Niamey wurden Hilfsgüter zum Verkauf angeboten. Die Regierung kontrollierte die Stämme mittels Angst, Erpressung und Einschüchterung. Den Tuareg riß der Geduldsfaden. Sie brauchten Waffen und wandten sich an Libyen. Ghaddafi lieferte den Aufrührern Maschinengewehre und spannte sie vor seinen Propagandakarren. Und damit wären wir bei meinem Vater.«

Ich befeuchtete meine trockenen Lippen.

»Ich hatte keine Ahnung, daß er …«

Elias schüttelte den Kopf.

»Niemand wußte es. Auch ich nicht. Er stand in Verbindung zu Tripolis, schmuggelte Waffen in die Sahelgebiete und tat dies seit geraumer Zeit. Daß er Ghaddafi ein paarmal heimlich getroffen hatte, erfuhr ich durch Zufall. Die Volksrepublik Libyen, der ›alte Feind im Norden‹, bedrohte die politische Stabilität sämtlicher Nachbarländer. Aber mein Vater war in erster Linie ein Targui.«

Ich war im ersten Augenblick wirklich überrascht. Elias' Augen glänzten, er schien völlig abwesend. Er lag neben mir mit ausgestreckten Beinen, seine nackten Füße berührten die meinen. Als ich sprach, hörte ich den rauhen, erschütterten Klang meiner eigenen Stimme.

»Was war für ihn drin?«

»Vieles«, antwortete Elias bitter. »Siehst du, die OCRS war für die Mehrheit der Tuareg zu einer nostalgischen Erinnerung geworden – so etwas wie eine verpaßte Gelegenheit. Aber es gab doch einige, die noch daran glaubten. Und mein Vater gehörte dazu. Gegen jede Vernunft hielt er an diesem Hirngespinst fest. Das war seine einzige, alles beherrschende Leidenschaft; dahinter stand als treibende Kraft die Liebe zu meiner Mutter. Und das ist alles.«

»Alles? Das scheint mir doch ziemlich viel zu sein.«

Die Wirkung des Whiskys war verflogen. Ich fühlte mich nüchtern, aber zerschlagen. Elias fuhr fort:

»Mein Vater liebte meine Mutter tatsächlich, wie verrückt. Er litt sehr unter der Trennung von ihr. Seit sie nicht mehr da war, hatte er zu trinken begonnen. In

Algerien ist Alkohol amtlich verboten, Aflane scherte sich einen Dreck darum. Er brauchte den Alkohol, um in seine Welt zurückzukehren, um der eigenen Verzweiflung zu entkommen. Es spielte keine Rolle mehr, was andere von ihm dachten und ob es seiner Karriere schadete. Aflane wollte aus der OCRS einen neuen, selbstbewußten Staat machen. Was ich heute darüber denke? Es war eine Utopie, eine Verrücktheit, aber irgendwie bezeichnend für uns. Das Erstaunliche dabei war, daß Aflane nicht nur bei den Tuareg Gehör fand. Unsere nächsten Verwandten, die Berber der Kabylei, hatten es ebenfalls satt, daß man ihre Sprache und Kultur verbot, ihnen sozusagen den Boden unter den Füßen wegzog. Diese Berber hatten das uns gänzlich fehlende Talent, durch Handel reich zu werden. Und so kam es, daß mein Vater über beträchtliche Geldquellen verfügte. Aflane war Enkel des letzten Amenokals und sah sich als Verteidiger der Minoritäten. Darüber hatte ihn die Verhinderung seiner Wiederwahl empfindlich getroffen.«

Elias sprach weiter, ganz versunken in seiner Welt, in seinen Erinnerungen.

»Mein Vater war nicht dumm; bis zu einem gewissen Grad war er sogar gerissen. Er beging keine Unvorsichtigkeiten, machte auch nicht den Fehler, Ghaddafi blind zu vertrauen. Seine Unterstützung mochte von zweifelhaftem Wert sein; aber Aflane zahlte ihm hübsche Summen. Libysche Verbindungsleute führten Waffen und Munition auf Schleichwegen ein. So knüpfte mein Vater ein Netz, das im Laufe der Jahre immer enger wurde. Dabei zog er an verschiedenen Strippen, zwangsläufig sickerte etwas durch. Es kam vor, daß Vorposten der nigerianischen Armee libysche Gefangene machten; diese wurden nach Bilma oder zumindest nach Dirkou gebracht, wo sie eingelocht wurden. Es waren zumeist arme, arbeitslose Kerle; sie führten Propagandaschriften aus Tripolis ein, in denen Ghaddafi den Saharavölkern weismachen wollte, daß er der kommende Erlöser sei, direkt von Allah gesandt und von Mohammed gesegnet. Aflane jedenfalls hatte sich auf ein gefährliches Spiel eingelassen; er wußte, daß Algerien sich eifrig bemühte, über seine geheime Tätigkeit Klarheit zu gewinnen. Amenenas Warnungen schlug er in den Wind. Aber wer konnte sagen, ob er die Folgen nicht doch voraussah? Ich denke, es war etwas Selbstzerstörerisches in ihm. Und ich denke auch, daß der Traum einer OCRS sich schon lange in ihm in Auflösung befand. Aber an diesen Traum glaubten inzwischen viele Menschen. Aflane konnte nicht mehr zurück, auch wenn er es gewollt hätte. Er war ein Kel Rela; man hatte ihm ein gewisses Verantwortungsgefühl beigebracht. Er konnte es sich nicht leisten, seine Gönner zu enttäuschen, ganz abgesehen davon, daß sie ihn bedenkenlos liquidiert hätten. Er mußte der Geschichte gerecht werden. Er mußte es um jeden Preis, es blieb ihm nichts anderes übrig.«

»War es so, wie du sagst?« fragte ich leise.

Er schüttelte den Kopf.

»Ich kann mich irren. Ich versuche mich an seine Stelle zu versetzen ...«

»Und dann? ...« flüsterte ich.

»Dann geschah der Zwischenfall von Tchin-Tabaraden. Das ist ein Ort in der Republik Niger, der einst zu den Weidegebieten der Kel Dinnik gehörte. Vor Jahren war dieser Stamm nach einer blutigen Revolte über die libysche Grenze geflohen. Sie hatten bei Aflanes Waffentransporten ihre Hand im Spiel. Die Männer versteckten Gewehre und Munitionskisten im Gebirge. Die Frauen verpackten die Waffen in kleinen Mengen zwischen ihren Haushaltssachen und beförderten sie auf Mauleseln über die Grenze. Nun hatte die Regierung allen Nomaden im Rahmen einer nationalen Versöhnung Straferlaß versprochen. Die Kel Dinnik kamen also aus Libyen zurück. Inzwischen waren ihre Weidegründe zur Sperrzone erklärt worden. Im weiten Umkreis waren seit Jahren keine Brunnen mehr ausgegraben worden. Es gab kein Getreide, keine Medikamente, nicht einmal Holz, um sich nachts vor der Kälte zu schützen. Die Not trieb einige junge Leute zu einer Verzweiflungstat: Sie drangen in eine Polizeikaserne ein, erschossen zwei Männer und ergriffen die Flucht, wobei sie einen Beamten als Geisel mitnahmen. Die Regierungen rückten unverzüglich mit Panzereinheiten vor. Das Lager wurde umzingelt. Die Soldaten setzten alle Hütten in Brand, trieben die Menschen zusammen und schossen in die Menge. Sie vergewaltigten die Frauen und zwangen alte Menschen, sich nackt auszuziehen, eine Kränkung, die schlimmer ist als der Tod. Man sammelte die Kinder ein, folterte sie und tötete sie vor den Augen der Eltern. Über dreihundert Tuareg fielen dem Gemetzel zum Opfer, jene nicht mitgezählt, die verdursten mußten, weil die Soldaten ihnen den Zugang zu den Quellen versperrten. Um es kurz zu machen: Die Täter ermordeten ihre Geiseln und lieferten sich dem Militär aus. Man wollte wissen, woher sie ihre Waffen hatten. Und dabei fiel der Name meines Vaters.«

Ich zuckte unwillkürlich zusammen.

»Jetzt verstehe ich ...«

»Er wurde verhaftet, wie du dir denken kannst. Es war also nicht seine eigene Dummheit. Die Kel Dinnik hatten ihn verpfiffen; ihnen war wohl nichts anderes übriggeblieben. Da Aflane als Abgeordneter Immunität genoß, meinten wir alle, er würde bald wieder freikommen. Die Zeit verging, wir wurden hin und her gerissen von zwiespältigen Empfindungen, die uns abwechselnd hoffen und verzweifeln ließen. Von dem armseligen politischen Plan, der ihn jetzt ins Verderben zog, erfuhren wir erst nachträglich. Denn in der Zwischenzeit übten Mali und Niger Druck auf Algerien aus; man wollte Ghaddafi einen Denkzettel verpassen. Mein Vater verlor seine parlamentarische Immunität, kam in Isolationshaft, die Verhörmethoden wurden immer brutaler. Er weigerte sich, Namen zu nennen. Auch ich wurde vorgeladen, konnte aber beweisen, daß ich bis vor kurzem im Ausland war. Mein Paß wurde konfisziert; ich wurde angewiesen, Algerien nicht zu verlassen. Und da sie annahmen, daß mich Aflane mit seinen Ansichten infiltriert hatte, verlor ich meine Stelle bei der Präfektur. Ein einziges Mal wurde mir erlaubt, meinen Vater zu besuchen. Zehn Minuten lang; ein Polizist war dabei, er ließ uns keine Sekunde aus den Augen. Aflane sah schlecht aus, er war abgemagert und bleich. Er dankte mir höflich, daß ich gekommen war, sprach jedoch wenig von sich selbst. Doch, es gehe ihm gut. Etwas Fieber, manchmal, aber nichts Schlimmes. Er trug keine *Gandura* mehr, auch den *Schesch* nicht, nur Hemd und Hose. Er kam mir fremd und abwesend vor. Er hatte sich zurückgezogen, und mit jedem Atemzug entfernte er sich weiter von mir. Was wir sagten, war unbedeutend. Nur unsere Augen sprachen zueinander; wir wußten beide, daß dies der Abschied war. Nach einer Weile zog er ein kleines Foto aus seiner Hemdtasche, betrachtete es lange und legte es vor mich hin.

›Sieh dir dieses Foto an‹, sagte er.

Ich sah es mir an. Es war Amenena.

›Nimm es und gib es ihr‹, sagte Aflane.

›Was soll ich ihr sagen?‹

›Nichts.‹

Ich nahm das Foto; der Polizist sah auf die Uhr und gab uns ein Zeichen. Die zehn Minuten waren vorüber. In Aflanes Zügen veränderte sich nichts.

›Grüße deine Mutter von mir‹, sagte er, bevor man ihn hinausführte.

Wieder vergingen Monate: ich wohnte bei meinem Freund Raschid in Blida. Ich lebte in ständiger Sorge, wußte nicht, womit ich die Tage füllen sollte; ein zweiter Besuch bei meinem Vater wurde mir verweigert. Ich machte mit Raschid einige Touren, wartete auf einen Brief meines Vaters; es kam keiner. Es ging mir nicht besonders, alles stand auf der Kippe. Mein Husten kam wieder, ich fühlte mich krank. Ich träumte fast jede Nacht von Aflane, und jedesmal war sein Gesicht voller Blut.

Dann kam eines Morgens ein Anruf von der Polizeibehörde: mein Vater sei gestorben. Herzversagen. Später erfuhr ich, daß ein Beamter einen Befehl falsch ausgeführt hatte. Ich hätte erst benachrichtigt werden sollen, als Aflane bereits unter der Erde lag. Bei den Moslems findet die Beisetzung am Todestag statt. Raschid brachte mich mit seinem Peugeot nach Algier. Es wurde eine halsbrecherische Fahrt. Wir kamen im letzten Augenblick zum Friedhof, sie waren schon dabei, meinen Vater ins Grab zu legen. Es war ein hastig ausgehobenes Loch, nicht einmal tief; der Koran schreibt vor, daß die Toten direkt unter der Oberfläche bestattet werden. Mein Vater lag neben dem Grab, nackt, in ein weißes Leinentuch gewickelt. Das Gewebe schmiegte sich um sein Antlitz; im Sonnenlicht traten die Umrisse seiner Züge hervor, wie mit einer Kalkschicht überzogen. Er, den ich als hochgewachsenen Mann in Erinnerung hatte, kam mir plötzlich merkwürdig geschrumpft vor. Die beiden Totengräber versperrten mir den Weg. Ich stieß sie beiseite; mir war, als berührte ich sie nur leicht; sie gafften erschrocken und ließen mich vorbei. Ich beugte mich über meinen Vater, riß das Leinentuch weg ...«

Elias holte tief Luft, sprach leise und grimmig weiter.

»Sie hatten alle erdenklichen Methoden angewandt; einige kannte ich schon, die meisten nicht. Sie hatten viel Zeit mit ihm verloren. An der Art, wie sie ihn zugerichtet hatten, war mir klar, daß sie nichts aus ihm herausgeholt hatten, kein Geständnis, vermutlich nicht einmal ein Wort. Tuareg sind zäh, wenn es drauf ankommt.

Raschid war kreidebleich; er keuchte und würgte, Tränen standen in seinen Augen. Ich sagte zu ihm: ›Hau ab!‹ Zuerst wollte er nicht; dann drehte er sich um, wankte wie ein Betrunkener zu seinem Auto. Ich hörte das Schließen der Tür, der Motor wurde angelassen, der Peugeot fuhr davon. Ich rief die Totengräber und befahl ihnen, den Verstorbenen auf seiner rechten Seite in das Grab zu legen, damit sein Antlitz nach Osten blickte. Sie taten, was ich verlangte, und schaufelten das Grab zu. Ich gab ihnen ein paar Geldstücke und schickte sie weg. Als ich allein war, suchte ich einen Oleanderbusch und schnitt einen großen Zweig ab, den ich halb von seinen Blättern befreite. Dann riß ich einen Stoffstreifen von meinem *Schesch*. Ich befestigte den Stoff an dem Zweig und trieb ihn am Kopfende des Grabes in den Sand.«

»Was bedeutet das, Elias?«

Er hatte sein Gesicht dem Mond zugewandt, der sich in seinen Augen spiegelte. Sein Körper war völlig reglos. Langsam kehrte sein Blick zu mir zurück.

»Mein Vater lag auf einem Friedhof der Muslime, aber

wir haben eigene Riten; sie sind uralt. Der Oleander mit seiner starken Lebenskraft ist ein Vermittler zwischen Diesseits und Jenseits; er hilft dem Verstorbenen, seine Seele zu entfalten wie eine Knospe, ein ›Wesen aus dem Nichts‹ zu werden, ein Geist, der den Trauernden Frieden schenkt.

Der Friedhof lag an einem Hang, direkt dem Wind ausgesetzt, die Grabsteine schon halb verfallen. Ein Kleid aus Elend für die Toten. Jeden Tag wehte der Wind etwas mehr von dem Boden fort, und der Staub der Toten näherte sich immer mehr der freien Luft, dem Himmel, was immerhin ein Trost war. Ich setzte mich neben das Grab und blieb den Nachmittag dort, den Abend und die ganze Nacht. Es war sehr merkwürdig, ich hatte jegliches Zeitgefühl verloren, ich schlief und war doch hellwach. Ich sprach zu meinem Vater, sagte ihm, daß ich stolz auf ihn war und daß ich an seiner Stelle hätte leiden und sterben wollen. Wenn Menschen trauern, nähert sich der Geist des Verstorbenen; er kann mit den Trauernden sprechen.«

Ich nickte. Ich dachte an Olivia, wie sie damals auf Chenanis Grab lag. Und auch daran, wie Aflane sich ihrer angenommen hatte, mit soviel Zärtlichkeit und Verstehen. Elias sprach weiter; seine Stimme war kehlig.

»Als es hell wurde, bewegte sich etwas auf dem Grab: Ich sah, daß es eine Eidechse war. Aber ich wunderte mich, daß sie zu mir kam, weil sie gewöhnlich nur den Frauen erscheint. Ein Geist kann in eine Eidechse schlüpfen und zu ihr sprechen, hast du das gewußt? Ich glaube, mein Vater machte sich große Sorgen um mich. Ich wußte nicht, was ich zu erwarten hatte. Die Eidechse sah mich an; ich brachte mein Gesicht ganz dicht in ihre Nähe, ich sah das winzige Herz in den Flanken klop-

fen. Und plötzlich war mir, als ob ich eine Stimme hörte. Ich weiß nicht, wessen Stimme es war. Vielleicht war
ich es, der träumte oder laut dachte: ›Was verlierst du
deine Zeit auf diesem Friedhof? Geh, du hast Besseres
zu tun. Deine Mutter wartet. Du wirst hart arbeiten
müssen, aber das ist gut für dich. Das Leben eines Menschen ist kurz. Sieh zu, daß deines etwas wert ist.‹ Und
im selben Atemzug glitt die Eidechse an meinem Gesicht
vorbei und war weg.

Der Tag brach an, ich fror. Taumelnd stand ich auf.
›Ich danke dir, Vater. Ich sage dir jetzt Lebewohl. Wir
werden uns wiedersehen.‹

Ich wischte mir den Schmutz von den Kleidern und
ging. Diese Nacht hatte mich auf eine Art und Weise
verändert, die ich noch nicht ermessen konnte. Es war
so einfach, und doch so kompliziert, daß ich gar nicht
versuchte, es in Worte zu fassen, ja nicht einmal, darüber nachzudenken. Eine starke innere Unruhe trieb
mich in die Wüste zurück. Ich fuhr nach Blida und holte meine Sachen. ›Du bist wirklich krank, nicht zu retten‹, sagte Raschid kopfschüttelnd. Noch am gleichen
Tag fand ich einen Lastwagen, mit dem ich zurück nach
Tam fahren konnte. Unterwegs hatte ich Zeit zu überlegen. Ich dachte an Zara und legte mir eine Geschichte zurecht, um ihr den größten Kummer zu ersparen. Ich
glaube nicht, daß es mir gelang. Zara stellte Fragen, so
einfach und unverblümt, daß ich mich in Widersprüche
verwickelte. Ich habe nichts preisgegeben, aber ich
merkte, daß sie sich ihren Teil dachte.

Danach ritt ich in den Adrar, zu Amenena. Ich gab
ihr das Foto und erzählte, daß ich es von Vater hatte.
Ihr konnte ich die Wahrheit sagen; Amenena war nicht
überrascht. Sie hatte das Unheil schon lange vorherge-
sehen. Bei ihr im Zelt konnte ich weinen. Ich versuchte

meine Tränen wegzuwischen, aber sie wollten nicht aufhören. Und weißt du was, Tamara? Ich sagte Amenena, daß eine Eidechse zum Grab meines Vaters gekommen sei. Eigentlich hatte ich keine Antwort erwartet. Doch sie erwiderte ruhig: ›Ja, mein Sohn.‹ Ich wollte etwas sagen und biß mir hart auf die Lippen. Nie hätte ich die Unverschämtheit aufgebracht, meine Mutter zu fragen, wie sie zu der Kenntnis der Dinge kam. Ich nahm mir immerhin die Zeit, sie eine Weile zu beobachten, schweigend. Ich fand, daß sie noch schön war, schöner als jede andere Frau. Ich fragte mich, was ihre Schönheit so erhalten hatte, und verstand, daß es ihr Geheimnis war. Und schließlich begann Amenena zu sprechen, sehr leise, mit abgewandtem Gesicht. Sie sagte, wie sehr ich meinem Vater gleiche und wie stark sie an ihn denken müsse, sobald sie mich ansieht. Wie sehr sie ihn immer noch liebe; sie würde nie aufhören, ihn zu lieben, bis zu ihrem Tod. Dann zog sie sachte den Schleier über den Kopf, bis zu den Augen, und ging stumm aus dem Zelt.«

17. *Kapitel*

Eine Weile schwiegen wir; über uns funkelten die Sterne wie die weißglühenden Kohlen vom Feuer eines Riesen, die der Wind weit über den schwarzen Himmelsherd verstreut hatte. Ihre leuchtenden Myriaden schwärmten tief; in ihrem Licht lag die Schlucht totenstill da und dehnte sich über dreißig Kilometer von Westen nach Süden. Über die schwarzen, senkrechten Einschnitte der Berge schimmerte bernsteinfarben der Halbmond, schwarz an den Rändern, mit einem Schatten. Elias lag ganz still; sein Gesicht lehnte an meiner Schulter. Sein Profil war ruhig, wie im Schlaf.

»Es tut mir leid. Ich wollte keine unglücklichen Erinnerungen wachrufen«, sagte ich.

Er blinzelte leicht und schien über meine Worte nachzudenken.

»*Uduf* – die Trauerzeit – ist für jeden Menschen unterschiedlich lang. Vielleicht ist in der Wüste die Trostlosigkeit milder, die Einsamkeit natürlicher.«

Der Wind strich über uns hinweg, Elias' warmer Körper lag dicht neben mir; er hatte die Hitze der Sonne gespeichert. Ich roch seine Haut unter der leichten, weißen Baumwolle. Tiefe Traurigkeit überkam mich, wuchs unaufhörlich. Ich fühlte mich wie ein Hundertjähriger, hatte Elias gesagt, und ich verstand ihn. Er kannte die Schwermut, die tragische Schmerzlichkeit einer Lebensart, die mit jedem Jahr mehr dem Gedächtnis entschwand und im Grunde schon vergangen war. Eine Zeit-

lang war er ein Teil davon gewesen; und er war von Stolz
erfüllt darüber, daß es sie gegeben hatte. Er kämpfte gegen
etwas an, doch der Kampf wurde zunehmend quälender
und verzweifelter. Er wußte auch um das Gleichgewicht
zwischen Schein und Wirklichkeit und wollte nicht ver-
zweifelt sein. Ja, dachte ich, es gibt nur eine einzige
Geschichte, und es war eine Geschichte von Heldentum
und Mut und unaufhaltbarem Zerfall. Ich fragte:

»Willst du immer noch Politiker werden?«

Er schüttelte den Kopf.

»Mit der Politik bin ich fertig.«

»Warum?«

»Weil ich der Sohn eines Verräters bin. Ich weiß
genau, welches Etikett man mir um den Hals hängt. Ich
war in den Vereinigten Staaten, nicht in Kuba, wie es
sich gehört. Ich bin ein Ungläubiger, ein Reaktionär, also
immer verdächtig, immer unter Beobachtung. Ich merke schon, was um mich herum vorgeht: Mißtrauen und
Verleumdung. Zwei oder drei Freunde hatte ich geglaubt
zu haben, und jetzt zeigt sich, daß sie meine Feinde sind.
Die üblichen Paranoia. Jetzt warten sie nur noch darauf, daß ich einen Fehler mache, irgendeinen. Mein
Vater hat mir die Karriere verpfuscht, vielleicht sollte
ich ihm dankbar dafür sein.«

»Und was nun?«

»Ich sehe ja, wie das hier läuft. Man nimmt keine
Rücksicht auf uns, nicht die geringste. Da ist die gewalt-
same Seßhaftmachung, die erstickende Bürokratie, der
borniertie religiöse Eifer. Wir sind wie gelähmt, wir
haben unsere Seele verloren. Ich benehme mich daneben, ich bin hilflos, mir läßt mein Gewissen keine Ruhe.
Vielleicht gibt es andere Wege. Ich suche.«

Wir sahen uns an. Er hatte immer noch diesen merkwürdigen Ausdruck in den Augen.

»Und wo suchst du, Elias?«

Er zog plötzlich die Schultern hoch und lachte; ein kurzes, trockenes Lachen.

»Auf einer Müllhalde. Noch ein paar Jahre, und wir hocken auf dem größten Schrottplatz dieser Erde. Was siehst du, überall in der Sahara? Doch nur verrostete Büchsen, zerplatzte Autoreifen, Wegwerfrasierer, Scherben, gebrauchte Batterien, Plastikfetzen. Die Wüste trocknet aus, und in die letzten Wasserlöcher schütten die Touristen Waschlauge. *Aman Iman* – Wasser ist Leben, heißt es bei uns. Und sie vergiften es.«

Ich erinnerte mich an das seltsame Gefühl in der Höhle, dieses akute Gefühl einer Gefahr. Die bloße Erinnerung daran ließ mich erzittern. Doch jetzt, da er damit begonnen hatte, war es plötzlich leicht für mich, ihm diese Sache zu erzählen.

»In der Höhle, da wurde es mir abwechselnd heiß und kalt; ich hatte aus irgendeinem Grunde ganz höllische Angst. Hast du das niemals gespürt, Elias?«

Er schenkte mir seine volle Aufmerksamkeit.

»Angst ist eine gute Lehrmeisterin. Wer nicht auf sie hört, riskiert sein Leben.«

Ich fühlte mich plötzlich ruhiger. Mit Elias konnte ich darüber sprechen. Mir war, als würde eine schwere Last, die ich den ganzen Tag getragen hatte, von meinen Schultern genommen.

»Ob sich wohl jemand in der Höhle versteckt?«

Er schüttelte den Kopf. »In der Wüste hängt unser Leben von unseren Augen und Ohren ab. Ich hätte es bemerkt. Nein, mir ist nichts aufgefallen.«

»Aber was konnte es dann sein, Elias? Du hast von Tieren gesprochen. Molche, nicht wahr?«

»Als Kind habe ich einige gesehen. Vielleicht sind jetzt keine mehr da.«

»Hattest du Angst?«

»Nicht im geringsten. Molche sind harmlos. In unserer Mythologie heißt es, daß der Molch, wie der Gerechte, seinen Seelenfrieden im Dunkel bewahrt. Warum machst du dir Sorgen?«

Wieder spürte ich, wie sich in mir ein Unbehagen regte – so heftig diesmal, daß ich es nicht hätte schildern können.

»Etwas ist nicht ... normal.«

Er nickte geistesabwesend.

»Es gibt Veränderungen; so viele, daß ich bisweilen kein Vertrauen mehr habe in das, was ich beobachte. Sehe ich die Zeichen nicht oder will ich sie nicht sehen? Bin ich blind geworden? Borniert?«

Mein Mund wurde trocken.

»Ich glaube kaum, daß du borniert bist, Elias. Es ist schon so, du willst sie nicht sehen.«

Er seufzte, langsam und tief.

»Die Wüste stirbt, und wir sterben mit ihr. Sie stirbt als Naturwunder und entfaltet sich als lebensbedrohende Kraft. Vor Millionen von Jahren war hier das Meer. Eines Tages werden Wanderdünen ganz Afrika bedecken. Als Targui habe ich ein ziemlich präzises Bild davon, wie es sein wird. Und es hat schon begonnen. Die Hinweise sind überall.«

Ich puffte ihn in den Rücken.

»Wenn du so denkst, dann kannst du dich wirklich gleich aufhängen.«

»Au!« stöhnte er und lachte. »Nein, im Ernst, ich wollte, ich könnte allen erzählen, was für eine einzigartige Kultur wir früher einmal hatten. Dann würde die Welt mal hellhörig. Man schützt die Gorillas, den Regenwald und die Antarktis. Warum nicht die Tuareg? Ist es, weil wir nicht laut genug jammern? Oder ist es, weil wir keine Tempel haben, keine Obelisken, keine Bibel und keinen Koran? Weil nur Felsbilder unsere Geschichte erzählen? Was kann man mit einer Fremdwelt anfangen, von der kein anderes Gefühl ausgeht als das Staunen gegenüber Dingen, die nicht mehr sind? Und gerade deswegen lösen Felsbilder in mir eine ganz besondere Ergriffenheit aus; sie sind das einzige Gedächtnis, das wir haben. Wir sind das älteste Volk der Erde, aber es kann durchaus sein, daß wir morgen nicht mehr da sind. Es wäre nicht das erste Mal, daß ein Volk in der Falle der Geschichte verschwindet. Die Welt kann sehr gut ohne uns leben, die Afrikaner sogar bestens. Eine Kultur wie die unsrige hat kaum eine Chance. Wir sind zu anmaßend. Wir krepieren in großem Stil. Wie auch immer, die ersten Touristen waren schon hier. Adil hat für sie die Fahrt organisiert.«

»Woher weißt du das?«

»Weil er es mir gesagt hat.«

»Waren sie auch in der Grotte?«

»Noch nicht. Aber Adil hat ihnen die Gravuren und die Ruinen gezeigt. Sie haben fotografiert und gefilmt. Es geht bald los, das kann ich dir versichern. Ich glaube an Dinge, die ich fühlen kann.«

Sanft strich ich mit den Fingern über sein Gesicht, das Kinn, die vollen Lippen, die halb geöffnet und von der Sonne und der Hitze ein wenig aufgesprungen waren und unter der Berührung leicht zuckten.

»Und was fühlst du jetzt?«

»Ich fühle, daß wir abgelenkt werden.«

Seine Hand streckte sich nach mir aus, berührte meinen Arm und schloß sich sanft um mein Handgelenk. Er zog mich zu sich hinab, bis ich dicht neben ihm zu liegen kam. Eine Weile hielten wir uns umschlungen, Stirn an Stirn, und rührten uns nicht. Dann richtete sich

Elias leicht auf, nahm meinen Nacken in beide Hände; eine umfing meinen Hals, mit der anderen streichelte er über mein Haar. Dabei preßte er seine Nasenlöcher an meine, schenkte mir den Hauch aus seinen Lungen, zog dann langsam und tief meinen Atem ein. Meine Brust spannte sich; das Gefühl löste weiche Schauer in meinem Unterleib aus, warme, aufflackernde Stiche im Rücken. Ich flüsterte rauh:

»Was um Himmels willen machst du mit mir?«

Er lachte leise an meiner Wange.

»Dich küssen, wie man sich bei uns küßt.«

»Erstaunlich«, stellte ich fest, »aber ich muß erst üben.«

»Ich kann es auch anders, wenn du das lieber hast.«

Seine Lippen wanderten meine Wangen entlang, legten sich auf meinen Mund, teilten ihn mit einem kleinen Biß. Nach einer Weile lösten wir unsere Lippen voneinander. Ich sagte:

»Ich bin überrascht.«

Seine Augen schimmerten im Dunkeln.

»Nein, du bist nicht überrascht. Aber wir Tuareg sind schüchtern.«

Ich drückte mein Gesicht an seinen warmen Hals.

»Den Eindruck habe ich nicht.«

»Doch. In unserer Sprache gibt es einen Ausdruck, *Tirakelt*, der Scham bedeutet. Na gut, schamhaft oder nicht, wir sind nicht prüde. Was wir hinter den Dünen treiben, ist unsere Sache. Bloß zeigen wir unsere Gefühle nicht in der Öffentlichkeit. Liebende haben eine Geheimsprache. Die kann man auch anwenden, wenn andere Leute dabei sind. Die tun dann so, als merkten sie nichts.«

Er hob meine Hand, schrieb mit dem Zeigefinger ein Zeichen in die Handfläche.

»Was bedeutet dieses Zeichen?«

»Daß ich mit dir schlafen will.«

»Das ist durchaus nicht schamhaft, sondern äußerst direkt. Und … nehmen wir mal an, daß ich das gleiche will?«

»Dann mußt du meine Hand fassen.« Er schloß die Finger um mein Handgelenk.

»Wir nennen das ›Armband machen‹. Jeder Mann versteht diese Geste.«

»Kein Zweifel, sie ist sehr eindeutig.«

Ich ahmte seine Gebärde nach. Wieder staunte ich über die Zartheit seiner Gelenke, die meine Finger mühelos umschlossen. Er blinzelte mir zu und löste den *Schesch*; ich ließ die Augen auf seinem Gesicht, während er den *Schesch* ablegte, geschickt und ohne Hast. Wie leuchtendes Wasser bewegte sich der weiße Stoff um seine sitzende Gestalt, weiter und immer weiter, bis das Band weder Anfang noch Ende zu haben schien. Schließlich warf Elias den Kopf in den Nacken; sein schweres, gelocktes Haar schimmerte wie Bronze im Mondschein. Auch sein Gesicht hatte die gleiche Farbe. Ich betrachtete seine Nackenlinie, den geschmeidigen Rücken, den starken Hals. Sein Profil war völlig ebenmäßig. Es war ein antikes Gesicht mit sinnlichen Lippen, breiter Stirn, starken Brauen. Elias' Lächeln, das ich schon mehrfach bemerkt hatte und das so unbestimmt, schüchtern und voller Charme war, zeigte sich auf seinen Lippen. Doch hinter diesem Lächeln schimmerten Unruhe und eine Art Hoffnungslosigkeit. Es war, als ob irgend etwas in seinem Inneren zerrissen wäre und den Tod durchgelassen hätte. Und gleichzeitig war in seinen Bewegungen und Gesichtszügen diese unsinnige, stolze, absolute Freiheit eines Volkes, das in unbekannten Zeiten und auf unbekannten Wegen die Wüste erobert hatte. In Elias waren viele tausend Jahre des Umherziehens, mit oder ohne Erlaubnis, auf genehmigtem oder verbotenem Terrain; Jahrtausende des Nachtwachens, der Wagnisse und der Träume. Ich kannte meine Impulse, war aber auf so etwas nicht vorbereitet. Wie eine warme Woge brach es an meinen Knien und Hüften, stieg empor und wurde immer mächtiger und erregender, bis ich darin zu versinken glaubte. Ich zog meinen Pullover über den Kopf, knöpfte langsam meine Bluse auf. Er rutschte zu mir her, lächelte, hob seine *Gandura* und preßte mich an seinen nackten Körper. Seine glühende, glatte Haut berührte mich wie ein elektrischer Schock. Wie in Trance wartete ich ab und merkte, wie seine geschickten Hände meinen Gürtel lösten. Mein Atem beschleunigte sich; ich spürte mein Blut in der Schlagader klopfen. Ich legte beide Arme um seine Lenden, atmete seinen Geruch ein, diesen Geruch nach Wüstensand und trockener Baumwolle. Unter der *Gandura* und dem baumwollenen *Serouel* war er nackt, die Kälte schien ihm nichts auszumachen. Es ist das Neue, der Reiz des Fremden, dachte ich, daran liegt es. Ich war mein Lebtag gewohnt zu beobachten, mir gleichsam im Kopf Notizen zu machen. Verblüfft ließ ich die Ströme der Leidenschaft mich ganz überfluten, über Knie, Schenkel und Rücken bis an mein Herz branden, unbekannte dunkle Gewässer, die alles Bewußtsein wegspülten. Die Art, sich zu lieben, ist überall gleich und doch immer anders. Elias kniete vor mir, spreizte sanft meine Beine, die er auf seine Schenkel stützte. Zuerst berührte er mich nur leicht, fast unmerklich. Doch dann bohrte er sich plötzlich mit einer feinen, scharfen Bewegung in mich ein. Ich hielt den Atem an, versteifte mich, bevor ich mich langsam entspannte. Er legte beide Hände sanft und fest auf meinen Bauch, streichelte ihn unendlich zart, unendlich langsam. Seine

Finger waren wie der Wind, der meine nackte Haut kreist, Schwingungen durch den ganzen Körper schickt. Ich wand mich unter seiner Berührung, spürte, wie meine Haut sich zusammenzog, wie ich mich mit aller Kraft ihm entgegenpreßte. Er überwachte genau sein Vordringen in mir, konzentrierte seine ganze Aufmerksamkeit darauf, mich auszufüllen, bis ich hilflos diesem Gefühl ausgeliefert war und eine Art Raserei mich schüttelte. Von Elias' geduldigen Fingern geformt, erwachte mein Körper zu neuer Lust, ohne Anstrengung. Ich atmete in kurzen, flachen Zügen, schloß halb die Augen, sank tief und tiefer, ging in der unendlichen Strömung unter, die uns ergriffen hatte. Mit beiden Händen hielt ich seine Schenkel umschlossen, bis er sich über mich beugte, die Arme zu beiden Seiten neben meinem Kopf aufgestützt; er kam mit dem Gesicht ganz dicht zu mir herunter. Ich umfaßte, während er sich auf mich legte, den langen Rücken, die sich wölbende Form seiner Lenden. Meine Hände umfaßten seine Schultern, strichen langsam über sie. Ich empfand seinen Körper wie eine warme Decke, die sich über mich breitete; seine Lippen, die sich öffneten, waren kühl, aber der Mund innen war heiß und schmeckte nach Minze. Sein Haar fiel über mein Gesicht. Es war kräftig und federnd; griff man hinein, so füllte es beide Hände. In der Dunkelheit bewegte sich sein Rücken langsam und lebendig, Licht und Schatten spielten auf seiner Haut. Er war wunderbar geübt in der Liebe, er hatte ein ganz besonderes Einfühlungsvermögen, als ob er meinen Körper, seine Bedürfnisse und Gefühle, schon immer gekannt hätte. Es war eine echte Sinnlichkeit in ihm, einfach und aufrichtig. Was wir taten, geschah wie aus einem uralten Wissen, als hätten wir einen Faden wieder aufgenommen. Ich fühlte das Vordringen der Lust in mir; sie ging mir durchs Herz, kam über mich; jede Pore war ein Funke, ein pulsierendes Flüstern. Ich umklammerte seine Hände, hielt sie fest, preßte sie an meinem Bauch, fühlte seine Wärme in mir pochen. Das Glühen in uns stieg, unaufhaltsam, warme Wellen kreisten in meinem Fleisch. Ich behielt ihn in mir, lange Zeit, bis es nicht mehr zum Aushalten war. Unsere Augen, die nicht voneinander ließen, teilten einander die Leidenschaft mit, die wir gemeinsam erlebten; jeder angedeuteten Bewegung kam der andere in sanfter, magischer Einsicht zuvor, führte sie tiefer und voller aus. Wir überließen uns den dunklen Wassern, die in unseren Lenden und in unseren Herzen brandete. Geheimnisvolle Gewässer, fremd und mächtig, die alles wegspülten und uns als völlig neue Wesen emportauchen ließen. Es war ein Verlöschen und gleichzeitig ein Geborenwerden. Weit über uns leuchtete das Muster der Sterne; der Nebelstrom der Milchstraße war über die ganze Breite des Himmels gegossen. Ich hörte mich stöhnen, mein Herz hämmerte an die Rippen und das überschwere Klopfen tat fast weh. Alles floß hinunter ins Dunkle; wir selbst glitten und glitten ohne Ende, und die Kupfernadeln des Mondes streiften blendend unsere Augen.

Wir kamen sehr langsam wieder zu Bewußtsein. Unsere Körper waren vor Erschöpfung wie gelähmt; noch drehte sich alles. Tastend streckte ich die Hand aus, stieß an Elias' Hand, die sich warm und fest um meine schloß; dann lagen wir beide bewegungslos da, noch halb betäubt, die Hände fest ineinander geschlungen. Allmählich kam Ruhe und Frieden über uns, der Sturm in uns klang ab, wich einem leichten Frösteln. Kälte, fließende Schatten liefen über meine Haut. Nach einer Weile tat mir der Arm weh; ich zog ihn zurück, rollte mich leicht auf die Seite. Da bewegte sich auch Elias;

seine Hand löste sich langsam aus der meinen. Als er sich aufsetzte, sah ich seinen Körper im Dunkeln schimmern. Er war lang, schmal und sehnig, jede Linie war schön; die Haut war glatt, die geschmeidigen Muskeln waren stark. Das Mondlicht fiel auf sein Haar, das wirr und gelockt war und mich an reife Trauben erinnerte. Wir tauschten ein Lächeln. Er tastete über mich hinweg zu unseren Kleidern.

»Dir ist kalt«, sagte er. »Du mußt dich ankleiden.«

Seine Stimme klang sanft und rauh; er sah mich an, selbst bewegt von der Bewegung, die er in meinen Zügen las. Ich nickte; er half mir, mich anzukleiden, und zog sich selbst an, mit der anmutigen Geschicklichkeit, die ich so sehr an ihm liebte.

Später lagen wir eng aneinandergeschmiegt in meinem Schlafsack, ließen unsere Körper einander in ihrer ganzen Länge spüren. Ich schmiegte mich in die Beuge seines Arms. Die Wärme und Stärke seiner Umarmung gab mir ein ganz besonderes Gefühl des Vertrauens. Nichts denken, nichts wollen oder verlangen, dachte ich, nur still mit ihm zusammensein, in einen Frieden, der nicht Schlaf war, sondern Ruhe. Völlig gelöst lag ich da; leise, das Gesicht an seine Schulter geschmiegt, flüsterte ich:

»Das kam unerwartet.«

»Für mich auch. Das kannst du mir glauben.«

Ich sah zu ihm auf. Sein Ausdruck war sanft und gelöst, ein kleines Lächeln blitzte in seinen Augen.

Ich lächelte auch.

»Ich glaube dir.«

Unser Schweigen war Austausch eines neuen Wissens. Ich fragte Elias nicht, ob er mit vielen Frauen geschlafen hatte; die Frage war unbedeutend. Auch er würde mir sicher keine Fragen stellen, niemals, er zog sie wohl nicht einmal in Erwägung. Nur freie Menschen können sich verschenken; wir waren beide nicht gemacht für erstickende Ausschließlichkeit; und doch verband uns ein starkes, leuchtendes Verstehen, angesichts dessen alles andere in den Schatten trat.

Ich sagte:

»Der Gedanke wäre mir nicht gekommen, daß ich mich verlieben könnte. Du paßt nicht in mein Programm, Elias.«

Seine Stimme hörte sich weich und sorglos an.

»Solche Dinge geschehen ganz von selbst, glaube ich.«

Wir hatten einander viel zu sagen, und kein Geheimnis war so dunkel, daß wir es voreinander verbergen wollten. Ich zeichnete mit den Fingerspitzen eine Linie auf seinem flachen Bauch, seinen Lenden und Schenkeln; unter der leichten Baumwolle war die bloße, warme Haut fühlbar. Er legte seine Hand auf meine, führte sie sehr sanft. Sein ganzer Körper schien die Dinge wahrzunehmen, einfach und leicht. Der Druck seiner Hand sprach unverhüllt, erfüllte mich mit durchdringender Süße, und das Blut brannte mir in den Wangen.

»Hast du dir vorgestellt«, flüsterte ich, »daß es so sein könnte – ich meine, zwischen dir und mir?«

Er lachte leise.

»So was errät man.«

Er führte meine Hand an seine Lippen, leckte die Handfläche, wobei er mir in die Augen sah. Ich starrte ihn an, wie ein fremdes Wesen aus einer anderen Welt, und mein Herz wollte aufhören zu schlagen. Die Tuareg waren mir immer bekannt gewesen, bekannt wie Verwandte, die man zwar selten sieht, mit denen man aber rechnen muß. Jetzt hatte der Traum mich eingeholt; das Märchen, das sichtbar geworden war, erfüllte mich mit Unruhe. Flüchtig und nebelhaft streifte mich

244

der Gedanke, ich könnte nie mehr allein sein, nie ohne ihn, das ertrüge ich nicht. Das alles lag noch tief, war unbestimmt, aber meine kühle Vernunft erlahmte unter dem Druck dieser Empfindung. Ich wollte mich ihr nicht ausliefern und sagte heiser:

»Ist dir klar, daß ich nur für sehr kurze Zeit hier bin?«

Sein Lächeln verschwand, aber nicht ganz. Er beobachtete mich mit stillen Blick.

»Ich habe darüber schon nachgedacht«, erwiderte er, »es gibt Dinge, die man auf sich beruhen lassen muß, weil man sie nicht ändern kann.«

Ich drückte meinen Mund auf seinen Hals; sein Blut war eine Resonanz unter meinen Lippen, ein sanftes, pochendes Echo. Selbstbewußt und stark, wie er war, erweckte er in mir jene merkwürdige, fast beschützende Zärtlichkeit, die eigentlich Frauen eigen ist. Tränen stiegen in meiner Kehle hoch, dabei weinte ich nie – außer im Zorn. Vielleicht würde ich es noch lernen müssen.

»Auch wenn sie mit Leid und Schmerz verbunden sind?«

Er hob etwas den Kopf und sah an mir vorbei; das Mondlicht spiegelte sich in seinen Augen.

Dann sah er wieder zu mir herab, mit diesem eigentümlich offenen und gleichsam fernen Blick. Ein Seufzer hob seine Brust. Er sagte leise, wie zu sich selbst:

»Man weiß es nie im voraus. Vielleicht ist die Liebe eine andere Form der Hoffnung? Und am Ende, siehst du, ist es der Mühe wert.«

18. Kapitel

Wir filmten in der Höhle. Am frühen Morgen, bevor wir uns auf den Weg machten, hatten wir alle Geräte genau überprüft, die mechanischen Teile gereinigt. Wir waren uns alle einig, daß die Lichtgestaltung heikel war. Enrique hatte eine Vorliebe für ungewöhnliche Kamerapositionen. Thuy und er nahmen sich jede Wand einzeln vor. Das Ausleuchten kostete uns viel Zeit, wir mußten auf manches verzichten. Enrique arbeitete mit offener Linse, aber bei ihm ging es nie auf Kosten der Qualität. Dabei verließ er sich, wie üblich, ganz auf mich.

»Tamara weiß genau, was sie tut«, sagte er zu Elias. »Es sieht nur so aus, als ob sie es nicht wüßte.«

Elias nickte nur. Auch ich sagte nichts; ich hatte wieder Kopfschmerzen, mußte meine Gedanken beisammenhalten und war auch mit dem Herzen nicht wirklich dabei. Die Grotte bekam mir nicht. Manchmal hatte ich das Gefühl, als berührte ein kalter Finger meinen Hals. Die Bilder traten aus der Wand auf uns zu, schlugen uns förmlich in ihren Bann. Und doch empfand ich tiefen Widerwillen gegen diesen Ort. Elias stand schweigend abseits; sein Blick war dunkel und starr. Die Erinnerungen der Tuareg wehten durch ein Vakuum; sie berührten nicht mehr die Dinge, die sich im Dunkeln verbargen. Elias befand sich zwischen zwei Welten. Er ertrug dies mit weniger Gleichmut als die meisten; er war ein Mann, der alle Fesseln kannte und begriffen hatte, warum er sich von ihnen lösen mußte.

Ich gab, während Enrique filmte, mit leiser Stimme meine Anweisungen. Kein Objektiv sieht wirklich, was das menschliche Auge sieht. Aber mit einem Weitwinkelobjektiv lassen sich interessante Effekte erzielen. Der Hintergrund scheint weit weg zu sein, ist aber dafür schärfer und besser zu erkennen. Das Licht schadete den Farben, ich hatte ein schlechtes Gewissen, aber ich wollte die Bilder so filmen, daß sie eine Unruhe zum Ausdruck brachten. Die Unruhe vielleicht, die ich selber empfand. Das Licht, mit Farbfilter verändert, vermochte sie eindringlich, fast melodramatisch einzufangen.

»Was hast du denn?« rief Serge mir plötzlich zu. »Ist dir nicht gut?«

Ich warf ihm einen zornigen Blick zu.

»Warte doch. Ich denke nach.«

Also merkte man mir die Kopfschmerzen an; das ärgerte mich. Ich sah zu Elias hinüber, dessen Brauen sich leicht zusammenzogen. Er hörte uns nicht zu, er horchte auf etwas in sich selbst. Ich wandte mich von ihm ab; er sollte nicht sehen, in welchem Zustand ich war. Ich hatte Angst, tödliche, trockene Angst, und wußte nicht wovor. »Die Zeichen sind überall, aber wir sehen sie nicht oder wollen sie nicht sehen«, hatte Elias gesagt. Die Arbeit spannte mich aufs äußerste an, ich hatte nur den einzigen Wunsch, die Höhle zu verlassen. Aber es durfte nicht so weit kommen. Ausflüchte vor mir selbst hatte ich immer gehaßt. Ich mißachtete jene, die sich nie der beruhigenden Gewißheit berauben ließen: ich verachtete ihre Selbstzufriedenheit, bemitleidete ihre schläfrigen Tugenden. Ich gab mich nicht mit Routinedenken zufrieden, ließ es nicht zu, daß meine eigenen Ängste mich hemmten. Und in dieser Sache hier, da mußte etwas geschehen.

Ich besprach mit Enrique und Thuy, was ich durch

die Verwendung unterschiedlicher Objektive erreichen wollte. Dann ging es los. Wir drehten zuerst auf normaler Augenhöhe, dann unterhalb der Augenhöhe. Auf diese Weise kam zum Ende hin die Decke zum Vorschein. Das Gefühl dieser wachsenden Einengung trug dazu bei, daß sich die Spannung steigerte. Dann gab ich den Bildern wieder Raum, indem ich die Kamera auf die höchste Position über der Augenhöhe wandern ließ. Da wir ausschließlich mit künstlichem Licht arbeiten mußten, verzichtete ich fast völlig auf Gegenlicht. Aber ich wollte die Farben übertrieben haben, die Rottöne noch roter, die Blautöne blauer. Rocco brummte ein wenig, aber er montierte die Gelatinefilter auf die Objektive. Nun wurde jede Bildsequenz so oft wie möglich unterschiedlich ausgeleuchtet, manchmal mit starkem Frontallicht, manchmal mit gebündeltem Licht, das einen Eindruck von Weite vermittelte. Lichtquellen von der Seite, mit Schatten vermischt, erzeugten ein warmes Orangerot, das manche Figuren wunderbar hervorhob. Ich holte sie mit dem Zoom langsam heran. Zum Schluß senkte ich die Kamera in Bodenhöhe. Die Beleuchtung wurde härter, dunkler; sie sollte ein Gefühl von Unbehagen vermitteln, und richtete sich endlich auf das Loch, das ziemlich rund war und sich nach einem hellen Abschnitt in tiefer Dunkelheit verlor. Und da war er wieder, dieser Schauder, der aus der Erde unter meinen Füßen in mich einflutete.

Ich blinzelte verstört.

»Ich glaube, wir machen eine Pause.«

Wir traten nach draußen, in die brennende Mittagshitze; und im Nu ging es mir besser: Mein Herz schlug gleichmäßig, mein Kopf wurde klar. Wir setzten uns in den Schatten, holten den Proviant hervor. Elias sammelte rasch ein paar Zweige, machte Feuer. Aus seiner mitgebrachten Tasche zog er den kleinen Teekessel, die Teedose und das Stück Stockzucker, das er mit einem winzigen Kupferhammer zerschlug. Thuy lachte kindlich.

»Du denkst wirklich an alles! Und im richtigen Augenblick.«

Er erwiderte ihr Lächeln.

»Nicht immer.«

Ich beobachtete ihn; es war so entspannend, ihm zuzusehen. Jede seiner ruhigen, elastischen Bewegungen war präzise; instinktiv vermied er unnötige Kraftverschwendung. Wie stets hatte er dabei seine ganz eigene Art, strahlend und etwas selbstvergessen; und gleichzeitig steckte viel Leben in ihm, ein unerhört starker Quell. Er war kein Mensch, den die Spannung zerreißen und vernichten konnte; er beugte sich den Umständen gerade so viel, als nötig war.

Ich jedoch war eitler als er; und die Furcht war mir im Weg. Ich mochte das Gefühl bei mir nicht. Mein ganzes Leben lang hatte ich mich dazu geschult, eine Sache, die mir zuwider war, anzupacken, so daß sie ihren Schrecken verlor. Ich wollte immer wissen, woran ich war, suchte nach einem schnellen Ende der Unsicherheit. Sonst brach die größte Konfusion in mir aus, ein irrsinniger Tumult von Gefühlen, über die ich keine Kontrolle mehr hatte. Da sprang ich lieber hart mit mir um. Der Trick erleichterte es mir auch, mich zu drücken: Es kommt vor, daß man eine Sache viel zu wichtig nimmt, bloß weil man sie nicht kennt. Nachher wird sie klarer, und man kann sich davon befreien. Ich war nicht in die Sahara gekommen, um das zu lernen. Und so bewegte ich den Kopf wie ein nasser Hund, der sich das Wasser aus den Ohren schüttelt, und sagte ziemlich herausfordernd:

»Ich möchte in den Schacht steigen und filmen. Mit der HI8-Kamera. Kommt jemand mit?«

Elias hob die Augen und nickte langsam.

»Von oben sieht es schwierig aus. Die Felswand ist fast senkrecht. Nachher geht's leichter. Wird das Loch gut beleuchtet, kommen wir problemlos nach unten.«

Ich holte tief Luft. Es konnte auf dieser Welt nichts Beruhigenderes geben, als mit Elias in den Schacht zu steigen.

Ich fragte beiläufig:

»Hattet ihr damals kein Licht?«

Er schmunzelte.

»Nur ein paar Streichhölzer.«

»Wir machen kein Probevideo«, entschied ich. »Ich will da nicht zweimal runter.«

»Haben wir ein Seil?« fragte Elias.

»Ja, im Lager«, sagte Serge.

Elias nickte mir zu.

»Ein Seil wäre gut.«

Rocco saß mit geröteten Augen und Stoppelbart zusammengesunken am Feuer. Er hatte zuviel Whisky getrunken und seinen Rausch nicht ganz ausgeschlafen.

»Die Molche filmen?« fragte er mich verdrossen. »Muß das sein?«

»Es muß sein. Da unten ist der beste Ort, um über Gespenster nachzudenken.«

»Du bist eine anstrengende Frau«, seufzte Rocco.

Ich nickte ihm freundlich zu.

»Du bist nicht der erste, der das sagt. Ich habe das immer ein bißchen dumm gefunden. Warum behauptet man das eigentlich?«

»Weil du gute Filme drehst«, sagte Enrique heiter. »Alles nur Neid und Eifersucht.«

Ich mußte plötzlich lachen. Ich kam mir wie ein Kind

vor, das vor Panik laut singend in den Keller geht. Einen meiner ersten Filme hatte ich in den Bergen gedreht. »Strahler« hieß der Streifen. So hießen auch die Männer, die auf der Suche nach Kristallen die Quarzbänder bis hinauf zur Schneegrenze aufspürten. Dabei hatte ich ein wenig Gratkletterei geübt. Ich hatte mich mit dem Fels vertraut gemacht, hatte gelernt, auf seine Struktur zu achten. Aber besonders geschickt hatte ich mich nie dabei angestellt.

Ich schickte Serge zu unserem Lagerplatz, um zusätzliches Belichtungsmaterial und das Seil zu holen. Als er gegangen war, machte ich ein paar Fotos mit Polaroid, prüfte verschiedene Einstellungen. Mein Kopf tat abscheulich weh, und auch die Glieder schmerzten, weil ich sie so fest zusammenpreßte, aber ich dachte, laß dich nicht ablenken. Während ich arbeitete, trat Elias zu mir. Ich lächelte ihm matt und etwas schuldbewußt zu.

»Hältst du mich für verrückt?«

Fältchen zeigten sich in seinen Augenwinkeln.

»Ich denke, wir sind es beide.«

Er sagte es mit Nachdruck, so daß ich verstand. Wir lachten, und ich warf mein klammes Haar aus der Stirn.

»Ich kann sehr stur sein, Elias. Manchmal glaube ich, ich bin ein Tyrann. Das bringt der Beruf mit sich.«

»Vielleicht übertreffe ich dich darin«, meinte er. »Und damit du es weißt, ich gehe zuerst. Es ist nicht so, als ob ich hier zu Hause wäre. Ich will erst mal sehen, was unten ist. Man kann nie wissen, nicht wahr?«

Meine Kehle wurde eng.

»Ach, Elias, es kostet mich Nerven! Warum habe ich mir das bloß in den Kopf gesetzt? Na ja, spielt keine Rolle mehr. Ich steige in das Loch. Und wenn es schließlich nur ist, um mir selber zu beweisen, daß ich keine Angst habe.«

Er nickte gleichmütig.

»Das ist ein Grund wie jeder andere auch.«

»Überwindung gehört schon dazu.«

Er blickte mich an.

»Ich möchte dir etwas sagen.«

Ich sah ihm in die Augen. Er legte die Hand auf meine Schulter. »Wir sind dabei, uns zu verlieben, nicht wahr?«

»Ja«, sagte ich. »Und das gibt ein Problem.«

Serge kam zurück mit dem Zusatzmaterial und dem Seil. Inzwischen hatten Enrique und Thuy bereits von oben gefilmt. Rocco legte sich auf den Bauch, kroch näher und tastete die Ränder des Abgrunds von einer Wand zur anderen ab. Die Öffnung war ziemlich regelmäßig. Sie hatte einen Durchmesser von etwa zwei Metern; man konnte sehen, daß sie nach unten zunehmend breiter wurde. Der Hang schien geradeaus nach unten zu führen und verlor sich nach einem verhältnismäßig hellen Abschnitt in völliger Dunkelheit. Die Wände leuchteten in verschiedenen Rot- und Gelbtönen und waren glatt geschliffen; offenbar hatte sich das Wasser eines Gießbaches ein Loch ins Gestein gebohrt, bevor es in vielen Jahrtausenden versickerte. Große, abgerundete Felsen ragten stellenweise heraus und glänzten matt im Halbdunkel. Wir hatten besprochen, daß ich Elias beim Abstieg filmen würde. Es ging mir darum, den Zuschauern die Dimensionen des Schachtes zu vermitteln. Von Anfang an drehte ich mit der HI8, richtete den Sucher auf Elias, während er die Hände auf den Boden legte und die Beine nach unten schob. Dann stützte er sich hinten mit den Händen ab, drückte das Kreuz durch und ließ sich in die Öffnung gleiten. Er kletterte barfuß von Stein zu Stein. Inzwischen beleuchtete Rocco den Schacht. Er hatte eine halbe Stunde gebraucht, bis er die richtige Einstellung fand; er war in diesen Dingen sehr genau. Der Schimmer haftete an Elias' weißer *Gandura*, und von einem Lichtstrahl begleitet, zeichnete sich der Umriß seines Kopfes ab. Er bewegte sich geschickt von einem Steinvorsprung zum anderen, blieb wie abgemacht auf halber Höhe stehen und sah zu mir empor. Ich schnappte gründlich nach Luft.

»Das ist aber tief.«

Ich war schon angeseilt; die Bergsteiger hatten mir damals den richtigen Knoten beigebracht. Thuy schlug mir leicht auf die Schulter.

»Augen zu!«

Ich grinste verkrampft, schob die Beine durch das Loch und schlängelte mich hinunter. Enrique und Serge hatten das Seil gut eingehakt und hielten es fest. Die Steine bildeten kleine gelbrote Inseln, auf die ich mich stützen konnte, doch die Kletterei war ungemütlich und die tanzenden Schatten verwirrten. Ich richtete die Kamera so, daß ich Elias in den Sucher bekam, und turnte vorsichtig hinab. Ich wurde mir der Tiefe dieser Höhle bewußt; sie war hohl und dunkel wie ein Brunnen. Immerhin gab mir das Seil ein Gefühl von Sicherheit. Mein Wahn oder meine Vorstellung – was es auch sein mochte – bestand im Grunde darin, daß ich unten gräßliche, gefährliche Dinge vermutete. Der Scheinwerfer sprühte von oben wie ein Zauberstab; das starke, kreidige Licht warf helle Flecken auf die Wände. Ich hatte ein sehr merkwürdiges Gefühl; das Gefühl, ich sei im Zentrum eines Kreises, dessen Durchmesser langsam immer kleiner wurde, bis er anfing, mich zu ersticken. Die Videokamera lief, es war schwierig zu filmen, weil sich bei jeder Bewegung das Gleichgewicht automatisch veränderte. Häufig mußte ich den Kopf beugen, ein paarmal stieß ich mit Ellbogen oder Knien an die Felsen und fluchte. Endlich erreichte ich die Stelle, wo Elias auf mich wartete. Ich gelangte bis zur Höhe seines Gesichtes; seine Hand streckte er aus, um mich zu halten.

»Das war nicht so schlimm«, sagte ich.

Meine Stimme hallte merkwürdig hohl. Ich hatte eine kühlere Dunkelheit erwartet, nicht diese schwüle Luft. Irgendwo in der Ferne war ein Geräusch, aber so leise, daß ich für den Bruchteil einer Sekunde zweifelte, ob ich überhaupt etwas gehört hatte. Ich lauschte. Was mochte das sein? Eine Sinnestäuschung?

»Wasser«, sagte Elias. »Es sickert tropfenweise. Noch vor fünfzig Jahren watete man hier knöcheltief. Dann ging das Wasser zurück, hinterließ nur noch Pfützen. Und jetzt ist es fast ganz ausgetrocknet.«

»Woher kommt es?«

»Von einem unterirdischen See. Er liegt bei Arak, sechshundert Kilometer nördlich von hier. Wie groß er ist, weiß keiner. Er mag für ein paar Jahrhunderte versiegen – und taucht zwischendurch wieder auf. An manchen Stellen liegt er dicht unter der Sandoberfläche. Man braucht nur zu graben, und das Wasser schießt unter artesischem Druck aus dem Boden. Früher hütete man diese Brunnen wie ein Geheimnis, stellte Wachen auf, damit Feinde sie nicht entdeckten. Das Wasser schmeckt leicht nach Salz, man muß es abkochen. Ursprünglich war es Meerwasser.«

Unglaublich, dachte ich staunend, unglaublich. Elias sprach weiter:

»Das Wasser fließt unter der Erde, wie das Blut unter der Haut. Die Pfade der Karawane folgen genau den Adern. Jetzt trocknet der Boden aus. Der See schrumpft, die Brunnen versiegen. Bei Regen steigt der Grundwasserspiegel, aber nicht genug.«

»Und die Felsbilder?« fragte ich.

»Du wirst sie gleich sehen.«

Wir kletterten gemeinsam einige Meter abwärts. In dem Schacht war es so still, daß sogar unsere Atemzüge von den Wänden widerhallten und als schwaches Echo zurückgeworfen wurden. Ich fühlte, daß ich innerlich zitterte. Endlich berührten unsere Füße den Boden. Wir standen in einer gewölbten Nische, die die Erosion in den Sandstein gegraben hatte. Hier war die Dunkelheit feucht und stickig; der Scheinwerfer flutete Licht als schwachen, flimmernden Nebel herab. Elias berührte mich an der Schulter und wies auf die Stelle, die der Lichtfleck anstrahlte. Ich spähte in das Helldunkel und sah zwei Figuren, die als Relief überlebensgroß in den Stein gemeißelt waren. Mein Kopf reichte nicht höher als bis zu ihren Schultern. Man mußte sie genau betrachten, um die Gestalten zu erkennen, die beinahe mit dem Hintergrund aus roten, gelben und braunen Schattierungen verschmolzen. Doch als ich mich bewegte, tauchten sie aus dem Licht auf und zeigten sich deutlicher. Beide streckten die Arme hoch, als ob sie beteten. Frauen oder Männer? Es war nicht zu erkennen; Kopf und Oberkörper waren mit einer schwarzen Schicht überzogen, als hätte jemand versucht, sie aus dem Stein zu kratzen. Ich trat näher, berührte die Kruste und roch an meinem Finger: Holzkohle. Verwundert sah ich Elias an.

»Waren Leute hier?«

Er nickte.

»Um die Jahrhundertwende, bei den Kämpfen gegen die Franzosen. Und auch kürzlich wieder, als wir die Rebellen in der Sahelzone unterstützten. Die Männer versteckten hier ihre Waffen.«

»Warum haben sie die Figuren geschwärzt?«

»Schwarz ist die Farbe der Tarnung. Und gleichzeitig auch die Farbe der Lebenskraft: Schwarz symbolisiert Blut und Feuer. Wenn man den Farben ein eigenes Wesen zuspricht, ist das wie mit den Worten: Sie entfalten Kraft, werden lebendig und wirken in uns. Auf der ganzen Welt findest du das.«

»Imitative Magie«, sagte ich.

»Richtig. Die Kämpfer wollten mehr Stärke gewinnen; und in solchen Figuren steckt eine besondere Kraft. Es gibt Lieder, die diese Kraft herbeiholen können. Wenn Männer die Steine zu Schutzgöttern machen, verbrennen sie Oleander und formen die Glut zu einer Sichel, das Zeichen der Mondgöttin Tanit. Die Muslime haben die Sichel Allah zugeschrieben. Na gut, die Männer warten, bis die Holzkohle zerfällt und die Glut erloschen ist. Dann nehmen sie die heiße Asche mit bloßen Händen auf und pressen sie auf die Bilder. Der Moment ist überaus wichtig: Jeder kann sehen, wie die Kraft als Funken aus dem Stein kommt und in die Handflächen dringt. Die Männer reiben ihre Gesichter und den ganzen Körper damit ein. Das heiligt sie und macht sie zu Brüdern des Gesteins. Sie werden unbesiegbar.«

»Woher weißt du das?« unterbrach ich ihn. »Warst du dabei?«

Er blinzelte mir zu.

»Es gibt Dinge, über die man nicht sprechen soll. Tu so, als hätte ich sie dir nicht gesagt.«

»Du imponierst mir, Elias.«

Ich ließ meine Blicke über die Felswand wandern. Über den Köpfen der beiden Figuren war weit bis in das Dunkel hinauf eine Zeichnung geritzt. Das Motiv erschien mir vertraut und doch fremd. Im Halbdunkel sah ich es verschwommen.

»Ein Sternbild?« murmelte ich.

»Kennst du es?« fragte Elias.

Als ich zwölf war, hatte mir Olivia zum Geburtstag einen illustrierten Astronomie-Atlas geschenkt. Ich hatte Stunden darin geblättert. Das war an vielen Nachmittagen meine liebste Beschäftigung gewesen: den Atlas zu studieren und Fruchtbonbons zu lutschen, solche, die die Zunge rot oder grün färbten. Ich sah mich noch, wie ich mit dem Zeigefinger sorgfältig den Umrissen der einzelnen Sternbilder entlangfuhr. Das Buch war für mich eine Fundgrube unwiderlegbarer Offenbarungen gewesen, meine erste bewußte Wahrnehmung des Unendlichen.

Ich versuchte zu sehen, was Elias deutlicher sehen konnte als ich. Worauf beruhte diese unwiderstehliche Anziehungskraft? Ich war plötzlich sehr erregt.

»Es ist die Leier, nicht wahr? Das kann nur die Leier sein! Mit der Wega, dem leuchtendsten Stern der nördlichen Hemisphäre. Sie war vor zwölftausend Jahren der Polarstern. Das hängt mit der Rotation der Erde zusammen. Mit dem Vorrücken der Tagundnachtgleichen ...«

Elias nickte. Sein Blick war eindringlich, doch als er sprach, klang seine Stimme sonderbar müde.

»Wir sind ein altes Volk und daran interessiert, auf welche Art die Vergangenheit etwas für uns bedeuten könnte. Man kann uns in keine Kategorie einordnen. Wir sind die Überlebenden einer Katastrophe, eine bedrohte Gattung. Und so prahlen wir mit unseren Ursprüngen wie andere mit Macht und Kapital. Wir halten uns für vollkommen, aber dahinter ist nichts. Wir haben unser Gedächtnis verloren. Die ›Kinder der Echse‹, nicht wahr? ›Es war einmal‹, heißt es im Märchen. Ich würde sagen: ›Wir waren einmal.‹ Die Karawanen in der Wüste hinterlassen nur ihre Fußspuren. Und der Wind weht sie fort...«

Ich lächelte schwach und richtete die Kamera auf die Felswand. Der Sucher erfaßte die Figuren, glitt langsam über sie hinweg. Das Sternbild glühte an der honiggelben Fläche. Ich sah es jetzt vergrößert, aus der Nähe. Klar und exakt waren die Linien wiedergegeben, eine perfekte Geometrie des Himmels. Und ich fragte mich, was das zu bedeuten hatte, daß die Wega nach so vielen Jahren in meinen Erinnerungen noch eine Rolle spielte. Und gleichzeitig war noch die Angst da, das Kopfweh ebenfalls. Es mußte an der eingeschlossenen Luft, an der drückenden Feuchtigkeit liegen. Von weit her hörte ich immer das gleichmäßige Geräusch von Wassertropfen.

Noch während ich drehte, bemerkte ich, wie Elias sich langsam entfernte, dem Geräusch des Wassers nachging. Er duckte sich unter einen Vorsprung, hielt mitten in der Bewegung inne. Er hockte sich auf den Fersen, beobachtete mit großer Aufmerksamkeit etwas vor sich auf den Boden. Ich wollte zu ihm gehen, aber das Seil war nicht lang genug. Ich löste den Knoten; das Seil fiel mit leisem Klatschen auf die Steine. Vorsichtig und halb gebückt trat ich neben Elias. Ich sah eine Bewegung vor ihm auf den Steinen. Im Halbdunkel kroch ein kleiner hellgrauer Molch, hinterließ dabei eine feuchte Spur, als ob er aus einer Pfütze komme. Elias hob den Kopf und blickte mich an. Ich kauerte mich neben ihn und betrachtete das Tier, das sich tastend bewegte. Und dann sah ich es: Der Molch hatte zwei Köpfe; der zweite war eher ein Auswuchs, schuppenartig vertrocknet. Elias streckte schweigend die Hand aus. Ein anderer Molch lag reglos in einem Spalt; er hatte die Farbe eines gebleichten Knochens und schien tot zu sein. Doch plötzlich bewegte ein Zucken die blinden Augen; eine groteske, unerwartet heftige Bewegung krümmte den bleichen Leib. Unbeholfen tastete sich der Molch aus dem Spalt; er war größer als das erste Tier, mit sechs Beinen und einem Schwanzstummel. Ein weiterer Molch erschien, ein ganz kleiner diesmal, der seinen Zweitkopf wie ein eingeschrumpftes Geschwür schleppte. Ein heftiger Schauder packte mich. Ich wich erschrocken zurück.

»Was ist das, Elias?«

Er nickte langsam und sprach wie zu sich selbst.

»Eine Mutation. Jetzt wird mir vieles klar.«

In der Magengrube hatte ich ein merkwürdig kaltes Gefühl. Ich legte die Hand auf den Mund.

»Was willst du damit sagen, Elias?«

Er sah mich an, mit Qual in den Augen.

»Es ist wie bei den Kindern.«

»Du meinst, daß das Grundwasser verseucht ist?«

Er nickte.

»In den fünfziger Jahren zündeten die Franzosen bei In-Eker Atombomben. Die Versuche erfolgten unterirdisch. Nach dem Krieg wurde die Sperrzone geräumt. Jetzt hat sich die Radioaktivität durch die Erdschichten gefressen und das Grundwasser erreicht. Wir leben auf einem Vernichtungsdepot.«

Ich holte gepreßt Atem. Das war es also gewesen. Die Angst, die ich empfunden hatte, war weder Wahn noch Neurose. Das Grauenhafte war sehr nah bei uns. Im Bruchteil einer Sekunde erkannte ich es, und der Schreck überfiel mich mit ungeheurer Heftigkeit. Schon möglich, daß ich überempfindlich reagierte. Tiere spüren Gefahren; sie haben einen sechsten Sinn für diese Dinge. Warum nicht auch Menschen?

»Ja, und was ist mit den Kindern?« stieß ich hervor.

»Dasselbe wie mit den Molchen.«

Elias' Worte klangen hart, aber in seiner Stimme lag tiefste Verzweiflung. »Sie werden zweiköpfig, ohne Augen oder mit Armstümpfen geboren. Bei Jungen gibt es Mißbildungen am Geschlecht. Die Mütter sind untröstlich, schämen sich, verstecken ihre Mißgeburten. Manche werden umgebracht ...«

Ich gab mir alle Mühe zu schlucken, aber mein Mund war so trocken, daß mir die Zunge am Gaumen kleben blieb.

»Ich habe auch Mutationen bei Kamelfüllen gesehen. Und bei Ziegen. Ich dachte, das kommt vor. Aber ich war dumm, ich habe nichts begriffen ...«

Er schlug sich mit der Faust an die Stirn. Ich erschauerte; es fehlte nicht mehr viel, und ich hätte geschrien. Ich starrte auf die Molche, die sich an unsere Anwesenheit offenbar gewöhnt hatten, und sah kein Tier, das nicht auf die eine oder andere Art mißgebildet war. Irgendwie mußte ich bei Verstand bleiben, das Entsetzen zurückhalten. Ich hob die Kamera vor die Augen und preßte zwischen den Zähnen hervor:

»Du bist mir im Licht, Elias.«

Er rückte etwas auf die Seite. Ich drehte. Da waren sie wieder, die kleinen Gespenster. Im Sucher meiner Kamera. Zoom auf sie. Großaufnahme, festgehalten für immer. Die ekelhaftesten Tiere, die ich je gesehen hatte. Und trotzdem Opfer auch sie; Opfer der menschlichen Gewalt. Ich spürte eine wütende Spannung in mir, meine eiskalten Hände hinterließen feuchte Spuren auf der Kamera. Verbissen drehte ich weiter, bis Elias meine Schulter berührte.

»Es ist besser, wir gehen.«

Ich nickte stumm; ja, es mochte gefährlich hier sein. Aber die Welt war kaputt, es war alles so schrecklich alltäglich. Also beherrsche dich gefälligst, und werde nicht hysterisch

Roccos Stimme polterte in den Schacht. Ob wir es schön hätten, da unten? Und ob es nicht vielleicht sinnvoller wäre, den Scheinwerfer abzuschalten und Batterie zu sparen, ja?

»Schon gut, wir kommen!« rief ich hinauf. Meine Stimme kam mir rauh und fremd vor. Als ich das Seil verknotet hatte, warf ich einen letzten Blick umher. Der Ort schien verlassen zu sein für die Gespenster, die sich regten. Unter dem Abbild der ewig wandernden Sternbilder krochen die Monster der Zukunft aus verseuchten Pfützen. Vielleicht würden Vergangenheit und Zukunft eines Tages verschmelzen; die Erde dorthin zurückkehren, wo die Geschichte noch nicht begonnen hatte. Und wie zu Zeiten, die keines Menschen Auge gesehen, das Phantom versiegter Gewässer im Atem der Stürme rauschen, die über den toten Planeten zogen.

19. Kapitel

Leg deinen Kopf an meine Schulter«, sagte Elias. Er saß mit dem Rücken gegen den Felsen gelehnt, ich schmiegte mich an ihn und spürte seinen Atem in meinem Haar. Meine Muskeln schmerzten von der Kletterei, und ich hatte einige blaue Flecken. Mein Gesicht brannte, meine Augen waren trocken und gerötet. Auch das Filmen hatte Mühe gemacht, meine Finger fühlten sich ganz steif und schwer an. Etwas Wind wehte, brachte den Geruch des Sandes mit. Man konnte den Sand riechen, diesen scharfen, etwas salzigen Geruch. Ob der Sand auch verseucht war?

Elias sagte:

»In dieser Sache nehme ich an, daß Algerien und Frankreich längst unter einer Decke stecken. Fünfzig Jahre ist das jetzt her, man wird geologische Studien gemacht haben. Irgendwie mußte eine Lösung gefunden werden, man konnte das Problem ja nicht aus der Welt schaffen. Wahrscheinlich hat der französische Staat eine Abfindung gezahlt. Algerien wird das Geld in die Rüstung gesteckt haben. Oder bei einer Schweizer Bank deponiert haben.«

Und inzwischen kommt das Gift, dachte ich. Es kommt aus den Löchern der Erde, aus dem Wasser, aus dem Staub; es zieht durch die Oasen, dringt in die Zelte, in das Knochenmark aller Menschen und Tiere. Ich spürte, wie unter der brennenden Haut Kälte in mir aufstieg.

»Und die Bevölkerung?«

»Die Leute sehen Dinge, die sie nicht begreifen können. Sie glauben, es ist vorbestimmt. *Mektoub*. Und was die Nomaden betrifft, ihr abgeschiedenes Leben hält sie von Gerüchten fern. Die Geburt eines Kindes, das nicht normal ist, erscheint ihnen furchtbar und unehrenhaft. Sie wissen nicht, warum es so ist, ahnen es nicht einmal. Man müßte es ihnen mit Worten erklären, die sie verstehen könnten ...«

»Hast du es niemals versucht?«

»Nein. Es tut mir leid. Ich war blind, ein Versagen, das schwer auf meinem Gewissen lastet. Doch was sollten wir tun? Wir müßten sehr tiefe Brunnen graben, mindestens zweihundert Meter unter der Erde. Aber wer gibt uns das Geld?«

»Internationale Hilfe, vielleicht ...?«

»Die würde Algerien mit nobelklingender Entrüstung zurückweisen. Die Wirtschaft braucht ausländisches Kapital, und zwar dringend. Gibt die Regierung zu, daß ein Teil der Sahara radioaktiv ist, würden die Investoren zurückschrecken.«

Ich fühlte, wie meine Kraft mich verließ. Mit blinzelnden Augen betrachtete ich den Mond, der etwas größer als gestern war und kupferrot aufstieg. Ich dachte an die kleinen Monster unten im Schacht; mir wurde übel. Man würde sie im Fernsehen zeigen, diese so unerträglich widerlichen Kreaturen. In Großaufnahme, so nah, daß sie den ganzen Bildschirm ausfüllten, dafür würde ich sorgen. Aber inzwischen waren Harrisburg, Seveso, Bophal, Tschernobyl passiert. Die Welt hatte ihre Ölpesten, Erdbeben, Massengräber, Aids- und Ebola-Viren. Der katastrophengesättigte Bürger ließ sich nur dann wachrütteln, wenn das Desaster aktuell war. Dann döste er wieder ein und wartete auf das nächste.

»In-Eker«, sagte ich wütend, »ist ein alter Zopf.«

Das Paradies war eine Illusion, und ebenso die Wüste mit ihren unterirdischen Seen, ihren Geheimnissen, ihren verborgenen Wunden. Sie war aus den Trümmern der Vergangenheit geschaffen und versprach ihren Kindern keine Hoffnung, keine Chance mehr. Die Nomaden wanderten auf vorgezeichneten Todespfaden, dem Sterben der Erde folgend; sie würden in die Legende eingehen wie einst ihre Ahnen, der Stille entgegen, wo ihr Name aus dem Gedächtnis verschwindet und das Vergessen beginnt.

»Ein Sterben auf Raten«, sagte Elias dumpf, »man kann es auch Zukunftsstarre nennen.«

Ich drückte mein Gesicht an seine Schulter.

»Es ist ziemlich hoffnungslos, meinst du nicht auch?«

Seine schönen feingliedrigen Hände streichelten mein Haar.

»Ja, wahrscheinlich. Und alles andere auch. Das zwischen dir und mir, meine ich. Ich bin ohne Garantie mit dir zusammen, kann dir nur mich selbst und meine Ehrlichkeit bieten. Wenn es mich so nach dir verlangt, bedeutet das, daß du einen großen Platz in meinem Herzen hast. Aber ich habe mich damit abgefunden, daß du gehst. Du hast in Paris viel zu tun. Es ist besser, so zu denken, das tut weniger weh«, setzte er leise hinzu.

Die kalte Nacht hüllte uns in ihr Saphirblau; immer noch wehte der leichte Wind, mit einem fernen Wellengeräusch und dem Geschmack des Sandes. Ich wandte plötzlich den Kopf, überraschte Elias bei einem langen Blick auf mein Profil, und sagte:

»Du bringst mich noch so weit, daß ich in Schwierigkeiten komme.«

Er legte beide Arme um mich.

»Man heilt langsam, das braucht seine Zeit. Aber du

sollst dir keine Vorwürfe machen. Ich verstehe das alles vollkommen.«

Ich hob die Hände, berührte sein Gesicht, die hohe Stirn, die Linie der Wangenknochen. Etwas Sand klebte auf seiner Haut, ich fühlte es unter den Fingerkuppen.

»Hast du nie daran gedacht, den Hoggar zu verlassen? Nach Europa zu gehen?«

Ein schmerzliches Zucken ging über sein Gesicht. Dann lachte er ironisch.

»Ob es mir paßt oder nicht, ich bin Algerier. Was wäre ich in Europa? Ein Asylbewerber, wie alle anderen. Da steht mir meine verdammte Überheblichkeit im Weg.«

»Das ist idiotisch«, sagte ich.

»Ja, ich weiß.«

Wir lachten beide und wurden im gleichen Atemzug wieder ernst. Elias runzelte die Stirn, als lausche er den Geräuschen der Nacht. Schließlich hob ein schwerer Seufzer seine Brust.

»Es ist nicht nur das.«

»Natürlich nicht.«

»Selbst wenn ich wollte und könnte, ich würde nicht weggehen. Es wäre feige und egoistisch. Man führt Krieg gegen uns. Nicht nur mit Panzern und Atommüll, sondern mit Schlagworten, Statistiken, Paragraphen. Früher war nur unser Leben bedroht, heute ist es unser Geist, der geknebelt wird; und ich glaube, dies ist schlimmer als der Tod.«

»Ich kann mir vorstellen, daß es so ist«, sagte ich leise.

Er nickte.

»Manche von uns leben weiter in ihrem altgewohnten Rhythmus. Vom Sinn des Modernen verstehen sie nicht viel. Diese Leute brauchen mich ...«

265

»Und sonst?«

»Nichts sonst. Es ist leicht, im Kampf sein Leben zu verlieren. Eine Kugel schmerzt nicht, wenn sie in die Brust dringt. Langsam sterben in Hunger, Not und Verzweiflung ist ein hartes, ein trauriges Schicksal. Uns muß jemand helfen, auf die richtige Art zu leben. Deswegen bin ich zurückgekommen, verstehst du?«

»Ich glaube schon.«

Während er sprach, spürte ich durch den leichten Stoff seiner *Gandura* die Resonanz seiner Stimme. Ein Frösteln überlief mich. Das war der Weg, dachte ich, der Weg, der ihm blieb. Vor Jahrtausenden mußte das, was sich in ihm regte, entstanden sein: der Stolz, die Verantwortung, ein kollektives Gedächtnis, vielleicht auch der unbewußte Wunsch, es seinem Vater gleichzutun. Er kann gar nicht anders handeln, dachte ich mit schmerzvollem Staunen. Das, was er wirklich liebte, war hier, in dieser Landschaft. Ich wußte nicht, was es war; aber es war größer als eine Frau, als alle Menschen, als die Religion, die ihm nichts bedeutete. Es war eine Art Mission; vielleicht wurde er, während er mit mir sprach, sich selbst darüber klar.

Wie immer, wenn ich erschüttert war, klang meine Stimme übertrieben sachlich.

»Und? Legt man dir keine Steine in den Weg?«

Er lächelte.

»Sogar Felsen.«

»Das scheint dir nichts auszumachen.«

»Mir sind verschiedene Probleme bewußt. Aber ich kann nicht fortziehen, meine Wurzeln sind hier.«

»Elias, wie lange hast du mit den Rebellen gekämpft?«

Ein wenig lächerlich, aber ich wollte es wissen; bisher hatte mich nur eine letzte Scheu abgehalten, mich über diesen Punkt zu erkundigen.

Er zuckte die Achseln, nahm nachdenklich die Frage auf.

»Wie lange? Was soll ich sagen? Ich war jung, aber ich trug eine Waffe. Und wer eine Waffe trägt, macht zwangsläufig – irgendwann – von ihr Gebrauch. Amenena sah diese Dinge sehr klar; sie wollte nicht, daß ich mich einmischte. Ich war ihr Sohn, ich hatte zu gehorchen. Aber die Rebellen kamen an unser Lagerfeuer; manche waren verletzt, und Amenena pflegte ihre Wunden. Sie liebten ihren Aufstand, weil er ihr Lebenszweck war. Sie sagten mir immer wieder, daß es ihre größte Hoffnung war, für unsere Sache zu sterben, denn nur durch den Tod bleibe man seiner Überzeugung bis ans Ende treu. Ich bewunderte sie. Ihre Begeisterung und die meine waren nicht gleich. Sie träumten von Heldentaten, während ich, durch die Dialoge mit meinem Vater ernüchtert, die Politik durchschaute. Im Kern meines Zorns fühlte ich Trauer und Angst. Auch kamen mir die Worte Dassines in den Sinn, die sie zu ihrem Bruder, den Amenokal Mussa ag Amastene nach der Schlacht von Tit gesprochen hatte.«

»Wer war Dassine, Elias?«

»Meine Urahnin, die vor hundert Jahren lebte. Sie war so schön, so wunderbar klug, daß man nur in Gedichten und Metaphern von ihr sprechen konnte. Im Jahre 1902 erlitt die Konföderation des Ahaggars eine entsetzliche Niederlage. Wir kämpften mit Lanzen und Schwertern, die Franzosen waren mit Maschinengewehren gekommen. Sie waren nicht aufzuhalten. Noch nie hatten so viele ihr Leben verloren, Trauer und Wehklagen herrschten in den Zelten. Aber das ist eine andere Geschichte ...«

Die Art, in der Elias sprach, erfüllte mich mit nachdenklicher Verwunderung. Er ließ sich völlig von dem

Fluidum des Augenblicks tragen, bewegte sich mühelos in einer Welt komplizierter Gedankenverbindungen. Dadurch kannte sein Erzählen keinerlei Systematik und Logik. Ich kniff ihn in den Arm.

»Zur Sache, Elias! Was hat Dassine gesagt?«

»Der Amenokal berief die *Djemaa*, den großen Stammesrat ein. Seit jeher war es Brauch, daß die Mutter oder die ältere Schwester des Königs an der *Djemaa* teilnahm und ihr Vetorecht ausübte. Als die Krieger für eine Vergeltungsschlacht stimmten, widersetzte sich Dassine diesem Entschluß in einer berühmten Rede. Ihre Worte, in der höfisch-poetischen Ausdrucksweise der alten Minnelieder, behielten die Anwesenden im Herzen. Sie gaben sie weiter, und so leben diese Worte noch heute. Jedes Kind lernt sie auswendig.«

»Kannst du sie mir übersetzen?«

Ich konnte seine Augen erkennen, die unbeweglich in die Dunkelheit starrten; er war ganz in einer anderen Welt.

»Übersetzt klingt es natürlich nicht so schön wie in *Tamahaq*.«

»Das macht nichts«, sagte ich.

Ein paar Augenblicke lang war nur das ferne Rauschen des Windes zu hören. Elias lächelte und sprach in zögerndem Französisch:

»O mein Bruder, o meine Freunde! Feinde bedrohen unser Volk. Unsere Krieger haben wie Löwen gekämpft und mit ihrem Blut ihr junges Leben vergossen. Die Fremden besitzen die Übermacht der Waffen, wir haben nichts als unsere Tapferkeit. Aber was wird aus unserem Volk, wenn Todeshagel die Blüte unserer jungen Männer niedermäht? Wir Frauen bleiben einsam, den Feinden ausgeliefert, unsere Kinder werden ohne Vater heranwachsen; kein Herzensfreund wird den Imzadspielerinnen lauschen. Ich, Dassine, sage euch: O mein Bruder und meine Freunde, wir wollen unsere Freiheit, nicht aber unseren Untergang. Wir wollen nicht in unserem Zelte wehklagen und die Edelsten und Tapfersten unseres Volkes beweinen ...«

Die Worte berührten mich; sie waren archaisch und gleichsam erstaunlich modern. Es waren die Gedanken einer Frau, die sich an die Taten ihrer Vorfahren erinnerte und gewissermaßen gegen sich selbst sprach. Ohne Zweifel war sie zornig und konnte jeden Augenblick die Geduld verlieren. Aber sie erkannte Schicksal und Notwendigkeit. Sie sah, wie das Verhängnis näher kam. Sie setzte ihm die Kraft ihres mächtigen Willens entgegen, schwang sich zu dem auf, was sie für gut hielt; ohne Rücksicht auf das, was die Männer von ihr denken mochten.

»Sie haben auf sie gehört?« fragte ich.

Er lächelte, schüttelte leicht den Kopf.

»Natürlich nicht sofort. Es gab großes Palaver, Zorn und Gezeter. Viele *Amrar* widersetzen sich. Aber Dassines Einfluß war so groß, daß keiner wagte, sie als Verräterin hinzustellen. Am Ende willigte der König ein, mit den Franzosen zu verhandeln, und zwei Jahre später wurde der Frieden geschlossen. Aber das ist eine andere Geschichte.«

Ich blinzelte ihm zu.

»Kennst du noch mehr solche Geschichten?«

»Eine ganze Menge. Mein Gedächtnis ist nicht schlecht. Es kommt aus einer Zeit vor tausend Jahren, es läuft über den Sand, schneller als mein *Mehari*. Ich messe die Zeit nicht mehr in Sekunden, Minuten, Stunden. Ich messe die Zeit mit meinem Atem, mit dem Geräusch, das meine Füße im Staub machen.«

»Du ... Elias?«

»Ja, was ist?«

»Den Whisky, den bist du nicht gewöhnt.«

»Nein«, erwiderte er, und jetzt lachten wir beide. Es war tatsächlich so, daß er der Versuchung widerstand, die Zeit messen zu wollen; er sprach von allem fast gleichzeitig. Sein Gedächtnis bewegte sich wie das Leben der Tuareg in einem Raum, in dem die Horizonte verwischten.

»Und diese Geschichte damals«, sagte ich, »was löste sie bei dir aus?«

»Sie bewirkte, daß ich mich den Rebellen nur für kurze Zeit anschloß. Ich hatte Angst vor dem Tod – nicht vor meinem eigenen, sondern vor dem meines Volkes. Als Ersatz für all das, was wir verloren haben, bekommen wir niemals etwas zurück. Wir sollen sterben, es liegt in der Zukunft beschlossen, vielleicht morgen, wahrscheinlich übermorgen. Kämpfen nützt nichts mehr.«

»Wieso bist du dir so sicher?«

»Sie haben die besseren Waffen, auch wenn mein Vater seine Spielchen mit Ghaddafi trieb. Jeder, der stirbt, nimmt einen Teil unserer Kraft mit sich, und unsere Feinde haben leichtes Spiel. Statt zu kämpfen, sollten wir uns paaren und Kinder zeugen, damit wir mehr werden. Oft meine ich, daß Dassines Geist noch lebt, die ganze Wüste bedeckt, mit Sand und Staub verschmolzen, in Felsspalten verborgen oder auf den Steinen schimmernd. Und so denke ich heute, daß man uns vielleicht wachrütteln kann. Die Dinge haben bereits angefangen sich ein wenig zu ändern. Aber es braucht Zeit. Und mein Leben soll mir nicht leid tun.«

»Wir sind dabei, uns zu verlieben«, hatte Elias in der Höhle gesagt. Ich befand mich plötzlich in einer Welt der Unsicherheit. Ich konnte nicht erklären, wie das gekommen war. Es hatte mich einfach ergriffen. Bisher hatte ich mich so zu arrangieren gewußt; Erschütterungen und Konfrontationen ging ich geschickt aus dem Weg. Die enge, heiße Vertraulichkeit zwischen Mann und Frau war mir stets als Utopie vorgekommen. Wieder dachte ich an Olivia, daran, wie es ihr gelungen war, das Außergewöhnliche in den Alltag zu integrieren, und an das daraus entstandene Chaos. Ich hatte stets etwas Kühleres angestrebt, eine Distanziertheit gleichsam. Nicht berührt werden, nicht verletzt werden, sich die anderen vom Leib halten. Ich verfluchte mich innerlich. Es gab keine Utopie in der Liebe, und unsere Träume werden niemals wahr. Aber womöglich dachte Elias anders. Und vielleicht war sein Leben von Hoffnung erfüllt.

20. Kapitel

Ich hätte nicht gedacht«, sagte ich matt, »daß es mit uns so weit kommen würde. Ich weiß nicht, warum überhaupt ...«

Er lächelte.

»Wenn es so weit gekommen ist, lohnt sich auch kein Rettungsversuch mehr.«

Ich hob den Kopf.

»Dann sieh zu, was aus dir wird.«

Er blickte mit eigenartigem Gesichtsausdruck ins Leere.

»Weißt du, ich beklage mich nicht. Es ist meine Schuld.«

Ich erwiderte, ziemlich erregt:

»Ich habe auch meinen Teil dazu beigetragen, glaubst du nicht? Darüber hinaus ist es sinnlos. Ich will zu dieser Sache nicht verpflichtet sein.«

»Wozu verpflichtet sein?«

»Zu belastenden Gefühlen, verdammt!«

»Hast du Angst?« fragte er leise.

»Vielleicht«, sagte ich. »Und du?«

»Nein. Nicht im geringsten. Du hast mich schon so glücklich gemacht, nur dadurch, daß ich dich kenne.«

»Laß die Albernheiten, Elias. In vier Tagen geht mein Flugzeug.«

»Das macht keinen großen Unterschied.«

»Alles hat einmal ein Ende.«

Seine Arme umschlossen mich fest.

»Viele Menschen wissen überhaupt nicht, was Liebe ist. Und ich wußte es bis vor kurzem auch nicht. Seit ich dich kenne, ist alles anders. Ich denke ständig an dich und wiederhole deinen Namen. Ich spreche ihn vor mich hin. Er schmeckt wie eine Frucht und glitzert wie eine Blume. Du bist bei mir. Ich höre dich leben. Ich warte auf den Klang deiner Stimme. Und du sollst wissen, daß du meine Gedanken und Gefühle bereits unumschränkt beherrschst ...«

»Hör auf!« entgegnete ich verärgert. »Auch das ist eine Art von Erpressung.«

»Ich hatte Zeiten äußerster Verzweiflung, in der mir das Leben wenig bedeutete. Und jetzt kann ich es nicht mehr vermeiden, glücklich zu sein. Mir macht es nichts aus, mich gefangenzugeben. Obwohl dein Flugzeug in vier Tagen startet. Obwohl ich den Gedanken, dich nie mehr wiederzusehen, unerträglich finde. Ich werde auch nichts versuchen, um dich daran zu hindern, mich zu verlassen. Aber bis zum letzten Augenblick werde ich warten, daß du mir sagst, du kommst wieder.«

Ich biß die Zähne zusammen.

»Nein.«

»Bist du ganz sicher?«

»Sei still!« flüsterte ich.

Ich atmete den Geruch seines durchsonnten Haares, drehte die Locken um meine Finger. Ich fühlte mich machtlos. Ich hob das Gesicht zu ihm empor, und er berührte es mit den Lippen. Sein Mund fühlte sich kalt und frisch an. Mit einem Mal streckte er die Zunge vor, leckte meine Haut; die Liebkosung war unaussprechlich erregend, erweckte in mir ein grenzenloses Begehren. Wie zärtlich er war – und wie beunruhigend! Er war von wunderbar beglückender Heiterkeit, fremd, und doch unsäglich vertraut. Sein Atem brachte den meinen aus dem Gleichmaß; ich fühlte mich geschwollen vor Verlangen. Ich konnte spüren, wie die Erregung immer stärker aufstieg; das langsam wachsende Verlangen wirkte wie ein Narkotikum der Liebe. Ich streichelte Elias unter der leichten Baumwolle, löste seinen Gürtel mit einem einzigen kurzen Ruck. Meine Hände preßten sich auf seinen Körper; er war heiß und glatt. Langsam entkleideten wir uns, er half mir dabei; im Mondlicht kamen mir meine Brustwarzen größer und dunkler vor. Sein Knie drang zwischen meine Schenkel, und meine Beine spürten die Wärme seiner Haut. Seine Finger glitten über mein Gesicht, über die klopfenden Schläfen, verfolgten Halslinie und Brüste. Sie wanderten über den Bauch bis zu meinen Schenkeln, die sich bei der Berührung öffneten. Mein Atem ging heftig. Ich verließ diese Welt, wie man in einen Abgrund fällt, versank in träger Schwere wie am Rande des Schlafes. Unter den Liebkosungen seiner Hände wölbte sich mein ganzer Körper. Seine Finger massierten mich sanft, ganz sanft, an den richtigen Stellen. Mein Leib spannte sich in wellenartigen Bewegungen. Elias' Finger, in deren Spitzen ein Feuer zu glühen schien, waren leicht wie der Wind, sie strichen über meinen Bauch hin wie über eine Ebene, umkreisten den Nabel, der sich wie eine leere Muschel anfühlte. Ich schmeckte das Salz, den Geruch des Sandes auf seiner Haut, während er meine Hand nun zwang, die Schamlippen auseinanderzupressen, in der Spalte hin und her zu gleiten. Hitzewellen flammten in meinem Unterleib auf, als ob mein Inneres überfloß, und ich spürte dort eine seidige Nässe. Seine Finger berührten die kleine Erhebung, in der sich alle Nerven meines Körpers trafen. Mir war, als ob ich erstickte; immer stärker und fordernder schlug mein Herz. Ich spürte diesen wun-

274

derbaren süßen Schmerz bis in die Hüften hinauf. Meine Haut erbebte unter seiner Berührung, die Schwingungen, die mich durchpulsten, erreichten eine beängstigende Intensität. Elias ließ den Wind durch seine Liebkosungen fahren, in der Höhlung meines Körpers war ein leises Rauschen wie von Taft. Seine Hände verfingen sich in dem gewundenen Gewebe mit mehr Zärtlichkeit und Suchen und Wissen, als ich es je für möglich gehalten hatte. Elias spielte in den Falten meines Schoßes; er schien alles über die Art von Sinnlichkeit zu wissen, die eine Frau fast besinnungslos machen konnte. Durch ihn wurde mein Körper lebendig, Muskeln und Nerven erbebten, als wären sie bisher nur tote Materie gewesen. Ich war gebannt von diesem Schmerz, der gleichzeitig das höchste Entzücken war, ich war verdammt, ihm zu folgen, ihn zu fürchten, ihn herbeizuwünschen. Elias lenkte die Blitze, die meine Eingeweide durchzuckten, entfachte einen Strahlenkranz in meinem Bauch, bis ich erschöpft zusammenbrach, beinahe bewußtlos. Mein rascher Atem verlangsamte sich; ein paar Minuten, vielleicht mehr, blieb ich so, in sinnverwirrenden Träumen. Endlich blinzelte ich und richtete mich auf, noch halb benommen, indem ich mich mit beiden Händen auf seinen Schultern abstützte.

»Du bist verdammt gerissen, Elias.«

Er kicherte wie ein Halbwüchsiger.

»Wie meinst du das?«

»Was du da machst ... ist sehr professionell.«

»Oh«, erwiderte er, »ein Mann muß wissen, was zu tun ist.«

Ich warf mich neben ihn auf den Rücken, ließ meine matte Hand über seine Brust wandern.

»Wie soll ich das verstehen?«

Er stützte sich auf den Ellbogen und blinzelte mir schelmisch zu.

»Wir Ihaggaren werden gut unterwiesen. Das Zusammenleben von Frau und Mann ist bei uns etwas komplizierter als anderswo.«

»Inwiefern?«

»Jedes Mädchen, das zur Frau wird, wählt einen ›Herzensfreund‹, mit dem es kleine Geschenke tauscht und sich ungestört trifft. Die Sache ändert sich, wenn sie einen anderen heiratet. Das will nicht heißen, daß der ›Herzensfreund‹ abgeschoben wird, nein. Die Frau verweigert ihm jetzt nur den Zutritt zu ihrem Körper. Alles andere ist erlaubt. Die Amerikaner haben das Wort Petting dafür. Kein Ehemann würde es wagen, der Frau deswegen Vorbehalte zu machen. Sie würde ihn sofort verlassen, mit dem Zelt und ihrer gesamten Habe zu ihren Eltern zurückkehren. Der Mann stünde da wie ein Trottel. Und alle würden über ihn lachen. Darüber hinaus ist es wirklich das Schlimmste für einen Mann, ohne Zelt zu sein.«

Mir kam in den Sinn, was Zara mir über Aflanes Vater, den »Taugenichts«, erzählt hatte, und ich mußte lachen.

»Ja, kann er denn kein eigenes aufstellen?«

»Wir sagen: Das Sandkorn braucht die Felsspalte, der Wüstenfuchs sein Loch, der Adler sein Nest und der Mensch sein Zelt. Aber das Zelt steht immer in Beziehung zum Wasser. Der Weg zum Brunnen heißt bei uns *Tezeregt*. Er verbindet jedes Wesen mit dem Leben. Pflanzen, Tiere, Menschen treffen sich auf dem Weg zum Brunnen. Und so, wie wir mehrmals täglich den Weg vom Zelt zum Brunnen und vom Brunnen zum Zelt zurücklegen, so folgen wir dem Kreislauf des Lebens. Jede Handlung, jede Bewegung folgt diesem Kreislauf vom Obdach zum Wasser. Für uns ist das Herz des Lebensraumes das Zelt – das mütterliche Zelt.«

»Wissen alle davon?«

»Wir brauchen diese Sache nicht zu wissen. Sie liegt uns im Blut. Sobald die Frau heiratet, stellt sie ihr eigenes Zelt auf. Und es ist stets ein Teil des ursprünglichen, mütterlichen Zeltes – jenes Zeltes, das bereits den Vorfahren Obdach gewährt hatte. Das Zelt ist Sinnbild des Mutterschoßes, die Nabelschnur wird niemals durchtrennt. Und da der Mutterschoß selbst einen Kosmos darstellt, lebt der Mann in ständiger Furcht, verstoßen zu werden. Und zwar nicht im eigentlichen, sondern im übertragenen Sinn: Er wird aus dem ›Inneren‹ der Gruppe an den Rand gedrängt, wo Furcht und Schrecken herrschen. Einer Frau kann das niemals geschehen: Sie besitzt ja das Zelt, in dem der Mann nur Gast ist.«

»Ich muß versuchen, das zu verstehen«, sagte ich ganz leise.

»Was ist denn daran so schwer?«

»Es ist eine andere Welt.«

»Wir leben in verschiedenen Welten, das schon. Doch Amenena sagt, es gibt eine Brücke dazwischen.«

»Das wäre schön. Aber wo ist sie?«

Jedesmal, wenn er von Amenena sprach, empfand ich ein merkwürdiges Flattern in der Magengrube, das Gefühl, daß mich mit ihr etwas sehr Persönliches verband. Aber ich hätte nicht sagen können, was es war.

»Wir sind beide von derselben Art«, sagte Elias. »Früher oder später werden wir sie finden.«

Er schloß mich in seine Arme, als nähme er mich ganz in sich auf; es war ein Gefühl, das ich bei anderen Männern nie gekannt hatte. In der Dunkelheit sah ich sein Gesicht. Er hatte mir schon so viel gegeben: das Lachen, das in seinen Augen tanzte; die Anmut seiner Bewegungen; die Zärtlichkeit, mit der er meinen Körper liebkoste. Das ganze starke Leben, das ihm entströmte; die Kraft seiner Erregung, die sich in seinen Zügen spiegelte, und sein warmes, mitfühlendes Herz. Vielleicht verdankte er seine Sicherheit und Ausgeglichenheit der ihn umgebenden Natur; er hing von ihr ab wie ein Blatt von einem Zweig. So wie die Wüste in trügerisch-sanfter Schönheit heitere Morgendämmerungen, perlmuttschimmernde Abende offenbarte, so vermochte sie jederzeit jedes Wesen aus Fleisch und Blut anzugreifen, wenn diesem die Kräfte versagten. Und doch war auch die Wüste – wie jedes Lebewesen – verletzlich. Die Krankheit verbarg sich in den Tiefen unsichtbarer Wasseradern. Und ich dachte daran, daß eines Tages die Wege zum Brunnen für immer versperrt sein würden. Das Leben schwand dahin, das Ende würde kommen, schon bald. Die *Ihaggaren* waren nur einer der vielen Träume der Erde. Sie lebten außerhalb der Zeit. Doch jetzt holte die Zeit sie ein. Die sterbende Wüste schluckte sie alle. Und das war entsetzlich. Ich verdrängte diesen Gedanken, wie man das mit Worten von übler Vorbedeutung tun muß; mein Vater war ein Targui gewesen, der Instinkt mochte in mir stecken. Aber es war die falsche Art, an die Sache heranzugehen. Ich wollte nicht irgendwelche Pläne schmieden, in denen ich mein Leben mit dem seinen verband. Ich brauchte eine Zone der Distanz.

»Und seitdem du nicht mehr in der Präfektur bist«, sagte ich, nach längerer Stille, »was treibst du eigentlich so?«

Er sah mich an.

»Tja. So manches. Zum Beispiel kann ich Kamele melken.«

Das war besser, viel besser. Ernsthaftigkeit hatte ich satt. Ich wischte mir über die Augen und entspannte mich.

»Ist das nicht Sache der Frauen?«

Er schüttelte belustigt den Kopf.

»Nur sehr ruhige Stuten lassen sich von einem Mann melken. Meistens braucht es zwei dazu.«

Ich richtete mich auf.

»Zwei? Aber warum bloß?«

»Weil die Stuten nach dem Melker schnappen oder treten. Und da dieser nur auf einem Bein steht, ist es besser, jemand hält inzwischen die Kamelstute fest.«

»Na hör mal«, sagte ich skeptisch.

»Doch. Auf einem Schemel können wir nicht sitzen, da würde das Euter über unserem Kopf schweben. Also fesseln wir der Stute die Vorderbeine, lassen ihr Fohlen kurz trinken und stoßen es weg, aber so, daß sie es sieht. Dann stellt sich der Melker auf ein Bein, winkelt das andere an, die Fußsohle auf das Knie gestützt, wobei er mit dem angewinkelten Bein den Melkkübel hält. Um das Gleichgewicht zu halten, stützt er sich mit dem Kopf an der Flanke der Stute ab. Dabei hofft er, daß sie ihn mit einem Fohlen verwechselt. Gemolken wird mit beiden Händen, wobei Handgelenke und Unterarme den Melkkübel auf dem angewinkelten Oberschenkel halten«, erklärte er, während ich in Gelächter ausbrach. Auch Elias lachte.

»Man kann eine fabelhafte Technik dabei entwickeln.«

»Und du?«

»Jawohl«, sagte er, »ich bin ziemlich begabt.«

Er folgte mit den Fingern den Linien meines Gesichtes; ich hörte auf zu lachen; die Liebkosung ging mir durchs Herz. Ein tiefer Schauer lief über meine Haut;

279

meine Muskeln spannten sich schmerzend im erneuten Begehren.

»Elias, was tust du mir an?«

»Komisch«, sagte er, »ich glaube, du wirst bei mir bleiben.«

Ich schob seine Hand weg.

»Mach dir nichts vor, Elias!«

»Glaubst du mir nicht?«

»Sentimentales Gerede! Außerdem hast du meine Frage nicht beantwortet. Was tust du noch, außer Kamele melken?«

Er sah mich an, sehr innig und schalkhaft zugleich, während er den Reißverschluß des Schlafsackes höher zog, so daß wir den Wind nicht mehr spürten. Dann sprach er ganz leise. »Was ich sonst tue? Nun, ich kämpfe gegen Schikanen an. Am meisten bringt mich in Wut, daß wir einen Ausweis brauchen – den wir auch noch bezahlen müssen –, um in unserer eigenen Heimat zu kommen und zu gehen. *Azawad*, unser herkömmliches Wandergebiet, ist von imaginären, postkolonialen Linien zerschnitten. Diese idiotischen, mit dem Lineal gezogenen Grenzen auf der Karte versauen uns das Leben. Die gleichen Leute, die früher für uns die Schafe hüteten, die wollen uns jetzt weismachen, wir hätten eine Grenze zu beachten – die es in Wirklichkeit nicht gibt! Wir sind freie Menschen, keine Dattelsteine in einer rostigen Büchse. Aber nur unzufrieden und wütend sein im Leben, wohin führt das? Irgendwie müssen wir uns damit abfinden.«

Wir lagen dicht beieinander, denn es war kaum Platz, sich zu bewegen. Ich atmete an seinem Hals, die Wärme war intensiv.

»Du hast mir kaum Fragen gestellt«, sagte ich, mit einem Anflug von schlechtem Gewissen, »immer nur ich dir. Vielleicht hängt es mit meiner Vergangenheit zusammen, meinetwegen auch mit Olivias Vergangenheit. Es gibt so viele Dinge, die ich wissen möchte ...«

»Ich würde es genauso machen«, sagte er. »Du hast alle guten Gründe, mich zu fragen. Siehst du, ich möchte eine Schule einrichten.«

»Was für eine Schule?«

»Eine Schule für Nomadenkinder. Und ich will, daß die Mädchen kommen, auch wenn ich jede Mutter einzeln davon überzeugen muß.«

Ich war sehr überrascht.

»Ja ... aber ... das verstehe ich nicht. Warum halten sie die Mädchen von der Schule fern? Das tun ja nicht einmal die Araber!«

Er drückte meine Schulter.

»Es ist etwas schwer zu erklären. Man verweigert den Mädchen nicht den Unterricht, weil sie als wertlos gelten. Es ist genau das Gegenteil. Die Frauen sind die Firststange unseres Lebenszeltes. Sie stehen am Anfang unserer Kultur, unserer Sprache, der mündlichen Geschichte. Frauen sind klüger als Männer; sie wissen, daß unsere Lebensweise in Gefahr ist. In ihrer Weisheit fühlen sie sich von den unsinnigen Diktaten des Islams bedroht. Nur mit größtem Widerwillen schicken sie ihre Söhne in Internatsschulen, setzten sie der Arabisierung aus. Diese Schulen sind wie Gefängnisse mit militärischem Drill, das habe ich am eigenen Leib erlebt. Die Araber denken, daß die beste Erziehungsmethode wohl die ist, uns zu verbieten, Tuareg zu sein. Manchmal haben sie Erfolg damit.«

»Bei dir hatten sie keinen.«

»Nein, bei mir nicht. Die Lektion, die ich in solchen Schulen lernte, war: ›Schlag als erster zu!‹«

»Warst du der Stärkere?«

»Nicht immer. Ein paar Scheißkerle mögen sich wohl noch an mich erinnern. Ich hatte nie Selbstmitleid. Ich versuchte auch nicht zuviel an Amenena zu denken. Sobald ich nämlich an sie dachte, rief sie mir zu, ich sollte aufhören. Ich war immer ein Targui, wenn es darauf ankam. Kein Wunder, daß die Mütter ihre Mädchen im Zelt behalten. Aber so schützen sie ihre Töchter auf unsinnige Weise vor dem Leben. Unsere Kultur kann nur weiterbestehen, wenn wir Widerstand leisten. Als ich klein war, sagte Amenena zu mir: ›Du mußt deine Träume wahr machen.‹ Sie sprach von Träumen wie von wirklichen Dingen, sah sich in unserer Welt um und blickte dann in eine andere Welt. Beide Welten waren für sie real, während ich ungeschickt dazwischen stand. Meine Träume waren immer verrückt; die von Amenena in gewisser Weise auch. Einmal, ich war sechs Jahre alt oder sieben, da saß sie im Zelt mit geschlossenen Augen, und ich wollte wissen, was sie sah. ›Ich sehe nichts‹, sagte sie. ›Ich höre den Muezzin.‹

Ich wartete; ich war eindeutig gespannt. Nach einer Weile sagte sie: ›Ich höre nicht einen, sondern mindestens zehn.‹

Mit der Zeit hörte ich sie auch. Sie hatten Lautsprecher und machten einen gewaltigen Lärm. Die Sonne ging unter; jetzt sollten wir beten. Alle auf dem Boden, gen Mekka gewandt.

›In den Zelten gibt es Frauen, die das nicht wollen‹, sagte Amenena.

›Was tun sie, Mutter?‹

›Komm! Wir sehen uns das an. Mach ganz fest die Augen zu.‹

Ich tat, was sie sagte.

›Was siehst du, Elias?‹

›Von hier kann ich nichts sehen.‹

›Bist du nicht bereit, oder willst du nicht? Sitz gerade!‹

Mein Atem wurde weicher. Ich spürte ein leichtes Schwindelgefühl.

›Ja, so ist besser‹, sagte Amenena. ›Wir gehen jetzt.‹

Schon war ich draußen. Ich sah ein Tal, aber ich wußte nicht, welches Tal es war. Im Schatten der Zelte saßen junge Frauen. Sie schminken ihre Augen schwarz, ihre Lippen blau. Sie schmücken sich mit schwerem Silber, mit Muscheln und mit Karneol. Jetzt traten sie aus den Zelten. Wie schön sie waren!

›Wohin gehen sie, Mutter?‹

›Zum *Tendi* – zum Fest.‹

›Darf ich mitkommen?‹

›Nimm meine Hand!‹

Von diesem Punkt an konnte ich nicht mehr sprechen. Ich nahm Amenenas Hand, und augenblicklich waren wir in einem ausgetrockneten Flußbett, irgendwo in der Nähe des Lagers. Die Frauen waren schon da. Ihre Gewänder leuchteten wie Schmetterlingsflügel und knisterten wie der Wind. Sie hatten keinen *Tendi*, keine richtige Trommel. Nur einen Benzinkanister, aber das machte nichts. Sie schlugen den alten Rhythmus und riefen die Männer: ›Kommt zu uns, kommt zum Fest!‹ Körperlos, wie ich war, konnte ich alles sehen, was geschah. Wie die Männer ihre Schwerter gürteten, sich in den Sattel schwangen. Anfangs waren sie nur eine kleine Schar. Sie riefen den Frauen zu: ›Hier sind wir!‹ und jagten ihre Kamele im Trab. Jetzt kamen immer mehr, aus allen Himmelsrichtungen, ließen ihre *Mehara* um die Sängerinnen kreisen. Es sah wunderbar aus. Die Frauen sangen, klatschten in die Hände; sie lobten die Schönheit der Männer und rühmten ihren Mut. Sie übertönten alle Stimmen, die selbstherrlich zum Gebet befahlen, verwandelten sie in Kakophonie. Es kreischte und wimmerte – dann plötzlich Stille. Sämtliche Lautsprecher schwiegen. Stromausfall. Kurzschluß. Genau das, was ich mir gewünscht hatte. Amenena drückte meine Hand.

›Wie gefällt dir das?‹

›Da kommen noch mehr!‹ rief ich.

Alle Felsen, alle Dünen belebten sich. Die Vorfahren standen aus dem Sand auf, schwarz verhüllt, mit Schildern aus Antilopenhaut. Sie kamen aus Zeit und Raum, die Kel Rela, die Dag Rali, die Aguh-en-Telé, die Iforas, die Ait Loaien, die Iregenaten. Die Gewänder der Frauen bedeckten das Flußbett wie blaue Wasserwirbel. Bald waren alle da, die Lebenden und die Toten, in einem großen Kreis vereint.

›Jetzt!‹ flüsterte Amenena.

Mein Traum wurde stärker, deutlicher, nahezu kristallklar. Die ganze Wüste bebte. Ein gewaltiges Poltern und Dröhnen erfüllte die Luft. Alle Moscheen zerbrachen in Stücke, die Türme stürzten ein. Und aus den Staubwolken stiegen befreite Geister empor, schwärmten über die Wüste.«

Elias schwieg; sein Blick glitt an mir vorbei ins Leere. In meinen Gefühlen herrschte Aufruhr. Mit mir war wahrhaft Unbegreifliches vorgegangen: Das, was Elias mir soeben erzählt hatte, war nicht real. Aber durch Zuhören wird man automatisch Teil des Geschehens, und irgendwie gehörte diese Geschichte auch zu mir. Dies war etwas, das ich mit Hilfe meiner Vernunft weder begreifen noch akzeptieren konnte.

»Wer hat diese Geschichte erfunden?« fragte ich. Er lächelte.

»Amenena, denke ich. Aber wenn ein Mensch im Traum durch einen Garten geht und man ihm als Zeichen, daß er dort gewesen ist, eine Blume gibt und er beim Erwachen diese Blume in seiner Hand findet ... was dann? Als Kind lebte ich von diesen Geschichten. Irgendwann trat eine Realität hervor, von der ich wußte, daß sie vorhanden war, und die uns mächtig aufrüttelte, um uns ihr eigenes Leben, ihre Gegenwart zu zeigen. Und ganz allmählich, siehst du, begann ich daran zu glauben. Wer etwas nachdrücklich genug erreichen will, kann es immer erlangen ...«

»Und später?« fragte ich.

»Später habe ich plötzlich zu zweifeln begonnen. Nicht nur mein Körper, auch mein Geist war gleichsam krank. Aber ich hatte in meiner Kindheit genug Kräfte gesammelt. Die ›Menschen der Ziffern und des Siebens‹ würden mich niemals zähmen.«

Ich runzelte die Stirn.

»Wer sind die ›Menschen der Ziffern und des Siebes‹, Elias?«

»Alle jene, die das menschliche Verhalten zu normen versuchen, die Volkszählungen durchführen, alle Dinge in Kategorien einteilen, unseren Geist hinter Gitter verbannen. Für uns ist der Geist eine feine Flamme, ein Gesang, der zu den Sternen führt. Die Muslime beschuldigen uns des *Kufr*, der Weigerung, Allahs Worte zu hören. Das ist eine Todsünde. ›Haben diese Leute nie gesehen, wie die Welt sich dreht?‹ sagte Amenena. ›Hefte deinen Blick auf neue Milchstraßen und laß nicht zu, daß ein einziger Gott dir den Himmel versperrt.‹«

»Und die Europäer?«

»Sie sind nicht immer einsichtig; immerhin spüren wir ihren guten Willen. Manche sind romantisch und sentimental, denen spuken Kreuzritter im Kopf herum oder die Helden irgendwelcher Romane. Das gefällt uns

285

natürlich sehr; wir wollten schon immer gerne Helden sein.«

Ich lachte.

»Sprechen wir noch immer über deine Schule, Elias?«

»Über nichts anderes, die ganze Zeit. Die Schule, die ich mir vorstelle, wird aus einem einzigen Zelt bestehen. Ich kann es auf einen Maulesel laden, mit den Stämmen umherziehen, jeden Augenblick, in jede Richtung.«

»Und die Lehrer?«

»Sie müßten bereit sein zu wandern, sehr weit und sehr oft. Die Lehrer, die ich meine, sollen die Kinder nicht bloß unterrichten. Sie sollten ihre Fragen beantworten, jede Frage. Unsere Schule wird nur ein Zelt sein; aber in diesem Zelt soll die Welt zu Gast sein. Wir sind ein Teil dieser Welt, das müssen wir erkennen und annehmen. Und wenn es geht, das Beste daraus machen.«

»Hast du auch an Schulbücher gedacht?«

»Aber gewiß. Aflane war kein selbstsüchtiger Mensch. Er hat seine Familie nicht im Elend zurückgelassen. Ich habe etwas Geld. Nicht viel, aber ich denke, daß es reichen wird. Ich werde Schulmaterial kaufen, Kugelschreiber und Papier. Und ein paar Schulbücher drucken lassen. In unserer Sprache. Ich will Amenenas Geschichten sammeln, unsere alten Gedichte, unsere tausendjährigen Fabeln. Die Kinder sollen lernen, die Wüste wie einen Garten zu pflegen, auch wenn der Garten von Sekunde zu Sekunde häßlicher wird und schon ganz verdorrt ist. Ich will sie auch nicht von ihrer islamischen Umwelt trennen; sie ist nun einmal da. Sie sollen aber wissen, wer sie sind, und wählen, was besser für sie ist.«

Er drückte sein Gesicht an meine Kehle. Seine Haut war kühl, mit einem feuchten Film überzogen. Ich fragte:

»Wie bist du auf die Idee gekommen?«

»Ich finde sie eigentlich nicht außergewöhnlich.«

»Ein wenig subversiv?«

»Das schon. Es könnte sogar sein, daß ich deswegen im Knast lande.«

»Macht dir das keine Angst?«

»Doch, ein wenig schon.«

Wir lagen Gesicht an Gesicht. Elias wußte, was es hieß, ein lebendiger Mensch zu sein und Amenenas Träume einzufangen. Er hatte ein Ziel, das sich langsam in ihm formte, und dieses Ziel war kein Trugbild. Ich blickte zum Mond empor, der jetzt größer und klarer war; in seinem Licht leuchtete der Sand wie Phosphor. Mitternacht war längst vorbei. Meine Augenlider zuckten vor Müdigkeit. Und gleichwohl spürte ich eine merkwürdige Kraft in mir; eine Kraft, die von meinem Herzen ausging und mich schwerelos machte.

»Wir sind uns sehr nahe, Elias. Das ist nicht mehr zu ändern. Und das ist eine Sache, die mich quält.«

Er warf den Kopf leicht zurück, um mich anzusehen. Sein Gesicht war völlig ruhig, und doch glühte darin ein niedergehaltenes Feuer. Leise sagte er:

»Wir haben ein Sprichwort: ›Mann und Frau sind Freund und Freundin. Für das Auge, für den Geist, für das Herz.‹ Und was wird aus mir, wenn du nicht zurückkommst?«

Ich sagte:

»Du wirst selbst am besten Trost finden.«

Aber ich wußte, daß es eine Lüge war.

21. Kapitel

Die Aufnahmen in der Höhle waren beendet; am letzten Tag drehten wir nur noch Außenaufnahmen. Ein letztes Mal filmten wir sehr sorgfältig die Ruinen, richteten die Kamera auf die vielen Quadrate, um besondere Stimmungen zu erzeugen.

»Ursprünglich«, erklärte Elias, »waren alle Häuser rot, orange, gelb, türkisgrün. Und die Felsen auch. Sie waren sozusagen mehrdimensionale Gemälde, eine Symbiose zwischen dem gebauten und dem natürlichen Element. Das alles war ein Werk der Frauen. Das jedenfalls sagen die Alten, und man kann ihnen Glauben schenken.«

»Woher wollen sie das so genau wissen?« fragte Enrique in seiner freundlich-skeptischen Art.

Elias schüttelte gelassen den Kopf.

»Alte Menschen belasten ihr Gehirn nicht mit unwichtigen Dingen. Die Frauen der Qahtan, eines Stammes im Süd-Osten von Saudi-Arabien, beherrschen noch heute diese Kunst. Aber wer hat jemals von ihnen gehört? Männer schweigen das, was Frauen leisten, mit Vorliebe gern tot.«

Der Wind wehte jetzt stärker, röhrte wie ein Muschelhorn. In der Ferne wirbelte Staub auf. Ich blickte Elias fragend an, und er nickte mir zu.

»Das ist der *Harmattan,* der rote Wind. Wir haben Glück gehabt. Noch ein paar Tage, und die Ruinen werden unter dem Sand begraben sein.«

Ich starrte ihn verwundert an.

»Für wie lange?«

»Für Wochen oder für Jahre, wer weiß? Irgendwann kommen sie wieder zum Vorschein. So geht es seit Jahrtausenden.«

Wie merkwürdig, dachte ich, eine ganze Stadt, die ans Licht kam und sich wieder in die Erde zurückzog. Als ob auch sie ein Trugbild wäre, zerweht auf den Flügeln des Windes. Über unseren Köpfen glänzte der Himmel wie Stahl. Auf beiden Seiten fielen die rotgelben Felsen steil ab; wir kamen uns ganz klein vor, als wären wir eingeschlossen von Himmel und Stein. Meine Leute arbeiteten konzentriert, ließen nichts aus. Als Filmemacher waren wir alle empfänglich für die Schönheit eines Bildes.

»Wunderbar ist es doch, trotz allem«, hörte ich Thuy Enrique zurufen, und liebte sie dafür. Ich redete wenig bei den Aufnahmen, auch nicht mit Elias. Ich muß Distanz bewahren, sagte ich mir immer wieder. Anders geht es nicht. Am Nachmittag – die Sonne stand bereits schräg – führte uns Elias in eine Nische, hoch wie eine Kapelle, die die Erosion in den Sandstein gegraben hatte. Wir traten hinter ihm in den Schatten; als sich unsere Augen an das Helldunkel gewöhnt hatten, sahen wir, daß das Gewölbe über unseren Köpfen mit Malereien bedeckt war. Wegen der Temperaturschwankungen waren sie in schlechtem Zustand. Die ehemals karminroten und ockergelben Farben waren verwischt; man erkannte sie nur, wenn das Licht – wie jetzt gerade – aus einem bestimmten Winkel in das Innere der Nische weiße Funkengarben warf. Alle Figuren stellten Wassertiere dar: Delphine, Seesterne, Tintenfische, schwimmende Schildkröten. Die größte dieser Schildkröten trug eine Frau mit geringeltem Haar auf ihrem Panzer. Neben ihr schwamm ein pelziges Wassertier – eine Bisamratte –, von der man nur den Kopf und die präzise konturierten Pfötchen sah. Daß die Sahara ursprünglich ein Meer war, das seine Wellen auf die andere Seite Afrikas trug, zu den großen Deltamündungen der Flüsse, war ein unfaßbarer Gedanke.

Enrique brach als erster das verblüffte Schweigen. In der Höhle hörte es sich an, als käme seine Stimme aus widerhallenden Weiten.

»Mich läßt das an Kreta denken, an die Malereien im Palast von Knossos. Aber da sind die Rekonstruktionen ja nicht ganz realitätsgetreu.«

»Das hier war Jahrtausende früher«, erwiderte Elias. »Wir wissen nicht mehr, wie es damals war.«

Ja, dachte ich, die Fäden sind zerrissen. Sich erinnern ist Sinngeben, aber was, wenn die Erinnerung nicht ausreicht? Das Vergessene wurde trostlos, wenn Symbole verfielen und neue Fäden nicht geknüpft werden konnten. Die Tuareg waren nicht imstande, sich zu erinnern, was vor Zeiten hier geschehen war. Es sei denn, als Vision, wenn ihr inneres Auge aufging. Aber das war nicht genug.

»Was bedeutet die Frau auf der Schildkröte, weißt du das?« fragte Thuy.

Elias trat dicht an die Felswand heran.

»Wir haben eine Legende: Einst fiel die Urmutter der Menschheit vom Himmel. Damals gab es keine feste Erde, nur Ozeane. Die Schildkröte kam der Himmelsfrau zu Hilfe und trug sie auf ihrem Rücken. Das war auf die Dauer ein unbequemer Ort. Die Bisamratte aber sprach: ›Laß mich nur machen!‹ Sie holte Schlamm aus dem Meeresgrund und bedeckte damit den Rücken der Schildkröte. So entstand die erste Insel, die im Laufe der Zeit die Erde bildete …«

Ob er nicht glaube, fragte ich Enrique, daß die Tuareg einst ein Wasservolk waren?

»Mir sieht es ganz so aus«, sagte er staunend.

Seitdem waren Tausende von Generationen ausgelöscht. Der Ozean war tot, Sand und Gift erstickten die letzte Quelle, den letzten Atemzug. Das Volk aus dem Meer war ein Wüstenvolk geworden, und keine Zeile konnte ihr Geheimnis entschlüsseln.

Ich konnte mit wenig Schlaf auskommen, aber nur für kurze Zeit; nach ein paar durchwachten Nächten war es, als hätte ich einen Schlag auf dem Schädel bekommen. Mein Kopf brummte, ich hatte Mühe, im Gleichgewicht zu bleiben.

»Wir filmen das!« entschied ich. »Schnell, solange Licht in die Höhle fällt.«

Die Strahlen wanderten weiter, färbten sich rosa, erloschen dann. Die Malereien tauchten in die Schatten ein, Trugbilder auch sie. So war das eben. Ich konnte nicht einmal sagen, ob die Aufnahmen gelungen waren. Na schön, wir würden ja sehen. Als wir aus der Höhle traten, funkelte die Sonne auf den Steinkanten. Der Abendwind pfiff durch die Schlucht wie durch eine Flöte. Ein Horizont wurde saphirblau, der andere gelb. Eine Zeitlang hing die mohnrote Sonne genau zwischen den Bergen. Dann sank sie flimmernd hinab, glitt hinter die Berge wie in den tiefen Schacht eines Brunnens. Die Nacht kam schlagartig und brutal, jedes Ding wurde anders. Ein Stern nach dem anderen tauchte auf; der leuchtende Punkt der Venus glühte fast gelb. Meine Phantasie war zugleich angeregt und verschwommen, ich erlebte verwirrende Sinnestäuschungen und benahm mich auch sonst merkwürdig überdreht. Hassenswerte Müdigkeit! Als wir am Feuer saßen, hob sich der Mond, noch nicht vollkommen rund. Er hatte eine seltsame Farbe, grünlich-dunkel wie die Pupille einer Katze. Der Wind trieb kleine Sandwirbel vor sich her, pfiff und brauste und klingelte manchmal wie fernes Glockenspiel.

»Das geht bald los«, murmelte Serge.

Elias rauchte eine Zigarette und verneinte mit ruhiger Kopfbewegung.

»Wir haben Zeit.«

»Kein Sandsturm?«

»Noch nicht. Morgen abend, vielleicht …«

»Woher weißt du das?«

»Man kann es riechen, wie weit weg der Wind noch ist und wie stark er weht.«

»Ich bin froh, daß wir es hinter uns haben«, gestand Rocco. »Der Ort gefällt mir nicht.«

»Es ist ja unsere letzte Nacht hier«, hörte ich Serge sagen.

Ein Schmerzgefühl durchzog mich; ich atmete tief. Wahrscheinlich mußte ich diesen Schmerz jetzt erleben. Ich schwieg, während die übliche Unterhaltung allmählich in Gang kam; Elias rauchte geistesabwesend. Der Widerschein der Flammen tanzte auf seinem weißen Gewand. Meine Augen, die hin und her irrten wie Nachtfalter, kehrten immer wieder zu seinem ruhigen Blick zurück. Wir tauschten nur ein paar Worte. Nach dem Essen, als wir das Lager verließen, wuchs die Schwere in mir, das Stummsein. Jeder Muskel war angestrengt und verkrampft. Ich ging mit gesenktem Kopf, Schritt für Schritt, im Bewußtsein, daß die Zeit bald abgelaufen war, daß jede Sekunde mich von ihm entfernte.

»Du bist müde«, sagte Elias sanft. Er legte den Arm um mich. Ich versuchte zu lächeln und spürte, wie meine Zähne leicht aufeinanderschlugen.

»Ja, sehr.«

Er suchte eine geschützte Stelle unter der Felswand, breitete dort die Decke aus; ich sah teilnahmslos zu, wie er den Schlafsack ausrollte und dann wieder auf mich zukam. Wir blickten uns an. Plötzlich umschloß er mit beiden Händen meine Taille, hob mich leicht empor. Mit einem einzigen Schwung kauerte er sich nieder und legte mich auf den Boden.

»Ich liebe dich«, sagte er.

»Ja«, sagte ich.

Er löste seinen *Schesch* und schüttelte den Kopf. Die Locken fielen ihm auf die Schultern. Elias' Augen waren schwer und dunkel, ein schwacher Funken Mondlicht lag darin. Er umschlang mich mit beiden Armen, drückte mich an sich. Ich nahm seine Wärme in mich auf, verfolgte mit der Hand seine lange, biegsame Rückenlinie. Er roch nach Leder, nach Sand, nach warmer Baumwolle; mehr als alles andere liebte ich den Geruch seiner Haut. Und auf einmal kam mir Olivia in den Sinn, die dreißig Jahre nach Chenanis Tod nur deswegen mit anderen Männern schlief, um sich mit geschlossenen Augen an ihn zu erinnern. Olivia, die in verblaßten Bildern kramte, vor Sehnsucht blutete. Zum Heulen blöd. Man sollte lieber Neues versuchen. Aber was, wenn die Erinnerung so stark, so unerträglich wurde, daß es nicht anders ging? Ich sträubte mich dagegen. Ich wollte sie nie erleben, diese Erschütterung, und doch war es bald soweit. Der Punkt kam näher, an dem alles von neuem beginnen mochte. Wir hatten nur noch diese Nacht. Eine Nacht nur, denn in paar Stunden würde alles vorbei sein, und das machte es so unendlich kostbar. Gib mir diese Nacht, Elias, nimm auch du sie von mir. Es ist unmöglich, unvorstellbar, daß wir getrennt werden. Und trotzdem ist es so: Ich werde dich verlassen.

Der Wind rauschte über die Felsen hinweg. Mir war,

als hörte ich Wellen an verborgenen Küsten branden, langsam und gleichmäßig wie die Ewigkeit. Die Wellen hielten mein Leben gefangen, es schaukelte mit dem Wind auf und ab. Ich dachte an Chenani, und alles vermischte sich; es war wie ein Brunnen, der sich aus der Zeit heraus öffnete. Ich trauerte um die Jahre, die zwischen mir und ihm standen. Ein Gefühl, das ich bisher nicht hatte wahrhaben wollen. Jetzt wußte ich, daß ich mich selbst belogen hatte; nach nichts hatte ich mich so sehr gesehnt wie danach, ihn wiederzusehen, und stets hatte ich dieses Gefühl unterdrückt, weil der Wunsch so offensichtlich unlogisch war. Den Schmerz hatte ich nie richtig durchlebt; kein Mut dazu, nur Feigheit in den Knochen. Nun aber hatte ich eine unsichtbare Schwelle nach der anderen überschritten, die Liebe mit unbestimmten Gefühlen, wie im Traum, erlebt. Jetzt fand etwas statt, das ich nicht erwartet hatte. Es war total falsch. Es hätte nie so weit kommen dürfen. Nie zuvor hatte ich, nicht einmal andeutungsweise, eine solche Leidenschaft empfunden. Ich wollte nicht wie Olivia werden, deren Existenz aus Erinnerungen bestand, bis kein Platz mehr für die Gegenwart übrigblieb, und für die Lebenden schon gar nicht. Leider waren die Weichen schon in diese Richtung gestellt. Elias war Teil meiner Gedanken und Taten, jeder Atemzug war von ihm erfüllt: Elias war die Wüste, der Himmel, der Schatten und das Feuer – er war die Glut des Tages, die Milde des Abends, das Sternenlicht. Und deutlich und klar stand es vor mir: Eines Tages würde auch Elias nicht mehr da sein. Ich konnte ihn nicht vor Schaden bewahren. Das Gefühl seiner Verletzlichkeit erfüllte mich ganz. Vielleicht war es besser, sich diese Dinge nicht vorzustellen. Vielleicht wäre ich besser nicht hierhergekommen; dieser Film war eine dumme Idee. Aber ich hatte es nun mal gemacht. Verdammt noch mal, Elias, ich liebe dich mehr als irgend jemanden auf der ganzen Welt. Und dafür gibt's keinen Ersatz, weder hier noch anderswo. Das Problem hieß jetzt, damit fertig zu werden. Er streichelte meine Wange.

»Warum weinst du?«

Mein Gesicht fühlte sich naß an, seine Hand auch, wie sonderbar.

»Das kommt vom Sand. Ich weine nie. Seit meinem neunten Lebensjahr nicht mehr. Das war bei einer Schulfeier. Alle Kinder hatten neue Sachen an, ich mußte meine alten tragen. Es war Ende Juni und entsetzlich heiß in der Aula. Alle tranken Cola, aßen Eis. Nur ich nicht. Olivia stotterte Schulden ab, ihr Gehalt war noch nicht da. Wir hatten nicht einmal Geld für die Straßenbahn ...«

Der Satz blieb in der Luft hängen. Ich brach ab, obwohl ich weitersprechen wollte, aber es ging nicht. Ich starrte blindlings in die Nacht. Ich konnte nicht anders, die Tränen mußten einfach heraus.

»Es tut mir leid. Ich bin etwas verwirrt. Die Dinge entwickeln sich nicht, wie sie sollten.«

Er betrachtete lange mein Gesicht; vielleicht las er darin Verwunderung, die wie Schrecken aussah, und nun war er bestürzt. Wortlos zog er mich an sich. Ich fühlte seine Brust an meiner und die ganze Länge seiner Schenkel. Ich schluchzte nicht, ich weinte nur; die Tränen hinterließen einen bitteren Geschmack in meinem Mund.

»Du paßt nicht in mein Leben, Elias.«

Er legte die Hand auf mein Gesicht, die Daumen auf die nassen Augenlider. Ich stöhnte, bewegte leicht den Kopf hin und her. Er hatte ein lebendiges Feuer in sich, das dunkel zu mir herüberfloß, eine Gefühlswelt, die mich umfing und zu diesem Schmerz noch hinzukam. Und gleichzeitig war er dem Anschein nach viel ruhiger als ich.

»Vielleicht ist es möglich, daß du zurückkommst.«
Ich hob den Kopf.

»Wozu?«

»Acht Tage nur, oder drei …«

»Ich weiß nicht …«

Er löste sich von mir, um mich ganz anzusehen.

»Hör zu. Du drehst Filme, fotografierst. Der Islam sagt, das Bild fängt die Seele des Menschen ein, macht ihn zu einem Ich, das keinen Schatten mehr wirft. Man kann darüber so oder auch anders denken. Amenena macht etwas Ähnliches: Sie fängt Träume ein. Sie sagt, daß der Geist unserer Ahnen, unser eigener Geist und der unserer Nachkommen ein Gewebe bilden. Daß alle Wesen, die Lebenden und die Toten, auch die Pflanzen und Tiere, mit unsichtbaren Fäden verbunden sind.«

Ich hob die Schultern.

»Ich sehe meine Träume wie eine Reihe von Filmstreifen.«

»Amenena sagt, durch Träume erfährt man die Wahrheit.«

Ich suchte mein Taschentuch und putzte mir die Nase. Wohin führte dieses Gespräch?

»Kann sein. Das Leben ist ja voller Phänomene.«

Ein flüchtiges Lächeln glitt über seine Lippen.

»So denke ich auch. Amenena tut so, als sei es ganz leicht, daran zu glauben. Aber bei allem Respekt für das, was ich bei ihr lerne, zweifle ich an manchem. Amenena amüsiert sich darüber. Ich finde das nicht zum Lachen.«

Ich lehnte den Nacken an Elias' Schulter. Mein nüchternes Denken wurde mit ihm nicht fertig. Ich staunte

296

über die Klarheit in ihm. Er hatte eine unbegrenzte Fähigkeit, sich zu wandeln, zeigte ebensoviel Zuversicht wie Skepsis.

»Hat Amenena etwas über mich gesagt, Elias?«

»Ja. Sie hat gesagt, daß du den Weg der Träume suchst.«

Da war es wieder, dieses Flattern im Magen, und stärker als zuvor. Wie ein Stein in tiefe Wasser fällt und Wellen auslöst, begann etwas in mir zu glühen und zu vibrieren. »Wie kam sie darauf, das zu sagen? Sie kennt mich doch gar nicht!«

Ich hörte ihn leise lachen. Er vergrub seinen Mund in meinem Haar. Mein Kopf fühlte sich unter der leichten Berührung ganz warm an; jede Pore wurde lebendig und prickelte.

»Aber gewiß doch: das blonde Feenkind. Amenena war im Königslager, bei Abalessa, zur gleichen Zeit wie du. Ihre *Seriba* stand gleich neben der des Amenokals. Kannst du dich nicht mehr erinnern?«

Ich antwortete müde: »Nein. Es ist seltsam, Elias, ich erinnere mich kaum an diese Zeit und noch viel weniger an die Menschen. Als ob ich irgendwann mal eine Trennwand aufgebaut hätte.«

»War das, als dein Vater starb?«

Ich wandte mich ihm zu.

»Ich wollte keine Erinnerungen mehr.«

»Ich verstehe.«

Mit beiden Händen wischte ich langsam über mein Gesicht, über die Augen. Da war etwas in mir, das sich immer wieder entzog, ich konnte nicht einmal ahnen, was es war.

»Hast du gewußt, daß ich kommen würde?«

Er betrachtete mich mit größter Aufmerksamkeit. Seine Stimme klang unverändert ruhig.

297

»Nein. Ich bin nur ein Mann. Die Zwiesprache mit den Geistern ist den Frauen vorbehalten. Aber als ich dich sah, da fühlte ich dich ganz nahe, unglaublich nahe. Es war für mich ein Augenblick absoluter Verblüffung.«

»Verstandesmäßig nicht nachzuvollziehen?«

»In keiner Weise.«

»Da hast du mich gut hinters Licht geführt. Ich habe nichts bemerkt.«

»Ich wollte mich nicht lächerlich machen.«

Ich versuchte, mir Amenenas Gesicht in Erinnerung zu rufen, aber ihr Bild blieb verschwommen. Und mit einem Mal hatte ich das Gefühl, als dringe etwas an die Oberfläche meines Bewußtseins: ein Erkennen, eine Wahrheit.

»Ich glaube«, sagte ich zögernd, »daß ich von ihr geträumt habe.«

»Von Amenena?«

Ich atmete tief durch. Ich spürte seine plötzliche Wachsamkeit.

»Wie kommst du darauf?«

»Weil wir von Träumen sprechen. Ich habe oft von einer Frau geträumt. Zum erstenmal, als ich mein Filmprojekt ausarbeitete. Und später dann wieder. Es war merkwürdig, ich dachte sogar tagsüber an sie. Das letzte Mal, als ich von ihr träumte, trug sie einen Fellmantel mit Fransen. Karminrot, wenn ich mich richtig entsinne ...«

Ich hörte, wie Elias' Herz schneller klopfte und einen Moment kurz aussetzte.

»Ein *Teguelmin*?« murmelte er. »Als kleiner Junge habe ich gesehen, wie ein paar Großmütter diese Mäntel trugen. Und heute, soviel ich weiß, gibt es außer Amenena keine andere Frau, die noch einen solchen Umhang besitzt.«

Ich blieb stumm. Ich hatte einen bitteren Geschmack im Mund. Das Gefühl, daß jetzt alles möglich war.

»Und was sonst noch?« fragte Elias.

Ich schluckte würgend.

»Was sie sonst noch gemacht hat? Sie hat gesprochen, glaube ich, aber ich habe nie ein Wort verstanden. Einmal gab sie mir ein Zeichen ... so!«

Ich ahmte die Geste nach.

»Was hat das zu bedeuten, Elias?«

»Sie hat etwas bewirkt.«

»Ohne daß ich es wußte?«

Elias legte die Hand auf meine Brust, liebkoste sie mit den Fingerspitzen. Ich sah, wie seine Lippen sich zu dem typischen halben Lächeln verzogen, das gleichzeitig versonnen und spöttisch war.

»Ich denke, daß sie dich sehen will.«

Ich zuckte zusammen.

»Das sagst du nur, damit ich wiederkomme.«

»Vielleicht.«

Gelassen fuhr er fort, mich zu streicheln, mit weichen Fingerkuppen, die zart und behutsam meine Haut liebkosten. Ich spürte die Feuchte des Verlangens in meinem Mund, ein pochendes Brennen im Unterleib. Ich war so müde, gegen meine eigene Sehnsucht zu kämpfen; der Wüstenmond drang in meinen Kopf, in seinem grünen Katzenauge leuchtete die Vergangenheit meiner Mutter. Ja, der Wüstenmond war tückisch; er nahm mich gefangen. Mit einem Mal war mir richtig schwindlig. Elias sagte leise:

»Es kommt nur auf dich an.«

Ich war zu plötzlichen Entschlüssen fähig, aber ich mißtraute solchen Gefühlen; sie konnten mich zu den verrücktesten Torheiten verführen. Das war eine alte Erfahrung. Ich fühlte mich zerschlagen, ich war plötzlich alles so leid. Das Lustgefühl, das in mir pulste, war kaum zu ertragen. Wie eine warme Woge brach es an meinen Knien und Hüften, stieg langsam empor, wurde immer mächtiger und erregender, bis ich darin zu versinken glaubte.

»Laß mich nachdenken ...«, murmelte ich. »Es geht vielleicht doch nicht ...«

Er bewegte die Lippen meinen Hals entlang. Ich spürte seine Gegenwart so stark, und unsere Konfrontation war so schwindelerregend, daß ich keinen klaren Gedanken mehr fassen konnte. Elias' Zungenspitze drang in meine Ohrmuschel, folgte den Windungen, als könne sie die Vibrationen auffangen, die aus meinem Gehirn drangen. Ich stieß ihn weg.

»Ich verspreche dir nichts, Elias. Ich habe in Paris viel zu tun.«

Er gab keine Antwort. Seine Hände bewegten sich über meinen Körper, drangen zwischen Haut und Stoff vor. Ich zog meinen Pullover über den Kopf, öffnete den Reißverschluß meiner Jeans. Er zog mein T-Shirt über die Schultern, half mir, aus meiner Hose zu steigen, schob behutsam meinen Slip über die Schenkel. Die Kälte machte mir nichts aus, ich spürte sie kaum. Musselinweiche Schauer, warm und pulsierend, strahlten von unterhalb des Nabels aus. Was konnte ich tun oder nur sagen, wenn er die Wucht meiner Begierde weckte? Meine Empfindungen waren vollkommen neu; sie erinnerten an nichts, was mir je widerfahren war. Was mich am stärksten zu Elias hinzog, war seine mühelose Sicherheit und Kraft, die fast spielerische Ausgeglichenheit aller seiner Bewegungen. Die gleiche selbstverständliche Leichtigkeit, mit der er sich bewegte und mit den Dingen umging, prägte in kaum veränderter Form seine Beziehungen zu den Menschen. Als er sich entkleidete,

rauschte das Blut in meinen Ohren. Er tat es mit unauf-
fälliger Geschicklichkeit, plötzlich fiel das Mondlicht
mit einem Schlag auf den langgestreckten Körper. Wir
lagen Mund an Mund; er öffnete die Lippen. Meine
Zunge tauchte in ihn ein, fand seinen Geschmack, seine Wärme. Es war jedesmal eine andere Lust, immer
stärker, kaum auszuhalten. Ich drückte mit verschlun-
genen Händen seinen Nacken zu mir herunter. Seine
Schultern waren kräftig, aber unter dem lockigen Haar
war der Nacken hoch und für einen Mann erstaunlich
schmal. Er preßte sein Gesicht an meines, bevor er sich
auf mich rollte, mich mit lähmender Kraft in seine Arme
schloß. Ich spürte, wie tief er in mich eindrang, mich
ausfüllte, mit langsamen, harten Stößen. Mein Körper
bäumte sich auf, öffnete sich ganz. Ich wollte den
Lebenssaft aus ihm ziehen, er sollte mich verhexen. Das
Gefühl, das Elias in mir hervorrief, war wie das Gleiten
durch Wellentäler, wie ein Schweben im Wind. Es befreite und berauschte mich, es ging mir durch und durch.
Ich zog mich zusammen, ganz eng, schmerzhaft beharrlich, um ihn aufzusaugen, ihn festzuhalten. Ich stöhnte
leise an seinem Mund, hinweggetragen von einem Meer
blinder Verzückung, einer alles verschlingenden Spann-
kraft, heiß und zügellos.

Trommelwirbel gingen durch unsere Herzen, der
Mond zog uns in seine Bahn, in meinem Bauch öffneten sich Seerosen. Die Kraft wuchs unausweichlich,
machte uns zu einem einzigen, pulsierenden Organismus, und zusammen hielten wir es so lange an, wie es
uns möglich war. Wir waren die ersten und letzten Liebenden, wir starben und erwachten zu neuem, ver-
wundbarem Leben. Ich ließ meine Gedanken ziehen und
wirbeln, wie sie wollten. Erst nach einer Weile wandte
ich ihm den Kopf zu, sah seine Augen mit den kaum

gewölbten Lidern, die sein Gesicht vergrößerten, wenn er sie, wie im Augenblick, geschlossen hielt. Behutsam machte ich mich aus seinen Armen frei. Da bewegte auch er sich, zugleich nach unseren Kleidern tastend.

»Du frierst«, sagte er besorgt. »Erkälte dich nicht.«

Seine Stimme brachte mich in die Wirklichkeit zurück. Unsere Haut war heiß, aber der Wind schnitt wie ein Messer; es tat weh, besonders auf der Brust, wo ich ein wenig geschwitzt hatte. Wir zogen uns rasch an. Dann zwängten wir uns in den Schlafsack, kuschelten uns in die weiche Hülle aus Baumwolle und Daunen, wo die Wärme einen schützenden Kokon bildete. Wir konnten uns nicht viel bewegen, und das war gut. Ich legte meine Hand auf Elias' warme Hüfte, liebkoste ihn mit den Fingerspitzen. Dabei schloß ich die Augen, lag ganz entspannt – plötzlich war das Lager in Abalessa wieder da. Die Erinnerungen zogen vorbei wie ein Film, Szene für Szene, bis ich alles wieder ganz genau vor Augen hatte. Ich sah den sandigen Uferhang des ausgetrockneten Wadi Tit, die von Büschen bewachsene Ebene, die großen Schilfseribas. Ich hörte das Bellen der *Slugi*, jener hochbeinigen, eleganten Windhunde, die die Tuareg früher als Jagdhunde verwendet hatten. Das Lager war groß, voller Leben, der Rauch stieg von den Feuerstellen hoch, es duftete nach Minztee. Halbwüchsige führten Kamele zur Tränke. Beim leichten Schaukeln der Sättel zeichneten sich ihre biegsam-schlanken Gestalten am Himmel ab. Die Frauen gingen wie Königinnen, die Männer waren in Weiß oder leuchtendes Blau gekleidet. Die Stimmen waren weit herum zu hören. Und alle lachten und schauten der schmalen Frau im roten Minirock zu, die dicht hinter ihrem blonden Kind herlief, um es bei einem Sturz abfangen zu können. Aber das kleine Mädchen war nie hingefallen. Es wäre nicht einmal auf die Idee gekommen. Die Erinnerungen kamen wie Wellen, jede Welle ein Augenblick meiner Kindheit. Ich war nicht mehr ich selber, ich war gestorben und wiedergeboren, so wie wir mehrere Male sterben vor unserem Tod, um zu neuen Leben zu erwachen.

»Elias?« flüsterte ich.

Ich hatte lange geschwiegen; meine eigene Stimme kam mir seltsam vor. Er legte seine Hand auf die meine.

»Ja. Woran denkst du?«

Ich holte tief Atem. Ich brachte die Worte nur stockend hervor.

»Elias ... ich möchte die Wüste erleben, wie sie früher war. So wie Olivia sie gekannt hat. Aber solche Orte, solche Menschen, die gibt es nicht mehr. Es ist doch so, oder? Sag mir die Wahrheit, Elias!«

Er nickte ernst.

»Solche Orte ... solche Menschen gibt es ... noch einige. Wir werden sie finden.«

»Auch wenn sie nur eine Illusion sind, eine Fata Morgana?«

»Auch dann.«

»Und Amenena?«

»Ich führe dich zu dir. Wenn du willst.«

Die Zärtlichkeit nahm mir den Atem; das Verdorrte, Starre, Störrische in mir wurde weich und geschmeidig; ja, ich konnte wieder Kind sein, Olivias glockenhelles Lachen hören; ich konnte Chenani sehen, der mich an die Hand nahm und mir so viele Dinge über die Wüste, die Menschen und die Tiere erzählte. Ich wollte alles sehen, hören, fühlen. Was ist das? Und was das da? Chenani hockte sich auf die Fersen, um mir eine Blume oder ein Insekt zu zeigen. Er trug Jeans, einen gelben Pullover mit kleinen Metall-Agraffen am Kragen, daran

303

erinnerte ich mich auf einmal ganz deutlich. Den Kopf hielt er leicht schräg oder nach hinten; das gab ihm das Aussehen eines scheuen, mißtrauischen Hirsches. Ein Eindruck, der noch durch die raschen und trotzdem weichen Bewegungen betont wurde. Er sah aus wie ein Jüngling, der zu rasch gewachsen war und noch die ganze Verletzlichkeit der Kindheit in sich trug. Aber ich wußte, wie sehr der Schein trügte. Er war ein Mann; Sanftheit zu zeigen war für ihn kein Zeichen von Schwäche. Olivia hatte ihr Leben in seine Hände gegeben; er hielt es behutsam und voller Achtung, wie er einen Schmetterling gehalten hätte. Ich war fasziniert von seinem Gesicht, das fast mein eigenes war, kantiger nur, mit einem leicht vorspringenden Kinn und einem reizenden Lächeln.

»Ich wußte, daß du zurückkommen würdest«, hörte ich Elias sagen. »Ich habe es immer gewußt...«

Ich wandte mich von meinem Vater ab und sah Elias' Gesicht, vom Mondschein matt erhellt. Eine Weile sah ich ihn regungslos an; dann neigte ich mich zu ihm und küßte ihn.

»Wie konntest du es wissen?«

»Ich habe es in meinem Herzen gefühlt.«

Seine Lippen waren kalt; doch sein Mund war warm – warm wie das Leben.

»Trau mir nicht zuviel zu, Elias. Ich bin unzuverlässig.«

»Ich warte auf dich. Ich habe Zeit. Ich werde bei Zara wohnen und auf dich warten.«

»Das ist sehr töricht.«

Er kniff leicht spöttisch die Augen zu.

»Meine Gefühle für dich sind sehr töricht, ich weiß.« Ich sagte:

»Also, jetzt hör zu. Ich werde dir keine Nachricht

geben, bevor ich nicht etwas Endgültiges entschieden habe, so oder so.«

»Eine Frau tut immer, was sie will.«

»Elias, du strapazierst mich!«

Der Mond glitt durch die Sternenschleier. Die Dunkelheit war heller als zuvor. Diese nächtliche Helligkeit ließ auf der Oberfläche des Sandes ein Flimmern von silberweißen Wellen spielen. Ich blinzelte verschlafen. Die Wüste lag im Sterben, aber ich mußte die Bilder von früher bewahren. Es mochte ein großer Trost sein, wenn ich diese Bilder nicht als Verlust, sondern als Hoffnung sah. In diesem Fall, und auch sonst, konnte ich es mir wohl leisten, Gefühle zu zeigen.

22. *Kapitel*

Über Paris lagen Nebelfelder. Das Flugzeug landete, von Windstößen geschüttelt, mit fast einer Stunde Verspätung. Gereizt und übernächtigt warteten wir vor dem Fließband. Unsere Lider waren geschwollen, die Kleider staubig und zerknittert. Das Gepäck kam; wir sortierten es ungeduldig. Draußen vor dem Flughafen war es windig und kalt. Die Reise war gut verlaufen, aber wir hatten genug. Wir waren schon zu lange zusammen, zu sehr aufeinander angewiesen wie eine beengt wohnende Familie. Jeder kannte den anderen allzu gut; jetzt brauchten wir Freiraum.

In den letzten Tagen hatten wir alle Gesprächsthemen erschöpft, wir hatten keine Lust mehr auf Geplänkel oder Witze. Darüber hinaus hatte Rocco Adil auf dem Gewissen, der mit zwei gebrochenen Rippen wieder arbeitslos war. Immerhin war die Abfindung großzügig gewesen, dafür hatte ich gesorgt; und am Ende war Adil zufrieden gewesen. Zum Zeichen dafür, daß er Rocco nichts nachtrug, hatte er ihm eine Sandrose geschenkt, nahezu ein Museumsstück und schwer wie ein Backstein. Rocco hatte sie murrend eingepackt. Was sollte er damit? Wir hatten gelacht, was er uns übelgenommen hatte. So war das eben mit Rocco. Nun dachte jeder an seine eigenen Angelegenheiten.

Wir würden uns ein paar Mal im Schneideraum treffen, aber das war Routine. So trennten wir uns, winkten einander zu, und jeder nahm ein Taxi in eine andere Richtung. Es hatte geregnet, die Straßen waren naß, die Schieferdächer glänzten. Cafés und Restaurants waren voller Leute, die Schaufenster waren schon erleuchtet, der Verkehr brauste, staute sich vor den Ampeln. Mein Taxifahrer war ein Raucher, der Wagen roch nach kaltem Qualm. Ich wünschte nur, daß er schnell fuhr. Nicht die Fahrt war deprimierend; es war deprimierend, daß ich müde war, aus der Sonne kam, aus der Weite, dem Licht. Die dunklen Wolken verdichteten sich; es würde bald wieder regnen.

Meine Wohnung in der Rue Verdaine war still, oberflächlich aufgeräumt, angenehm. Ich stellte Tasche und Rucksack in den Gang, machte Licht. Es roch nach abgestandener Luft. Ich öffnete die Fenster, ließ die Abendluft herein, und sofort füllte sich die Wohnung mit Lärm. Meine Putzfrau hatte den Papierkorb geleert, die Pflanzen gegossen. Ich zog die verschwitzten Kleider aus; zuerst eine Dusche. Ich regulierte das aus der Brause strömende Wasser, bis es fast heiß war, drehte und wand mich unter dem starken Strahl. Ich wusch mich von Kopf bis Fuß, auch die Haare. Dampf füllte das Bad. Ich trocknete mich ab, schlüpfte in meinen abgetragenen weißen Frotteemantel.

Barfuß, mit nassem Haar, ging ich in die Küche, setzte Teewasser auf. Auf dem Anrufbeantworter ein paar Nachrichten; keine dringende Botschaft, nichts, was nicht warten konnte. Es war bekannt, daß ich im Ausland war. Ich trank Tee, Earl Grey, den ich am liebsten mochte, sortierte gleichgültig die Post. Das meiste landete im Papierkorb. Der Regen prasselte an die Scheiben; Neonlichter blinkten. Die Müdigkeit wuchs, ich sehnte mich schmerzlich nach Elias. Wo war er? Gab es ihn wirklich? Hatte ich ihn erträumt? Es war alles zu kurz gewesen, zu flüchtig und provisorisch. Ich atmete schnell, fühlte mein Herz an die Rippen klopfen. Die Erinnerungen waren in mir; sie würden zurückkommen, farbig, blutwarm. Ich mußte Geduld haben, sie mit dem Ort, an dem ich mich befand, in Übereinstimmung bringen. Ich trank den Tee aus, schaltete den Computer ein. Wenn ich mich jetzt ins Bett legte, würde ich mitten in der Nacht aufwachen, mit Kopfschmerzen und völlig überdreht. Eine Schlaftablette nehmen? Ja, das war besser. Und bloß nicht an Elias denken. Wie sollte ich mich sonst hier wieder zurechtfinden?

Die Reise war zu Ende. Ich hatte die ganze *post production* am Hals. Wenn wir das Datum für den Filmstart schaffen wollten, mußte ich es in zwei Monaten schaffen. Immerhin arbeitete ich nicht schlecht unter Zeitdruck; das war ein Trost. Im allgemeinen schaffte ich die Termine. Aber dafür mußte ich Elias aus meinen Gedanken verbannen. Und dieser Film war nicht gerade geeignet dazu.

Ich merkte das einen Tag später, im Schneideraum. Ich hatte mich mit einer Praktikantin durch die langweilige Aufgabe gequält, die Randnummern aufzuschreiben; das Schneiden selbst ging elektronisch. Wichtig war das Tempo. Jede Klebestelle im Film verändert den Blickwinkel. Ich dachte an Olivia, an ihre Geigenstunden, und sah jeden Schnitt wie den Schlag eines visuellen Metronoms. Das Gefühl der Harmonie hat man, oder man hat es nicht. Manchmal war eine Sequenz so bedeutungsvoll oder schön, daß selbst ich von der Darstellung gefangen war. Irgendwie war ich in diesen Bildern drin, das passierte immer wieder. Enrique und Thuy kamen ein paar Mal, und wir arbeiteten zusammen. Es stellten sich die unterschiedlichsten Assoziationen ein, so daß ich den Durchbruch meiner Gefühle ständig kontrollieren mußte. Die Art, wie sich Elias

308

bewegte, wie er auf seinem *Mehari* ritt, durch den Sand schlurfte (die Tuareg heben kaum die Füße vom Boden, sondern benutzen ihre Sandalen fast wie ein Rutschbrett), wühlte mich auf.

Ich hatte zwei sehr lange Einstellungen von ihm: Die erste war, als er uns zum ersten Mal auf seinem *Mehari* entgegenritt. Am Anfang war nur ein ferner dunkler Strich am Horizont zu erkennen. Der Strich wogte auf und ab, trennte und vereinigte sich wieder in den Luftspiegelungen, bis der Reiter in Sicht kam, sich der Kamera näherte. Es war ein wunderbares Stimmungsbild; ich wollte, daß der Film mit dieser Einstellung begann. Und ebenso hatte ich Elias beim Abschied gefilmt, denn er hatte seinen Falben gesattelt und war vor uns aufgebrochen, um die kühlen Morgenstunden, *la bonne heure,* wie die Menschen der Sahara sagen, zu nutzen. Erhaben in seinem weißen Gewand, den *Schesch* wie das Visier eines Helms über die Brauen herabgezogen, hatte er jedem von uns die Hand gereicht. Mich jedoch – die Filmende – hatte er nur angesehen, und der Blick seiner graugoldenen Augen in Großaufnahme traf mich mit voller Wucht. Dann hatte er sich in den Sattel geschwungen. Eine Berührung der Reitgerte, der Falbe warf den großen Kopf nach hinten, streckte die Beine, erhob sich. Durch Fersendruck setzte Elias das Tier in Trab. Und mit der unnachahmlichen Eleganz der Tuareg warf er die Falten seiner *Gandura* über die Schulter zurück, hob die Hand zum Abschied. Alle winkten; nur ich stand da und filmte. Schon hatte Elias eine Volte gedreht; sich mit sanftem Klingeln der Kupferschellen entfernt. Er verschwand nicht plötzlich, nein. Er verschmolz mit den Staubschleiern, mit dem uferlosen Blau des Himmels, noch weiter, außerhalb der Geographie, jenseits aller Träume.

Wie oft sah ich mir diese Sequenzen an? Ich konnte es nicht sagen. Elias kam und ging, so oft ich wollte. Ich hätte eigentlich imstande sein müssen, seinen Anblick zu ertragen. Aber die Sehnsucht fiel mich an: eine flirrende Hitze, ein Pochen im Unterleib. Es waren Augenblicke, in denen ich meinen Beruf haßte. Mich erfüllten solche Gefühle mit Gereiztheit, weil sie meiner spröden Art Hohn sprachen. Das Ganze kam mir fast wie ein Naturereignis vor, wie ein Wüstenkoller im wahrsten Sinne des Wortes. Ich wollte nicht an dem Wort Liebe hängen, von ihm abhängen. Als wenn ich mich wie eine dumme Halbwüchsige in eine Filmfigur verliebt hätte. Zum Heulen dämlich. Ich hatte wieder angefangen zu rauchen; ein schlechtes Zeichen. Irgendwie mußte ich heraus aus diesem Loch. Ich rief Olivia an, ohne zu überlegen, daß sich mein Zustand dadurch nicht bessern würde.

»Tammy, wann bist du gekommen?«

»Vor einer Woche. Wir arbeiten im Schneideraum. Es gibt viel zu tun.«

»Hast du Zara gesehen? Wie geht es ihr?«

Ich hatte genau gewußt, daß es ihre erste Frage sein würde. Meine Haut fühlte sich plötzlich klamm an. Ich wischte mir übers Gesicht.

»Ja, ich war bei ihr …«

Sie sagte kein Wort, wartete. Ich schluckte:

»Es geht ihr eigentlich gut. Hör zu, Olivia, ich muß dir etwas sagen. Aflane lebt nicht mehr. Er … er wurde im Gefängnis umgebracht.«

Sie war einen Augenblick still. Dann sagte sie:

»Ich habe es mir gedacht.«

»Er wurde gefoltert, Olivia!«

Ich spürte, wie sie den Atem anhielt.

»Hast du erfahren, warum?«

»Er hat sich in irgendein krummes Ding mit Ghaddafi eingelassen. Er schmuggelte Waffen über die libysche Grenze.«

»Waffen für die Rebellen?«

»Ja.«

»Woher weißt du das? Von Zara?«

»Nicht von Zara, nein. Ich habe Elias getroffen. Rein zufällig.«

Olivias Stimme klang vorsichtig und ruhig.

»Was macht er jetzt?«

Warum hatte ich solches Herzklopfen? Ich hielt die Nase gegen meine Schulter und beroch meine Haut. Sie roch nach Chemikalien und aufdringlich süß auch nach Tabakrauch. Ich mochte diesen Geruch nicht.

»Er wollte in die Politik, aber nach der Geschichte mit Aflane wurde nichts daraus.«

»Das ist klar. Und was sonst noch?«

Mein Gesicht wurde heiß.

»Was er sonst noch gemacht hat? Nun, er hat sich daran gewöhnt, den eigenen Kopf durchzusetzen. Und er hat ein paar Pläne.«

Ich sprach zu ihr mit großer Distanz. Was ich sagte, drückte überhaupt nichts von dem aus, was ich empfand. Es war schon so, daß ich meine Gefühle nie richtig in Worten ausdrücken konnte. In Bildern, ja, das konnte ich gut. Meine Filme waren Ausdruck meiner Gefühle. Ich sagte zu Olivia:

»Hast du Zeit? Ich würde dir den Film gerne zeigen. Elias kommt in ein paar Aufnahmen vor. Er hat uns sehr geholfen, weißt du. Ohne ihn hätten wir es kaum geschafft. Außerdem kennst du die Sahara besser als ich. Ich brauche ein paar Kommentare …«

»Wozu? Es ist doch alles anders als früher.«

Ich seufzte.

311

»Könnte nicht schaden, wenn du wenigstens eine Erklärung versuchen würdest ...«

Ich hielt den Satz in der Schwebe. Es war eine Bitte, in möglichst neutraler Form und ohne Pathos vorgebracht. Aber Olivia hatte feine Ohren. Sie ließ ein paar Sekunden verstreichen. Dann sagte sie:

»Vielleicht kann ich für ein Wochenende kommen. Wann wirst du fertig sein?«

Mir wurde plötzlich schummrig im Kopf. Ich konnte das Gefühl nicht deuten. Etwas Neues kündigte sich an, das war alles.

»In zehn Tagen. Wir sind beim Mischen, was ziemlich langweilig ist. Der Kommentar ist schon geschrieben, ich muß ihn nur noch sprechen.«

»Welche Musik hast du gewählt?«

»Ich habe in Algerien ein paar Kassetten gekauft. Außer einem Flötenlied finde ich nichts Passendes.«

»Hast du eine andere Idee?«

»Dvořák, vielleicht, die ›Neue Welt‹. Das Largo, du weißt schon. Oder Bruckner, die ›Toteninsel‹.«

»Wie kommst du ausgerechnet auf die ›Toteninsel‹?«

Was für eine Frage, dachte ich verwirrt. Ich schloß die Augen und schüttelte den Kopf.

»Der Film dauert vierzig Minuten, Olivia. Und ich glaube nicht, daß es mehr als zehn Minuten Musik gibt.«

Sie schwieg abermals. Dann, mit merkwürdiger, etwas zitternder Stimme:

»Die Sahara ist etwas Schönes. War sie.«

Wir machten ab, daß ich sie anrufen würde, sobald ich die endgültige Kopie hatte. Am nächsten Tag saß ich im Mischraum, spulte den Film Meter um Meter ab. Neben mir saß Isabelle, die Lichtregisseurin. Vor sich hatte sie einen Apfel, eine Rolle Pfefferminzbonbons und einen Notizblock. Isabelle würde sich Notizen machen, Rolle

312

für Rolle, mit Hilfe des Zählers. Sie sah sofort, ob eine Einstellung zu dunkel oder zu hell war. Sie liebte Perfektion und schimpfte, wenn die Einstellung nicht gestochen scharf war: Hier war zuviel Kontrast, da zuwenig, das war zu unscharf und so weiter. Isabelle kannte die Wüste in Tunesien. Sie sagte, der Sand sei so nuancenreich, daß man es mit bloßem Auge kaum wahrnahm.

»Gelb«, murmelte Isabelle, »das ist doch langweilig, wir müssen da Variationen einbringen. Das Licht verändert sich ja jeden Augenblick.«

Nach ein paar Stunden war Isabelle mit der Arbeit fertig, sie malte sich vor dem Spiegel die Lippen rot an, kaute einen Apfel. Ich brachte sie mit dem Wagen nach Saint-Germain-en-Laye. Wieder in ihrem Büro, würde sie vor einem computergesteuerten Farbanalysiergerät sitzen, das Negativ in die Maschine eingeben und ein positives Bild des Films auf dem Bildschirm sehen. Ihr Farbgefühl war ganz erstaunlich. Sie hatte gleich begriffen, was ich visuell erreichen wollte. Sobald die Kopie fertiggestellt war, sahen wir sie uns gemeinsam an. Wir verbesserten einiges und machten eine zweite Kopie. Die dritte war dann die richtige.

Jetzt galt es nur noch, die Tonspur auf dem Magnettonband zu übertragen. Ich fürchtete immer wieder um den Verlust der Tonqualität, aber – wie stets – waren meine Ängste unbegründet. Ton, Licht und Kommentar paßten perfekt zueinander. Und die ›Toteninsel‹ war als musikalischer Schlußpunkt genau das, was ich empfand.

»Der Weg des Windes« hieß der Film – mein Film. Und ich hatte mich mit aller Kraft bemüht, die Dinge zu inszenieren, die ich gesehen hatte, damit andere sie auch so sehen konnten – damit sie die Dinge sehen konnten wie nie zuvor. Dabei hatte ich mehr aufs Spiel gesetzt, als ich mir eingestehen wollte. Ich rief Enrique an. »Komm!« Enrique brachte Thuy mit. Sie hielt einen großen Strauß Sonnenblumen an die Brust gedrückt.

»Ich hab sie dir mitgebracht, weil du wenig Sinn dafür hast ...«

Thuy konnte ohne Blumen nicht leben. Ich küßte sie; auf ihrem T-Shirt lag gelber Blütenstaub. Serge kam atemlos und wütend im letzten Augenblick – ein Flic hatte ihn erwischt, als er falsch parkte. Rocco kam nicht, er hatte von der Wüste genug und arbeitete bereits an einem anderen Projekt.

Gemeinsam sahen wir uns die Kopie an. Zum ersten Mal lief der Film in seiner Originalfassung. Und es war nicht irgendein Film. Die Welt, die er zeigte, ging mir nahe. Es ist schon so, daß man jeden Film, den man selbst gedreht hat, wie ein Meisterwerk empfindet. Selbsttäuschung, künstlerische Eitelkeit? Vielleicht. Aber hier war mehr. Rein technisch waren die Sequenzen gelungen; sogar die Bilder von den Schildkröten, die wir am letzten Tag unter schwierigen Lichtverhältnissen gefilmt hatten, waren eindrucksvoll. Enrique hatte großartige Arbeit geleistet. Der Film hatte glühende, etwas morbide Farben, die mich verwirrten. Die Wirkung der Bilder war beunruhigend; unter der Oberfläche knisterte es vor leidenschaftlicher, verhaltener Energie. Jeden Moment konnte etwas losgehen, und doch geschah nicht viel; es war ja ein Dokumentarfilm. Als er vorbei war, stellten wir die üblichen Fragen. Funktionierte der Anfang, das Ende? Hatte es uns gefallen? Waren wir gerührt? Nein, wir waren betroffen. Wie war das möglich? Enrique fand einen Ausdruck dafür:

»Was du gezeigt hast, Tamara, ist die ästhetische Umsetzung der Verzweiflung.«

Ich fühlte so etwas wie Leere in mir, eine Art Übelkeit. Ich wußte, daß die blassen Gespenster der Molche mich mein Leben lang verfolgen würden. Ich lächelte matt.

»Ich wollte nichts erzwingen.«

»Also gibst du es zu?« fragte Serge.

Es regnete in Strömen, als ich spät abends mit einem schalen Geschmack im Mund den Schlüssel in das Schloß meiner Wohnungstür steckte. Wir hatten im *Chez Pento* Austern gegessen, und ich hatte zuviel Wein getrunken. Die Sonnenblumen waren schon verwelkt. Ich holte eine Vase, steckte die Blumen hinein. Die Putzfrau hatte die Post auf meinen Schreibtisch gelegt. Der zerknitterte Luftpostumschlag lag zwischen einigen Rechnungen. Es stand kein Absender drauf, aber ich sah den Poststempel und wußte Bescheid.

»Ich weiß, daß deine Arbeit dich voll in Anspruch nimmt«, schrieb Elias. »Eigentlich sollte ich dich in Ruhe lassen, aber das Herz ist mir schwer. Zuerst muß ich dir danken. Manchmal glaube ich, daß ich dich nicht genügend fühlen ließ, wie glücklich du mich gemacht hast. Die Begegnung mit dir hat mir klargemacht, daß ich mein Leben lang von Frauen geformt und erzogen worden bin und die Welt durch sie entdeckt habe. Die islamische Männerwelt ist absurd. Aus der ganzen geschwollenen Ethik der Verhüllung und Keuschheit der Frau spricht kein Funken Prestige, nur Feigheit. Die Männer demonstrieren in selbstherrlicher Tugend, daß sie der Anblick einer Frau in brünstige Tiere verwandelt. Was für eine verlogene Welt haben sie um sich geschaffen! Ich bin in dieser Welt hinter Gitterstäben gefangen, sehe blühende Wiesen und kann sie nicht erreichen. Ich möchte dich so gerne wiedersehen, aber die Entscheidung liegt nicht bei mir. Glaubst du, daß du und ich am Ende ein gemeinsames Schicksal haben werden? Wenn nicht, würde ich versuchen, nicht mehr an dich zu denken. Und darüber hinaus? Ich nehme an, meine Eitelkeit wäre verletzt. Wie dem auch sei – du wirst entscheiden, und ich werde mich fügen.

Einstweilen bin ich bei Zara und versuche, ihr das Leben ein wenig erträglicher zu machen. Es geht ihr nicht gut, sie dämmert die meiste Zeit vor sich hin. Etwas muß ich dir sagen: Manchmal ertappe ich mich dabei, daß ich dich mit Amenena vergleiche. Das ist seltsam, denn ihr seht euch nicht ähnlich und habt auch sonst wenig gemeinsam. Ich suche nach einer vernünftigen Erklärung und finde sie darin, daß ihr beide von Geburt aus freie Menschen seid. Nicht alle haben dieses Privileg – du weißt es wahrscheinlich selbst nicht. Darum laß es zu, daß ich es dir sage.

Mir fällt ein Gedicht ein:
›Schmerzen kommen und gehen,
überfluten mein Herz.
Nur sie ist diese Schmerzen wert.
Sehe ich den Mond – da ist ihr Bild vor mir.
Ich bin einsam und warte,
Hier, im fernen Land …‹

Wir haben im *Tamahaq* einen typischen Rhythmus. Übersetzt in Französisch klingen die Verse stümperhaft; es tut mir leid. Aber meine Gefühle sagen dir alles. Und so warte ich und sorge mich nicht um die Zukunft. Tu, was du willst, und alles wird gut werden.«

Ich wischte mir mit dem Handrücken über die Augen. Wir hatten das Wort Liebe gebraucht, ein- oder zweimal, mit einem bitteren Unterton. Das Wort Zukunft fiel nicht, da war ich mir sicher. Die Gefühle, die Elias' Brief in mir auslöste, kamen aus der Müdigkeit. Ich war müde, und alles schmerzte. Ich war ihm fast böse, weil er sich auf mich verließ. Er durfte es nicht erwarten, er konnte es nicht verlangen. »Erpressung!« zischte ich. Ach, ich konnte mir schon vorstellen, daß er bald eine andere Frau fand. Und gleichzeitig konnte ich nicht anders, als an die Tiefe und die Größe seiner Gefühle zu glauben. Dickköpfig und eigensinnig war ich zur Welt gekommen, eine richtige Targuia, die mit den Männern machte, was sie wollte. Jetzt mußte ich herausfinden, wie tief ich leiden konnte.

Ich rief Olivia an; der Film sei fertig. Am Montag bekam die Produzentin den Streifen.

»Kommt er im Fernsehen?«

»Zuerst wird er bei den Filmfestspielen in Venedig gezeigt. Im Februar. Fantine will da einiges herausholen. Die Verleihrechte steigen, und wir können später ein größeres Publikum gewinnen. Wenn du ihn sehen willst, kann ich das organisieren.«

»Ich komme übermorgen«, sagte Olivia. »Ich habe schon den Fahrplan. Gare du Nord, um dreizehn Uhr zwanzig.«

»Schön. Ich hole dich ab.«

Am Samstag sah ich sie in ihrem alten Regenmantel aus dem Abteil steigen, im Gedränge auf mich zukommen. Ihr Haar war etwas gewachsen und wehte leicht im Wind. Sie fuhr sich mit der Hand hindurch und warf es zurück, ganz unbewußt. Sie wußte nicht, daß ich sie beobachtete. Von weitem gesehen sah sie beschwingt aus, nahezu jugendlich. Erst als sie vor mir stand, sah ich ihre fahle Haut, die topasbraunen, eingesunkenen Augen, das schlaffe Kinn. Wir küßten uns nicht; ich küßte Olivia nie. Ich nahm ihr die Tasche ab und fragte sie nach der Reise.

»Zu viele Leute im Zug, ich bin das nicht mehr gewöhnt.« Olivia sprach etwas atemlos. »Aber ich bin froh, daß ich mal aus meinen vier Wänden komme.«

Sie betrachtete mich neugierig.

»Du bist braun geworden.«

Ich lachte. Wer Filme macht, verbringt viel Zeit in dunklen Räumen.

»Die Farbe ist schon verblaßt.«

Ich wollte mit ihr essen gehen, aber sie sagte, sie habe schon ein Sandwich gehabt.

»Bist du müde? Willst du dich etwas ausruhen?«

Sie schüttelte den Kopf.

»Nein, eigentlich nicht. Die Reise war keine so große Sache. Ich bin gespannt auf den Film.«

»Wir können ihn uns gleich ansehen, wenn du willst. Einer der Vorführräume ist frei.«

Olivia sollte eine richtige Leinwand haben, keinen Bildschirm, der nur zwanzig Zentimeter breit war. Zufrieden saß sie neben mir im Auto; ich sah ihr abgewandtes feines Profil mit der etwas flachen Nase und dem blassen, schön geformten Mund. Das Weiß in ihrem blonden Haar stand ihr gut. Sie hielt die Hände ineinander verschränkt; es war eine Angewohnheit von ihr. Ihre Hände waren kräftig im Verhältnis zu ihrer Körpergröße. Sie trug nicht einen einzigen Ring. Ein kleines Lächeln lag auf ihren Lippen. Sie betrachtete amüsiert das Pariser Verkehrschaos.

»Seit wann bist du nicht mehr hier gewesen?« fragte ich.

»Ich glaube, es ist schon zehn Jahre her.«

»Meine Wohnung wird dir gefallen«, sagte ich. »Sie ist größer als die an der Rue de Bercy.«

Ich hielt auf dem Parkplatz des Studios und ging mit ihr in den Vorführraum. Sie war zum ersten Mal da und sah sich neugierig um. Ich fragte mich, was sie zu Bruckner in Verbindung mit einem Film über die Sahara sagen würde. Auf musikalischem Gebiet war sie puristisch, um nicht zu sagen stur. Mir wurde plötzlich klar, daß ich unbewußt ihre Zustimmung suchte, ein Gedanke, der mich ärgerte. Aber die Genugtuung, etwas vollbracht zu haben, wozu mein Innerstes mich drängte, ließ den Unwillen verblassen.

»Möchtest du Kaffee?«

»Danke, gerne.«

Ich holte ihr Kaffee aus der Kantine, dazu ein Stück Zitronentorte. Sie trank den Kaffee; die Torte ließ sie unberührt. Sie saß sehr gerade, mit aufrechtem Rückgrat. Ich spürte ihre Gespanntheit. Aber ich konnte nichts in ihren Augen lesen; sie war unberechenbar.

»Willst du die Torte nicht?«

Sie schüttelte den Kopf. Ich nahm ihr den Teller aus der Hand und schlang die Torte hinunter. Ich rieb mir die klebrigen Finger an den Jeansnähten ab, verdunkelte den Raum und ließ den Film laufen. Manche Szenen waren vielleicht »aufgesetzt«, wenn man sie nach dem Drehbuch beurteilte. Und so trat Elias aus dem Lichtschleier, lebte auf der Leinwand, wie er in meinen Augen lebte; sein Anblick trieb mir die Wärme in die Adern. Ich wandte keinen Blick von ihm ab. Er wirkte wie ein Mensch, der den Zauber der Wüste kannte und still um ihn trauerte. Mein Geist kehrte in die Schlucht zurück, in der wir uns umarmt hatten. Ich spürte wieder seine Hände, seinen warmen Atem. Keine Gefühlsäußerungen vor meiner Mutter.

Ich hatte den Film meinen Gedanken angepaßt: lange Aufnahmen von Felsen und Dünen, Licht, viel Licht, dann der Abstieg in die Höhle. Die Magie der urzeitlichen Bilder, der Todesschlamm, die Molche. Der urtümliche Mutterschoß war entweiht. Keine klingende Quelle mehr, kein Weltangesicht. *Aman Iman,* Wasser ist Leben. Jetzt nicht mehr, Olivia. Es ist aus und vorbei. Der Mensch kauft und verkauft den Tod; das hat er zwar schon früher gemacht, aber heute hat er auch noch die Technologie. Wir sind eine mordsüchtige Rasse. Der Film endete mit einem Zitat aus dem fünften Buch Moses:

»Ich rufe heute gegen euch Himmel und Erde zu Zeugen an, so daß ich dir das Leben und den Tod, den Segen und den Fluch vorgelegt habe; so wähle denn das Leben, auf daß du leben bleibst, du und deine Nachkommen.«

Das Licht wurde rötlich und matt, als atmeten die Steine Blut aus. Dann abspulen. Dunkelheit. Olivia saß stumm, wie erstarrt. Ich bewegte mich schweigend, schaltete die Beleuchtung ein. Jetzt wandte sie mir langsam das Gesicht zu. Unsere Augen trafen sich. Sie sagte:

»Du bist der Sache ziemlich nahe gekommen.«

Sie lebte mit der Erinnerung an alte Geschichten, die ich zu oft gehört und nie im Kopf behalten hatte. Geschichten, dachte ich, die mich nie interessiert hatten, weil zuviel Staub auf ihnen lag. Sie wußte, wie man sich zurückzog, sich unsichtbar macht. Sie hatte mich laufen, meinen Weg suchen lassen. Das Gefühl hatte ich wenigstens bislang gehabt. Jetzt meldeten sich Zweifel an. Mir kam es plötzlich vor, als ob sie mich gelenkt hätte, mit stiller Beharrlichkeit, all die Jahre hindurch. Sie und alle anderen, die vor mir da waren. Das geht zu weit, Olivia. Ihr sitzt mir im Nacken. Ich mag das nicht. Ich bot ihr eine Zigarette an. Sie schüttelte den Kopf. Sie rauchte schon seit Jahren nicht mehr.

»Das mit den Atomversuchen, damals, hast du das gewußt?«

»Es gab Gerüchte. Wir sprachen davon. Von den Auswirkungen hatten wir natürlich keine Ahnung.«

»Elias hofft, daß die UNESCO die Felszeichnungen schützt, bevor Idioten mit Spraydosen anmarschieren. Am Anfang habe ich wirklich gedacht, ist der naiv.«

»Das ist er keineswegs.«

»Nein. Und er hat schon recht: Die Bilder sind wunderbar erhalten, besser als die in Djanet. Der Rummel geht bald los. Es sei denn, es wird bekannt, daß der Ort verseucht ist ...«

Ein kleines, schmerzliches Lächeln zuckte um ihre Lippen.

»Das macht ja die Sache erst attraktiv. Das Gefährliche ist immer interessant. Ich sagte dir ja schon, ich kenne die Schlucht. Die Höhle auch ... Chenani und ich waren gelegentlich leichtsinnig. Als du auf die Welt kamst, wurden wir ruhiger. Damals stand der Wasserspiegel hoch. Und mißgestaltete Molche gab es nicht.«

Sie erschauderte.

»Mein Gott, ist das fürchterlich. So ein Horror, und in aller Stille! Bruckner paßt wahrhaftig gut zu dem Thema ...«, setzte sie mit müdem Zynismus hinzu.

Ich suchte einen Aschenbecher, setzte mich neben sie und ließ die Beine über die Lehne baumeln.

»Und was nun?«

Olivia sagte:

»Pessimisten geben das menschliche Leben mit dem Leben unzähliger anderer Arten auf der Erde schon jetzt verloren.«

Sie schwieg, und ich rauchte versonnen.

»Ich werde natürlich nach Venedig fahren. Neben den Vorführungen gibt es täglich Podiumsgespräche zu aktuellen Fragen rund um den Film. Eine Frau hat da gewisse Vorteile. Solange sie einigermaßen jung ist, meine ich. Die Kritiker sehen sich zuerst ihre Beine an, dann den Film. Vielleicht gewinnen wir eine Auszeichnung.«

Wir lächelten beide flüchtig. Und wurden im gleichen Atemzug wieder ernst.

»Das Ganze ist eine politische Angelegenheit. Ich kenne die richtigen Leute nicht, die haben mich nie interessiert. Du hast von Hoffnung gesprochen. Wenn irgendwo ein Flämmchen ist, kann ich versuchen zu kämpfen. Wahrscheinlich verbrenne ich mir die Finger. Und wie bringe ich die nötige Energie auf?«

Sie ließ einige Atemzüge verstreichen. Plötzlich lachte sie auf; in ihrem Lachen war ein rauher Klang, etwas Mädchenhaftes, als wäre sie verlegen und bemüht, das zu verbergen.

»Weißt du, daß Elias mich stark an Chenani erinnert?«

Ich fuhr leicht zusammen.

»Wie kommst du darauf? Im Film ist er verschleiert.«

»Wenn du bei den Tuareg gelebt hättest, würdest du wissen, daß sie einen Mann nicht an seinem Gesicht, sondern am Gang und an der Haltung erkennen. An der Form seiner Hände, an den Gesten, an der Art, wie er sich kleidet. Und natürlich auch an seinen Augen. Elias hat die gleichen Augen wie Chenani.«

Ihre Stimme verriet ein wenig von der Geringschätzigkeit, die gewisse Menschen bei der Erinnerung an Dinge zu überkommen pflegt, die sie einst miterlebt haben. Ich sagte:

»Ich war eben nicht lange genug da.«

Sie wandte das Gesicht ab und hustete; ich hatte vergessen, daß sie Rauch nicht vertragen konnte, und drückte schuldbewußt meine Zigarette aus. Sie schaute mich wieder an.

»Warum hast du nicht schon früher angerufen? Die Sache mit Aflane, die ging mir im Kopf herum. Ich konnte deswegen nicht schlafen. Besonders jetzt, wo ich keine Tabletten mehr nehmen will. Und sag’ mir gefälligst nicht, daß du zuviel zu tun hattest.«

Ich wich ihrem Blick aus.

»Ich wollte dir keinen Kummer machen.«

»Das war sehr unfair.«

»Es tut mir leid.«

Sie hob tadelnd die Brauen.

»Du bist immer noch überzeugt, daß du die anderen besser kennst als diese sich selbst. Bildest du dir ein, daß das in Ordnung ist?«

»Nein«, sagte ich schwach.

»Du mußt mir mehr erzählen.«

»Ach, Olivia, er ist doch tot.«

»Ich will alles wissen.«

Ich erzählte also; der ganze Horror tat mir weh im Kopf. Ihre Augen ließen nicht von mir ab. Ich konnte sehen, wie es in ihrem Gehirn arbeitete. Ihre Lippen waren fest geschlossen. Sie wollte mir nicht widersprechen, aber ich sah, daß sie dachte, ich könnte mich irren. Sie verstand diese Dinge besser als ich. Als ich alles erzählt hatte, verweilte sie einen langen Augenblick, ohne zu reden, den Blick auf den Boden gerichtet. Es war die Wahrheit, eine Wahrheit, die sie erkannte. Dann hob sie ihre Augen, die wirklich noch sehr schön waren, und sah mir ins Gesicht.

»Aflane konnte gar nicht anders handeln, verstehst du? Gefahr hin und Gefahr her, es war eine Ehrensache.«

»Ja, ich weiß.«

Sie hob beide Hände an ihre Schläfen, als ob sie ihr Haar ordnen wollte. Früher hatte sie die gleiche Geste gehabt.

»Würdest du mir bitte etwas Wasser geben?«

Neben dem Raum war eine kleine Kochnische. Ich füllte ein Glas und brachte es ihr. Sie trank in einem Zug aus.

»Was will er eigentlich?«

Ich starrte auf den Aschenbecher und unterdrückte das heftige Verlangen, eine Zigarette anzuzünden.

»Wer? Elias? Er will eine Schule gründen.«

Sie runzelte die Stirn.

»Was für eine Schule?«

»Eine Schule für Nomadenkinder.«

Sie sah mich abwartend an. Mir fiel es schwer, Elias' Gedanken auszusprechen. Die Tuareg waren nicht weit weg, nicht fremd und nicht erfunden. Zwischen ihnen entsteht ein Band, das stärker ist als fast alles andere. Ich gehörte nicht dazu. Auf Elias' Gedächtnis war ohnehin mehr Verlaß. Mir hatte man nicht viermal am Tag den Kopf in den Staub gedrückt. Mich nicht in Einzelhaft gesteckt. Und mir auch nicht die Knochen gebrochen.

»Er will die Kinder von den Internaten fernhalten, von diesen Zuchthäusern. Die Lehrer sollen zu den Tuareg kommen, nicht umgekehrt. Die Schule soll ein Zelt sein, das man auf einen Esel packt und beim nächsten Wasserloch wieder aufstellt. Elias wird Schulbücher in *Tifinagh* drucken lassen. Er will, daß die Kinder ihre Kultur gegen die Arabisierung verteidigen. Er strebt eine inhaltliche, eine ideologische Auseinandersetzung an. Dazu braucht es Menschen, die wissen, wer sie sind, und die sich in der Welt zurechtfinden. Die Tuareg wollen wieder frei sein – frei zu reisen, frei zu arbeiten, frei, zu denken und zu sprechen und den Glauben ihrer Ahnen auszuüben. So ungefähr stellt sich Elias das vor.«

Sie starrte mich an.

»Ist das alles?«

»Ist das nicht genug?«

»Sie werden ihn natürlich dafür umbringen.«

Ich griff mir an den Hinterkopf, es überlief mich kalt.

»Das ist mir schon klar.«

»Es geht mir an die Nieren«, sagte sie.

Ich zitterte innerlich.

»Hältst du ihn für verrückt?«

»Ich halte ihn für völlig durchgedreht.«

»Scheiße!« murmelte ich. »Ich habe Angst um ihn.«

»Die kannst du auch haben. Mir scheint, du hast ein Problem mit ihm.«

Ihre Stimme klang sanft und sarkastisch. Ich war in eine Art Trance verfallen. Der Raum verschwamm vor meinen Augen. Es war abscheulich. Ich nahm mich zusammen.

»Bevor ich Algerien verließ, sind wir... haben wir über vieles geredet. Er wollte, daß ich ein paar Tage mit ihm verbringe. Zuerst wollte ich nicht. Dann habe ich es mir anders überlegt. Dinge von früher kamen mir wieder in den Sinn.«

»Sprich nur weiter.«

Ich holte gepreßt Atem.

»Ich glaube, ich werde es tun.«

»Eines würde ich gerne wissen«, sagte sie. »Ob du ihn liebst.«

Sie konnte nicht nur gemein, sondern auch ekelhaft neugierig sein. Ich antwortete widerstrebend.

»Das ist nicht so leicht gesagt.«

»Nimm dir Zeit.«

Ich sagte mit schwacher Stimme:

»Darf ich rauchen?«

»Draußen, ja. Hier nicht. Ich habe empfindliche Bronchien.«

Ich seufzte, schob den Aschenbecher über den Tisch.

»Also gut. Ich habe darüber nachgedacht. Du kannst es Liebe nennen. Aber der Fall ist verzwickter als damals bei dir.«

Sie lächelte.

»Wie kannst du das beurteilen?«

Schon wieder ihre verdammte Überheblichkeit! Ich faßte meine Antwort zusammen.

»Ich habe mein Leben hier, er hat sein Leben dort. Ich weiß nicht, was ich tun soll.«

»Tu, was du willst.«

Elias hatte nichts anderes gesagt. Ich fuhr mit den Händen über mein Gesicht.

»Ich setze nicht alles wie du auf eine Karte.«

»Du handelst konsequent. Du bist erblich belastet.«

Vor lauter Qualen hatte ich Halsschmerzen. Vielleicht hatte ich mich auch erkältet. Ich war immer zu leicht angezogen, trug keine Rollkragenpullis, nur T-Shirts, auch im Winter. Ich sagte:

»Der Film ist fertig. Ich kann mir zwei Wochen Urlaub nehmen. Elias wartet auf mich in Tam. Ich muß herausfinden, was er für mich bedeutet. Meine Gedanken kreisen immerzu nur um ihn. Das ist sehr ungesund. Nach einer Weile ist jeder Mann so ziemlich wie der andere.«

Ein Schimmer von Ironie funkelte in ihren Augen.

»Es gibt immerhin Ausnahmen.«

»Und noch etwas. Elias spricht oft von seiner Mutter. Sie lebt in Adrar. Ich möchte sie sehen.«

»Amenena?«

»Ich habe ein paar Mal von ihr geträumt. Elias sagt,

daß sie mir Zeichen schickt. Er sagt oft solche Dinge. Es hört sich irgendwie verrückt an. Warum lachst du? Ist was komisch?«

»Aber nein. Oder doch, ja. Wann gehst du?«

»Ich denke, Ende des Monats.«

Sie blickte vor sich hin, geistesabwesend.«

»Du könntest mir mal eine Postkarte schreiben. Ausnahmsweise.«

»Das werde ich tun.«

»Und sag Elias ...«

Sie sprach nicht weiter. Entgeistert starrte ich sie an; sie war plötzlich wie verwandelt, ich kannte sie nicht wieder. Ihre Halsmuskeln zitterten, ihre Lippen bewegten sich, als ob sie nicht die richtigen Worte fand. Ihre Züge hatten alle Gelassenheit, verloren, drückten Gefühle aus, die ich nicht verstand.

»Ja, Olivia? Was soll ich Elias sagen?«

Sie legte ihre Hände übereinander und preßte sie so stark zusammen, daß die Fingerglieder knackten.

»Sag ihm, wenn er eine Lehrerin braucht ... ich werde kommen!«

Ich ließ die Augen nicht von ihr. Die Bedeutung ihrer Worte drang nur langsam in mein Bewußtsein. Ich rang vergeblich danach, einen Satz zu bilden, irgendeinen Satz. Mein Mund war ausgetrocknet.

»Du willst ...«

Sie nickte ein paarmal heftig.

»Ja, ich will wieder unterrichten. Das ist eine Sache, die ich kann. Das habe ich schon früher gemacht, mitten in der Sahara. Das *Tifinagh* muß ich wieder üben, aber die Sprache habe ich nicht verlernt. Ich werde ein paar Dinge mitbringen und sie den Kindern zeigen.«

327

Atemnot hinderte sie daran weiterzusprechen. Ihre Nerven schienen wieder aufs äußerste gespannt. Ich sagte rauh:

»Olivia ... du bringst mich zum Weinen.«

Sie hob den Blick; sie lächelte in einer Mischung aus Herausforderung und Ironie.

»Sei froh, daß ich wieder was vorhabe. Sieh mal, ich habe es schon lange satt, Geigenstunden zu geben. Simon kommt nicht mehr, und meine neue Schülerin macht mir keine Freude.«

Ich schluckte schwer.

»Olivia, ich möchte wissen ...«

»Was wissen?«

»Was brachte dich ...«

»Das ist nicht deine Sache. Oder vielleicht doch. Irgendwann muß man mit der Vergangenheit Schluß machen. Das Neue sehen. Die Erinnerung ist weiter da, die bleibt, sie vergeht nicht. Man kann sie immer wieder hervorholen. Als Trost, nicht mehr als Schmerz. Ich habe lange gebraucht, um mich davon zu überzeugen.«

»Hätte ich das gewußt ...«

Sie schüttelte den Kopf.

»Nichts zu wissen war besser. Etwas stimmte nicht mehr mit mir. Aber Pflichtbewußtsein hat man oder man hat es nicht. Elias braucht mich jetzt, und ich werde dasein. Denk bitte daran, mir eine Liste von den Dingen zu machen, die er haben will. Von hier aus kann ich das schlecht beurteilen.«

»Ich ... ich suche eine Erklärung.«

»Zeitverschwendung.«

»Nein, Olivia. Es hat etwas mit mir zu tun. Mit meinem Film.«

»Das stimmt. Der Film hat etwas in mir bewirkt. Er hat alte Gefühle in mir wachgerufen.«

»Welche Gefühle?«

Ihr Mund zeigte den Anflug eines Lächelns.

»Sagen wir mal, ich habe den Zauber der Wüste wieder erleben können, wenn auch aus zweiter Hand.«

»Die Wüste hat sich verändert.«

»Das brauchst du mir nicht zu sagen. Die Sahara verändert sich, wie wir uns verändern. Aber letztlich sind wir doch die gleichen, ähnlich genug, daß wir uns wiedererkennen.«

Ich sagte nichts. Olivia fuhr fort:

»Wie dem auch sei, ich komme. Ich habe es gerade beschlossen. So ist es nun mal.«

Welch tiefe, starke Wurzeln hatte ihre Einsamkeit entstehen lassen, diese Enthaltung, die nach innen gärte und neue Kräfte schuf? Ich gab zu bedenken:

»Und wenn man dir Scherereien macht?«

»Glaub ich nicht.«

»Warum nicht?«

»Weil ich alt bin. Außerdem sitzt in unserer Familie jeder mal im Knast. Aber bis dahin habe ich den Kindern vielleicht etwas beigebracht.«

»Das ist schon richtig«, sagte ich matt.

Olivia strich sich die Haare aus der Stirn, wobei sie leise lachte. Sie war nicht mehr die gleiche, sie hatte sich verändert. Sie sah müde aus, aber amüsiert, wie eine Frau, die lange in der Ferne etwas gesucht und es endlich gefunden hat. Und was hätte ich ihr sagen können, jetzt, da sie es gefunden hatte? Hätte ich ihr einfach sagen sollen, daß ich stolz auf sie war?

»Was wirst du inzwischen tun?« fragte ich nach einer Weile.

»Meine Bronchien pflegen. Kräfte sammeln. Und Vokabeln büffeln. Mein ganzes *Tifinagh* steckt in alten Schulheften. Ich muß üben.«

»Und wirst du jetzt schlafen?«

Sie nickte, mit einem kleinen weichen Lächeln in den Mundwinkeln.

»Ich werde gut schlafen«, sagte sie.

23. Kapitel

Fantine gefiel meine Dokumentation. Vielleicht hatte ich nicht den Film gemacht, den ich machen wollte. Aber dadurch, daß ich viele Bilder wie eine Innenwelt sah, hatte der Film seine eigene Geschichte gewonnen. »Intellektuelle ertragen es nicht, durchschaut zu werden«, meinte Fantine. »Sie fliehen aus der Wirklichkeit in die Abstraktion. Du bringst das nicht fertig.«

»Nein. Ich fliehe aus der Wirklichkeit in die Illusion.«

Fantine wippte mit ihrem schwarzbeschuhten Fuß.

»Du bist eine Romantikerin. Die Mehrheit liebt den Mainstream, aber es kommt vor, daß sich Originalität durchsetzt. Deine Schlucht ist unwiderstehlich.«

»Kein irrealer Anachronismus?«

»Haarscharf daneben, aber ich gehe darauf ein. Die Felsmalereien sind so alt, daß sie schon wieder Neuigkeitswert haben.«

»Und die Molche?«

»Zuerst mußte ich an *Jurassic Park* denken. Die Art, wie du sie gefilmt hast, verstehst du? Aber sie lösen Emotionen aus, und der symbolische Wert ist groß. Wir werden sie also zeigen.«

»Ich danke dir.«

»Keine Ursache. Ich bringe nur das, was ankommt.«

Ich nickte, und sie fuhr fort:

»Also gut. Bis *Arte* den Film sendet, wollen wir die Presse anheizen. Ein Dokumentarfilm ist keine Soap-Opera, tut mir leid. Und wir haben nicht Depardieu, bloß einen verschleierten Mann. Ich muß also ein bißchen Theater veranstalten. Haben wir Glück, schickt *National Geographic* eine Equipe. Was Expeditionsberichte betrifft, ist *Match* immer noch recht gut. Ich werde auch *VSD* mobilisieren. Der Herausgeber liebt die Wüste und ist mehrmals mit Thierry Sabine die Rallyestrecke Paris-Dakar gefahren. Das macht uns die Sache leicht.«

Ich verzog das Gesicht. Sie grinste.

»Keine Rosen ohne Dornen. Zeitschriften bringen das Interesse der Leser nur mit Sensationen auf Trab. Wenn sie dein Thema bringen, tun sie uns einen Gefallen.«

Als Produzentin leistete sich Fantine das Recht auf behaglichen Zynismus – alles schon dagewesen, kein Grund zur Aufregung.

»Gut«, seufzte ich. »Aber wie kriege ich die UNESCO?«

»Am besten durch Beziehungen. Jede Fachwelt ist ein geschlossener Kreis. Ich kann das für dich in die Wege leiten.«

Sie nannte Namen, die mich aufhorchen ließen. Es waren Namen von Afrikakennern, Politikern und wichtigen Beamten am Quai d'Orsay. Dazu kamen Leute vom Fernmeldewesen und Verantwortliche vom *Musée de l'Homme*, die sich nach der blutigen Unterdrückung der Nomaden Anfang der neunziger Jahre international für die Tuareg eingesetzt hatten.

»Nicht unbedingt lustige Leute, aber sie sind effizient«, meinte Fantine. »Einige sind nur Schrauben im Getriebe. Andere entscheiden, was getan werden sollte. Die tatsächliche Politik wird nicht nur im Ministerium gemacht. Ein Schritt nach dem anderen, ja? Kauf dir ein Abendkleid und zeig dich bei Premieren.«

»Ich hasse Abendkleider.«

»Dann kauf dir einen Smoking.«

Fantine beherrschte ihr Einmaleins: Von mehreren Möglichkeiten wählte sie stets die Aufgedonnertste, der Rest ergab sich von selbst.

»Du bekommst eine Talkshow bei TF 1. Zur guten Sendezeit.«

»In fünf Minuten die Sache erklären, reicht das?«

»Es sind zehn Minuten. Wir bieten einen Vertreter der DGSE, einen Archäologen und einen Forscher vom Institut Pasteur auf.«

Ich seufzte. Ich hatte nicht unbedingt Lust, mit einem Vertreter der *Direction Générale de la Sécurité Extérieure* – dem französischen Geheimdienst – eine Sendung zu gestalten. Aber irgend etwas mußte getan werden.

»Er wird kein neues Licht in die Sache bringen, aber die Atomversuche zugeben«, meinte Fantine. »Das mag Betroffenheit auslösen. Die Tuareg genießen Sympathie. Vielleicht schickt *Médecins sans frontières* ein paar Mitarbeiter zu den Stämmen.«

»Das wäre schon etwas. Aber nicht genug. Die Tuareg haben nicht nur medizinische Probleme. Sie leiden ganz entsetzlich an Mangelernährung, sind arbeitslos, sie brauchen Geld, um tiefere Brunnen zu graben. Sie brauchen ...«

»Du kannst die Dinge nicht übers Knie brechen. Die Welt ist kompliziert, alle Entwicklungsländer haben ihre Probleme.«

Fantine kritzelte Notizen in ihre Agenda von Hermès.

»Wen nehmen wir noch? Mano Dayak wäre der Richtige gewesen. Zu schade, daß er gestorben ist ...«

Ja, und auch Aflane ist gestorben, zu schade, dachte ich bitter, aber die Tuareg sprechen die Namen der Toten nicht aus. Fantine dachte laut weiter.

»Ein Ethnologe, was meinst du? Die ›blauen Ritter

der Wüste‹ und so weiter. Klischees kommen beim Publikum gut an. Mal sehen, wer mir da einfällt ...«

Das war mir doch zuviel.

»Hör auf, Fantine. Die Sache übernehme ich.«

Sie sah auf, zeigte ihr scharfes Lächeln.

»Bitte keinen Katzenjammer, sei heftig und pointiert.«

»Das werde ich sein.«

»Tu mir den Gefallen. Für langatmige Hintergrundberichte interessiert sich kein Mensch. Die Zuschauer lieben unfruchtbare Gespräche über Gut und Böse nur, solange sie kurz sind. Verbinden wir die Sache mit Glanz und Glamour, davon wird unser Film profitieren. Das ist doch eine komfortable Ausgangslage, oder?«

Ich rieb mir die Stirn. Fantine sah mich fragend an. Ich schüttelte den Kopf.

»Nichts. Ich habe bloß nachgedacht.«

»Du siehst blaß aus. Bald geht der Rummel los, mach ein paar Tage Urlaub.«

»Das habe ich vor.«

»Ausgezeichnet! Wohin fährst du?«

»Zurück in die Sahara.«

Fantine war nicht gerade entzückt.

»Dein Privatleben geht mich nichts an, aber vor der Talkshow solltest du kein Risiko eingehen. Oder gleich im Sand verdursten, dann wird der ›Weg des Windes‹ ein posthumer Erfolg.«

Die Maschine der Air-Algerie startete zwei Tage später. Ich bekam problemlos ein Ticket. Die Flüge wurden von Einheimischen oder Geschäftsleuten gebucht, Koreaner zumeist, die sich für die Eisenindustrie und die Hydrokarbonate interessierten. Die politische Unsicherheit schreckte Touristen ab. An den einsamen Küsten riß der Wind alte Sonnenzelte in Fetzen; Bomben explodierten auf Marktplätzen. Einst Orte der Begegnung, waren sie zu Orten der Furcht geworden. Fanatiker zerstückelten in Allahs Namen kleine Kinder. In den Olivenhainen spukten Gefahren, Feriendörfer lagen im Dornröschenschlaf, die Hotels mit Tennisplätzen und Schwimmbad verkamen. Ein ganzes Land trieb im Strudel seiner Ängste …

Ich schickte Elias ein Fax, um ihm mein Kommen am Donnerstag anzukündigen. Die algerische Post galt als langsam und unzuverlässig. Sogar in den Oasen arbeiteten Reisebüros und Behörden inzwischen mit Faxgeräten. Ich schickte die Mitteilung an die *Willaya* von Tam; Elias hatte dort einen Freund, der sie ihm überbringen würde. Die Technik war nicht auf dem neuesten Stand: Bis ich endlich das Gefühl hatte, das Fax sei durchgegangen, knackte und surrte und pfiff es in den scheußlichsten Tönen. Ich schickte die Nachricht wie eine Schiffbrüchige eine Flaschenpost.

Am Abend vor dem Abflug rief Olivia an.

»Wann fährst du?« fragte sie.

Es regnete; Tropfen hingen zitternd an den Scheiben.

»Morgen früh. Ich bin etwas aufgeregt. Eigentlich weiß ich nicht genau, warum ich gehe.«

Eine Windböe schlug an das Fenster, irgendwo klirrte ein Ziegel.

»Wenn du dort bist, wirst du es wissen.«

Sie schien in guter Verfassung zu sein. Vielleicht war das nur ein Eindruck, und ein falscher dazu, aber anscheinend ging es ihr gut. Ich sagte:

»Ich weiß es nicht. Ich erwarte nicht zuviel von dieser Sache.«

»Du verstehst nichts davon«, erwiderte sie mit Bestimmtheit.

Ich sah ihr Gesicht vor meinem inneren Auge: die feine und helle Haut, die Falten um den Mund, die mandelförmigen Augen. Das Gesicht einer Frau, die ich seit vielen Jahren anders in Erinnerung hatte. Doch am Ende war sie dieselbe, hatte ihr Gesicht von früher zurückgewonnen; als kleines Mädchen hatte ich sie mit diesem Gesicht erlebt, ihre Begeisterung gekannt, ihre Jugend, ihren Mut. Sie hatte mir im Augenblick nichts anderes zu geben als diese Erinnerung. Das ist wahrhaftig etwas, dachte ich, ist eigentlich genug. Sie schüchterte mich ein, weil sie ihren Weg gegangen war und ich den meinen noch suchte; sie konnte auch heftig sein, aber ohne Bosheit oder Grausamkeit. Und vor allem: Sie war meine Mutter.

Ich sagte zu ihr:

»Die Sache, die du vorhast, ist es dein wirklicher Ernst? Nicht, daß du plötzlich deine Meinung änderst ...«

»Nein. Ich habe ihm schon gesagt, daß ich komme.«

Es lief mir kalt über den Rücken.

»Wem hast du es gesagt, Olivia?«

Ich hatte sehr laut gesprochen. Der Wind heulte, die Verbindung war undeutlich. Olivias Stimme drang an mein Ohr aus unbestimmten, rauschenden Fernen.

»Wem? Dumme Frage! Chenani natürlich.«

Als ich zu Bett ging, regnete es stärker. Meine Reisetasche war gepackt: Wäsche, Wollsocken, drei T-Shirts, eine Biker-Jacke aus schwarzem Leder und eine Hose mit großen Taschen zum Wechseln. Geschenke waren auch dabei: Pulverkaffee, verschiedene Parfums, ein Pullover für Elias, den er unter der *Gandura* tragen würde. Für Zara hatte ich eine Kette aus Bernstein gekauft, in der Farbe ihrer Augen, walnußbraun, mit einem orangenen Schimmer. Ich würde nur mit einer leichten Videokamera reisen, für alle Fälle. Letztlich war meine Arbeit beendet; aber vielleicht war die Arbeit genau das, worum es in meinem Leben ging.

Lange Zeit lag ich still, lauschte auf das Prasseln des Regens. Ich versuchte vor mich hin zu dämmern, vermochte aber nicht zu sagen, was Schlafen und was Wachen war. Die Stunden vergingen, und ich träumte. Ich hörte mich reden und wachte schlagartig auf. Ich öffnete die Augen und erblickte erstaunt eine Frau. Ganz still stand sie vor dem Fenster und schaute auf mich herab. Ich konnte ihr Gesicht nicht sehen, nur die schwarzen Umrisse ihrer Gestalt, die sich reglos in der Dunkelheit abhob; gleichzeitig bemerkte ich, daß das Fenster am falschen Ort war; also drehte ich mich ein wenig zur Seite und konnte sie besser sehen. Etwas in ihrer Haltung, in der Art, wie sie stumm vor mir stand, strömte Ruhe aus, eine wunderbare, unwiderstehliche Ruhe.

»Amenena«, sagte ich.

Ihr Kopf deutete eine Bewegung an. Ich hatte den Eindruck, als würde sie sich im nächsten Atemzug auflösen. Ihre Gewänder leuchteten tiefblau, mit einem leicht brüchigen Glanz, so daß sie wie Metall schimmerten; wie die Flügel eines Skarabäus, dachte ich. Ihr Gesicht konnte ich nicht sehen, aber die ganze Erscheinung war gebieterisch. Sie trug ein schweres, rautenförmiges Brustgeschmeide. Ich sah das Silber im Rhythmus ihrer Atemzüge aufleuchten. Ich hatte sie schon so oft im Traum erlebt, daß mir ihre Erscheinung vertraut war. Doch zum ersten Mal hörte ich ihre Stimme; sie war sanft und kühl und klangvoll wie Quellwasser.

»Ich bin nicht mehr schön, ich bin alt. Ich mache mir Sorgen. Mein Volk ist schwach, die Schlange spricht nicht mehr. Das ist ein Geheimnis, die Mutter lehrt es die Tochter, wie es sich gehört. Ich – ich habe nur einen

337

Sohn. Ich warte auf eine Frau, die ein Teil von mir ist. Wann wird sie dasein?«

»Sie ist unterwegs«, antwortete ich.

Ihr Gesicht lag in tiefem Schatten.

»Du mußt verstehen«, sagte sie. »Mir bleibt nicht viel Zeit.«

Die Gestalt verschwand nicht plötzlich, sondern verschmolz nach und nach mit der Dunkelheit. Ich legte mich wieder hin und schlief ein, doch nicht lange. Die Morgenfrühe kam mit Nebel. Ich setzte mich auf, hielt den Kopf mit beiden Händen fest, spürte eine leichte Übelkeit. Alles war verschwommen: Traumfetzen. Irgendwo aus der Dämmerung kam ein leises Geräusch. Ich lauschte. Da – schon wieder! Es klang wie das Rascheln trockener Blätter. Schicht um Schicht kehrte ich in die Wirklichkeit zurück. Ungeschickt tastete ich nach dem Lichtschalter, schob die Beine über den Bettrand. Das Geräusch kam vom Fenster. Ich stieß an einen Stuhl, strich mein Haar aus dem Gesicht. Ein paar Atemzüge lang war alles still. Plötzlich huschte ein winziger Schatten über die Wand. Eine Eidechse! Mein Herz tat einen Sprung. Ich starrte die Eidechse an, suchte nach einer vernünftigen Erklärung. Gestern abend hatte ich zuviel geraucht und später eine Zeitlang gelüftet: Das Tier war offenbar vor der Kälte in den warmen Raum geflohen. Ich öffnete das Fenster. Der Regen hatte nachgelassen; die Mülltonnen wurden geleert, die ersten Lastwagen fuhren. Die Eidechse rührte sich nicht. Behutsam betrachtete ich sie, sah das Pochen ihrer dünnen Flanken.

»Na, geh schon!« murmelte ich.

Und als ob sie nur darauf gewartet hatte, daß ich sprach, glitt die Eidechse mit einem Ruck die Wand empor. Wild zappelnd, sich krümmend, warf sie sich über die Fensterbank. Dann rutschte sie abwärts, die Mauer entlang, und fiel zwischen die Dachziegel. Weg war sie! Ich schloß das Fenster, verschränkte fröstelnd die Arme. Ich fühlte eine Art Schock; eine Erinnerung tauchte auf; die Erinnerung an eine Geschichte, die mir Elias erzählt hatte. Ein Zufall nur? Ich hätte es gerne geglaubt, aber ich wußte es besser. Ich ging ins Bad, zog mir das T-Shirt über den Kopf, regulierte das aus der Brause strömende Wasser, ließ den scharfen Strahl auf Schultern und Rücken prasseln. Ich drehte das Wasser ab, und als ich mich mit allmählich beruhigtem Atem abtrocknete, fühlte ich mich ausgeruht und stark. Der Traum war zerronnen. Warum hinterließ er weder Kummer noch Furcht? Im Bad, zwischen blauen und weißen Kacheln, sah ich mein Gesicht im Spiegel: leuchtendes Haar, straffe Haut, blitzende Augen. Was bedeutet es, wenn wir vom Tod träumen? Vielleicht, daß wir neu geboren werden.

Ich zog vor dem Spiegel die ganz neue, ganz weiße Wäsche an, schlüpfte in einen bequemen Pullover und in eine weite Hose mit Gummizug: nichts, das mich beschwerte, nichts, das mich einengte. Leise vor mich hin summend ging ich in die Küche, machte die Kaffeemaschine an, suchte den Nachrichtensender im Radio. Fünf Uhr. Um neun ging mein Flug nach Algier.

24. *Kapitel*

Auch in Algier war es windig und kalt. Wolken trieben am Himmel, die Eukalyptusbäume rund um den Flugplatz wirbelten heftig. In der großen Wartehalle hing ein Geruch von Treibstoff, Rasierwasser und kaltem Rauch. Familien lagerten in Gruppen auf den Bänken, die Frauen verschleiert zumeist, wie dicke, in Tüchern eingewickelte Pakete. Die heiße Luft trocknete meine Kehle aus. An der chromglänzenden Bar mit den großen Plastikbehältern voll sprudelndem Orangensaft saßen nur Männer, rauchten, lasen Zeitung. Ich setzte mich auf einen Hocker, bestellte Orangensaft. Sofort starrten mich alle an, und ich schämte mich für sie. Duldete ich solche Blicke, blamierte ich mich vor mir selber. Ich leistete mir einen kräftigen Schub Adrenalin. Suchten diese Gockel den Kampf, so konnten sie ihn haben! Ich reckte das Kinn, erwiderte kalt jeden Blick, legte meinen ganzen Hochmut in diese Konfrontation, bis die Männer das Gesicht zur Seite drehten. Das befriedigte mich; sie besaßen offenbar Spürsinn und mehr Verstand, als ich geglaubt hatte. Mein Zorn verflüchtigte sich. Ich trank ruhig meinen Orangensaft, und bei jedem Augenpaar, das sich abwandte, genoß ich einen kleinen Sieg. Zwischenlandung: Langeweile, Unruhe, verlorene Zeit. Polizisten, in Uniform oder in Zivil, wanderten durch die Halle. Ich konnte die Spannung und Bedrohung spüren, die in der Luft hingen, eine subtilere Gefahr als irgendeine ausgesprochene Drohung. Durch die Schei-

ben sah ich, wie die großen Maschinen über das Flug-
feld rollten; eine nach der anderen schwang sich mit
donnerndem Pfeifen in den Himmel. Eine Gruppe älterer bärtiger Männer, eingehüllt in hellbraune Wolle,
stand an den Fenstern.

Endlich startete die Maschine nach Tam; über den
Flugplatz zogen scharfe Windstöße. Ich sah aus dem
Fenster; die Startbahn, auf der große Pfützen schimmerten, glitt immer schneller unter mir davon. Das Flugzeug hob ab; es knackte in meinem Trommelfell. Ich
schluckte, preßte beide Hände an die Kiefer. Die Maschine wurde heftig geschüttelt und flog unruhig. Ich bin
abgereist, dachte ich, leicht benommen. Es ist wirklich
wahr: Elias wartete auf mich. Ich sah sein Gesicht vor
meinem inneren Auge; ein Gesicht von strenger Schönheit, ernst bis zur Schwermut und doch von Leben
erfüllt; ein Gesicht aus jenen Tagen, da die Tuareg noch
frei waren. Mit einem Mal wurde ich ruhig. Elias und
ich lebten in verschiedenen Welten. Vielleicht konnten
wir diese zwei Welten in Einklang bringen. Ich mußte
mir eingestehen, daß mich eine seltsame Fügung herge-
führt hatte. Ich blickte noch nicht durch, mit der Zeit
jedoch würde ich klarer sehen. Jahrelang war ich auf
Olivia eifersüchtig gewesen, weil sie fremde Dinge wußte und diese für sich behielt. Doch Olivias Welt war kein
Wunschtraum, sondern vollkommen real. Sie hatte vor
mir eine Pforte durchschritten; sie hütete die Erinnerung
und gab mir erst jetzt den Weg frei. Ihre Wahrheit war
nicht unerreichbar für mich, ich kam ihr sogar sehr
nahe. Ja, mein Leben verwandelte sich, und die Neugierde wuchs.

Die Maschine überflog die letzten Wolkenfelder, der
Himmel wurde klar und blau. Im Flugzeug streikte die
Klimaanlage, die Sonne schien prall durch die Scheiben,

bald wurde es erstickend heiß. Ich fühlte einen Druck auf dem Herzen und gleichzeitig auch eine merkwürdige Leichtigkeit, als ob sich sämtliche Fäden, die mich mit meinem bisherigen Leben verbanden, plötzlich gelöst hätten. Ich wandte das Gesicht von der Sonne ab, schloß die Augen. Der Schlaf stellte sich fast von selbst ein. Ich wachte auf, als sich das Grün der Landschaft in Ocker, dann in Grau verwandelte und beim Überfliegen des Djebel Amur in Gelb überging: die Sahara!

Wieder vergingen Stunden. Flugreisen verändern unsere Beziehungen zu Raum und Zeit; nun würde ich neue Erfahrungen sammeln und am Ende vielleicht erkennen, wieviel Erfahrungen ich besaß und wie viele Leben ich bisher gelebt hatte. Ich hatte kein Bedürfnis, die Tagträume, in denen ich mich immer wieder verlor, beiseite zu schieben. Die Träume waren wesentlich, ich wollte nicht darauf verzichten. Sie waren außergewöhnlich genau und farbig, ich hatte mich immer bis in die kleinsten Einzelheiten an sie erinnern können. Ich wünschte mir, ich könnte meine Träume filmen, sie auf einer Leinwand zeigen; ein Film, den ich allerdings nie den Blicken eines Publikums aussetzen würde, ein Film ganz alleine für mich. Eine objektive Darstellung des Unbewußten gewissermaßen. Das wäre doch etwas!

Das Brummen des Motors machte mich benommen. Wieder döste ich, bis ich tief einschlief und erst dann erwachte, als die Maschine zur Landung in Tam ansetzte. Es wurde Abend, die Berge schimmerten in allen Farbabstufungen, leuchtend rote und rosa und violette Gipfel. Ein kupferner Schimmer lag über allem, selbst über den Schatten. Als Teil dieser Erde hatten die Berge seit Jahrmillionen ihr Felsenleben gelebt; jeder erzählte eine Geschichte, jeder trug ein eigenes Muster. Die Adern ausgetrockneter Wasserläufe flossen wie Handlinien, durchliefen die Täler nach allen Seiten, bevor sie am Horizont zu dünnen Streifen wurden, die das Auge verlor. Und darüber der Himmel, grenzenlos und so blau, daß er fast grünlich schimmerte.

»Ja, ich bin hier«, sagte ich leise zu den Bergen, zum Himmel, zu mir selbst.

Das Flugzeug setzte ruhig auf, verminderte seine Geschwindigkeit. Abermals das taube Gefühl in den Ohren; ich schluckte ein paar Mal, bis die Geräusche wieder deutlich wurden. Die Maschine drehte leicht beim Abrollen, blieb auf der gelbschimmernden Piste stehen. Ich schnallte mich ab, tastete nach meiner Reisetasche und ließ mich von einer Gruppe Asiaten zum Ausgang drängen. Ein Zimmer hatte ich nicht reserviert; sollte Elias meine Mitteilung nicht erhalten haben, konnte ich bei Zara wohnen. Erwartungsvoll, aber nicht übermäßig aufgeregt, stolperte ich im sandigen Wind die unter den vielen Schritten scheppernde Gangway hinunter. Sandkörnchen trafen schmerzhaft meine Augen; ich hielt mich am Geländer fest, bis meine Füße den Boden ertasteten.

Noch ein paar Schritte, dann befand ich mich in der Flughafenhalle. Das fahle Neonlicht blendete mich; durch die Paßkontrolle wurde ich mit den anderen Fluggästen zur Kofferausgabe und zum Ausgang geschoben. Ich stellte meine Tasche ab, zog den Parka an. Als ich mich bückte und meine Reisetasche ergriff, sah ich Elias. Ich sah ihn auf mich zukommen, diese paar Schritte, die mir wie Schritte durch einen Traum erschienen. Seine *Gandura* warf bläuliche Schatten. Der sorgfältig geschlungene *Schesch* ließ nur die gewölbte Stirn, den leuchtenden Spalt seiner Augen sehen. Ich trat ihm entgegen, immer noch erfüllt von diesem verwirrenden Gefühl der Unwirklichkeit. Dabei stellte ich mir vor, wie

343

er mich sehen mußte: schlank, die Haare zerzaust, in einem schwarzen Baumwoll-Parka, mit weiten khakifarbenen Hosen und Turnschuhen. Und jetzt stand ich vor ihm, war eingehüllt in die Wärme seines Körpers und den zarten Geruch von Holzkohle und Minze, der von ihm ausging. Mein Erstaunen, wenn ich ihn anblickte, blieb immer gleich. Aber diesmal hatte ich das Gefühl, dieses Staunen habe sich gewissermaßen aus sich selbst erneuert. Wir sahen uns an. Seine Finger streiften meine Handfläche.

»Wie war die Reise?« fragte er kehlig. »Bist du müde?«

Ich schüttelte den Kopf.

»Im Gegenteil, hellwach. Ich habe im Flugzeug geschlafen.«

Er lächelte mit den Augen und nahm mir die Tasche ab. Wir gingen nebeneinander zum Ausgang; wir gingen im gleichen Rhythmus, das fiel mir plötzlich auf. Draußen war die Sonne nur noch ein roter Streifen; die schnelle afrikanische Nacht hatte von der Landschaft Besitz ergriffen. Auf dem nahen Parkplatz blieb Elias vor einem staubigen Toyota-Landcruiser stehen und nickte mir zu.

»Der gehörte meinem Vater.«

Er verstaute meine Taschen zwischen zwei Benzinkanistern und breitete eine Decke darüber. Er hielt die Tür auf, während ich mich auf den Sitz schob. Dann ging er um den Wagen herum und setzte sich ans Steuer. Bevor er den Zündschlüssel drehte, wandte er mir das Gesicht zu. Ich sah im Dämmerlicht seine leuchtenden Augen.

»Ich habe immer gewußt, daß du kommen würdest.«

Das klang mir doch recht prahlerisch. Ich legte Ironie in meine Stimme.

»So? Hast du nie daran gezweifelt?«

Er schüttelte den Kopf.

»Nie«, antwortete er. »Nicht einen Augenblick.«

»Was hättest du getan, wenn ich nicht gekommen wäre?«

Er blinzelte mir zu.

»Man findet immer etwas, womit man sich beschäftigen kann.«

Ich gab es auf.

»Du bist nicht zu retten, Elias! Ich habe oft gedacht, daß ich nicht zurückkehren würde. Aber du hast mir eine Falle gestellt.«

»Eine Schlingenfalle«, erwiderte er und setzte den Wagen in Gang. Ich blieb stumm, völlig versunken in der Wahrnehmung seiner Gegenwart. Aber länger als zehn Sekunden konnte ich nicht schweigen.

»Ich sagte dir ja, ich bin nur für ein paar Tage hier.«

»Das ist nicht mehr von Bedeutung, glaube ich...«

Ich blickte auf die feingliedrigen, braungebrannten Hände, die auf dem Lenkrad lagen. Wie außerordentlich schön er war! Es war gefährlich, ihn anzusehen. Vertraute Regungen kehrten zurück, stimmten mich weich, sentimental und wehrlos. Ich schluckte.

»Ich weiß das ebensowenig wie du.«

Der Motor brummte gleichmäßig. Die Scheinwerfer tanzten über den schwarzen Straßenbelag. Andere Lichter kamen uns entgegen, Lastwagen rasten vorbei, wirbelten Staub auf. Das Summen der Reifen klang wie entferntes Rauschen. Hinter der Windschutzscheibe war der Himmel von einem wunderbaren Saphirblau. Die Basaltkegel des Assekrem ragten wie schwarze Türme auf. Nach einer Weile schwang sich die Straße in leichtem Bogen über eine Kuppe, und plötzlich stand wie eine Theaterkulisse der Hadrian-Berg vor uns und begrenzte die Hochebene. Eine kupferne Mondsichel hing über der Felswand, kaum groß genug, um einen schwachen silbernen Schimmer auszustrahlen. Dafür schwärmten die Sterne wie funkelnde Ringe von Horizont zu Horizont. Elias brach erneut das Schweigen.

»Ich habe vergessen, dir zu sagen, wie einsam ich war.«

»Das hast du mir in deinem Brief geschrieben.«

»Habe ich das?«

Ich warf ihm einen Seitenblick zu.

»Was soll ich bloß mit dir anfangen?«

Er seufzte.

»Du mußt wissen, manchmal bedeutet mir das Leben sehr wenig. Eine Zeitlang war meine Geistesverfassung nicht gerade gut.«

»Und? Hat sie sich jetzt gebessert?« fragte ich, so daß er mich verstand. Ich hörte ihn leise in der Dunkelheit lachen.

»Mir geht es wieder glänzend«, sagte er.

Endlos und geheimnisvoll lag der Himmel über der Stadt mit ihren blinkenden Lichtern, ihrem Staub und Verkehr; der Toyota fuhr am Hotel vorbei, wo soeben der Flughafenbus mit seiner Ladung koreanischer Geschäftsleute eingetroffen war.

»Wohin fahren wir?« fragte ich.

»Mein Freund, von dem ich dir erzählt habe, hat mir sein Haus überlassen. Für gewöhnlich vermietet er es an ausländische Techniker. Der augenblickliche Bewohner, ein französischer Geologe, ist für zwei Monate in Kapstadt.«

Ich erkannte, daß wir in eines der Randgebiete fuhren, in der Nähe des Museums. Der Toyota bog in einen sandigen, von Tonziegelmauern gesäumten Weg ein und hielt vor einem Tor. Elias stellte den Motor ab; er ging um das Auto herum, reichte mir die Hand zum Aussteigen. Hinter dem Tor aus Lehmziegel mit dem durchbrochenen Bogen befand sich ein kleiner Vorhof, bewachsen mit einem jungen Feigenbaum und verschiedenen Sträuchern. An der Hausmauer rankte eine Laube aus Kletterpflanzen. Elias stieß eine Tür auf, die nur angelehnt war. Er streifte die Sandalen ab. Auch ich zog meine Turnschuhe aus und betrat das Haus. Der Boden des Vorraums war mit zerriebenem Gips bedeckt, der einen faden Geruch verströmte. Die runde Glaslampe mit ihrer Kupferverzierung stammte offenbar von der Küste. Der Strom war schwach in Tam, und die Lampe spendete nur spärliches Licht. Dann hörten wir das Geräusch nackter Füße; ein dunkelhäutiger, überschlanker Mann trat aus der Dämmerung. Er hatte ein ernstes Gesicht, war in der Tracht der Sahara-Bewohner gekleidet und trug eine Brille. Die Gläser waren so groß, als sei die Brille nicht für ihn gemacht, was ihm einen weltfremden Ausdruck verlieh.

»Das ist Ismain«, sagte Elias. »Er ist für das Haus verantwortlich.«

Wir begrüßten uns. Ismain zeigte ein schönes, helles Lächeln. Seine große Hand berührte respektvoll die meine. Auf seinen Ruf hin erschien ein Zwölfjähriger, dünn und kahlgeschoren, der mit gesenkten Augen von einem Fuß auf den anderen trat.

»Mein Sohn«, erklärte Ismain stolz in gutem Französisch. »Sein Name ist Fuad.«

Fuad atmete aufgeregt und kratzte sich unter den Armen. Elias gab ihm den Auftrag, mein Gepäck zu holen, und er stürmte davon. Ich hörte seine nackten Füße auf dem Boden.

»Komm!« sagte Elias zu mir.

Das Wohnzimmer war weiß getüncht, mit grünblauen Keramikfliesen verziert. Die Einrichtung war einfach:

ein mit Schaffellen bedecktes Sofa, einige Korbsessel, ein niedriger Tisch mit zisiertem Kupfertablett. In einer Ecke befanden sich das übliche Kohlenbecken für den Tee, eine Kupferschüssel und ein Wasserkrug. Auf einfach gezimmerten Regalen häuften sich Bücher, Sandrosen und Nippsachen. Elias führte mich ins Schlafzimmer, wo zwei Sofabetten mit aufeinander gestapelten Matratzen und schwarz-weiß gemusterten Decken standen. Ein überdimensionaler Spiegelschrank – offenbar aus Mahagoni – wirkte sonderbar fremd an diesem Ort. Die Gardinenstangen waren aus dunkel angelaufenem Messing, aber ohne Vorhänge. Die Fensterläden waren geschlossen, die Lamellen mit Sand gepudert. Elias zwinkerte mir zu und führte mich in die Küche, die auf einen Innenhof hinausging, wo ein Generator summte. Auf einem Butangaskocher dampften Töpfe. Es duftete stark und gut nach Gewürzen. Ein riesiger Eisschrank war vorhanden, von jener Sorte, die man in alten Hollywoodfilmen zu sehen bekam. An der Wand stand ein Tisch, auf dem sich geflochtene Körbe stapelten; daneben das Spülbecken, dessen Abfluß nach draußen ging; an der Wand waren sämtliche Rohre sichtbar. Auf der anderen Seite des Flurs befand sich das Badezimmer, fast doppelt so groß wie die Küche und grün getüncht. An der Wand war ein gemauertes Waschbecken mit einem Spiegel, der schon einige Sprünge aufwies. Es gab ein WC ohne Deckel und – direkt in die Decke eingelassen – ein Duschrohr. Auch hier ging der Abfluß nach draußen. Der Duschvorhang fehlte.

»Nun?« schmunzelte Elias.

Ich nickte amüsiert.

»Doch, hier kann man es aushalten.«

Elias fuhr fort:

»Ismain besorgt das Haus, die Küche, die Wäsche und

alles andere. Er bewohnt mit Fuad ein Zimmer hinter der Küche. Er ist ein frommer Mann. Viermal am Tag höre ich ihn hinter der Wand beten. Seine Frau ist vor drei Jahren gestorben. Tuberkulose. Seine Mutter sucht jetzt eine andere für ihn.«

Ich hob fragend die Brauen.

»Kann er denn nicht selbst auf Brautschau gehen?«

»Ismain stammt vom Land, aus einem Dorf in der Nähe. Da ist es noch Brauch, daß die Mutter die Wahl der Schwiegertochter trifft.«

»Bei den Tuareg auch?«

Ein Funken von Heiterkeit tanzte in seinem Blick.

»Es kommt vor, daß sie es versucht. Allerdings ist es für sie nicht so einfach. Für gewöhnlich treffen wir unsere Entscheidung selbst. Immerhin ist die Unterstützung der Eltern wichtig. Und die der Verwandten auch. In materieller Hinsicht, meine ich. Bis zu zwanzig Kamele müssen als Brautpreis aufgebracht werden. Kamele sind das Wertvollste, was wir haben; mit Ziegen macht man sich lächerlich. Alle Kamele gehören dann der jungen Frau. Und wenn wir ihr keinen Schmuck und keine Kleider schenken, wird sie böse und sieht uns nicht mehr an.«

»Hast du zwanzig Kamele, Elias?«

»Nein, nur drei. Folglich kommt für mich eine junge Frau nicht in Frage. Sie würde mich sofort an die Luft setzen.«

Ich blickte ihn fest an.

»Ich sage dir was: Ich an ihrer Stelle würde es mir gut überlegen.«

Er legte beide Arme um meine Taille, preßte mich an sich. Ich erschauerte, magisch angezogen von seiner Wärme, dem Geruch seiner Haut. Er atmete meinen Atem ein. Er sog die Luft tief aus meinem Zwerchfell,

349

so wie manche Männer Tabakdunst inhalieren. Es war unglaublich erregend. Das Blut stieg mir in die Wangen, in den Hals. Ich hörte sein Herz so deutlich, als komme das Pochen aus meiner eigenen Brust.

»Ich habe immer an dich gedacht«, sagte er leise.

Ich rieb mein Gesicht an seiner Brust.

»Ich auch. Jeden Tag.«

Ich wollte dich vergessen, dachte ich. Ich habe mich so angestrengt, es ging fast über meine Kräfte. Ich sagte rauh:

»Darauf war ich überhaupt nicht gefaßt, verstehst du?«

Seine Brauen streichelten die meinen.

»Manchmal glaube ich, es ist alles nicht wahr.«

»Nichts ist wahr«, sagte ich. »Wir haben das alles erfunden.«

Ich fiel gegen die Wand; er hielt meine Hände mit seinen Handflächen fest. Er drückte mich an sich mit seiner ganzen Kraft, preßte mich gegen seinen Bauch. Wir taumelten. Ismain hantierte ein paar Schritte von uns entfernt in der Küche; es störte uns nicht. Erst als er den Kopf aus der Tür steckte, trennten wir uns. Das Essen sei bereit, sagte er. Wir tauschten ein schwaches Lächeln und gingen ins Wohnzimmer, wo der kleine Fuad das Kupferbecken an den Tisch schleppte, dazu ein vertrocknetes Stück Seife und ein Handtuch. Wir seiften uns die Hände ein; nach Art der Tuareg tat es Elias sehr lange und gründlich, wobei er den Seifenschaum mit kreisenden Bewegungen wie eine Creme einmassierte. Fuad starrte uns mit Kulleraugen an und wartete, bis er das warme Wasser über unsere Hände schütten konnte.

Kurz darauf brachte Ismain eine große Schüssel Kuskus. Der gedämpfte Weizengries war mit verschiedenen Gemüsen und zerriebenen Pfefferschoten gemischt, sehr

scharf, nach algerischer Art. Dazu gab es Hammel-
fleisch, mit Kümmel und Koriander gewürzt. Ich hatte
im Flugzeug kaum etwas zu mir genommen und war
hungrig. Ich genoß das Brennen des Pfeffers in meinem
Mund, das sich nur mit kühler Milch beruhigen ließ.
Elias aß kaum etwas, es fiel mir erst nachträglich auf.
»Auch hier in Tam«, fragte ich, »trägst du immer die
Kleidung der Tuareg?«
»Immer«, erwiderte er ernst. »Und du weißt ja, mein
Vater trug sie auch. Als Provokation, sozusagen.«
»Ich sehe schon.«
»Ich kann es nicht lassen«, sagte er. »Das ist eine Ver-
anlagung.«
Wir lächelten einander zu. Seine Augen zogen sich
leicht zusammen. Wir begehrten einander, das vergaßen
wir beide nicht, keinen Atemzug lang.
»Sag mir, wie du es ausgehalten hast.«
Ich drückte das Glas an meine Wange.
»Indem ich gearbeitet habe. Der Film ist fertig. Urauf-
geführt wird er in Venedig. Dann kommt er im Fernsehen. Meine Produzentin macht die Presse mobil und
besorgt mir eine Talkshow bei TF 1.«
Ich erzählte von dem, was mir bevorstand, und sprach
auch von Fantine.
»Auf den ersten Blick wirkt sie spröde. Unberührt
vom Erfolg bleibt niemand, weißt du. Sie wird an meinem Film ohnehin über Gebühr verdienen. Aber bei ihr
bleibt es nicht bei Bezeugungen guten Willens. Sie unterstützt uns wirklich. Sie kennt *le Tout-Paris,* wie man so
schön sagt. Auch Leute von der Politik, die Umwelt- und
Menschenrechtsorganisationen. Darunter sind nicht nur
Snobs. Könntest du nicht nach Frankreich kommen?
Deine Sache vor den Medien vertreten? Du wirkst über-
zeugender als ich.«

Er schüttelte grimmig den Kopf.

»Weißt du, was man hier sagt? ›Das Ansehen ist wie ein Ei, es zerbricht nur einmal.‹«

»Was hast du denn diesmal wieder angestellt?«

»Ich stelle immer etwas an, ob ich will oder nicht. Die Sache mit meinem Vater, die ist noch nicht vergessen. Mir könnte man verzeihen, wenn ich mich besser anpassen würde. Aber mein Rücken ist stärker geworden als die Stöcke, die an ihm abgenutzt wurden. Ich bin nicht der einzige Targui, der nie in die Moschee geht, bloß wäre mein Vater um ein Haar Amenokal geworden. Das ist das Problem: Ich gebe ein schlechtes Beispiel. Mein Paß ist abgelaufen, ich habe nur den Wehrpaß, und mit dem komme ich über keine Grenze. Ein neuer Paß wird mir nicht ausgestellt, auch kein Visum. Es sei denn, illegal natürlich. Ich müßte ein Kamel verkaufen ...«

»Dann hast du nur noch zwei und findest nie eine Frau.«

»Stimmt, hatte ich vergessen.«

Wir sahen einander an und fingen an zu lachen. Doch wir konnten nicht lange unbeschwert sein. Der Schmerz hatte sich in uns festgesetzt, wir behielten ihn unaufhörlich im Sinn.

»Ich habe so was noch nie erlebt.« Elias sprach leise und bitter. »Ich kann nichts für dich tun, nicht das geringste. Weißt du, was du machen solltest? Das ganze Zeug fallenlassen. Alles geht sowieso in die Brüche. Du hast Wichtigeres zu tun.«

Ich starrte ihn an.

»Meinst du das im Ernst?«

»Zu was bin ich eigentlich nütze? Ich sitze hier fest, das ist alles. Wir haben ein Sprichwort: ›Ein einziger dummer Mann ruiniert zwei Familien.‹«

352

»So etwas Idiotisches hab ich mein Leben noch nicht gehört! Du und ich, wir kämpfen, jeder an seinem Platz. Wir können es schaffen, ich hab's dir gleich gesagt.«

Er holte gepreßt Atem.

»Das ist nicht richtig. Du rackerst dich ab, und ich sehe zu.«

»Zusehen muß nicht immer schlimm sein.«

»Doch. Es ist eine Sache, die meiner Natur vollkommen zuwiderläuft, ganz und gar. Wenn ich trinken würde, ich würde mir jetzt bestimmt einen ansaufen. Ich schäme mich sehr.«

Ich wurde allmählich böse.

»Hör auf, Elias! Du vergißt eine Kleinigkeit: Ich bin zur Hälfte Targuia, irgendwie macht sich mein Blut bemerkbar. Ich habe Spaß an der Sache und werde allmählich hartgesotten. Eine verlorene Möglichkeit kommt nie wieder.«

Er lächelte jetzt, schon wieder etwas ruhiger.

»Vielleicht hast du recht.«

»Natürlich habe ich recht.«

Er streichelte mein Haar.

»Solange wir kämpfen, ist Hoffnung berechtigt. Ich werde also noch nicht zur Flasche greifen.«

Ich lächelte nun auch.

»Wir sind verrückt, alle beide. Sag doch, was kann es schon ausmachen?«

»Es tut mir leid«, sagte er, »es tut mir leid, daß wir verrückt sind.«

»Sobald die Verrücktheit ein Ausmaß erreicht, wie jetzt für uns, lohnt sich kein Rettungsversuch mehr.«

Wir fingen an zu lachen. Ich sagte mit großer Zärtlichkeit:

»So ist es eben, Elias. Mittlerweile blicke ich durch. Ich habe viel gelernt von dir. Auf alle Fälle wird mir keiner einen Maulkorb verpassen. Hörst du mir überhaupt zu?«

Seine sanften Finger glitten durch mein Haar.

»Nein. Ich liebe dich.«

»Du solltest aber zuhören. Ich habe noch eine Nachricht für dich. Sie betrifft Olivia.«

Er sah auf einmal ein wenig erschrocken aus.

»Ja, was ist mit ihr?«

»Sie kommt zurück, Elias.«

»Zurück in die Sahara?«

»Zurück zu dir, um genau zu sein. Ich habe ihr von deiner Schule erzählt. Sie wird dir helfen, die Kinder zu unterrichten.«

Er sog kurz und heftig die Luft ein.

»Was sagst du da? Olivia…? Was hat sie dazu gebracht?«

Meine Kehle wurde plötzlich eng.

»Ich habe ihr den Film gezeigt. Die Bilder haben irgendwas bei ihr ausgelöst. In genau fünfundvierzig Minuten. Die Wüste… sie war immer nahe dran. Sie hat nie versucht, davon loszukommen. Sie Sache hat nichts mit Logik zu tun, Olivia ist sehr andersartig. Ich weiß nicht, wie ich es erklären soll. Sie hat ein anderes Zeitgefühl. Es ist wie ein Traum, aus dem sie erwacht.«

Er nickte.

»Ja, ich verstehe.«

»Sie hat also diesen Entschluß gefaßt. Sie weiß genau – erst recht nach dreißig Jahren –, daß Heldenmut erforderlich ist, um so was zu tun. Aber sie kommt.«

Er schüttelte den Kopf, halb lächelnd, halb von Rührung überwältigt.

»Jedenfalls nehme ich sie beim Wort, das kannst du ihr sagen. Und was macht sie inzwischen?«

»Ihre Bronchien kurieren und *Tifinagh* üben.«

»Die Wüstenluft ist gut für die Bronchien. Und eine
bessere Lehrerin gibt es auf der ganzen Welt nicht.«
»Ich weiß es nicht«, sagte ich. »Aber du und Olivia,
ihr seid euch genaugenommen sehr ähnlich. Ich habe
mir mit der Zeit meinen Reim darauf gemacht, nämlich,
daß sie eine Rebellin ist.«
»Sie ist es vor mir gewesen.«
»Es macht ihr sogar nichts aus, im Knast zu landen.«
Jetzt grinste er.
»Doch, mir macht es schon etwas aus.«
»Und wenn ich dir nun sage, daß sie mit Chenani
spricht, so deutlich, wie du mich jetzt sprechen hörst?
Daß sie seinen Geist in sich trägt, ihn täglich sieht und
hört?«
Er legte seine Hand auf die meine, nicht im gering-
sten überrascht.
»Das gehört doch dazu«, sagte er sanft.

Später fiel bläuliches Nachtlicht durch die Lamellen der
Fensterläden und malte auf dem zerwühlten Laken ein
Streifenmuster aus Licht und Schatten. Staubteilchen
flimmerten in der Luft. Elias blickte mich an, während
er mich liebte, und in seinen Augen lag eindringlicher
Ernst. Er kniete vor mir, zwischen meinen offenen Schen-
keln, wie damals, als ich ihn zum ersten Mal in der
Wüste besessen hatte. Seine Arme umfaßten meine
Schenkel, formten einen Kreis um meine Knie. Meine
Rückenmuskeln entspannten sich, ich gab mich dem
Genuß hin, ließ langsam mein Becken kreisen. Die in
Blau und Silber getauchten Gegenstände traten deutlich
hervor, der seltsam süße Gipsgeruch hüllte uns ein. Elias
legte die Hand auf meinen Bauch.
»Wie schön deine Bewegungen sind!«
Er strich mit der Hand tiefer hinab, streichelte und

rieb meine Schamhaare, die dunkler waren als mein Kopfhaar. Mit leichtem Lächeln hob er den Kopf. »Früher, wenn ein Targui auf Reisen ging, hob die Geliebte ihr Gewand und zeigte ihm ihr Geschlecht. Der Anblick sollte ihm Glück bringen. Hast du das gewußt?« Ich verneinte mit einer Kopfbewegung; das hatte mir Olivia nie gesagt. Solche Dinge sagte sie nicht. Mein Becken bewegte sich, das Verlangen machte mich verrückt. Elias' Hand glitt zwischen meine offenen Schenkel. Ich spürte seine Finger in mir, die in meinem Unterleib ein träges, schwelendes Feuer entfachten. Ich hörte den eigenen Atem beim Luftholen, verlor mich in stummer Trunkenheit in seinen Liebkosungen. Vor meinen Augen glitten Streifen, hell und dunkel, dunkel und hell, und ich schwankte zwischen Augenblicken des freien Schwebens und solchen, in denen der süße, pulsierende Schmerz jeden Nerv erfaßte. Elias bewegte sich in mir; ich fühlte mich tief mit ihm verbunden. Ich genoß es, ihn vollkommen zu besitzen, ihn mit meinen Muskeln festzuhalten, einen Schmerz zu empfinden, der so natürlich war. Er starrte mit leicht zusammengezogenen Brauen auf mein Gesicht, sein Haar hing auf seinen Schultern, schwer und warm und voller Leben. Er seufzte, kaum hörbar, das Weiß seiner Augen leuchtete. Die Kreiswellen meiner Lust stiegen bei jedem seiner langsamen, festen Stöße. Das weite Dunkel meines Körpers wurde zu einer leuchtenden Landschaft, zu einem Universum. Meine Brüste schwollen an, wurden voll. Nach einer Weile kam Elias mit seinem Gesicht ganz dicht zu mir herunter, sank auf mich nieder, und ich sah die Zähne zwischen seinen Lippen blitzen. Ich starrte in seine Augen, suchte darin mein Gesicht, sah nur das Dunkel seiner Pupillen eine scharfe Linie ziehen. Er preßte sich auf mich, sein heißer Atem strich über mein Gesicht, sein Mund erstickte mein Stöhnen. Ich tauchte meine Zunge in seinen Mund, in das feuchte warme Fleisch. Ich streichelte seine warme, zimtfarben gebräunte Haut und sah einen nackten kleinen Jungen durch die Dünen laufen. Sonne und Wind hatten seine Haut poliert. Ich spürte der Form seines Kopfes nach, dem schlanken Nacken. Seine Schultern waren glatt und rund wie warmes Holz, aber am Rücken trug er Narben. Von Stockschlägen, hatte er gesagt. Man hatte sich nicht um die Wunden gekümmert, das Gewebe war schlecht geheilt. Alles, was stark in mir war, sehnte sich danach, ihn zu beschützen, vor Schaden zu bewahren. Und gleichzeitig floß der Genuß durch den ganzen Körper, eine heiße pulsierende Seligkeit. Ich versank tiefer und tiefer, ging in einem unendlichen Strom unter; so mußte es sein, so vollkommen und wunderbar. Er bebte in mir, sein Herz raste, während ein tiefes Erschauern sich durch seinen Körper zog. Die Matratze knisterte leise, unsere Haut brannte heiß, wir überließen uns diesem Strom von Gefühlen, ruhten uns zitternd aus. Elias lehnte seine Stirn an meine Stirn, schlang beide Arme um mich, festhaltend, bergend. Und langsam wiegten wir uns im fahlen Nachtlicht in den Schlaf.

Ich mußte tatsächlich eingeschlafen sein: auf einmal wachte ich auf. Das Licht in den Spalten der Fensterläden war heller geworden. Ich wälzte mich auf die Seite, streckte den Arm aus und tastete nach Elias. Statt seiner warmen Haut berührte ich nur die Matratze – er lag nicht neben mir. Blinzelnd richtete ich mich auf.
»Elias?«
»Ich bin da!« antwortete seine ruhige, weiche Stimme. Im Dämmerlicht sah ich ihn sitzen, mit dem Rücken gegen die Wand gelehnt. Ganz still saß er da und schau-

te auf mich herab. Der Kälte wegen hatte er seine *Gandura* übergestreift. Sein Haar fiel über das helle Baumwollgewand, und erst der Kontrast zwischen Schwarz und Weiß machte ihn deutlich sichtbar.

»Was machst du da?« stammelte ich.

»Ich sehe dir beim Schlafen zu.«

Ich schlug die Decke auf.

»Ach, Unsinn, Elias! Komm schon!«

Er beugte sich hinunter mit einer sanften Bewegung, fast ohne die Matratze niederzudrücken. Ich legte beide Arme um seinen Nacken. Seine Haut fühlte sich kalt an.

»Du frierst ja.«

»Jetzt nicht mehr.«

Ich zog die Decke über uns beide. Eine Weile lagen wir wortlos nebeneinander. Es war so schön, ihn zu spüren, den atmenden Leib, die sich langsam erwärmende Haut. Schließlich brach ich das Schweigen.

»Was ich dir noch sagen wollte: Ich habe wieder von Amenena geträumt. Und auch eine Eidechse gesehen.«

»Eine Eidechse?«

»Ja. In der letzten Nacht, bevor mein Flug ging. Es regnete stark, ich hatte das Fenster offengelassen. Die Eidechse kam herein, weil sie Wärme suchte, denke ich ...«

»Und Amenena?«

Ich legte mein Kinn auf seine Schulter.

»Diesmal war sie anders als sonst.«

Ich beschrieb ihm, wie sie ausgesehen hatte. Ich sah, wie er die Brauen verzog.

»Hat sie etwas gesagt?«

Ich rief mir ihre Worte ins Gedächtnis zurück; irgend etwas drängte mich, sie auszusprechen, eher für mich als für ihn. Er hörte aufmerksam zu.

358

»Hattest du Angst?«

»Überhaupt nicht, das war das Merkwürdige daran.«
Dann meinte er nachdenklich:

»Manch einer würde sagen, ich bin zu dumm, um ihr Sohn zu sein.«

»Vielleicht gibt es ein besseres Wort …«

»Ich wüßte keines. Amenena weiß so viele Dinge über mich, die ich ihr nie gesagt habe, die es nur in meinem Gedächtnis gibt. Früher dachte ich, das kommt daher, weil sie meine Mutter ist, nur deswegen. An dem Tag, als sie mir den *Tagelmust,* den Gesichtsschleier, überreichte – was eigentlich die Aufgabe meines Vaters gewesen wäre –, gab sie mir nicht nur die üblichen Ratschläge, sondern erklärte mir, daß sie mit dem Geist reisen könne, wohin sie wolle. ›Du sollst wissen, daß du das auch kannst, und besser als ich.‹ Ich sagte, daß ich das Spiel lernen wollte. Ich erinnere mich, daß sie lächelte. Sie hat so ein süßes Lächeln, jedes Kind wäre dahingeschmolzen, und auch jeder Mann. ›Nun, Elias, nenne es, wie du willst. Es wird schwer genug sein, dich zu unterrichten.‹ Sie merkte, daß ich neugierig war, und gab sich große Mühe mit mir, aber ich konnte nie lange bei der Sache sein. Erst später habe ich begonnen, über ihre Träume nachzudenken.«

»Du hast gesagt, daß sie dir ihre Träume zeigte?«

»Ja. Sie sagte ›Komm‹, und ich ging mit ihr. Ich stellte ihr keine Fragen und suchte auch keine Erklärung. Wir besuchten viele Orte, hier oben …« Er tippte auf seine Stirn. »Da sie nur einen Sohn hatte und ich der letzte dieser Linie bin, übernahm ich manche Aufgabe, die eine Mutter üblicherweise der Tochter aufträgt, um sie gewisse Bräuche zu lehren, die von einer Generation auf die andere übergehen. Aber mit der Zeit verlor ich das Interesse. Als Halbwüchsiger hatte ich nur Mädchen im Kopf. Diese Dinge kamen mir albern vor; ich suchte eher das Konkrete. Amenena blieb geduldig. Eine Schamanin will ja, daß ihre Fähigkeiten auf ihre Kinder übergehen. Doch sie hatte nur mich, einen unbegabten Trotzkopf, eingebildet noch dazu. Ich führte ein anderes Leben. Ich dachte, was soll's. Meine damalige Situation war kompliziert, meine Zukunftsaussichten trübe. Erst Jahre später, in Amerika, hörte ich die Geisterstimmen wieder, aber da war es zu spät. Amenena tat alles mögliche, um mich heil durch verschiedene Desaster zu bringen. Und dann passierte die Sache mit meinem Vater. Das war alles zuviel für mich. Ich konnte nur noch mit Problemen umgehen, die weiter weg lagen. Amenena bedauerte mich, aber mehr konnte sie nicht für mich tun. Ich habe nicht die Gabe, die Amenena sich für mich gewünscht hatte. Ich trage sie in mir, das schon, aber sie wächst nicht, sie verkümmert. Ein Mann ist, wie er ist, und kann nur geben, was er hat.«

Ich streichelte seine glatte Stirn, dachte an all die Gedanken, die er hatte.

»Tut es dir leid?«

»Ich habe mich damit abgefunden.«

»Du hast jetzt eine andere Sache.«

»Ich brauche mehr Vertrauen.«

»Ich glaube kaum. Wer, denkst du, hat dich so weit gebracht?«

»Ein blondes Feenkind.«

»Du bist witzig?« sagte ich, und er lachte und warf dabei den Kopf leicht nach hinten.

»Wie kommen wir zu Amenena?« fragte ich.

Er strich sein Haar aus der Stirn.

»Möchtest du reiten?«

»Auf einem *Mehari*?«

Jetzt lachten wir beide.

»Wieso nicht?« meinte er. »Hierzulande setzt sich doch jede Touristin auf ein *Mehari*. Nicht jede macht eine gute Figur dabei, aber einige schon, das muß ich zugeben. Sicher, die Strecke ist etwas weit, aber mit den Kamelen können wir Abkürzungen nehmen. Sie bleiben auch nicht im Sand stecken. Und du hast Zeit, die Landschaft zu fühlen.«

»Zu fühlen?«

Er saß mit gekreuzten Knien neben mir.

»Ja. Du spürst die Kraft der Dünen und der Steine, die Bewegung der Wolken, das Feuer des Lichtes und der Sterne. Du atmest den Duft der Wüste ein, einen lebendigen, starken Duft, und nicht den Gestank nach Dieselöl.«

Er zögerte, runzelte die Brauen.

»Dazu kommt ein anderes Problem. Du weißt, wir müssen über die Grenze. Zwischen Algerien und Niger sind alle Pisten mit Steinhaufen versperrt. Zoll und Polizei halten die Wagen an; jeder Reisende wird einem Verhör unterzogen: ›Wohin fährst du? Alter? Wo geboren? Namen der Eltern?‹ Diese Kerle sind Verbrecher, die in der nigerianischen Armee ihre Strafe abbrummen. Sadisten, die nichts so hassen wie die Tuareg. Selbst mit gültigen Papieren kann mich jederzeit eine Kugel erwischen. Wenn ich eines Tages Schluß machen will, brauche ich nur vor den Baracken Gas zu geben. Dann ballern alle mit der Kalaschnikow los. Aus und vorbei!«

»Hör auf«, sagte ich, »das ist nicht lustig.«

Er grinste jetzt wieder, wenn auch nur flüchtig.

»Nimm es nicht zu ernst. Aber verstehst du jetzt, warum ich lieber auf Schleichpfaden fahre? Es gibt Hunderte davon. Man muß sie nur kennen.«

Meine Wange ruhte auf Elias Schulter. Ein Frösteln überlief mich. Ich hob den Kopf.

»Wir gehen mit dem *Mehari*. Egal, was passiert.«
»Ich habe eine ältere Stute«, sagte Elias. »Sie ist gut
dressiert und hat einen weichen Schritt. Ich werde einen
bequemen Sattel für dich finden.«
Ich legte meine Hand auf seine.
»Ich werde in so kurzer Zeit nicht alles verstehen.
Aber ich denke, daß ich einiges lernen kann.«
Ich stockte, hob den Kopf. Irgendwo, in der Ferne,
knarrte ein Bett. Ein undeutliches Gemurmel drang
durch die Mauern.
»Horch! Was ist das?«
»Es wird Tag. Ismain betet.«
Sekundenlang lauschten wir. Im Geiste sah ich Ismain
auf dem abgetretenen Teppich knien, die Stirn auf den
kalten Boden legen, sich aufrichten, sich wieder vernei-
gen. Weit weg von Gott warf sich ein Mensch zu Boden,
fütterte die Leere mit dem Singsang der Litaneien, zum
Schutz seines ängstlichen Lebens. Ich schlang die Arme
um Elias' Hals, zog ihn mit einem Griff nach hinten. Ich
bog mich zurück, lag jetzt auf dem Rücken, stieß die
Decke weg, hob ihm die nackten Brüste entgegen. Fern
von den Gebeten, die nicht die unsrigen waren, umarm-
ten wir uns. Um im selben Augenblick, da Elias die
Decke ganz zurückschlug, stieg ein schwingender Ton
auf, hallte, verstärkt durch die Lautsprecher, über die
schlafende Stadt. Elias beugte sich über mich, seine
Hand glitt herab, von der Halsbeuge über meine Brüste. Er zeichnete die Form meiner Rippen nach, knete-
te meine Hüftknochen, legte seine Hand auf meine flache Bauchgrube. Die Muskeln meiner Schenkel spannten
sich. Ich stemmte mich auf den Fersen hoch, wölbte das
Becken vor, tat mich für ihn auf. Er spreizte mit zwei
Fingern meine Scham, die noch klebrig von seinem
Samen war, lenkte flackerndes Brennen durch jeden

Muskel, bis ins Knochenmark. Die kehlig singende Stimme des Muezzins überzog die Stadt mit den Fesseln toter Jahrhunderte. Es störte uns nicht. Wolken ballten sich in meinem Unterleib zusammen. Mein Körper war schön, wogend wie das Meer, weit geöffnet wie der Körper aller liebenden Frauen seit Anbeginn der Zeiten. »Du bist naß«, flüsterte Elias. »Naß wie ein Brunnen. Ich möchte dich trinken ...«

»Trinke mich!«

Seine Fingerspitzen umkreisten das zarte Fleisch, in salziger Dunkelheit, in Grotten und Windungen. Die Kraft meines Leibes breitete sich aus; Elias zog die nasse Hand aus mir heraus, führte sie zu seinem Mund. Mit der Zunge leckte er langsam jeden Finger ab, wobei er mir in die Augen blickte. Seine Lippen waren jetzt voller, glänzender. Ich richtete mich auf, umfaßte sein Gesicht, leckte seine Lippen ab, schob meine gierige Zunge in seinen Mund. Und dann zog ich die *Gandura*, unter der er nackt war, über seinen Kopf. Sein zerzaustes Haar fiel über mein Gesicht, ich kaute auf einer Haarsträhne, stöhnte leise. Ich nahm seine Hand, bettete die Wange hinein und leckte die Handfläche. Ich küßte seine Schultern, drückte mein glühendes Gesicht an seine Brust, schmeckte seine Armhöhlen. Ich benetzte seinen Bauch mit meiner Zunge, nahm sein Geschlecht in den Mund, fühlte tief in mir das heiße, gleitende Pochen und trank ihn, wie er mich getrunken hatte. Da erlosch die Stimme des Muezzins, als ob die Gewalt unserer Leidenschaft sie zum Schweigen gebracht hatte. Die vagen Umrisse des Zimmers traten deutlicher hervor. Rosa Licht glitt durch die Fensterläden. Das Krähen der Hähne erklang wie ein Echo, von Hof zu Hof. Im Garten zwitscherten Vögel. Der neue Tag brach an.

25. Kapitel

Zara wußte von Elias, daß ich kommen würde; es war für sie keine Überraschung. Als wir an das morsche, blaugestrichene Tor klopften, bellte der Hund im Hof. Schwere Schritte im Sand, das Tor öffnete sich quietschend und Matali stand vor uns, groß wie ein Baumstamm. Er streckte mir seine Hand entgegen; wir tauschten die üblichen Begrüßungsworte.

»Du wieder hier? ... Du gut gereist?«

Ich lächelte.

»Ja, alles war gut.«

»Hamdullilah!« murmelte er mit Nachdruck. Seine dunkle Hand legte sich auf seine Brust. Seine Atemzüge rasselten; er schien magerer als vor zwei Monaten, die tief in den Höhlen liegenden Augen zuckten. »Deine Großmutter ... sie zählte die Tage. Da, siehst du?«

Er hakte den Gürtel auf, der die Falten seiner *Gandura* unordentlich raffte. Ich sah eine Anzahl kleiner Kerben im Leder und blickte Elias fragend an. Er blinzelte mir zu.

»Ich habe Zara gesagt, du wärst in dreißig Tagen wieder in Tam. Also mußte Matali jeden Morgen eine Kerbe in seinen Gürtel schnitzen, damit sie die Tage zählen konnte. Sie sieht nicht mehr sehr gut, weißt du ...«

Meine Kehle wurde eng. Ich biß mir auf die Lippen, atmete tief durch. Hoheitsvoll, mit schleppenden Schritten führte uns Matali durch den Hof. Ich stapfte hinter ihm her durch den körnigen Sand. Der schwarz-weiße

364

Hund jaulte voller Freude, sprang an Elias hoch und leckte ihm die Hände. Elias faßte ihn am Halsband.

»Er ist schlecht erzogen.«

»Er ist gewachsen«, sagte ich.

»Er hat zuwenig Bewegung. Aber wir lassen ihn selten nach draußen, weil ihn die Kinder mit Steinen bewerfen.«

Elias ließ die Sandalen von seinen Füßen gleiten, während ich aus meinen Turnschuhen stieg und auf Socken in den Raum trat. Drinnen konnte ich zuerst fast nichts sehen. Dann erblickte ich Zara im Lichtschein, der durch die Tür fiel. Sie lag halb ausgestreckt, den Ellbogen auf ein schön besticktes Lederkissen gestützt. Ich schaute einen Moment lang zu ihr hinüber; sie stieß einen leisen Ruf aus, warf mit lebhafter Gebärde ihren Schleier zurück; die an ihm befestigten Kupferschlüssel klirrten. Ich ging auf sie zu; zärtlich faßte sie mich an den Händen, zog mich zu sich herunter. Ihre mit Henna rot gefärbte Hand fühlte sich heiß und trocken an. Sie hatte sich für mich schön gemacht; ihr neues, indigofarbenes Gewand war mit Schlitzen an den Seiten versehen, die ein helles Unterkleid zeigten. Der blauschimmernde Schleier betonte die edle Kopfform, fiel in schweren Falten über ihre gekrümmten Schultern.

Liebevoll drückte sie mich an sich. Ich atmete ihren Geruch nach Holzfeuer, Talg und Leder ein, jenen Geruch, der mir fortan und für alle Zeiten die Wüste selbst in Erinnerung rufen würde. Vom ersten Augenblick an hatte ich diesen Geruch wahrgenommen, zart und zugleich durchdringend. Hätte man mich gefragt, wonach es rieche, ich hätte geantwortet, es rieche nach Vergangenheit.

Inzwischen hielt mich Zara auf Armeslänge von sich, um mich genauer zu betrachten. Ihre schwarz geschminkten Augen, die das Licht wie zwei kleine, goldene Spiegel auffingen, leuchteten voller Freude und zärtlicher Besorgnis. Sie lächelte; die Freude hatte ihr neue Kräfte verliehen. Im Gegensatz zu Matali sah sie spürbar verjüngt aus.

»Tamara!« Sie nannte meinen Namen mit einer Art Staunen. »Wie fühlst du dich? Bist du nicht müde? Diese lange Reise!«

Ich lachte, um meine Rührung zu verbergen.

»Ach, ich habe sie gut überstanden.«

»Elias hat mir gesagt, daß du kommen würdest.«

»Ja. Er hat mich unter Druck gesetzt.«

»Das sollte dich nicht wundern; Männer haben diesen albernen Zug, nicht wahr, Elias?«

»Ja«, sagte Elias.

Er neigte sich ehrerbietig zu ihr hinunter; sie reichte ihm die Hand, die er zuerst an seine Stirn, dann an sein Herz legte. Es war, als ob er ihren Segen empfing. Seufzend sprach sie ein paar Worte auf *Tamahaq* zu ihm. Elias kniete neben Zara, die ihm den Arm um die Schultern legte. Sanft und behutsam hob er sie hoch, damit sie mit dem Rücken zur Wand sitzen konnte. Zara strich ihren Schleier glatt, ordnete die Falten ihrer *Gandura*, damit sie ein schönes Muster bildeten. Sie trug Armspangen aus massivem Silber, die für ihre zerbrechlichen Handgelenke zu schwer wirkten, und ein Brustgeschmeide aus fünf silbernen Rauten: die *Chomeissa* – der Name fiel mir plötzlich ein. Er entstammte dem arabischen Wort *chamsa* – fünf. »Aber die Bedeutung kam erst später auf«, hatte mir Olivia mal erklärt. »In Wirklichkeit stellt das Schmuckstück das weibliche Dreieck dar, das Tanitsymbol der Karthager.« Sie hatte dazu gelächelt: »Bei den Tuareg, siehst du, herrschen ältere Vorstellungen.«

Und ich fragte mich, was es zu bedeuten hatte, daß die Erinnerung nach so vielen Jahren wieder auftauchte. Unglaublich, dachte ich staunend, daß ich das alles vergessen hatte! War für ein Leben hatte ich bisher gelebt? Inzwischen rollte Matali einen Teppich auf, brachte mehr Kissen. Wir setzten uns. Ich packte die Geschenke aus: die Kette aus Bernstein, Pulverkaffee, ein Schmerzmittel gegen Rheuma, äußerlich anzuwenden, denn ich wußte nicht, wie Zara auf Tabletten reagieren würde. Matali empfing entzückt seine Wollsocken, wollte sie sofort überstreifen. Es war ein merkwürdiges Gefühl, in diesem Raum ohne Fenster zu sitzen, zu wissen, daß hier Menschen waren, die mich als Kind gekannt hatten, die mich liebten. Hier konnte ich an meine Vergangenheit anknüpfen; mir war, als verstehe ich zum ersten Mal die Welt. Gab es etwas Seltsameres? Stimmen, Geräusche und Gerüche waren intensiv miteinander verwoben. In dem armseligen, nach Gips und alten Kleidern riechenden Raum war mein Vater ganz nahe – viel näher, als ich es je empfunden hatte. Elias indessen saß still, streichelte den Hund, der neben ihm auf dem Teppich lag. Doch Zara sprach zu mir, so unbefangen und vertraut, als ob sie mich ohne Unterbrechung gekannt hätte. Mir war dabei sehr seltsam zumute. Sie konnte – ungeachtet ihrer Zuneigung – kaum etwas von mir wissen. Aber Olivia hatte ihr sehr nahegestanden, und – wie es bei alten Leuten oft vorkommt – ihr war die ferne Vergangenheit deutlicher erfaßbar als die Gegenwart. Und so sagte ich zu Zara, in einem heiteren Plauderton:

»Olivia hat mir diesmal keine Geschenke mitgegeben. Sie wird sie selbst mitbringen.«

Daß sie überrascht sein würde, hatte ich erwartet. Doch sie schien völlig versteinert. Sie starrte mich an.

367

Ich hörte, wie sie kurz und zischend die Luft ausstieß.
Über unseren Köpfen summten Fliegen; sonst war es
still. Endlich bewegte sich Zara; sie hob die Hände,
strich zitternd über ihr Gesicht. Als sie sprach, wollten
die Worte nur langsam kommen.
»Zu spät ... Dort draußen gibt es nichts mehr!«
Was meinte sie damit? Ich wandte mich fragend an
Elias. Er nickte mir zu:
»Zara meint das Lager. Das Königslager.«
Ich rieb mir die brennenden Augen. Ich hatte zuwe-
nig geschlafen.
»Olivia weiß, daß es zerstört wurde.«
Elias, der unentwegt den jungen Hund streichelte, sah
Zara ruhig an.
»Sie wird in meiner Schule unterrichten.«
»Ach ja, deine Schule.«
Zara zeigte plötzlich den Anflug eines Lächelns.
»Es wird wie früher sein, nicht wahr? Olivia redete
und spielte mit den Kindern und zeigte ihnen eine Welt-
kugel: ›So sieht unsere Welt aus. Sie dreht sich im Himmel. Und jetzt schaut genau hin: Ich zeige euch den
Punkt, wo ihr auf dieser Kugel lebt!‹ Und es gab immer
ein Kind, das wissen wollte: ›Warum fallen wir nicht
von der Kugel herunter?‹ Und Olivia erwiderte: ›Weil
sie so unendlich groß ist.‹ Sie wollte, daß die Kinder sich
flach auf den Boden legten und zur Seite schauten. ›Seht
nur! Seht! Der Himmel ist nicht nur oben, sondern rings
um euch!‹ Und die Kinder riefen: ›Wir sehen, wir sehen!‹
Und die Erwachsenen hörten die Kinder voller Begeisterung schreien und lachen. Sie liefen herbei und sahen
alle Kinder am Boden liegen. Es gab natürlich Eltern,
die mißtrauisch waren – wer konnte es ihnen verden-
ken? Einige hatten den Marabut predigen hören und
fragten Olivia: ›Wo stehen diese Dinge im heiligen

Buch?‹ Ja, für manche waren diese Dinge seltsam und ungewohnt. Die meisten jedoch waren bezaubert …«

Zara lachte jetzt, völlig in ihre Gedanken versunken. Ihr Lachen ging mir zu Herzen. Sie verdiente alle Freude und alles Glück dieses Lebens und nicht das armselige Dasein, das sie führte. Eine Fliege setzte sich auf ihren Daumennagel. Sie bemerkte es nicht. Elias lächelte jetzt auch.

»Ja, ich weiß. Ich lag auch im Sand und sah, daß die Erde rund ist.«

Sie sah ihn mit zusammengekniffenen Augen neugierig an.

»Wie hast du das gesehen, Elias?«

»Wenn du flach liegst und zur Seite blickst, verwandelt eine optische Täuschung die Sandfläche in eine senkrecht steigende Wand. Eine gelbe Wand, die in der Luft hängt, von der Kraft der Gestirne gehalten. Das siehst du ganz genau, Großmutter.«

Sie schüttelte den Kopf, mit einem kleinen Geräusch, halb Seufzer, halb Auflachen.

»Ich bin zu alt, um das noch zu sehen. Aber Olivia hat es dir beigebracht, nicht wahr?«

Er nickte, und Zara sagte:

»Wie gut, daß sie den Kindern solche Dinge beibringt!«

»Andere Dinge auch«, sagte Elias. »Eine Menge anderer Dinge.«

»Ja«, murmelte Zara. »Es wird wieder wie früher sein …«

Es wird nie mehr wie früher sein, dachte ich schmerzlich. Mehr als dreißig Jahre waren vergangen. Die Kinder von heute spielten wohl wie die Kinder von damals; sie rannten übermütig herum, wie das Kinder eben tun, und verschwendeten keine Gedanken an den Himmel und die Welt. Den Kindern von damals hatte Olivia mehr beigebracht als nur Lesen und Schreiben. Und vielleicht hatte ihr neues Wissen sie mit wunderbarem Staunen erfüllt.

»Wann kommt Olivia?« fragte Zara.

»Bald«, sagte Elias.

Zara seufzte, tief und nachdenklich.

»Ich habe mir überlegt, daß sie vielleicht nicht kommen könnte, weil sie so lange krank war …«

»Nein«, sagte ich, »es geht ihr wieder gut. Deswegen bin ich hier«, setzte ich hinzu. »Elias und ich werden Amenena besuchen. Wir wollen ihr sagen, daß Olivia bald kommt.«

Zaras goldene Augen blinzelten.

»Das wird nicht nötig sein. Sie wird sie wohl gerufen haben.«

Ich starrte sie an. Elias rührte sich nicht. Unter der hochgeschlungenen Krone seines *Schesch* sah ich nur die glatte Stirn, den feuchten Schimmer seiner Augen.

»Wie meinst du das, Großmutter?«

Sie hob die Hand. Ihre Armreifen klingelten.

»Amenena ruft die Leute, hast du das nicht gewußt?«

Mein Hals war zugeschnürt. Ich dachte an meine Träume und auch an das, was Elias mir gesagt hatte.

»Doch. Irgendwie schon …«

Zara lachte leise auf, schlug nach der Fliege. Während ich sie ansah, konnte ich in ihr eine Spur meiner äußeren Erscheinung erkennen, oder zumindest eine Geste, eine bestimmte Klangfarbe der Stimme. Ich war zutiefst erregt. Was ich in mir fühlte, dieses Vibrieren, dieses unsichtbare Band des Lichts, wie hätte ich ihm einen Namen geben können?

Inzwischen goß Matali den Tee aus der Kanne sprudelnd in die Gläser. Er bewegte sich schwerfällig über die gekreuzten Beine hinweg, reichte zuerst Zara, dann mir und schließlich Elias ein Glas. Ich trank den süßen, schaumigen Tee, während Zara in Schweigen verfiel. Sie schien über etwas nachzudenken. Plötzlich belebte sich ihr Gesicht. Sie ließ ein leises, bekümmertes Lachen hören.

»Mein Schädel ist wie eine Blechdose. Ich wollte dir etwas geben, Tamara. Schon beim letzten Mal, als du hier warst, habe ich daran gedacht. Aber dann … pfffft! habe ich es vergessen!«

Was ist es, Großmutter?« fragte ich zärtlich. »Es wird dir schon wieder einfallen.«

Sie legte den Finger zwischen ihre schwarzen geschwungenen Brauen.

»Warte. Laß mich nachdenken. Da ist eine Sache, die du haben sollst. Du mußt sie jetzt mitnehmen. Vielleicht bin ich beim nächsten Mal nicht mehr da, und dann weiß keiner …«

Sie schlürfte ihren Tee, wobei sie vor sich hin brummte. Ihr Gesicht lag grell im Licht. Ihre faltige Haut glich einem eng geknüpften Netz, in dessen Maschen sich ihre goldbraunen Augen verfangen hatten. Sie war bedeutend älter, als ich angenommen hatte, womöglich noch älter, als Olivia es ahnte. Die Tuareg früherer Generationen hatten vom Jahr ihrer Geburt nur ungenaue Vorstellungen.

Auf einmal leuchtete Zaras Blick auf. Sie wandte sich an Elias, sprach zu ihm, so eindringlich und schnell, daß ich kein Wort verstand. Als ob sie befürchtete, das, was sie sagen wollte, in der nächsten Sekunde wieder zu vergessen. Elias erhob sich stumm und verschwand für kurze Zeit in einem Nebenraum. Dann kam er mit einem kleinen Beutel aus Leder zurück, nach Tuareg-Art mit einem *Tenest* – einem Schloß – versehen, eine wundervolle Arbeit aus Kupfer und Eisen. Er überreichte den Beutel Zara. Diese wählte mit zitternden Fingern einen Schlüssel aus dem Bund, der an einer Seite ihres Schleiers hing. Jede Geste drückte dringende Eile aus und wurde von einem Stirnrunzeln begleitet, das ihre Würde unterstrich und Ehrfurcht gebot. Eine Zeitlang nestelten ihre Hände an dem Schloß, bevor der *Tenest* in zwei Teile aufsprang. Zara wühlte ungeschickt in dem Beutel und brachte schließlich ein silbernes Brustgeschmeide hervor, das an einem geflochtenen Lederband befestigt war. Es war ein ungewöhnlicher, viereckiger Schmuck – ein Amulettbehälter von jener Sorte, die *Terout* genannt wird. Eine kleine Pyramide aus versteinertem Holz war genau in der Mitte von einem winzigen Silberkügelchen gekrönt. Mit einer Handbewegung deutete Zara mir an, den Kopf zu neigen, und legte mir den Schmuck um den Hals. Ich war überrascht, wie schwer er war.

Er roch nach Holzkohle und süßlichen, leicht modrigen Essenzen, vielleicht Zaras Körpergeruch.

»Dieser *Terout* gehörte meiner Großmutter«, sagte Zara. »Und vor ihr ihrer eigenen Großmutter. Er ist so alt, daß wir nicht wissen, wer ihn zuerst getragen hat.«

Die schwere Silberplatte fühlte sich kühl an, aber sie nahm sofort die Wärme meiner Haut auf. Das fein eingravierte Muster war mehr als ein Ornament. Ich fragte Elias:

»Was bedeutet dieser Schmuck?«

»Heute«, sagte Elias, »reproduziert jeder Schmied den *Terout* dutzendweise für Touristen. Manche sind schön, dagegen ist nichts zu sagen, obwohl aus Kostengründen oft recht abenteuerliche Legierungen verwendet werden. Aber schaust du dir die Ornamente genauer an, wirst du feststellen, daß vieles nicht mehr stimmt.

Früher gaben die *Enaden* – die Schmiede – die Geheimnisse der Urzeiten vom Vater auf den Sohn weiter. Amenena sagte mir, daß der *Terout* ursprünglich ein Kalender war.«

»Unglaublich!« murmelte ich.

Er nickte.

»Noch heute werden die Bezeichnungen der Ornamente teilweise aus dem Vergleich mit ähnlichen Tierspuren gewählt: die Spur des Perlhuhns, die Spur der Gazelle, die Spur des Schakals. Dieses Motiv zeigt die Spur der Schlange.«

Ein Frösteln überlief mich.

»Was bedeutet das, Elias?«

»Viele Dinge. In der Mitte des Vierecks erkennst du das Motiv der Sandale, *Eratimen*, die zugleich ›Mensch‹ und ›Zeltpfosten‹ bedeutet. Daraus erhebt sich die schwarze Himmelspyramide. Rund um das zentrale Motiv führen die Spuren der Schlange. Die Schlange vermittelt zwischen Himmel und Erde. Jede Drehung ihres Körpers – der Augenblick also, in dem sie sich häutet – entspricht dem Ablauf der Zeit und leitet den kosmischen Frühling ein. Früher konnten alle Tuareg diese Symbole ›lesen‹. Aber heute nicht mehr.«

Zara, die bisher geschwiegen hatte, brach plötzlich in helles Gelächter aus.

»Es ist schon recht komisch, daß du mehr weißt als ich! Da bin ich überrumpelt, das muß ich schon sagen. Aber ich bin froh, daß du es weißt. Das Alter macht mich dumm. Na ja, ich bin bald fertig hier und lasse es dabei bewenden.«

Sie nahm meine Hand und drückte sie liebevoll.

»Elias wurde gut unterrichtet. Du kannst ihm vertrauen; er macht seine Sache nicht übel. Er wird dir vieles sagen. Der *Terout* ist ein großes Buch, verstehst du?

Ein wichtiges Buch. Er gehört jetzt dir, und später wird er deiner Tochter gehören.«

Es dunkelte bereits, als wir uns von Zara verabschiedeten. Langsam und nachdenklich wanderten wir durch verwinkelte Gassen. In der Ferne brauste der Verkehr. Vereinzelt blinkten Sterne am Himmel, während hinter den Bergkuppen ein purpurner Streifen verblaßte.

»Warum hat sie den Schmuck eigentlich nicht dir gegeben?« fragte ich Elias.

Er schüttelte belustigt den Kopf.

»Ich bin nur ein Mann. Und sie hat sich damals von meinem Großvater getrennt, das hat sie dir doch erzählt, oder?«

Ich lachte.

»Ja, sie hat ihn vor das Zelt gesetzt.«

»Somit gehöre ich strenggenommen nicht ganz zur Familie. Dein Großvater war Hiram, Zaras zweiter und rechtmäßiger Gatte. Aber bei uns bestimmt die Mutter die Erbfolge. Dazu kommt, daß du eine Frau bist. Die Tuareg sind der Meinung, daß Frauen alte Geheimnisse besser bewahren. Ich bin in dieser Sache nur ein notdürftiger Ersatz.«

Wir lachten. Ich senkte den Kopf, berührte mit dem Finger das blitzende Silber. Zara mußte den Schmuck oft geputzt haben. Er leuchtete im Helldunkel wie ein Lichtfleck auf meiner Brust. Der Schmuck war mehr als bloß alt oder schön: Er war mein Erbe.

»Die Spur der Schlange«, sagte ich leise. Und wieder spürte ich, wie ich erschauerte. Ja, die Schlange wanderte durch Raum und Zeit, schlüpfte über alle Grenzen. Kein Wachtposten sah sie; die Schlange war lautlos, fintenreich und geschickt. Sie war nicht böse, nein, sie wehrte sich nur, wenn sie angegriffen wurde. Die uralte Schlange tanzte den freien Menschen entgegen und brachte die Erkenntnis zurück.

Das alles stimmte mich nicht traurig. Im Gegenteil: Ich war dankbar und angeregt, schlicht und einfach glücklich. Es war meine Geschichte, die erzählt werden mußte, und es spielte keine Rolle, daß ich die Geschichte nicht kannte. Meine Wahrnehmungskraft war geschärft. Strukturen weit zurückliegender Zeiten prägten meine Erinnerung. Und was meine Erinnerung war, das konnte ich herausfinden.

Ich sagte zu Elias:

»Ganz unter uns, ich glaube nicht, daß Zara so verkalkt ist, wie sie meint.«

Er nickte mit einem Lächeln in den Augen.

»Früher hatte sie nur Tagträume, um sich die Zeit zu vertreiben. Worauf sich ihre Vorstellung gegenwärtig konzentriert, ist Olivia. In ihren Gedanken gibt es keinerlei Zweifel. Olivia wird kommen, und zwar bald. Das gibt ihr genug Kraft für den Rest ihrer Tage.«

26. Kapitel

Elias war aufgebrochen, als es noch dunkel war, um die Mehara von der Weide zu holen. Um sechs würde er mich abholen, hatte er gesagt. Nachdem er gegangen war, hatte ich nur wenig und unruhig geschlafen. Als der Wecker läutete, sah ich über dem Vorhang des Fensters den goldenen Streifen der Dämmerung. Mein Herz klopfte freudig, während das Licht kam und die Stimmen der Vögel lauter wurden. Ich stand auf, ging ins Badezimmer, stellte mich unter die Brause und wusch mich. Das Wasser im Boiler war nicht warm, aber der Strahl aus dem Duschkopf sprudelte kräftig. Ich trocknete mich ab, bis meine Haut prickelte, und putzte mir die Zähne. Jede Geste vollzog ich langsam wie eine von Vorfreude erfüllte Zeremonie, die der Vorbereitung auf ein wunderbares Ereignis dienen sollte. Meine Tasche war schon gepackt. Ich stopfte noch ein Handtuch und den Toilettenbeutel hinein, zog eine bequeme Hose, eine wollene Bluse und meinen dicken Pullover an. Ismain war längst wach, ich hörte ihn in der Küche hantieren. Er hatte stark gesüßten Milchkaffee gekocht und den noch halb verschlafenen Fuad zum Bäcker geschickt, um frisches Brot zu holen. Gerade hatte ich mein Frühstück beendet, als das Schnaufen eines Meharis im Hof mich aufhorchen ließ. Schon stapfte Fuad mit bloßen Füßen durch das Wohnzimmer und riß die Tür auf. Ich trat hinter ihm nach draußen. Eiskalte Luft schlug mir entgegen. Der Himmel glitzerte grünblau, die Bergkuppen

376

leuchteten korallenrot, und die Lehmmauern schimmerten wie vergoldet. Im klaren Morgenlicht sah ich zwei *Mehara* im Sand kauern. Beide trugen die *Rhala*, den leichten Sattel der Tuareg. Atlar, der gewaltige Falbe mit den weißen Fesseln, warf mir einen Blick zu, der nichts Gutes verhieß, und stieß eine Art wütendes Fauchen aus. Ich wich leicht zurück. Elias gab ihm einen Klaps mit der flachen Hand.

»Er ist zornig, weil er gesattelt wurde, und wird fürs erste schmollen.«

Er ging um Atlar herum und wies auf das zweite Tier, dessen Sattel mit einem kleinen Teppich belegt war.

»Diese Stute ist Atlars Mutter. Das bedeutet, daß beide Tiere sich nicht streiten werden.«

»Wie heißt sie?«

»*Iuinaran* – die mit den blauen Augen.«

»Blaue Augen?« murmelte ich überrascht.

Ich trat näher an die Stute heran. Sie ließ die pelzigen Ohren spielen und schien, während wir sprachen, aufmerksam zu lauschen. Dabei sah sie mich hochmütig von der Seite an, wie Kamele das zu tun pflegen; ihre Pupillen waren tatsächlich von einem bläulichen Hof umgeben. Elias blinzelte amüsiert.

»Viele Tuareg wollen den Namen ihres Lieblingskamels nicht preisgeben. Sie hüten das Geheimnis wie den Namen einer schönen Frau«, setzte er hinzu, und ich lachte.

Wir gingen ins Haus. Elias schob seinen Schleier herunter und trank eine große Tasse Milchkaffee, während er Ismain einige Anweisungen auf *Tamahaq* gab. Zu mir sagte er:

»Wir werden einen Umweg machen, wenn es dir recht ist. Da gibt es einiges, das ich dir zeigen möchte.«

»Weit?« fragte ich.

»Nicht sehr weit. Und am ersten Tag wirst du froh
sein, daß ich dir nicht zehn Stunden im Sattel zumute.
Übrigens solltest du deinen Kopf schützen. Die Sonne
brennt.«
»Ich habe meine Mütze vergessen.«
Elias rief Ismain einige Worte zu. Dieser ging hinaus
und kam einen Augenblick später mit einem großen
Baumwolltuch wieder zurück.
»Steck deine Haare hoch«, sagte Elias. »Ich werde dir
den *Schesch* binden.«
Ich hielt still, während er mit geschickten Fingern den
Stoff glättete, faltete und knotete. Ich war erstaunt, wie
angenehm und leicht sich die Baumwolle anfühlte. Elias
trat zurück, um das Ergebnis zu beurteilen. Dann legte
er die Hände auf meine Schultern und lachte vergnügt.
»Jetzt bis du eine perfekte Targuia!«
Ich verzog das Gesicht.
»Das wird sich zeigen, wenn ich im Sattel sitze.«
Inzwischen hatte Ismain eine Thermosflasche mit
Milchkaffee gefüllt. Er hatte für uns Proviant vorbe-
reitet: Brot, Orangen, Datteln, Tee. Dazu Hirse und
Zucker. Elias stopfte das Ganze in seine lederne Satteltasche. Als er Iuinarans Zügel ergriff, hob die Stute ruckartig den Kopf, knurrte und legte die Ohren flach. Ich
schwieg; aber Elias sah den Argwohn auf meinem
Gesicht und blinzelte amüsiert.
»Immer mit der Ruhe, die tut dir nichts. Aber du mußt
deine Schuhe ausziehen. Kamele ertragen nur den Druck
nackter Fußsohlen auf ihrem empfindlichen Hals.«
Der Zügel aus geflochtenem Leder, den Elias mir
reichte, hieß *Arsema* und führte zu einem Ring, der
durch die Nüstern des Tieres ging.
»Zieh möglichst nicht daran«, fuhr Elias fort. »Es
macht das *Mehari* nervös.« Er nahm mir die Turnschu-

he ab, verknotete die Bänder und befestigte sie am Sattelknauf. Dann hielt er das *Mehari* und stieß einige Pfiffe aus, während ich höchst ungeschickt in den Sattel stieg. Der Sattel wurde vor dem Höcker festgegurtet und machte einen wackeligen Eindruck. Elias zeigte mir, wie ich einen Fuß in den ledernen Halsriemen stecken konnte und somit mehr Stabilität auf dem hohen Sattel hatte. Dann gab er dem Tier einen Klaps auf die Flanke. Iuinaran warf ihren Kopf heftig nach hinten, stieß ein lautes Grunzen aus. Dann streckte sie die Beine: Ein Stoß schleuderte mich nach vorn, ein zweiter nach hinten. Das *Mehari* stand, und ich schwebte in unsicherem Gleichgewicht wohl an die zwei Meter über dem Boden. Elias sah amüsiert zu mir empor.

»Geht es?«

Ich setzte meine Sonnenbrille auf.

»Man sieht die Welt von oben.«

Ismain, dem meine Befangenheit nicht entgangen war, lachte mit schneeweißen Zähnen, und Fuad tanzte übermütig um uns herum.

Inzwischen hatte Elias seine Sandalen von den Füßen gleiten lassen. Er band sich die *Arsema* um das Handgelenk und schwang sich in den Sattel. Atlar stieß ein lautes Protestschnauben aus, warf den Kopf mit gewaltigem Schwung nach hinten, den schlangengleichen Hals nach vorn, und schon stand er auf den Beinen. Es war, als ob sich die Bewegung des Reiters und das Aufrichten des Kamels im gleichen Atemzug vollzogen hätten. Nun drückte Elias dem Falben seine Zehen seitlich in den Hals. Atlar setzte sich in Bewegung; die Stute schritt hinter ihm her, im Paßgang. Ismain und sein Sohn folgten uns lachend und winkend, während wir durch das Tor auf die Straße traten.

Im Gleichschritt ritten wir durch die noch ruhigen

Straßen. Elias' Oberkörper wiegte sich leicht im Rhythmus der Schritte. Dann und wann streichelte er mit seiner Reitgerte die Flanken des Tieres. Die Füße der Kamele raschelten durch den pulvrigen Sand. Unter mir schaukelte mit leisem Quietschen der Sattel, die Amulette klingelten. Ein Esel brüllte, ein Ziehbrunnen quietschte. Das Krähen der Hähne klang wie ein Echo von Hof zu Hof, aus denen der Geruch von Holzkohle stieg. Vom Mehari aus sah ich in die kargen, zum Teil versandeten Gärten, die hinter den Mauern verborgen waren. Die ersten Kinder waren schon auf dem Schulweg, eine schwarzgekleidete Frau trug einen Korb auf den Schultern. Die silbernen Blätter der Tamarisken flirrten im Wind. Wir ritten am Hotel Tahat und am Campingplatz vorbei, der langsam erwachte. Die aufgehende Sonne blinkte in die Windschutzscheiben der Lastwagen, Autos und Mopeds, die in der Ferne über die Asphaltstraße donnerten, vorbei am Wasserschloß und an den Telegraphenstangen, die sich weit in die Wüste hineinzogen. Garagen und Werkstätten rotteten sich zusammen, verrostete Autowracks häuften sich übereinander, unfertige Wohnsiedlungen verloren sich im Sand. Was den Wandel der Sahara herbeiführte, dachte ich, das sind die Bagger, die Teermaschinen, die Straßen, der ganze materielle Aufbau, den wir Fortschritt nennen. An vielen Stellen wurde die Straße frisch geteert. Arbeiter saßen in kleinen Gruppen und zerkleinerten Steine. Ihre Lumpen waren grau vor Staub, ihr *Schesch* unordentlich um den Kopf gewickelt. Wie viele von ihnen waren Tuareg?

Und als ob ich die Frage laut formuliert hätte, hörte ich Elias sagen:

»Sie glauben an nichts mehr, weißt du. Ihr altgewohnter Lebensrhythmus ist zerstört. *Imoghar* – die

Freien! Der Name paßt nicht mehr. Früher brauchten sie nichts weiter als die Sterne. Heute haben sie Straßenbeleuchtung.«

Ich schluckte und wandte die Augen von ihm ab.

»Du denkst zuviel nach, Elias.«

Ich wollte mich lieber auf die Ferne konzentrieren, auf mein eigenes, unverfälschtes Traumbild. Von meinem *Mehari* aus hatte ich das Gefühl, als würde ich in die Weite der Welt mit einbezogen. Die kraftvollen Beine der Kamele dehnten und streckten sich. Ihr leiser Schritt war wie ausgelöst vom beständigen Dahinfließen ihrer Bewegungen. Dann übertönte ein tiefes, machtvolles Brummen die Stille. Ein schriller Pfeifton schwoll an, erfüllte die Luft, wurde zu einem gellenden Zischen, das in donnerndes Getöse überging. Ein Flugzeug der Air Algerie tauchte hinter einer Bergkuppe auf, so nahe, daß wir das Einziehen der Fahrwerke beobachten konnten. Der gewaltige, silberglänzende Rumpf schwang sich langsam und mächtig in die Höhe. Das ohrenbetäubende Tosen schien gleichsam aus den Tiefen des Himmels und den unteren Schichten der Erde zu dringen. Die *Mehara* jedoch gingen weiter, ungerührten Schrittes, während die von einem dunklen Kondensstreifen begleitete Maschine in den leuchtenden Himmel zog.

Die Zeit verging; Hitzewellen schwebten hoch, und zwischen den Tafelbergen glitzerten Seen. Die Luft war ofenheiß, aber der leichte, beständige Wind kühlte unsere Haut. Elias war das Gelände vertraut. Als die Sonne senkrecht auf uns herabglühte, wußte er genau, wo wir zu rasten hatten.

»In der Nähe ist eine Sickerquelle. Da es kürzlich geregnet hat, sollte etwas Wasser vorhanden sein.«

Er ließ sich aus dem Sattel gleiten. Der Wind bewegte die Falten seiner *Gandura*, während er mit einigen

Schnalzlauten die Zügel der Stute zog. Iuinaran grollte aus tiefer Kehle, knickte mit den Vorderbeinen ein und kniete schwerfällig im Sand. Elias half mir absteigen. Halb lachend, halb besorgt hielt er mich fest, während ich die Füße auf den Boden setzte.

»Du hast dich gut gehalten«, meinte er. »Fünf Stunden im Sattel, und das am ersten Tag!«

»Wir sind schließlich verwandt«, gab ich zurück.

Er half mir, in die Turnschuhe zu schlüpfen. Wieder einmal fiel mir seine Fürsorge auf. Männer, die sich immerfort um die Bequemlichkeit der Frauen bemühten, waren mir bisher nicht begegnet. Darin lag mehr als eine einfache Geste der Zuneigung; es war ein Pflichtgefühl aus uralten Zeiten. Später, als wir im Schatten eines überhängenden Felsens ruhten, fragte ich Elias, ob er sich dessen bewußt war. Er hatte den *Schesch* gelöst, sein Gesichtsschleier hing locker um seine gebräunten Wangen. Auf meine Frage hin zog er lachend die Schultern hoch. Ich entdeckte auf seinem Gesicht eine Verlegenheit, die besser zu einem Halbwüchsigen paßte als zu einem erwachsenen Mann.

»Ich weiß es nicht.«

»Hast du nie darüber nachgedacht?«

Er kniff die Lider zusammen.

»Wie soll eine Frau dem Mann vertrauen, wenn er sich nicht zu benehmen weiß?«

Ich liebkoste seine Schulter.

»Ich gewinne allmählich den Eindruck, daß bei den Tuareg Frauen mehr gelten als Männer.«

»Wir haben ein Sprichwort: ›Ohne die Frau vertrocknet das Herz des Mannes wie ein Baum ohne Wurzeln.‹«

»Toll!« seufzte ich, beinahe lachend.

Seine Lippen strichen über mein Haar.

»Ich mache mir darüber keine Gedanken. Aber das ist kein Grund, oder? Ich meine, ich könnte einfach nicht anders sein.«

Etwas später suchten wir die Quelle auf. Ein dünnes Rinnsal sprudelte mit leichtem Glucksen aus dem Sand, wie durch einen kräftigen Druck von unten an die Oberfläche gepumpt. Ich nahm an, daß auch dieses Wasser vielleicht verseucht war, aber irgendwie war ein Trotz in mir, der sagte, so ist es eben, schließlich bist auch du eine Targuia und mußt das Risiko tragen. Vor uns waren schon Leute dagewesen. Im Geröll lag der übliche Zivilisationsabfall. Unter einem Busch sah ich sogar eine Damenbinde liegen. Ich schüttelte angewidert den Kopf, und Elias sagte:

»In der Wüste kann man nichts verbergen. Selbst ein Insekt hinterläßt auf einer Düne seinen vergänglichen Abdruck. Plastik aber bleibt für die Ewigkeit liegen.«

Wir kehrten zu unserer Raststelle zurück. Das Zwitschern eines kleinen, schwarzweißen *Moula-Moula* Vogels erhob sich aus einem dornigen Akazienbaum. Die Frische und die Unschuld der ersten Tage der Welt lagen wie ein Zauberschleier über der Landschaft. Genau wie im Film, kam mir in den Sinn. Man probierte alle möglichen Einstellungen, bis die Illusion perfekt war. Jetzt bitte keine Cola-Dose mehr, kein *Tonno al Olio Puro*, kein Klopapier samt Fliegen, nur noch unversehrte Natur.

Elias hatte Wurzelholz zwischen drei Steine gelegt. Eine kleine Flamme brannte. Der dünne Rauchfaden duftete würzig. Aus seiner Tasche zog er zwei kleine Teekessel, die Teedose und ein Stück Stockzucker, das er mit dem Kupferhammer zerschlug. Er bewegte sich ruhig und elastisch, als hätte er alle Zeit der Welt. Und doch war jede Geste genau auf die nächste abgestimmt. Instinktiv vermied er jede unnötige Kraftverschwendung. Der Lebenskampf war für die Tuareg kein abstrakter Begriff, sondern etwas Alltägliches.

Ich sagte:

»Ich hätte nicht gedacht, daß ich so schnell wieder zu alledem zurückfinden würde. Bisher gab es nie einen Ort, an dem ich mich zu Hause fühlte. Ich war immer eine Frau, die davonlief.«

»Deswegen bist du hier«, entgegnete Elias.

»Deswegen?«

»Ja. Du spürst die Vorfahren in dir.«

Während ich neben ihm lag, öffnete Elias eine Orange mit seinem Fingernagel, zupfte behutsam das weiße Mark heraus. Jede Geste war präzise; lächelnd bot er mir die Frucht auf der flachen Hand an. Ich strich zärtlich über die runden Fingerkuppen, nahm die Schnitze von seiner Hand und schob sie ihm in den Mund. Er lächelte; ein Tropfen der Frucht blieb an den dunklen Lippen zurück. Ich küßte den Saft von seinem warmen Mund. Zärtlich, behutsam, entzückt, wie nur eine Frau das tut, die in ihren einsamen Nächten von diesen Lippen, diesem Nasenbogen, diesem Kinn, diesem festen, goldfarbenen Körper geträumt hat. Die alles im Schlaf kannte, im Schlaf immer wieder liebkost hatte, nachts oder auch tagsüber wachend, behext von dem Anblick, der Stimme, der Beschaffenheit dieses Körpers, frei und gelenkig unter der leichten Baumwolle. Das Licht glitzerte in Elias' Pupillen, die jetzt im hellen Sonnenschein fast die gleiche Farbe wie das Fruchtfleisch hatten.

»Woran denkst du?« fragte er zärtlich.

Ich legte das Gesicht in seinen Schoß.

»An dich. Ich glaube, wir sind zu spät geboren. Mindestens ein Jahrhundert zu spät.«

»Eine Zeitlang war ich ziemlich verstört«, sagte Elias.
»Du hast mir neuen Mut gemacht. Einmal, als ich in
Tam auf dich wartete, hatte ich einen sonderbaren
Traum. Ich sah ein riesiges Ungeheuer, eine Art Panzer
mit Antriebsrad und Kettenblenden, nur mit dem Unterschied, daß die Maschine wie ein Lebewesen atmete. Auf
einmal – ich weiß nicht, wie – schluckte mich das Mon-
strum. Drinnen war es stockfinster. Ich forschte mit den
Händen. Das Ding war warm, weich, schleimig, wie eine
enorm große Schnecke. Irgendwie hatte ich Zeit gehabt,
mich mit einem spitzen Stein zu bewaffnen. Also begann
ich, die Wände rundum zu ertasten und aufzuschlitzen;
sie waren merkwürdig elastisch und gaben plötzlich
nach. Licht stürzte herein, und ich entkam. Ich glaube,
das war ein guter Traum«, setzte Elias hinzu und lachte. Ich sah blinzelnd zu ihm empor.
»Alles klar. Du willst die Welt verändern.«
»Ein verlorenes Paradies«, seufzte Elias. »Aber vielleicht läßt sich dafür kämpfen. Wir können uns ein
Leben vorstellen, das für uns gemacht ist. Ich bin ein
Utopist, ich denke nach. Es gibt so viele Möglichkeiten,
die Schäden zu begrenzen ...«
»Welche denn?«
Er setzte sich so, daß sein Schatten auf mein Gesicht
fiel.
»Stell dir ein Reiseunternehmen vor, das uns gehört.
fünfundzwanzig Prozent der Tuareg könnten vom Tou-
rismus leben. Stell dir vor, man könnte den Süden mit
Direktflügen erreichen. Stell dir vor, die UNESCO würde alle Felsmalereien schützen. Stell dir vor, sie gewin-
nen soviel an Wert wie die Hügel von Rom oder die
Schlösser an der Loire. Stell dir vor, ich wäre kein
gefährlicher Agitator mehr, kein Spion der CIA, der
Geheimdienste Oberst Ghaddafis. Stell dir vor, man ver-

gäbe mir die Sünden meines Vaters und ich könnte bei der hiesigen Verwaltung mitmischen. Ich würde meine Nase in alles stecken, die Betonbauten verbieten, die Traditionen der Handwerker fördern. Ich würde veranlassen, daß man an den richtigen Stellen kleine Deiche baut, die das Regenwasser speichern. Die Wüste soll wieder grünen, das Vordringen der Dünen durch Vegetationsgürtel aufgehalten werden. Karawanen könnten den Lastwagenverkehr ablösen, vielen Leuten Arbeit geben. Kamele haben keine Reifen, die mitten auf dem Tademait in Fetzen fliegen. Sie brauchen keinen Ölwechsel, sie stinken auch nicht nach Abgasen. Ja, und in unseren Schulen würde jedes Kind unsere Sprache lernen, unsere Dichtkunst, unsere Geschichte. Und Englisch und Französisch und Arabisch als Wahlfächer. Und auch, wie man mit einem Computer umgeht und ein Faxgerät bedient. Wir leben nicht mehr im Mittelalter, glaube das ja nicht. Das neue Jahrhundert ist unser Jahrhundert, wie alle Jahrhunderte zuvor. Wir wurden in der Wüste geboren, wo der Wind ungehindert weht und wo nichts das Licht der Sonne bricht. Unser Leben ist keine Digitaluhr, verdammt, auch wenn wir sie am Handgelenk tragen! Unser Leben ist ein freier Gesang, ein Wunder, ein Wasserfall, der bis zur Unendlichkeit vordringt. Stell dir das mal vor!«

Ich hob die Hand und streichelte sein Gesicht, das ich so liebte.

»Ich sehe das alles gut vor mir, Elias. Was du machen willst, ist gar nicht kompliziert.«

»Nicht im geringsten«, sagte er. »Und wir haben ein Sprichwort.«

Ich umfaßte seine Knie.

»Hast du noch viele?«

»Immer wieder ein neues. Dieses lautet: ›Wenn du am

Verdursten bist, schlachte dein Kamel und trink das
Wasser aus seinem Magen. Und dann krieche in den
Bauch des Kamels und warte.‹«
»Das hat, meine ich, mit deinem Traum zu tun.«
»Das meine ich auch«, sagte er, und wir lachten.

Wir rasteten eine Weile, machten uns dann auf den Weg,
ritten durch die weißen, sandgefüllten Windungen der
Hochebene. Die Sonne brannte, der Himmel verfärbte
sich gelblich. Kein Laut war zu hören, nur der leise
Wind, die Atemzüge der Kamele und das gedämpfte
Knirschen ihrer Sohlen im Sand. Einmal streckte Elias
die Hand aus; ich folgte seinem Blick, sah in der Ferne
einige Punkte, die sich bewegten.
»Gazellen!«
Die Gazellen – etwa vier oder fünf – schienen in der
Luft zu schweben; sie berührten den Boden nur, um sich
mit federndem Sprung sofort wieder zu lösen. Sie wur-
den kleiner, immer kleiner, bis sie sich im Blau der Luft-
spiegelung verloren. Elias wandte mir sein verschleier-
tes Gesicht zu.
»Als ich Kind war, gab es noch große Gazellenher-
den. Sowohl französische Legionäre als auch reguläre
Truppen hatten sich einen Sport daraus gemacht, diese
Tiere ohne Kugel, ohne Gewehr zu erlegen.«
Ich blickte ihn an, und er sprach weiter.
»Sie fuhren den Gazellen mit den Jeeps nach, jagten
sie in wilder Querfeldeinfahrt, bis ihr Herz versagte.
Wir – die Tuareg – liebten die Gazellen. Wir sprachen
zu ihnen. Wir jagten sie auch manchmal, mit Pfeil und
Bogen. Es war ein faires Jagen. Gazellen kommen oft in
unseren Liedern vor.
›Er soll meine Tränen nicht sehen
nicht wissen soll er, wie sehr ich ihn liebe

Ich warte.

Auch wenn ich erzittere wie eine junge Gazelle, wenn der Imzad meinen Händen entgleitet ...‹

Von den Gazellen sind kaum noch welche übrig. Man hat sie ausgerottet. Der Geist der Wüste zieht sich von den Menschen zurück. Aber manchmal will mir scheinen, daß er noch da ist.«

»Vielleicht können wir ihn zurückholen«, sagte ich.

Ich mußte die Erinnerung mit der Wirklichkeit kombinieren; mußte sie mit den Augen eines Menschen sehen, der sich von der Wirklichkeit leiten, sich aber von Träumen davontreiben läßt. Irgendwie mußte ich mit diesem Widerspruch fertig werden.

Später ging die Sonne unter; ein purpurnes Aufleuchten zog ein tiefes Violett nach sich, das in grünlichem Schimmer versank. Von der Erde war alles Helle gewichen; das unermeßliche All, ohne Anfang, ohne Ende, zeigte sich im Antlitz der Sterne. Sie zündeten einander an wie wandernde Fackeln. Wir lagen entspannt und glücklich auf dem Schlafsack, das Feuer knisterte, und Elias sprach von den Frauen.

»Wir sagen, einer Frau kann nichts verboten werden. Sie tut, was sie will. Das Mädchen wählt seine Liebhaber frei und unabhängig. Je mehr Liebhaber sie hat, desto begehrter wird sie. Denn schließlich – welcher Mann will eine Frau, auf die kein anderer abfährt? Nein, der Mann muß zu sich selbst sagen: ›Sie ist wirklich ein Juwel, zu kostbar für mich. Sie wird mich nie ansehen; es ist vermessen von mir, das zu glauben. Noch bin ich für sie so etwas wie ein Wurm auf Erden.‹ Er wird sich also mächtig anstrengen, um ihre Liebe zu gewinnen. Gelingt es ihm, wird er von allen beneidet und bewundert. Das ist die Aufgabe der Frau: den Mann zu unterweisen, zu fördern und ihn zu einer Verfeinerung der Sitten heranzubilden.«

Ich lächelte in seinen Armen.

»Dazu sage ich nicht nein.«

»Würdet du mich verlassen?« fragte er.

Ich schloß die Augen.

»Sieh mich an«, sagte er.

»Ich sehe dich mit geschlossenen Augen.«

Er knabberte an meinem Ohrläppchen.

»Das kann nicht sein.«

»Doch, ich sehe dich besser.«

»Anworte!« sagte er zärtlich.

Ich öffnete die Augen.

»Du weißt doch, ich muß nach Frankreich zurück. Ich habe, genau wie du, eine Menge zu tun.«

»Das spielt keine Rolle«, sagte er. »Ich werde auf dich warten.«

»Das wird für dich ein Full-time-Job.«

»Es ist mir gleich«, sagte er. »Ich liebe dich.«

Ich würde nie wieder in die Wirklichkeit zurückkehren, in meine einfache, prosaische, vertraute Wirklichkeit. Elias hatte etwas in mir verändert. Unser Verhältnis mochte ganz anders geartet sein als das, welches für gewöhnlich zwischen Partnern entsteht.

Eine solche Beziehung war für Elias weniger neu als für mich. Die Tuareg können damit gut umgehen. Die Karawanen sind oft monatelang auf Reisen. Frauen und Männer haben Zeit, von der Liebe zu träumen, sie werden nicht ungeduldig dabei. Der Mann denkt an die Frau wie an ein fernes, wunderbares Wesen, das in seinem Zelt auf ihn wartet. Eifersucht gilt als unschicklich, als ein Mangel an Selbstbeherrschung sozusagen. Der Umgang zwischen Frauen und Männern vollzieht sich im Hochgefühl großer Freundschaften, sie kennen das intime Glück des Vertrauens. Keiner von ihnen weiß, was der andere in seiner Abwesenheit sagt oder tut, aber der Verzicht, die Entfernungen treiben Wünsche und Illusionen hervor, aus denen sich die Liebe nährt. Es ist eine Art Liebe, die ich gelten lassen konnte.

Ich sagte zu Elias:

»Ich möchte nicht, daß du traurig bist.«

»Ich werde es nicht sein. Du hast es selbst gesagt: Wir kämpfen beide, jeder an seinem Platz. Und wenn es geht, kommen wir zusammen ...«

»Würdest du so leben können?«

Seine Hand wanderte meinen Hals entlang, strich über meine Brüste. Kleine heiße Wellen flackerten in meinem Unterleib auf.

Er sagte sehr leise:

»Siehst du für uns eine andere Möglichkeit?«

Ja, vielleicht war es denkbar, auf diese Art zu leben und sich zu lieben. Vielleicht konnte unser zukünftiges Verhältnis so werden, wie er sagte, ein Zusammenleben in lebendiger Freiheit, in tiefem Vertrauen. Vielleicht konnte auf diese Weise eine Liebe entstehen, die uns mehr gab als eine konventionelle Liebe, weil sie jedem von uns seine eigene Welt, seine eigene Aufgabe beließ. Die Erkenntnis blitzte in mir auf wie ein Lichtstrahl, der plötzlich durch ein Unterholz fällt und ganze Teile des Waldes erleuchtet. Ein Gefühl von froher Leichtigkeit erfaßte mich. Ich lachte Elias an. Er lag auf dem Rücken. Ich wälzte mich auf ihn, packte seine Hüften, die sofort nach mir stießen. Ich spreizte mich, zog ihn tief in mich hinein, lenkte sein Vordringen durch die dunklen Schichten meines Körpers. Ich legte die Hand auf meinen Unterleib, spürte in mir durch die Haut das Pulsieren der Lust, das von diesem Zentrum aus bis in die Hüf-

ten, Schenkel und Knie strahlte. Elias stöhnte leise. Ich neigte mein Gesicht, bis mein Mund den seinen berührte. Sein Leib unter mir spannte und entspannte sich in wellengleichen Bewegungen. Ich flüsterte rauh:
»Wir können ja mal darüber nachdenken ...«

27. *Kapitel*

Als ich erwachte, leuchtete der Himmel wie pures Gold. Vögel sangen in den Büschen. Zweige knisterten im Wind. Mein Gesicht war feucht vor Kälte. Allmählich kehrte das Gefühl in meinen Körper zurück und erfüllte mich mit prickelnder Frische. Ich streckte mich, sank mit einem Seufzer des Wohlgefühls in mich zusammen. Als ich mich im Schlafsack aufrichtete, sah ich Elias kommen. Trotz der Kälte trug er nur die *Gandura* über der bloßen Haut. Die weiten Ärmel hatte er hoch über die Schultern geschoben, so daß seine Arme nackt waren. Er hielt mit beiden Händen die *Tamanast,* die kleine Blechschüssel, die immer am Kamelsattel hing, und stellte sie behutsam neben mich.

»Ich habe dir Wasser geholt.«

»Du denkst an alles.«

»Das ist auch nötig in der Wüste.«

Er wandte sich ab, um die Glut zu entfachen. Als ich auf den Beinen stand, zuckte jeder Schritt wie ein Stromschlag durch meinen Körper. Ich machte einige Bewegungen, um meine Muskeln zu lockern. Das Wasser war noch eisiger als die Luft, eine Gänsehaut überlief mich. Eiseskälte, das war gerade das Richtige für mich. Ich wusch mir das Gesicht und putzte mir die Zähne. Dann schüttelte ich mein Haar hin und her und fuhr mit gespreizten Fingern von hinten und von der Seite hindurch, um es zu lockern. Inzwischen schürte Elias das Feuer. Schon stieg eine kleine Rauchfahne hoch. Von weit unten am Himmel kroch die Sonne empor; sie hing tief im Südosten als silberhelle Scheibe am Horizont. Dann stieg sie höher, und das strahlende Licht legte sich auf die Erdwölbung, schwang sich wie eine Welle über die Dünenkämme. Ich setzte mich neben Elias, hielt meine Hände über die wärmende Glut.

»Wie fühlst du dich?« fragte er. »Ein wenig müde?«

»Ein wenig steif.«

Elias schnitt Brot in Scheiben. Wir tranken den heißen Kaffee aus der Thermosflasche, und Elias sagte:

»Das, was ich dir zeigen will, befindet sich einen halben Tagesritt von hier. Schaffst du das?«

»Wie bei allem anderen sollte man maßhalten«, erwiderte ich, worauf er lachte. Ich rollte den Schlafsack zusammen, stopfte das Kochgeschirr in die Taschen. Elias löschte das Feuer, zerstreute die Glut und sattelte die *Mehara*. Die Kamele schnaubten, ließen ihr übliches Protestgeschrei hören, das im weiten Umkreis widerhallte. Sie hatten die ganze Nacht geweidet und waren gut ausgeruht. Als wir in den Sattel stiegen, leuchtete die Sonne schon hell, und die Hitze nahm rasch zu. Es dauerte nicht lange, und ich zog meinen Pullover über den Kopf. Eine Zeitlang folgten wir einem *Wadi* – einem ausgetrockneten Flußbett. Die Piste war nur ein helles Band im Geröll. Zwischen zerbröckelten Felsen schimmerte weicher, goldgelber Sand.

»Das ist der *Wadi Tit*«, sagte Elias.

»Ich habe den Namen schon irgendwo gehört.«

Er nickte.

»Er ist ein Meilenstein in unserer Geschichte.«

Ich sah ihn fragend an; er erwiderte meinen Blick.

»Komm!«

Wir ritten das Flußbett entlang; bald traten die Felsen nur vereinzelt auf, machten einem *Erg*, einer Sandwüste, Platz. Sie war bis auf kleinere Dünen vollkommen flach. In der Ferne tanzten Sandhosen, ein ungefährliches Spiel des Windes. Zum ersten Mal ließen wir die *Mehara* traben. Da Kamele im Paßgang gehen, sich ihre Vorder- und Hinterbeine also auf der gleichen Körperseite gemeinsam bewegen, entsteht beim Traben ein schwingendes Schaukeln, das ich nach anfänglichem Argwohn als angenehm empfand. Ich war noch ein wenig unsicher und bewunderte Elias, der seinen störrischen Falben mühelos beherrschte. Wieder kam mir das Bild eines weißen, schwerelosen Vogels in den Sinn, dessen Schatten auf dem hellen Boden nicht von meiner Seite wich. Nach einer Weile zog der Wadi einen großen Bogen nach Osten, und ich folgte Elias, der jetzt einen Hang hinauffritt. Auf einer kleinen Anhöhe zügelte er Atlar und sprang zu Boden. Dann kam er auf mich zu, streckte die Arme aus. Ich stützte beide Hände auf seine Schultern, um aus dem Sattel zu steigen. Langsam glitt ich an ihm herunter, bis ich an seiner Brust gedrückt stand. Engumschlungen machten wir ein paar Schritte. Elias berührte mit der Reitgerte den Boden, um Skorpione zu vertreiben. Dann zog er die *Gandura* über den Kopf und legte sie auf den Boden.

»Warte einen Augenblick.«

Ich setzte mich, nahm die Sonnenbrille ab und schob meinen *Schesch* in den Nacken. Hier im blauen Schatten war die Luft angenehm und kühl. Ich schaute Elias nach, der mit nacktem Oberkörper die Tiere fesselte. Meine Augen folgten den Bewegungen seiner Schultern und Hüften und dem Spiel des Lichtes auf der golden schimmernden Haut. Die Narben auf seinem Rücken hoben sich wie lange, weiße Fäden ab. Ein feiner Schmerz preßte mein Herz zusammen, ein Schmerz, der gleich wieder verging. Es war auch eigentlich kein richtiger Schmerz, eher eine Mischung aus Mitleid und Begehren. Bald kam Elias mit der Thermosflasche zurück, die er mit abgekochtem Wasser gefüllt hatte. Wir tranken abwechselnd. Dann bot er mir eine Zigarette an, gab mir Feuer, wobei sich unsere Hände zu einem Korb von zärtlich verflochtenen Fingern formten. Still saßen wir da und rauchten. Nach einer Weile begann Elias mit leiser, weicher Stimme ein Gedicht aufzusagen. Und von dem Gedicht ging eine so seltsame Kraft aus, daß ich mich zu ihm beugte, um auch nicht einen Ton zu verlieren. Da erst merkte ich, daß mir die Begriffe, die er verwendete, unbekannt waren. Was ich am deutlichsten spürte, war der skandierte, feierliche Rhythmus. Elias' geschmeidige Stimme stieg und fiel; es hörte sich wie eine Beschwörung an. Ein Schauer überfiel mich. Merkwürdige Empfindungen zogen durch mich hindurch, doch ich wagte nicht, Elias zu unterbrechen, und blieb bis zum letzten Wort in seinem Bann. Erst dann holte ich Luft. Erst dann konnte ich sprechen. Ich fragte:

»Waren deine Worte *Tamahaq*?«

Er wandte mir den Blick zu. Seine Augen waren dunkel und verträumt.

»Ja. Nicht nur die Schrift, auch die Sprache hat sich mit der Zeit verändert. Die meisten unserer Gedichte sind Schöpfungen des Augenblicks und am nächsten Tag vergessen. Der Geist früherer Generationen läßt sich nicht wirklich vermitteln. Aber es gibt Gedichte, die von Mund zu Mund gehen und Jahrhunderte überdauern. Dieses gehört dazu. Und es schildert keinen Sieg, sondern eine Niederlage.«

»Kannst du mir das Gedicht übersetzen?«

Er runzelte leicht die Brauen.

»Ich will es versuchen.«

Er rauchte nachdenklich, bevor er die Kippe auf einem Stein ausdrückte und sie in den Sand steckte. Dann begann er zu sprechen; und obwohl seine Stimme jetzt eintönig und ohne Modulation war, oder vielmehr gerade deswegen, erschien sie mir wie ein natürliches Echo der Wüste. Gleichzeitig unterstrich er seine Worte mit schönen, ausdrucksvollen Gesten. Seine Hände schienen die Worte wie Fäden aus der Luft zu greifen, um daraus eine Zauberkraft zu weben, mit der er mich fesselte.

»Ich sag's Euch, Frauen, die ihr Verstand habt
und auch Euch, die ihr blau schminkt Nase
      und Mund:
Einen harten Kampf sah Amessera
mit Wurfspeeren scharf und Gewehren der Feinde,
mit Säbeln, die schnell aus der Scheide fuhren.
Ich stürmte gegen Feinde, schlug um mich wie rasend,
vom Blut ward bedeckt ich wie von einem Schleier.
Es strömte mir über Schultern und Arme.
Nichts, o ihr Spielerinnen des Imzad,
wird man Euch berichten von Felsenverstecken,
in die ich da schmählich geflohen wäre!
Bin ich nicht dreimal gefallen,
und mußt' ich nicht dreimal
mich wieder erheben?
Hat man nicht auf ein Kamel mich geladen,
mich festgebunden im Sattel mit Stricken?
Bei meinen Wunden, Ihr Frauen,
Ihr sollt mich nicht anschau'n als ehrlos.
Denn Niederlagen verzeiht man,
Unehre nie!«

Elias schwieg, saß stumm auf seinen untergeschlagenen Beinen, eine Gestalt, die durch die elegante Straffheit seiner Linien mich an die vorislamischen Höhlen-

malereien erinnerte. Auf seinen Gesichtszügen lag wie
ein Schimmer jene begeisterte Tapferkeit, von der das
Gedicht berichtete. Und vor allem die selbstbewußte,
absolute Freiheit eines Volkes, das nichts und nieman-
den beneidete, weil die Wüste all seinen Bedürfnissen
entsprach, und das stolz genug war, um von sich selbst
zu behaupten, auf dieser Menschenerde die Ersten gewesen zu sein.
»Von wem stammt dieses Gedicht?« brach ich schließlich das Schweigen.
»Von Sidi ag Chebbab, vom Klan der Inemba. Er war
ein Großonkel meines Vaters.«
»Und du kennst seine Geschichte?«
»In gewisser Weise. Die Geschichte der Vorfahren ist
auch meine Geschichte. Die Ereignisse liegen weit
zurück, wir messen ihnen mehr oder weniger Bedeutung
bei. Manchmal schließe ich die Augen und glaube, daß
ich noch in dieser vergangenen Zeit lebe. Ich kann nicht
genau sagen, ob die Ereignisse wirklich so waren; der
Krieg, den ich mitgemacht habe, war anders. Und doch
kenne ich das alles: die Wunden, den Schmerz, die Verzweiflung. Ich sah den Tod, wie er das Gesicht oder die
Brust eines Freundes zerfetzte, wie das Blut Kleider und
Lederzeug tränkte und dem Leben viele Wege öffnete,
wo es ausströmen konnte ...«
Er stockte; seine Augen blickten glasig. Ich starrte ihn
an:
»Diese Dinge hast du erlebt, Elias?«
Er nickte.
»Ich spreche nicht oft davon. Ich habe in Mali gegen
die Bambara gekämpft. Ich dachte, daß ich etwas tun
mußte. Jeden Morgen zogen wir aus, um das Gelände
zu erkunden. Unsere Frontlinie war ständig in Bewegung. Wir ritten nicht mehr auf Kamelen; wir besaßen

Fahrzeuge. Wir hatten Waffen, aber die Regierungstruppen hatten mehr – und bessere. Sie handelten mit Drogen, Zigaretten, Alkohol. Sie bekamen ihre Waffen aus den ehemaligen Ostblockstaaten und dem Balkan. Sie waren gut organisiert. Sie hatten Flugzeuge und Hubschrauber. Wir versuchten die Lager zu schützen. Über unsere Stellungen ging ein anhaltendes Artilleriefeuer hinweg, ein ununterbrochener, hartnäckiger Angriff ohne Feuerpause. Sie wollten uns ausrotten, hast du das gewußt?«

Ich schraubte die Thermosflasche auf.

»Trink!«

Er nahm einen Schluck und fuhr fort:

»Tja, wir sind ein störendes Element im saharischen Raum. Aber wir waren da, lange bevor die anderen kamen. Der Name, der diesen Kontinent bezeichnet – Afrika – geht auf das Volk der Ifurakes zurück, die heutigen Iforas-Tuareg: der Stamm meiner Mutter.«

»Sprich weiter«, sagte ich.

»Unsere Geschichte bräuchte eine große dichterische Stimme. Aber für mich ist das nicht das Entscheidende. Entscheidend ist vielmehr, daß wir unsere Vorstellungen bewahren. Wir werden des *Kufr* beschuldigt, der Weigerung, Allahs Wort zu hören. Wir ... wir hören andere Stimmen. Himmel und Erde singen für uns ihre unendliche Melodie. Wir sprechen zu den Steinen, den Bäumen und den Gewässern. Wir wollen uns die Erde nicht untertan machen; wir wollen sie achten und lieben, wie wir unsere Mutter lieben. Ich für meinen Teil glaube, das ist eine bessere Art zu leben.«

»Gib mir eine Zigarette«, sagte ich.

Elias holte sein Päckchen hervor, gab mir eine Zigarette und nahm auch eine.

»Noch vor zweihundert Jahren lag die Sahara jenseits

der Landkarte, jenseits der Berichte der Geographen, jenseits der Grenzenlosigkeit der Träume. Sie war der Mittelpunkt Afrikas, das Herz der Sonne. Nirgends auf der ganzen Welt gab es einen vollkommeneren Einklang zwischen Freiheit und Raum. Doch dann kam der Feind, der Eroberer. Er mußte ja irgendwann mal kommen. Lange Zeit hatte die Wüste uns geschützt; jetzt zerbröckelte die Festung. Forschungsreisende wie Heinrich Barth, René Caillié und Henri Duveyrier führten ihre Reisen hierher mit dem angeblichen Ziel, die Sahara wissenschaftlich zu erforschen. Natürlich folgte jede Mission einem durchweg militärischen Zweck und war geprägt von dem Willen, die bisher von den ›Eingeborenen‹ beherrschten Gebiete dem eigenen Machtbereich anzugliedern. Nicht nur die Europäer, sondern auch die Türken – die im sechzehnten Jahrhundert die algerische Küste erobert hatten – erhoben Anspruch auf den saharischen Boden. Seit 1830 war Algerien französische Kolonie, doch den Ahaggar hatten die Franzosen niemals unterworfen. 1862 kam es zur Unterzeichnung des ›Vertrages von Ghadames‹, in dem wir uns verpflichteten, wissenschaftliche Expeditionen und Handelskarawanen ungehindert ins Land zu lassen. Für uns war das gegebene Wort ein immer gültiges Siegel. Daß dieser Vertrag für die Franzosen nur eine taktische Maßnahme darstellte, merkten wir bald. Die Rivalität zwischen den Tuareggruppen, insbesondere zwischen den Kel Ajjer und den Kel Ahaggar, machte die Sache noch verwickelter. Ich fasse mich also kurz.

Eine besondere Begebenheit jagte das Pulverfaß in die Luft. Im Jahre 1879 führte Major Paul Flatters das Kommando in den Distrikten Uargla und El Golea. Flatters' Familie stammte ursprünglich aus Krefeld in Deutschland. Im Gegensatz zu seinem Vater, der Bildhauer war, wählte der Sohn die militärische Laufbahn. Er hatte sich die Eroberung der afrikanischen Südspitze zum Ziel gesetzt, wobei er unser Gebiet durchqueren wollte. Was er jedoch im Schilde führte, war die endgültige Unterwerfung des Ahaggars. Zu seiner Kolonne gehörte eine Abteilung von achtundsiebzig arabischen Chaambas, die zu unseren Erbfeinden gehörten; dazu kamen Gewehrschützen als Kameltreiber getarnt. Flatters handelte in völliger Unkenntnis unseres Wesens. Daß ein Marabut – ein islamischer Gelehrter – die angebliche Expedition begleitete, erhöhte unser Mißtrauen, statt es einzuschläfern. Koransprüche stießen bei uns auf taube Ohren, und mit billigen Geschenken konnte man uns nicht ködern: Wir kannten den Wert der Dinge.

Zu unserem Unglück zählte der junge Amenokal der Kel Rela, Mussa ag Amastane, kaum achtzehn Jahre. Seine Legitimität wurde von seinem Vetter Attici ag Amellal angefochten. Mussa war kein Hitzkopf, ließ die Dinge langsam angehen, ließ sich Zeit. Ein Amenokal übernimmt zwangsweise Verpflichtungen. Mussa wurde später als ›Freund der Franzosen‹ dargestellt, was in unseren Augen nicht unbedingt ein Lob war. So brach der große Ärger los. Gemeinsam mit Ahitagel, dem damaligen *Amrar* der Kel Rela, und – wie behauptet wird – hinter dem Rücken des jungen Amenokals beschloß Attici, die Mission Flatters in eine Falle zu locken. Attici war ein gerissener Ränkeschmied. Ein Ködertrupp schickte einen Teil der Soldaten in die falsche Richtung. Darauf erschien Ahitagel als rettender Engel, heuchelte Empörung, versprach Schmach und Verbannung für die ruchlosen Angreifer. Unter dem Vorwand, eine Wasserstelle zu suchen, lockte er Major Flatters und seine Adjutanten an einen abgelegenen Ort, Wadi Inhahoen genannt. Der Hinterhalt gelang prächtig und genau nach Plan. Die Franzosen kämpften vergeblich um ihr Leben. Die Tuareg hackten sie gewissenhaft in Stücke, häuften Zweige über ihre Leichen und zündeten sie an; die Wüste sollte nicht verunreinigt werden.

Ihres Führers beraubt, trat die Abteilung den Rückzug an. Immer wieder umzingelten die Tuareg die Kolonne, erbeuteten Packtiere, Wasservorräte und Lebensmittel, und zogen sich zurück, so rasch, wie sie aufgetaucht waren. Und jedesmal blieben einige Tote im Sand liegen. Mit letzter Kraft erreichte eine Schwadron die Oase Amguid. Dort hatte Attici klare Befehle gegeben. Man bewirtete die ausgehungerten Männer mit Datteln, die mit Bilsenkraut vergiftet waren. Einige starben unter furchtbaren Qualen. Andere wurden auf einen Felsvorsprung getrieben und gezwungen, sich von dort aus in die Tiefe zu stürzen. Nur wenigen gelang die Flucht. Im Fußmarsch schleppten sich die Soldaten ohne Wasser und Nahrung dahin. Einige verloren den Verstand. Es wird berichtet, daß sie Hand an die Gefährten legten, um ihr Blut zu trinken und sich von ihrem Fleisch zu ernähren. Nur sechs Männer erreichen schließlich den Vorposten Uargla.

In diesem Fall hatte Attici schlampige Arbeit geleistet: Er hätte sie alle umbringen sollen. Denn die Überlebenden erzählten ihre Geschichte. Und was uns jetzt drohte, war keine Kapitulation, sondern ein Vernichtungsfeldzug.«

»Hast du das alles noch im Kopf, Elias?«

»Wir haben ein gutes Gedächtnis.«

Elias hielt die starke algerische Zigarette zwischen Handfläche und kleinem Finger fest, so daß sie nicht den Mund berührte.

»Für die französische Kolonialmacht war der tragische Mißerfolg der Mission Flatters ein Schlag ins Gesicht. Major Cauvet, der Chef des Nebenforts Ain Salah, urteilte in einem späteren Bericht: ›Wenn wir die Tuareg so behandelt hätten, wie es geboten schien, nämlich als Gegner und Feinde, dann wären sie uns, trotz ihrer Tapferkeit, mit ihren primitiven Waffen auf jeden Fall unterlegen gewesen. Wir hätten so rasch wie möglich mit ihnen aufräumen und uns mit Gewalt den Durchgang öffnen müssen, solange sie noch keine Feuerwaffen hatten.‹«

Ich starrte ihn fassungslos an.

»Noch keine Feuerwaffen?«

Er grinste.

»Du weißt doch, wir mochten sie nicht. Sie waren in unseren Augen Waffen für Feiglinge.«

»Das war nicht klug«, seufzte ich.

»Nein, natürlich nicht. Wir verachteten Feuerwaffen, aber wir mußten praktisch denken: Die Gefahr rückte täglich näher. Ein paar Gewehre hatten wir von Flatters und seinen Männern erbeutet, andere kauften wir oder tauschten sie ein. Wir hatten gute Augen, eine sichere Hand. Wir wurden bald hervorragende Schützen. Wir lebten in erregender Unruhe, ohne Verbindung mit der Welt, umgeben von Gefahren, die wie Geisterhände nach uns tasteten. Wir griffen Vorposten im Tidikelt an, als Warnung. Solange wir zusammenhielten, mochten wir vergessen, daß unsere Kräfte ihre Grenzen hatten und wir unsere Selbstgefälligkeit teuer bezahlen würden. Aber unsere Stammesverbände hatten keine Stabilität, sondern wechselten ihre Gesinnungen nach dem Willen der Männer, die sie führten. Das Schicksal hatte uns auf einen Kontinent verschlagen, der erobert wurde. Wir waren Weiße, wie die Franzosen es waren, bloß waren wir andere Wege gegangen. Nun standen wir zwischen der alten und neuen Zeit und waren – auf höchst unerfreuliche Weise – den Eroberern im Weg.«

Elias nahm einen Schluck aus der Thermosflasche.

»Im Jahr 1902, kurz nach dem Aid-El-Kebir Fest am 1. März brach der zweite Adjutant des Nebenpostens Ain Salah, Leutnant Cotennest, an der Spitze einer Reiterschwadron von einhundertdreißig Mann in den Ahaggar auf. Jeder Soldat war mit einem Karabiner ausgerüstet und führte hundertzwanzig Patronen sowie Wasser und Lebensmittelvorräte für dreißig Tage mit sich.

Während seines Vorrückens durch die Vorberge ließ Cotennest systematisch unsere Anbauzentren für Weizen, Hirse und andere Getreidearten verbrennen und zerstören. Der Mann war gewitzt, ein kluger Stratege. Unsere Angriffsmanöver vereitelte er immer wieder. Und so kam es, daß wir uns erst am 7. März im Wadi Tit zum Kampf stellten. Wir waren ein Volk, das den Tod nicht fürchtete, sosehr wir auch das Leben liebten. Wir schöpften unsere Kraft aus der Bewunderung der Frauen, hätten nichts von dem vollbringen können, was geleistet wurde, wenn wir nicht ihrer Lieder gedacht hätten. Doch Eitelkeit blendet die Augen und zerbricht, wenn das Glück sich wendet. Sie mochte dem einzelnen wohl die Kraft geben, sein Leben zu meistern, nicht aber dem Volk, es zu sichern.«

»Ein bißchen größenwahnsinnig, ja?«

»Absolut größenwahnsinnig. Der Feind führte Waffen, deren Furchtbarkeit wir uns nicht einmal vorzustellen vermochten. Vielleicht hatten wir mit dergleichen gerechnet. Wir hatten Menschen getroffen, die das alles schon kannten und uns gewarnt hatten. So wußten wir wohl auch, wie es ausgehen mochte.«

Elias schnippte die Asche von seiner Zigarette.

403

»Die Feinde wollten den Krieg? Gut, sie sollten ihn haben. Die Stunde und den Ort bestimmten wir.«

»Hier?« murmelte ich.

»Auf der anderen Seite der Böschung.«

»Am frühen Morgen?«

»Die Sonne ging auf. Der Himmel war hell.«

»War es ein guter Tag zum Kämpfen?«

»Nein. Es war ein lausiger Tag zum Sterben. Sitz gerade, schließ die Augen! Wir gehen etwas sehen.«

Ich flüsterte rauh:

»Das stimmt nicht, was du gesagt hast, Elias. Du kannst es auch.«

»Nein. Nicht gut. Aber das hier habe ich schon gesehen.«

Ich schloß die Augen. Zwischen uns herrschte Schweigen. Ich hatte meine Vorstellungskraft nie als bemerkenswert empfunden, außer natürlich, wenn ich Bilder auf die Leinwand bannte. Vielleicht war dies eine ähnliche Sache? Mein Puls ging schneller. Mein Atem war zunächst kraftvoll tief, dann flach und kaum hörbar. Ich dachte, was soll das ganze Zeug, ich schlaf ja bloß dabei ein. Das machte die verflixte Sonne, die jetzt tiefer stand und mir ins Gesicht schien. Gleich holte ich mir wieder einen Sonnenbrand, da half der *Schesch* auch nicht viel. Zum Glück kam Wind auf, das tat gut. Er fegte merkwürdige Geräusche heran, irgendwo in der Nähe hielten sich Leute auf. Die Sonne blendete. Ich blinzelte verwirrt. Am Horizont glaubte ich eine undeutliche, auf und ab schwankende Linie zu sehen. Sie kam näher, nahm festere Formen an. Plötzlich sah ich durch den Nebel die Kamelreiter. Sie tauchten auf der Dünenkuppe auf, von Kopf bis Fuß in indigoblauen Stoffen. Ihre Kopfbedeckungen funkelten wie Metall. Sand umwirbelte die Füße der weißen Rennkamele. Prächtig wie Sta-

tuen, in knisternde Stoffe gekleidet, trabten die Reiter
näher, ihre Umhänge blähten sich im schnellen Lauf.
Zwischen den Falten ihrer Gesichtsschleier blitzten die
Augen wie Lavasteine. Sie sahen mich, sie sahen durch
mich hindurch. Ich hatte das Gefühl, sie zu kennen, diese blauverschleierten Krieger. Ich konnte sogar die einzelnen Stämme unterscheiden – an ihrer Kleidung, an
ihren Schwertern, an ihren Schildern aus blaugefärbter
Antilopenhaut. Die Namen kamen mir ganz mühelos in
den Sinn: Kel Rela, Iboglan. Dag Rali, Iradjenaten,
Inemba Kel Tahat, Inemba Kel Imori.

Es war der siebte März gewesen, hatte Elias gesagt.
Es war – wie sonderbar – der Tag, an dem ich geboren
wurde.

Im weichen Trab der *Mehara* stürmten die Krieger
die Abhänge des Wadi Tits, rückten gegen das auf
einem Felshügel verschanzte Bataillon der Franzosen
vor. Über sandigen Boden hinweg näherten sie sich in
schnellem Lauf. Die Franzosen sahen die Sandwirbel
aufsteigen; ein Vulkanausbruch, der die Erde überzog.
Aus dem anfangs unbestimmten Stampfen wurde ein
Schlagen, ein Dröhnen, ein Trommelwirbel. Die Krieger, hoch aufgerichtet, schienen zu fliegen. Auf Speer-
spitzen und Gewehrläufen funkelte das Morgenlicht;
es war, als trügen sie die Sonne selbst in den Kampf.
Doch die Franzosen und ihre arabischen Verbündeten
waren bereit. Nur einige Befehle, und sie gingen in
Stellung. Die Soldaten knieten ganz ruhig, drei Reihen
hintereinander. Um besser zielen zu können, verharr-
ten sie in dieser knienden Stellung unerschütterlich, bis
die Angreifer in Schußweite herankamen. Die *Mehara*
schienen zu schweben; auf ihren Reittieren hatte die
Krieger sich aufgerichtet, das Schwert in der Rechten,
bereit, sich zum tödlichen Hieb zu ducken. Sie stan-

405

den unter dem Eindruck, daß, wenn die erste Salve sie nicht niederstreckte, sie auf ewig unverwundbar seien. Die Reiter waren geschmeidig, umflossen vom Nebel des aufsteigenden Staubes und dem gewohnten Keuchen und Grunzen ihrer *Mehara*, die auch im wildesten Galopp ihre Dressur nicht verleugneten. Ein neuer Befehl: »Feuer!« Da – ein ohrenbetäubender Knall, der wie schmetterndes Lachen von den Felsen widerhallte. Das Gewehrfeuer hatte eingesetzt, noch bevor die ersten Wurfspeere die Luft durchschnitten hatten. Die Kugeln rissen Lücken in die Reihen der Angreifer. Die Reiter wurden aus den Satteln geschleudert; brüllend sanken die Kamele in die Knie, stürzten zu Boden. Die noch unversehrten Kamele scheuten, schlugen in wilder Panik aus, als bemächtige sich das Grauen zuerst der Tiere, dann der Menschen. Dennoch war der Schwung des Angriffs immer noch gewaltig. Die vorderen Reihen wurden von der Menge der nachdrängenden Reiter weitergejagt. Sie fluteten heran wie ein Heer von Dünen, das der Sturmwind des Zorns vor sich hertreibt, doch die Kugelwand ließ sich nicht überwinden. Die Salven der Maschinengewehre jaulten durch das Flußbett; das Knattern hallte bis weit in die Berge. Reiter und Kamele stürzten, als würden sie getroffen von Donner und Blitz. Die zerfetzten Krieger wurden aus den Sätteln geschleudert, von ihren tödlich getroffenen *Mehara* zerquetscht. Verstümmelte Männer wälzten sich in ihrem Blut, das auf die Steine spritzte, in den Sand sickerte. Sie hatten begriffen, daß sie nicht schneller sein konnten als die Feuerstöße, daß jeder noch so rasende Ansturm dem Rhythmus der Salven nicht gewachsen war. Dennoch stürzten sie in wahnwitzigen und ohnmächtigen Wellen heran. Auf seiten der Franzosen ertönten die Befehle in regel-

406

mäßigen Abständen; jede Salve hinterließ einen weiten Kranz von Gefallenen. Der Angriff erlahmte, die Niederlage war vollendet. Bald gab es kaum noch Überlebende, die ihre Reittiere zügelten, zum Stehen brachten und schließlich herumrissen, im Bewußtsein, ein für alle Mal besiegt worden zu sein. Andere *Mehara* liefen mit leeren Sätteln durch den Staub, die schlagenden Flanken naß von Schweiß und Blut. Übelkeit stieg mir in die zugeschnürte Kehle. Ein ungeheurer Schmerz zerriß mir beinahe die Lunge. Doch im Geschrei der Schlacht war meine Stimme keine Stimme mehr. Mein Mund bewegte sich stumm, meine Augen weinten ohne Tränen. Der Wind wehte stärker und trug die Reiter fort. Das Licht rief schwindelnde Leere hervor, verwandelte sie in Schatten. Gewesen, vorbei. Die Reiter waren verschwunden. Hatte ich sie jemals gesehen? Eine Staubwolke senkte sich lautlos wie ein Leichentuch. Als sie verflog, erblickte ich im Sand die mumifizierten Überreste eines *Meharis*. Zu beiden Seiten des schmalen Schädels blickte der Tod aus leeren Augenhöhlen zu mir empor; der Kiefer schien geöffnet zu einem lautlosen Schrei.

»Das Kamel muß verdurstet sein«, hörte ich Elias sagen. »Es lag die ganze Zeit da; wir haben es nicht gesehen, weil die Sonne schräg stand.«

Ich stieß einen kurzen, schmerzvollen Laut aus, wandte mühsam den Blick von dem vertrockneten Fell, von den ausgebleichten Knochen ab.

»Was war das jetzt gerade?« flüsterte ich.

»Du hast geträumt.«

»Willst du sagen, daß ich eingeschlafen bin?«

»Du hast nicht geschlafen. Du hast Dinge gesehen. Hier ...«

Er tippte mit dem Finger auf die Stirn. Ich schluckte

würgend. Ich konnte mir die Szene im Geist noch einmal anschauen; ich erinnerte mich an jede Einzelheit.

»Das kann nicht sein.«

»Doch.«

»Aber wie komme ich dazu?«

»Ich habe sie dir gezeigt.«

»Ich dachte, du könntest nicht …«

Er schüttelte den Kopf.

»Hier ist das keine große Kunst. Sie sind ja alle da.«

»Wer, Elias?«

»Die Kel es Suf … die Leute aus dem Nichts. Die Geister der Verstorbenen, wenn dir der Ausdruck besser gefällt.«

Er reichte mir die Thermosflasche. Ich trank lange und gierig. Meine Kehle war trocken, als hätte ich Sand geschluckt. Mir kam in den Sinn, daß ich ähnliches bereits früher erlebt hatte. Gewisse Warnsignale, gewisse Vorahnungen, die ich nur dann beachtet hatte, wenn sie sich allzu deutlich zeigten. Sie waren mir unangenehm gewesen, zudringlich, im Weg. Ich hatte sie auf ein allzu empfindliches Gemüt zurückgeführt, auf eine Neurose. Und bisher hatte ich mich gescheut, nicht nur davon zu reden, sondern sogar daran zu denken. Ich wischte mir mit dem Handrücken über das Kinn.

»Bist du überrascht?« fragte Elias.

»Ein wenig aus den Fugen. Ich verstehe die Sache nicht ganz.«

»Die Geister haben hier ein besonderes Energiefeld geschaffen. Deswegen ist es leicht, sie zu sehen.«

»Ich weiß nicht, was du mit mir gemacht hast, Elias«, erwiderte ich halb verwirrt, halb verärgert. »Eine Art Hypnose, nehme ich an. Du bist ganz schön durchtrieben!«

Er schüttelte den Kopf.

»Man muß diese Dinge im Blut haben.«

»Ich glaube, ich habe einen Sonnenstich.«

Fältchen zeigten sich in seinen Augenwinkeln.

»Ich kenne dieses Gefühl. Bei Erwachsenen ist es immer schwieriger als bei Kindern.«

Ich gab es zu.

»Ja, Kinder haben eine gesunde Neugierde.«

»Und noch keinen Verstand, der ihnen im Weg ist.«

Benommen tastete ich nach den Zigaretten.

»Es war alles so wirklich. Ich konnte so klar sehen. Und sogar Geräusche hören.«

»Das gehört dazu«, sagte er.

Ich rieb mir die Stirn.

»Ob Olivia wohl auch solche Dinge erlebt?«

Er nickte.

»Ich denke, ja.«

Ich dachte an ihre Schilderung von Chenanis Tod.

»In Aoulef verbrachte sie die Nacht auf dem Grab meines Vaters. Sie sagte …«

Ich spürte Schüttelfrost am ganzen Körper. Elias ließ mich nicht aus den Augen.

»Ja?« fragte er ruhig.

»Sie sagte, daß … daß sich etwas ereignet hatte.«

Er lächelte mit großer Offenheit und Wärme.

»Siehst du nun?«

»Aber was, Elias? Was hat sie gesehen?«

Er legte mir den Arm um die Schultern.

»Sie wird es dir nicht sagen. Sie wird auch nie darüber sprechen. Solche Dinge, siehst du, sind extrem persönlich. Sie geschehen tief im Herzen, auf heiligem Grund. Das, was sie erlebt hat, ist ganz bestimmt eins dieser Dinge …«

Ich steckte mir die Zigarette zwischen die Lippen. Elias gab mir Feuer, hielt meine zitternden Hände. Ich nahm einen tiefen Zug. Aus meinem halb geöffneten Mund kräuselte sich Rauch. Ich sagte:

»Und Amenena, weiß sie bereits… daß ich diese Fähigkeiten habe? Will sie mich deswegen sehen?«

Er hob meine Hand an seine Lippen, streichelte sie mit einem warmen Kuß, jetzt wieder ganz heiter.

»Ich denke schon, daß sie es weiß. Und – ja: genau deswegen will sie dich sehen.«

28. *Kapitel*

Die Gegend wurde zunehmend felsig. Die *Mehara* schritten behutsam über scharfe Steinsplitter und schlackenartiges Geröll. Der Wadi Tit löste sich zwischen den Felsen in zahlreichen ausgetrockneten Nebenarmen auf, bis sich die Schlucht allmählich öffnete und den Blick auf eine weite, von Büschen bewachsene Ebene freigab. Zerklüftete Gebirgshänge, die im milchigen Licht wie bewegliche Stoffbahnen aussahen, begrenzten den Horizont.

Elias zügelte seinen Falben.

»Hier bin ich geboren worden.«

Meine Augen schweiften umher, suchten vergeblich die Spuren einer Siedlung, und kehrten fragend zu Elias zurück.

»Das ist die Ebene von In Adjer. Einst befand sich hier das Königslager.«

Elias' kehlige Stimme klang plötzlich fast heiser. Ich starrte ihn an.

»Hier? Aber früher war doch alles ganz anders!«

Im gleichen Atemzug erinnerte ich mich an das, was ich von Olivia wußte, und setzte erregt hinzu: »Seit wann besteht das Lager nicht mehr?«

Mit einem Druck seiner Zehen setzte Elias seinen Falben in Bewegung. Erschüttert und sprachlos ließ ich meine Stute neben ihm im Schritt gehen.

»Es war der ideale Ort«, sagte Elias. »Wir hatten das beste Wasser. Die Kamele fanden so viel Gras, daß sie fett wurden. Heute dringen die Dünen immer weiter vor.«

Ich sah, wie die rötlichen Sandwellen sich zwischen die Felsen schoben. Die vom Wind geformten Kämme bildeten hohe Bögen mit messerscharfen Kanten. Mir war, als ob Himmel und Wüste sich vereinten. Wenn der heiße Wind stürmte, fegten Sandkörner empor und stachen wie Dornen. Ich spürte Kopfschmerzen, wie damals in der Höhle. Die Feindseligkeit des Ortes war bedrückend. Ich war mir der intensiven Elektrizität bewußt, die sich unsichtbar und drohend in der Luft bewegte. Hier waren die Geister zornig. Sogar die Kamele spürten es; sie klebten vor Hitze, rochen nach beißendem Urin.

Elias hielt sein Tier auf einer kleinen Anhöhe an.

»Nach unserem Stammesgesetz durfte der Amenokal, dessen Titel ›Herr des Erdbodens‹ bedeutet, nicht in einem Haus leben. Dieser Ort war für uns insofern wesentlich, weil sich bei unserer ältesten Siedlung Abalessa, in kurzer Entfernung von hier, das Grab unserer Herrscherin Tin-Hinan befindet. Sie war die Begründerin unserer Dynastie. Wir stammen alle von ihr ab.«

Ich runzelte die Brauen.

»Wer war sie? Weiß man etwas über sie?«

»Sie war ein Nachkomme jener Fürsten, die am römischen Kaiserhof verkehrten und später den Süden Spaniens eroberten. Gelebt hat sie im fünfzehnten Jahrhundert. Sie ist die erste geschichtlich belegte *Tamenokalt* – wobei die beiden ›T‹ die weibliche Form des Titels *Amenokal* bilden. Aber unser Volk wurde auch früher vorwiegend von Königinnen regiert.«

»Wie kam das?«

»In unserer Wertvorstellung stellt das weibliche Prinzip das schöpferische Element dar. Unser Mythos

erzählt, daß der Mann von der ersten Frau Seele und
Bewußtsein empfing. Die Geschichte von Adam und
Eva, sozusagen, aber in umgekehrter Form, und ohne
den strafenden Engel! Erst später, unter arabischem Einfluß, gewann der *Amenokal* an Bedeutung. Aber die Tra-
dition vermachte seiner älteren Schwester oder seiner
Mutter eine starke politische Machtstellung. Ihr Einfluß
war enorm.«
  Beim Erzählen lenkte Elias seinen Falben in langsa-
mem Schritt die Dünen entlang.
  »Tin-Hinan herrschte mit großer Klugheit und
schenkte mehreren Töchtern das Leben. Vor ihrem Tod
bestimmte sie den Ort ihrer Beisetzung. Dort, wo man
ihren Grabhügel errichtete und mit einer Steinplatte
versiegelte, sprudelte eine Quelle aus dem Boden. Über
fünfhundert Jahre ruhte Tin-Hinan in Frieden. 1932
entdeckten französische Archäologen die Grabstätte
und öffneten sie. Der damals regierende *Amenokal*
Akhamuk ag Ihemma versuchte erfolglos, sie von diesem Frevel abzuhalten. Die Franzosen drangen in die
Grabstätte ein. Sie fanden die Gebeine einer Frau auf
einer Bahre aus geschnitztem Holz. Ihr Antlitz schaute in Richtung der aufgehenden Sonne. Neben ihr ruhten ihre Waffen: ein Bogen mit Pfeilen, ein Köcher, ein
Dolch und ein prachtvolles Schwert. Die Königin war
mitsamt ihrem Schmuck beigesetzt worden. An den
Arm- und Fußgelenken trug sie Reifen aus massivem
Silber und um den Hals ein Geschmeide aus hundert
goldenen Sternen. Als man ihr ledernes Leichentuch
anhob, zerfiel es zu Staub. Ihre Überreste kamen ins
Ethnographische Museum von Algier. Vom Goldge-
schmeide fehlt jede Spur. Irgend jemand wird schon
wissen, wo es hingekommen ist. In eine Privatsamm-
lung, nehme ich an.«

Elias führte sein *Mehari* zu einer Stelle, auf der bei genauem Hinsehen eine Fläche von einigen Quadratmetern noch schwärzlich verfärbt war.

»Die Quelle ist heute versandet, das Grabmal leer. Aber damals, als ich Kind war, galt der Amenokal noch immer als Hüter der heiligen Stätte. Der letzte Herrscher, Hadj Bey ag Akhamuk – unser Großonkel also – bewohnte eine *Seriba* in der Mitte des Lagers. Genau hier, siehst du? Im Grunde waren es drei Schilfhütten, die durch eine Anzahl *Asabar* – Windschutzmatten – verbunden waren. Die *Seribas* maßen neun Meter im Quadrat, jeder Eingang schaute nach Osten. Die Schilfe wurden in der Länge nicht beschnitten, so daß der Wind in den überstehenden Blättern raschelte.«

Ich kniff die Augen zu.

»Ja … ich erinnere mich an dieses Geräusch. Es klang angenehm und frisch.«

Elias nickte.

»Unsere *Seriba* stand ganz in der Nähe. Ich entsinne mich gut, wie der *Amenokal* die *Amrar* der verschiedenen Stammesverbände empfing, die ihm Tribut in Form von Geld oder Naturalien zahlen mußten.«

Ich brauchte Zeit, um die Bilder in meinem Inneren zu ordnen, sie formten sich allmählich zu Sequenzen. Ich sah einen verschleierten Mann mit untergeschlagenen Beinen vor einer *Seriba* sitzen, die es längst nicht mehr gab. Seine Umrisse verschwammen in der flimmernden Luft, seine Gestalt schien zwischen Sand und Himmel zu schweben. Er trug zwei *Gandura*s übereinander, eine blau-weiß gestreifte und eine schwarze. Der weiße *Schesch*, der gleichzeitig auch den Gesichtsschleier bildete, fiel in üppigen Falten über seine Brust. Seine Augen konnte ich nicht erkennen: Er trug eine Sonnenbrille in der sogenannten »Schmetterlingsform«, wie amerikanische Filmstars sie tragen. Daran erkannte ich, daß es keine Vision war, sondern eine Erinnerung, und lachte.

»Ja, ich entsinne mich. Er trug eine Sonnenbrille.«

»Ach, das weißt du noch?«

Elias kicherte hinter seinem Schleier.

»Er hatte eine ganze Sammlung. Jeder Besucher brachte ihm eine mit, möglichst extravagant mußte sie sein. Übrigens war es nicht nur Eitelkeit. Er war zuckerkrank und hatte empfindliche Augen. Im Laufe der Jahre verschlechterte sich sein Zustand. Bei seinem Tod war er nahezu erblindet.«

»Was war er für ein Mensch?«

»Kraß ausgedrückt – er war käuflich. Die algerische Regierung gab ihm Geld, damit die Tuareg sich ruhig verhielten. Mein Vater sagte, daß er alles Geld unter sein Bett stopfte. In Schuhschachteln von Bally.«

»Hatte er denn ein Bett?«

Elias grinste.

»Junge Leute schliefen auf dem Boden, aber ältere Menschen und hochgestellte Persönlichkeiten besaßen hölzerne Ruhebetten, mit einem Schilfrost. Von Zeit zu Zeit sieht man noch eins im Museum. Wie dem auch sei, Hadj Bey – er hatte die Pilgerreise nach Mekka aus Opportunismus gemacht – war nicht der Mann, den wir brauchten. Er zögerte vor wichtigen Entscheidungen, schwankte zwischen Eigensinn und Ratlosigkeit. Das führte zwischen den Stämmen zu Uneinigkeiten, die auf lange Sicht schwere Folgen hatten. Nach dem unglücklichen Versuch, eine OCRS zu verwirklichen, waren wir der algerischen Regierung ein Dorn im Auge. Dann starb Hadj Bey, und mein Vater sollte die Nachfolge antreten. Die Regierung verhinderte – wie du weißt – die Wahl. Die Tuareg sollten diszipliniert, ihre Weidewanderungen kontrolliert werden. In einem offiziellen Schreiben, das ich zu Gesicht bekam, hieß es: ›Ihre Freiheit kommt uns teuer zu stehen. Ihr Elend gereicht uns zum Vorteil.‹ Für die Tuareg war der Regierungsbeschluß eine Art Kriegserklärung. Der Gedanke, sich vom algerischen Staat zu lösen, flackerte erneut auf; obwohl mein Vater zu diesem Zeitpunkt dagegen stimmte. Aber die Algerier hatten Wind von der Sache bekommen; auch wir haben unsere Verräter.«

Elias schlug mit der Reitgerte durch die Luft.

»Ich war acht Jahre alt, als es geschah. Vor Tagesanbruch umzingelten Militärfahrzeuge das Lager. Die bis an die Zähne bewaffneten Soldaten schreckten die Bewohner aus dem Schlaf. Man durchsuchte die *Seribas*, fand Gewehre und Munition. Alle jungen Männer wurden festgenommen. Dann mußten die Tuareg ihre eigenen *Seribas* in Brand stecken.«

Wir holten beide zu gleicher Zeit Atem. Elias fuhr fort:

»Die Verschwörer wurden verhört; einige kamen hinter Gitter, andere wurden zum Militärdienst einberufen. Gemessen an dem, was ich später erleben sollte, waren die Sanktionen milde. Damals waren wir noch eine politische Macht; die Algerier faßten uns behutsam an, wie tickende Zeitbomben. Die Behörden stellten uns Unterkünfte zur Verfügung: Zweck der Sache war, unsere Seßhaftmachung zu beschleunigen. Zwei Fliegen mit einer Klappe.«

Es ging mir durch und durch. Wehmütig und neidisch dachte ich an Olivia, die noch Zugang gehabt hatte zu dieser verwunschenen Welt; jene Welt, die für mich auf ewig unerreichbar war. Aber das Rad der Zeit ließ sich nicht zurückdrehen. Das alles war Vergangenheit, Geschichte, vielleicht schon Legende. Ich spürte Wut in mir, eine merkwürdige blinde Wut, die explosionsartig hochstieg und bald wieder verflog. Diese Wut nützte keinem etwas. Vielleicht, dachte ich, kann ich sie in Energie verwandeln.

»Seit der Räumung des Lagers«, sagte Elias, »komme ich nur selten hierher. Ich sehe noch immer die brennenden *Seribas* und den Qualm. Sogar den Geruch habe ich in der Nase. Und ich erinnere mich auch, daß ich Angst hatte, mich an Amenena drängte und mein Gesicht in ihrem Kleid verbarg. Sie aber machte sich sanft von mir los.

›Sieh es dir an, Elias‹, sagte sie ruhig. ›Sieh es dir gut an und vergiß es nie.‹«

Ein längeres Schweigen folgte, das ich mit einem Seufzer brach.

»Ich danke dir, daß du mir das alles erzählt hast.«

»Du warst weit weg von daheim.«

»Es war gut, daß ich hier war. Aber ich will diesen Ort nicht noch einmal sehen.«

Er schüttelte den Kopf.

»Das wird auch nicht mehr nötig sein. *Enda uet!* – gehen wir.«

Als sich die Tiere in Bewegung setzten, zerdrückten ihre Sohlen einige Tonscherben. Wind kam auf; von den Dünen lösten sich Sandnebel. Die Körner wehten mit rasender Geschwindigkeit herbei, fegten hinter den Füßen der Kamele her, überfluteten den Boden. Eine dichte Staubschicht legte sich auf die Scherben; es war, als ob sie Olivias Erinnerungen für immer unter dem Sand begraben würden.

29. *Kapitel*

Die Sonne sank, die Hitze wurde zur sanften Glut, der smaragdfarbene Himmel schillerte. Zwischen den Felsen zeigten sich die Umrisse einiger Lehmhäuser. Elias hob den Arm, wobei er die flatternde *Gandura* bis zu seinem Ellbogen hochstreifte.

»Abalessa. Die Siedlung bestand schon, bevor die Römer nach Afrika kamen. Sie hieß Balsa und war lange Zeit unsere Hauptstadt. Jetzt leben kaum noch Menschen dort.«

»Warum?«

»Sie versandet.«

Abalessa schien nur aus einer einzigen Straße zu bestehen. Die armseligen Lehmbauten waren halb verfallen. Einige halbnackte Kinder stürzten uns entgegen, rannten kreischend und winkend neben den *Mehara* her. Ihre Haut war grau vor Staub. An ihren eitrigen Augen klebten Fliegen. Frauen zogen hastig ihre Schleier über das Gesicht, verschwanden in den Haustüren oder in den Löchern der Mauern.

Ich war betroffen.

»Warum haben sie denn Angst vor uns?«

Elias schüttelte grimmig den Kopf.

»Noch vor zehn Jahren hätten sie uns als Hausherrinnen willkommen geheißen. Heute lernen die Mädchen in den Koranschulen, daß sie sich vor den Männern zu verstecken haben.«

»Und sie tun, was man ihnen sagt?«

»Die ideologische Gehirnwäsche im frühen Kindesalter gelingt immer oder meistens. Diese Frauen leben verschleiert und eingesperrt. Ihre Intelligenz verkümmert oder erlischt wie eine Kerze im Wind. Das ist der Segen der Arabisierung.« Zerlumpte Männer saßen im Halbschatten. Elias hob die Hand. Sie grüßten verhalten zurück. Vor einer dieser Gruppen hielt Elias seinen Falben an, stellte eine Frage. Ein Mann wies mit dem Arm in eine bestimmte Richtung. Elias dankte mit einigen höflichen Worten. Wir ritten weiter, und er sagte: »Da ist jemand, den ich sehen möchte. Ein alter Mann. Zara hat mir gesagt, daß es ihm nicht gutgeht. Ich hätte schon früher kommen sollen. Es tut mir leid.«

»Ein Targui?«

»Nein, ein Schwarzer. Ein *Akli*, einer unserer früheren Leibeigenen.«

Über der Siedlung lag die Traurigkeit der Orte, die sich selbst überlebt haben. Ein bedrückendes Gefühl der Verlassenheit, ein Gestank nach Staub und Verwesung stiegen von den Lehmmauern auf, ausgedörrt von der Hitze vieler Jahrtausende. Bald kam eine jener Bepflanzungen in Sicht, die man im Hoggar ›Garten‹ nennt. Hinter dem üblichen sandabwehrenden Geflecht aus trockenen Palmwedeln schöpfte ein Schwarzer mit hochgeschürztem *Seruel* Wasser aus einem knirschenden Ziehbrunnen. Das Wasser wurde durch kleine, aus Lehm geformte Gräben geleitet, die sich in winzige Speicherbecken teilten. Doch die Becken waren verschlammt, die Gräben ausgetrocknet. Einige kümmerliche Pflanzen kämpften im lockeren Sand ums Überleben: verdorrte Kartoffelstauden, dürre Salat- und Tomatensetzlinge, winzige Büschel Minzkraut. Elias wies auf den Boden, der an vielen Stellen von einer weißen Kruste bedeckt war.

»Früher lieferte dieser Garten das beste Obst und Gemüse. Jetzt nimmt der Salzgehalt zu. In zwei oder drei Jahren wächst hier nichts mehr.«

Der Schwarze stellte seinen Eimer in den Sand und humpelte uns entgegen. Er war dürr und zerlumpt, sein gelber *Schesch*, unordentlich um den Kopf gewickelt, zeigte ein runzeliges, abgemagertes Gesicht. Elias rief ein Wort, einen Namen offenbar. Der Alte stolperte ungeschickt näher. Elias seufzte.

»Ich glaube, er ist fast blind.«

Er glitt aus dem Sattel, ohne das Kamel niederknien zu lassen, ging auf die ausgemergelte Gestalt zu. Sanft strich er über die knochige Hand, die sich ihm entgegenstreckte, wobei der Schwarze aufgeregt und heiser einige Begrüßungsworte ausstieß. Elias antwortete in der verhaltenen Art, die unter den Tuareg üblich ist, deutete dann auf mich. Der Alte hinkte blinzelnd auf mich zu, streckte mir eine schwielige, heftig zitternde Hand entgegen. Er wiederholte die Begrüßung in eintönigem, fast beschwörendem Singsang. Seine röchelnde Sprechweise war für mich kaum zu verstehen.

»Das ist Hawad«, sagte Elias. »Er hat mich großgezogen. Als das Lager aufgelöst wurde, blieb er in Abalessa bei seiner kranken Frau. Jetzt ist sie schon lange tot.«

Ich ließ mich schwerfällig aus dem Sattel gleiten, wobei ich mich auf einem Stein abstützte. Hawad sprach ein paar Worte.

Elias übersetzte:

»Er ist glücklich, dich zu sehen. Er meint, daß du deinem Vater gleichst, den er als kleines Kind in seinen Armen trug.«

Der Schwarze nickte mit Nachdruck, als ob er jedes Wort verstanden hätte. Dicke Tränen verschleierten seine Pupillen. Elias stellte ihm einige Fragen, die Hawad mit freudlosem Mienenspiel beantwortete. Sein zerlumpter *Schesch* wirkte wie der Kopfverband eines Verwundeten. Plötzlich bückte er sich, nahm eine Handvoll Sand auf, führte sie zu seinem Gesicht und rieb sich die Augen. Ich fuhr vor Entsetzen zusammen.

»Nein!«

Der Alte wischte sich mit seinem schmutzigen Lumpen über die Augen. Elias wandte sich mir zu.

»Er leidet unter Trachom. Du hast doch Augentropfen? Und ein reines Taschentuch …«

Ich wühlte in meinen Sachen, brachte das Gewünschte hervor. Leise und höflich sagte Elias einige Sätze. Hawad hob vertrauensvoll das Gesicht zu ihm empor. Die Lider, die schwer auf den blutunterlaufenen Augen lagen, waren nur noch sandverklebte Schlitze. Behutsam und geschickt reinigte Elias die schrecklich geröteten Augen. Mit dem Taschentuch tupfte er den Eiter ab, löste die verklebten Wimpern voneinander. Nach der Behandlung mit den Augentropfen schien sich Hawad ein wenig wohler zu fühlen.

»Das Trachom kommt von den Fliegen und führt zum Erblinden«, sagte Elias. »Er hat auch Skorbut. Das bewirkt die karge Ernährung. Aber er ist zu arm, um sich behandeln zu lassen.«

Er gab Hawad die Augentropfen und das Taschentuch. Dann brachte er eine zerschlissene Brieftasche zum Vorschein, nahm einige Geldscheine heraus und drückte sie dem Alten in die Hand.

»*Tanemered, tanemered* – danke!« wiederholte Hawad mit zitternder Stimme. Elias gab ihm auch einen Stock Zucker, Tee und unsere letzten Orangen. Hawad murmelte Dankesworte in seinem heiseren Singsang, wobei er die Geschenke in die Tasche seiner dreckigen *Gandura* stopfte.

»Komm!« sagte Elias und half mir in den Sattel. Hawad faßte nach Elias' Hand preßte sie an seine Stirn und gab ihm seinen Segen. Es war kein Schmerz mehr in seiner alten Stimme, nur Dankbarkeit und Freude. Dann humpelte er auf die Seite, und Elias stieg in den Sattel. Als wir uns entfernten, blickte er uns lange nach, obwohl ich nicht glaubte, daß er uns sehen konnte.

»Was wird jetzt mit ihm geschehen?« fragte ich.

»Nichts. Er wird sterben. Es ist sein Wunsch. Ich kann das verstehen.«

Die algerische Regierung, erklärte er, hatte die Leibeigenen befreit, eine unbedingt notwendige Maßnahme. Aber für viele dieser Menschen war die Freiheit ein abstrakter Begriff. Nie hätte eine Tuaregfamilie die Schande auf sich genommen, kranke oder betagte Diener zu entlassen. Bis zu ihrem Tod war für ihren Lebensunterhalt gesorgt.

»Sie teilten unsere Mahlzeiten, ihre Kinder wurden mit den unsrigen groß. Heute müssen sie sehen, wie sie sich durchschlagen. Alte Menschen wie Hawad stehen vor dem Nichts. Vom Sinn der neuen Entwicklung verstehen sie nicht viel. Sie fühlen sich betrogen und verlassen. Hawad war mein erster Lehrer.«

»Dieser verkrüppelte alte Mann?«

»Hawad war nicht immer alt und blind. Er war ein Jäger, ein Fährtensucher.«

Ich wollte mehr erfahren. Elias erzählte halb abwesend, den Blick in die Ferne gerichtet. Seine dumpfe Stimme spiegelte die Trauer, die ihn beherrschte.

»Ein Junge will die Umgebung erkunden. Amenena ließ mich gewähren, hatte jedoch Hawad den Auftrag erteilt, mich zu bewachen. Täusche dich nicht: Hawad war verkrüppelt, hatte aber den Schritt eines Geparden. Meinen Vater hätte ich sofort gehört, wenn es ihm ein-

gefallen wäre, mir zu folgen. Was Hawad anging, der
mir stets wie ein Schatten folgte, so vermutete ich lange Zeit nichts. Er war es, der mir die Wüste nahebrachte.
Damals fragte ich nie, woher dieser Mann sein Wissen
nahm. Ich folgte ihm und sah auf all das, was für das
ganze Leben da ist. Ja, und irgendwie hat er mich zu
dem gemacht, was ich bin.«

Hawad hatte dem Jungen beigebracht, im Sand zu
lesen wie in einem offenen Buch. Im vertrauten Umgang
mit der Natur erkannte Elias bald mit sicherem Instinkt,
was ihm nützte, was Furcht bereitete und was ganz einfach nur schön war. Hawad liebte und beschützte ihn,
wie ein Vater es tun würde. Er führte Elias zu den Was-
serstellen, ließ ihn selbst den Weg dabei suchen. Er
erklärte ihm, wie man an den fast unbemerkten Schwingungen des Lichtes und des Dunstes das Kommen eines
Sandsturms erkennt. Er belehrte Elias über die Vorzüge
und Gefahren bestimmter Pflanzen und Kräuter, zeigte
ihm alle Arten von Spuren: die Spur der Gazelle, des
Schakals, des Mufflons. Er lehrte ihn auch das Fallen-
stellen. Alle möglichen Fallen gab es: Schlingen, Fallen
mit federnden Ästen oder mit strahlenförmig angeord-
neten Spitzen, wie sie auch die alten Ägypter kannten
und zum Gazellenfang benutzten.

»Aber Hawad liebte die Tiere«, sagte Elias.»Er befreite sie aus den Fallen und ließ sie laufen, wenn wir keinen Hunger hatten. Und er machte jede Vogelstimme
nach, so daß man kaum glauben konnte, die Töne entstammten einer menschlichen Kehle. Er sagte, daß die
Vögel ihm Geschichten erzählten. Einmal steckte er sich
ein Korn hinter das Ohr. Nach einer Weile kam ein Moula-Moula Vogel und pickte das Korn hinter seinem Ohr
fort. In diesen Dingen war er eine Art Zauberer.«

Seine Augen waren von Schwermut verdunkelt.

»Das alles liegt weit zurück. Ein Stück Leben ist vergangen. Vergessen werde ich es nie. Mich schmerzt der Verlust dieser Welt, der Menschen und der Dinge, die nicht zurückkehren werden. Wenn ich mich an sie erinnere, dann glaube ich ihre Nähe zu spüren. Aber es ist nur eine Illusion, eine Fata Morgana ...«

Abendlicht flutete über die Ebene, verwandelte sie in einen goldroten See, auf den die Tafelberge lila Schatten warfen. Der frische, kühle Sand, die Felsen, die ganze Erde schienen zu atmen. Die Wüste lebte rein und großartig – wie eine Landschaft der Götter. Die *Mehara* standen ruhig. Wir sahen beide über die Landschaft hin. Ich ließ die Zügel locker, seufzte tief und etwas atemlos.

»Die Erinnerung, ach ja! Ich glaube, ich muß die meine erst suchen.«

Er träumte einen Augenblick vor sich hin. Dann wandte er den Kopf zu mir. Das Lächeln kehrte in seine Augen zurück.

»Vielleicht auch nicht«, sagte er.

30. Kapitel

Auf langbeinigen Reitkamelen, deren Zaumzeug und Zügel mit Kupferglöckchen und bunten Wollquasten geschmückt waren, folgten wir den Windungen unsichtbarer Pisten. Wenn wir, um Kraft zu sparen, über längere Zeit schwiegen, waren nur das Rauschen des Windes, das Schnauben der Kamele und das schleifende Geräusch ihrer Schritte zu hören. In meinem Geist gingen sonderbare Dinge vor. Ich wollte zurückdenken, den Zeitstrom bis zu jenem Punkt ausdehnen, da mein Leben begonnen hatte. Die Reise führte mich zugleich ins Unbekannte und ins Vertraute. Es war derselbe Kreislauf, der mich in das Herz der Wüste und in mein eigenes Herz lenkte. Jeden Tag wurde mir deutlicher, wie bekannt mir die scharf geschnittenen Silhouetten der Berge waren, der Wind, der in unserem Kleiderstoff flatterte, der schaukelnde Schritt der Kamele. Ich beobachtete das Tageslicht, das sich mit dem Planeten drehte, im Blau, im Gold, im flammenden Rot; den wirbelnden Sand, der sich zu gespenstischen Säulen erhob, die weit durch die Wüste wanderten. Dann und wann sang Elias halblaut vor sich hin, fast ohne die Lippen zu bewegen. Ich liebte seine weiche, etwas kehlige Stimme. Im wiegenden Auf und Ab des roten Sattels, den Kopf leicht geneigt, sang er leise vor sich hin. Von seinen Fingern baumelte die lederne Reitgerte. Er sang für sich allein, schien mir. Er hatte mir gesagt, daß er selbst ein wenig dichtete. Er bevorzugte die alte, klassisch-epische Art, die den Wert eines erlesenen Reittieres, den schimmernden Waffenglanz und immer und überall die Schönheit der Frauen pries:

»Gefangen in den Schluchten ist mein Goldfuchs-Mehari,
beim Weiden zupft es Akazienblätter,
an der Wasserstelle von Tirsin, zwischen Gumet und den schwarzen Hügeln.
Ein Schwert besitz' ich, blank wie der Mond, einen Degen und ein schützendes Schild aus Antilopenhaut.
Schnell such ich mein goldfarbenes Mehari, das aufrecht weidet.
Ich laß es hinknien und springe in den Sattel;
ein einziger Peitschenschlag,
schon trabt es davon.
›Schnell!‹ sag' ich, ›jetzt wird nicht geschlafen.‹
Noch zur Neige des Tages möchte ich bei den schönen Frauen sein, die am Fuß der kleinen Dünen beisammensitzen.
Ja, genau dort möchte ich sein:
Wo Schleier aus weißer Wolle, lange blaue Schleier und silberne Ohrringe einen Kreis bilden.
Duftend wie Blumen am klaren Quell.«

Elias' Stimme besaß die Kraft, eine Verbindung herbeizuführen zwischen unserer individuellen Isolierung und einer größeren Wahrheit. Er selbst mochte Unruhe und Verwirrungen kennen; er verstand es auf geheimnisvolle Art, mich zu beruhigen. Er führte mich zu einer befreienden Entspannung, zu einem besseren Verstehen der inneren Bereitschaft, zu einer Selbstentfaltung, die den Geist von allem Unwesentlichen reinigt. Von einem fernen Uranfang her hatte sich die Geschichte der Tuareg geformt; früher mochte es das Meer gewesen sein, später war es die Wüste, die ihr ein besonderes Gepräge verliehen. In diesem Land, das seit langem zeitlos geworden war, in einer Umgebung, die aus Vergangenheit und Gegenwart zugleich bestand, waren alle Linien nur fließend. Und ich hatte die Wahl; es gab viele Brücken. Nachts, wenn das Lagerfeuer ausglühte und Kälte aufkam, lagen wir im Schlafsack, betrachteten den Himmel, und Elias erzählte von den Sternen.

»Die Sternbilder haben eine Sprache. Wir Menschen versuchen sie zu erlernen. Ich weiß nicht, ob uns das je gelingen wird, das Universum ist so ein großes Rätsel! Und weil wir die Sterne nicht verstehen können, geben wir ihnen Namen. Der Riese Orion, den wir *Amenagh* – den Herrscher – nennen, hat seine *Takuba*, sein Schwert, umgegürtet. Siehst du, wie er über den Himmel wandert? Er ist der Sohn des Meeresgottes; sein Pferd sprengt durch die Sternennebel, sein Schild zeichnet eine geschwungene Linie. Die Schilder unserer Krieger waren dieser Form nachempfunden. Und dort leuchtet die weise Mutter mit ihren sechs schönen Töchtern, die Plejaden. Sie lassen das Getreide wachsen. Leuchten sie klar am Frühlingshimmel, wird das Erntejahr gut. Der Mutter geben wir den Namen *Temmenu*, der wesentliche Stein. Unsere Vorfahren glaubten, daß aus ihr die Menschheit geboren wurde.«

Woher, fragte ich mich, nahmen die Tuareg diese Vorstellungen? Mythen und Legenden entstammten einem Wissen, das nahezu vergessen war, das wohl kaum etwas wirklich Nachprüfbares hinterlassen würde. Die Tuareg lebten von der Erinnerung an eine phantastische Zeit, ihre Vergangenheit glich einem Buch, von dem eine Anzahl Seiten verbrannt oder zerrissen waren. Das Buch gab Rätsel auf – und es lieferte keinen Schlüssel.

Elias fuhr fort:

»Uns wird gesagt, daß jeder Mensch drei Sterne hat:

einen für die Geburt, einen für das Leben, und einen für den Tod.«

»Kennst du den Namen deiner Sterne?«

»Nein. Ich könnte es von Amenena erfahren. Aber ich bitte sie nicht darum; es ist besser, die Namen nicht zu kennen. Es gibt Sterne, die Unglück bringen. Wir brauchen viel Kraft für das Leben. Unsere Seele könnte beunruhigt sein.«

»Ich verstehe.«

»Wir haben so vieles vergessen«, sagte Elias. »So glaubten unsere Ahnen zum Beispiel, daß die Plejaden Kranke heilen konnten. In einer mondlosen Nacht, wenn die ›Weise Mutter‹ leuchtete, verließen die Kranken ihr Lager. Sie legten sich abseits der Zelte auf eine Matte aus Pflanzenfasern und überließen sich dem Sternenlicht.«

»Und wurden sie geheilt?«

»Bei Tagesanbruch«, erzählte Elias, »war das Fieber gefallen. Sie kehrten gesund ins Lager zurück. So hat es mir meine Mutter erzählt.«

»Glaubst du daran?«

»Ich denke, daß die Kranken an ihre Genesung glaubten.«

»Autosuggestion?«

»Ja, warum nicht? Und was das andere betrifft, wer weiß?«

»Ja, wer weiß?« wiederholte ich. Der modernen Wissenschaft war das Wirken der psychischen Kräfte auf den Organismus längst bekannt. Einst waren wir fähig, diesen Vorgang der Selbstheilung in uns auszulösen. Heute schlucken wir lieber Antibiotika. Immerhin war die Forschung weit fortgeschritten, und die Ergebnisse konnten sich sehen lassen. Das eben war unsere Zeitepoche, die Fäden zur unsichtbaren Welt waren zerrissen.

»Und der große Wagen?« fragte ich.

»Wir nennen das Sternbild die große Kamelstute und ihr Fohlen. Sie wandern über die Himmelsmitte und tragen das Schicksal der Welt. Eine Legende sagt, wenn sich das Fohlen der Kamelstute nähert, erlöschen alle Sternbilder. Dann naht das Ende der Zeiten.«

»Eines Tages muß das ja alles mal aufhören.«

Er rieb sein Gesicht an meinem Hals.

»Aber nicht jetzt. Lieber erst später, wenn wir alt und grau sind. Unser Leben ist nur kurz. Es gibt so viele Dinge im Himmel und auf Erden, von denen wir keine Vorstellung haben. Deswegen denken wir uns Märchen aus. Wir Tuareg sagen, die Milchstraße ist der große Himmelsstrom, der zwei Liebende trennt. Wega, aus dem Sternbild der Leier, liebt Altair, den Sohn des Adlers. Doch ihr Schicksal ist es, sich nur einmal im Jahr, wenn beide Sternbilder in Konjunktion zueinanderstehen, zu begegnen.«

Ich lächelte.

»Soll das auch unser Schicksal sein?«

Er zog mich an sich, preßte sein Gesicht ganz dicht an meines, zog langsam und tief meinen Atem ein.

»Das könnte ich nicht ertragen.«

Meine gespreizten Finger strichen über seine nackte Brust.

»Es gibt Schlimmeres.«

Ich hörte seinen Herzschlag.

»Was ist schlimmer?« fragte er.

Ich streckte mich an seinem Körper entlang, um soviel wie möglich von seiner Haut zu berühren.

»Das Schlimmste wäre gewesen«, sagte ich, »wenn wir uns nie begegnet wären.«

429

Ich schlug die Augen auf, noch von der molligen Wärme des Schlafsacks, den ich mit Elias geteilt hatte, umfangen. Es wurde Tag; mein Gesicht fühlte sich kalt an. Der Himmel glich einer straffen, schillernden Kugel; mein Blick schoß hinauf zu einem Punkt in der Mitte des Himmels, lichtdurchströmt und von smaragdener Farbe. Einige Atemzüge lang starrte ich in das lichtdurchströmte Universum, dann kroch ich aus dem Schlafsack, stand taumelnd auf. Elias war schon wach, kümmerte sich um das Feuer. Das Wasser in der *Tamanast* stand für mich bereit. Ich drehte meine Turnschuhe um und schüttelte sie, wie Matali es mir beigebracht hatte.

»Kein Skorpion!« rief ich Elias zu, und er lachte.

In der Morgenfrühe lag die Ebene noch im Schatten, während rostrotes Licht die Tafelberge berührte. Ich wusch mich, verteilte Sonnencreme auf meinem Gesicht und bürstete den Sand aus meinem Haar. Elias hatte Pulverkaffee zubereitet, die Thermosflasche gefüllt und unter der Asche eine kleine *Tagella* gebacken. Wir tauschten ein Lächeln voll zärtlichem Einvernehmen.

»Kaffee?«

Ich setzte mich, beide Ohren in den Parka eingemummt, und pustete in meinen Becher. Elias klopfte die *Tagella* in seinen Handflächen.

»Damals, als ich von Mali auf dem Weg nach Tam war, habe ich in einem Lager der Taitok übernachtet. Vielleicht haben sie das Camp noch nicht gewechselt.«

Ich wußte, daß die Nomaden ihr Leben nach dem Wasservorkommen richteten und manchmal monatelang am gleichen Ort blieben.

»Können wir sie besuchen?«

Er brach das Brot entzwei und reichte mir ein Stück.

»Vorsicht, es ist heiß!«

Er sprach weiter, während ich kaute.

»Vor gut achtzig Jahren wäre ich ihnen aus dem Weg gegangen. Ein dummer Streit zwischen Halbwüchsigen hatte die Kel Rela und die Taitok fast an den Rand eines Krieges gebracht. Daraufhin verließen die Taitok den Ahaggar. Genauer gesagt, sie zogen sich schmollend zurück. Ein Teil zog in den Air, der andere nach Mali. So kam es, daß Amenenas Cousine Sakina den *Amrar* einer Fraktion dieses Stammes heiratete und ich mit ihnen verwandt bin. Sakinas Mann, Hannon, ist ein alter Kauz. Die Taitok, mußt du wissen, tragen ihren Kopf sehr hoch. Früher mußte man ihnen auf gleiche Weise begegnen – oder überhaupt nicht. Für sie gab es unter dem Himmel keine Menschen, die soviel wert waren wie sie. Sie waren selbstherrlich und tyrannisch, zogen Nutzen aus jeder Gelegenheit. In dieser Hinsicht haben sie es zu etwas gebracht: Sie sind noch heute kampfbereit. Geben *sie* auf, ist alles verloren. Sie sind die letzten, auf die es wirklich ankommt.«

»Das finde ich gut«, sagte ich.

»Was ich damit sagen will: Sie sind ein wenig verschroben«, meinte Elias, und wir lachten beide.

In diesem Jahr, erklärte er, hatten die Taitok im Süden nicht genug Futter für ihre Kamele gefunden und waren – auf Schleichwegen natürlich – über die algerische Grenze gekommen.

»Es ist besser, wir brechen früh auf«, setzte er hinzu. »Heute wird es heiß.«

Wir frühstückten rasch, dann löschte Elias das Feuer, während ich den Schlafsack einrollte und die Gläser in der Blechschüssel spülte. Das gebrauchte Wasser goß ich in den Sand. Inzwischen sattelte Elias die *Mehara*; kurze Zeit später ritten wir davon. Und wie alle umherziehenden Nomaden hinterließen wir nichts, nicht einmal Glutasche.

Elias hatte sich nicht geirrt. Bald wurde die klare Luft diesig. Lichtfluten stürzten senkrecht herab, überzogen die vollen, straffen Farben des Morgens mit einem Perlenschleier. Die Hitze stieß herab, als verleihe ihr die Höhe der brennenden Sonne Schwerkraft. Die Dünen schwebten dahin, stiegen auf oder vervielfachten sich in einer geisterhaften Folge von Spiegeln. Erst am Nachmittag schmolzen die Trugbilder, das grelle Leuchten erstarb. Licht und Schatten nahmen ihre bewegten Spiele an der Oberfläche des Erdbodens auf, und der Hitzedruck schwand. Wir trabten über die grobkörnige Fläche der Hochebene, als Elias plötzlich seinen Falben anhielt und den Gesichtsschleier herunterzog. Er blies den Atem durch die Nase, um sie frei zu machen. Dann drehte er den Kopf hin und her, wobei er tief die Luft einzog.

»Wir sind bald da«, sagte er. »Riechst du die Holzkohle?«

Ich konnte nur bedauernd den Kopf schütteln. Nein, ich verfügte nicht über seine hochentwickelte Sinneswahrnehmung. Mit einem sanften Zehendruck setzte Elias sein Reittier wieder in Bewegung. Ich strengte meine Augen vergeblich an. Ich sah nicht die geringste Spur von einem Lager. Doch die *Mehara* schienen jetzt einer unsichtbaren Fährte zu folgen. Ihre Schritte wurden schneller, ausgreifender. Mit einem Mal hob Elias warnend die Hand und zügelte seinen Falben. Mir stockte der Atem. Nur einige Schritte entfernt vor uns tauchte eine hundert Meter tiefe Schlucht auf. Es war eine merkwürdige Naturerscheinung: Die Hochebene war hier einfach abgeschnitten, die Wüste in zwei Hälften geteilt – und die eine lag hundert Meter tiefer. Fasziniert starrte ich in den von gelben Sandzungen bedeckten Talgrund. Am Fuß einer einzelnen, korallenrot leuchtenden Felskuppe zeugten einige Büsche und ein Streifen gelblicher Schilf von dem Vorhandensein einer Quelle. Elias lächelte über mein erstauntes Gesicht.

»Siehst du das Lager jetzt?«

Ich kniff meine Augen zusammen und erkannte undeutlich, längs des Vegetationsgürtels, einige *Seribas* und eine kleine Anzahl flacher, roter Zelte.

»Das Gebiet hat immer den Taitok gehört«, erklärte Elias. »Der emporsteigende Rauch kann erst aus der Nähe gesehen werden. Es gab hier mehr als ein Dutzend strategischer Punkte, an denen fünfzig Taitok ein ganzes Regiment in den Schwitzkasten nehmen konnten. Aber jetzt müssen sie fort. Die ganze Gegend wurde zur Sperrzone erklärt.«

»Militärgebiet?«

»Ausnahmsweise haben wir unrecht. Ich habe kürzlich erfahren, daß im Grenzgebiet, etwa achtzig Kilometer westlich von hier, ein neues Uraniumlager entdeckt wurde. Das Mineral enthält eine hohe Konzentration von Uran – im Durchschnitt zweieinhalb Promille. Gemeinsam mit Mali plant die algerische Regierung den Bau einer Fabrik, in der das Mineral in konzentriertes Pulver von fünfundsechzig Prozent verwandelt wird. Das gibt doch Sinn, oder? In den nächsten Monaten bauen sie hier eine Straße, sie werden mit Bulldozern und Baggern kommen und hupen ohne Ende. Die jungen Taitok können mit Pickel und Schaufel arbeiten und dabei etwas verdienen. Die anderen müssen weg. Höhere Staatsgewalt, was sollen sie machen?«

»Nichts«, sagte ich matt. Elias fuhr fort:

»Als ich klein war, floß hier ein Bach mit frischem, klarem Wasser. Fische – die wir niemals fangen – glitten unter die Steine, nachts quakten Frösche. Blaue Schmetterlinge schaukelten in der Sonne, und Libellen setzten sich auf unsere Hand. Am Fuß der Felswand lagen drei kleine

Becken übereinander; randvoll waren sie, und die Fläche fast wellenlos. Nicht einer dieser Seen trat über den Rand seines Beckens. Das Wasser stieg durch unterirdische Kanäle empor. Wir konnten in den Seen baden. Das Wasser war eiskalt und duftete nach Gräsern.«

»Und heute?« fragte ich.

Elias sah mich ein paar Sekunden lang an, bevor er langsam den Kopf schüttelte.

»Vor ein paar Jahren setzte die Trockenheit ein. In den Becken war nur noch Schlamm, dann wurde auch dieser grau, und schließlich gab es das Wasser nicht mehr.«

Ich wandte den Blick von ihm ab, betrachtete die Felsbrocken, zwischen denen sich die Piste in scharfen Kurven hinabwand. Die Wände waren grau, von einem uralten und trostlosen Grau. Eine Art feinkörniger Asche bedeckte jeden Gesteinsvorsprung, die engste Spalte.

»Wie kommen wir da hinunter?«

»Laß die Zügel fahren und halt dich am Sattelkreuz fest. Die *Mehara* schaffen das schon.«

Wir begannen den Abstieg; ich überließ mich völlig meiner Stute. Leicht und behende fanden die Tiere ihren Weg, wobei sich ihre weichen Sohlen wie Saugnäpfe über die Steine legten. Bald tilgte ihre Unbeschwertheit das Unbehagen, das ich anfänglich empfunden hatte. Die Kamele schienen für solche Wege geboren. Auf der rauhen Oberfläche der Piste häufte sich poröses Gestein, mit Glitzer durchsetzt. Es sah aus, als lägen Luftkissen zwischen den zerbröckelten Schichten. Bald wurde der Hang flacher. Es dauerte nicht lange, und wir hatten den Abstieg geschafft und trabten auf das Lager zu.

»Warte einen Augenblick«, sagte Elias.

Er stieg aus dem Sattel, und ich tat es ihm nach. Elias setzte sich auf die Fersen, wickelte seinen *Schesch* auf und schüttelte sein Haar. Ich sah zu, wie seine gelenkigen Finger den Stoff neu wickelten und knoteten. Den Schleier zog er straff, so daß nur der leuchtende Spalt seiner Augen sichtbar war.

»Die Höflichkeit verlangt«, sagte er, »daß ich meine Verwandten in anständiger Kleidung besuche.«

Er nahm die Zügel der *Mehara* und schlang sie um seinen Arm. Wir gingen auf das Lager zu, die *Mehara* folgten uns mit ihren schleifenden Schritten. Auf einmal trug uns die Luft das Bellen von Hunden entgegen. Drei magere, sandfarbene *Slugis* sprangen mit bleckenden Zähnen auf uns zu. Vom Lager aus ertönte ein schriller Pfiff, worauf die Hunde augenblicklich zurückliefen. Wir schritten ungehindert weiter, und ich spürte mein Herz schneller schlagen. Bilder aus der fernen Kindheit tauchten in meiner Erinnerung auf: eine *Seriba*, geräumig und sauber, prachtvoll gearbeitete Ledersäcke, schimmernde Kupferkannen, ein Kohlenbecken, auf dem Sandboden Teppiche, Ziegenfelle, bunt bestickte Lederkissen. Und weil ich in meiner Erschütterung weder Zeit noch Raum wahrnahm, schien mir, als geleitete Elias mich jetzt zu der *Seriba*, ja als führte seine Hand mich jetzt, wie einst Chenani Olivia geführt hatte. Ich schloß blinzelnd die Augen, öffnete sie wieder und sah zwischen Hütten und Zelten ein Durcheinander aus Kamelsätteln, Decken, Körben und Lederschläuchen liegen. Gleichzeitig drang Elias' Stimme an mein Ohr.

»Sie sind schon dabei, das Lager abzubrechen.«

Der Zauber war verflogen, der Traum zerstört. Zurück blieb die Wirklichkeit: ein paar kümmerliche Hütten, vom Wind zerschlissen und mit Lumpen ausgebessert; Zelte aus zerfetzten Ziegenhäuten. Ein paar dürre Esel, von Fliegen belagert, weideten im trockenen

Gras. Zerlumpte Kinder näherten sich mit schüchterner Neugier. Die armseligen Kleider der Mädchen waren aus bunten Stoffen; das übliche Kopftuch fehlte. Ihr Haar, zu winzigen Zöpfen geflochten, hatte eine ungesunde rötliche Färbung. Die Jungen trugen eine zerschlissene *Gandura* und nichts darunter. Das windzerzauste Haar stand steif vor Sand von ihrem Kopf ab. Die nackten Kleinkinder hatten aufgedunsene Bäuche, das Zeichen von Unterernährung. Alle Kinder – ausnahmslos – trugen Lederamulette um den Hals. Während sie uns mit respektvollem Abstand umringten, trat uns ein Mann mit gelassenen, weit ausholenden Schritten entgegen. Ich betrachtete ihn verwundert. Der Mann war ein Riese, nahezu zwei Meter groß. Die ärmliche blaue *Gandura* hing wie ein Prunkgewand um seinen hageren Körper. Seinen ehemals indigofarbenen, jetzt völlig ausgebleichten *Schesch* trug er wie eine Krone. Zwischen den Falten blickten die Augen kühn und forschend und funkelnd wie Pechkohle. Um seinen Hals hingen mehrere Ledertaschen aus grünem Kanoleder, mit einem aufwendigen Flechtmuster und verblichenen Zierfransen geschmückt. An den Füßen trug er zerschlissene Sandalen, die mit einer Schlaufe um die großen Zehen gehalten wurden und die jenen seltsamen Gang verursachen – eher ein Rutschen als ein Gehen –, der im lockeren Sand erforderlich war. In kurzer Entfernung blieb der Mann stehen, und wir gingen ihm entgegen. Aufrecht stand er da, raffte die Falten seiner *Gandura* mit der gewohnten Geste der Sahara-Bewohner auf dem Rücken zusammen. Elias trat als erster auf ihn zu. Der Mann streckte die Hand aus, die Elias ehrerbietig streifte, bevor beide ihre rechte Hand an Herz und Stirn führten und mit verhaltener Stimme die üblichen Begrüßungsworte wechselten. Das nächste, was Elias sagte, bewirkte, daß die pechschwarzen Augen des Mannes sich auf mich richteten. Das wenige, das ich von seinem verhüllten Gesicht sah, war braun und rissig wie altes Holz. Er neigte den Kopf ein wenig zur Seite und hielt mir die dürre, lederähnliche Hand hin, die in erstaunlichem Gegensatz zu seinen langen, gelenkigen Fingern und den sorgfältig gepflegten Nägeln stand. Elias nickte mir zu.

»Das ist mein Onkel Hannon, von dem ich dir erzählt habe.«

Die Hand, die ich berührte, schien nur noch aus Haut und Knochen zu bestehen. Wir begrüßten uns auf *Tamahaq*.

»*Ma d' ulan eddunet enneck?*«

»*Elrer ras. Matulit d' asekel?*«

»*Elrer ras.*«

Ja, diese Worte, und viele andere, waren mir vertraut geworden; sie kamen mir geläufig über die Lippen, im richtigen Tonfall. Und ich war nicht nur willens, diese Sprache zu gebrauchen, sondern auch froh darüber, daß der alte Mann nicht einen Augenblick an meinen Kenntnissen gezweifelt hatte.

»Hannon hat uns erwartet. Sakina hat schon befohlen, ein Zicklein zu schlachten.«

Ich runzelte die Stirn.

»Aber wer hat ihnen gesagt, daß wir kommen?«

Ich hatte die Frage auf *Tamahaq* gestellt. Ein Funke blitzte in Hannons Augen auf. Er ließ ein ersticktes, kehliges Gelächter hören. Seine Stimme war ganz erstaunlich, rauh und sanft zugleich, wie das Knurren einer Raubkatze – und ebenso fesselnd.

»Die Vögel«, sagte er. »Die Vögel haben es uns gesagt.«

Meine Kopfhaut zog sich zusammen. Zweifellos war

es nicht nur eine Redensart. Die unheimliche Naturerkenntnis der Tuareg flößte mir Achtung ein. Sie mußten etwas gehört, gesehen oder gefühlt haben, das sie über unsere Ankunft unterrichtet hatte. Inzwischen traten Frauen, die sich bisher im Hintergrund gehalten hatten, näher. Einige hielten Babys im Arm. Die Kleider der Frauen waren staubig, zerschlissen; doch ihr aufrechter Gang, die Anmut ihrer Bewegungen verwandelte die abgetragenen Lumpen in Märchengewänder. Eine Frau löste sich aus der Gruppe. Sie war groß und überschlank, bewegte sich mit hoheitsvollen, wiegenden Schritten. Ihr Gesicht hatte die Farbe dunklen Goldes. Auch ihre Kleider waren abgenutzt; als einzigen Schmuck trug sie die *Chomeissa,* das rautenförmige Geschmeide der Tuaregfrauen. Die Flechten unter ihrem fast grünlich verfärbten Schleier waren noch rabenschwarz, aber Alter und Armut hatten auf ihren Zügen tiefe Spuren hinterlassen; ihre Mundwinkel waren mit einem Ausdruck von Trauer nach unten gezogen. Doch Nase und Kinn waren wie gemeißelt, und die Haut lag straff über den schön geformten Wangenknochen. Sie lachte und richtete die Augen auf mich; es waren seltsame Augen, hell und kühn wie Wolfsaugen und von unbekümmertem Freimut. Elias' Begrüßung entsprach vollkommen der bescheidenen Zurückhaltung, zu der er als Mann einer Frau gegenüber verpflichtet war. Als er ihr meinen Namen nannte, schimmerten ihre Augen freudig auf. Mit dem leisen Klirren ihres Schlüsselbundes schlug sie ihren Schleier zurück, reichte mir ihre schmalgliedrige Hand. Nach Art der Tuaregfrauen waren ihre Fingernägel bis zum Nagelmond mit Henna rot gefärbt. Sie trug einen auffälligen Hohlring am Zeigefinger: Der silberne Behälter in Form eines Sternes enthielt ein Kügelchen, das bei jeder Bewegung wie eine winzige Schelle klingelte.

»Du bist also Olivias Tochter«, sagte sie mit gedämpfter, singender Stimme, wobei sie – wie es üblich war – von meinem verstorbenen Vater nicht sprach. »Ich bin Sakina. Willkommen nach der langen Reise! Du bist sicher müde. Komm, du mußt ausruhen und Tee trinken. Wenn du jetzt nicht reden willst, ist es auch gut. Später wirst du uns alles erzählen.«

Ich lächelte Sakina zu. Sie nahm mich bei der Hand und führte mich mit sich. Ihre warmen, dünnen Finger umschlossen sanft die meinen. Sie ging gelassen zwischen den Frauen hindurch, die lächelnd zurückwichen. Mein Blick fiel auf die Kinder; fast alle hatten am Körper eiternde Wunden, an denen Fliegen klebten: Hungerödeme. Eine Frau kauerte abseits im Sand; sie hielt ein kleines Kind auf den Knien. Der Kopf des Kindes, kaum größer als ein Granatapfel, schaute aus den Falten eines Schals, der vor Schmutz starrte. Ich sah im Vorübergehen, daß es eine Hasenscharte hatte. Doch schon wandte sich die Frau ab. Mit langsamer, wohlüberlegter Bewegung zog sie den schmutzigen Tuchfetzen über ihr Kinn. Sakina schritt ruhig an der Frau vorbei. Mein Herz zog sich schmerzvoll zusammen. Verseuchtes Wasser? Auch hier? Wasser war kostbarer als Gold. Ein vergiftetes Sickerloch mochte die Gesundheit von Mensch und Tier bedrohen, den Tuareg blieb jedoch keine Wahl: Sie mußten es darauf ankommen lassen.

Ohne meine Hand loszulassen, führte mich Sakina zu einer *Seriba*, vor der eine Strohmatte als Windschutz aufgestellt war. Die Kochstelle befand sich im Freien, unter einem dürftigen, durch Pfähle abgestützten Vordach. Ein alter Schwarzer, die *Gandura* zusammengerollt auf seinen mageren Schultern, zerstieß Hirse in einem hölzernen Mörser. Ein kahlgeschorener Junge blies in die Herdglut. Ich sah ein paar Töpfe, Holzteller und Holzplatten, ein Mehlsieb aus Grasfasern. An einem Pfahl waren Lederschläuche für frisches Wasser oder Buttermilch befestigt. Aber Milch schien hier kaum vorhanden, denn die Schläuche hingen schlaff herunter. Wie armselig, abgenutzt, verkommen das alles war! Ich zog meine Turnschuhe aus und trat auf Socken in die *Seriba*. Es war angenehm kühl, denn die beiden Eingänge sorgten für Durchzug. Die anbrechende Dunkelheit verhüllte gnädig das Elend und die Ärmlichkeit der Behausung. Die *Seriba* wurde durch Holzstangen gestützt, der Boden war mit sauberem Sand bedeckt. Doch die Decken waren zerschlissen und die Ledertaschen, die an den geschnitzten Pfosten hingen, waren verhärtet und brüchig.

Als sich meine Augen an das Helldunkel gewöhnt hatten, sah ich in einer Ecke eine Anzahl Gepäckballen aus Mattengeflecht und einen wunderschön gearbeiteten Kamelsattel stehen. Die sehr hohe Rückenlehne war mit karminfarbenem Leder überzogen und mit Kupferbeschlägen sowie bunten Fransen, die ganze Büschel bildeten, verziert. Ich strich mit der Hand darüber und suchte Sakinas Blick. Meine Bewunderung war ihr nicht entgangen.

»Der Sattel gehört mir. Ich habe ihn von meinem Vater. Es ist ein Männersattel; für Frauensättel habe ich nie etwas übrig gehabt. Manchmal leihe ich ihn meinem Alten, damit er eine gute Figur macht. Ich kann zur Not auf einem Esel reiten. Aber ein Mann auf einem Esel sieht einfach lächerlich aus!«

Ich lachte. Sie lachte auch; ihre Schneidezähne standen eine Winzigkeit vor, was bei den Tuareg als Zeichen von Schönheit gilt.

»Es ist das erste Mal«, sagte ich »daß ich eine *Seriba* betrete. Seit ich ein kleines Kind war, meine ich.«
»Die rechte Seite der *Seriba* gehört der Frau«, erklärte Sakina, »die linke dem Mann. In einem Zelt ist es genauso.«
Ihr Lächeln verschwand. Sie seufzte tief und keuchend, wie Kranke manchmal seufzen. »Die Erde ist kalt. Und wir haben zuwenig Decken.« Nun kam auch Hannon, gefolgt von Elias, herein; beide hatten sich als erstes um die *Mehara* gekümmert. Wir setzten und, und Sakina schob mir ein altes Lederkissen unter die Schultern. Kurz darauf trug ein Junge mit scheu gesenktem Blick ein zerbeultes Kohlenbecken herein. Dazu kamen zwei kleine Blechkannen, ein Tablett mit frisch gespülten Gläsern und das übliche Kupferhämmerchen. Während Sakina die Zubereitung des Tees überwachte, traten einige schwarz und blau gekleidete Gestalten in die *Seriba*. Ich hörte den verhaltenen Klang ihrer Stimmen, das Schleifen der Sandalen, die ausgezogen wurden. Alle hatte sich umgezogen, zeigten sich in ihren besten Gewändern. Jeder Mann hatte seinen *Schesch* auf persönliche Art geschlungen, jede Frau trug etwas Schmuck, ihre *Chomeissa* zumeist, die letzte Kostbarkeit, die eine Targuia aus der Hand gibt; oder ein Armband aus schwarzem Horn, oder auch nur einige Ringe. Ich war zutiefst erschüttert. Diese halbverhungerten Menschen wollten uns nicht in ihren Alltagslumpen gegenübertreten; es war eine Frage des Schamgefühls ihrem eigenen Elend gegenüber. Zorn und Spott gereichten ihnen zur Ehre, nicht jedoch Klagen und Nachlässigkeit. Einer nach dem anderen begrüßten mich die Gäste. Es mußten irgendwelche Verwandten sein. Sie nannten ihre Namen, doch ich war müde und verwirrt und vergaß sie sofort. Eine Frau hatte einen kleinen Jun-

gen, der schrecklich hustete. Der schwere Geruch von Talg, Holzkohle und ungewaschenen Gewändern machte die Luft stickig. Inzwischen mischte Sakina die Minze. Mir fiel auf, daß ihre verbeulte Teedose fast leer war. Geschickt schlug sie den Zucker in kleine Stücke. Ich beobachtete die Leichtigkeit und Eleganz ihrer Bewegungen. Von Zeit zu Zeit warf sie mir ein Lächeln, einen freundschaftlichen, fast schalkhaften Blick zu. Nach einer Weile begann Hannon:

»Das Herz ist uns schwer. Hier haben wir Wasser, genug Holz und Gras für die Tiere, aber die Algerier kümmern sich nicht darum. Wir haben einen Monat Zeit, ein Regierungslager aufzusuchen. Sie wollen uns auf ein kleines Stück Land sperren und uns zwingen, dort zu bleiben. Unsere Kinder sollen in die Koranschule gehen, aber Allahs Wort gibt ihnen keine Gesundheit und hindert sie auch nicht, vor Hunger zu sterben. Wir sollen Steuern abgeben, Pacht für die Weiden zahlen, auf denen nichts wächst. Wir fragen jeden, der für Gerechtigkeit und Anstand eintritt, ob es recht ist, daß wir aus unserer Heimat vertrieben werden und zu Bettlern verkommen? Das Wasser schmeckt schlecht, unsere Kinder werden krank. Sogar das Vieh wird teilnahmslos und durstig, bis es schließlich stirbt. Dieses Tal ist kein guter Platz mehr. Aber wo finden wir einen besseren Ort? Unser Vieh muß frisches Gras fressen, damit Frauen und Kinder runde Wangen und einen warmen Körper bekommen. Doch nun wurden wir aufgefordert zu gehen. Wir müssen uns freiwillig auf den Weg machen. Sonst laden sie uns in Müllwagen und pferchen uns hinter Stacheldraht.«

Im schwachen Licht des Kohlenbeckens sah ich, wie abgemagert und müde alle waren. Der kleine Junge hörte nicht auf zu husten; seine Nase lief, er rieb unaufhörlich seine entzündeten, verklebten Augen. Ich spürte ein Würgen in der Kehle. Das Los, das diese Menschen erwartete, war ein langsames Dahinsiechen, ein Absterben der Seele, ein Dasein ohne Zweck und Sinn. Ich verstand nicht alles, was Hannon sagte, aber immerhin das Wesentliche.

»Als die schwarzen Soldaten unser Lager zerstörten, unsere Alten nackt auszogen und unsere Frauen entführten, dachte ich, wir kämpfen für dieselbe Sache und dasselbe Volk. Doch viele von uns dachten nur an die eigene Habsucht. Unsere Feinde sagten: ›Jeder Targui ist ein Plünderer!‹, und ich höre unsere Ahnen lachen. Aber ich weiß nicht, ob sie über uns oder über unsere Feinde lachen. Ich glaube, sie lachen über alle.«

Die Vergangenheit ließ sich nicht abschütteln, die Emotionen waren da. Seit alters her unterwarfen sich die verschiedenen Stämme und Sippen nur den von ihnen selbst gewollten Gesetzen. Diese Erinnerungen waren nicht zerstört, aber für immer verändert und beschädigt. Den kontrollierenden Mechanismen und den Regeln eines modernen Staatsgebildes konnten sich die Tuareg kaum entziehen. Ich hatte einen bitteren Geschmack im Mund. Der Rauch aus dem Kohlenbecken reizte meine Kehle. Während Hannon sprach, schien es mir, als vergrößere sich sein Schatten im Widerschein der Glut. Das Spiel seiner überlangen Hände verlieh seinen Worten eine besondere Betonung. Ein Zauber ging von diesen Bewegungen aus. Er wirkte wie ein Märchenerzähler, der seine Zuhörer in seinen Bann zieht. Aber was er sagte, war bittere Wirklichkeit und Schmährede in einem.

»Wir wollen freie Menschen sein. Ich verstehe nicht, warum sie uns das verbieten. Das ist nicht in Ordnung. Kleine Mäuse mit spitzen Zähnen kriechen unter die Sättel der Mehara und piepsen großartig: ›Wir laufen wie Rennkamele!‹«

Alle lachten jetzt, stießen sich an, gaben zustimmende Grunzlaute von sich. Ich sah ein ironisches Funkeln in Elias' Augen und fragte:

»Wie meint er das?«

»Er verachtet die seßhaften Oasenbewohner. Die meisten Tuareg verachten sie. Wir waren *Imochar*, die Freien, sie waren Bauern und Sklaven. Jahrhundertelang mochte das gelten. Die Natur gab uns eine kostbare Tauschware in die Hand: Salz, das in den Salinen von Amadror, Bilma und Taoudeni abgebaut wurde. Unsere Karawanen – die *Azalais* – brachten die Salzblöcke auf die Märkte von Agadez, Timbuktu und Gao. Dort tauschten wir dafür Weizen, Datteln, Stoffe und alle Dinge ein, die wir zum Leben brauchten. Hannon hat das noch gekannt.«

Der alte Mann reckte beide Arme empor. Ich hörte seine Gelenke knacken.

»Keine Zeit war wie diese Zeit! Aber jetzt bin ich nur noch ein halber Mensch und habe Rheuma.«

Sakinas Zähne, weiß wie die einer Wölfin, blitzten im Halbschatten.

»Na, Alter! Denkst du an deinen liebsten Zeitvertreib?«

Plötzlich lachten alle. Ich wußte nicht, was ich davon halten sollte. Elias lachte auch. Zu mir sagte er:

»Sakina weist auf die *Rezzus* hin, das Berauben von Karawanen.«

Das war interessant. Ich blickte ihn neugierig an. Von Olivia hatte ich bereits einiges erfahren, aber nicht genug. Elias blinzelte mir amüsiert zu.

»Plündern mit der Waffe in der Hand war ein Vorrecht der Adligen. Wie die Herrscher der griechischen

Königshäuser. Und die Raubritter in Europa. Wir hatten keine Turniere, dafür unternahmen wir *Rezzus*. Ein *Rezzu* hatte nichts mit Krieg zu tun. Sagen wir mal, es war Unterhaltung. Man griff den Nachbarstamm an, nahm ihm sein Vieh, seine Lebensmittel und Wertgegenstände weg. Worauf die Beraubten einen Gegen-*Rezzu* unternahmen, um ihr Gut zurückzuerobern und dazu noch das des Gegners zu erbeuten. Jeder war Schöpfer seines eigenen Glücks, das war eine Sache, die uns gefiel. Aber Tapferkeit verpflichtet. Daß strenge Regeln herrschten, war klar. Die Zelte der Frauen blieben unberührt, man durfte ihnen auch nicht den Schmuck wegnehmen, den sie am Körper trugen. Und die Sieger mußten den Besiegten genügend Wasser und Nahrung zurücklassen, so daß sie den nächsten Brunnen erreichen konnten.

»Gab es kein Blutvergießen dabei?«

»Es kam vor, daß man einander umbrachte, aber das entfesselte keinen besonderen Sturm. Wir sind Hitzköpfe, wie du weißt. Gewisse Stämme streiten schon seit Urzeiten. Aber im Prinzip ging es mehr darum, Überlegenheit zu zeigen. Die Taitok waren Meister darin«, setzte er augenzwinkernd hinzu, was unter den Anwesenden neues Gelächter auslöste. »Unser Problem war«, sagte Elias spöttisch, »daß die arabischen Händler wenig Neigung zeigten, sich den Gesetzen des *Rezzus* zu beugen. Das brachte uns in Verruf. Plündern war für uns ein Spiel. Die Araber verstanden das nicht.«

»Das kann ich mir lebhaft vorstellen.«

Hannon preßte die mageren Füße in den Sand und ließ einen schrillen Zungenlaut hören, der wie ein Jauchzer klang.

»Ach«, rief er, hingerissen durch die Erinnerungen, »ein *Rezzu* war doch etwas Wunderbares! Und ihn richtig zu planen, sei eine Sache der Erfahrung. Wer kein *Mehari* hatte, erbat sich das Reittier von einem Freund. Danach mußte er die Beute mit ihm teilen. Fand das *Mehari* den Tod, verlor der Besitzer den Einsatz und ging leer aus.«

»Verarmter Schwertadel, da haben wir es«, sagte ich lachend zu Elias.

Sakina schüttelte den Kopf, ebenfalls lachend.

»Mit den Taten der Vorfahren läßt sich gut prahlen.«

Hannon, nicht im geringsten beleidigt, ließ einen zustimmenden Grunzlaut hören.

»Ich war jung, von den schönsten Jahren habe ich nur die Hälfte gesehen. Aber mein erster *Rezzu* hat mich zum Mann gemacht. Unsere Feinde hier sind keine Männer. Sie wissen nichts von Ehre. Ihre Gesichter sind verzerrt von der Bemühung, wie ehrbare Männer auszusehen. Sie sehen häßlich dabei aus.«

Seine Stimmung war plötzlich umgeschlagen. Hannon hielt die Augen auf mich gerichtet; zwischen den Falten seines *Schesch* waren sie nur schwarze Schlitze.

»Wir hassen es zu sein, wo andere sind, denn wo andere sind, herrschen Gesetze, die uns nicht gefallen. Wir sind wie Vögel mit einem gebrochenen Flügel. Das ist eine üble Sache: Zum Fliegen brauchen wir zwei Flügel. Sonst schluckt uns der Staub, und unsere Schwerter rosten. Es tut nicht gut, so müde zu sein und unsere Knochen knirschen zu hören.«

»Alter, du redest zuviel«, unterbrach ihn Sakina mit ihrer singenden Stimme. »Es sind nicht mehr so viele Leute da wie am Anfang. Längst nicht mehr so viele. Aber was macht das schon? Unsere Ahnen besaßen die Freiheit als Geburtsrecht. Wir müssen uns anstrengen, um sie neu zu erwerben. Das ist mühsam. Du hast doch gehört, was sie in Tessalit im Radio gesagt haben, wir

seien gefährlich und würden Widerstand leisten? Wir
sollten uns jetzt etwas ganz Dramatisches ausdenken«,
setzte sie hinzu, und alle lachten, am lautesten Hannon.
Aus der Kanne goß Sakina den Tee in die Gläser. Sie
drehte sich anmutig über ihre gekreuzten Beine und
reichte mir das erste der drei Gläser. Ich wollte es nehmen. Doch Elias kam mir zuvor, nahm es Sakina höflich aus der Hand und reichte es mir. Unsere Hände
berührten sich, und wir beide hielten das Glas einige
Sekunden, bevor er die Hand zurückzog und sein ern-
ster, heller Blick sich von mir abwandte. Eine Zeitlang
tranken wir schweigend. Die Männer genossen den Tee,
indem sie nach alter Sitte ihren Schleier mit zwei Fingern leicht nach oben schoben, so daß ihr Mund beim
Trinken unsichtbar blieb. Es war eine Geste vollendeter
Eleganz, wie man sie bei Tänzern bewundern mochte.
Mein Schmerz, der vorhin kurz und heftig in mir auf-
geflackert war, schien verflogen, und ich fragte mich, ob
ich ihn mir nur eingebildet hatte. Der kleine kranke Junge war auf den Knien seiner Mutter eingeschlafen. Alles
war friedlich. Warum bin ich so ruhig, dachte ich,
während ich den süßen schäumenden Tee schlürfte. Die
Menschen hier waren krank, ihre Armut war grenzenlos, und doch spürte ich Hoffnung. Vielleicht hing es
damit zusammen, daß ich bei Elias war, seine feste, warme Schulter spürte. Aber ich spürte noch mehr, eine Art
von Zittern. Und plötzlich wußte ich es ganz deutlich:
Dies hier war meine Heimat, hier gehörte ich hin. Bald
würde ich fortziehen, zurück in die Welt der Sachlich-
keit, des Verstandes. Mir würde es nichts ausmachen,
in jener Welt zu leben. Ich konnte nüchtern sein, mit
Kleinkram arbeiten. Aber jene Welt war für mich bedeu-
tungslos, überflüssig, in gewisser Weise unwirklich. Die
Wirklichkeit war hier. In mir hatte ich ein Geheimnis

bewahrt, das geheimnisvolle Dunkel der Welt, der ich entstammte. Ich kam aus der Wüste; und die Wüste, schillernd wie ein Libellenflügel und bedrohlich wie der Tag des Jüngsten Gerichtes, war überall, wo auch ich war. Die Wüste wuchs in meiner Wahrnehmung, bis jeder Tropfen Blut davon erfüllt war. Vergangenheit, Zukunft, alles war in mir enthalten. Im Jetzt. Ich konnte davon träumen, wann immer ich wollte. So war es.

Etwas später brachte der Junge ein Becken und einen Wasserkrug, damit wir uns die Hände waschen und den Mund spülen konnten. Dann trug er ein Holzgefäß herein, in dem ein Hirsegericht dampfte. Jeder erhielt einen Löffel, den wir in den Hirseberg steckten. Traurig dachte ich, daß das Vieh das einzige Vermögen des Klans darstellte und sie heute ein Tier für uns geopfert hatten. Nach Art der Tuareg verteilte Sakina das Fleisch, indem sie kleine Stückchen mundgerecht in die Höhlung des Löffels warf. Die Hirse war dürftig angerichtet; es gefiel mir nicht, daß Sakina für Elias und für mich die saftigsten und zartesten Fleischstückchen aussuchte; doch wir mußten es annehmen, denn für die Gäste war nur das Beste gut genug. Selbst die Ärmsten gaben das wenige, das sie hatten. Es abzulehnen wäre einer Beleidigung gleichgekommen.

Nach dem Essen, als die Besucher einer nach dem anderen die *Seriba* verließen, setzte Sakina sich zu mir, nahm meine beiden Hände, sprach liebevoll und eindringlich auf mich ein:

»Du kommst aus einem fernen Land, und vieles ist dir fremd. Aber ich weiß, du spürst die Dinge mit dem Herzen. Du bist in einer Zeit gekommen, in der Altes abgeschafft und Neues eingeführt wird. Es ist unser Wunsch, die Vergangenheit vor deinen Augen aufleben zu lassen, bevor sie für immer verschwindet. Früher war es Brauch, wenn Gäste in ein Lager kamen, daß die Reiter ihre Kamele zum Klang der Trommeln tanzen ließen.« Sie drückte meine Hände mit kräftigem Griff. »Es soll wie früher sein. Hannon und ich bestehen darauf. Du wirst es sehen. Morgen.«

31. *Kapitel*

Fliegen, die hartnäckig um mein Gesicht summten, weckten mich. Ich öffnete blinzelnd die Augen. Die Sonne schien hell durch das Schilf. Hannon und Sakina hatten darauf bestanden, daß wir in ihrer *Seriba* schliefen; wir hätten lieber die Nacht in der freien Natur, abseits des Lagers, verbracht, hatten jedoch aus Höflichkeit ihr Angebot angenommen. Wir hatten in einem Sammelsurium aus zerschlissenen Decken, alten Lederkissen und staubigen Teppichen geschlafen. Jetzt richtete ich mich auf und schüttelte mein Haar. Bei Tageslicht wurde das Kümmerliche der Einrichtung in allen Einzelheiten sichtbar. Sand kratzte auf meiner Kopfhaut; die Decke, in der ich eingewickelt gewesen war, hatte unangenehm gerochen.

Während ich die Hand nach meiner Tasche ausstreckte, bewegte sich ein Schatten am Eingang. Ein kleines Mädchen trat herein, schüchtern, vielleicht zehn Jahre alt. Ihr buntes Kleid war ausgefranst und der Ausschnitt zerrissen. Unter ihren Lederamuletten und der billigen Kette aus Glasperlen schimmerte die Haut zimtfarben und zart. Sie balancierte mit äußerster Behutsamkeit eine Plastikschüssel mit etwas sandigem Wasser, die sie auf dem Teppich absetzte. Sie hatte ein herzförmiges Gesicht, dunkle Augen, sprühend vor Neugierde und Energie. Ihr Haar, in winzige Zöpfe geflochten, zeigte am Scheitel ein helles Kastanienbraun. Ich lächelte ihr zu.

»*Tanemered* – Danke.«
Das Mädchen lächelte strahlend zurück. Welche
Zukunft hat sie? dachte ich. Solange der Geist der Wüste
und der Atem der Natur in ihr wohnten, war nicht alle
Hoffnung verloren.
»Wie heißt du?« fragte ich.
»*Tahenkot*«, erwiderte das Mädchen. Von einer plötz-
lichen Scheu befallen, lief sie aus der *Seriba*. *Tahenkot*
– die Gazelle, übersetzte ich mir ihren Namen. Jede Kul-
tur, die ihre Eigenart und Willenskraft einbüßt, verfällt.
Aber die Tuareg würden überleben. Selbst ihre Toten
waren nicht machtlos. Die Toten? Ich lächelte vor mich
hin. In Wirklichkeit gab es keinen Tod. Es gab nur einen
Wechsel der Welten.

Durch den Eingang der *Seriba* sah ich ein Feuer brennen. Das Holz knisterte, und sein Rauch reihte Erinnerungen aneinander wie Perlen einer langen Kette. Einige Männer saßen im Kreis um die Glut. Elias war
aufgestanden, ohne mich zu wecken, und hatte sich zu
ihnen gesellt. Ich nahm die Schüssel, klemmte meinen
Waschbeutel unter den Arm und ging nach draußen.
Ohne daß jemand Notiz von mir nahm, setzte ich mich
abseits, wusch und kämmte mich. Die Felswand leuchtete kupfern in der Morgensonne, die Luft im Tal war
kühl und klar, Vögel sangen in den Büschen. Ich wechselte die Unterwäsche, Socken und T-Shirt. Erst dann
trat ich zu den Nomaden ans Feuer.

Hannon begrüßte mich mit einem wohlwollenden
Kopfnicken. Sein *Schesch* war auf besondere Art über
die Stirn gezogen; bei seinem Anblick mußte ich an einen
dunkelpolierten, mächtigen Baumstamm denken. Als ich
ihn begrüßte, ging in seinen Augen ein Lächeln auf. Er
gab ein Zeichen. Einer der Männer reichte mir einen
Becher Tee und ein Stück *Tagella*. Trotz der Frühe hat-

te Elias seinen *Schesch* sehr sorgfältig geknüpft, ohne jedoch sein Gesicht zu bedecken, während alle anderen nach alter Sitte das Glas unter ihrem Schleier zum Mund führten. Nach einer Weile brach Hannon das Schweigen.

»Ihr sollt heute noch unsere Gäste sein. Einige Familien vom Stamm der Kel Taoudeni lagern unweit von hier. Ich habe ihnen einen Boten geschickt. Die Frauen und Mädchen können singen; einige sind wirklich sehr schön. Du glaubst mir nicht, Elias? Du wirst ja sehen. Und ein paar junge Männer tragen den *Tagelmust*. Bei uns sind alle weg oder zu jung. Und wir haben nicht genug *Mehara*. Aber vielleicht sehe ich nicht gut genug. Vielleicht sind sie da ... und ich sehe sie nicht. Sakina wird sagen, daß ich ein geschwätziger Alter bin. Deshalb will ich nicht mehr viele Worte machen.«

Er hat wirklich Stil, dachte ich. Das schwarze Gewand, die tiefbraun gegerbte Haut unter dem Schleier, seine Unbeweglichkeit, all dies verstärkte den Eindruck von Unerschrockenheit und Stärke, der wie ein dunkles Strahlenfeld von ihm ausging. Doch da begegnete ich seinem Blick. Fassungslos und erschüttert entdeckte ich in seinen gefurchten Augenwinkeln eine feuchte Spur. Ganz langsam schloß er die Lider und hielt sie, nur einen Atemzug lang, fest zusammengepreßt. Dann erhob er sich mit einer einzigen leichten Bewegung. Wie ein ganz junger Mann, dachte ich und folgte ihm mit den Blicken, wie er sich aufrechten Ganges aus dem flackernden Kreis des Feuers entfernte. Ich fühlte mich plötzlich unendlich traurig.

Elias sagte mir, daß die Reiterspiele erst am Nachmittag stattfinden würden. Wir hatten also nichts anderes zu tun, als zu warten. Wir wanderten an den armseligen Hütten vorbei, hörten, wie die Mütter, damit wir ungestört blieben, ihre neugierigen Kinder leise zurückriefen.

»Was Hannon sagt, stimmt«, erklärte mir Elias. »Nur junge Leute, die den Gesichtsschleier tragen, dürfen am *Iljugan* teilnehmen. Aber die meisten haben den Klan verlassen. In den Elendslagern von Agades, Arlit und Tschirozérine finden sich Tausende von jungen Tuareg ein. Sie leben von Almosen, schlafen in Pappkartons. Sie kommen von überall her, sind in den Listen der Arbeitsuchenden eingetragen und belagern die Vermittlungsstellen. Sie werden systematisch abgewiesen.«

Wir wanderten durch das Lager; schmerzvoll nahm ich die verkommenen Hütten wahr, die kümmerlichen Herdfeuer, von dürren Zweigen genährt. Und gleichzeitig bewunderte ich das ruhige Kommen und Gehen der Nomaden, ihre gelassene und gleichzeitig flinke Art, ihre täglichen Arbeiten zu verrichten. Wer allein sein wollte, zog sich zurück, und man ließ ihn in Ruhe. Menschen, die etwas zu besprechen hatten, traten einfach einige Schritte beiseite und unterhielten sich mit leiser Stimme, und keiner versuchte, ihrem Gespräch zu lauschen.

Eine alte Frau, der das zerlumpte Gewand um die staubigen Waden hing, führte Ziegen zur Tränke. Die langhaarigen, erschreckend mageren Tiere sprangen leichtfüßig durchs Geröll, ihre kleinen Hufe trommelten auf die Steine, und ihr Meckern erfüllte die Morgenstille. Eine zweite Hirtin, die gerade eine Ziege molk, winkte uns herbei und bot mir eine Schüssel Milch an. In der Milch schwammen Fliegen. Für diese Menschen gehörte die Milch zu dem Kostbarsten, was sie hatten; noch kostbarer jedoch war ihr Stolz. Ich schob die Fliegen behutsam auf die Seite und trank einen kleinen Schluck. Die Milch schmeckte warm und fettig, aber durchaus angenehm. Als ich Elias die

Schüssel reichte, zuckten seine Lider, als blendete ihn die Sonne. Er zog seinen Schleier herunter und trank ebenfalls, bevor er der Frau mit höflichen Dankesworten das Gefäß zurückgab. Unsere Blicke trafen sich; das Weiße seiner Augen war leicht gerötet. Mit langsamer Bewegung zog er seinen Schleier hoch, verbarg seinen Schmerz.

Wir gingen weiter, kamen an dürren Akazien und an der Wasserstelle vorbei; jenseits des fauligen Tümpels wanderten die Kamele auf der Suche nach Nahrung. Ein Dutzend Tiere, an den Vorderfüßen gefesselt. Zwei Kamelfüllen, weiß, fast aprikosenfarbig, mit ganz fein gelocktem Fell, staken auf zierlichen Beinen neben den Müttern her. Einige Hirten überwachten die Tiere. Es waren schlanke Halbwüchsige, die noch keinen Gesichtsschleier trugen. Die *Gandura* aus dünner Baumwolle wehte um ihre dünnen Körper. Ihre Gesichter waren schmal, ebenmäßig und von eigenartiger Schönheit; eine Schönheit aus fernen Zeiten, so kam es mir vor. Ich konnte ihre Gesichtszüge mit keiner der mir bisher bekannten Menschengruppen in Verbindung bringen. Sie zeigten mir stolz das Brandzeichen, die das Tier als Eigentum der Taitok kennzeichnete, am Vorderbein rechts angebracht. Das rätselhafte Symbol glich einem U und einem I; auch Elias wußte nicht, was dieses Zeichen darstellte.

»Wir leben in einer Welt von Symbolen und Bildern; die meisten sind so alt, daß wir ihre Bedeutung vergessen haben. Und jede Generation von Tuareg erfand neue dazu, so daß sie nicht mehr erklärbar sind.«

»Was für eine Zukunft sollen diese Jungen haben, Elias? Straßenarbeiter? Lastwagenfahrer? Hast du davon irgendeine Vorstellung?«

Ein Blick aus seinen müden Augen traf mich.

»Ich habe die feste Absicht, das zu ändern. Es ist mir schrecklich ernst damit.«

In seiner Seele lebte eine tiefe Anhänglichkeit an die anderen, an das Ganze. Immer klarer wurde mir, wie sehr er sich gegen Ungerechtigkeiten wehrte, dagegen, daß diese Menschen gefährdete Einzelgänger wurden, elend und hilflos zwischen den Zeiten irrend. Er wußte ja, was sie verloren hatten.

»Jetzt sollte man optimistisch sein«, sagte ich.

»Du denkst, ich bin verrückt?«

»Das wäre nicht so schlimm. Dein Fall ist komplizierter.«

»Und zwar?«

»Egal, wie du es anstellst«, brummte ich, »du hast das Zeug zum Märtyrer.«

Er lächelte, wie Tuareg das tun, als ob sie ein Tuch über Wunden ziehen würden, weil sie sich schämen, daß man sie sieht.

»Nichts derart Großartiges«, meinte er.

Mittagshitze lastete über dem Tal; wir zogen uns in die *Seriba* zurück, die Hannon und Sakina uns mit stillschweigender Selbstverständlichkeit überlassen hatten. Der kahlgeschorene Junge brachte uns eine Schüssel mit Hirse, die mit der üblichen roten Pfeffersauce angerichtet war. Fleisch war nicht mehr vorhanden. Elias erklärte mir, daß Sakina uns das Essen schickte, aus Höflichkeit aber das Mahl nicht mit uns teilte.

»Sie wird vermutlich hungern, damit genug für uns da ist«, meinte er. Als wir gegessen hatten, brachte der Junge frisch gespülte Gläser und eine Blechkanne mit heißem Tee. Über der Hütte flimmerte der Himmel wie eine leuchtende Kuppel; das ferne Prasseln des kleinen Feuers, das Flüstern des Schilfes im Durchzug war ein Teil des großen Friedens dieser Mittagszeit. Und ebenso körper- und schwerelos klangen unsere Stimmen, doch unsere Gedanken waren bitter.

»Fast alle, die hier leben, sind krank«, sagte Elias. »Rheuma, Augenkrankheiten, Epilepsie, Tuberkulose. Aber so sind wir eben; die Kränksten von uns sehen aus, als ob sie ewig leben würden.«

Ich erzählte Elias von der Frau mit ihrem mißgestalteten Kind, und daß sie sich vor mir versteckt hatte.

»Du hast sie auch gesehen«, erwiderte er bedrückt. »Und es ist kein Einzelfall, wie ich dir sagte. Die Eltern schämen sich, weil wir ein Volk sind, das Wert auf körperliche Schönheit legt.«

»Eine Hasenscharte kann man operieren, das ist keine große Sache, auch nicht in Algerien«, meinte ich.

Er erwiderte dumpf:

»In In-Guezzam hat die Mutter ihre Kleine zur medizinischen Versorgungsstation gebracht. Da hat sie stundenlang gewartet, bis sie vor Hunger ohnmächtig wurde und sich den Kopf anschlug. Sie blutete, aber gab nicht auf. Saß an der gleichen Stelle. Schließlich kam sie an die Reihe. Der Arzt sah sich die Kleine an und sagte, da sei nichts zu machen.«

Ich legte den Kopf an Elias' Knie. Mir war elend zumute.

»Weil ihn die Mutter nicht bezahlen konnte?«

Er streichelte zärtlich mein Haar.

»Es ist nicht nur die Hasenscharte, siehst du. Das kleine Mädchen wurde ohne Arme geboren.«

Ein Frösteln überlief mich.

»Wird sie überleben, Elias?«

Er seufzte tief auf.

»Ich weiß es nicht. Es wäre besser, sie würde sterben. Aber die Mutter liebt ihr Kind …«

Wir schwiegen. Ich dachte über den Schmerz nach,

und darüber, wie jeder von uns die Vergangenheit sah oder sehen wollte. Die Wand zwischen Heute und Niemehr war hauchdünn und durchsichtig wie Glas. Und manchmal hielt die dahinfließende Zeit plötzlich an; sie schlug zurück, wie eine Spirale, und in dem Kristall der Erinnerungen nahmen Trugbilder Form und Farbe an. Sie kamen ans Licht und verblaßten, sie zogen sich wieder zurück, waren weg und verloren. Das Vergessen kam schnell. Aber wir weinten nicht um die dahingegangene Zeit.

Die Sonne wurde sanfter und die Hitze schwächer, als im Lager Stimmen und Gelächter ertönten. Ich richtete mich verschlafen auf, strich mein wirres Haar aus der Stirn. Elias faltete seinen *Schesch*, zog den Schleier bis unter die Augen. Dann nahm er meine Hand und zog mich hoch.

»Komm!«

Wir schlüpften in unsere Sandalen und traten aus der *Seriba*. Die Stille hatte sich verwandelt; eine Art prickelnde Unruhe lag in der Luft. Die Nomaden standen in Gruppen zusammen, die zerlumpten Kinder liefen zwischen den Erwachsenen herum, hüpften und kreischten vor Freude. Elias streckte den Arm aus.

»Da kommen sie!«

Ich kniff die Augen zusammen. Am straffen, blaugoldenen Horizont erblickte ich eine Art rötlichen, sich langsam ausbreitenden Rauch. Bald wurde eine undeutliche auf und ab schwankende Linie sichtbar. Sie kam näher, nahm feste Formen an. Gebannt blickte ich den Reitern entgegen, die aus dem Hochtal wie aus dem fernen Himmel emporwuchsen. Mein erster Gedanke war: »Wenn ich das doch filmen könnte!« Doch es würde keine Regie geben. Es war meine Geschichte, die dort lebendig wurde, meine Vergangenheit, die sich mit

Schatten und Schemen bevölkerte; sie spulte sich ab wie ein Film, aber nur für mich.

Bald wurden die Reiter in allen Einzelheiten sichtbar. Die Männer, weißgekleidet, trugen blaue und schwarze Kopfbedeckungen, Helm und Krone zugleich. Schwarze Baumwolltücher fielen in Falten auf Brust und Schultern. Die Frauen ritten – meist zu zweit – auf besonders geformten Sätteln. Ihre dunkelblauen und violetten Schleier blähten sich während des Trabes wie Blütenblätter im Wind, ihr Silbergeschmeide funkelte, und die zahllosen Glöckchen am Zaumzeug ihrer Mehara ließen bei jedem Schritt ein helles, rhythmisches Klingeln ertönen.

Meine Kehle wurde eng.

»Wie schön... wie wunderschön!« flüsterte ich bebend. »Dieser Aufwand... wozu nur?«

»Weil sie dir eine Freude machen wollen, und weil es ihnen neue Lebenskraft schenkt. Sie brauchen das jetzt. Sieh nur, da kommt Hannon!«

Ich wandte den Kopf und glaubte zu träumen. Der Mann, der uns in ärmlicher Kleidung willkommen geheißen hatte, erschien jetzt von Kopf bis Fuß in indigoblauen Stoff gehüllt, der in der Sonne metallische Funken warf. Die in weiten Falten geraffte Pluderhose, weiß und rot gestreift, bauschte sich über den Fußknöcheln. Seine Kopfbedeckung war das Erstaunlichste, was ich je gesehen hatte: eine Art hohe Haube aus purpurner Wolle, einer Bischofsmütze ähnlich, mit herabfallenden Quasten und dreieckigen Silberamuletten geschmückt.

»Er trägt eine *Takumbut*, das Wahrzeichen seines Ranges!« hörte ich Elias überrascht sagen. »Ich wußte überhaupt nicht, daß er noch eine besitzt...«

Ich lächelte fast scheu, als Hannon die dunkel geschminkten Augen auf mich richtete. Ich wußte von

Elias, daß sich in der Wüste Männer wie Frauen mit lichtschützendem Antimonschwefel schminken, der mit Hilfe einem kleinen Spachtel dicht am Wimpernrand aufgetragen wird. Keine Trauer mehr war in Hannons Blick, nur Verwegenheit, Kraft und der Stolz eines Königs vergangener Zeiten. Noch nie hatte ich bei einem Menschen eine Haltung gesehen, die mit der seinen vergleichbar gewesen wäre. Ich konnte nicht anders, als ihm sagen, wie schön ich ihn fand. Hannons Augen blitzten. Er lachte aus ganzem Herzen.

»Sakina hat mir gesagt: ›Warum trittst du mir täglich in Lumpen vor Augen? Heute kommen schöne junge Männer ins Lager. Geh und mach dich ansehnlich, oder ich suche mir einen anderen aus.‹«

Ich stimmte in sein Lachen ein, wenn auch halbherzig, denn meine Traurigkeit war nicht ganz zu überdecken; schon der leiseste Gedanke an morgen ließ sie wieder hervorbrechen.

Inzwischen hatten die *Mehara* den Lagerplatz erreicht, ließen sich schnaufend auf die Knie nieder. Die Reiter sprangen zu Boden, um ihren Gefährtinnen aus dem Sattel zu helfen. Einige der Ankömmlinge waren nicht älter als fünfzehn, doch alle trugen bereits den Gesichtsschleier. Buntgeflochtene Wollschnüre waren anstelle der Wehrgehänge über die Brust gespannt. Bei einem Reiter fiel mir ein Dolch auf. Er steckte in einer Scheide, die mit Lederschlingen am nackten Oberarm befestigt war. Ein anderer trug oberhalb des Ellbogens einen auffälligen Reif aus schwarzem Marmor.

»Was ist das für ein Schmuck?« fragte ich Elias.

Er lachte.

»Du wirst es kaum glauben, aber das ist eine Waffe. Man faßt den Gegner mit dem Arm um den Hals und drückte zu. Das geht meist sehr schnell.«

»Eindrucksvoll!« seufzte ich.

Ein junger Reiter, wunderschön anzusehen in seiner blaugestreiften *Gandura*, trug an einem silberbeschlagenen Gürtel ein Langschwert in einer zinnoberroten Scheide. Als er uns entgegentrat, sah ich zwischen den Falten des elegant geschlungenen *Schesch* bernsteinfarbene Augen. Ihr verwegener Ausdruck kam mir vertraut vor. Ich täuschte mich nicht.

»Das ist mein Cousin Kenan«, sagte Elias. »Sein Vater ist der Sohn meiner Tante Lia. Du kennst sie ja. Sie war bei Zara zu Besuch, als du zum ersten Mal bei ihr warst. Wie du siehst, sind wir alle auf die eine oder andere Weise verwandt.«

Ich erinnerte mich an die kleine, unbeholfene Frau mit den verschmitzten Augen und nickte freudig. Elias nannte Kenan meinen Namen; dieser reichte mir seine warme trockene Hand, wobei es ihm kaum gelang, sein Ungestüm im Zaum zu halten. Elias bat ihn, sein Schwert in die Hand zu nehmen. Kenan lachte stolz und zog es mit sirrendem Geräusch aus der Scheide. Die zweischneidige blinkende Klinge hatte einen lederbezogenen Griff aus Messing und war wunderschön verziert. Einige heraldische Symbole waren in die Klinge graviert.

»Was steht da?« fragte ich.

Kenan zwinkerte mit beiden Augen gleichzeitig.

»*Temsi n Takuba*. Aber das darf keiner wissen.«

Seine Heiterkeit war ansteckend. Ich lachte auch.

»Warum? Was bedeutet es?«

Elias antwortete für ihn, wobei er sich die Klinge besah.

»Es bedeutet ›Feuer der Takuba‹. Solche Symbole waren früher geheim. Kannte sie der Gegner, verlor das Schwert seine Kraft. Die Klinge ist wirklich prachtvoll«, setzte er anerkennend hinzu. Kenan hob die Schultern.

»Sie gehörte meinem Vater. Was soll ich damit?«
»Deinem Colonel die Streifen abschneiden.«
Kenan lachte.
»Das bringt neun Monate ohne Bewährung.«
»Du kommst ohnehin in den Knast«, sagte Elias. »So oder so.«
Kenans langbewimperte Augen funkelten träge und amüsiert.
»Ich werde sitzen. Aber in weniger als einem Jahr bin ich wieder draußen.«
»Lohnt sich die Sache?«
»Die Sache lohnt sich«, antwortete Kenan mit Nachdruck, und beide lachten.

Da trat Sakina auf uns zu, schwarz gekleidet, mit einem langen, türkisgrünen Schleier. Sie bewegte sich ungezwungen und schien mit den Füßen kaum den Boden zu berühren. Ich starrte sie fasziniert an. Dem alten Schönheitsideal der Tuareg folgend, hatte sie sich winzige gelbe und weiße Pünktchen auf Nasenwurzel, Kinn und Wangen gemalt. Ihre schwarz geschminkten Augen schimmerten wie Honig. Der hohe Bogen der Brauen, die Wölbung der Wangen, der volle, blau geschminkte Mund schien mir das Schönste, was ich je bei einer Frau gesehen hatte. In ihrer Gegenwart war Kenan plötzlich wie verwandelt, nahezu kleinlaut. Jede Geste, jedes Wort drückte nur noch Ehrerbietung und Bewunderung aus, während Sakina, wie es so ihre Art war, ihn frohgemut zur Zielscheibe ihres Spottes machte.

»Wie führst du das Schwert deiner Väter? Es ist ein Jammer mit euch, früher hatten die Jungen mehr Schneid. Und was stehst du da wie ein hinkender Storch? Mir scheint, jemand hat zu Unrecht eine hohe Meinung von dir. Ob du überhaupt noch reiten kannst?«

Kenans Wangen wurden um eine Spur dunkler. Er lachte wie ein ertappter Halbwüchsiger, wandte sich verlegen ab und schob seinen Gesichtsschleier hoch über die Nasenwurzel.

In der Zwischenzeit waren auf dem ebenen Gelände neben dem Lagerplatz Matten und Decken ausgebreitet worden. Ein Mann brachte eine Trommel aus verwittertem Holz; sie war so groß, daß er Mühe hatte, sie mit beiden Armen zu umspannen.

»Das ist der *Tendi*«, erklärte mir Elias. »Wenn es bei uns heißt, ›wir gehen zum *Tendi*«, bedeutet das, wir gehen zum Fest. Aber echte Trommeln sind selten geworden. Die Frauen benutzen meistens Benzinkanister.«

Für die Älteren waren unter einem Sonnenschutz aus verblichenen roten Ziegenhäuten Teppiche ausgerollt und Kissen herbeigeschafft worden. Ich sah zu, wie Hannon die Gäste empfing, wie Grüße und Gegengrüße getauscht wurden, und sagte zu Sakina:

»Er sieht wundervoll aus!«

Sie lächelte; doch gleichzeitig glitt ein Schatten über ihr Gesicht. Ich sah, wie ihre Augen sich trübten.

»Ja«, sagte sie mit einem Anflug von Trauer. »Mein Alter sieht heute so aus, wie er in einer glücklicheren Zeit aussah. Und es ist mir lieb, ihn noch einmal so zu sehen.«

Während die Reiter das Zaumzeug ihrer Tiere untersuchten und die Sattelgurte enger zogen, setzten sich die jungen Frauen im Kreis um die Trommel. Sie zupften ihre Kleider zurecht, legten die Schleier in anmutige Falten. Elias drückte meine Hand. Seine Augen funkelten übermütig.

»Willst du dich zu ihnen setzen?«

Ich schüttelte lachend den Kopf.

»Ach, Elias! Ich kann weder trommeln noch singen.«
»Das macht nichts.«
Er führte mich zu den Frauen, die sofort zusammenrückten, um mir Platz zu machen. Ich dankte ihnen und ließ mich mit untergeschlagenen Beinen in ihrem Kreis nieder. Ich kam mir etwas unbeholfen vor, Die Frauen betrachteten mich mit einer Mischung aus Neugierde und herzlicher Zuneigung und besprachen unbekümmert untereinander alles, was ihnen an mir auffiel. Eine rieb den Stoff meines T-Shirts zwischen den Fingern, eine andere strich über die Nähte meiner Hose. Natürlich wußten sie, wer ich war, man hatte es ihnen gesagt. Sie bemerkten mein Brustgeschmeide und brachen in überraschte Ausrufe aus. Ich erklärte ihnen, daß ich den *Terout* von Zara hatte.

»Zara ult Akhamuk«, wiederholte ich, »meine Großmutter.«

»Zara, Zara!« wisperten sie erregt, nickten mir ehrfurchtsvoll und bewundernd zu. Mit der Mischung aus Unbefangenheit und Koketterie, die den Tuaregfrauen eigen ist, zogen sie mich in ihren magischen Kreis, daß ich *Tamahaq* sprach – wenn auch nur in vereinfachter Form – entzückte sie. Ihre Haut schimmerte olivenfarbig, goldgetönt oder hell wie Elfenbein. Die Gesichter waren oval; alle hatten sie eine hochgewölbte Stirn, feingeschwungene Nasen mit engen Nasenlöchern, lange, dunkle Wimpern und volle Lippen. Die Frauen trugen Armreifen, Ringe, die üblichen rautenförmigen Anhänger und Ketten aus Karneol. Das Haar hatten sie in Zöpfen geflochten, die Handflächen waren mit Henna gerötet. Die indigogetränkten Stoffe hatten auf Stirn, Wangen und Lippen jene blauen Spuren hinterlassen, die bei den Tuareg als besonders attraktiv gelten. Mir kam der alte Ausdruck ›blaues Blut‹ in den Sinn, und ich fragte mich, ob womöglich ein Zusammenhang bestand. Erst auf den zweiten Blick fiel mir auf, daß ihre Wangen zu hohl, ihre Arme zu mager und leicht verkrümmt waren. Manche husteten; sie waren offensichtlich lungenkrank. Die einseitige Ernährung, Kalkmangel, die eisigen Nächte richteten Schäden an, die ohne frühzeitige Behandlung in chronische Beschwerden ausarteten.

Ich sagte ihnen, wie ich hieß, und bat sie, mir ihren Namen zu nennen. Eine junge Frau mit vollendet ebenmäßigem Gesicht deutete verschmitzt auf sich selbst.

»Torha.«

Ich wiederholte ihren Namen. Sie neigte lächelnd den Kopf, zeigte auf ihre Gefährtinnen. »Mariama. Kella. Hinani. Kijara. Dascha. Belata.«

Die Namen klangen wie Musik; ich sprach sie mehrmals aus, versuchte sie mir einzuprägen. Mir war aufgefallen, daß einige Frauen ihren *Aleschu* – den langen blauen Schleier – entfernt und dünne Baumwollschals locker um ihre Flechten geschlungen hatten. Plötzlich wühlte Torha in ihrem Gewand, brachte ein Tuch zum Vorschein, grün und silberdurchwirkt, das sie mir mit nachdrücklichem Mienenspiel reichte. Ich sollte jetzt mein Haar verhüllen. Ich tat ihr den Gefallen; als ich aber das Tuch unter dem Kinn festknoten wollte, brachen alle Frauen in schallendes Gelächter aus. Sie schüttelten den Kopf, machten verneinende Zeichen. Unter allgemeiner Heiterkeit beugte sich Torha zu mir herüber, löste den Knoten und schlang das Tuch ganz locker um meinen Kopf, wobei sie geschickt die Falten ordnete.

»So ist es gut!«

Die Frauen nickten zufrieden, lachten bedeutungsvoll und riefen mir Neckereien zu, die ich kaum verstand, da sie mit Wortspielen vermischt waren und offenbar einen anzüglichen Doppelsinn hatten. Ich kam mir dabei recht einfältig vor; sie waren viel zu zungenfertig. Immerhin begriff ich, daß dem Tuch eine besondere Bedeutung zukam. Ich mußte plötzlich lachen. Ich, eine erwachsene Frau, saß zwischen ausgelassenen Achtzehnjährigen und spielte ein Spiel, dessen Regeln mir fremd waren. Also gut, dachte ich, warum nicht?

In der Zwischenzeit hatte sich Hinani, eine hochgewachsene Schönheit mit feinem Profil, bequem zurechtgesetzt. Sie steckte ihren lila Schleier im Gürtel fest und benetzte ihre Hände in einem bereitgestellten Wassergefäß. Dann begann sie, in raschem, auf- und abschwellendem Rhythmus die Trommel zu schlagen.

Dumpf und schwingend stiegen die Töne auf; mir war, als würde die Luft zu flimmern, zu zittern beginnen. Die Trommel erwachte, ließ ein Brummen hören. Nachlässig bestimmten Hinanis Hände den Rhythmus; ihre weißen Zähne blitzten. Sie nickte Torha zu, die mit halbgeschlossenen Lippen leise, fast tonlos zu summen begann. Mit wiegendem Oberkörper klatschten die Frauen die Hände im Takt. Torhas Stimme schwoll an; sie war kühl, metallisch, nahezu schneidend. Eine herausfordernde Stimme, begleitet von dem Singsang der Frauen, die jede Strophe der Vorsängerin mit einem stets wiederkehrenden Refrain untermalten.

Der Gruppe der wartenden Reiter entstieg ein kurzer, schriller Ruf, dem Schrei eines Raubvogels ähnlich. Die jungen Leute schwangen sich in den Sattel, berührten mit den Reitgerten die Flanken ihres *Mehara*. Ein Tier nach dem anderen warf seinen Kopf nach hinten, erhob sich mit mächtigem Schwung und trabte auf die Sängerinnen zu. Mit geblähten Nüstern sogen die Kamele die Luft ein, das Zaumzeug klirrte, die Glöckchen klingelten. Ihre Sohlen schweiften im schweren Trab über den Sand, und das erregte Schnauben aus ihren Kehlen mischte sich mit dem Händeklatschen, mit dem steten Pulsschlag der Trommel und den grellen Stimmen der Sängerinnen, die sich in immer höher schwingendem Wechselrhythmus vervielfachten. Ihre schwarzen Flechten schlugen auf Schultern und Hüften, der beschleunigte Atem hob und senkte ihre Brust. Jedes Schmuckstück, jede Kette funkelte, klirrte, bebte im Takt. In Gruppen zu zweien oder zu dreien ließen die Reiter ihre *Mehara* in immer engeren Kreisen um die Sängerinnen traben, die Gleichgültigkeit heuchelten, ihre Gesichter lachend oder verächtlich zur Seite wandten. Die Tiere reckten den Hals wie Vollblutpferde; der Staub wirbelte unter ihren Füßen auf, während sich ihre gelenkigen Beine im Takt aller Stimmen dehnten und streckten. Sie hoben die Knie bis zur Brust, machten bei jedem Schritt eines Vorderbeins zwei Schritte mit den Hinterbeinen. Hitzeschleier stiegen empor – die schräge Sonne leuchtete kupfern; jedes Tier warf einen langen Schatten.

Hoch aufgerichtet im Sattel, beherrschten die Reiter ihre Mehara mit Anmut, Gewandtheit und Kraft. Ihre Festgewänder, türkisblau, blütenweiß oder pechschwarz, flatterten wie Schwingen. Die Sonne spiegelte sich auf den Kupferverzierungen und Glöckchen, die purpurnen Fransen der großen Satteltaschen flatterten im Wind. Und so ging das Spiel weiter und wurde immer wilder. Enger, noch enger schloß sich der Kreis der Reiter; bald drängten sich die Tiere fast Brust an Brust, ihre Flanken rieben aneinander. Die Hälse mit den hochmütig aufragenden Köpfen zuckten schlangengleich hoch und nieder. Es waren die Frauen, die den Gesang bestimmten, den Rhythmus führten; und die Reiter unterwarfen sich ihrer Macht, unterlagen einer Harmonie, die keiner mehr hörte, sondern mit dem Körper wahrnahm. Sie kam aus dem tiefen Fieber des Blutes, der Herausforderung des Schicksals, der Raserei von Liebe und Kampf, dem Hochgefühl des Lebendigseins. Und auch ich wurde hineingezogen, mitgerissen in das konvulsive Stampfen der Reiter, war durch die Vermittlung der Sängerinnen derselben Ekstase ausgeliefert. Das Trommelfell zitterte; die Hände führten ihren eigenen Tanz auf, ihr eigenes Spiel. Ich erfaßte den Rhythmus bald; jeder Schlag, jeder Klang war eine Behexung, stark und zwingend wie ein Liebesrausch, ein hypnotisches Entzücken, ein pulsierender Traum, so alt wie die Erde und lebendiger als das wache Dasein. Bar jeden Willens, jeden Gedankens, trieb ich einem Strudel von Farben, Klängen und Gerüchen einer magischen Zeit entgegen. Die verschleierten Antlitze wurden zu geheimnisvollen Masken aus Erz und Gold, die Reiter verwandelten sich in Riesen, halb Menschen, halb Götter, die auf den Rücken von Fabelwesen durch schimmernde Lichtfelder schwebten. Dann und wann warf eine der Frauen den Kopf zurück, ließ die Zunge am oberen Gaumen vibrieren, wobei sie ein langgezogenes Trillern erzeugte. Und gleichsam als Antwort stießen die Reiter aus tiefster Kehle ihre eigentümlichen Vogelrufe aus. Unter den schlanken Händen der Musikerinnen lebte und atmete die Trommel, klopfte wie ein erregtes Herz. Der uralte Rhythmus, der aus ihr sang, war der Rhythmus der Wüste, und ich trug ihn in meinem Blut.

Auf einmal drängte einer der Reiter sein *Mehari* ganz nahe an Hinani heran. In vollem Trab beugte er sich weit aus dem Sattel, streckte den Arm aus und entriß ihr das locker um die Haare geschlungene lila Musselintuch. An seiner blauweißen *Gandura*, an seinem Langschwert erkannte ich Kenan. Die Frauen lachten, steckten die Köpfe zusammen und tuschelten erregt, während sich Hinani in gespieltem Zorn die Haare glattstrich. Inzwischen führte Kenan eine Volte aus, löste sich aus dem Kreis der Reiter und jagte über den Sand, wobei er den Schleier unter den Zurufen seiner Gefährten triumphierend schwenkte. Noch während ich das Schauspiel beobachtete, fühlte ich, wie eine Hand mein eigenes Tuch ergriff und es mir vom Kopf zog. Zu spät hob ich reflexartig beide Hände: Das Tuch war weg! Die Frauen schrien vor Vergnügen, schlugen sich gegenseitig auf die Schultern und schnappten atemlos vor Lachen nach Luft. Ich drehte mich nach allen Seiten, um den Reiter zu entdecken, der mir den Schal entrissen hatte. Ich erkannte ihn nicht sogleich, denn er trug ein schwarzes Zierband, mit einem silbernen Amulett befestigt, um den weißen *Schesch*. Doch dann wußte ich, wer er war, und stimmte rückhaltlos in das Gelächter ein. Taub für die Scherzworte, die mir die Frauen nun von allen Seiten zuwarfen, konnte ich nur Elias nachblicken, der im goldenen Gegenlicht das Tuch wie eine Siegesfahne über dem Kopf schwang und seinen galoppierenden Falben in weitem Kreis herumjagte.

Die sinkende Sonne loderte wie ein Flammenbusch – wild, grell, rot. Der *Iljugan* war beendet. Der Staub legte sich; Schatten erfüllten die Dünen. Die Reiter ließen ihre Kamele in den Sand knien oder versammelten sich bereits in kleinen Gruppen. Die Trommel schwieg; man hatte den Sängerinnen Milch gebracht. Schon brannten auf dem Lagerplatz die ersten Feuer. Sakina und Hannon saßen mit einigen Älteren noch immer an der Stelle unter dem Sonnenschutz, und ich fragte mich voller Wehmut, welche Bilder aus der Vergangenheit wohl in ihnen aufsteigen mochten.

In einiger Entfernung aber ging das Schauspiel weiter. Die Hirtenfrauen hatten sich in einer Reihe aufgestellt und klatschten mit den Händen im Takt, während ihre

Männer mit zuckenden Hüften im stampfenden Rhythmus tanzten. Sie drehten sich nach rechts, nach links, setzten ihre Füße in raschen, unbestimmten Schrittwechseln. Schwere, rauhe Töne, eine Art unausgesetztes Schreien, drang aus ihrer Kehle. Sie tanzten jeder für sich, ohne Regel oder Zwang, und doch war in den scheinbar zügellosen Bewegungen eine undefinierbare Einheit zu spüren, ein schwingender Zusammenklang. Was bedeutete dieser Tanz? Ich verstand – und ich verstand auch nicht. Früher, als Kind, hatte mir Olivia ein Kaleidoskop geschenkt. Eine Pappröhre, die an einem Ende mit bunten Steinen gefüllt war und die, wenn man sie auf die eine oder andere Seite schüttelte, faszinierende Muster zeigte. Jetzt fiel mir das alte Spiel wieder ein. Ich blickte in ein Kaleidoskop, sah Farben und Muster miteinander verbunden: geheimnisvolle Bilder, die ich nicht zu enträtseln vermochte. Noch nicht.

Inzwischen schlenderten die jungen Leute zu den Sängerinnen, setzten sich zu ihnen auf die Matte. Sie flüsterten miteinander, lachten unbefangen und vertraut. Einige Männer hatten sich lang ausgestreckt, das Gesicht an die Schulter ihrer Gefährtin gelehnt. Sie hoben das verschleierte Antlitz zu ihnen empor, um den Blick ihrer Augen aus nächster Nähe zu erhaschen. Ich bemerkte, daß Kenan sich dicht neben Hinani hingekauert hatte. Sie unterhielten sich leise. Kenan hatte Hinanis Schal in die Brusttasche seiner *Gandura* gesteckt und wies beim Sprechen wiederholt darauf, während Hinani ihren gekränkten Ausdruck bewahrte. Schließlich streckte sie die Hand aus, ergriff einen Zipfel des Schals und zog ihn mit leichtem Ruck an sich, während plötzlich ein Lächeln ihre vollkommenen Zähne entblößte. Eine Weile spielte sie mit dem Tuch, wie um den Körpergeruch des jungen Mannes einzuatmen, der noch in dem Stoff haftete. Plötzlich erhoben sich beide; ich sah ihnen nach, wie sie sich ohne Hast entfernten. Hinani hatte ihren *Aleschu* tief über ihre Stirn gezogen; ihr Schlüsselbund funkelte auf der Hüfte. Kenan ging lautlos einen halben Schritt hinter ihr her. Verträumt schloß ich die Augen; im selben Moment hörte ich ein leises Geräusch, ein Stoffrascheln, und als ich die Lider hob, saß Elias dicht neben mir. Im Halbdunkel waren seine Augen nur ein leuchtender Spalt, und ich hörte ihn atmen.

Eine Zeitlang blieben wir stumm und bewegten uns nicht, ganz erfüllt von dem Gefühl, einander nahe und vertraut zu spüren. Dann legte ich die Hand auf den *Tendi,* schlug leise auf das Trommelfell. In Elias' Augenwinkeln zeigten sich Fältchen. Er nahm meine Hand, gab den Rhythmus an, indem er mit sanftem Druck meine Finger führte. Eine Weile schlugen wir abwechselnd die Trommel und spürten verzaubert, wie unter unseren Händen die Töne pulsierend vibrierten.

»Das ist die Spielregel«, sagte Elias. »Beim *Iljugan* gilt es, den Schleier einer Frau zu erbeuten. Will die Frau das Pfand zurückhaben, schuldet sie dem Mann eine Liebesnacht.«

Ich strich mein zerzaustes Haar aus der Stirn.

»Und wie läßt sie ihn abblitzen?«

Er warf den Kopf zurück und lachte.

»Ganz einfach, indem sie ihr Tuch gut festknotet.«

»Das hat mir keine gesagt.«

»Nein?«

Elias Lachen verschwand. Er seufzte.

»Kenans Stellungsbefehl ist gekommen. Er soll in zwei Tagen einrücken. Aber er wollte den *Iljugan* nicht verpassen. Jetzt wird man ihm eine gesalzene Strafe aufbrummen.«

470

»Kommt er tatsächlich ins Gefängnis?«

»Schätze, ja. So sind wir Tuareg eben. Eine Frau ist uns wichtiger als das Militär. Warum sollen wir im Staub kriechen für Leute, die uns Arabisch aufzwingen und im Norden ihre Perversionen an der Bevölkerung auslassen?«

Der Abendhimmel leuchtete nicht mehr rot, sondern war nun von einem Opalschimmer überzogen, und als ich aufs neue zur Sonne hinschaute, hatte sich der Flammenkreis in eine purpurne Kugel verwandelt. Wie ein Traumbild schwebte sie genau dort, wo Himmel und Hochtal sich trafen. Elias legte sein Gesicht an meine Schulter, fuhr mit der Zungenspitze über meinen Hals, die Schlagader entlang.

»Nun?« flüsterte er. »Willst du deinen Schal wieder?«

»Gib ihn her!« wisperte ich rauh. »Er gehört ja Torha.«

Er zog mich an sich, hob mich mit einer Armbewegung hoch und stand im selben Augenblick auf den Füßen. Eng umschlungen wanderten wir durch die Dämmerung. Plötzlich blieb Elias stehen und streckte den Arm aus.

»Sieh nur!«

Ein silberner Streifen erschien am Rande der Felswand, blitzte auf wie ein Edelstein und überzog den Himmel mit schimmerndem Leuchten. Immer heller und breiter entfaltete sich die weiße Aura – der Vollmond wurde langsam aus der Finsternis geboren, stieg in geisterhaftem Glanz am Himmel empor. Und für einen magischen Augenblick unterbrachen beide Gestirne ihren Lauf. Sie hatten den gleichen Umfang, die gleiche Größe, doch das Gleichgewicht währte nur einen Augenblick lang; die rote Kugel schrumpfte zusammen, wurde klein, noch kleiner, ließ sich fiebrig in dunkle Tiefen gleiten, während der Mond von seinem Reich Besitz nahm.

»Sonne und Mond«, flüsterte Elias heiser. »Sie sehen sich, aber sie kommen nicht zusammen. Zwischen ihnen liegt auf ewig die Weite des Himmels ...«

Ich drückte seine Hand.

»Zwischen uns nicht, Elias.«

»Nein. Wir kennen die Brücken.«

In einiger Entfernung hoben sich Felsen schwarz vom Nachthimmel ab. Dorthin führte mich Elias, strich mit der Reitgerte über den Sand, die übliche Geste der Vorsicht. Dann nahm er seinen Umhang von den Schultern und breitete ihn auf dem Boden aus. Mit der gewohnten Geste, die ich so an ihm liebte, umschloß er mit beiden Händen meine Taille und kauerte sich mit einem einzigen Schwung mit mir nieder. Ich knotete meine Turnschuhe auf, streifte die Socken von meinen Füßen. Dann strich ich den Stoff aus Elias' Stirn, befreite ihn von seinem *Schesch*. Er lächelte, schüttelte sein Haar, bewegte leicht den Kopf hin und her. Das kräftige Haar fiel über mein Gesicht. Als ich hineingriff, füllte es beide Hände.

»Wir wissen, welche Möglichkeiten wir haben«, sagte ich. »Wir sind Spezialisten.«

Er knabberte sanft an meinen Fingerspitzen.

»Das glaub' ich auch. Auf irgendeinem seltsamen Weg hat uns das Leben zusammengeführt.«

»Wir sind beide von derselben Art, das ist alles. Wir sind die Gewinner dabei. Deshalb werde ich immer zurückkommen. Ich werde mir mein Leben so einrichten, daß ich das kann.«

Er schlang beide Arme um mich, preßte sein Gesicht an meines, zog langsam und innig meinen Atem ein.

»Wir halten die Liebe für sehr wichtig«, sagte er kehlig. »Ich bin zwischen deinen Händen.«

»Sei ruhig, ich werde dich schon vor Schaden bewahren.«

»Ich werde nicht im Knast sitzen, wenn du kommst.«

»Genau das meine ich. Reiß dich zusammen, verdammt! Sonst kann ich mit der Zukunft nichts anfangen.«

Er öffnete die Lippen; ich ließ meine Zunge in seinen Mund wandern. Seine Lippen hielten meine Zunge fest, saugten an ihr, als wollte er mich ganz in sich aufnehmen. Unser Atem vermischte sich, das Hämmern unserer Herzen wurde zu einem einzigen, heftigen Zittern. Ganz langsam zog er mich aus, schob Hose und Slip über die Schenkel. Zwischen meinen Brüsten funkelte der *Terout,* noch warm von meiner Haut, und der Mond sah in ihm sein Angesicht. Ich half Elias, sein Gewand über den Kopf zu ziehen. Meine Hände strichen an seinen Armen herunter; er führte meine Finger zu seiner Gürtelschnalle. Ich öffnete den Verschluß, schob die leichte Baumwolle über seine nackten Hüften. Er flüsterte:

»Du kannst mit mir machen, was du willst, was dir nur einfällt …«

Ich sagte:

»Ich möchte dich immer in mir haben.«

»Ich werde immer in dir leben. Ich werde mit dir sterben.«

Unsere Bewegungen wurden träge, fast schläfrig, während unsere Muskeln sich im Begehren unserer Körper spannten. Als er in mich hineinglitt, schlang ich beide Beine um ihn, um ihn so nahe wie möglich an mich heranzuziehen. Ich umklammerte seine Schultern, zog im Innersten meines Leibes die Muskeln so fest zusammen, daß es schmerzte. Er bewegte sich in mir, warm und hart, mit den Augen des Geistes sah ich ein Leuch-

473

ten in meinem Fleisch. Was war es nur? Eine jedesmal
andere und jedesmal größere Lust. Es war, als ob unsere Herzen, unser Puls im gleichen Rhythmus klopften,
wie zuvor unsere Hände auf der Trommel. Ich kann
nicht mehr, ich kann nicht mehr, dachte ich. Ich liebte
ihn wie mein eigenes Leben, aber ich hatte Angst. Er
lebte intensiver als viele, die nie einen Traum gehabt, die
nie erfahren hatten, wofür sie lebten. Ich nahm seinen
Nacken in beide Hände, liebkoste seine Schultern, seine starken Lenden, seinen Rücken. Unendlich langsam,
unendlich zärtlich spürten meine Finger jeden Muskel,
zeichneten eine Landschaft aus Licht und Schatten, die
geliebte Heimat meiner Seele. Ich spürte den salzigen
Geschmack im Mund, den Geschmack eines Schmerzes,
wie ihn heftiger eine Frau nicht empfinden kann. Mir
schauderte vor diesem Schmerz. Ich schloß die Beine,
krampfte mich zusammen. Ich liebte ihn so sehr, so unerträglich maß- und grenzenlos, daß ich kaum Worte fand,
wie ich es hätte ausdrücken können. Und so umfaßte
ich seinen Kopf mit beiden Händen, sprach fast lautlos
zwischen seinen Lippen. Aber es war ein Befehl, und er
verstand es nicht anders.

»Hörst du, Elias. Ich will dich nicht verlieren, weil du
leichtsinnig bist.«

Und mit leiser Stimme, doch ebenso fest, antwortete
Elias:

»Du hast mein Wort. Ich werde dich nicht enttäuschen.«

32. Kapitel

Farblos flimmerte die Hochebene, über den Sandmulden glitzerte die Luft wie eine phantastische Lagune. Überall Schweigen, Gluthitze; als einzige Geräusche nur das Schleifen der schreitenden *Mehara*. Auf den Sandfeldern das leise Knirschen der karminroten Sättel. Als endloses Band schlängelte sich die Piste zwischen Felsen hindurch, folgte der Bodenbeschaffenheit. Es war kein Weg, kein Pfad, nur eine Spur, welche die Füße der seit Jahrhunderten vorbeiziehenden Kamele hinterlassen hatten. Hier hatte sich das Leben der Wüstenbewohner entwickelt, ohne Utopien, vom Chaos der Jahrhunderte nahezu unberührt. Ihre scharfen Sinne orientierten sich an unbestimmten, nur ihnen bekannten Zeichen: Steine, Windgeräusche, Lichtwellen, Sternbilder. Die Enden der Welt waren keine Punkte auf der Landkarte; die Enden der Welt waren Räume. Aber die Zeiten ändern sich. Heute bezeichnen Asphaltstraßen die Enden der Welt, ziehen schwarz und schnurgerade von den Küsten Algeriens hinunter bis nach Kapstadt. Die Nomaden gewöhnten sich nur langsam daran. Sie waren noch nicht reif, eine neue Welt zu ertragen.

Am Fuß einer Geröllhalde, hoch über dem Tal, blickten wir zu den niedrigen Betonbauten jenseits der Straße hinüber. Wir hatten dort haltgemacht wie Vögel, die sich auf ihrem Flug zufällig niederließen. Das ferne Gelände war vergittert. Überall Stacheldraht. Vor einer Schranke stauten sich Lastwagen und Busse, die, aus Norden

475

und Süden kommend, ihre Reise hier unterbrechen mußten. Die Fahrer bildeten eine Schlange, die sich langsam
ins amtliche Zollgebäude vorschob. Der Wind wallte
heiß in der Luft, und das Summen der schweren Reifen
wurde periodisch von einem nervösen Rattern und
Dröhnen überlagert. Arbeiter erneuerten den Straßenbelag. Sie bewegten sich wie Schemen, ihre zerlumpten
Kleider waren ebenso weiß gepudert wie die Landschaft.
Schwarze Rauchwolken quollen aus einer Teermaschi-
ne. Bewaffnetes Militär stand herum, die Brust mit
Patronengürteln gepanzert. Über dem Gelände lag
kochende Hitze, ein dunstiger, gelbblauer Himmel – eine
unendliche Trostlosigkeit.

»Der Grenzposten«, sagte Elias. »Sie haben Feldste-
cher, aber wir sind im Gegenlicht. Sie sehen uns nicht.«

Auf meiner Sonnenbrille klebte Staub; ich putzte sie
an meinem *Schesch*, der über dem T-Shirt hing, wieder
blank.

»Was nun?«

»Da unten sitzen Kerle, die nach Hühnerhof riechen«,
sagte Elias hart. »Ich habe keinen gültigen Paß. Und ich
habe auch nicht die richtige Demutshaltung.«

Ich sagte:

»Mach keine Dummheiten.«

»Das könnte ich wirklich.«

Unsere Blicke trafen sich. Ich dachte, ein falsches Wort
nur, und diese kleinen Arschlöcher da unten schmettern
ihm den Gewehrkolben zwischen die Zähne. Im heutigen Afrika war Stolz ein Verbrechen. Trotz der Hitze
fuhr mir eine ganz neue Angst durch Mark und Bein,
feucht und kalt.

»Elias, sei nicht leichtsinnig.«

»Keine Angst, ich habe den Dreh schon raus«, sagte
er.

»Da fällt mir ein Stein vom Herzen. Und was nun?«
Elias' Hand hob sich, und mit ihr der wie ein weißer
Flügel schwebende Ärmel.

»Die Grenze endet da draußen im Gebirge. Sie ist
ebenso imaginär wie der Wendekreis des Krebses. Nichts
Greifbares; eine mathematische Spekulation, für die
man zehn Jahre brauchte, bis man sie mit einem Lineal
über die Landkarte gezogen hat. Ich weiß einen Weg,
der führt weit von dort weg. Aber ich kann ihn auch im
Dunkeln finden.«

»Ich merke, daß wir Glück haben«, sagte ich.

»Wir werden es brauchen. Dieser Weg wird auch von
Schmugglern benutzt. Die Armee verfolgt sie mit Hub-
schraubern.«

»Scheiße«, seufzte ich, »das allerletzte, was wir hier
brauchen, ist Technologie.«

Der Adrar der Iforas scherte sich nicht um Grenzen,
lief ebenso weit nach Norden wie nach Süden aus. Die
Berglinien stiegen auf und ab, erstarrte Basaltkuppen,
die ihre versteinerte Lava trugen wie Kronen aus schwarzem Schaum. Im Tal zogen sich vertrocknete Wasserläufe, überschnitten sich, dunkelroten Sternkorallen
gleich. Ich folgte Elias, der gelassen und zielsicher über
die Bergpfade ritt, folgte ihm wie in einem Zeitlupen-
film. Er gab mir ein ruhiges, sicheres Gefühl. Wir ritten
in dem feinen, scharfen Wind immer weiter hinauf,
stumm im Angesicht der Felsen, die auf einer Seite
anstiegen und auf der anderen schroff abfielen. Bald
glühte das Gestein in Rosenrot, während die Ebene
schon im Schatten lag. Etwas nahm Gestalt in mir an;
ein Ereignis stand mir bevor, das mich in ganz neue Bah-
nen werfen würde. Mir war zumute wie ein Vogel in der
Luft. Ich fühlte mich merkwürdig beschwingt, aller Sorgen ledig. Und wie ein Vogel, der im Wind kreist und

hin und wieder mit den Flügeln auf der Luft spielt, so spielte ich mit meinen Empfindungen, als Elias unvermittelt den Kopf hob und ich schlagartig in die Wirklichkeit zurückfand. Noch während ich ihn verblüfft anstarrte, hatte er sich schon aus dem Sattel geschwungen und lief auf mich zu.

»Schnell!«

Er half mir beim Absteigen, hielt mich fest, damit ich nicht abrutschte, und wies auf eine Rinne zwischen zwei Felsrücken. Dann packte er beide Kamele am Zügel, führte sie in den Schatten. Im selben Augenblick vernahm ich das weit entfernte Knattern. Elias zog mit ein paar scharfen Zischlauten an den Zügeln. Schwerfällig und widerwillig, wie sie es immer taten, ließen sich beide Kamele auf die Knie fallen. Das Geräusch nahm zu. Atemlos lauschend preßten wir uns an die Felswand. Von Osten sich nahend, verstärkte sich das Dröhnen. An seiner Gleichförmigkeit erkannten wir, daß der Hubschrauber einen geraden Kurs verfolgte. Von unserem erhöhten Punkt aus sahen wir die Rotoren im Sonnenlicht blitzen. Bald wurde der Schall so laut, daß ich befürchtete, die Kamele würden scheuen. Doch sie reckten nur die Nase in den Wind und ließen die Ohren spielen. Ihre seltsamen, glasigen Augen blickten starr. Der Lärm steigerte sich; wir standen schweigend, das Gesicht zum Himmel gerichtet. Elias' Arm umfaßte meine Schulter. Über uns schwebte der Hubschrauber als blitzendes Lichtrad in der Luft, ein grünschwarzes, gescheckes monströses Insekt, das jetzt eine leichte Kurve zog. Sein Schatten glitt über die Bergkuppen. Er wurde kleiner und kleiner, das pfeifende Dröhnen entfernte sich. In der einkehrenden Stille sagte Elias:

»Das war knapp.«

Ich atmete flach. Mein Herz schlug an die Rippen.

»Ohne Frage, wir hatten Glück. Was hältst du davon? Haben die jetzt Feierabend oder drehen sie noch eine Runde?«

»Wenn die mal wirklich etwas vorhaben, dann haben sie mehr Metall in den Knochen als ein Bronzeaffe im Hintern.«

»Was sollen wir tun?«

»Hierbleiben. Und morgen früh reiten, bevor es hell wird.«

»Ich bleibe gerne hier«, sagte ich. »Zufällig kann ich diese Maschinen genausowenig leiden wie du.«

Die Sonne sank, der Himmel wurde gläsern rot. Der Mond tauchte auf, schmaler und blasser als am gestrigen Abend. Das Gebirge hüllte sich in Schatten, schlagartig wurde die Luft eiskalt. Wir nahmen den Kamelen den Sattel ab. Holz war nicht vorhanden; wir mußten auf ein Feuer verzichten. Die *Mehara* schwitzten, kühlten erst langsam ab. Bald wurde der Himmel lebendig: Das Licht der Sterne fiel in die Schluchten, wie in alte, verlassene Gräber.

Wir lagen engumschlungen im Schlafsack; es geschah nichts, was unsere Augen hätte zerstreuen können. Über uns strahlte der Himmel mit tausend unbekannten Galaxien; es war, als hörten wir ihren Gesang, ein unbestimmtes Sirren. Es klang wie ein fernes Uiiiiiiii, ganz merkwürdig. Dann und wann antwortete ihm ein heller, vereinzelter Knall; vielleicht platzte ein Stein. Die Wüste atmete. Nur noch einige Stunden trennten mich jetzt von Amenena. Und in dieser Nacht erzählte mir Elias die Geschichte von dem Mann mit dem Eulenkopf.

33. Kapitel

Wieder verging ein Tag; und wieder wurde es Abend. Wir überquerten die imaginäre Grenzlinie und sahen auf der anderen Seite die gleichen Hügel, die gleichen Steine, die gleichen verdorrten Akazien. Die Sahara war ein Land, das stillzustehen schien in der Hitze – und gleichzeitig ein Land des ständigen Aufbruchs und der ewigen Wandlung. Mein ganzes Leben löste sich darin auf. Auch ich trug ein Land in mir, das im Aufbruch war, wie die Wüste, und ebenso unberechenbar. Bald würde ich mein geheimes Leben betreten; jetzt galt es nur, der Stunde zu harren: der Stunde Amenenas.

Allmählich wendete die Piste sich südwärts. Hier wehte fast kein Wind mehr, der Sand schickte keine Staubwolken hoch. Aus dem heißen weiten Himmel und der heißen gelben Erde drang etwas Neues, etwas Unverbrauchtes. Dünen zogen in der Ferne ihre Kreise, und an einigen Stellen wuchsen Büsche. Bisweilen sahen wir in der Ferne Nomaden; nach den Jahren der Dürre war das Leder selten geworden, und sie lebten in Mattenzelten. Doch wir hielten uns nicht auf. Gegen Abend verflog der Hitzedunst. Ohne sich bereits zu zeigen, kündigte sich die Dämmerung an; die orangerote Sonne schien ihren Lauf zu unterbrechen, bevor sie alle ihre Formen den dunklen Flügeln des Abends überließ. Ich hätte nicht abschätzen können, wie lange wir durch das sinkende Licht geritten waren, als Elias plötzlich den Arm ausstreckte.

»Siehst du das Feuer?«

Ich blinzelte und entdeckte in der Ferne mit einiger Mühe einen stecknadelgroßen, rötlichen Punkt. Eine leichte Gänsehaut lief mir über Hals und Arme.

»Amenena?« fragte ich.

Er nickte.

»Wir sind gleich da.«

Mehr sagte er nicht, und ich spürte mein Herz klopfen. Wir ritten über einen Felshang, der leicht abfallend in ein Hochtal mündete. Abgesehen von dem Pfad, auf dem wir gekommen waren, konnte ich keinen anderen Weg entdecken, und doch mußte es einen geben. Das weitschwingende Tal war von Höhenzügen umschlossen, die das Abendlicht karminrot färbte. Eine verwunschene Landschaft, bebend im Zittern der Abendhitze, nahe dem verlorenen Paradies.

Wir ritten auf das Feuer zu, das sich wie eine kleine rote Blüte in der Dämmerung entfaltete. Erst als wir näher kamen, erblickte ich am Fuß einer kleinen Anhöhe einen merkwürdig geformten, schwarzroten Fleck: ein Lederzelt.

Schon lief über eine flache Kuppe eine Frau auf uns zu, so leicht wie ein Reh, als wären ihre Sohlen gehärtet, wobei ihr Schatten ihr vorauseilte. Ich hörte Elias lachen.

»Das ist Kenza. Sie hört jedes Geräusch und sieht im Dunkeln wie eine Fledermaus.«

Ich hätte der Frau kein Alter geben können. Sie hatte jugendliche, geschmeidige Bewegungen, und der kräftige Körper war mädchenhaft. Das Gesicht war ausdrucksvoll, die Wangenknochen waren hoch und die Augen von fast mongolischem Schnitt. Ich fand, daß sie gut aussah. Um besser laufen zu können, hatte sie Schleier und Gewand in ihren Gürtel gesteckt. Einige Lederamulette und eine Kette aus Gewürznelken baumelten um ihren kräftigen Hals. Ihre Augen und ihre Zähne leuchteten im Helldunkel, als sie atemlos zu uns emporblickte. Wir hielten die Kamele an und stiegen aus dem Sattel. Kenza begrüßte uns lebhaft, mit unbefangener Herzlichkeit. Meine Finger berührten ihre gewölbte, schwielige Handfläche; die Hand einer Frau, die harte Arbeit gewohnt war. Sie bestürmte mich mit Fragen, eine hastige Frage nach der anderen. Dabei gaben ihre Augen ihrem mahagonifarbenen Gesicht eine ganz ungewöhnliche Beweglichkeit.

»War die Reise gut?«

»Ja, danke.«

»Bist du müde?«

»Ein wenig.«

»Bist du hungrig?«

»Nein, eigentlich nicht.«

Sie musterte mich vom Kopf bis zu den Schuhen und lachte plötzlich.

»Wie kannst du so gut *Tamahaq* sprechen. Amenena hatte es mir gesagt, daß du es kannst. Ich konnte es einfach nicht glauben.«

»Weißt du, ich habe als Kind *Tamahaq* gesprochen.«

»Das wird es wohl sein. Aber es ist doch irgendwie komisch. Komm schon! Du mußt dich ausruhen.«

Unvermittelt streckte sie die Hand aus, berührte mein Haar. Der nackte Arm war straff, die Muskeln so kräftig wie die einer Athletin.

»Du hast Haar wie Silber. Ich mag es.«

Sie ließ mir keine Zeit, eine Antwort zu finden. Erschrocken über ihre eigene Kühnheit wirbelte sie herum und stürzte leichtfüßig davon, ihren Schleier über den lachenden Mund gezogen.

Inzwischen fesselte Elias die Kamele, nahm ihnen Sat-

telzeug und Taschen ab. Wir klopften uns den Sand von
den Kleidern. Elias wickelte seinen *Schesch* neu, zog den
Schleier straff und berührte meine Hand.

»Gehen wir.«

Kenza hatte das Feuer geschürt, das hell vor dem Eingang brannte. Neben dem Zelt trippelten schemenhaft
einige Ziegen. Ihr Meckern mischte sich in das Geräusch
des Abendwindes, der mit einem salzigen Geruch über
das Tal strich. Der Mittelpunkt der Landschaft aber war
das Zelt, eingenistet in den Sand wie ein großer, purpurner Vogel. Olivia hatte mir erzählt, daß die Tuareg
früher in sehr hohen Zelten lebten. Bisher hatte ich nur
niedrige Zelte gesehen, so daß selbst kleinwüchsige
Menschen – zu denen die Tuareg nicht gehörten – sich
in solchen Zelten nur gebückt aufhalten konnten. Doch
dieses Zelt war größer, als ich es mir je hätte erträumen
können. Nicht nur, daß man darin aufrecht stehen konnte, es überragte weit die dunkle Gestalt, die säulengleich
vor dem Eingang stand. Mein Atem stockte. Niemals
hatte ich eine ähnliche Verzauberung empfunden wie
jene, von der ich jetzt in diesem abgelegenen Tal umfangen wurde. Wie gebannt ging ich auf die Frau zu, die
mich im Flammenschein erwartete. Sie war es, Amenena. Als ich zu ihr trat, bewegte sie sich leicht. Ich hörte ihren Schlüsselbund klirren. Das Feuer beleuchtete ihr
Gesicht, und ich sah sie deutlich.

Wie die meisten Tuaregfrauen war sie schlank, und
ihre Gestalt glich einer Palme. Sie hatte ein kupferfar-
benes Gesicht, fast völlig oval, in das der Mund geschnitten war wie eine Frucht. Nase und Kinn waren gerade
und wie gemeißelt. Ihre großen Augen, in denen sich
Funken spiegelten, zeigten um die Iris das Weiß glän-
zenden Porzellans. Die langen Brauen trafen sich fast
auf der Nasenwurzel und liefen in Spitzen aus. Es war

483

ein Gesicht aus einem Mythos, einfach und klar wie das einer Göttin auf einer alten Münze. Ihr Haar, das ziemlich tief in der Stirn ansetzte und in der Mitte durch einen Scheitel geteilt wurde, war geflochten. Ihr Schleier war schwarz, ebenso das Gewand, das mit Spangen am Oberarm befestigt war und die Schultern frei ließ. Abgesehen von einer Kette aus ungeschliffenem Bernstein trug sie eine *Chomeissa* aus Perlmutt, leuchtend wie ein Mondsplitter. Sie war gebieterisch, faszinierend. Sie war unglaublich schön. Mit einer leichten Geste, die gerade nur die Fingerspitzen aus dem Schleier hervorschauen ließ, winkte sie mir. Als ich einen Schritt vor ihr stand, streckte sie mir beide Hände entgegen. Die silbernen Reifen, die an ihren Handgelenken hingen, klingelten. Ich stellte erneut fest, wie groß sie war – und wie kräftig. Als ich ihre Hand berührte, schlossen sich die schmalen Finger mit festem Druck um die meinen. Sie zog mich zu sich heran, kniff leicht die Lider zusammen und betrachtete mich eine Weile prüfend und sehr genau. Dann huschte ein Lächeln über ihr Gesicht. Als sie sprach, erlebte ich die nächste Überraschung; ihre Stimme hatte zwar den Tonfall, den man bei einer Frau ihres Alters erwartete, aber sonst war sie sanft, kühl und klangvoll.

»Da bist du ja. Endlich! Ich wurde langsam ungeduldig.«

Ich war ein paar Sekunden lang stumm; ich hatte das merkwürdige Gefühl, daß sie sehen konnte, was ich dachte; daß sie mich besser kannte als ich mich selbst. Ich sagte:

»Es tut mir leid. Ich war beschäftigt.«

Sie nickte gelassen.

»Ja, du hattest viel zu tun.«

Sie hielt mir den rettenden Strohhalm hin, an dem ich

mich festhalten konnte; im selben Augenblick fühlte ich mich weniger befangen.

Dann wandte sie sich Elias zu, der schweigend neben mir stand. Er nahm ihre Hand, die er zuerst an seine Stirn, dann an sein Herz legte. Sie wechselten die zwischen Mutter und Sohn üblichen Begrüßungsworte. Mir war, als brächten sie dabei ihren Atem in Einklang. Elias beugte sich vor; sie nahm ihn in die Arme, und er drückte seinen Kopf an ihre Brust. Für eine kleine Weile rührten sie sich nicht, bevor sie sich wortlos trennten. Dann kehrte ihr Blick, erfüllt von Wärme, zu mir zurück.

»Komm!«

Ich zog meine Turnschuhe aus, trat hinter Amenena gebückt durch die schmale Öffnung. Das flackernde Feuer beleuchtete die karminroten Ziegenhäute, die das Dach bildeten, während ein Teil der Wände aus Matten bestand. Holzstangen stützten sie: eine schön geschnitzte Firststange und sechs Hilfsstöcke, die in einem Oval angeordnet waren. Die herabhängenden Ränder der ledernen Zeltwände wurden am Boden von großen Steinen festgehalten. Rings um das Zelt waren die üblichen Schilfmatten als Windschutz aufgestellt. Ich glaubte zu träumen. Die Welt meiner Kindheit war hier, nicht nebelhaft diffus oder durch Armut entstellt, sondern klar und unverfälscht, als hätte die Kraft meiner Gedanken sie erträumt und erschaffen. An den Zeltpfosten hingen die prachtvoll verzierten Reisetaschen; das Leder war geschmeidig, die Farben frisch, und jedes mit Kupfer verzierte Schloß ein Meisterwerk. Im Hintergrund des Zeltes stand ein geschnitztes Ruhebett, mit Schaffellen und Decken versehen, genau wie ich es von früher her kannte. Teppiche und Lederkissen bedeckten den Sandboden. Mit graziöser Handbewegung forderte uns Amenena auf, Platz zu nehmen. Stumm und aufgewühlt ließ

485

ich mich auf dem Teppich nieder. Elias blinzelte mir
zu.

»Nun?« fragte er sanft.

Ich holte gepreßt Atem.

»Ich bin etwas durcheinander.«

Er lachte weich.

»Ja, ich weiß.«

»Es ist genauso wie früher.«

»Amenena hat nie gewollt, daß sich die Dinge ändern.
Die Dinge sind in unserem Herzen. Wir können nicht
davon getrennt sein.«

Mein Zittern wuchs. In diesem einsamen Zelt, das
gewissermaßen als Exil der großen Welt errichtet worden war, erweiterten sich meine inneren Augen.

Amenena lächelte mir zu. Ihre Zähne waren makel-
los wie Perlenschnüre. Der indigogetränkte Schleier
schien eine Schatulle für dieses Lächeln zu sein.

»Wer alleine lebt, kann sich vieles bewahren. Aber die
Veränderungen kommen. Vielleicht eines Tages, erreichen sie auch dieses Zelt.«

»Amenena hat alles selbst angefertigt«, sagte Elias.
»Die Ledertaschen, die Kissen. Sie webt auch ihre Kleider und färbt sie.«

Sie erwiderte meinen Blick und nickte.

»In vielen Dingen ist nichts Lebendes mehr. Oder nur
so wenig, daß es sich nicht lohnt, ein Wort darüber zu
verlieren. Die Dinge, die unsere Hände schaffen, sind
lebendig.«

»Ich habe von dir geträumt«, sagte ich.

Sie zeigte nicht die geringste Überraschung.

»Wenn eine Frau spürt, daß ihr Atem dem Ende
zugeht, will sie einer, die nach ihr kommt, ihr Wissen
übermitteln.«

Ich zuckte leicht zusammen. Mein Herz hämmerte.

Irgendwelche Farbtupfer, aus der Luft geboren, kreisten vor meinen Augen.

»Elias sagt, daß du mich gerufen hast.«

Sie blinzelte mir zu, wobei sie auf den untergeschlagenen Beinen leicht hin und her schaukelte.

»Ich will dir was sagen, es war anstrengend! Du warst weit weg, hattest andere Dinge im Kopf.«

»Du hast getan, was nötig war.«

Sie spielte mit ihrem Schleier. Irgend etwas ging in ihr vor. Vielleicht schätzte sie mich ein, wog meine Lernfähigkeiten ab. Was auch immer sie tat, es dauerte nicht lange. Sie warf den Schleier zurück und lachte herzlich.

»Bei Olivia war es schlimmer, ach was, reden wir nicht mehr darüber. Sie wollte nichts hören, nur ihre Musik. Aber jetzt ist es soweit. Sie kommt.«

»Ja«, erwiderte ich automatisch. »Sie hat es mir gesagt.«

Da trat Kenza in das Zelt. Sie trug eine Kalebasse mit Milch, die sie mir behutsam reichte.

»Trink! Unsere Kamelstute gibt die beste Milch. Weil wir sie täglich trinken, sind wir noch keine alten Frauen, verrunzelt und weißhaarig, gebückt und ohne Zähne!«

Sie schlenderte lachend hinaus. Ich hörte das dumpfe Pochen des Mörserstößels, der das Hirsemehl mahlte. Die Milch war lauwarm. Sie schmeckte fettig, aber wunderbar frisch. Ich trank einige Schlucke und reichte die Kalebasse an Elias weiter. Er lüftete den Schleier, um zu trinken, wobei er das Gesicht leicht abwandte. Zwischen einer Mutter und ihrem erwachsenen Sohn bestanden Regeln des guten Benehmens, die auf völlig natürliche Weise eingehalten wurden. Amenena sah zufrieden zu. Sie selbst rührte die Milch aus Höflichkeit nicht an. Hingerissen betrachtete ich den Rundbogen ihrer Wangenknochen, ihre Augen, glänzend wie Obsidian, ihre biegsamen Hände, die sich beim Sprechen hoben und senkten. Allein, daß ich sie gefunden hatte, war phantastisch. Ich sagte:

»Ich habe von dir viel zu lernen.«

»Wir werden gute Freundinnen sein. Vielleicht sogar mehr. Du wirst sehen. Das Wissen ist etwas, das wir weitergeben können.«

Ich nickte.

»Ja, ich verstehe. Ich mache Filme.«

Was ist Filmemachen anderes, dachte ich als eine visuelle Umsetzung von Gedanken? Die künstlerische Aussage liefert nur den Vorwand dazu. Ich rieb mir die Stirn. Ich fragte mich, ob Amenena jemals ein Kino besucht hatte.

»Damals, in Algier, besuchten wir oft Filmtheater«, sagte sie. »Wir sahen Filme mit Michèle Morgan, Gérard Philippe, Jean Gabin. Ja, ich erinnere mich gut ...«

Ich starrte sie an. Mir war richtig peinlich, festzustellen, daß sie meine Gedanken las. Doch sie beugte sich vor, klopfte mir belustigt aufs Knie.

»Das kommt nicht von innen. Menschen tragen ihre Gedanken auf dem Gesicht. Sind sie schlau, können sie andere täuschen. Sie täuschen niemals ein Tier. Und wenn Tiere fühlen, was wir denken, warum nicht auch Menschen?«

Aufregend war das schon. Mir lagen die Dinge jetzt klarer vor Augen. In der Zwischenzeit war Kenza hereingekommen, trug ein Becken und einen kupfernen Wasserkrug herbei. Wir spülten uns den Mund, wuschen uns die Hände nach Art der Tuareg, langsam und gründlich. Dann brachte Kenza ein großes Holzgefäß mit kugelförmigen Bällchen aus Hirsemehl, Datteln und Ziegenkäse. Unter Zugabe von Milch und mit Hilfe eines Löffels verrieb Amenena sorgfältig die Bällchen. Ich probierte: Das Gericht war leicht und köstlich. Kenza hatte sich am Zelteingang niedergelassen. Sie stützte ihren Ellbogen auf ihr angewinkeltes Knie. Wenn unsere Blicke sich trafen, nickte sie mir wohlwollend zu. Nach dem Essen räumte sie die Schüsseln ab, und Amenena übernahm die Zubereitung des Tees. Bald dampfte das Wasser auf dem kleinen Kohlenbecken. Amenena mischte den Tee. Die Minze, die sie dazu verwendete, war frisch. Sie gab mir ein kleines Blatt, das ich zwischen den Fingern zerrieb und an die Nase hielt: Es duftete wunderbar.

»Hier gibt es reichlich Wasser«, sagte Elias. »Und wo Wasser vorhanden ist, wachsen die Pflanzen wie in einem Garten.«

Amenena, erzählte er, setzte alle möglichen Wurzeln, Blätter und Samen wirksam gegen Krankheiten ein. In den vorgeschriebenen Tagen und Nächten sammelte sie die Heilpflanzen eigenhändig. Sie trocknete sie in der Sonne und zerrieb sie zu Pulver in einem Mörser, der bereits ihrer Mutter und Großmutter gehört hatte. Die Heilkunst der Tuareg war uralt und geheim. Jede heilkundige Frau hatte ihre eigene Art, sie anzuwenden.

»Die Leute finden den Weg zu meinem Zelt«, sagte Amenena. »Die Erde und die Pflanzen sind gute Heilmittel. Auch Verletzte suchen mich auf. Mit den Händen kann ich ihre Schmerzen wegnehmen, aber nur für kurze Zeit. Ich nehme kein Geld. Ich finde hier alles, was ich brauche. Die Menschen gehen geheilt aus meinem Zelt. Das ist mein Lohn. Wenn ich die Kraft habe, bin ich glücklich. Am glücklichsten bin ich, wenn ich jungen Müttern helfe«, setzte sie lächelnd hinzu.

Elias erzählte, daß die Wöchnerinnen die medizinischen Stationen nur widerwillig aufsuchten.

»Früher wurde ein besonderes Zelt abseits des Lagers errichtet. Die Frau stand zuerst aufrecht und hielt sich an einem Stab fest. Dann ging sie in die Hocke, und das Kind kam in einer sauberen Sandmulde zur Welt. Meistens half eine Hebamme dabei. Wir kennen verschiedene Mittel, um die Geburt zu beschleunigen. Die Tuaregfrauen weigern sich, liegend zu gebären. Sie wollen Herrin ihres Körpers sein.«

Amenenas Armreifen klingelten, während sie den Zucker in kleine Stückchen schlug.

»Wenn ich nicht mehr bin, werden die Kranken Kenza aufsuchen. Kenza kann alles, was ich auch kann, und manches besser als ich.«

Sie hob ihren Blick, in dem goldene Funken tanzten.

»Eine Zeitlang habe ich versucht, Elias zu unterrichten. Aber das ging nicht, er hörte nicht zu. Er war wie ein Jäger, der vier Tiere zugleich verfolgt – und dann mit leeren Händen im Lager ankommt.«

Elias lachte leise.

»Sie kennt mich gut!«

Amenena ließ den Tee einen Augenblick ziehen, bevor sie die Kanne in Brusthöhe hob und die goldgrüne Flüssigkeit in weitem Strahl in die Gläser goß. Ich genoß die starke, betäubende Süße dieses Tees. Meine Müdigkeit verflog. Ich fühlte meine Gedanken, frisch und klar wie Kristall. Und doch rieb ich mir manchmal die Augen und glaubte zu träumen. Das rot beleuchtete Zelt erschien mir wie eine Zauberwelt, eine Insel inmitten der Wellen aus Sand, die einst wirkliche Fluten gewesen waren, Meeresfluten.

Amenenas glockenklare Stimme brach die Stille.

»Du hast Elias auf den richtigen Weg geführt. Jetzt weiß er, wozu er bestimmt ist.«

Ich hob das Glas an meine Lippen.

»Ich gehe nach Europa zurück.«

»Das macht nichts. Ihr gehört zusammen, egal, wie die Dinge aussehen. Ihr werdet an den richtigen Stellen sein, wenn der Augenblick zählt.«

»Das denke ich auch«, sagte ich.

Ich fühlte in mir die Glut des Tees, die Wärme des Feuers; ich atmete den Geruch von Holzkohle, Talg und Leder ein, den Geruch der wiedergefundenen Heimat.

»Warum ich dich gerufen habe?« Amenena sprach langsam und deutlich, betonte jede Silbe. »Es kommt vor, daß die Ahnen ihren Nachkommen besondere Gaben schenken. Dem einen geben sie die Gabe der Musik, dem anderen die Dichtung, diesem das prophetische Wort und jenem wieder die Heilkraft. Und manchen haben sie das Sehertum verliehen. Ihr Geist nimmt viele Formen an, wandert durch Raum und Zeit. Wir nennen solche Menschen ›die Reisenden‹. Auch du bist eine Reisende. Dein Weg beginnt hier.«

Mein Blick begegnete Amenenas Augen. Ich spürte in mir ein Frösteln und zugleich ein ungeheures Glühen. Ich flüsterte rauh:

»Woher weißt du das?«

Sie antwortete mit Nachdruck.

»Ich weiß, wer du bist. Ich habe dich als kleines Mädchen gekannt und wußte es schon damals. Wer ein Auge dafür hat, erkennt solche Dinge. Aber du hast zu wenig geübt. Es muß stärker werden, besser. Es gibt Regeln, die beachtet werden müssen. Du darfst kein Eisen mit dir führen. Weg mit dem Eisen! Unsere Ahnen haben nie mit Eisen gejagt; ihre Waffen waren aus Holz. Oder sie benutzten Fallen und Netze. Eisen darf nie mit dem Leben in Berührung kommen. Der Mann liebt Eisen, aber die Frau ist Hüterin des Lebens. Trägst du kein Eisen, kommen dir die Tiere zu Hilfe. Du rufst die

491

Eidechse, du rufst die Schlange. Sie werden ihre Kraft mit dir teilen. Die Eidechse ist weise, aber *Tachilet*, die Schlange, ist mächtig. Folge ihrer Spur. Der Rest ist Übung.«

Ich strich mein verklebtes Haar aus der Stirn.

»Wie kann ich die Schlange rufen?« fragte ich, schwer atmend.

»Ich werde es dir zeigen. Sei geduldig. Du bist nicht umsonst gekommen.«

Ich starrte in ihre Augen, diese Augen mit den unwahrscheinlich großen Pupillen, die wie Feuer und Samt leuchteten.

»Und Elias?«

»Elias ist immer da, wo du auch bist. Dein Wissen ist auch sein Wissen. Ihr werdet nie mehr einsam sein. Glaube mir, ich weiß das. Denkst du, daß ich im dunkeln tappe?«

Sie drückte zärtlich mein Knie.

»In dir ist ein großer Raum. Fülle ihn mit Erinnerungen! Unser Volk verliert sein Gedächtnis, läuft Gefahr, einem fremden Gott Ergebenheit zu schwören. Fremde Namen, fremde Sitten sind schlecht für uns. Sie machen uns schwach. Aber du kannst helfen. Wenn du die nötige Kraft hast, wirst du in die Vergangenheit reisen und die Erinnerungen zurückholen.«

Ich saß wie erstarrt. Meine Kopfhaut prickelte, meine Arme überzogen sich mit Gänsehaut. Eine ›Reisende‹, das bin ich also, dachte ich. Ich war es schon immer gewesen. Aber früher hatte ich das alles noch nicht verstanden. Ich hatte ein halbes Lebensalter gebraucht, um das herauszufinden. Aber meine Zeit würde kommen. Ich würde älter werden, weiser, immer enger in die Weite der Wüste einbezogen. Sie würde Teil meiner selbst werden.

Amenena lächelte nun, mit großer Zärtlichkeit und Wärme.

»Ich sehe schon, du bist jetzt ruhiger.«

»Es wird nicht leicht sein«, sagte ich.

Sie warf ihren Schleier aus der Stirn.

»Gewiß nicht. Es ist Zeit, daß die *Imochar* sehen, was sie mit ihrem Gedächtnis gemacht haben. Du tust das, was nötig ist, damit sie sich erinnern. Du machst ihnen ein Geschenk. Aber die Menschen haben immer eine Wahl: Ob sie es annehmen, ist ihre Sache. Mehr kannst du nicht tun. Doch heute abend will ich es sein, die dir ein Geschenk macht.«

Sie richtete einige Worte an Kenza, die mit einem Bündel aus dem Hintergrund des Zeltes trat, das sie Amenena mit liebevoller Geste überreichte. Diese schlug behutsam den indigoblauen Stoff auseinander. Ich betrachtete den zum Vorschein kommenden *Imzad*. Er hatte die gleiche Machart wie das Instrument, das über Olivias Bett hing. Die türkisfarbenen und safrangelben Verzierungen aber, jede einzelne sauber gezeichnet, waren wie eine Spirale geformt. Es prägte sich tief in meine Wahrnehmung ein. Und ich war unsäglich erregt.

»Olivia hat nie für mich gespielt«, sagte ich. »Sie spielte immer nur für sich selbst. Jede Nacht.«

Amenena schüttelte sanft den Kopf.

»Nein. Sie spielte für den Verstorbenen.«

Stumm sah ich zu, wie sie die Saite mit einem Stück Harz einrieb, den *Imzad* in den angewinkelten Unterarm nahm. Behutsam führten ihre Finger den Bogen über die Saite. Ein schwingender, sehr hoher Ton, zart wie gesponnenes Glas, erfüllte das Zelt. Note an Note webend, stieg und fiel der unsichtbare Faden; es klang wie der perlende Ruf eines Vogels in der Abendstille, wie das Knistern des Schilfes im Wind. Zwischen Amenenas gelenkigen Fingern vibrierte der Bogen, als sei er selbst ein lebendes Wesen, eng verbunden mit dem Schlag ihres Herzens, dem Pulsieren ihres Blutes. Der Feuerschein, der schräg von unten hereinfiel, beleuchtete Amenenas entrücktes Gesicht, ihre halbgeschlossenen Augen. Sie schien tief auf dem Grund ihres Selbst einer Stimme zu lauschen, einer Stimme, die nur sie zu hören vermochte und deren Ton und Klangfarbe sie in die Sprache des Instrumentes übertrug. Es war die Stimme der Einsamkeit und des Schmerzes, aber auch die Stimme der Leidenschaft, des Stolzes, der grenzenlosen Freiheit. Jetzt verstand ich, warum Olivia nie gewollt hatte, daß ich sie spielen hörte; es war etwas zu Intimes, eine Sprache für sich, ein Dialog zwischen Menschen und Schatten. Doch vielleicht täuschte ich mich auch, denn plötzlich erhob sich eine andere Stimme. Es war Elias, der sang. Er saß im Zwielicht, mit untergeschlagenen Beinen, seinen Gesichtsschleier bis unter die Augen gezogen. Seine Stimme unter dem Stoff klang gedämpft und gleichwohl deutlich hörbar. Er folgte nicht dem Rhythmus des Instrumentes; ich hatte auch nicht den Eindruck, daß Amenena ihr Spiel seinen Worten anpaßte. Und trotzdem war aus beiden eine Einheit, eine seltsame Harmonie zu spüren. So sang er eine ganze Weile, gleichsam ins Zeitlose hinein, während seine schlanken, kräftigen Hände entspannt auf den Knien lagen. Und ich folgte seiner Stimme, ließ mich mit ihr hoch in die Lüfte tragen, bis zu den Sternen, höher noch und weiter, bis zu jenem Kern der Unendlichkeit, in dem es nichts zu begreifen, sondern alles nur zu fühlen gibt. Und erst da merkte ich, daß ich seine Worte verstand.

»Jene, die wir geworden sind,
gehen auf Reisen.
Jene, die wir geworden sind, sind frei,
Jene, die wir lieben, zu suchen.
Drei Sterne auf ihrer Bahn,
unbekannt, unbenannt.
Der unseren gleich.
Alle, die uns verlassen haben,
vor hundert Jahren
oder gestern,
wir rufen nach ihnen.
Und sie sind immer da.«

Epilog

Die junge Frau machte sich auf den Weg, als der Mond hoch am Himmel stand. Soweit sie sehen konnte, schluckte die Dunkelheit jede Spur von Farbe. Die flachen Lehmhäuser warfen scharfe graue und schwarze Schatten. In der Luftspiegelung des Mondscheins hob sich der langgestreckte Bergkamm wie eine Tuschzeichnung vom Himmel ab, ohne Schwere, fast ohne Substanz. Die Stille der ruhenden Stadt hatte etwas Ungewohntes an sich. Nur vereinzelt flackerten Lichter, und gelegentlich war das Rumpeln eines Transsahara-Lasters von der Überlandstraße zu hören.

Leer und blaß lagen die Gassen im Mondlicht; die junge Frau begegnete nur zwei alten, weißgekleideten Händlern, die vor einer Haustür auf kleinen Stühlen saßen und sich in der Dunkelheit flüsternd unterhielten. Die junge Frau wünschte ihnen höflich gute Nacht. Sie grüßten zurück, indem sie mit anmutiger Geste ihre Hand zuerst an ihr Herz, dann an ihre Stirn legten. Die junge Frau ging vorüber. Sie störte sich nicht an der Ratte, die wie ein kleiner schwarzer Blitz vor ihr vorbeihuschte und in einer Mauerritze verschwand.

Sie ging mit langen, geschmeidigen Schritten, sie trug türkisfarbene Sandalen, die mit einer Schlaufe am großen Zeh befestigt waren. Früher wären ihr solche Sandalen unbequem gewesen. Jetzt hatte sie gelernt, mit ihnen zu gehen. Der Mann, der ihr in kurzer Entfernung folgte, hörte kaum das Schleifen ihrer Sandalen im Sand.

Er trug einen Lederschlauch um die Schulter; bei jedem Schritt gurgelte und schwappte leise das Wasser. Später, das wußte der Mann, würde die junge Frau großen Durst haben. Weil der Mond schien, bewahrte die Luft eine eigentümliche Klarheit, und der Mann sah ihr Haar golden leuchten. Ein leichter Wind wehte. Unter den Tamariskenbäumen knisterte und prasselte der Wind wie eine geheimnisvolle Sprache der Nacht, und jedes Blatt warf seinen eigenen, beweglichen Schatten.

Ruhig und zielstrebig wanderte die junge Frau auf den Friedhof zu. Sie kannte die Stelle, wo Zara ult Akhamuk im Frühling beigesetzt worden war. Stolz und eisig funkelte der Mond; die junge Frau vermeinte eine Art rhythmisches Ziehen zu spüren, sogar der Boden schien sanft zu vibrieren. Die junge Frau überließ sich ganz diesem Gefühl. Die Finsternis, deren dunkler Ring die Ebene in enger Umarmung hielt, barg für sie keinen Schrecken. In der Ferne heulte ein Hund, wie Hunde es tun, wenn sie Fremde wittern. Die junge Frau verspürte nicht das geringste Unbehagen. Das Heulen ging in Kläffen über; dann wurde es still. Nur der Wind erzeugte in der Ferne ein dumpfes, auf- und abschwellendes Dröhnen, das wie das Rauschen einer gigantischen Muschel klang. Der Geist der Wüste war der Geist des Wassers; aber dies wußten nur wenige Menschen.

Der Friedhof war jetzt ganz nahe; die flachen Steinhaufen leuchteten im Mondlicht. Hier und da waren Stoffstreifen an einem Holzstab befestigt und am Kopfende des Grabes in den Sand gerammt, das zeigte, daß die Gräber noch frisch waren.

In unmittelbarer Nähe eines dieser Gräber blieb die junge Frau stehen und blickte zum Mond hinauf. Sie öffnete die Lippen, sang leise vor sich hin. Das dauerte eine ganze Weile. Sie stand völlig unbeweglich; ihr Schatten fiel fast senkrecht und war wie mit ihr verwachsen. Plötzlich hob sie die Hand. Sie sagte ein einziges Wort auf *Tamahaq*, das in der Stille deutlich widerhallte.

»Jetzt!«

Der Mann hörte das Wort; mit leichter Bewegung ließ er seinen Wasserschlauch von der Schulter gleiten und setzte sich in den Sand. So unbeweglich verhielt er sich jetzt, daß er einem Stein glich, dessen Umrisse sich schwarz vor der hellen Sandfläche abhoben. Die junge Frau atmete tief und regelmäßig. Sie hob das Gesicht zum Vollmond empor; es war, als zöge sie seine Kraft mit jedem Atemzug stärker in sich hinein. Dann kniete sie nieder. Sie beugte sich vor und streckte die Hand aus. Ihre Fingerspitzen berührten den Boden. Mit Bewegungen, tastend und zögernd wie die einer Blinden, zog sie mit dem rechten Zeigefinger ein großes Viereck in den Sand. Sie teilte das Viereck in vier gleich große Felder. Und während der ganzen Zeit, da sie diese Figur mit den Fingern in den Sand zeichnete, sah sie kein einziges Mal hin. Sie schien nichts zu sehen, nichts zu hören, doch die Konturen jeder Figur waren vollkommen symmetrisch. Nun begann sie, mit dem Zeige- und Mittelfinger der linken Hand eine Anzahl Windungen und Spiralen in jedes dieser vier Felder zu zeichnen. Das dauerte eine gewisse Zeit. Der Mann sah zum Mond empor, der nicht mehr hoch über der Ebene schien, sondern schräg auf das Gebirge zuwanderte. Der Mann rührte sich nicht im geringsten, atmete flach. Er spürte sein Herz kräftig schlagen.

Traumbefangen, mit blinden Augen, zog die junge Frau ihre Linien in den Sand. Er sah den Schatten ihres Armes, der sich am Boden abzeichnete. Er starrte wie gebannt auf diesen sich langsam bewegenden Schatten und glaubte auf einmal die Erdschlange zu sehen, die mit kleinen, nervösen Zuckungen vor seinen Augen tanzte. Jetzt kroch der Schatten in eines der vier Felder, ringelte sich dort zusammen, ein stiller, dunkler Kreis. Eine optische Täuschung? Der Mann hätte es nicht sagen können. Er erschauerte leicht, denn diese Dinge waren nicht für die Augen der Männer bestimmt.

Nach einer Weile verlor der Mann jegliches Zeitgefühl. Und auf einmal war es vorbei; die Vision verschwand, ebenso geheimnisvoll, wie sie aufgetaucht war. In dem Viereck war nichts Lebendiges mehr, nur eine seltsam geformte Spirale in Form einer Acht, der das Mondlicht ein eigentümliches Relief verlieh. Und im selben Augenblick, als der Mann die Zeichnung im Sand als Trugbild zu erkennen glaubte, stieß die junge Frau einen kurzen, heiseren Seufzer aus. Ihr erstarrtes Gesicht belebte sich. Sie zog die Brauen zusammen, runzelte die Stirn, legte die Finger flach auf die geschlossenen Augen. Der Mann erhob sich, lautlos trat er zu ihr. Sie hob mit müdem Lächeln das Gesicht zu ihm empor. Er sah, wie ihre Zungenspitze über die Lippen fuhr. Die halbe Nacht war vergangen, der Mond wie Bronze verdunkelt. Schon brach im Osten das Grau der Dämmerung hervor, und es war eiskalt. Er setzte sich ihr gegenüber, warf einen Blick auf die halb verwischte Figur. Die kreuz und quer verlaufenden Linien und Kreise ergaben für ihn nicht den geringsten Sinn. Er öffnete den Wasserschlauch und hielt ihn ihr hin. Sie trank in langen, gierigen Zügen, wobei sie etwas Wasser über ihren Pullover verschüttete. Dann fuhr sie mit dem Handrücken über Lippen und Kinn. Endlich sah sie ihn an. Die Vision stand immer noch vor ihren Augen und gab ihrem Blick etwas Suchendes.

Ihre Stimme war rauh:

»Wie lange hat es gedauert?«

»Es wird bald Tag«, sagte er.

»Mir ist kalt«, stieß sie hervor.

Er hüllte sie in seinen Umhang ein, nahm sie in die Arme und drückte sie fest an sich. Sie hatte die Schlange befragt. Er wußte, daß sie jetzt müde war.

3. *Auflage* 2000

Der Marion von Schröder Verlag ist ein Unternehmen
der Econ Ullstein List Verlag GmbH & Co. KG

ISBN 3-547-71765-5

© 2000 *by*
Econ Ullstein List Verlag GmbH & Co. KG, München
Alle Rechte vorbehalten. Printed in Germany
Gesetzt aus der Sabon bei
Franzis print & media GmbH, München
Druck und Bindung: GGP Media, Pößneck